外国文学名著丛书

〔英〕夏洛蒂·勃朗特/著

# 简·爱

吴钧燮/译

"外国文学名著丛书"编委会

人民文学出版社

PEOPLE'S LITERATURE PUBLISHING HOUSE

Charlotte Brontë
JANE EYRE

图书在版编目(CIP)数据

简·爱/(英)夏洛蒂·勃朗特著;吴钧燮译. —北京;人民文学出版社,2020(2025.8重印)
(外国文学名著丛书)
ISBN 978-7-02-015841-6

Ⅰ.①简… Ⅱ.①夏…②吴… Ⅲ.①长篇小说—英国—近代 Ⅳ.①I561.44

中国版本图书馆CIP数据核字(2019)第250235号

责任编辑　张海香
装帧设计　刘　静
责任印制　王重艺

出版发行　人民文学出版社
社　　址　北京市朝内大街166号
邮政编码　100705

印　　刷　北京盛通印刷股份有限公司
经　　销　全国新华书店等

字　　数　445千字
开　　本　850毫米×1168毫米　1/32
印　　张　21　插页3
印　　数　18001—21000
版　　次　1990年11月北京第1版
印　　次　2025年8月第6次印刷

书　　号　978-7-02-015841-6
定　　价　69.00元

如有印装质量问题,请与本社图书销售中心调换。电话:010-59905336

夏洛蒂·勃朗特

# 出版说明

　　人民文学出版社自一九五一年成立起,就承担起向中国读者介绍优秀外国文学作品的重任。一九五八年,中宣部指示中国科学院文学研究所筹组编委会,组织朱光潜、冯至、戈宝权、叶水夫等三十余位外国文学权威专家,编选三套丛书——"马克思主义文艺理论丛书""外国古典文艺理论丛书""外国古典文学名著丛书"。

　　人民文学出版社与中国科学院文学研究所,根据"一流的原著、一流的译本、一流的译者"的原则进行翻译和出版工作。一九六四年,中国社会科学院外国文学研究所成立,是中国外国文学的最高研究机构。一九七八年,"外国古典文学名著丛书"更名为"外国文学名著丛书",至二〇〇〇年完成。这是新中国第一套系统介绍外国文学作品的大型丛书,是外国文学名著翻译的奠基性工程,其作品之多、质量之精、跨度之大,至今仍是中国外国文学出版史上之最,体现了中国外国文学研究界、翻译界和出版界的最高水平。

　　历经半个多世纪,"外国文学名著丛书"在中国读者中依然以系统性、权威性与普及性著称,但由于时代久远,许多图书在市场上已难见踪影,甚至成为收藏对象,稀缺品种更是一书难求。在中国读者阅读力持续增强的二十一世纪,在世界文明交流互鉴空前频繁的新时代,为满足人民日益增长的美好生活的需要,人民文学出版社决定再度与中国社会科学院外国文学研究所合作,以"网罗经典,格高意远,本色传承"为出发点,优中选优,推陈出新,出版新版"外国文学名著丛书"。

值此新版"外国文学名著丛书"面世之际,人民文学出版社与中国社会科学院外国文学研究所谨向为本丛书做出卓越贡献的翻译家们和热爱外国文学名著的广大读者致以崇高敬意!

"外国文学名著丛书"编委会

二〇一九年三月

# 编 委 会 名 单

（以姓氏笔画为序）

## 1958—1966

| | | | | |
|---|---|---|---|---|
| 卞之琳 | 戈宝权 | 叶水夫 | 包文棣 | 冯 至 | 田德望 |
| 朱光潜 | 孙家晋 | 孙绳武 | 陈占元 | 杨季康 | 杨周翰 |
| 杨宪益 | 李健吾 | 罗大冈 | 金克木 | 郑效洵 | 季羡林 |
| 闻家驷 | 钱学熙 | 钱锺书 | 楼适夷 | 蒯斯曛 | 蔡 仪 |

## 1978—2001

| | | | | |
|---|---|---|---|---|
| 卞之琳 | 巴 金 | 戈宝权 | 叶水夫 | 包文棣 | 卢永福 |
| 冯 至 | 田德望 | 叶麟鎏 | 朱光潜 | 朱 虹 | 孙家晋 |
| 孙绳武 | 陈占元 | 张 羽 | 陈冰夷 | 杨季康 | 杨周翰 |
| 杨宪益 | 李健吾 | 陈 燊 | 罗大冈 | 金克木 | 郑效洵 |
| 季羡林 | 姚 见 | 骆兆添 | 闻家驷 | 赵家璧 | 秦顺新 |
| 钱锺书 | 绿 原 | 蒋 路 | 董衡巽 | 楼适夷 | 蒯斯曛 |
| 蔡 仪 | | | | | |

## 2019—

| | | | | |
|---|---|---|---|---|
| 王焕生 | 刘文飞 | 任吉生 | 刘 建 | 许金龙 | 李永平 |
| 陈众议 | 肖丽媛 | 吴良柱 | 吴岳添 | 陆建德 | 赵白生 |
| 高 兴 | 秦顺新 | 聂震宁 | 臧永清 | | |

# 译 本 序

　　《简·爱》问世以来已一百多年，始终是英国小说中拥有广大读者的一部作品。它既是经典性的，包括我国在内，世界上各个国家一代代的青年，常常都是从阅读它开始踏入英国以至世界文学的欣赏园地。它又是最"流行"的，不但稍知文学的各国男女老幼，就是不大接触文学的人，也通过多次反复重拍的电影等艺术形式，十分熟悉简·爱这个孤女令人同情的身世，和她与罗切斯特之间那段曲折离奇而又缠绵动人的爱情故事。这部记述了一个平凡的女子虽不算太平凡但也算不上可歌可泣的生活经历的长篇小说，竟有着如此历久不衰的艺术魅力，其奥秘究竟何在？

　　正像本书初版内封上所标明的那样，它是一部"自传"，或者更正确些说，是一部自传成分很浓的小说。尽管作者有时也否认女主人公就是她，可是大量的证据说明书中的"故事"虽然是虚构的，但包括女主人公在内的许多人物的生活，以及他们活动的环境、气氛，甚至许多的生活细节，都无可怀疑是取自作者及其周围的人的真实经历。顺便说说，历来采用第一人称叙述方式的小说并不少见，但《简·爱》这部小说如果不采用第一人称来写，就很难想象它能取得现在这样强烈的效果。中国古代文人就主张文章要以血泪写成，近代的文学家虽然说法不同，但承认对生活的真切体验是一切好作品的最根本条件之一，这大概是一致的。《简·爱》之所以获得如此巨大的成功，恐怕首先得归因于此。

夏洛蒂·勃朗特一八一六年生于英国北部一个乡村牧师的家庭。母亲很早就因病去世，丢下她们五姊妹和一个弟弟，夏洛蒂排行第三。过了三年，还只八岁的夏洛蒂和她的两个姐姐与一个妹妹就给先后送进了一所专收神职人员孤女的慈善性机构——柯文桥女子寄宿学校里。正如在小说中所描写的那样，饥饿，寒冷，繁重乏味的宗教祈祷和粗暴冷酷的教养方式，很快就摧毁了孩子们的健康。一八二五年流行的一场斑疹伤寒使全校八十五个学生中病倒了四十五个。大多数学生还染上了肺结核。夏洛蒂的两个姐姐玛丽亚和伊丽莎白就在这一年患肺病先后被送回家，不久就死去，使父亲只好把余下的夏洛蒂和她的妹妹艾米莉接回家里，但这种当时还是不治之症的病魔的种子，已经潜伏在她们身上，后来也过早夺去了她们和她们的弟弟的生命。

夏洛蒂的父亲派屈里克·勃朗特出生于爱尔兰，毕业于剑桥大学，以后终身落脚在约克郡当了一个偏僻小镇上的牧师。他丧偶后独自带着一群孩子长期过着寂寞清苦的日子，在读书看报之余，虽有时也能给他的孩子们一些学习上的帮助，包括不适当地向他们灌输他自己的托利党（后来的保守党）信条，但总的说来，他是个阴郁并以自我为中心的专制家长，不能给子女们渴望的温暖。生活在约克郡哈沃斯这个北方荒原中与世隔绝的山村里，姐弟四人除了徜徉在周围的一片荒原、沼地、山丘、田野间外，就只能紧密地团结友爱，相濡以沫了。所幸的是他们都有文学艺术上的爱好，自写自画，自编自读手抄刊物,从中得到了很大的乐趣。这在当时的英国家庭中并不是罕见的现象,但谁也想不到的是,从这里面居然孕育出了日后震动英国文坛的三位女作家,其中两个——夏洛蒂和艾米莉——的代表作《简·爱》和《呼啸山庄》成了英国文学中的不朽杰作,妹妹安妮的《艾格妮斯·格雷》也至今仍为许多文学爱好者所传诵。

当然,他们当时编写的那些诗歌、幻想故事还只是一些孩子们为排遣时光在一起编织的白日梦,里面的英雄常常是一些历史上和幻想中的皇家贵族大人物。例如从现今保存下来的夏洛蒂和她弟弟合作写成的一个英雄故事的部分手稿来看,其中只不过用一种拜伦式的风格,描写了一个称为“昂格里亚”的理想国度,抒发了他们对于在自己寂寞生活中所缺乏的事物所抱的热烈向往而已。但是生活的磨练和随之而来的心灵的觉醒,使他们在文学写作上,也出于兴趣和消遣,走上了反映自己切身经历和内心体验的逐步成熟的道路。而他们中最勤奋也对生活的艰辛感受得最深的夏洛蒂,在文学创作上也最先获得了成功。

促使她以文学作为自己的事业的原因自然是多方面的,但她在第一次从慈善学校回家后的学习和求职谋生的不愉快经历与艰难遭遇,无疑使她很自然地走上了这条最适合于她的道路。一八三一至一八三二年她第二次就读于罗赫德地方的一所寄宿学校。这次遇到的学校负责人伍勒小姐跟她第一次遇到的那些教师有很大的不同。她和她成了很好的朋友,《简·爱》中的谭波尔小姐身上就明显留下了这段交往的影子。但在这里的经历也并不完全是愉快的:进校时一口浓重的爱尔兰口音,当别的女孩子邀她去参加游戏时她从来不去跟她们一起玩,也不会玩。一八三五至一八三八年她曾回到这所学校教过几年书。一八三九年又去约克郡一个工厂主家里当过几个孩子的家庭教师,性格孤傲的她受不了孩子们向她掷书本甚至扔石头的作弄,很快就辞职了,两年后第二次尝试也同样以失败而告终。《简·爱》中在罗切斯特家聚会的贵妇人、阔小姐对家庭教师的刻薄揶揄,正是作者切身感受到的当时英国社会中根深蒂固的等级偏见的生活写照。在这之后,她又作了最后一次寻求自立和谋生之路的努力,——打算自办一所学校,并为此说动母亲死后一直在她家照料家务的姨母,资助她和艾米莉去布鲁塞尔短期进修法语和德语。结果学校并没有办成,因为没有人来就读,而她去布鲁塞尔学习的一段经历,却对最终促成她放弃其它,决心尝试以笔耕谋生起了关键性的作用。她们所进的海格尔女子寄宿学校是一所主要为当地贵族富家小姐们开办的天主教学校,她和艾米莉这对从英国北部荒原的穷乡僻壤中来的新教徒姊妹,她们的寒酸和耿介跟周围的环境太格格不入了。正是这种强烈的对比,激起她要用某种方式表现自己的强烈愿望,同时也促使她从过去所沉湎的英雄故事和田园诗的幻想中清醒过来,转到了对眼前实际生活和自己切身问题的深思。

她选择了文学事业。第一个尝试——她和艾米莉和安妮用这时已去世的姨妈留给她们的遗产自费合出的一本诗集,一八四六年出版时并没有引起任何反响。同时,她的第一部小说《教师》也受到了几家出版社的冷遇。但夏洛蒂·勃朗特不是那么容易屈服的人,艾米莉和安妮的小说得到出版商的接受也增加了她的信心。她更进一步沿着第一部小说中已初露端倪的写实路子走下去,一八四六年秋天前后开始创作她的第二部小说时,完全以她自己的亲身体验、感受和憧憬为基础,借一个出身寒微的年轻女子如何与命运搏斗,终于战胜了环境也战胜了自己的动人遭遇,抒发了作者自己胸中的积愫,也深深打动了从当时直到今天无数读者的心。这就是现在这部已传诵了一百多年的长篇小说《简·爱》。

《简·爱》在伦敦引起的反响是巨大的。出版商很快在一八四七年十月就出版了这部作品。萨克雷称赞它是"一位伟大天才的杰作"。次年印行第三版时,《评论季刊》上提到"《简·爱》与《名利场》受到同样广泛的欢迎"。但与此同时,也有一些评论者从内容和形式上都竭力贬低它(作者在第二版序言中就针锋相对地反驳了他们),就是欣赏它的人中,也抱有一定程度的困惑,比如乔治·艾略特就一方面为《简·爱》所陶醉,一方面又对它感到吃惊和不快。

原因就在夏洛蒂·勃朗特这位名不见经传却极有个性的女作者,写了一本在思想内容和艺术形式上都十分独特的作品,不但与在它以前和与它同时的作品相比显得与众不同,而且与它后来类似题材的作品比起来,也始终显得更为大胆而率真。小说以回忆自述的口气,写自幼父母双亡的孤女简·爱如何从小就受到收养她的舅母及其子女们的歧视和虐待,如何在冷酷艰苦的慈善学校中长成一个勇敢刚强的少女,踏上了社会后如何尝到了爱情的滋味而突然遭到惊人的意外变故,在经过出走、流浪甚至乞讨的生活后如何终于跟她一向眷恋的男主人结合而最后获得了幸福。情节听起来颇有点像常见的"灰姑娘"故事。在此以前,英国文学中就有理查逊的《帕美拉》(1741),写了一个年轻侍女如何以她的美德终于赢得了富家少爷的敬爱而结成了美满的婚姻,曾经流传一时,被称为英国第一部家庭伦理小说。但《简·爱》与这一类作品却截然不同，它创造了英国文学(而且不只是英国文学)中第一个对爱情、生活、社会以至宗教都采取了独立自主、积极进取态度的女性形象，是读者从来不曾遇见过的。

就拿简·爱对罗切斯特的爱情来说，她并不把彼此社会地位的悬殊看得太重，处处显示出自尊自重，明确地宣称"我与你是同样的人"；她面对富家千金英格拉姆小姐这位骄横高贵的情敌时，毫不自惭形秽，却自信与罗切斯特更为投合和般配；而一旦发现他有还活着的妻子时，又毫不犹豫地离开她留恋的人和留恋的地方，独自奔向渺茫的前途。更难得的是，她在两性的恋爱关系中并不满足于被爱，而是毫不隐讳自己的感情，一改女性总是扮演受男性倾慕和爱护的角色，要求站在平等的地位上追求新型的爱情和婚姻关系。同样，在对生活的态度上，简·爱也从幼年时期迷恋描绘大海、礁石、沉船的图画，到成长后时时仰望星空、远眺山野，表现出不安心于平静无波的生活，热望改变现状，走向更大的生活圈子。

在写桑菲尔德府的名流聚会等篇章中，作者虽然着墨不多，却那么鲜明生动地描摹了一张张贵族资产阶级庸人的可笑嘴脸，同时也通过他们对平民阶层的鄙视嘲弄，有力地反映出社会的不平。更不用说书中对那些所谓慈善家和慈善机构的真实刻画，是多么尖锐地揭露了几乎令人难以置信的残酷和伪善。然而最使人震惊的，是小说中表现出来的对宗教和教会的态度。简·爱小时候进的寄宿学校的主持者勃洛克赫斯特牧师公然用粗暴的铁腕来窒息那些幼弱的少女们最起码的肉体和精神要求，甚至把她们的生命当成儿戏。女主人公从桑菲尔德府出走后遇到的圣约翰教士，则用另一种更精致的精神铁腕来压制别人和自己的正当愿望,在完成救世主的事业的名义下要求人牺牲生活、牺牲一切。小说中很形象地把前者比作"黑铁柱子",把后者比作"白大理石柱子",毫不含糊地揭示了他们借"神恩"来要求别人放弃"天性",实际上不过是要取得绝对支配别人的权力而已。

所有这些,跟作者所处的英国社会传统是格格不入的。当时英国正进入维多利亚时代,国力的昌盛和海外殖民势力的扩大使这个时期被称为英国历史上的"黄金时代"。社会上富豪贵族踌躇满志,当时的文学艺术中也热心塑造绅士淑女的形象。同时世界上第一次规模宏大的工人运动——宪章运动——也正在英国蓬勃兴起,工人和资产阶级、小资产阶级激进派积极提出了政治平等的要求。几乎终生在偏僻小镇生活的勃朗特姊妹,对社会政治的理性认识主要来源于阅读父亲的书籍和报纸,自然不可能有多么明确的社会和政治主张,然而《简·爱》的作者却完全凭她的真情实感,从一个角度大胆地抨击了从腐败骄奢的贵族、资产阶级到道貌岸然的牧师、传教士的虚伪嘴脸;甚至在连当时的宪章运动都还没有提出男女平权思想的情况下,如此鲜明地描写了妇女不甘于社会指定给她们的地位而要求在工作上以至婚姻上独立自主,如此热烈地为妇女的尊严和正当要求而辩护,这不能不说是英国文学史上一个很大的突破。

与思想内容上的独树一帜相称,《简·爱》在艺术表现上也有着不容忽视的特色。有些西方评论家如亨利·詹姆士等指责本书结构松散,笔法随意。实际上,全书以女主人公在盖茨黑德府的不幸童年、在洛伍德学校的艰苦岁月、到桑菲尔德后的青春觉醒和在荒原庄的最后成熟四个部分构成,描摹了每个时期不同的人物环境、生活细节和思想感受，同时始终以主人公的自我心理反省把它们贯串在一起，成为一个有机的整体。的确，它并不特别致力于编织一个复杂曲折的故事，但它却凭着它所激起的对主人公命运的强烈兴趣和关怀，有力地吸引着读者。而更重要的是，作者在描写这一切时从头至尾所显示出来的热情和大胆。正如后来曾为作者写了有名的《夏洛蒂·勃朗特传》(1857)的著名作家盖茨凯尔夫人所说的："她有着什么样的热情，什么样的烈火啊！"无论是简·爱在桑菲尔德果园里与罗切斯特的表露心曲，或者是她出走后的流浪乞讨的描写，都毫无扭捏作态和多愁善感的情调，而是有血有肉地表露了女主人公——也就是作者自己——的真实心灵，写出了自强自尊的人——尤其是自强自尊的女子的天性，令人肃然起敬，增加了对人性的敬意。在勇敢真挚的心理探索上，有的评论家认为作者已开了劳伦斯的先河，恐怕并非是毫无道理的。

在写作特点上，笔法简洁而不夸张渲染是《简·爱》作者的一大长处。写女主人公在洛伍德学校时与海伦·彭斯间的感情和海伦之死的那一部分，作者并没有用多少笔墨作大量的描写，但读来却能催人泪下。这固然得力于作者有亲身的体会(海伦显然就是作者姐姐玛丽亚的写照)，但描写上的成功也是无可否认的。同样，如第二十一章写舅舅里德生前对妹妹及其遗婴的爱护之心，也写得语焉寥寥而情真意切，令人难忘。与作者同时代的其他大作家相比，萨克雷似乎显得过于冷峻，狄更斯则有时令人稍感做作。而夏洛蒂·勃朗特简洁而传神、朴质而有声有色的文笔，使《简·爱》成为学习英文和英国文学的人们必读的入门书，不是没有原因的。

就真实反映现实生活而言，《简·爱》无疑是现实主义的作品，然而与此同时，它却采用了许多梦境、幻觉、预感和象征、隐喻的手法，使作品带上了不少浪漫主义的色彩。在这方面，作者有她自己的见解。她在读了奥斯丁的《傲慢与偏见》后，说它只是"理智而真实（比实际更真实），但她却绝不可能成为伟大"，因为她"没有诗意"，而"一个伟大的作家能没有诗意吗？"不管这种评价是否正确，但读了勃朗特姊妹的作品（特别是《简·爱》和《呼啸山庄》），你不能不承认她们的散文体小说中，确实充满着扑朔朦胧而很容易引起读者丰富联想的诗的气质，这大概跟她们从小饱读而且为之倾倒的浪漫派诗人如拜伦等给她们的深刻影响是分不开的。

但短促的生命，有限的阅历，毕竟也给《简·爱》的作者带来一定的局限。她抱着少见的热情和真诚，勇于探索人生，但却缺乏对时代和社会更深入更理智的深刻分析，从而得出她自己的结论；她鄙视浮华世界的庸俗追求，但仍迷恋于中产阶级田园牧歌式的生活情趣；在《简·爱》的整个情节中多少带有当时流行的"哥特式小说"的神秘气氛。作者的其他几部小说《雪莉》（1849）、《维列特》（1853）和《教师》（1857）尽管背景和人物有所不同，但也都是作者把自己在约克郡和布鲁塞尔学校的生活的切身体验，与她对更丰富的生活的追求和憧憬相结合的产物，比起《简·爱》来都不免显得逊色。

夏洛蒂·勃朗特一生与贫病为伍，几个姊妹都在她以前因病早故，惟一的弟弟也酗酒堕落，潦倒而死，只有早鳏而性情孤僻固执的老父与她为伴。一八五四年她才终于克服父亲的反对结了婚，不幸第二年就因病去世，只活了短短的三十九年。但她在世界文学史上留下的深刻痕迹是永不会磨灭的。

她的《简·爱》刚出版时,有的评论家就热烈地赞扬它比五十部特罗洛普、五十部狄更斯和其他人的小说加在一起还更有价值,这未免有点过于夸大。但马克思也把夏洛蒂·勃朗特与狄更斯和萨克雷等并列在一起,称赞他们的作品中揭示出来的社会真实,比一切政治家、政论家和道德家加在一起所揭示的还要多。这不能不说是这位十九世纪英国女作家值得引以为骄傲的莫大荣誉。

译　者

一九八九年九月

谨以此书献给

威 · 梅 · 萨克雷先生

作 者

# 序

　　《简·爱》第一版不必写序,因此我也没有写。这第二版需要稍写几句致谢的话和零星的说明。

　　我应当向三方面表示谢意。

　　感谢读者用宽容的耳朵倾听了一个朴实无华的故事。

　　感谢报界以真诚的赞许为一个无名的新手开辟了公平的竞争园地。

　　感谢我的出版商以他们的眼光、他们的魄力、他们的求实精神和大胆开明的态度向一个默默无闻、无人推荐的作者给予了帮助。

　　报界和读者对我来说还是笼统的,所以我也只好笼统地感谢他们,而我的出版商却是具体的,一些宽厚的评论家也是具体的,他们鼓励我,只有高尚大度的人才懂得那样鼓励一个艰苦奋斗中的陌生人。对于他们,亦即我的出版商和有数的几位评论家们,我诚恳地说,先生们,我由衷地感谢你们。

　　在这样感谢了赞助过我的人的厚意之后,我要转向另一类人,就我所知,他们为数极少,但却不能因此就无视他们。我是指少数几个大惊小怪、吹毛求疵的人,他们对类似《简·爱》这样的书的倾向表示疑虑。在他们眼里,凡是不寻常的东西都是错误的,在他们听来,任何对偏执——这个坏事之母——的抗议，似乎都含有对虔诚——这位上帝在人间的摄政王——大不敬的意味。我想向这类疑虑者指出一些明显的区别，我愿提醒他们某些简单的真理。

习俗并不等于道德。道貌岸然并不等于宗教。非议前者并不等于攻击后者。揭去法利赛人①脸上的假面具也并不就是唐突冒犯了荆冠②。这两类事、两类行动都是正好相反的，其截然不同犹如善之于恶。一般人太容易将两者加以混淆，而它们是不容混淆的。表面现象不应被误认作真相，只一味取悦和抬高少数人的狭隘的凡俗说教，决不应用来取代基督救世的教义。其间——我再重说一遍——是有所不同的，而清楚醒目地划出一条两者的分界线是一件好事而不是坏事。

世人也许不喜欢看到这些概念被分开，因为他们已习惯于混淆它们，觉得把表面光鲜看作货真价实，——以墙壁刷白来保证殿堂圣洁，——是很方便的。世人也许会憎恶那个胆敢探究和暴露、敢于剥掉镀金而显出下面的黄铜、敢于深入坟穴揭示古墓陈尸的人，但憎恶归憎恶，实际还是受到他的好处。

亚哈不喜欢米该雅，因为米该雅指着他所说的预言，不说吉语，单说凶言。也许基拿拿那个善于奉承的儿子西底家更能讨亚哈的欢心，但如果亚哈当初不听谄言而听听忠告，他或

① 法利赛人（Pharisee）：古代犹太教中一个教派的成员，墨守宗教仪式而自命圣洁，《圣经》中称他们为言行不一的伪善者。

② 荆冠（Crown of Thorns）：据《圣经》载：耶稣钉上十字架前，曾被人用荆棘编成的冠冕戴在头上以资戏弄。

许就会逃过一场流血的惨死。①

当代就有一个人②,他的话不是说来迎合只听得进好话的耳朵的,在我看来,他来到社会上的大人物面前,也正像音拉的儿子来到犹大和以色列诸王的驾前一样,说出来的真理也同样深刻,话也同样饱含先见、一针见血,神态也同样无畏和大胆。写《名利场》的这位讽刺家在上层诸公中得到赞扬吗?我不敢说。不过我以为被他投掷了他那讽刺的火药、照射了他那谴责的闪电的人中间,如果有几个能及时接受他的警告的话,那么他们和他们的后代也许还能逃脱基列的拉末城下的厄运。

我为什么要提到这个人呢?读者,我所以提到他,是因为我觉得我在他身上看到了一位比他同时代人迄今所认识到的更为深刻、更为难得的智者,因为我认为他是当今的第一位改革者,是能拨正扭曲的时世的工作团的当然的领袖;因为我觉得至今还没有哪位评论他作品的人找到了适合于他的比拟,找到了能如实刻画他的才华的言语。他们议论他像菲尔丁③,他们谈到他的机智、幽默和诙谐的力量。说他像菲尔

〰〰〰〰〰〰〰

① 据《圣经》载:以色列王亚哈想去攻取基列的拉末,招聚了国内的许多先知来问吉凶,他说:"还有一个人,是音拉的儿子米该雅,我们可以托他求问耶和华,只是我恨他,因为他指着我所说的预言,不说吉语,单说凶言。"米该雅被召来后,预言进攻必定招致溃败,而另一个先知基拿拿的儿子西底家则迎合亚哈的意旨,预言必胜。亚哈将米该雅下狱,率兵出征,结果在基列的拉末城下中箭流血而死。见《旧约·列王记上》第22章。

② 指英国著名小说家萨克雷(William Makepeace Thackeray,1811—1863),代表作有《名利场》等。

③ 菲尔丁(Henry Fielding,1707—1754):英国十八世纪最著名的小说家之一,代表作有《弃儿汤姆·琼斯的历史》等。

丁,就好像说雄鹰像秃鹫一样。菲尔丁会扑在腐尸上,萨克雷却从不如此。他的机智是巧妙的,他的幽默是有趣的,然而它们与他严肃的才智之间的关系,却正像看来只是嬉戏闪烁在夏日乌云边缘上的片状闪电,与暗藏在乌云深处的致命的电火花的关系一样。最后,我之所以提到萨克雷先生,是因为我正是要把这《简·爱》的第二版题献给他,——如果他愿意接受一个素不相识的人的题献的话。

柯勒·贝尔

一八四七年十二月二十一日

# 第三版附言

我利用《简·爱》出第三版所提供的机会,再向读者说明一下,我如能称得上小说家,仅仅只是靠了这一部作品。因此,如将其他小说的写作归之于我,那就是将荣誉归到了不该得到它的人名下,而剥夺了理应得到它的人的权利。

这个说明将用来纠正或许已经造成的错误①,并将防止再犯这类的错误。

柯勒·贝尔<br>一八四八年四月十三日

---

① 勃朗特姊妹一八四六至一八四七年间先后写成的小说——艾米莉·勃朗特的《呼啸山庄》、安妮·勃朗特的《艾格妮斯·格雷》以及本书,开始都用的是笔名——艾丽斯·贝尔、阿克辛·贝尔以及柯勒·贝尔。由于一八四七年本书出版后引起广泛注意,因此有人误以为同时问世的另两书作者与本书作者系同一个人,两书都是本书作者较早的作品。

# 第　一　章

那天是没法出去散步了。尽管早上我们还在光秃秃的灌木林间闲逛了一个小时,可是从吃午饭起(没客人来,里德太太午饭总吃得很早),就刮起冬天凛冽的寒风还夹着绵绵苦雨,这就谈不上再到外面去活动了。

这倒正合我心意,本来我一向就不喜欢远出散步,尤其是在午后的冷天气里,因为我最怕直到阴冷的傍晚才回到家里,手脚冻僵,还被保姆蓓茜数落得挺不痛快,又因为自觉身体不如里德家的伊丽莎、约翰和乔治娜强壮而感到丢脸。

随后,上面所说的伊丽莎、约翰和乔治娜就在客厅里团团围在他们妈妈的身边,而她则斜靠在炉边的沙发上,让几个宝贝儿簇拥着(这会儿既不争吵,又不哭闹),一副心满意足的样子。我呢,她就让我不必去跟他们坐在一起了,说是:她很抱歉不得不让我去独自待在一边,除非她能听到蓓茜报告加上自己亲眼目睹,发现我确实在认真养成一种比较天真随和的脾气,活泼可爱的举止,——比较开朗、坦率一点,或者说比较自然一些,——那她确实只好让我得不到那些只有高高兴兴、心满意足的小孩子家才配得到的特殊待遇了。

"蓓茜说我干了什么啦?"我问。

"简,我可不喜欢爱找碴、爱寻根究底的人,再说,一个孩子家竟敢这样回大人的嘴可真有点可怕。找个地方坐着去，除非会说中听的话，就闭嘴别再作声啦。"

客厅隔壁是间小小的早餐室，我悄悄溜了进去。那儿有个书架，我马上找了一本，特意挑那满是插图的。我爬上窗龛里的座位上，缩起脚，像个土耳其人那样盘腿坐下，把云纹呢红窗帘拉得差不多完全合拢，这样我就在一个加倍隐蔽的地方安下身来。

褶裥重重的猩红窗幔挡住了我右边的视线，左边是一扇扇明亮的玻璃窗，它们在十一月阴沉沉的白昼下成了我的屏障，但同时又并不把我跟它完全隔绝开来。在翻书页的间歇中，我时不时地眺望一下这个冬日午后的景象。远处，只见云遮雾罩，白茫茫一片。近处，呈现的是湿漉漉的草地和风吹雨打的树丛，一阵持续的凄厉寒风，把连绵的冬雨刮得横扫而过。

我重新又去看我的书——彪依克的《英国禽鸟史》①。一般说来，我对书的正文不大感兴趣，不过尽管是个孩子，书中某些文字说明我还是不能当它空页似的一翻而过。其中有讲到海鸟栖息处的，讲到只有它们居住的那些"孤寂的岩石和海岬"，讲到从最南端的林内斯或者叫纳斯直到北角，岛屿星罗棋布的挪威海岸，——

> 那里北冰洋卷起巨大旋涡，
>
> 绕着北方极地荒凉的岛屿咆哮，
>
> 而大西洋的汹涌波涛，

① 彪依克（Thomas Bewick，1753—1828）：英国木刻家，以书籍插图闻名。他为柯茨编写的《英国禽鸟史》一书所作插图是他的代表作之一。

注入风吹浪打的赫布里底群岛。①

还有些使我不能漠然翻过的地方,提到了拉普兰、西伯利亚、斯匹次卑尔根、新地岛、冰岛和格陵兰的荒凉海岸,那"辽阔无垠的北极地带,那一片片凄凉广漠荒无人烟的地区——那儿常年雪压冰封,千百个严冬积聚起来的坚硬冰原,像在阿尔卑斯山上那样层层高耸,——晶莹发光,它们围绕着极地,使严寒的力量集中起来更增威势"。对这些惨白色的地区我形成了自己独特的印象:朦朦胧胧,就像所有那些似懂非懂的概念那样,它们隐约浮过孩子们脑际,但却又出奇地生动。这些说明中的文字都跟后面伴随着的小插图息息相关,使得那孤立在浪花飞溅、波涛汹涌的大海中的礁石,搁浅在荒凉海岸上的小船,那从云缝间俯视正在没入水中的沉舟的幽灵般冷漠的月亮,都显得更意味深长了。

我说不清在那块冷冷清清的墓地上究竟笼罩着一种什么情调,那里有刻了字的墓碑,一扇大门,两棵树,被破墙围住的狭隘视野,以及表明时间已近黄昏的一弯初升的新月。

两艘停在死寂海面上的船,我相信准是两个海中的幽灵。

魔鬼从后面按住窃贼背的包,我赶紧翻了过去,那样子挺可怕。

头上长角的黑色怪物高踞在岩顶上,远望着一大群人团团围住绞架也是这样。

每幅画都在讲述一个故事,尽管我理解力还不太强,鉴赏力也不够,常觉得它们神秘莫测,但仍旧感到它们总是十分有

① 这是苏格兰诗人汤姆逊(James Thomson,1700—1748)的《秋天》一诗中的诗句。

趣,就跟蓓茜有时候在冬天的夜晚所讲的故事那样,不过那得碰上她心情好的时候,那时她把熨衣板搬到育儿室的壁炉旁边,让我们在周围坐好,一边熨平里德太太的挑花绉边,把她睡帽边缘烫出褶线来,一边就让我们全神贯注地饱听一段段爱情和历险的故事,它们都来自古老的神话和远古的民间传说,或者(我后来发现)来自《帕美拉》和《莫兰伯爵亨利》①。

当我膝头上摊开着彪依克的书的那一会儿,我觉得很快乐,至少是自得其乐。我只担心别人来打搅,可它却偏来得很快。早餐室的门一下打开了。

"嘿!烦闷小姐!"约翰·里德的声音在叫唤,跟着他沉默了一会儿,发现房间里显然是空的。

"见鬼,她上哪儿去了?"他接着说,"丽茜!乔琪!②(他在叫他的姐妹)琼③不在这儿。告诉妈妈她跑到外面的雨地里去了,——坏畜生!"

"幸亏我拉上了窗帘。"我心想,同时急切地希望他不会找到我藏身的地方。说来约翰·里德自己也不大会找得到,他这人眼光不锐利,头脑也不灵敏。可惜伊丽莎刚往门里一探头,就马上说道:

"她在窗龛里坐着呢,准没错,杰克④。"

我马上走了出来,因为一想到我会被这个杰克硬拉出去就害怕极了。

①《帕美拉》(Pamela):英国作家理查逊(Samuel Richardson,1689—1761)的作品,是英国文学史上最早的家庭伦理小说。《莫兰伯爵亨利》,未详。

② 丽茜、乔琪:伊丽莎、乔治娜的昵称。

③ 琼:简的别称。

④ 杰克:约翰的昵称。

"你有什么事？"我局促不安地问。

"该说：'你有什么事，里德少爷？'"对方回答。"我要你到这儿来。"说着就在一把扶手椅上坐下，做了个手势示意让我走近去站在他跟前。

约翰·里德是个十四岁的学生，比我大四岁，我才十岁。尽管按年纪来说他长得又胖又大，但却肤色灰败，一张宽脸盘，粗眉大眼，腿臂肥壮，大手大脚。他吃起饭来老是狼吞虎咽，结果弄得肝火很旺，目光呆滞无神，两颊松垂。他这会儿本来早该住进学校去了，可是他妈妈却把他接回家来住一两个月。说是"由于身体不好"。老师迈尔斯先生断言，只要他家里少给他捎些糕饼甜食去，他准会过得很好。可是做母亲的心不能接受这样粗暴的意见，而宁愿抱着另一种较为高雅的看法，那就是约翰所以脸色不好是因为用功过度，或者是想家。

约翰并不怎么爱他的母亲和姐妹，对我更抱有一种反感。他常欺负和虐待我，远不止每星期两三次，也不是一天一两回，而是接连不断，以致只要他一走近来，我身上每一根神经都紧张害怕，骨头上每一块肌肉都吓得抽缩。有时候我都被他吓呆了，因为无论对他的威吓也好，虐待也好，我都无处申诉。用人们不愿意为了帮我对付他而得罪了他们的少爷，而里德太太对此完全装聋作哑，她从来没看见他打过我或者听见他骂过我，尽管他时常当着她的面这样做，当然，背着她时就更多了。

由于对约翰顺从惯了，我只好走到他椅子跟前。足有两三分钟，他拼命向我伸出舌头，就差撑断了他的舌根。我知道他马上就要打我了，一边畏惧着那一击，一边却凝神打量着这就要动手打我的人那副丑恶可厌的模样。我不知道他是不是从我脸上看出了我这种念头，因为他二话没说，一下子就猛地狠狠给了我一下。我一个趔趄，从他椅子跟前倒退了一两步才站稳了身子。

"这是教训你刚才敢无礼地跟妈妈顶嘴，"他说，"也因为你鬼鬼祟祟躲在帘子背后的行为，还因为你刚刚在两分钟以前眼光里的那副神气，你这只耗子！"

我已经挨惯了约翰·里德的辱骂，所以压根儿就不想回嘴，我一心只想着怎么来挨过辱骂之后必然会来的殴打。

"你躲在帘子后面干什么？"他问。

"我在看书。"

"把书拿来。"

我回到窗前把书拿了过来。

"你没资格拿我们家的书。你是个靠人养活的，妈妈说过，你没钱，你父亲一文也没留给你。你本该去要饭，不该在这儿跟我们这样上等人的孩子一起过活，跟我们吃一样的饭，穿花妈妈的钱买来的衣服。现在，我要教训教训你再不敢去乱翻我的书架，那全是我的，这家里的一切都是我的，最多再过上几年就都是了。滚，站到门口去，别站在镜子和窗子跟前。"

我照着做了，起初还没觉察他到底想干什么，但是当一看到他举起书来，掂一掂，起身做出一个要扔过来的架势时，我本能地惊叫一声往旁边一闪，但已来不及，书已经扔了过来，打中了我，我跌倒了，头撞在门上，碰破了。伤口流出血来，痛得要命。我的害怕心理已经超过了极限，被其他心情所取代了。

"你这残酷的坏孩子!"我说,"你简直像个杀人凶犯……你像是个监工头……你就像那些罗马暴君!"

我读过哥尔斯密①的《罗马史》,对尼禄、克利古勒②这些人有了我自己的看法。而且我还在心里暗暗作过一些类比,但绝没想到竟会这样公开说出来。

"什么! 什么!"他嚷了起来,"她竟敢对我说这样的话? 你们听见了吧,伊丽莎和乔治娜? 我不该去告诉妈妈吗? 不过我先要……"

他向我直冲过来。我感觉到他揪住了我的头发,抓住了我的肩头,他真是在跟一个亡命之徒决一死战了。我看他真像是个暴君、杀人犯的样子。我觉着有几滴血从我头上淌下脖子去,感到有几分剧痛难忍。这些感觉一时压倒了畏惧,就不顾一切地跟他对打起来。我不大清楚自己的双手究竟干了些什么,只听见他骂我"耗子! 耗子!"一边还大声尖叫。帮手就在他身边,伊丽莎和乔治娜早已去找了里德太太,她已经跑上楼梯,来到了现场,身后还跟着蓓茜和她的使女阿博特。我们给拉开了。只听得她们在说:

"哎呀! 哎呀! 居然撒泼到敢打约翰少爷!"

"谁见过有发这么大脾气的!"

随后里德太太接上来说:

"带她到红屋子里去,关起来。"马上就有四只手抓住了我,把她拖上楼去。

---

① 哥尔斯密(Oliver Goldsmith,1728—1774):英国作家,著名代表作有《威克菲牧师传》等。
② 尼禄(Nero Claudius Caesar,37—68)、克利古勒(Caligula Gaius Caesar,12—41):古罗马皇帝。前者以荒淫无道著称,相传曾火焚罗马城;后者以暴虐疯狂闻名,自称为神。

# 第 二 章

我一路都在反抗,这是我从来没有过的,可这一来就大大加重了蓓茜和阿博特小姐对我的恶感,超过了她们本来愿意抱有的。实际上,我是有点失掉了自制,或者像法国人常说的:忘乎所以了。我明知道,一时的反叛早已经使我难免要受到种种难以想象的惩罚,因此像所有造反的奴隶那样,我在绝望中下决心索性一不做二不休。

"抓住她胳臂,阿博特小姐,她简直像只发了疯的猫。"

"真丢脸!真丢脸!"那使女喊道,"多吓人的举动呀,爱小姐,居然打起一位有身份的年轻人,你恩人的儿子,你的小主人来了!"

"主人!他怎么会是我的主人?难道我是个用人吗?"

"不,你还比不上用人呢,因为你白吃白住,却什么也不干。得啦,坐下来,好好想想你那坏脾气。"

这时候她们已把我拉进了里德太太指定的那个房间,把我按在一张凳子上。我禁不住要像弹簧似的立刻站起来,她们那两双手马上抓住了我。

"你要不好好坐着,就得把你绑起来。"蓓茜说,"阿博特小姐,把你的袜带借我使使,我那副她准会一下就挣断的。"

阿博特小姐动手从一条胖腿上解下所需的带子。这种捆

9

人的前奏曲，以及它所带来的加倍的耻辱，使我的愤激情绪稍
微冷静了一点。

"别解啦，"我喊道，"我不动就是了。"

作为保证，我两手紧紧抓住了凳子。

"记住可别动。"蓓茜说。当她确信我真的已经安静下来
了，她才放开了我，然后跟阿博特小姐抱着胳臂站在那儿，沉
着脸不放心地瞧着我的脸，好像还拿不准我是否已经清醒了
似的。

"她以往从来没有这样过。"末了蓓茜终于转过脸去对那
位阿比盖尔①说。

"不过这种根性她是一直就有的。"对方回答说，"我常跟
太太说起过我对这孩子的看法，太太也同意我。她是个鬼头
鬼脑的小家伙，我从没见过像她这么点大的小姑娘那么会
装腔。"

蓓茜没接碴儿，但稍过了一会儿她朝我说：

"你该明白，小姐，你是受了里德太太的恩惠的。要是她
把你赶出去，你就只好进贫民院了。"

对这我无话可答，这些话对我来说并不新鲜，在我幼年时
期最早的回忆中就包含着别人诸如此类的暗示。这种指责我
靠人养活的话在我耳朵里已经成了含意不明的老生常谈了，
尽管听了十分难受和丧气，却叫人有点似懂非懂。阿博特小
姐也附和说：

"你别因为太太好心，容许把你跟里德小姐和少爷们放

---

① 阿比盖尔（Abigail）：英国剧作家波蒙和弗莱契所著《傲慢的贵妇人》中
的人物，一个典型的贵族使女。

在一块带大,就自以为可以跟他们平起平坐了。他们将来会很有钱,你可一个子儿也不会有。你得低声下气,尽量合他们的心意,这才是你的本分。"

"我们跟你说这些都是为了你好,"蓓茜接着说,口气倒还算缓和,"你该尽量学得能干和讨人欢喜,那样说不定你还能在这儿待下去,要是你变得粗暴无礼,爱发脾气,我敢说太太准会把你撵走的。"

"再说,"阿博特小姐说,"上帝也会惩罚她,他会在她正大发脾气的时候叫她忽然死掉,而且知道死后会到哪儿去么?得啦,蓓茜,咱们就随她去吧,反正怎么说她也不会对我们有好感的。剩你一个人的时候,爱小姐,你好好做做祷告,因为你要是不忏悔,说不定就会有什么可怕的东西从烟囱里下来把你抓走的。"

她们走了,关上门,还上了锁。

红屋子是个空房间,很少有人在里面睡,可以说从来没人去睡,当然,除非盖茨黑德府里偶尔来了大批客人,以致不得不动用它所有的房舍。不过,这间屋子却是全府里最宽敞最堂皇的一间卧室。一张有粗大红木架的床,挂着深红锦帐,像个神龛似的摆在房间正中央。两扇大窗子,经常拉下了百叶窗,几乎被一色帷幔布做成的褶皱和垂帘遮得严严实实。地毯是红的。床脚边的桌子铺着深红色桌布。墙是柔和的淡褐色,稍带微红。衣橱、梳妆台、椅子都是乌油油的桃花心木做的。床上堆起层层的垫褥和枕头,上面盖着雪白的马赛布①床罩,在周围的深沉色调中显得耀眼而突出。几乎同样醒目

---

① 马赛布(Marseilles):一种提花厚棉织品,常用来做床罩等用品。

的是床头边一张铺着坐垫的大安乐椅，也是白色的，跟前还放着脚凳，我想，它看上去就像是个苍白的宝座。

因为难得生火，这屋子很冷。它离育儿室和厨房都很远，所以很静。因为谁都知道极少有人进来，所以显得庄严。只有女用人在星期六进来擦拭一下家具和镜子，清除掉一星期积起来的薄薄一点灰尘。里德太太自己则隔很长时间才进来一次，查看一下大橱里的一只秘密抽屉，那里面存放着各种羊皮纸文契，她的首饰盒，此外还有她已故丈夫的一帧小肖像，而红屋子的秘密和魔力就在于此，使得它尽管富丽堂皇，却显得如此冷落。

里德先生过世已经九年，他就是在这间卧室里断气，在这里停灵，他的棺材也是从这里由殡仪馆的人抬出去的。从那时起，一种哀伤的神圣感就使得这屋里不常有人闯进来。

蓓茜和刻薄的阿博特让我坐着别动的，是放在大理石壁炉架近旁的一张软垫矮凳。我面前就耸立着那张床。我右边是黑沉沉的高大衣橱，散漫、柔和的反光使橱壁板上显出斑驳变幻的光泽。我左边是遮严的窗户，窗和窗间安着一面大镜子，重现出大床和屋子空荡荡的肃穆景象。我拿不准她们是不是真把门锁上了，因此等我稍敢动弹的时候，我就站起身来走过去瞧瞧。哎呀，真锁上了！比牢房还严实。走回原处时得在镜子前经过，我的眼光被吸引着不由自主地向镜中映出的深处探究。在那片幻象的空间中，一切都比现实中显得更阴沉、更冷漠。里面那个眼睛直瞪着我的古怪的小家伙，在昏暗朦胧中显出苍白的脸和胳膊，在一片死寂中只有那双惊惶发亮的眼睛在闪闪转动，看上去样子真像一个幽灵，我觉得它就像是蓓茜夜晚讲故事时所说的那种半神半妖的小鬼中的一个,它们常在沼地上杂草丛生的荒谷中出现在夜行者的眼前。我回到了我的矮凳上。

那时候我很迷信,不过眼下它还没到完全能占上风的时候;我的火气还很旺,起来造反的奴隶那种怨气冲天的心情还在激励着我,要我向黯淡的现实低头,还得首先能克制住不再去想那如潮的往事才行。

约翰·里德的蛮横,他姐妹的傲慢,他母亲的憎厌,用人们的偏心,这一切在我乱糟糟的脑海里,就像一口污井里的污泥沉渣那样翻腾了起来。我为什么老吃苦头,老被呵斥,老受责怪,老是有错呢?为什么我总是不讨人喜欢?为什么不管我竭力想赢得谁的好感却总是白费心机呢?伊丽莎既任性又自私,却受人尊敬。乔治娜脾气给惯坏了,尖酸狠毒,爱寻事找碴,盛气凌人,大家却还都娇纵着她。她的漂亮,她红红的双颊和金黄的鬈发,似乎能让谁见了她都满心欢喜,不管有什么错都得到原谅。而约翰呢,从来没人敢违拗他,更不用说责罚他,尽管他扭断鸽子脖颈,弄死小孔雀,放狗去咬羊,摘掉温室葡萄的果子,掐下花房里珍贵花木的幼芽,还管他母亲叫"老姑娘",有时候还为了她跟自己一模一样的黑皮肤而辱骂她,蛮横地不听她的话,不止一次撕破、弄坏她的绸衣裳,可他却还是她的"心肝宝贝"。而我虽不敢犯一点错,尽力把每一件事做好,却仍旧被说成淘气,讨厌,阴沉,鬼鬼祟祟,而且从早上到中午,从中午到晚上,无时不在这么说。

我的头因为挨打和跌倒一直还在疼痛流血,却谁也没有去责备他不该乱打我,而我为了不再受无理的虐待才反抗了他,却饱受了众人的责难。

"不公平!——太不公平了!"我的理智告诉我说,在痛苦的刺激下它一时变得像大人那么强有力,而同样被激起来的决心也在怂恿采取某种不寻常的办法来逃脱难以忍受的迫害——比如说出走,或者不成的话,就从此不吃不喝,让自己饿死。

那个凄惨的下午,我的心灵是多么惶惑不安啊!我是多么满脑子乱作一片,又满心愤愤不平啊!然而这场内心斗争又是多么盲目无知啊!我无法回答那个心里不断提出的疑问——我为什么这么受折磨,如今,隔了……我不愿说隔了多少年,我才看清了是这么回事。

我跟盖茨黑德府完全不协调。我跟那儿的谁也不相像,我无论是跟里德太太,还是她的儿女,或是她的宠幸们,都没有一点和谐一致的地方。如果说他们不喜欢我,那么老实说,我也同样不喜欢他们。他们并无必要非去爱护一个跟他们谁也不能融洽相处的人不可。这人是个异物,无论在脾气、能力或者爱好上都跟他们相反;是个毫无用处的家伙,既不能对他们有什么好处,也不能增加一点他们的乐趣;是个害人精,身上带有不满他们的对待,鄙视他们的见解的毒菌。我明白,如果我是个聪明开朗、轻率任性、漂亮顽皮的孩子,哪怕同样寄人篱下,无依无靠,里德太太也会比较心安理得地容忍我一些,她的孩子们会对我比较真诚友善一些,用人们在育儿室里也就不至于那么动辄把我当替罪羊对待了。

红屋子里天色渐暗。已经过了四点,阴沉的下午正逐渐转为凄凉的黄昏。我听见雨仍在不断敲打楼梯上的窗子,风还在宅后的树林子里呼啸,我一步步感到浑身冻得像块石头,这时,勇气也跟着消散了。我惯常那种自卑、缺乏自信、灰心丧气的心情,像冷水那样浇灭了我已经愈来愈微弱的怒火。

人人都说我坏,那我或许真坏也说不定:刚才我起了什么念头呀,竟想要饿死我自己?那当然是个罪过,而且我真已想定了要去死么?难道盖茨黑德教堂圣坛下的墓穴真是那么诱人的去处!我听说里德先生就葬在那样的墓穴里,这念头重又使我想起他的用意来,而越想越觉得担心。我已不记得他了,不过我知道他是我的亲舅舅,我母亲的兄弟,知道他在我成为父母双亡的孤儿时收养了我,而且在他临终时曾要求里德太太答应一定要像亲生儿女那样抚养我。里德太太或许认为她是遵守了诺言的,而我认为她在她生性能够做到的范围内也确实是这样,然而她对于一个并非一家的外来者,丈夫死后更与她毫不相干的人,怎么可能真心喜爱呢?觉得自己为了勉强作出的保证而不得不去充当一个她无法喜爱的孩子的母亲,眼看着一个气味不相投的外来人长期插足在自己的家人之间,这准是一桩最叫人厌烦的事。

我心里突然闪过一个古怪的念头。我毫不怀疑——从不怀疑——要是里德先生还活着,他是准会待我很好的。接着,我坐在那儿眼望着白色的床和昏暗的四壁,偶尔还不由自主地转眼去望一望隐隐发亮的镜子,渐渐想起了我曾听说过的故事,说坟墓里的死人因为不甘心别人违背他们的遗愿,会重返世间来惩罚背信弃义者,为被虐待的人报仇。我觉得,里德先生的灵魂为他外甥女受到亏待而着恼,就说不定会离开他的住处——不管是在教堂的墓穴里,还是在死人所在的阴世间——而在这间卧室里出现在我的面前。我擦掉眼泪,忍住呜咽,生怕任何强烈悲痛的表现都有可能招致某种超自然的声音来安慰我,或者在昏暗中引来一张光晕围绕的脸,带着怪异的怜悯表情俯视着我。按理说这种念头能给人安慰,可我觉得要是真的实现了却会十分可怕,因此我拼命打消它,竭力镇定下来。我甩开挡在眼前的头发,抬起头,尽量壮起胆来四面望望这间黑暗的屋子,就在这时,一线亮光射到了墙上。我疑惑这会不会是从百叶窗缝里透进了一缕月光?不对,月光是静止不动的,而这亮光却在闪动,我正注视着它时,它就一下闪到了天花板上,在我头顶上晃动。要换了现在,我准能马上猜想到,那道亮光十有八九是有人正穿过草地时手里拿着的灯发出来的,可当时,我一心只防着怕人的事,激动得全身神经紧张,竟以为这道迅速跳动的光正是阴间来的某个鬼魂的先兆。我心直跳,头发晕,耳朵里充满着一种声音,我认为是翅膀的扑动声,仿佛有什么东西来到了我近旁,我感到压抑,透不过气来,再也忍受不住了。我冲到门边,不顾一切地拼命摇锁。外面走廊里有脚步声奔过来,钥匙转动一下,蓓茜和阿博特走了进来。

"爱小姐,你不舒服了吗?"蓓茜说。

"闹出多大的声音来!差点把我震聋了!"阿博特嚷道。

"带我出去!让我到育儿室去!"我喊着。

"干吗?有什么伤着你了吗?你看见了什么吗?"蓓茜接着追问。

"啊呀!我看见了一道亮光,我觉得鬼就要出现了。"说着我已抓住了蓓茜的手,她也并没有缩回去。

"她大声叫嚷是故意的。"阿博特有点厌恶地断定说,"而且嚷得多凶啊!要是她真有什么大的痛苦倒还可以原谅,可她不过是存心要让我们都跑到这儿来,我知道她那套鬼把戏。"

"这都是怎么回事?"另外又有个声音专横果断地说,跟着里德太太独自顺走廊走来，松开的帽带飘动着，长衣沙沙作响。"阿博特，蓓茜，我想我已经吩咐过，叫你们让简·爱一直呆在红屋子里，直到我自己来找她。"

"可简小姐叫得挺响啊，太太。"蓓茜辩解说。

"让她去。"这是惟一的回答，"松开蓓茜的手，孩子，放心吧，你想靠这些办法逃出屋子是办不到的。我最讨厌作假，特别是小孩子。我有责任让你明白，耍花招是没有用的，你这样反而得在这儿多呆一个小时，而且只有你完全认错不再犟，我才会放了你。"

"哦，舅妈，行行好！饶了我吧！我实在受不了……用别的办法惩罚我吧！这会要了我的命的，要是……"

"闭嘴！这么闹法简直叫人恶心。"毫无疑问她真是这么感觉的。在她看来我是个早熟的演员，她当真把我看成是个既满腔恶意，又心灵卑劣、阴险可怕的角色。

我当时痛苦至极、哭得厉害，里德太太很不耐烦，等蓓茜和阿博特一走，就二话没说把我往屋里一推，锁上了门，不再跟我多费口舌。我耳听她大步地走开了。她走后不久，我想我大概发生了一次昏厥，这场纠纷最后就在我的人事不省中告终了。

# 第 三 章

接下来我记得的是,我在仿佛刚做过一场可怕噩梦似的感觉中醒了过来,眼前只见一片刺目的红光,中间横过一条条又粗又黑的线。还听见说话的声音,瓮声瓮气,仿佛被大风或者湍急的水流声盖住了似的。激动,惶惑,以及压倒一切的恐惧感使我有些神志不清。不久,我觉察到有人在照料着我,扶起我,让我靠着他坐起身来,比以往任何人扶着我坐起来时都更要温存体贴。我的头枕在一个枕头或是一条胳臂上,觉得挺舒服。

过了五分钟,迷雾消散了,我十分清楚我正躺在自己的床上,那片红光是育儿室的炉火。已经是夜里,桌上点着一支蜡烛,蓓茜端着水盆站在床脚边,一位先生坐在我枕旁的一张椅子上,正俯身望着我。

我感到说不出的宽慰,安心地确信受到了保护,有了安全感,因为我知道屋里来了一个陌生人,一个不属于盖茨黑德府,又跟里德太太非亲非故的人。我把眼光离开蓓茜(虽说相比起来,她的在场远不像阿博特那样的人叫我生厌),细细打量着那位先生的脸。我认识他,他是劳埃德先生,是个药剂师,逢到下人们有病,里德太太有时请他来过。她自己和孩子们有病时是另请医生的。

"好吧,我是谁?"他问。

我叫出了他的名字,同时向他伸出手去。他握住手,笑着说:"咱们一会儿就会挺好了。"随后,他扶我躺下,对蓓茜说,要她多加小心,夜里别让我受到打扰。他又交代了几句,说了明天再来之后,就走了。这叫我很难受,因为他坐在我枕边的椅子上时,我感到那么有依靠,有人帮助,而等他一走,关上了门,整个屋子马上黯然失色,我的心再次变得沮丧,一种说不出的伤感使它变得沉重。

"你觉得想睡了吗,小姐?"蓓茜问道,口气相当柔和。

我几乎不大敢回答她,生怕她下一句又该是粗声粗气的了。"我试试看。"

"你想喝点儿什么,或者能吃点东西吗?"

"不想,谢谢你啦,蓓茜。"

"那么我想我该去睡了,已经过了十二点啦,不过要是你夜里需要什么,可以叫我一声。"

多么殷勤有礼啊!这叫我有勇气问了个问题。

"蓓茜,我是怎么啦?我病了吗?"

"我想,你是在红屋子里哭坏了身子。你很快就会好起来的,没问题。"

蓓茜回到就在附近的仆人下房里去了。我听见她在说:

"赛拉,你来跟我一块儿睡在育儿室里,我今晚怎么也不敢独自陪着那个可怜的孩子,她说不定会死的。真奇怪,她竟会昏了过去,我疑心她是不是看见了什么。太太也太狠心了。"

赛拉跟她一起回来,两人都上床去睡了。她们互相悄声低语了半个钟头才睡着。我零星地听到了几句她们的谈话,但凭这个就已能足够清楚地推测出她们谈论的主要话题。

"有什么东西在她身边走过,一身雪白的衣服,随后就不见了……""有条大黑狗跟在他身后……""房门上重重地敲了三下……""墓地上有一道光,正好在他的坟上……"如此等等。

最后两人都睡着了,炉火跟蜡烛都已熄灭。而对我来说,这个漫漫的长夜却是在可怕的清醒不眠中度过的,耳朵,眼睛,头脑,都统统被恐惧弄得紧张不堪,这种恐惧是只有孩子们才会有的。

这次红屋子事件并没带来什么长期或者严重的生理上的疾病,只是使我的神经受到了一次震撼,直到今天我还感到它的余波。的确,里德太太,我心理上的某些严重创痛应该归功于你。不过我应当原谅你,因为你自己也不明白你做了些什么。你在伤透了我的心时,还自以为是在铲除我的劣根性。

第二天将近中午,我起来穿上衣服,裹着一条披肩坐在育儿室的壁炉旁。我觉得浑身无力,像垮掉了似的,但我最难受的却是心灵上一种说不出的苦恼。这种苦恼不断使得我默默流泪,我刚从颊上拭掉一滴咸咸的泪珠,第二滴马上又淌了下来。然而,我觉得我应当高兴,因为里德家的孩子都不在,他们都跟着妈妈坐马车出去了。而且,阿博特也正在另一间屋子里做针线活,蓓茜呢,一边来来去去,拾掇玩具,整理抽屉,一边不时跟我说上一两句多余的亲切的话。我已过惯了不断受申斥而又费力不讨好的日子,对我来说眼前这种情况本该是个宁静的天堂了,可事实上我那饱受折磨的神经现在已经到了这样一种地步,任何平静都无法使它们得到抚慰,任何乐趣都不能很惬意地使它们振奋起来。

蓓茜到楼下厨房里去了一趟,端来一个果子馅饼,盛在一只色彩鲜艳的盘子里,盘子上绘有一只极乐鸟栖息在旋花和玫瑰花蕾织成的花圈里,平常总引起我热烈的赞美心情。我常常恳求让我拿着这个盘子以便仔细瞧一瞧,却一直被认为不配有这个权利。现在这件珍贵的瓷器搁到了我的膝头上,人家还热诚地叫我吃盘里那好吃的圆面饼。徒劳的好意啊!就像别的许多朝思暮想但却一再落空的期望那样,来得太迟了!我吃不下这个馅饼,鸟儿的羽毛,花儿的色泽,也奇怪地显得黯然失色了,我把盘子和馅饼都搁到了一边。蓓茜问我想不想看书,书这个字眼就像一种速效的兴奋剂似的发生了效力,我请她到书房里去把《格列佛游记》拿来。这本书我曾一遍又一遍津津有味地细细读过。我认为它讲的都是真事,而且觉得它比神话更使我产生浓厚的兴趣。因为就说那些小矮人吧,我曾在指顶花叶和风铃草丛中,在蘑菇下面,在爬满连钱草的旧墙角下空找过一气,末了只好下决心丧气地承认,他们全都已经逃出了英国,到某个森林比较茂密原始,人迹也比较稀少的国度里去了。既然在我的信念中,小人国和大人国都是地球上实实在在的地方,因而我毫不怀疑,有一天经过一次远航,我准能亲眼看到其中一个国度里那些小小的田园、房屋、树木、小人、小牛、小羊和小鸟,和另一个国度里那些森林般的麦田,高大的猛犬,吓人的巨猫和铁塔般的男男女女。然而,现在这本心爱的书交到了我手里,我翻着它,在它那些奇妙的插画中寻求以往从来不曾落空过的魅力时,一切却都显得怪诞而乏味,那些巨人全是些瘦骨嶙峋的妖魔,小人全是恶毒可怕的小鬼,格列佛则是历经最险恶地区的一个最孤独的流浪汉。我合上书不敢再看,把它放在桌上那一口未尝的馅饼旁边。

　　蓓茜这会儿已经打扫完房间，洗过手，打开一个里面满装着漂亮的零碎绸缎的小抽屉，动手给乔治娜的洋娃娃做一顶新帽子。她边做边唱着，唱的是：

> 记得当初我们一起出门去浪游，
> 　　时光已过了那么久。

　　这首歌我以前曾多次听到过，每次都感到欢快悦耳，因为蓓茜有副很甜的嗓音，至少我觉得是如此。可是现在，尽管她的嗓音仍旧很甜，我却觉出它的调子里有一种说不出的哀伤。有时她做手里的活儿做得出了神，把那一句副歌拉得很长，唱得很低沉，"时光已过了那么久"唱得就像是送葬曲里最哀伤的终句似的。她接着又唱起另外一首民谣来，这回更真是一首凄凉的小调了。

> 我走得双脚疼痛，四肢酸麻，
> 　　路远迢迢，走过荒山无数。
> 天边无月，暮色苍茫，
> 　　就要笼罩苦命孤儿的前途。
>
> 为什么要逼我孤身一人，远走他乡，
> 　　来到荒原无边，巉岩秃秃的地方？
> 人心歹毒，只有天使善良，
> 　　保佑苦命的孤儿一路安康。
>
> 夜风从远方微微吹来，
> 　　长空无云，星辰灿烂。

上帝慈悲,赐人平安,

　　让可怜的孤儿前途有望,身心舒坦。

即令我一时失足从断桥坠落,

　　或被迷雾所欺,陷入泥沼,

天父仍将以祝福和许诺,

　　把苦命的孤儿拥入怀抱。

有个信念能赋予我毅力,

　　纵然无依无靠,无亲无友,

天堂总是我归宿,随时能让我安息;

　　上帝啊,你永远是苦命孤儿的朋友。

"好啦,简小姐,别哭了。"蓓茜唱完以后说。她还不如去对火说"别烧了"哩。不过她又怎能猜想得到我所陷入的那种难忍的苦痛呢!午饭前,劳埃德先生又来了。

"怎么,已经起来了!"他一进育儿室就说,"喔,保姆,她怎么样?"

蓓茜回答说我情况很好。

"那她应该显得更快活些才对。来,简小姐,你名字叫简,对吗?"

"对,先生,简·爱。"

"哦,你刚才在哭,简·爱小姐,能告诉我为了什么吗?你哪儿疼吗?"

"不疼,先生。"

"哦!我想她准是为了不能跟太太一块儿坐马车出去才哭的。"蓓茜插嘴说。

"决不会！她已经这么大，不会再去闹这种小别扭了。"

我也是这么想的，所以这样错怪我伤了我的自尊心，我断然反驳说："我从来也没有为这样的事情哭过，我本来就讨厌坐马车出去。我是因为自己不幸才哭的。"

"哎唷，小姐！"蓓茜说。

好心的药剂师显得有些迷惑不解。我正站在他面前，他目不转睛地瞧着我。他两只灰眼睛并不大，也不十分有神，可如今想来我觉得它们相当锐利。他其貌不扬，但却和蔼可亲。他不慌不忙地打量了我一会儿之后说：

"你昨天是怎么病的？"

"她摔倒了。"蓓茜又插进来说。

"摔倒！这又像是个小娃娃了！她这么大连路都不会走吗？她总该有八九岁了吧。"

"我是给人打倒的。"自尊心又一次受到伤害引起的不快，使得我冒冒失失地脱口解释说，"可我生病并不是为这个。"我又补充了一句。这当儿劳埃德先生拈了一撮鼻烟吸起来。

正当他把鼻烟盒放回背心口袋里去时，招呼仆人吃饭的铃声大响，他知道是怎么回事。"那是叫你哩，保姆，"他说，"你下楼去好了，我一边好好开导开导简小姐，一边等你回来。"

蓓茜本想留下来，可又不得不走，因为准时吃饭是盖茨黑德府严格的规矩。

"你生病不是因为摔跤，那么是因为什么呢？"蓓茜走了以后，劳埃德先生接着说。

"我给关在一间有鬼的屋子里，一直关到天黑。"

我瞧见劳埃德先生一面微笑，一面皱皱眉头，"有鬼！咳，你到底还是个孩子！你怕鬼？"

"我怕里德先生的鬼魂，他就死在那间屋子里，而且在那间屋子里停灵。不管是蓓茜还是别的什么人，晚上只要是能不去就绝不去那儿的，连蜡烛都不点，把我一个人关在那儿，真是狠心，——太狠心了，我想我一辈子都忘不了啦。"

"瞎扯！就因为这个，叫你感到那么不幸吗？现在大白天里，你还害怕吗？"

"不怕。不过夜晚马上又要到了，再说，……我不快活，……很不快活，还有别的事。"

"别的什么事？你能说点儿给我听听吗？"

我是多么想详详细细回答他这个问题啊！可又是多么难以回答啊！孩子们能够感觉，但却不善于分析他们感觉到的东西，即使脑子里多少能进行一些分析，也不知如何把分析的结果用言语表达出来才好。不过，因为唯恐错过了这第一次也是仅有的一次机会，来吐一吐我心头的苦水，因此在困扰地沉默了一会儿以后，我尽力设法做了一个尽管贫乏，但就它谈到的范围而言还算真实的回答。

"头一件，我没有父亲母亲，也没有兄弟姊妹。"

"你有一位和善的舅妈，还有表兄表姐呀。"

我又沉默了一下，接着愣头愣脑地脱口说出：

"可是约翰·里德把我打倒在地，我舅妈却把我关进了红屋子。"

劳埃德先生又一次掏出他的鼻烟盒来。

"难道你不觉得盖茨黑德府是一所非常漂亮的房子吗？"他问，"你能住在这么好的地方难道还不觉得非常幸运吗？"

"这又不是我的家,先生。阿博特就说,我比用人还没有资格住在这儿哩。"

"呸!你总不会傻到想离开这么好的地方吧?"

"要是有别的地方可去,我会很高兴离开这儿的,不过只要我还没有长大成人,就绝不可能离开盖茨黑德。"

"也许可能——谁知道呢?你除了里德太太之外,还有别的亲戚吗?"

"我想没有,先生。"

"你父亲那方面的也没有吗?"

"我不知道。我有一回问过里德舅妈,她说也说不定我有几个爱家门里又穷又低贱的亲戚,可她一点也不知道。"

"如果你有这样的亲戚,你愿意上他们那儿去吗?"

我想了一下。贫穷在成年人看来是可怕的,在孩子们心目中就更加如此。他们并不大知道什么叫勤奋、耐劳、值得尊敬的贫穷,在他们头脑里这个字眼总是跟衣衫褴褛、食物短少、炉中无火、举止粗暴和卑劣成性联系在一起的。贫穷在我心目中就是堕落的同义语。

"不,我不愿意做穷人。"这就是我的回答。

"哪怕他们对你好,也不愿意吗?"

我摇摇头。我看不出穷人怎么能做到对人好。何况还要学得像他们那样说话,跟他们一样举动,变得没教养,长成就像我有时候看见过的那样一个穷苦女人,她们常在盖茨黑德村上的茅屋门前洗衣服、奶孩子。不,我可还没有那么英雄气概,宁肯牺牲身份去换取自由。

"不过你的亲戚当真有那么穷吗?他们都是干活儿的吗?"

“我不清楚。里德舅妈说，就算我有亲戚的话，也准是些穷要饭的。我可不愿意去要饭。”

“你愿意进学校吗？”

我又想了一想。我简直不知道学校到底是怎么回事。听蓓茜有时说起，好像那儿的年轻小姐们都要套着足枷、系着脊椎矫正板坐着，而且举止一定要非常文雅、规矩。约翰·里德恨他的学校，骂他的老师。不过约翰·里德的口味不一定就是我的口味。而且尽管蓓茜关于校规的说法（是从她来盖茨黑德以前待过的那家人家的年轻小姐嘴里听来的）有点儿吓人，她说到那几位小姐学到的一项项才能，我觉得倒也一样是挺迷人的。她夸赞她们画的那些漂亮的风景和花卉，她们会唱的歌和会弹的曲子，会编织的钱包，能译出来的法国书，听得我都起了想要比试一番的劲头。再说，进学校会是个彻底的变化，意味着做一次长途旅行，完全离开盖茨黑德府，踏进一种新的生活。

“我当然很愿意进学校。”我细想了一番之后，说出了这样的结论。

“好吧，好吧，谁知道事情到底会怎么样？”劳埃德先生站起身来说，“这孩子该换一换气候和环境，”他自言自语地补了一句，“神经不大好。”

这时蓓茜回来了，同时正好传来一辆马车顺着石子路驶来的声音。

“是你的太太吗，保姆？”劳埃德先生问，“我想在走之前跟她谈一谈。”

蓓茜请他上早餐间去，说着带领着他出去了。从后来发生的事情看，我估计在他随后跟里德太太的谈话中，这位药剂师准是大胆地建议送我进学校去,而这个建议无疑是马上被接受了。因为有一晚阿博特跟蓓茜一起在育儿室里做活计时谈起这件事,当时我已经上了床,她们还以为我睡着了,阿博特说:"我敢说,太太正巴不得能摆脱掉这么一个坏脾气的讨厌孩子,这孩子就仿佛老是在用眼睛盯着每一个人,暗地策划着什么阴谋似的。"我觉得,阿博特倒真是把我看成了幼年福克斯①似的人物了。

就在这一次,从阿博特小姐告诉蓓茜的话中,我头一回知道了我父亲是个穷教士,我母亲不顾亲友们担心有失身份而纷纷反对,仍然嫁给了他。我外祖父里德对于她的违逆勃然大怒,一文钱的遗产也不留给她。我父母结婚后一年,我父亲在一个大工业城市当副牧师,当时那儿正流行斑疹伤寒,他在访问穷人时染上了病,我母亲又从他那儿受到了感染,不到一个月,两人都先后去世。

蓓茜听了这段话叹口气说:"苦命的简小姐也够可怜的哩,阿博特。"

"是啊,"阿博特回答说,"要是个漂亮、可爱的孩子,她那孤苦伶仃倒还能叫人同情,可像她这么个小家伙,实在没法讨人欢喜。"

"确实不太讨人欢喜。"蓓茜也同意,"至少像乔治娜这样的美人儿在同样的境况下会招人爱惜得多。"

"是啊,我真疼爱煞乔治娜小姐了!"阿博特狂热地喊起来,"小宝贝儿! ——长长的鬈发,蓝蓝的眼睛,而且脸色那

---

① 福克斯(Guy Fawkes,1570—1606):英国军官一六〇五年曾与其他天主教党徒阴谋炸毁国会大厦,杀死进行宗教迫害的英王詹姆士一世及支持他的议员,事败后被捕处死。

么可爱,简直像画出来似的!……蓓茜,我真想晚饭吃它一盘威尔士兔子①。"

"我也想——再配上烤洋葱。来,咱们下楼去吧。"她们走了。

---

① 威尔士兔子:一种浇有融化奶酪和浓啤酒的烤面包。

# 第 四 章

　　根据我跟劳埃德先生的交谈,以及前面所说的蓓茜和阿博特之间的议论,我有了足够的信心可以指望日子能变得好起来。看来不久就会有一种变动,我暗暗地在盼望着,等待着。可是事情却拖延了下来。几天,几个礼拜过去了,我身体已恢复正常,但我朝思暮想的事却谁也没有再提起。里德太太有时用一种严厉的眼光打量着我,但却极少对我开口。从我生病以后,她在我跟她的孩子之间划了一条更加泾渭分明的线:另辟了一间小屋子让我独自去睡,罚我独自吃饭,整天待在育儿室,而我的表兄表姐们却经常在客厅里活动。有关我进学校的事她一句都没提过,但我却出自本能地确信,她决不会再长期容忍我跟她在同一个屋顶下生活下去了,因为每当她的目光一扫到我,就流露出一种比以往更加无法克制的深深厌恶。

　　伊丽莎和乔治娜显然是在奉命行事,尽量少跟我说话。约翰每次见到我就用舌头鼓鼓腮帮做个怪相,有一次还想给我点颜色看,可由于我马上反脸相向,又跟上次惹得我不顾体面那样被满腹痛恨、拼死反抗的情绪所激动,他觉得还是罢手为妙,就一边咒骂一边逃开了,还发誓说我打破了他的鼻子。说实话我倒真的已瞄准他那副尊容,想尽我拳头之所能狠狠地揍他一拳了,而且当我看见他不是被这个就是被我那副神气吓破了胆的时候,我真想乘胜穷追到底,可惜他已经逃到他妈妈身边了。我听得他哭哭啼啼在大讲"那个不要脸的简·爱"如何如何像只疯猫似的向他扑来,可他却被颇为严厉地喝住了:

"别在我面前讲她,约翰,我告诉过你别去走近她,她这人不配答理,不管是你还是你的姐妹,我都不愿你们去跟她打交道。"

听到这里,我从楼梯栏杆上扑出身子去,丝毫不假思索地突然大声喊道:

"他们才不配跟我打交道哩。"

里德太太是个相当胖的女人,可是一听到这样无法无天的奇怪宣告,马上利索地奔上楼来,一阵风地把我拖进了育儿室,一把将我推倒在我的小床边上,厉声地说,看我在整个后半晌还敢不敢从床上爬起来,再多说半个字。

"里德舅舅要是活着,会跟你怎么说呢?"我几乎是无意间问出了这句话。说几乎是无意间,是因为我的舌头似乎是未经意志的认可就自动吐出字眼来的。某些话不由自主地从我口里说了出来。

"什么?"里德太太小声地说,平时冷漠平静的灰色眼睛被一种近于恐惧的神情弄得有点惶然不知所措。她把抓住我胳臂的手缩了回去,两眼直瞪着我,仿佛她真弄不清我究竟是个孩子呢还是个魔鬼。这下我可无路可走了。

"我里德舅舅正在天上,你想什么干什么他都看得见,爸和妈也看得见,他们都知道你是怎么整整关了我一天,怎么一心只想我死掉的。"

里德太太很快就又缓过神来,她抓住我死命地摇晃,左右开弓地打我的耳光,然后一句话没说就走了。蓓茜用整整一个小时的训诫来弥补这个疏漏,她振振有辞地说明我确是人家抚养过的孩子中最无赖、最任性的一个。我也有点相信起她的话来,因为说实话我当时只觉得心里翻腾着种种难受不安的情绪。

十一月、十二月和半个正月相继过去了。圣诞节和新年在盖茨黑德像往常一样,在节日的欢乐气氛中庆祝过了。交换了礼物,举行了宴会和晚会。各种享乐,不用说,我一概都被排除在外。我仅有的乐趣,只能是眼看着伊丽莎和乔治娜每日盛装打扮,看她们身穿薄麻纱长衣,束着红腰带,头上精心地做了鬈发,下楼到客厅里去;然后就倾听着楼下钢琴和竖琴的弹奏,侍役和听差的出出进进,上茶点时玻璃杯和瓷器的叮当碰撞,客厅门一开一闭时断续传来的嗡嗡谈话声。等到我厌倦了这个营生时,我就会离开楼梯口,回到冷静而寂寞的育儿室里去。在那儿虽然觉得有些悲伤,我却并不感到苦恼。老实说,我一点也不想到热闹场中去,因为在那儿很少有人会注意我。而且只要蓓茜能和善友好些,我觉得跟她安安静静地呆上一晚,不必到挤满太太先生们的屋子里去挨里德太太的白眼,倒毋宁说是一件乐事。可惜蓓茜一伺候好她那两位小姐的穿着打扮,总是立刻就上厨房和管家屋里那些热闹的处所去了,而且常常把蜡烛也一起带走。我只好坐在那儿,把我那玩具娃娃抱在膝头上,直坐到炉火渐渐弱了下去,偶尔四下望望,以便确信除我以外,并没有什么可怖的东西出没在这间屋子里。等余烬微弱到只剩下一点暗红色,我就急忙脱掉衣服,拼命解开那些结子和带子,钻到我那小床上去躲避寒冷和黑暗。我总是把我的洋娃娃一起带到床上。人总得爱点什么，既然没什么更宝贵的东西可爱，我就只能从珍爱一个寒酸得像小叫花子似的旧木偶中得到点乐趣了。现在回想起来真有点困惑不解，我当时是多么可笑地真心疼爱着这个小小的玩偶，还几乎有点相信它真是活的而且有感觉的能力。不把它揣在我的睡衣里我简直睡不着觉，一旦它温暖、安全地躺在那儿，我就比较快乐，并且深信它也一样地快乐。

在我等着客人离开，等着听蓓茜上楼来的脚步声时，时间似乎过得特别慢。有时候她会趁空上来一趟找她的顶针或者剪刀，或者说不定是给我带来点什么东西当晚餐——一个小甜面包或者一块奶酪饼，这时候她会坐在床上看着我吃，等我吃完了，她替我把被子塞塞紧，吻我两次，并且说："晚安，简小姐。"每当蓓茜这样和气时，我就觉得她是世界上最好、最漂亮、最亲切的人，我真巴不得她能总是这么愉快、和气，而不像她惯常的那样把我推来操去，或者骂骂咧咧，过分地支使我干这干那。现在想来，蓓茜·李文准是个很有禀赋的姑娘，因为她干什么都干净利落，而且有一种挺出色的讲故事才能，至少，根据她在育儿室讲的那些童话给我留下的印象，我是这么看的。如果我对她的面容和身材的记忆不错的话，她也是长得挺漂亮的。我记得她是个苗条的年轻妇人，黑头发，黑眼睛，五官非常端正，皮肤健康明净。不过她脾气有点急躁任性，原则性和正义感不强，可尽管如此，跟盖茨黑德府里所有别的人比起来，我还是更喜欢她。

一月十五日那天，早上九点钟光景，蓓茜已下楼吃早饭去了，我那几个表兄表姐还没有被叫到他们的妈妈那儿去。伊丽莎正戴上帽子，穿好上园子里去时穿的暖和外套，准备去喂她的那群鸡。她喜欢干这桩活,也同样喜欢把鸡蛋卖给管家,把卖来的钱攒起来。她生性爱做交易,而且有攒钱的突出癖好,这不但表现在买卖鸡蛋和小鸡上,也同样表现在为卖花株、花种和插条给管园子的花匠而拼命地讨价还价上,后者曾从里德太太那儿得到过命令,凡是小姐花坛上种出来的东西,她想卖多少都得收买下来,而如果能卖好价钱,伊丽莎是连头上的头发也肯铰下来卖的。至于她那些钱呢,她先是用破布或者旧卷发纸包起来分别藏在偏僻的角落里,但是这些宝藏中有几包被女仆发现了,伊丽莎因为生怕一旦丢失了她这宗珍贵的财富,只好同意把它存在她母亲那里,但要取很大的——百分之五十到六十——的利息。这笔利息她每季度索取一次,用个小账本一分不差地按期记在账上。

乔治娜坐在一张高脚凳上,对着镜子在梳理头发,她把从阁楼上一只抽屉里大量找到的一些假花和旧羽毛插在自己的鬈发上。我在整理我的床,按照蓓茜严格的吩咐一定要在她回来以前整理好(因为蓓茜现在经常当我保姆下手似的来支使,收拾房间,擦椅子等等)。铺好被子,叠好我的睡衣以后,我走到窗口的椅子跟前去,把一些零零散散搁在那儿的图画书和玩具家具收拾好。乔治娜突然命令我别去碰她的玩意儿(因为那些小椅子、小镜子、小巧玲珑的杯子和碟子都是她的财产),我马上住了手。接着,没别的事可干,我就去对着窗子上斑斑斓斓凝成的霜花哈哈气,在玻璃上哈出一块透光的地方,以便从这儿眺望在寒威笼罩下一切都宁静得像僵化了似的庭园。

从这扇窗子里可以望见门房和马车道,我刚把蒙住玻璃的银白色冰花哈化了一块,够我望得见外面,就看见大门打开,一辆马车驶了进来。我瞧着它顺着车道驶上坡来,并没在意;反正常有马车驶进盖茨黑德,却从来没有一辆送来过跟我有什么相干的客人。车子在屋子前面停下了,门铃大响,来客被请进了门。既然这一切都与我无关,我无所着落的注意力很快就被另一种更有趣的景象吸引住了。那是一只饿坏了的小知更鸟,飞到窗前贴墙的樱桃树那叶子落尽的秃枝上啾啾地叫着。我早饭吃剩下来的面包和牛奶正摆在桌子上,我弄碎一小块面包,正在推开窗扇准备把碎屑放到窗台上,蓓茜忽然奔上楼梯来到了育儿室。

"简小姐,快把围裙脱掉,你在那儿干什么呀?你今早洗脸洗手了吗?"

我在回答她之前又推了一下窗扇,因为我要让鸟儿一定能吃到它的面包。窗扇被推上了一点,我撒了些面包屑在窗台石上,又撒了些在樱桃树枝上,这才关好窗子回答道:

"还没呢,蓓茜,我刚刚才打扫完了屋子。"

"粗心、难管的孩子啊!那你这会儿又在干什么呢?你脸红红的好像正在干什么淘气事,你刚刚开窗干吗?"

我用不着费事回答了,因为蓓茜似乎那么匆忙,顾不上再来听我解释。她把我一把拉到脸盆架前,用水、肥皂和一块粗毛巾狠狠地、但幸好时间很短地把我的手脸擦洗了一番,用一个硬毛发刷理顺了我的头发,解下我的围裙,然后就催着我来到楼梯口,吩咐我立刻下楼去,因为早餐间里正有人在等着我。

我本想问问谁在等我,也想问问里德太太是不是在那儿,可是蓓茜已经走了,而且冲着我关上了育儿室的门。我只得慢吞吞向楼下走去。因为将近三个月来,我从没被叫到里德太太跟前去过。在育儿室里禁锢了那么久，早餐间、饭厅和客厅都成了叫我望而生畏的地方，我简直都不敢闯进去。

这时我已站在空荡荡的大厅里。早餐间的门就在我面前，可我停住了，心虚得直发抖。在那些日子里，不公正的惩罚所引起的畏惧，把我变成了一个什么样的胆小鬼啊！我既不敢转身回育儿室，又不敢继续往前走进客厅去，足有十分钟我心绪烦乱、犹豫不定地站在那儿，早餐间里一阵使劲的拉铃声才使我硬下心来，我不能不进去。

"谁会找我呢？"我一边心里暗想，一边用双手转那很紧的门把，转了一两分钟还转不开。"屋里除了里德舅妈，我还会见着谁呢？——是个男人还是女人？"门把终于转动，门开了，我跨进门去，恭恭敬敬行了个屈膝礼，抬头一看，只见——一根黑柱子！至少，我刚看见那一身黑衣服，直挺挺站立在炉前地毯上的笔直、细长的个子时，确实有这样的感觉，而顶上那张冷酷的脸，就像是作为柱头安在柱身上的一个雕刻出来的面具。

里德太太坐在炉边她常坐的座位上。她作势叫我走近前去，我照着做了，她就一面把我介绍给那位石柱子似的陌生人，一面说："这就是我向你提出申请的那个小姑娘。"

他（因为这是个男人）朝我站着的地方慢慢地转过头来，先用一双闪烁在两道浓眉底下、满含着探究神气的灰色眼睛察看了我一番，然后用一种低沉的嗓音严肃地说："她个子很小，有多大了？"

"十岁。"

"有那么大了吗？"答话含有几分疑问，说着又继续打量了我几分钟。不一会儿，他向我说话了：

"你叫什么,小姑娘?"

"简·爱,先生。"

说这话时,我抬起头来。照我看去,他是一位很高大的先生,不过我自己当时实在也太矮小。他五官粗大,而且不只五官,整个身架都显得古板、严峻。

"哦,简·爱,那么你是个好孩子吗?"

对这个问题回答说"是"是不行的,我周围那个小天地里就有两种截然相反的看法,因此我默不作声。里德太太意味深长地摇了摇头作为代替我回答,接着马上又补了一句说:"这问题也许越少谈越好,勃洛克赫斯特先生。"

"听见这话真太遗憾!我一定得跟她好好谈谈。"说着他从垂直姿势弯下身来,在里德太太对面的一把扶手椅上就了座。"过来。"他说。

我从壁炉地毯上走过去,他让我端端正正站在他跟前。这时我们俩几乎是面对面,他有着什么样一张脸啊!多大的鼻子!什么样一张嘴!还有一口多大的龅牙!

"再没有比瞧着一个淘气的孩子更让人丧气的了,"他开口说,"尤其是淘气的小姑娘。你知道坏人死了上哪儿去吗?"

"他们都下地狱。"我不假思索地作了符合正统的回答。

"那地狱又是什么?你能告诉我吗?"

"一个大火坑。"

"那么你愿意掉进那个火坑,永远被火烧着吗?"

"不,先生。"

"你要避免该怎么做呢?"

我仔细想了一会儿,可最后回答出来的话却是很不像样的:"我该让身体老是健康,不要死掉。"

"你怎么能让身体老是健康呢?每天都有比你还小的孩子在死掉。就在一两天以前,我还埋葬过一个五岁的小孩子,——一个很好的小孩子,他的灵魂现在已经进了天堂。要是你去世了,只怕就不能说这样的话。"

我无法去消除他的怀疑,只好垂下眼睛,望着那两只踩在地毯上的大脚,叹了口气,巴不得能离开他远一些。

"但愿这声叹息是发自内心,说明你已后悔曾经给你那位了不起的恩人招来烦恼。"

"恩人!恩人!"我心里在说,"大伙儿全都把里德太太叫做我的恩人,要真是这样,那么恩人就是个讨厌的东西。"

"你早晚都做祷告吗?"我这位盘问者继续往下问。

"是的,先生。"

"你念《圣经》吗?"

"有时念。"

"高兴念吗?你是不是喜欢它?"

"我喜欢《启示录》、《但以理书》、《创世记》和《撒母耳记》,《出埃及记》的一小部分,《列王记》和《历代志》里的几个地方,还有《约伯记》和《约拿书》。"

"《诗篇》呢?我想你总喜欢吧?"

"不,先生。"

"不?唉,真想不到!我有个小男孩,比你还小,已经背得出六首赞美诗了。你只要一问他宁愿吃块姜汁饼干呢,还是学一首赞美诗,他总说:'哦,学首赞美诗!天使们都唱赞美诗;'他说,'我要当个人间的小天使。'这一来因为他小小年纪却这么虔诚,就得到两块姜汁饼干作为奖赏。"

"《诗篇》没有趣味。"我说。

"这说明你心很坏，你该祈求主给你换一个，给你换个新的纯洁的心，拿走你那石头般的心，换上一个有血有肉的心。"

我刚想开口问问，这给我换心的手术是怎么个做法，可是里德太太插了进来，叫我坐下，然后就谈起她自己的话题来。

"勃洛克赫斯特先生，我想我在三个星期以前写给你的信里已经说起过，这个小姑娘的性格脾气不大像我所希望的那样，因此要是你肯收她进洛伍德学校的话，我会乐意听到校方要求学监和教师们严厉地看管她，而且特别要提防她一个最坏的毛病——爱骗人。我有意，简，当你的面说到这个，是让你不敢去想法瞒弄勃洛克赫斯特先生。"

真难怪我要害怕、要憎恶里德太太了，因为她生性就爱残酷地伤害我，我在她面前从来没有快活过，不管我怎么小心听话，不管我怎么竭力想讨她欢喜，我的种种努力总仍旧是白费，反而换来像上面的那样一些话。现在，当着一个陌生人的面，这些责难话简直伤透了我的心。我隐隐地感觉到，她已经把我对在她支配下将要去过的那段新生活所抱的希望，统统消灭干净了。尽管我不能公开表露出来，但我心里明白，她是正在我未来的道路上播下厌恶和冷遇的种子。我眼看自己在勃洛克赫斯特先生的心目中成了一个狡诈、邪恶的孩子，而我还能有什么办法来补救这个伤害呢？

"确实没有。"我一边想，一边竭力忍住一阵啜泣，连忙拭去几滴枉自显露我心中的苦痛的泪水。

"欺骗在孩子身上的确是一个可悲的缺点。"勃洛克赫斯特先生说，"它跟说谎是连在一起的，而凡是撒谎的人，将来在落进硫黄烈火熊熊燃烧的地狱中受罪时,都会有他们的份儿。不过,里德太太,她会给好好看管起来的,我会嘱咐谭波尔小姐和别的教师们。"

"我希望能用跟她将来前途相适应的方式去教养她,"我这位恩人继续说,"让她变得有用,永远谦卑。至于假期嘛,要是你允许的话,让她都在洛伍德过。"

"你的决定非常明智,太太。"勃洛克赫斯特先生回答说,"谦恭是基督徒的美德,它尤其适合于洛伍德的学生,所以我指示要特别注意在他们中间培养这种美德。我研究过怎样才能最好地克制他们身上那种世俗的傲慢情绪,而且刚刚在几天以前,我就得到过一个能说明我的成功的可喜证据。我的第二个女儿奥古斯塔跟她妈妈去参观学校,回来后感叹说:'啊呀,好爸爸,洛伍德所有的那些姑娘看上去有多么安静和朴素啊!掠到耳朵背后的头发,长长的围裙,还有那些钉在衣服外面的粗麻布小口袋——她们简直都像是些穷人家的孩子嘛!还有,'她说,'她们瞧着我跟妈妈的衣服时那副样子,就好像是从来没见过绸衣服。'"

"这种情况正是我非常赞赏的。"里德太太接口说,"我就是找遍了英国,也不见得能找到哪一种体制更加适合像简·爱这样一个孩子了。坚持不懈,我亲爱的勃洛克赫斯特先生;我主张在一切事情上都要坚持不懈。"

"坚持不懈,太太,是基督徒最要紧的本分,而我们办洛伍德学校的每一项措施,都是遵守这个本分的:简单的伙食,朴素的服装,不讲究的设备,艰苦勤劳的习惯,这就是学校和全校的人生活的常规。"

"这很对,先生。那么说,我可以放心,这孩子准能进洛伍德学校,并且受到跟她的地位和前途相称的教育了吧?"

"你完全可以,太太。她就要被安置在一个专门培育珍贵花草的园圃里,而且我确信,她对自己有幸中选的这种无比荣幸,会满心感激的。"

"既然这样,勃洛克赫斯特先生,我就尽快把她送去,因为老实说,我正迫不及待想早点摆脱掉这个越来越叫人受不了的重担哩。"

"当然啦,当然啦,太太,那我就向你告辞了。我要过一两个礼拜才回勃洛克赫斯特府,因为跟我十分投契的副主教准不肯放我早些走的。我会通知谭波尔小姐,让她知道又有个新的姑娘要去,这样收她进校就不会有什么问题了。再见。"

"再见,勃洛克赫斯特先生,替我问候勃洛克赫斯特太太和大小姐,问候奥古斯塔和西奥多,还有勃劳顿·勃洛克赫斯特少爷。"

"一定,太太。小姑娘,这儿有本书叫《儿童指南》,你每次做完祈祷就念念它,尤其是写到'玛莎·格,一个说谎欺骗成性的淘气孩子暴死的经过'的那一部分。"

勃洛克赫斯特先生说着,把一本有封皮的小册子塞到我手里,接着打铃吩咐替他备好马车后,就走了。

只剩下了里德太太跟我两个人,沉默了好几分钟。她做活计,我望着她。里德太太那时大概是三十六七岁,是个体格强健的女人,宽肩膀,四肢结实,个儿不高,尽管壮实,却不算肥胖。她脸盘相当大,下颚十分发达而且有力。她额头很低,下巴又大又突出,嘴和鼻子颇为端正,一双淡淡的眉毛下闪出严酷的眼神。她皮肤黝黑而缺少光泽,头发近乎亚麻色。她体质极好,从来无病无痛。她是个精明的总管,她的全家大小以至全体佃户都完全受她控制,只她的儿女们敢偶尔藐视和嘲笑她的权威。她服饰讲究,而且仪态举止上也力求能配得上她漂亮的衣着。

我坐在离她的靠椅才几码远的一张矮凳上,打量着她的身材,端详着她的面容。我手里拿着那本小册子,里面写到一个撒谎者的暴死,这是作为适当的警告要我特别注意的一个故事。方才发生的事,里德太太对勃洛克赫斯特先生讲到我的那些话,他们俩谈话的整个主旨,都在我头脑里创痛未合、记忆犹新,其中的每个字都尖锐地刺进我的心里,就像它们明白无误地传进我的耳鼓一样。这时,一阵愤恨之情涌上了我的心头。

里德太太离开手里的活抬起头来,两眼碰到了我的目光,她手指的灵巧活动顿时停住了。

"离开屋子,回到育儿室去。"她命令道。准是我的目光或者别的什么使她突然觉得受到了冒犯,因为尽管竭力克制,她的口气还是极为恼怒。我站起身来,我走向门口,我又走了回去。我穿过整个房间走到窗边,一直走到她的跟前。

我一定要说。我受到别人残酷的践踏,就一定要反咬①。可是怎么个咬法?我有什么力量去反击我的仇敌呢?我竭尽全力想出了这样几句直截了当的话来:

"我并不爱骗人。我要是爱骗人,就会说我爱你了,可是我明说,我不爱你,除了约翰·里德,世界上我最恨的就是你

① 这句话是仿莎士比亚《亨利六世》下篇第二幕第二场中克列福的台词:"最微小的虫蚁还知道反咬践踏它的脚。"

了。要说这本讲到撒谎者的书，那你最好还是拿去给你的女儿乔治娜，因为爱撒谎的是她，不是我。"

里德太太的手仍旧一动不动地搁在她的活计上，她冰冷的目光继续冷冷地凝视着我的目光。

"你还有什么话要说吗？"她问，与其说是用通常对孩子说话的口气，还不如说是用对一个敌对的成年人说话的口气。

她那种目光、那种语调激起了我无限的反感。我在无法控制的激动下，从头到脚打着哆嗦，接着说：

"我很高兴你幸好不是我的亲人。我这一辈子决不会再叫你舅母，我长大了也永远不会来看你。要是有人问我喜不喜欢你，你待我怎么样，我就说只要一想起你就觉得恶心，你对我残酷到了可耻的地步。"

"你怎么敢说这样的话，简·爱？"

"我怎么敢，里德太太，我怎么敢？就因为这是事实。你以为我没有感情，以为我连一点点爱、一点点亲切都没有也行，可我是没法这样过下去的，但是你却连一点儿怜悯心也没有。我到死都忘不了你怎么推搡我——粗暴而凶狠地把我推进红屋子，把我锁在里面，不管我怎么痛苦得要死，大声喊道：'可怜可怜我！可怜可怜我，里德舅妈！'还有你那个坏孩子无缘无故地揍我，把我打倒在地，你为了这个给我的那顿责罚。不管谁问起，我都要告诉他们这种实情。别人都以为你是个好女人，其实你很坏，又狠心。你才会骗人呢！"

还没等反驳完，我的心就已经开始越说越欣喜、越说越舒畅，有一种从来没有过的奇怪的自由感和胜利感。就仿佛一种无形的枷锁已经挣断，我终于挣扎出来闯进了梦想不到的自由境地。这种感觉倒并非毫无根据：里德太太仿佛被吓坏了似的,她做的活计从膝头上滑了下来,她举起双手,晃着身子,甚至脸容扭曲,好像差点要哭出来。

"简,你全想岔了,你到底怎么啦?你干吗这么哕嗦?你要喝点水吗?"

"不要,里德太太。"

"那你想要点别的什么吗,简?相信我,我只想做你的朋友。"

"你才不呢。你跟勃洛克赫斯特说我性格坏,爱骗人,我要让洛伍德所有的人都知道你是什么样的人,你干了些什么。"

"简,这些事你不明白,小孩子有缺点一定得纠正。"

"我可并没有爱骗人的缺点。"我发疯似的大声嚷道。

"可是你性子暴躁,简,这你总得承认。好,快回育儿室去吧,乖孩子,去躺一会儿。"

"我可不是你的乖孩子,我也躺不住。马上送我进学校吧,里德太太,我讨厌住在这儿。"

"我真得早些送她进学校去。"里德太太低声咕哝说,收起活儿,突然走出屋去。

只剩下了我一个人——战场上的得胜者。这是我打过的最艰苦的一场硬仗,也是我获得的第一次胜利。我在勃洛克赫斯特先生站过的地毯上站了一会儿,对自己胜利者的孤独沾沾自喜。起初,我暗自微笑,扬扬得意,但这种狂喜也像我一度加速的脉搏一样,在我身上很快减退。一个孩子像我方才那样跟长辈吵架,像我方才那样毫无禁忌地大发一顿脾气之后,是决不会不感到悔恨的痛苦和事过境迁后的沮丧的。一块着了火的小树丛,气势汹汹,光焰四射,吞没一切,可以作为我方才责难和威胁里德太太时那种心情的恰当比喻;而火灭以后成为乌黑焦土的这块小树丛,也同样可以准确地象征我事后的心境。这时候经过半个小时的默默反省,已经使我感到了自己这种行为的疯狂,以及我这种既恨人又被人憎恨的处境之可悲。

我头一次尝到了一点报复的滋味。它就仿佛芬芳美酒一般,刚喝下时觉得暖和和、香喷喷,可事后的回味却又涩又辣,给我一种喝了毒药似的感觉。现在我倒很愿意跑去请求里德太太原谅,然而半凭经验半凭直觉,我知道这样做只会使她加倍轻蔑地唾弃我,结果是再次激起我天性中爱爆发的冲动。

我要是能施展某种比说恶毒话更高明一些的才能,能滋长某种不像满心郁怒那么凶狠的感情就好了。我拿了本书——一本阿拉伯故事集,坐下来想看看。我抓不住其中的要领,我自己的思绪老是游移在我和我往常总是那么入迷的书页之间。我打开早餐室的玻璃门。树林子静悄悄的,田野间一片严霜,没有一丝阳光和微风。我翻起裙裾来罩住头和胳臂,走出门去,到田庄上一处十分僻静的地方溜达一会儿。可是那静静的树木,落下来的枞果,冰封的秋天遗物——被阵风扫成了堆,如今又被冻结成一团团的落叶,都无法引起我的欢乐。我靠在一扇门上,打量着空荡荡的田野,那儿没有羊儿在吃草,短短的草叶被冰霜摧折,奄奄地毫无生气。这是个异常阴沉的日子,预兆着大雪将至的灰暗天空笼罩着一切,不时飘下几片雪花,落在坚硬的小路和白蒙蒙的草地上也不融化。我,一个可怜巴巴的孩子,呆立在那儿,一遍遍地喃喃自语着:"我该怎么办呀?……我该怎么办?"

突然之间我听到一个清晰的声音在喊:"简小姐!你在

哪儿呀？快来吃饭！"

这是蓓茜，我完全清楚，可是我没有动。传来了她轻捷的脚步顺着小路走来的声音。

"你这淘气的小家伙！"她说，"喊你你干吗不来？"

跟我方才一直在思索的那些念头相比，蓓茜的到来倒似乎叫人愉快，尽管跟往常一样，她性子有点暴躁。事实上，经过跟里德太太一场冲突并且取胜了之后，我根本不想去计较保姆一时的发火，我倒是真想去分享一点她那年轻人轻松愉快的心情哩。我只是用两只胳膊搂住她，说道："好啦，蓓茜！别骂了。"

这个举动比我往常肯做出来的任何动作都要坦率、大胆得多，不知怎的这使她很高兴。

"你真是个古怪的孩子，简小姐，"她低头瞧着我说，"一个喜怒无常、喜欢孤独的小家伙。那么，你快要进学堂了吧，我想。"

我点了点头。

"那你舍得离开可怜的蓓茜吗？"

"蓓茜哪儿把我放在心上呀？她老是骂我。"

"这全怪你是个那么怪僻、胆小、怕羞的小东西。你该大胆些才好。"

"怎么，好多挨几次打吗？"

"胡说！不过你是受了些亏待，这倒是真的。我母亲上星期来看我时就说过，她不愿意她自己的哪个小把戏处在你这样的地位。……好啦，进来吧，我还有些好消息告诉你呢。"

"我想你不会有的，蓓茜。"

“孩子！你这是什么意思？你盯着我的这双眼睛多忧郁啊！好吧！太太、小姐们和约翰少爷今儿下午都要出去吃茶点，你可以跟我在一块儿吃了。我要让厨子给你烤个小蛋糕，然后你要帮我一起检点一下你的抽屉，因为我马上就要替你收拾行李了。太太打算让你过一两天就离开盖茨黑德，你可以挑一下，看你想带哪些玩具。”

“蓓茜，你得答应我，在我走之前不再骂我。”

“好，我答应。不过要记住，你是个挺好的姑娘，不用害怕我。有时我话说得凶一点，别吓得一哆嗦，那真叫人火冒三丈。”

“我想我不会再害怕你，蓓茜，因为我已经跟你相处惯了。倒是很快又要有另外一些人叫我害怕了。”

“你要是害怕他们，他们就会讨厌你的。”

“就像你那样吗，蓓茜？”

“我并不讨厌你，小姐。我想比起所有别的人来，我倒是更喜欢你。”

“不过从你脸上可看不出来。”

“你这个厉害的小家伙！你说话的口气跟以前不同了。到底是什么叫你变得这么莽撞大胆的呀？”

“怎么，我马上就要离开你们了呀，另外……”我正想说一点我跟里德太太之间发生的事，但是再一转念，我觉得这方面还是默不作声好些。

“这么说你是挺高兴离开我咯？”

“才不呢，蓓茜。说真的，我这会儿还有点难受呢。”

“这会儿！有点！我的小姐这话说得有多冷淡啊！现在我敢说要是想要你吻我一下，你会不肯吻的，你会说你有点不愿意。"

　　"我会吻你,而且很乐意,你把头低下来。"蓓茜弯下身来,我们互相拥抱,然后我心情很舒坦地跟着她回到了屋里。那个下午在平静和谐中度过,晚上,蓓茜给我讲了几个她最迷人的故事,还给我唱了几支她最动听的歌。生活对我来说毕竟也有云开日出的时候。

# 第 五 章

一月十九日早上五点的钟刚敲,蓓茜就拿着蜡烛走进我的小屋里来,发现我已经起床,而且衣服都快穿好了。她进来以前半小时我就起了身,并且洗完脸,借着快要沉下去的半月透过我床边小窗户射进来的亮光穿上衣服。我就要坐早上六点经过院子大门口的那班马车离开盖茨黑德。只有蓓茜一个人已经起来,她在育儿室里升好了火,正在动手给我做早餐。在就要出门旅行的念头激动下,很少有孩子能吃得下饭,我也是一样。蓓茜强劝我吃几调羹她给我做的热牛奶加面包,但却徒劳,只好用纸包了些饼干放在我旅行袋里,接着她帮我穿上小大衣,戴上帽子,自己也裹上一条披巾,就和我一起离开了育儿室。经过里德太太卧房时,她说:"你要进去跟太太道个别吗?"

"不了,蓓茜。昨晚上你下楼吃晚饭的时候,她到我床边来过,说我早上不必去吵醒她,也不必去吵醒我的表哥表姐了。她还叫我记住她一直是我的好朋友,所以要说她的好话而且感激她的好处。"

"你怎么说的呢,小姐?"

"什么也没说。我用被子蒙住脸,转身朝着墙不答理她。"

"这可不对,简小姐。"

"这挺对,蓓茜,你的太太从来不是我的朋友,她是我的仇敌。"

"哎呀,简小姐!可别这么说!"

"再见了,盖茨黑德!"我们穿过大厅从前门出去时,我叫道。

月亮已经落下,天非常黑,蓓茜提着一盏灯,灯光闪烁照射在这几天刚刚解冻而变得湿漉漉的台阶和石子路上。冬天的清晨又冷又潮,我一边急急顺着车道走去,一边牙齿直打战。门房里有亮光,我们走到那儿时看见看门人的老婆正在生火,我的箱子前一晚已预先送下来,此刻已用绳子绑好放在门边。这时离六点只有几分钟,六点刚敲过不久,远处传来的车轮声宣告马车已经来了。我走到门口,看着车上的灯在黑暗中迅速地愈来愈近。

"她一个人走吗?"门房老婆问。

"是的。"

"有多远?"

"五十英里。"

"多远的路啊!我奇怪里德太太让她一个人走这么远的路怎么不担心。"

马车停住了。它就停在大门口,套着四匹马,顶座上坐满了旅客。车夫和管车的大声催促着快一些。我的箱子装上了车。我抱住蓓茜的脖子连连吻着她,被别人拉开了。

"千万要好好照应她啊。"管车的把我抱起来坐进车厢里时,她大声喊着。

"行,行!"对方回答她。车门砰地关上,一个声音喊了声

"好啦",我们就出发了。我就此跟蓓茜,跟盖茨黑德分了手,就此被匆匆带向了陌生的,而且在我当时看来是辽远而又神秘的地方。

一路上的情形我已不大记得,我只知道那一天在我看来长得出奇,而且我们就好像是赶了几百里的路。我们经过了好几个市镇,在其中的一个,很大的一个市镇上,马车停了下来。马匹卸了下来,旅客下车去吃饭。我给带进一家客栈里,管车的要我在那儿吃点东西。但是我吃不下,他就把我留在一间大屋子里,屋的两头都有壁炉,顶上挂着枝形吊灯,沿墙的高处还有个小小的红色回廊,上面摆满着乐器。我在那儿来回踱了很长时间,觉得很不自在,而且为担心有人走进来把我拐走而害怕得要命,因为我相信有拐子,他们干的业绩就常常出现在蓓茜所讲的那些在炉边讲的故事里。最后那管车人总算回来了,我再一次被塞进车厢里,我的保护人爬上了他的座位,吹响了他那瓮声瓮气的号角,我们就车声辘辘地驶过勒╳镇上的"石头路"①开走了。

午后天气潮湿,还有点雾蒙蒙。近黄昏时,我开始觉得我们真的已离开盖茨黑德很远了。我们不再经过城镇,田野也变了景色,一座座阴沉沉的大山起伏在四周的天边。暮色渐浓时,我们驶进一个黑压压长满林木的山谷,当夜色已经完全笼罩住周围景色以后很久,我听到狂风在树林间猛烈吹刮。

这声音像催眠似的,终于使我昏然入睡,可是没睡多久,

---

① "石头路":引自拜伦长诗《查尔德·哈罗德》中描写滑铁卢战争前夕情境的诗句:

难道你没听见么?——不,这只不过是风声,
或者是车辆辘辘驶过石头路的声音。

车子突然停下,把我惊醒了。车门已经打开,一个样子像仆人似的女人站在车门口,我借着灯光看清了她的面容和衣着。

"有个叫简·爱的小姑娘在车里吗?"她问着,我应了声有,就给抱下了马车,我的箱子也给递了下来,马车马上又开走了。

我坐得太久,身子都发僵了,还被车子的颠簸和发出的声音弄得昏昏沉沉。我竭力使自己恢复过来以后,朝周围看了一看。四下里全是风、雨和一片黑暗,不过,我还是隐约辨出了我面前有一堵墙,墙上有扇门,我就随着我的新向导从这扇门走了进去。她一进去就关好门,上了锁。现在可以看见这儿有一幢或者几幢房子——因为整座建筑铺得很开,有许多窗子,其中有些透出亮光。我们溅着水顺一条很宽的石子路走去,被让进了一扇门。然后那女仆领着我经过一条过道进了一间生着火的房间,把我独自留在那儿。

我站着在火上烤了烤我冻麻的手指,接着看看四周。这儿没有蜡烛,但是壁炉里摇曳不定的火光不时地映出糊着壁纸的墙,地毯,窗幔和发亮的红木家具。这是一间客厅,没有盖茨黑德的客厅那么宽敞,也没有那么华丽,不过也够舒适的了。我正在困惑地猜不出墙上挂着的一幅画究竟画的是什么,一个人拿着一支蜡烛走了进来,另外还有一个人紧跟在后面。

走在头里的是位高高的女士,黑头发,黑眼睛,高高而白皙的前额。她半个身子裹在一条大披巾里,面容严肃,举止端庄。

"这孩子太小,真不该让她一个人来。"她说着,把蜡烛放在桌上。她仔细端详了我一两分钟后,又接着说:

"最好还是马上打发她上床睡觉，她看来是累了。你累吗?"她把手放在我肩上问。

"有点儿，小姐。"

"也饿了吧，准是的。让她睡觉前先吃点晚饭，米勒小姐。你是第一次离开父母来进学校吗，我的小姑娘?"

我向她说明我没有父母。她问我他们已经去世多久，接着又问我有多大了，我叫什么名字，我会不会读、写，会不会做点缝纫。然后她用食指轻轻摸摸我的脸，说她希望我做个好孩子，就打发我跟着米勒小姐走了。

我刚离开的那位小姐约摸有二十九岁上下，带我一起走的那位似乎比她小几岁。前一位的声音、外表和风度给我的印象很深。米勒小姐比较平凡，脸上虽有些操劳过度的神气，面色却还红润，步履和举止都匆匆忙忙，就像是个手头老有大量事情要做的人那样。她看上去很像是一位助理教师，后来我发现也真是这样。我由她带着，在这座大而不很规则的建筑物里，走过一个又一个小隔间，穿过一道道走廊。最后，我们走出了刚才经过的这部分建筑中到处笼罩着的那种有点凄凉的绝对寂静气氛，终于听见了一片嗡嗡的嘈杂人声，来到了一间又宽又长的屋子里。屋子两头各摆着两张很大的木板桌子，每张桌子都点着一对蜡烛，一群不同年龄的姑娘，从九、十岁到二十岁都有，团团围坐在桌边的凳子上。在牛脂蜡烛的昏暗光线下看去，我觉得她们的人数似乎多得数不清，可实际上也不过八十来个。她们一律穿着式样有些古怪的褐色呢罩衫，系着粗麻布长围裙。这会儿正是学习时间，她们都在专心熟读明天要问的作业，我方才听到的那片嗡嗡声就是她们同时小声背诵汇合而成的声音。

米勒小姐示意叫我坐在一张靠门的凳子上，然后就走到这间长屋子上方的一头，叫道：

"班长们，把课本收起来放好！"

四个较高的大姑娘分别从各张桌旁站起来，走了一圈，把书收集起来放到一边。米勒小姐接着又下了命令：

"班长们，去把晚饭托盘端来！"

大姑娘们走了出去，马上就又回转屋来，每人端着一个托盘，里面放着一份份分好了的饭食，我不知道究竟是什么，每个盘子的中央还放着一壶水和一个大口杯。饭食依次传递下去，谁想喝水，杯子是公用的。轮到我的时候，我喝了些水，因为口很渴了，但却没有动那食物，兴奋和疲乏弄得我什么也吃不下。不过，这时我看清了那是一张薄薄的燕麦饼，给分成了许多块。

吃完饭，米勒小姐念了祈祷文，各班列队而出——两个一排地走上楼去。我这会儿疲乏不堪，几乎没去注意卧室究竟是个什么样的地方，我只看见它跟教室一样，屋子很长。这一夜我得跟米勒小姐合睡一张床。她帮我脱掉衣服。我躺下以后看了看那很长的一排排床铺，每张床上都很快地睡下了两个人。不到十分钟，就熄掉了惟一的灯火，我在一片寂静和漆黑中睡着了。

一夜过得很快，我疲倦得连梦都没做，只醒了一次，听得狂风一阵阵怒号，大雨在倾盆地下着，并且觉察到米勒小姐已经在我旁边睡下了。等我再一次睁眼醒来时，钟声正在大响，姑娘们已经起了床正在穿衣服了。天还没破晓，屋子里点亮着一两支灯芯草蜡烛。我也只好不大情愿地起了床。天冷得刺骨，我打着哆嗦，勉强穿好衣服，等有脸盆空出来时去洗了脸。这不是很快就能等到的,因为每六个姑娘才有一个盆子,搁在屋子当中的脸盆架上。钟又响了,大家两人一排排好了,列队走下楼去,走进阴冷而烛光暗淡的教室里。进去后,由米勒小姐念了祈祷文,接着,她大声喊道:

"分班!"

接下来的几分钟一阵大乱,其间米勒小姐一再喊着:"安静!"和"保持秩序!"等混乱过去后,我见她们所有的人围坐成四个半圈,分别面对着放在四张桌子后的四把椅子,手里都拿着书。桌上各有一部好像《圣经》似的大书,放在空着的座位面前。接下来是几秒钟的静止,夹着众人发出来的低沉而听不清的嗡嗡声。米勒小姐从这一班走到那一班,把这种隐约的闹声压下去。

远处一阵当当的钟声,立刻有三位女士走进屋来,分别走到一张桌子跟前就了座。米勒小姐在第四张空着的椅子上坐下,离开门最近,周围聚着最小的一些孩子。我就被招呼坐到这个班里去,排在最末一个位置上。

现在功课开始了。先背诵了这一天的短祷文,随后念了几段经文,接着是曼声朗诵了《圣经》中的几个章节,整整花了一个钟头。做完这些功课,天已经大亮。这时那不知疲倦的钟声又敲响了第四遍,各班被整列成队,出发到另一个屋子里去用早餐。眼看就要有东西可吃,我真高兴极了!前一天吃得那么少,这会儿我真差一点饿坏了。

饭厅是个天花板很低、光线又暗的大房间,两张长桌子上放着几盆热气腾腾的东西,可是叫我丧气的是,它们发出了一股远不能说是诱人的气味。我看到,当这些被叫来吃这种食物的人,鼻子里闻到了这股气味时,都普遍表示出不满。在行

列最前面,第一班的那些大姑娘中间,小声地嘀咕了起来:

"真讨厌! 粥又煮煳了!"

"安静!"突然有人喊了一声,不是米勒小姐,而是几个高级教师中的一位,是个皮肤黑黑的小个儿,穿得很漂亮,但脸色有些阴沉沉的。她坐在一张桌子的上手,旁边一桌上手坐的是位比她健壮些的女士。我想找昨晚见到的第一位女士,却找不到,她不在场。米勒小姐坐在我那一桌的下手,一位样子像是外国人的古怪老太太——我后来知道是教法文的老师——坐在另外那一桌的下手。念了一段很长的感恩祷告,唱了一首赞美诗,然后一个仆役端来了教师们用的茶点,早饭就开始了。

我饿极了,这会儿简直有点头晕眼花,所以顾不上滋味如何,就把我那份粥狼吞虎咽地吃了一两勺。可是当饥饿感稍稍缓了一点,我就看出自己端着的简直是一盆令人作呕的烂泥浆。煮煳的粥差不多就跟烂土豆一样难吃,饥饿本身也会被它弄倒了胃口的。大家的勺子都不大动,我看到每个姑娘都尝尝她的食物,竭力想把它吞下去,但大都马上就放弃了这种努力。早饭结束了,可谁也没吃上早饭。为我们实际没有得到的东西表示了感恩①,又再唱了第二遍赞美诗之后,大家离开饭厅,走向教室。我是走在末尾的一个,从桌子旁经过时,我看见一个教师端起一盆粥来尝了尝。她望望其他几个人,她们脸上都露出不快的神气,其中的一个,就是身体较健壮的那位,嘀咕了一声:

"多难吃的东西! 真丢脸!"

---

① 感恩:这是讽刺地指饭后的感恩祈祷。

要再过一刻钟才重新上课,这时候教室里乱得一塌糊涂。看来似乎在这段时间里,是准许比较自由地大声谈话的,大家也就充分利用她们的特权。所有的谈话都集中在早餐上,大家都异口同声地尽情痛骂。可怜的人啊! 这是她们仅有的安慰。这时屋里只有米勒小姐一个教师,一群大姑娘围着她,一边说话一边做着严肃而恼怒的手势。我听得几个人的口里提到了勃洛克赫斯特的名字,米勒小姐听了不以为然地摇摇头,但也没有竭力去抑制这种普遍的怒气,无疑她自己也有同感。

教室里的一只钟打了九下,米勒小姐离开她周围那圈人,站到屋子当中去喊道:

"安静! 坐到各人的位置上去!"

纪律终于占了上风,不到五分钟,乱哄哄的人群就又变得秩序井然,比较宁静的气氛使一场巴比塔式的语言混杂①趋于平息。这时,几位高级教师也准时就了座。但是,一切似乎都还得稍稍等待。八十个姑娘一动不动地笔直坐在凳子上,整齐排列在屋子的两侧,看起来真像是一群聚在一起的古怪人物,头发都平直地往后梳着,看不到一绺鬈发,身穿褐色衣服,领口很高,颈部还围着个很紧的领圈,罩衣胸前都系着粗麻布口袋(样子有点像苏格兰山地人的钱袋),是作为装活计的袋子用的。每个人还都穿着羊毛长袜和用铜扣系的土制鞋子。有二十多个穿这样一身衣着的都已经是成熟的大姑娘,或者不如说是年轻妇人了,这身打扮对她们很不合适,使其中最漂亮的也显得有点模样古怪。

---

① 巴比塔式的语言混杂:《圣经》传说,古代巴比伦人想在巴比城建造通天塔,上帝使他们突然语言混杂,彼此无法相通,致使计划失败。

我还在看着她们,同时也偶尔看看几位教师——其中没有一位是我真正喜欢的,因为身体健壮的那一位有点粗俗,黑黑的那一位一副凶相,那个外国人粗声粗气、怪模怪样,而米勒小姐呢,可怜的人啊,看上去脸色发紫,饱经风霜,而且操劳过度。正当我的眼光从这张脸又转到那张脸的时候,全校的人仿佛由同一根发条带动着似的,忽然同时地站了起来。

　　这是怎么回事?我并没听见发过什么口令呀,我弄得莫名其妙。没等我明白过来,各班又都坐好了。不过既然现在所有的目光都投向一处,我也跟着看去,竟不意看到了昨晚接待我的那个人。她站在长屋子靠下方那一头的壁炉旁边,因为屋子是两头都有一个壁炉的。她庄严地默默检阅着两排姑娘们。米勒小姐走过去,似乎是为向她请示一个问题,得到她的答复后,就回到自己的位置上,大声说:

　　"第一班班长,去把地球仪拿来!"

　　在等着执行指示时,这位被请示的女士慢慢朝房间这一头走来。我想我身上准有个相当发达的专管崇敬的器官,因为直到今天,我还仍旧保存着当时目光紧随着她的脚步时心里那种景仰之情。当时,在大白天下,她看上去修长,美丽,身材匀称。双眸中透出温和目光的褐色眼睛,周围纤细得像描出来似的长长睫毛,更衬出她宽宽的前额的白皙。两鬓深褐色的头发按照时兴的发式梳理成密密的发卷,当时分几绺平梳或者梳成长长的鬈发都还不曾流行。她身上也很时髦的衣服是紫色的料子做的,用一种黑丝绒的西班牙式饰边来加以衬托,一只金表(当时表还不像如今那么普遍)在她的腰带上闪闪发光。为了让画面更加完整,读者只要再加上秀丽的容貌,虽略显苍白却十分明净的肤色,以及端庄的举止风度,就足可以获得——至少,在语言所能表达的限度内——有关谭波尔小姐外貌的正确概念。她全名玛丽亚·谭波尔,这是后来我在替她带着上教堂去的祈祷书上看见她的签名时才知道的。

洛伍德的学监(因为这就是这位女士所任的职务)面对着安放在一张桌上的两个地球仪落了座,把第一班的学生叫到她身边,开始给她们上地理课,较低的几个班级则由几位教师叫去,背诵历史、文法等等,持续了一个钟头。接着是习字和算术,另外由谭波尔小姐给几个年纪大一些的姑娘上音乐课。每节功课的时间都按钟点规定,最后时钟终于敲响了十二点。学监站了起来。

"我有一句话要跟同学们讲一讲。"她说。

下课时的喧闹本来已经开始掀起,但一听见她的声音就又静了下去。她继续往下说道:

"今早的早饭你们吃不下去,你们一定都饿了,我已经吩咐给大家准备一顿面包和干酪作点心。"

教师们用一种有点惊诧的神情望着她。

"这件事由我负责。"她用向她们解释的口气补充了一句,接着马上就离开了教室。

面包和干酪很快端了进来分发给大家,使全校的人都兴高采烈,精神一振。随后,发出了"到花园去!"的命令。每人都戴上一顶粗草帽,上面缀有用染过的白布做的帽带子,罩上一件灰色的粗绒斗篷。我也同样打扮,随着人流向门口跑去。

花园是一大片圈起来的场地,四面围着很高的墙,把外面的景色挡得一点也望不见。一道带顶的游廊伸向园子的一边,几条宽阔的散步道围绕着分割成几十个小花坛的中央地带。这些花坛分配给学生们作为他们栽种的园地，每个花坛都有它的主人。在鲜花盛开时它们无疑都是很美的，可眼下还是一月将尽的时节，只能见一片严冬的凋零和枯黄衰败的景象。站在那儿望望四周，我身上直打哆嗦。对做户外活动来说，这天的天气实在是太严酷了。倒不是真的要下雨，而是被黄色的蒙蒙细雾遮得天昏地暗，脚底下仍旧被昨天的豪雨弄得一片透湿。身体强健些的姑娘仍在跑来跑去，做剧烈的活动，但是不止一个面色苍白、身体瘦弱的姑娘，却都挤在一块，在游廊里寻找温暖的藏身之所。而在后面这些人中间，随着浓雾透进了她们那哆嗦的身躯，我不断听到有闷声闷气的干咳声。

我还一直没跟别人说过话，别人好像也都没注意到我，所以我一人站在那儿，相当孤单。不过这种孤独感我早已习惯了，因此也并不感到怎么难受。我靠在一根游廊柱子上，拉拉我的灰色斗篷裹紧身子，竭力想忘掉身外袭人的寒气，和肚子里没吃饱的难受，而专心去用观察和思考来打发时间。我的思路太凌乱无绪，不值一提。我到现在还弄不大清楚自己究竟身在哪里，盖茨黑德和我以往的生活似乎已经飘浮而去，远隔千里万里，眼前是既陌生，又捉摸不定，而对未来我更是无法预计。我四面环顾一下这像个修道院似的花园，又举目望望房子，一幢大建筑物，其中的一半显得灰暗陈旧，而另一半却还相当的新。较新的那部分里容纳了教室和宿舍，一窗窗直棂的格子窗熠熠生辉，使它看上去有点像教堂。门上嵌着一块石头牌子，刻有这样的文字：

洛伍德义塾。——这一部分系于公元××××年由本郡勃洛克赫斯特府内奥米·勃洛克赫斯特重建。"你们的光也当这样

照在人前,叫他们看见你们的好行为,便将荣耀归给你们在天上的父。"——《马太福音》第五章第十六节

我反复地读着这段文字。我觉得它一定有某种含义,但却还不能完全理解其中的究竟。我还在揣摩"义塾"这两个字的意思,并且想要弄清前面那段话跟后面所引的经文之间的关系,正在这时,背后不远处的一声咳嗽使我回过头去。我看见有个姑娘坐在近旁的一个石凳上,她正在埋头看书,看上去全神贯注。我从站着的地方望得见书名——《拉塞拉斯》①,这书名叫我觉得很古怪,因此也就很有吸引力。她在翻过一页时偶尔抬头望了望,我直截了当地问她说:

"你那本书有趣吗?"我心里已经起了想请她哪天把书借给我读一读的念头。

"我挺喜欢它。"她隔了一两秒钟,先打量了我一会儿之后才回答我。

"它说些什么?"我接着又问。我简直不知道怎么会有勇气怎样开口去跟一个陌生人攀谈,这一步是违反我的天性和习惯的,不过我想她所干的事大概是激起了我心中的某种同感,因为我也同样喜欢读书,尽管都是些浅薄幼稚的,真正严肃和有分量的我还消化和理解不了。

"你可以看看。"那姑娘一边回答一边把书递给我。

我看了看。只略略翻了一下就叫我深信,书的内容并不像书名那么迷人。对我那不大高明的鉴赏力来说,《拉塞拉斯》似乎很乏味。我既看不到仙女,也看不到妖怪的事,印满

---

① 《拉塞拉斯》:全名《拉塞拉斯,阿比西尼亚王子》(*Rasselas*, *Prince of Abyssinia*,1759),是英国大文豪塞缪尔·约翰逊(Samuel Johnson,1709—1784)所著的一部借故事来作哲学辩论的小说。

密密麻麻字迹的书页上似乎没有任何五光十色的东西。我把书还给了她。她默默地接过去,什么也没说,正想重新像方才那样专心致志去读她的书。我又冒昧地打扰了她:

"你能不能告诉我,门上那块石头上的字是什么意思? 什么叫洛伍德义塾?"

"就是你要来住的这所房子。"

"那为什么要叫它做义塾呢? 难道它跟别的学校有什么不同吗?"

"这是所半慈善性质的学校,你我,还有我们所有的其他那些人,都是慈善学校学生。我猜想你是个孤儿吧。不是你爹就是你妈已经去世了,对吗?"

"我还没记事的时候就都死了。"

"是啊,这儿所有的姑娘不是死了父母的一方就是父母双亡,正因为这样,所以这儿叫作养育孤儿的义塾。"

"难道我们一个钱也不付? 难道他们白白养活我们吗?"

"我们付的,或者我们的亲友是付的,每人一年付十五镑。"

"那么干吗还叫我们慈善学校学生呢?"

"因为十五镑是不够付膳宿和学费的,不足的钱就要靠捐款来补足。"

"谁来捐呢?"

"邻近一带和伦敦的各种各样善心的太太先生们。"

"内奥米·勃洛克赫斯特是谁呢?"

"就像牌子上记载的那样,是造这部分新屋子的那位太太,而她的儿子又监督和主管着这儿的一切。"

"那为什么?"

"因为他是这个机构的司库兼总管。"

"那么说这所房子并不是属于那位带着表、说要给我们吃点面包和干酪的高个子女士的喽?"

"属于谭波尔小姐?噢,不是!我倒希望是她呢。她做一切都得向勃洛克赫斯特先生负责。我们所有的食物和衣着都由勃洛克赫斯特先生买来。"

"他住在这儿吗?"

"不——在两英里以外一所大宅子里。"

"他是个好人吗?"

"他是个牧师,听说做了许多好事。"

"你说那位高个子女士叫谭波尔小姐吗?"

"是啊。"

"那么另外几位老师叫什么呢?"

"脸红红的那位叫史密斯小姐,她管劳作,还亲自裁剪,——因为我们的衣服都归我们自己做,罩衣也好,外套也好,什么都自己做。黑头发、小个儿的那位叫斯凯丘小姐,她教历史和文法,还管听二班的回讲。还有围着披巾、腰里用黄丝带系着一块手绢的那位是马丹①比埃洛,她是法国的里尔来的,教法语。"

"你喜欢这些老师吗?"

"挺喜欢。"

"你喜不喜欢那个黑黑的小个儿,还有那个马丹……我学不来你刚才说的那个名字的发音。"

"斯凯丘小姐脾气急躁,你得小心别惹火了她。马丹比

---

① 马丹:法语 Madame(夫人)的译音。

埃洛倒不是个坏人。"

"不过还得数谭波尔小姐最好,是吗?"

"谭波尔小姐是很好,她比别的人都强,因为她懂得的比她们多得多。"

"你在这儿很久了吗?"

"两年了。"

"你是个孤儿吗?"

"我母亲去世了。"

"你在这儿快不快活呢?"

"你未免有点太爱刨根问底了。我眼下回答你已经不少,这会儿我可要看书啦。"

可正好这时候已经在召唤吃饭了,大家重新回进了屋子。现在饭厅里弥漫着的那股味儿,并不比早饭时我们的鼻子曾经领略过的味儿更能引起人的食欲。饭菜装在两个大白铁桶里,冒着一股带有臭肥肉味的热气。我看出那乱糟糟的东西是把一些烂土豆跟变质的臭肉碎块搅和起来一锅煮熟的。这顿菜倒是给每个学生都分了挺大的一盘。我一面尽可能吃了一些,一面心里暗想,不知今后每天的伙食是否都是这副样子。

吃过饭,我们马上都来到教室里,重新开始上课,一直上到五点钟。

下午惟一突出的事件,是我看见跟我在游廊上谈过话的那个姑娘在上历史课时,被斯凯丘小姐罚出班上,去站在大教室中央。这种责罚在我看来是非常丢脸的,特别是对于这么大一个姑娘来说——她看去已有十三岁或者更大年纪了。我料想她一定会显出十分痛苦和羞辱的神情,可是叫我吃惊的

是,她既没哭也没脸红,尽管脸色严肃,却镇静自若地站在众目睽睽之下。"她怎么能这么平静、这么坚强地忍受住这个呢?"我暗自问着。"换了我处在她的境地,我觉得自己准会但愿脚下裂开一道缝把我吞了下去才好。她看上去就像是正在想着什么超乎她的受罚、她的处境之外的事情,想着既不在她周围也不在她面前的事情。我听说过白日梦,——她这会儿难道是正在做白日梦吗?她两眼盯着地上,但我肯定她是视而不见,——她的目光似乎是内向的,深深转向自己的内心。我相信,她是在看着她能记忆起来的,而不是眼前实际存在的东西。我真猜不透她究竟是哪种姑娘——好姑娘呢还是淘气的姑娘。"

下午五点过后不久,我们又吃了一餐,有一小杯咖啡和半片黑面包。我狼吞虎咽地吃下面包,喝下了咖啡,吃得津津有味。可是我但愿还能再来一份,——我仍旧觉得饿。饭后是半个钟头的娱乐,接着是学习,然后就是那一杯水和一份燕麦饼,祈祷和上床。这就是我在洛伍德所过的第一天。

# 第 六 章

第二天仍像前一天那样开始,在灯草芯蜡烛的亮光下起床,穿衣。不过今早我们不得不免去了洗脸这个仪式,因为水罐里的水冻住了。昨天傍晚起天气变了,刺骨的东北风整夜呼呼地灌进我们寝室的窗缝,吹得我们在床上直打冷战,把大口水罐里盛的洗脸水也冻成了冰。

还没到长长的一个半小时祈祷和读《圣经》结束,我已觉得快要冻死了。最后早餐时间总算来到,而且今早的粥也没煮煳,质量还算可以,数量却很少,我那一份看上去是多么少啊!我真希望它能再加一倍。

这一天,把我编进了第四班,给我规定了正式的功课和作业。在这以前,我还只是洛伍德各项活动的旁观者,今后,我就将成为其中的一名演员了。一开始,因为对背诵还不大习惯,我觉得课文既长且难,课程一会儿一换,也弄得我头昏脑涨。因此,我很高兴到下午三点钟光景,史密斯小姐交给我一块两码长的细布滚条,连同针和顶针等等,打发我去坐在教室中一个僻静的角落里,让我按照吩咐给滚条缝边。在那个时刻,别的大多数人也同样在做针线活,可是有一个班却仍旧围着斯凯丘小姐的椅子,站在那儿诵读。因为四周都寂静无声,因此听得见她们课文的内容,也听得见每一个姑娘表现得如何,以及斯凯丘小姐对她们表现优劣的夸奖或者责骂。她们上的是英国史。在读课文的人中间我看见了我在游廊上相识的那一位。在刚开始上课时,她排在全班的头上,可是不知因为犯了个读音上的错误呢还是句读上的疏忽,她突然给降到了最末尾。即使到了这样低微的位置,斯凯丘小姐还是不断地让她成为经常惹人注意的目标,不断地向她说出这样一些话:

"彭斯,"(这似乎是她的姓,因为这儿的姑娘们全是用姓来称呼的,就跟别处的男孩子那样),"彭斯,你偏着脚鞋帮着地站在那儿,马上把脚尖正过来。""彭斯,你伸出个下巴,难看死了,快收进去。""彭斯,我一定要你把头仰起来,我决不准你这么个样子站在我面前。"等等,等等。

一章书从头到尾念了两遍,把书都合上了,对姑娘们进行起考问来。这一课包括查理一世王朝的一部分,问了各种关于船舶港税和造舰税之类的问题,大多数人看来都回答不出。可是,不管什么小难题到了彭斯那儿就立刻解决了,她似乎把整课的内容都记在了脑子里,对什么问题都能对答如流。我一直在指望斯凯丘小姐会赞扬她用心,可是非但没有,她忽然嚷了起来:

"你这个肮脏讨厌的姑娘!你今早上一定连指甲都没洗!"

彭斯不回答。我对她的沉默感到奇怪。

"她干吗不解释,"我心想,"因为水结冰了,她既没法洗指甲,也没法洗脸。"

这时我的注意力被史密斯小姐分散了,她要我给她绷住一束线。她一边绕,一边有一句没一句地跟我说话,问我以前是不是上过学,我会不会划样、缝纫、编织等等。直到她放我走,我一直无法继续观察斯凯丘小姐的举动。正在我回到自己座位上去的时候,她下了个命令,到底说什么我没有弄清,可是彭斯立刻离开班上,走进隔壁放书的一间小小的里屋,隔了半分钟又回转来,手里拿着一束一头捆紧了的小树枝。她恭恭敬敬地行了个屈膝礼,向斯凯丘小姐呈上这个可怕的凶器,然后不等令下,就默默地解下了自己的围裙,那位教师立刻用那捆枝条朝她颈背上狠狠地抽了十几下。彭斯眼里没涌出一滴眼泪。我目睹着这种场面,不由产生一种又气愤又无可奈何的心情,手指都直打战,不得不停了一下手里的活儿,可是她那张沉思的脸上却神色如常,毫没改变。

"犟脾气的姑娘!"斯凯丘小姐喊道,"什么也改不掉你那邋遢习惯。把笤帚拿走。"

彭斯遵命照办。当她从存书室里出来时我仔细瞧瞧她,她刚把自己的手绢揣回到口袋里,一丝泪痕闪烁在她瘦削的脸上。

在洛伍德,傍晚的游戏时间我觉得是最愉快的时刻。五点钟时大口吞下的一小块面包、几口咖啡虽说不能解饥,也使人恢复了一点生气,一整天的紧张拘束松弛了下来,教室也显得比早上暖和了些,因为允许把炉火稍微升得旺一点,以便多少可以代替一下尚未点上的蜡烛。发红的暮色,放胆的喧哗,嘈杂的人声,给人一种自由自在的可喜感觉。

斯凯丘小姐鞭打她的学生彭斯的那天傍晚,我仍跟先前那样,徘徊在长凳、桌子和一群群笑闹的人群中间,没有一个人做伴,但也并不觉得孤独。每当在一个窗前经过,我不时地掀起窗帘,望望外面。大雪纷飞,靠下部的窗格上已经开始蒙上了一层积雪。我把耳朵贴近窗子,可以在屋内的笑语喧阗中分辨出屋外大风的哀号。

如果我是新近刚抛下了一个可爱的家和慈爱的双亲,也许眼前这种时刻最会引起我离别的愁绪,因为那风声会使我心情哀伤,这杂乱的人声会搅乱我的宁静。但实际上两者却引起我一种奇怪的激动,引起不安和兴奋,因而我一心只盼望风怒号得更凶,暮色更浓到变成一片漆黑,混乱进一步成为喧嚣。

我跳过长凳,钻过桌子,挤到一个壁炉跟前,那儿,我看到彭斯正跪在高高的铁丝炉挡边,借着余烬的微光,全神贯注地默默看着一本书,忘掉了周围的一切。

"还是那本《拉塞拉斯》吗?"我来到她身后,问道。

"是的,"她说,"我刚好看完。"

只过了五分钟,她就合上了书。我对这个很高兴。

"这一下,"我心想,"我就说不定能引她开口说话了。"我在她身边的地板上坐了下来。

"你姓彭斯,可名字叫什么呢?"

"海伦。"

"你是从很远的地方来的吗?"

"我是从一个再往北去一点的地方来,差不多快到苏格兰的边界了。"

"你还会回去吗?"

"我希望会的,不过将来的事谁也说不准。"

"你一定很想离开洛伍德吧?"

"不,我干吗要想?我是给送到洛伍德来受教育的,不达到目的就离开没有意思。"

"可是那个老师,斯凯丘小姐,对你太凶了呀?"

"凶?没那回事!她很严厉,她讨厌我的缺点。"

"可要是我换了你,我会讨厌她,我会拒绝她。要是她用那个鞭子揍我,我会从她手里夺过来,我会当着她的面把它折断。"

"也许你不会做那样的事,可要是你真做了,勃洛克赫斯特先生也准会把你开除出学校,这对你的亲戚来说,会是件挺不幸的事。宁可耐心忍受一次除你自己之外,别人谁都不会感到的痛楚,也远比做出件冒失的事来,让跟你有关的人全都受到不利的影响为好。——再说,《圣经》上也教我们以德报怨呀。"

"可挨鞭子,罚站到满是人的屋子当中去,终归是丢脸的呀。而且你又是那么大一个姑娘,我比你小得多,我还受不了呢。"

"可是既然不可避免,就非忍受不可,命中该你忍受的事,如果说你受不了,那是软弱和愚蠢的。"

我听着她这些话觉得很惊异。我没法理解这种忍耐的信条,更无法理解或者赞同她对她的惩罚者所表现的宽容。但尽管这样,我还是觉得海伦·彭斯是凭借一种我所看不见的光来考察事物的。我怀疑也许她是对的,而我错了,但是我不想把这问题深究下去,也像费力克斯①一样,我把它暂且搁下,将来再说。

"海伦,你说你有缺点,什么缺点呢?我觉得你挺好嘛。"

"那就听我告诉你,看人别只看外表。我正像斯凯丘小

---

① 费力克斯:《圣经》中一个遇事拖延的法官。

姐说的,很邋遢。我很少把东西收拾整齐,也从来不保持整洁。我粗心大意。我老忽略规则。该做功课的时候我看书。我缺乏条理。而且有时候我也像你那样,说我受不了按部就班地行事。这些都叫斯凯丘小姐十分冒火,她生性爱干净利落、遵守时刻、一丝不苟。"

"还凶狠暴躁。"我又补了一句,但是海伦·彭斯不同意我的补充,她默不作声。

"谭波尔小姐是不是也像斯凯丘小姐那样,对你很凶?"

一提起谭波尔小姐的名字,一丝温情的微笑就在她严肃的脸上掠过。

"谭波尔小姐十分善良,她不忍心严厉对待任何人,哪怕是学校里最坏的人。她看到我的错处,就温和地向我提醒,要是我做了一点值得称赞的事,就大加赞扬。我生性恶劣到可耻地步的一个有力的明证,就是即使她的规劝那么温和,那么合情合理,也没能起到治好我的毛病的作用。就连她的赞扬,尽管我非常珍视,也没法激励我去经常保持小心谨慎、思前顾后。"

"这真奇怪,"我说,"要小心点还不容易。"

"对你来说,我毫不怀疑是容易的。今早你在上课时我注意过你,看见你非常专心,米勒小姐讲课和向你提问时,你一点都没显出思想开小差的样子。可我却时常心不在焉。在我本该听着斯凯丘小姐讲课,把她讲的全部用心记住的时候,我却常常连她的声音都听不见了,就像陷进了什么梦境似的。有时候我觉得自己是在诺森伯兰①,我周围的嗡嗡声,是流过

———————

① 诺森伯兰(Northumberland):英格兰北部的一个郡。

离我家不远的'深谷'的那条小溪的潺潺声。——这样，当轮到我回答问题时，就先得把我叫醒，而我刚才是在听幻想中的小溪声，根本就没听讲，所以不知答什么好。"

"可是今儿下午你回答得挺好呀。"

"这只是碰巧，我们正在读的那段内容引起了我的兴趣。今天下午我不但没梦见深谷，反而一直在纳闷，一个一心想做好事的人，怎么会像查理一世有时候所做的那样，干出些极不公平的蠢事来。我觉得真太可惜，像他那么秉性正直、光明正大的人，却会目光短浅到超不出王权一步。要是他能把目光放远一些，看到人们所说的时代精神的趋向，那该多好啊！不过我还是喜欢查理，——我敬重他，我同情他，这个可怜被杀害了的皇帝啊！一点不错，他那些仇敌是最坏的人，他们让他们没有权利伤害的人流血惨死。他们竟敢杀害了他！"

海伦现在是在自言自语，她忘了我不大能听懂她说的话，——她在谈论的事我一无所知，或者几乎是一无所知。我把她重新拉回到我的水平上来。

"那么谭波尔小姐上课时，你也思想开小差吗？"

"当然不，不经常这样。因为谭波尔小姐一般总有些比我的想法更新鲜的东西可讲。她的措词用语我特别喜欢，她传授的知识常常正好是我想要得到的。"

"那么说，你在谭波尔小姐跟前表现得挺好咯？"

"是的，不过是被动的，我并没勉强去做，只是听凭爱好的左右。这样的好可没什么了不起。"

"挺了不起，凡是对你好的人，你就对他好。这正是我一直想做到的。如果大家老是对残酷、不公道的人百依百顺，那么那些坏家伙就更要任性胡来了。他们会什么也不惧怕，这样也就永远不会改好,反而越来越坏。当我们无缘无故地挨了打,我们一定要狠狠地回击。我相信我们一定得这样,——得非常非常狠,好教训那个打我们的人永远不敢再打。"

"我想等你长大一点,你会改变想法的,眼前你还只是个没什么教养的小姑娘。"

"可是我总觉得,海伦,我不得不讨厌那些不管我怎么想讨他们欢喜,还是一个劲地讨厌我的人。我一定得反抗那些不讲道理地责罚我的人。这就跟谁对我好,我就爱他,或者我自己觉得该受罚,就乖乖地受罚一样,是挺自然的事。"

"异教徒和野蛮民族才信奉这种道理,基督徒和文明的民族是否定它的。"

"怎么?我不懂。"

"最能克服仇恨的并不是暴力,最有把握治好创伤的也不是报复。"

"那么是什么呢?"

"读读《新约》吧,看看基督是怎么说的,怎么做的,——把他的话作为你的规范,他的行为作为你的榜样。"

"他怎么说的呢?"

"你们的仇敌要爱他,咒诅你们的要为他祝福,恨你们、凌辱你们的要待他好。"[①]

"那么我该爱里德太太咯,这我办不到。我该为她的儿子约翰祝福咯,这决不可能。"

这回轮到海伦·彭斯要我说说是怎么回事了。我立刻照

---

① 原话见《新约·路加福音》第 6 章第 27 至 28 节:"你们的仇敌要爱他,恨你们的要待他好,咒诅你们的要为他祝福,凌辱你们的要为他祷告。"

自己的想法尽情倾诉了我吃的苦和我心中的怨恨。我心里一激动,就尖酸刻薄起来,怎么想的就怎么说,毫不含蓄或者克制一些。

海伦耐心地听我说完。我想她总会发表一两句意见的吧,可是她一句话没说。

"怎么样,"我急不可耐地问,"难道里德太太还不是个硬心肠的坏女人吗?"

"当然,她对你不好,因为,你瞧,她讨厌你这样的性格,正像斯凯丘小姐讨厌我的性格一样。可是你是多么一点不漏地记着她对你说过和做过些什么呀!看来她的不公正行为在你心里留下的印象是深得多么出奇呀!没有任何虐待能这样深地打动我的感情。如果你尽量去忘掉她的严厉,和因此引起来的愤激情绪,你不是会过得更快活一些吗?我觉得生命太短促了,不值得把它花费在怀恨和记仇上。我们在世上,人人都有一身罪过,而且也不可能不是这样。但是不久总会有那么一天,我相信,我们在摆脱自己腐败的躯壳时,同时也就摆脱了这些罪过。到那时,堕落和罪孽会随着这个累赘的血肉之躯从我们身上卸下,只留下精神的火花,——生命和思想的不可捉摸的源泉,纯洁得像它当初离开造物主使万物具有生命的时候一样。它从哪儿来,还回到哪儿去。说不定又会被授给某一种比人更高的生物,——说不定会一步步经过荣耀的各种等级,从照亮苍白的人类心灵上升到照亮大天使的心灵!它是不是一定不会正好相反,不幸从人降低到魔鬼呢?不,我决不相信,我坚信另一种信条,这种信条没有人教过我,我也很少提起,可是我喜欢它,我坚守它,因为它把希望给予每一个人,它使永生成为一种安息——一个宏伟的家,而不是恐惧和深渊。再说,信奉这个信条,我就能把罪人和他所犯的罪孽非常清楚地区别开来,我就能在痛恨后者的同时十分真诚地宽恕前者。信奉这个信条,复仇永远不会使我担心,堕落永远不会让我过分深恶痛绝,不公平也永远不会叫我过分心灰意懒。我平静地活着,期待着末日。"

海伦的头一直低垂着,说完最后一句话时垂得更低了一些。从她这种神情上我看出她不想再跟我多谈,而宁愿去跟她自己的思想交谈。她没有能够沉思多长时间,不一会儿,一位班长,是个粗鲁的大姑娘,来到她跟前,用很重的昆布兰①口音嚷道:

"海伦·彭斯,要是你不马上去整理好你的抽屉,叠好你的活计,我就去告诉斯凯丘小姐,让她去看看!"

海伦的冥想消散了,她叹了口气,站起身来,既没回答,也不耽搁,就服从了班长的命令。

---

① 昆布兰(Cumberland):英格兰北部的一个郡。

# 第 七 章

　　我在洛伍德的第一个季度长得像整整一个时代,而且还不是黄金时代,其中包含了克服种种困难的叫人厌烦的斗争,来让自己适应各种新的规则和陌生的工作。生怕在这些方面受挫的心情,比起我命定要承受的身体上的艰苦来,更叫我感到苦恼,尽管后者也并不是轻松的小事。

　　整个一月、二月和三月的前半,厚厚的积雪,以及融雪后几乎无法通行的道路,使得我们除了上教堂以外,无法越出花园的围墙半步,可是在这个范围内,我们还是得天天到户外去度过一个钟头。我们身上的衣服不足以抵御严寒。我们没有长靴,雪钻进我们的鞋里并且在那儿融化。我们没戴手套的双手冻得麻木,长满冻疮,脚也一样。我至今还忘不了因此自己每天晚上都要忍受的那种痛痒难熬的滋味,因为我的双脚都红肿了。还有每到早上,硬要把肿痛僵硬的脚趾塞进鞋子里去所遭的那份罪。饭食供应的不足也叫人苦恼,我们这班发育中的孩子食欲正旺,可所吃的几乎还不够一个虚弱的病人维持生命。营养不足造成了一种恶劣风气,使年龄小一些的学生大受其害。那些饿坏了的大姑娘一有机会,就会连哄带吓分占他们的那一份。我有好多次就曾把午后茶点时分得的一小块珍贵的黑面包分给两个勒索者,还把我那杯咖啡的一半让给第三个勒索者,然后,我才伴着因为饿急了而偷偷流下的眼泪,咽下所剩的那一半。

在那个严冬的季节里,星期天是个郁郁寡欢的日子。我们得走上两英里路,到我们的保护人常做礼拜的勃洛克桥教堂去。我们出发时很冷,走到教堂时更冷,做早礼拜的时候人都快要冻僵了。回校去吃午饭路太远,所以在两次礼拜的中间分给一份冷肉和面包,分量跟我们平常吃饭时一样少得可怜。

下午的礼拜结束后,我们走一条毫无遮蔽的山路回去,一路上冬天的刺骨寒风越过北面连绵的积雪山峰刮过来,几乎把我们脸上的皮都刮掉了。

我还能记得谭波尔小姐脚步轻快地走在我们这垂头丧气的队伍旁边,她的格子花呢斗篷被凛冽的寒风吹得紧贴在她的身上。她一面口头开导,一面以身作则,鼓励我们振作起精神来前进,正如她所说的,“就像坚强的士兵那样”。其他的教师,那些可怜的家伙们,大都自己也情绪低落,更顾不上去鼓舞别人了。

我们回到学校时,多么渴望能享有熊熊炉火的光和热啊!可是,至少那些小姑娘们是享受不到的,教室里的两个壁炉马上就都被两三层大姑娘们紧紧围住,在她们身后,小一点的孩子们只好成群蹲在那儿,把她们冻得要命的胳臂藏在围裙里。

喝午后茶时总算来了点小小的安慰,发双份的面包,——不是半片,而是整整的一片,——还加上上面涂着薄薄一层好吃的黄油。这是我们大家从一个安息日到下个安息日一直在盼望着的每周一次的难得款待。我一般都尽力把这份丰厚的点心给自己留一半,其余的就总是只好分给了别人。

星期天晚上总是用来背诵英国国教的教义问答,《马太福音》的第五、第六和第七章,还要听米勒小姐冗长的讲道,她克制不住地一再打呵欠,说明她自己也累了。在这些节目中经常出现的一个插曲是,总有五六个小姑娘扮演起犹推古①的角色来,她们困倦不堪,虽说不是从三层楼,也是从第四排长凳上掉了下来,扶起来时简直半死不活的样子。治疗的办法是把她们推到教室中央,罚她们一直站到讲道结束。有时候她们连两脚都站立不住,倒下来在地上挤成一堆,这时只好用班长的高凳子把她们支撑住。

我一直还没提起过勃洛克赫斯特先生来学校,事实上,那位先生在我进校后第一个月的大部分时间里都不在家,也许是在他的好友副主教那儿多耽搁了一些日子。他不在倒叫我松了口气。不用我说,我自有害怕他来的原因。可是他终于还是来了。

一天下午(当时我已经在洛伍德呆了三个星期了),我正手里捧着块石板坐在那里,苦苦思索着做一道长除法②,偶然心不在焉地抬头望望窗口,瞥见一个身影正好经过。我几乎出于本能地立刻认出了那个瘦长的轮廓。所以两分钟以后,全校的人,教师在内,都全体③起立时,我简直没有必要抬头去看看,以便弄清楚他们究竟是在如此隆重欢迎谁的到来。有人大步走过教室,不一会儿,曾经在盖茨黑德的炉边地毯上狠狠朝我皱眉的那根黑铁柱子,就已经矗立在也同样站了起

①　犹推古:《圣经》中一个少年,在听讲道时因为困倦沉睡,从三层楼窗台上掉下来死去。
②　长除法:即繁式除法,要求将运算中的每一步都具体写出来。
③　原文为法语。本书正文中出现的楷体,原文均为法文。

来的谭波尔小姐身边。这时,我斜眼窥视了一下那根建筑构件。是的,我没猜错,这正是勃洛克赫斯特先生,穿着件紧身长大衣,纽扣扣得严严实实,看去显得比以前更长,更细,也更生硬了。

我自有理由为他的现形感到丧气。里德太太关于我的性情等等所作的那些造谣中伤的暗示,勃洛克赫斯特先生表示一定要把我的坏脾气告知谭波尔小姐和其他教师的诺言,这些我都记得太清楚了。我一直都在担心这个诺言的兑现,——我天天都在提防着这个"随时会出现的恶人",他关于我以往生活和言谈的介绍,会叫我永远背上坏孩子的名声。现在他终于来了。他就站在谭波尔小姐旁边。他正在向她低声耳语,我毫不怀疑,他是在揭露我的恶劣行径。我焦急难耐地注视着她的目光,随时准备着看到她乌黑的眸子会向我投来厌恶和轻蔑的一瞥。我也在侧耳静听,因为我刚巧正坐在靠近屋子前端的座位上,所以听见了大部分他所说的话,这些话的内容总算解除了我的近忧。

"谭波尔小姐,我想我在洛顿买来的线是合用的。我当时想到用它缝布衬衣正合适,还特地挑了些跟它相配的针。你跟史密斯小姐说一声,我忘了记下要买织补针的事,不过下个星期我会派人送些钱来给她的。叫她无论如何每次最多只能给每个学生发一根针,多了她们就往往会不当回事,把它们弄丢了。噢,还有,小姐!我希望那些羊毛袜子要照管得好一些!——上次我来时,我到菜园子里去查看一下晾着的衣服,有许多黑袜子都没补好,从那些破洞的大小来看,我肯定它们没有随时好好地补。"

他停了一下。

"你的指示一定照办，先生。"谭波尔小姐说。

"还有，小姐，"他又接着说下去，"洗衣的女人告诉我，有些姑娘一个星期换两次干净领圈，这太多了，按规定只能换一次。"

"我想这件事我可以解释一下，先生。上星期四有朋友请艾格尼丝·约翰斯顿和凯萨林·约翰斯顿两人上洛顿去喝茶，所以我准许她们特地换个干净领圈。"

勃洛克赫斯特先生点了点头。

"好吧，偶然一次还行，不过请别让这样的事发生得太多。另外还有件事也叫我吃惊，我跟总管结账的时候，发现上两个星期里，有两次给姑娘们发了有面包和干酪的点心。这是怎么回事？我查了下规章，可没发现上面提到过这样的饭食。是谁采取了这种新办法？又是谁批准的？"

"这事得由我负责，先生。"谭波尔小姐回答，"早饭做得太糟，学生们实在吃不下去，我没敢让她们一直饿到吃中饭。"

"小姐，请等一等。——你明白我培养这些姑娘的办法，不是让她们养成奢侈和娇纵的习惯，而是要她们吃苦，忍耐，克己。即使偶尔有点不大对胃口的事发生，比如烧坏了一顿饭，一样菜作料太浓或是太淡等等，化解事故的办法不应该是用更美味的东西去补偿失掉了的那点享受，以致娇纵了肉体，放弃了这所学校的宗旨。应该利用这种情况来使学生受到精神上的熏陶，鼓励她们遇到一时的艰苦时表现坚忍不拔的精神。在这种场合下，作一次短短的训话不会是不合时宜的，这时候一位贤明的导师会借此机会提一下最初的基督徒所受的苦难，殉道者遭到的酷刑；提一下我们神圣的主的亲口训诫，他召唤他的门徒们背起他们的十字架跟着他走;提一下他的警告:人不能只靠面包活着,还得依靠上帝口中说出来的每一句话;提一下他神圣的抚慰:'你们若为我忍饥受渴,便为有福。'唉,小姐,你把面包干酪代替烧糊了的粥,送进那些孩子的嘴里时,你当然可以喂饱她们卑微的肉体,但你却没有想到,你是在叫她们不朽的灵魂挨饿!"

勃洛克赫斯特先生又一次停住了,——也许是过分激动的缘故。谭波尔小姐在他刚开始对她讲话时垂下了眼睛,但现在她却目光直视着前面,她的脸本来就像大理石那样白,现在似乎更显出了那种石头的冷漠和坚定。尤其是她的嘴紧紧闭着,仿佛要用雕刻家的凿子才能凿开似的,而她的眉宇间也愈来愈呈现出一种近于凝固了似的严厉神色。

这时候,勃洛克赫斯特先生正倒背着两手站在壁炉跟前,威风凛凛地检阅着全校。突然间他的眼睛眨了一下,仿佛碰到了什么刺目或者耀眼的东西。他转过身去,用比他先前任何时候都要急促的语调说:

"谭波尔小姐,谭波尔小姐,那个……那个卷头发的姑娘是谁?红头发的,小姐,卷着……满头头发都是卷着的那一个?"说着,他还伸出手杖指着那个可怕的对象,手都有点发抖。

"那是朱莉亚·塞汶。"谭波尔小姐很平静地回答。

"朱莉亚·塞汶,小姐!可为什么她,或者不管什么人,还留着卷头发?为什么她竟敢在我们这个福音派的慈善机构里,藐视这儿的一切戒律和原则,这么肆无忌惮地迎合流俗,居然梳起一头卷发来了?"

"朱莉亚的头发是自然蜷曲的。"谭波尔小姐语气更加平静地回答道。

"自然？对,可是我们却不能顺其自然。我希望这些姑娘成为受上帝恩宠的孩子。再说干吗要留这么多头发?我一再表示过,我希望头发要剪短,要简单朴素。谭波尔小姐,那个姑娘的长头发一定要全剪掉,我明天就叫个剃头的来。我看见还有些人头发也留得太长太长了,——那个大点的姑娘,叫她转过身去。叫第一班的全体起立,脸朝着墙。"

谭波尔小姐用手帕轻轻拭了一下嘴唇,仿佛要把情不自禁浮现在嘴角上的一丝笑意抹去似的。不过她还是下了命令,而当第一班的学生弄明白了要她们干什么以后,也都服从了。我坐在凳子上稍稍把身子往后仰一点,可以看得见她们对这个口令动作所表现出来的各种神情和做鬼脸的样子。真可惜勃洛克赫斯特先生不能也看见这些,否则他或许会体会到,不管他怎么摆布杯盘器皿的外表,那内里的东西却远比他所能想象的更不受他的支配。

他细细察看了这些"活奖牌"的背面足有五分钟,然后宣布了判决。这句话一出口就像敲响了丧钟:

"头上的那些顶髻统统都得剪掉。"

谭波尔小姐似乎要提出异议。

"小姐,"他接着说下去,"我得侍奉主,他的王国是不属于这个世界的。我的使命就是要克制这些姑娘的七情六欲,教导她们要穿着得规矩,不招摇,既不结辫子,也不穿考究衣服。可我们面前这些年轻人个个都把一束头发编成辫子,这都是出于虚荣心才把它编起来的。这些东西,我再说一遍,必须统统铰掉。想想为它们浪费掉的时间,想想……"

正说到这儿,勃洛克赫斯特先生的话给打断了,又有三位来访者,都是女客人,这时走进了教室。她们真该稍微早来一点才好,那样就能听到他关于衣着的这番训话了,因为她们正好满身丝绒、绸缎、皮毛,打扮得十分华丽。三人中两位年轻的(十六七岁的漂亮姑娘)头戴着当时时新的水獭皮帽,上面还插着鸵鸟毛,在这雅致的头饰的边檐下面,密密地垂着卷得十分精致的轻盈鬈发。上年纪的那位太太裹着一条镶有貂皮边的贵重丝绒披巾,前额还垂着法国假鬈发。

这几位女客是勃洛克赫斯特太太和两位勃洛克赫斯特小姐,谭波尔小姐恭恭敬敬地接待了她们,并且引她们到教室前端的上座落座。看来她们是跟她们那位担任着圣职的亲属一起乘马车来的,他跟总管办理事务,查问洗衣女人,训斥学监的时候,她们一处不漏地查看了楼上的那些房间。现在她们就开口对负责照管被服和检查宿舍的史密斯小姐提出了种种意见和责难。不过我顾不上去听她们说些什么,有另外一些事情把我的注意力引开并且牢牢吸引住了。

在这以前,我一边留心听勃洛克赫斯特先生跟谭波尔小姐之间的谈话,一边始终没忘了注意保证自己的安全。我想这是做得到的,只要避免被他看到就行了。为此我坐在长凳上一直尽量往后缩着身子,而且为了看上去像在忙着做算术,故意把石板捧得遮住了脸。本来我很可能不被注意到的,可是不知怎么我那捣乱的石板忽然从我手里滑了下来,冒冒失失地砰然一声跌落在地板上,马上引得所有的眼睛都转向了我。我明白这下子全完了,所以一边弯下身去拾起那碎成两半的石板来,一边鼓足勇气准备迎接最坏的后果。它终于来了。

"真是个粗心的姑娘!"勃洛克赫斯特先生说,接着马上又——"我看出来了,是那个新学生。"紧跟着,还没等我来得及喘口气,又说,"我可不能忘了,关于她我还有一两句话要说呢。"然后他大声说,那声音在我听来有多大啊!——"叫那个打碎了石板的孩子上前边来!"

光靠我自己,我可能一动也动不了,我简直全身瘫痪了。可是坐在我两旁边的两个大姑娘拉我站了起来,把我朝那位可怕的法官推了过去,接着谭波尔小姐轻轻扶着我一直来到他的脚跟前,我听见了她在悄声地安慰我:

"别怕,简,我明白这是偶然的过失,你不会受罚的。"

这亲切的耳语像刀子似的插进了我的心。

"再过一分钟,她就会鄙视我是个伪君子了。"我想着,同时因为深信无疑,我身上猛然冒出了一股针对里德—勃洛克赫斯特合伙公司的无名怒火来。我可不是海伦·彭斯呢。

"把那张凳子拿过来。"勃洛克赫斯特先生手指着一张很高的凳子说,一位班长起身让出那张凳子来。凳子给端过来了。

"把这孩子放上去。"

我被放了上去,谁干的我不知道。我已注意不到这些细节,我只知道人家把我高高举起到齐勃洛克赫斯特先生的鼻子,他只离开我一码远,而在我下方,大片橘黄、紫红色的闪缎斗篷,和云雾般的雪白鸟羽毛在那儿展开,飘动。

勃洛克赫斯特先生清了清嗓子。

"太太小姐们,"他回过头去朝他的亲属们说,"谭波尔小姐,教师们和孩子们,你们都看见这个姑娘了吧?"

她们当然看见了,因为我感觉得到她们的眼睛像凸透镜那样对准着我被灼痛了的皮肤。

"你们瞧她年纪还小,你们看到她有着跟平常孩子一样的外貌。上帝慈悲为怀,把跟我们一样的形状赐给了她,没有明显的残疾标明她是个特殊的人物。谁能想到魔鬼已经在她身上找到了一个奴仆和代理人?可是我要痛心地说,事实却正是这样。"

　　停顿了一下,——这时我渐渐让自己受震撼的神经稳定了下来,感到反正鲁比孔河①已经渡过了,考验已没法逃避,只能坚强地面对。

　　"我亲爱的孩子们,"这个黑大理石般的牧师用悲怆动人的语气说,"这真是件伤心难过的事,我有责任警告你们,这个本该成为上帝亲手牧养的羔羊的姑娘,实际是个小小的浪荡汉,不是真正的羔羊中的一个,而显然是个外来者,闯入者。你们必须小心提防她,避免学她的样。必要的话,不要跟她做伴,不让她参加你们的游戏,不让她跟你们一起谈话。教师们,你们一定要看牢她,注意她的一举一动,掂量她的每句话,考察她的各种行为,惩罚她的肉体来拯救她的灵魂,当然,这是说如果这种拯救还有可能的话,因为(这话我都觉得有点难以出口),这姑娘,这个孩子,出生在一个基督徒的国度里,却比许多祈祷梵天②、膜拜讫里什那神像③的小异教徒还要坏,——这个姑娘是个……说谎者!"

----

①　鲁比孔河:在今意大利中部,是古罗马将军恺撒的领地与当时意大利本土交界的地方。公元前四十九年恺撒率兵渡过此河,宣告与以庞培为首的罗马政府正式开战。后来英语等中"渡过鲁比孔河"成为一句成语,表示破釜沉舟、已无退路的意思。
②　梵天(Brahma):印度教中的一切众生之父。
③　讫里什那神像(Juggernaut):印度教三大神之一毗湿奴的化身。

这回停顿了足有十分钟。当时我已完全神志清醒了，所以在这段时间里，我看清了三位勃洛克赫斯特家的女眷都摸出手绢来擦擦眼睛，上年纪的太太来回摇晃着身子，两个年轻的低声说："多可怕啊！"

勃洛克赫斯特先生又接着说下去：

"我这是从她的女恩人，从那位虔诚、善心的太太那儿听说的。这位太太在她父母双亡的时候收养了她，把她当成自己的女儿来抚养，而这个坏姑娘却用恶劣、可怕到极点的忘恩负义来报答她的仁慈和慷慨，终于使得那位了不起的保护人不得不把她跟自己的孩子们隔离开，以免她的坏榜样玷污了他们的纯洁。她把她送到这儿来治病，就像古时候犹太人把病人送到毕士大池①搅动的水里去一样。所以教师们和学监，我请求你们不要让她四周的水停滞不动。"

说了这样一句出色的结束语之后，勃洛克赫斯特先生把他长大衣的第一颗纽子正正好，对他的家属低声说了些什么，她们站起身来，向谭波尔小姐鞠了个躬，然后这几位大人物就一起威风凛凛地走出屋子去。走到门口时，我的这位法官回过头来说：

"让她在凳子上再站半个小时，今天剩下的时间里谁也不准跟她说话。"

于是，我就高高地站在那儿。我还说若要我双脚站立在教室中央，我是决受不了这种耻辱的，可如今却竟然站在一个耻辱台上公开示众。我此时此刻的心情，是无法用言语形

① 毕士大池（Bethesda）：《新约·约翰福音》第5章第2节中说，耶路撒冷有一个池子叫毕士大，在天使搅动池水时下去，就能治愈百病。

容的。然而正当大家站起身来,使我呼吸艰难,喉咙紧缩的当儿,有个姑娘走了过来,从我跟前走过去,在经过我身边的时候,她抬起了眼睛。那目光中闪出一道多么奇怪的光芒啊!这道光芒又使我浑身产生了一种多么不同寻常的感觉啊!这种崭新的感觉又给了我多大的支持啊!就仿佛是一位殉道者,一位英雄,走过了一个奴隶或者牺牲者的身边,在经过时赋予了他力量一样。我压制住了本来正要发作的歇斯底里,昂起头,在凳子上站稳了身子。海伦·彭斯问了史密斯小姐一个关于活计方面的小问题,为了问得太琐碎无聊而挨了几句申斥,就仍回到自己的原位上去,当她再次走过时,又朝我微笑了一下。什么样的微笑啊!我直到今天还记得它,而且明白它是高度的智慧和真正的勇气的流露。它就像天使脸上反射出来的光芒那样,照亮了她那不寻常的面容,她瘦削的脸,和她深陷的灰色眼睛。而当时海伦·彭斯还正臂上罚戴着"不整洁标志",不到一小时以前,我还听见斯凯丘小姐罚她明天中午只准吃面包和凉水,因为她在抄写习题时弄脏了练习簿。人的天性就是这样不完美的!就是最明亮的星球上也会有黑斑。可是像斯凯丘小姐这一类人的两眼却只看得见那些小瑕疵,而对星星的耀眼光芒却视而不见!

# 第 八 章

半个钟头还没满,钟敲五点,学校下了课,大家都到食堂吃茶点去了。这时天色已经十分昏暗,我大胆走下凳子,退到一个屋角上,在地板上坐了下来。一直支撑着我的那股魔力开始消失,反作用降临,不一会儿,在一阵无法抵挡的悲痛之下,我颓然扑倒在地上。现在我哭了。海伦·彭斯不在,没有任何力量来支撑我了。剩下一个人,我再也无法自制,泪水淌满了地板。我曾打算在洛伍德做个那么好的孩子,做那么多的好事,交那么多的朋友,博得尊重,赢得好感。我已经有了明显的进步。就在当天早上,我已升到了全班的第一名,米勒小姐热烈地夸奖了我,谭波尔小姐微笑着表示赞许,她答应教我绘画,准我学习法文,只要未来的两个月里我能继续有这样的进步。而且同学们也都对我很好,跟我年龄相仿的对我平等相待,谁也不来作弄我。可如今呢,我又被打倒,遭践踏,趴倒在这儿。我还有再爬起来的一天吗?

"永远没有了。"我想着,一心只希望死掉算了。我正泣不成声地继续诉说着这种心愿时,不知谁走近前来。我惊跳起来,——又是海伦·彭斯来到了离我不远处,暗淡下去的炉火刚能照见她正经过长长的空房间走过来,她给我端来了咖啡和面包。

"来,吃点东西。"她说。可是我把它们都推开了,觉得在我眼下这种境况里,哪怕是一小滴或者一小块都会哽住了我。海伦打量着我,说不定感到有点诧异。我这会儿再拼命努力也无法使我的激动平息下来。我继续大声哭着。她靠近我在地板上坐下,两臂抱膝,把头搁在膝头上。她像个印度人似的保持着这个姿势一声不响。还是我第一个开了口:

"海伦,你干吗还跟一个人人都相信是撒谎者的姑娘待在一起呀?"

"人人吗,简?什么话,只有八十个人听见别人这样叫你,世界上却有几万万人呢。"

"可几万万人跟我有什么相干?我认识的这八十个人瞧不起我。"

"简,你错了。说不定全校没有一个人鄙视你或者不喜欢你,我相信,许多人还很同情你呢。"

"听了勃洛克赫斯特先生说的那些话,他们怎么还会同情我?"

"勃洛克赫斯特又不是神,他甚至也不是个受尊敬的大人物。他在这儿很不受欢迎,他也从来没干过什么让别人喜欢他的事。要是他把你当成特殊的宠儿,你倒会在周围发现许多明里暗里的敌人的。实际上,要是敢的话,大部分人是会向你表示同情的。教师和学生们会有一两天用冷淡的眼光看你,但是她们心底里却暗暗对你抱着友好的感情,而且只要你继续好好努力,用不着多久,这种感情正因为暂时受到抑制,反而会更加明显地表示出来。再说,简……"她停住不说了。

"怎么啦,海伦?"我把手放到她的手里问着。她轻轻摩擦着手指让它们暖和过来,又接着说下去:

"即使世上的人都恨你,相信你坏,只要你自己问心无愧,知道自己是无辜的,你就不会没有朋友。"

"不,我知道应当看重自己,可这还不够。要是别人不爱我,我活着还不如死,——我受不了孤独和被别人憎恨,海伦。你瞧,为了博得你,或者谭波尔小姐,或者随便哪个我真正爱着的人的欢心,我会心甘情愿让我的手臂骨被折断,或者让牛角把我挑起来,或者站到尥蹶子的马后面去,让它用蹄子踢我的前胸……"

"嘘,简!你把人的爱看得太重了。你太冲动,太感情用事。那只创造了你的躯壳,又赋予了它生命的至高无上的手,除了你脆弱的自身,或者跟你一样脆弱的造物以外,还给你准备了别的财富。除了这个尘世,除了人类,还有一个看不见的世界,一个神灵的王国。这个世界就在我们的周围,因为它是无所不在的。那些神灵在守护着我们,因为它们是受命来保护我们的,哪怕我们被痛苦和耻辱折磨得要死,鄙视从四面八方袭来,憎恨把我们压得粉碎,天使们也会看到我们的苦难,承认我们的无辜(只要我们确实无辜,正像我知道你是无辜的,并没有勃洛克赫斯特先生从里德太太那儿间接听来又牵强附会地加以夸大的那些过失,因为我从你热情的眼睛和开朗的额头上看出了真诚的天性),而上帝只是在等着灵魂与肉体分离,好最后给予我们充分的酬报。那么,既然生命很快就会过去,死亡又确实是通向幸福和荣耀之门,我们又何必被苦恼压得灰心丧气呢?"

我默不作声,海伦使我平静了下来。但在她传播给我的这种宁静之中,却掺杂着一丝说不出来的哀愁。我感觉她的话里有一种悲哀的意味,但又说不清这感觉究竟从何而来。她说完以后稍微有点气喘,并且短短地咳嗽了几声,我一时间忘掉了自己的烦恼,转而隐隐地担心起她来。

我把头搁在海伦的肩上,两臂搂住她的腰,她把我拉近一些,两人默默地偎依着。我们这样坐了没多久,又进来了另外一个人。刚刮起来的风吹走了浓云,露出了皎洁的月亮,月光透过近旁的窗子,清晰地照亮了我们俩,也照亮了正在走近的身形,我们一眼就认出这是谭波尔小姐。

"我是特意来找你的,简·爱。"她说,"我要你上我屋里去,既然海伦·彭斯跟你在一块儿,那她也一起来吧。"

我们去了。在学监的带领下,我们得穿过一条条复杂的走廊,登上一道楼梯,才走到她住的房间。它生着旺旺的炉火,显得很舒适。谭波尔小姐叫海伦·彭斯坐在壁炉一边的一张矮扶手椅上,她自己在另一张上坐下,把我叫到她身边。

"都过去了吗?"她低头瞧着我的脸问,"是不是把你的伤心事全哭畅快了?"

"我怕永远也做不到。"

"为什么?"

"因为我受了冤屈,从此你,小姐,还有所有的人,都要把我看得很坏了。"

"我们会照你自己证明的来看待你,我的孩子。继续做个好姑娘,你就会叫我们感到满意。"

"我会吗,谭波尔小姐?"

"你会的。"她用胳臂搂住了我说,"现在跟我说说,勃洛克赫斯特先生称做你的恩人的那位太太到底是谁?"

"里德太太,我的舅妈。我的舅舅去世了,他把我托给她照管。"

"那么她不是出于自愿来收养你的?"

"不是,小姐,她很恼火不得不这样做。不过,我常听见用人们说,我舅舅临死前要她许下诺言,答应永远抚养我。"

"那好吧,简,你知道,至少我要让你知道,一个罪犯受到控告时,总是允许他为自己辩护的。人家指责你不诚实,那你就在我面前尽量为自己辩护吧。照你自己记忆中认为是真实的说,既不要无中生有,也不要夸大其词。"

我从心底里下定决心,一定要说得尽量正确无误,尽量恰如其分,所以先思考了几分钟,以便把我该说的理清头绪,接着就对她叙说了我凄惨的童年的全部经历。由于被心情激动弄得精疲力竭,我说得比我平时谈论这个伤心话题时,口气要温和得多。同时因为心里记着海伦警告过不要过分憎恨的话,我在叙说中掺进的火气和怨恨也比通常要少得多。正因为有所克制和不过分啰嗦,听起来反显得更加可信。我一边讲一边觉着谭波尔小姐完全相信我说的话。

在讲述过程中,我也提到了劳埃德先生在我昏倒过以后曾经来看过我,因为我怎么也忘不了对我来说可怕之极的关红屋子那段插曲。在说到细节时,我的激动肯定有几分越出了界限。因为我无论怎样也无法淡忘,当里德太太悍然不顾我拼命求饶,再次把我锁进那间闹鬼的黑屋子里的时候,我当时那阵揪心般的痛苦。

我说完了。谭波尔小姐默默地注视了我几分钟,然后说:

"劳埃德先生我有点认识,我会写封信给他,要是他的回信跟你所说的相符,那就一定要替你公开洗清一切罪名。对我来说,简,你现在就已经是清白无辜的了。"

她吻吻我,仍旧让我呆在她身边(我非常乐意站在那里,因为我高兴能怀着一种孩子般的喜悦,来细细地瞧着她的脸,她的服装,她的一两件饰物,她那白皙的前额和浓密光亮的鬈发),她开始跟海伦·彭斯说话。

"你今晚怎么样,海伦? 今天你咳得厉害吗?"

"我想不算太厉害,小姐。"

"你胸口的疼痛呢?"

"稍微好点儿了。"

谭波尔小姐站起身来,拿起她的手,给她量了一下脉搏。接着她又回到自己的座位上。在她坐下时,我听见她轻轻叹了口气。她闷闷不乐地坐了好几分钟,然后振作起精神来,高高兴兴地说道:

"可是今晚上你们两个是我的客人呀,我得拿你们当客人待才对。"她打了铃。

"巴巴拉,"她对应声而来的女仆说,"我还没喝过茶,把茶盘端来,给这两位小姐添两只杯子。"

茶盘很快就端来了。放在炉边小圆桌上的细瓷茶杯和发亮的茶壶,在我看来是多么美啊!茶的热气,烤面包的香味,又有多么香啊!可是叫我丧气的是(因为我已经开始感到饿了),我看出那面包只是很小的一份。谭波尔小姐也看出来了。

"巴巴拉,"她说,"你不能再多拿点面包和黄油来吗? 这一点不够三个人吃的。"

巴巴拉走了出去,一会儿就又回来了。

"小姐,哈顿太太说,她已照平时的分量送来了。"

得说明一下,哈顿太太是总管,是个跟勃洛克赫斯特先生一样心肠的女人,全身是用同样的鲸鱼骨和生铁铸成的。

"哦,好吧!"谭波尔小姐回答说,"那我看我们就只好对付着吃了,巴巴拉。"等那个姑娘走了以后,她微笑着又说道:

"幸好这一次我还有办法弥补不足。"

她请海伦和我坐到桌子跟前去，在我们每人面前放上一杯茶，一片很好吃但可惜很薄的烤面包，然后起身打开一只抽屉锁，从抽屉里拿出一个纸包，马上在我们面前拿出了一个挺大的香草子甜饼来。

"我本来想让你们每人带一点回去吃的，"她说，"可既然烤面包这么少，只好这会儿就吃了。"说着就动手毫不吝啬地把饼切成厚厚的一片片。

那天晚上我们简直像饱享了一顿神仙的盛宴，而在这盛情款待中，同样令人愉快的，是女主人望着我们用她慷慨提供的美食来大解饥肠时，脸上露出来的那种满意的微笑。吃完茶点，端走了茶盘，她再次招呼我们坐到炉火跟前去，我们一边一个坐在她的身旁，这时她跟海伦开始了一场谈话，能有机会听到这样的谈话真可说是难得的幸运。

谭波尔小姐总是显得举止安详，神态庄重，谈吐彬彬有礼，这就使她永不至于陷入狂热、激动和急躁。同时这也使看着她和听着她说话的人所感到的喜悦，由于受一种敬畏的约束而显得较有分寸。我当时的感觉也正是如此。但是海伦·彭斯的情况，却让我大吃一惊。

使人精神振作的一餐，旺盛的炉火，她喜爱的导师的在场和亲切相待，或许比这些更重要的是，她自己与众不同的头脑中的某种念头，激起了她内心的力量。它觉醒过来，熊熊燃烧了。首先，它闪耀在她颊上的奕奕神采中，而在这以前，除了苍白和毫无血色之外，我在她颊上从来没有看见过别的东西。其次，它闪烁在她两眼水汪汪的光泽中，使它们忽然显出了一种比谭波尔小姐的眼睛更独特的美，——这种美既不在于眼睛的颜色,也不在于长长的睫毛,描过似的眉毛,而在于眼中的含意,眼的闪动和熠熠的光彩。还有,她的心和口仿佛已打成一片,话像流水似的滔滔不绝,我都说不清它究竟来自哪个源头。难道一个十四岁的姑娘会有那么宽广、那么生气蓬勃的心胸,居然能容下如此汹涌不绝的纯净、丰盛而热情洋溢的雄辩之泉吗?在这个对我来说值得怀念的晚上,海伦的谈话就有这样的特色。她的心灵似乎急于要在短促的片刻中,充分度过别人在漫长的一生中所度过的生活。

她们俩谈论着我从来没有听说过的事情。谈到古老的民族和时代,遥远的国家,已发现的或者还在猜测中的大自然的奥秘。还谈到各种书籍,她们读过的书真多啊!她们的知识多么渊博啊!她们似乎还非常熟悉法国人的名字和法国的作家。但是最最使我惊异的是,谭波尔小姐问起海伦,她是否偶尔还能挤出点时间来,温习一下她父亲过去教给她的拉丁文,说着还从架上抽出一本书来,叫她读一页"维吉尔"①并且逐字加以翻译。海伦照着做了,使我那"崇敬的机能"随着每一行声调铿锵的诗句更是步步加强。她刚读完,就寝的钟声就响了,再耽搁是不允许的,谭波尔小姐拥抱了我们俩,在把我们搂在怀里时,说道:

"上帝保佑你们,我的孩子们!"

她拥抱海伦的时间比我长,放开她时也显得更加不大情愿。她一直目送到门口的是海伦,她为海伦,再一次悲哀地叹了一口气,也为海伦,擦了擦淌落到脸上的一滴泪水。

① "维吉尔":这里指古罗马诗人维吉尔(Publius Vergilius Maro,公元前70—前19)的经典作品。

我们刚回到寝室,就听见斯凯丘小姐的声音。她正在检查抽屉。她刚刚拉开了海伦·彭斯的抽屉,我们一进去,她就迎头给海伦一顿痛骂,并且要她明天把折得乱七八糟的东西别在肩头上。

"我的东西确实乱得丢脸。"海伦喃喃地对我小声说,"我本想整理一下,可是给忘了。"

第二天早上,斯凯丘小姐用显眼的大字在一块硬纸板上写了"邋遢"两个字,把它像经匣①似的系牢在海伦那宽阔、驯顺、聪明而显得厚道的额头上。她耐心地戴着它一直到傍晚,毫无怨言,把它看作是应得的惩罚。下午的课结束,斯凯丘小姐刚一离开,我就跑到海伦身边,把它一把扯下来,扔进了火里。她自己不会生的无名怒火,整天都燃烧在我的心里,热辣辣的大滴眼泪,不断地刺痛着我的脸颊,因为瞧着她那种悲哀的逆来顺受,我心里痛苦得难以忍受。

在上面所说的这件事发生以后大约一个礼拜,给劳埃德先生去过信的谭波尔小姐收到了回信,看来他的话有助于证实我所叙述的情况。谭波尔小姐把全校召集在一起,声明已经就对于简·爱的种种指控作过调查,现在她很高兴能够宣布,对简·爱所加的全部罪名都已彻底得到洗刷。这一来,教师们都纷纷前来跟我握手,吻我,我的同学们的行列中也到处传来了高兴的喃喃议论声。

就这样摆脱了一个叫人伤心的沉重负担后,我马上就开始从头干起,下决心要战胜一切困难自己闯出一条路来。我

---

① 经匣:内装写有经文的羊皮纸条的小匣,犹太人祈祷时把一匣顶在头上,一匣系在左腕。

辛勤努力,而成功也相应地随之而来。实践使我生来不算太强的记忆力有了改进,不断做练习使我的智力变得敏锐。只过了几个星期我就升了一班,不到两个月,就准许我开始学习法文和绘画。我学了动词 être① 的头两个时态,同一天里又画了我的第一幅茅屋图(顺便说说,那座茅屋的墙壁倾斜得比比萨斜塔还厉害)。那天晚上上床的时候,我都忘了在想象中备一桌有热的烤土豆或者白面包和新鲜牛奶的巴梅赛德②晚宴,而以往我是常常用它来聊以解馋的。这晚,我却如饥似渴地仿佛在黑暗中看见了许多完美的图画,它们都是我亲手所画的,有熟练地勾画出来的树木房屋,情趣盎然的山岩和废墟,魁普③式的畜群,有描摹蝴蝶在含苞欲放的玫瑰花上翩翩飞舞,鸟儿啄食熟透的樱桃,藏着珍珠般鸟蛋的鹪鹩窠,四周还环绕着嫩绿的常春藤之类的可爱的绘画。我还在心中思量着自己是不是有可能,能够把马丹比埃洛那天拿给我看过的那本薄薄的法国故事集流畅地翻译出来。这个问题还没有圆满地解决,我就甜蜜地睡熟了。

所罗门④说得好:"吃素菜,彼此相爱,强如吃肥牛,彼此相恨。"

现在要我用洛伍德和它的种种贫乏,去换取盖茨黑德和它每天的锦衣玉食,我也是决不愿意的。

① 法语:"是","在"。
② 巴梅赛德(Barmecide):《一千零一夜》中的一个王子,假装请一个饥饿的穷汉赴宴,却不给他真的食物。
③ 魁普(Albert Cuyp,1620—1691):荷兰风景画家。
④ 所罗门(Solomon,公元前十世纪):古以色列国王,以智慧过人著称,相传《圣经》中的《箴言》、《雅歌》就是他所写。这里所引的话见于《旧约·箴言》第 15 章第 17 节。

# 第 九 章

但是洛伍德的贫乏,或者不如说是艰辛,渐渐有所减轻了。春天临近,实际上已经降临,冬日的严寒已经减退,积雪消融,刺骨的寒风也已渐见缓和了。我可怜的双脚,原先被正月的寒气冻得皮开肉绽、红肿不堪,连走路都一瘸一拐,如今在四月的和风下开始愈合和消肿了。黑夜和清晨不再以它们那加拿大式的低气温,冻得我们连血管里的血都差点凝结,我们现在也能耐受得住在花园里度过的游戏时间了。有时碰到阳光灿烂的日子,它甚至使人觉得是愉快而舒适的。枯黄的花坛上也已显出了绿意,一天比一天充满生气,使人遐想也许夜来希望之神曾在它们上面走过,每到早晨就留下了她愈来愈清晰的足迹。花儿从叶丛中探出头来,有雪莲花,藏红花,紫色报春花和带金色斑点的三色堇。现在每逢星期四下午(放半假),我们都出去散步,还会发现更加可爱的花开放在小路边,树篱下。

我还发现,在我们花园周围插满铁钉的高围墙外面,有着一种莫大的愉快和乐趣,它广阔无垠,直达天际。这种乐趣就在于绿荫苍翠的深谷环抱在崇山峻岭中的景色,在于充满暗黑石子和明亮旋涡的清澈的溪泉。想当初我所看见的景色,是多么的大不相同啊,那时它雪压冰封,展现在严冬铁灰色的天空下！那时候，像死亡那么冰冷的寒雾在东风的驱使下飘过那些紫褐色的山峰，滚滚而下地沉落在低洼草地和河滩上，最后跟山溪上凝结的水气融为一体！那条山溪本身当时是一股混浊而滚滚向前的激流，它冲开林木，向空中发出怒吼般的声音，还时常跟暴雨或者随风打旋的冻雨掺合在一起而听来更加重浊。而溪边两岸的树林呢，看上去只像是一排排死人的骨架。

四月过去，五月来临。那是个恬静明媚的五月，从头到尾都是蓝天如洗，阳光和煦，西风或者南风徐来的日子。草木飞快成长，洛伍德抖开它的秀发，变得到处一片浓绿，遍地鲜花。它那些高大的榆树、梣树和橡树的骨架都恢复了勃勃生机，各种林间植物茂密地生长在它的山隈水边。种类多得数不清的各色藓苔盖满了它的洼地低谷，而它那些如火如荼的野樱草花，简直成了奇妙地从地上长出来的太阳光，我曾经见过它们那淡淡的金色光芒就像点点可爱的光斑洒满在浓荫深处。所有这些我都经常地尽情欣赏，自由自在，没人监视，而且几乎是独自一人。所以会有这样不平常的自由和乐趣是有它的原因的，现在讲清这个原因就成了我的一桩苦事。

我方才说这儿偎依在树林和山冈间、屹立于溪涧边的时候，不是把它描绘成了一个可爱的住所吗？的确，是够可爱的。但是否有利于健康，却是另一个问题了。

洛伍德所在的那个树林密布的山谷，是雾气和它所滋生的瘴疠的发源地。时疫随着加速来临的春天，也加速地潜入了这个孤儿院，把斑疹伤寒悄悄送进了拥挤的教室和宿舍，还没到五月，就把学校变成了一所医院。

半饥半饱和对伤风不闻不问，使大多数学生本来就极容易受到传染，八十个姑娘中，一下子病倒了四十五个。课上不成，纪律也松弛了。对少数还没病倒的几乎完全放任自流，因为医护人员坚持她们必须经常活动以便保持健康，而且即使不是这样，也没人再顾得上去照看和管束她们。谭波尔小姐全副心思都放在了病人的身上，她整天待在病房里，除了夜间抽空休息几个小时外几乎寸步不离。别的老师们则完全忙于打点行李和作其他一些必要准备，来送走那些还算幸运的姑娘，她们有亲戚或者朋友能够而且愿意接她们离开这个传染地区。许多已经传染上了的人回家去等死，有些人则死在了学校里，而且马上给悄悄地埋掉，疾病的性质不容许耽搁。

就这样疾病成了洛伍德的长住户，而死亡则是它的常客。校园内一片阴郁和恐惧，房间和走廊里弥漫着医院的气味，药物和熏香徒然地想盖住死亡的恶臭。而在户外，五月的明媚春光却毫无阴霾地笼罩着峻峭的山冈和美丽的林地。学校的花园也繁花似锦，一丈红长得像树那么高，百合初开，郁金香和玫瑰开得正盛。粉红的海石竹和深红的重瓣雏菊把一个个小花坛的边缘点缀得五彩缤纷，多花蔷薇早晚都散放出它们香料和苹果般的香味。而这些芬芳的珍宝对大多数洛伍德的人来说却毫无用处，只除了时不时地能提供一束花草，用来放在棺木上。

然而我和别的还没病倒的人，却尽情地享受了眼前季节和景物的美。他们让我们从早到晚像吉卜赛人似的在树林里游荡。我们爱干什么就干什么，爱上哪儿就上哪儿。我们的生活也改善了。勃洛克赫斯特先生一家如今都一步也不靠近洛伍德，日常事务再没人来严严地管住。坏脾气的总管也已经不在，是因为怕被传染而吓跑了。接替她的人原先是洛顿施药所的管事,对这个新地方的规矩还没摸透,所以生活供应上比较宽一些。再说吃饭的嘴少了,病人又吃不下什么,我们早餐盘里的东西也就多了一些。还常有来不及做正规午餐的时候,逢到这种情况,她就会给我们一大块冷的馅饼,或者厚厚一片面包和干酪,我们把它带到林子里,各人选个自己最中意的地方,痛快地大吃一顿。

我心爱的坐处是一块又光又大的石头,洁白而干燥地矗立在溪流的中间,要蹚着水才能走到那里,这是我赤脚完成的一手绝技。这块石头大到恰好能舒舒服服地容下另外一个姑娘和我两个人,当时我最要好的伙伴是个名叫玛丽·安·威尔逊的姑娘。她是个聪明伶俐的人物,我喜欢跟她做伴一半是为了她精灵古怪,一半也是因为她的举止使我感到自在。比我大几岁年纪,她比我多经过些世面,能告诉我许多我爱听的事情,跟她在一块我的好奇心能得到满足。对我的缺点她也宽大地毫不计较,不管我说什么,她从不硬加管束和阻止。她长于叙述,我善于分析,她喜欢讲,我喜欢问,因此我们俩相处得十分融洽,从彼此的交往中即使得不到长进,也得到了不少的乐趣。

那么这时候海伦·彭斯上哪儿去了?为什么我没有跟她在一起度过这段自由自在的愉快时光呢?是我把她忘掉了?或者我竟低贱到厌倦了跟她的纯洁友情?不用说,我刚才提到的玛丽·安·威尔逊是比不上我第一个相识的。她只能给我讲一些有趣的故事,应答我一时兴致挑起的新鲜有味的闲聊,而要是我前面关于海伦的为人描写得没走样的话,她是能够使有幸与她交往的人品味到高超得多的东西的。

的确如此,读者,而且我明白这一点,也感觉到这一点。尽管我这人并不高明,缺点很多,值得称道的长处极少,但我决不会厌倦海伦·彭斯,也决不会对她不再怀有那种曾使我的心大受鼓舞的极为强烈、温柔而又充满崇敬的眷恋之情。既然海伦在任何时候,任何情况下都对我默默表示了一种忠实的友谊,闹别扭和发脾气都从来不曾损害或者动摇了它半分,情况又怎么会不是这样呢?可是海伦眼下已经病倒,我已经好几个礼拜没见到她,不知她被搬到楼上哪个房间里去了。听人家说,她并没在安置伤寒病人的那部分屋子里,因为她害的不是斑疹伤寒,而是肺病,而我出于无知,还以为肺病是一种轻的病症,只要一段时间里好好加以照看,是一定会好转的。

　　使我更坚定这种想法的,是在十分晴朗暖和的下午,她曾下过楼一两次,由谭波尔小姐带着到花园里去。不过在这种时候是不允许我跑去跟她讲话的,我只从教室窗子里望见她,而且还看不大清楚,因为她身上给裹得严严实实,坐在远处的游廊底下。

　　六月初的一天傍晚,我跟玛丽·安一起在林子里待到很晚。我们跟往常一样远远离开别人,信步走得很远,远到迷失了方向,不得不到一所孤零零的茅屋里去问路,那里住着一男一女,养着一群靠吃林子里的野果长大的半野的猪。我们回来的时候月亮已经升起,一匹矮马正站在花园门口,我们认得它是医生骑的。玛丽·安说,她想准是有人病得很重,才会在晚上这么晏的时候去请贝茨先生来。她进了屋子,我耽搁了几分钟把我从树林里挖来的一把根栽到我的园子里,怕它搁到早晨会枯掉。弄完以后,我又多逗留了一会儿,因为露水一降下来花儿的香味特别浓。夜晚是那么可爱,那么宁静,那么温暖。还闪着余晖的西方那么明白地预告着明天又是个好天气。月亮在肃穆的东方那么庄严地升起。我正注视着这一切,并且以一个孩子所能欣赏的程度欣赏着它们,这时,我头脑里突然产生了一个从未有过的念头:

"这会儿躺在病床上,随时有死亡的危险,是多么可怜啊!这个世界是可爱的,被迫离开它到谁也不知道的地方去,是十分悲惨的事!"

这时,我的脑子才第一次认真地力图去理解以往灌输给它的关于天堂和地狱的事。它第一次畏缩起来,不知所措了。它第一次瞻前顾后,左顾右盼,却只见周围一片无底深渊。它只能感到它脚下所踏的这一点实地——眼前,其他一切都是茫茫迷雾和不测深渊,想到一旦立足不稳,坠入这一片混沌,就不由得不寒而栗。正在一心想着这个新念头时,我听见前门打开了。贝茨先生走了出来,有个护士跟他在一起。她看着他上了马离开以后,正要关门,我向她跑了过去。

"海伦·彭斯怎么样?"

"很不好。"她回答。

"贝茨先生是来瞧她的吗?"

"是的。"

"他说她怎么样?"

"他说她在这儿待不久了。"

要是昨天听到这句话,它只会让我理解成她就要给送到诺森伯兰她自己家里去。我决不会猜疑到这话是意味着她就要死去,可是现在我马上明白,我能清清楚楚地理解到,海伦活在这个世界上的日子是屈指可数了,她就要被送进神灵的世界去,如果真有这样一个地方的话。我感到一阵恐怖,接着是一种钻心的悲痛,然后是一种强烈的愿望——非看看她不可的要求。我问,她躺在哪个房间里。

"她是在谭波尔小姐屋子里。"护士说。

"我可以上去跟她说话吗?"

"噢,不,孩子!那可不行。你这会儿也该进屋去了,要是降了露水还待在外面,你也会得热病的。"

护士关上屋子前门,我从通向教室的边门进去。我刚好赶上。已经九点了,米勒小姐正在叫学生们就寝。

也许是过了两小时,大概将近十一点了,我还一直睡不着觉,而且根据寝室里声息全无来推断,认定我那些同伴们都已经沉沉入睡了,我就悄悄起来,在睡衣外面套上件罩衣,鞋也没穿就偷偷溜出寝室,去找谭波尔小姐的房间。它差不多远在屋子的那一头,不过我认得路,而且夏夜没有云彩遮蔽的月光,从这儿那儿穿过走廊上的窗子照进来,也使我毫不费事就找到了它。当我走近伤寒病室的时候,一股樟脑味和烧热的醋味给了我警告,我赶紧从门口走了过去,生怕被通宵值班的护士听见了我的声音。我惟恐被人发现给赶回房去,因为我必须见到海伦,——我必须在她死去以前拥抱她,我必须给她最后的一吻,说上最后的一句话。

走下一道楼梯,穿过楼下的一部分屋子,不声不响地打开和关上了两扇门以后,我来到另一道楼梯跟前。我走上了这几级楼梯,迎面就是谭波尔小姐的房间。门锁孔里透出一道光来,门下面也是,四周一片寂静。走近一些,我发现门开着一条缝,也许是为了让密不通风的病房里透进一点新鲜空气。不愿意多犹豫,又满心迫不及待,——心灵和感官都焦急痛苦得直打战，——我把门推开，探进头去。我的目光一边在寻找海伦，一边惟恐看见了死亡。

　　紧靠着谭波尔小姐的床，而且被床前白色的帷幔半掩着，有一张小床铺。我看见被子下面一个身子的轮廓，但脸却被帐子遮住了。跟我在花园里说过话的那个护士坐在一张安乐椅上睡着了。一支没剪去烛花的蜡烛昏暗地在桌上燃着。没看见谭波尔小姐在，后来我才知道她是被叫去看伤寒病房里一个昏迷的病人去了。我走近前去，走到小床旁边就停了下来。我的手已经搭在床帐上，不过我想还是先开口说话再拉开它好一些。我仍有点畏缩不前，惟恐看到的是一具尸体。

　　"海伦！"我轻声地悄悄喊着，"你醒着吗？"

　　她动了一下身子，把床帐拉开，我看见了她的脸，又苍白，又憔悴，但却相当平静。她看上去变化那么小，我的担心马上烟消云散了。

　　"真是你吗，简？"她用她特有的温和语调问。

　　"啊！"我想，"她不会死的，他们搞错了。要真会的话，她决不会说话口气和神情都这么镇静。"

　　我靠近她的床边，吻了吻她。她的额头冰凉，面颊又冷又消瘦，手和腕也这样，但是她的微笑仍和从前一样。

　　"你干吗上这儿来，简？已经过了十一点了，我几分钟以前就听见钟敲过。"

　　"我是来看你的，海伦。我听说你病得挺厉害，不跟你说几句话我睡不着觉。"

　　"那么说，你是来跟我告别的咯，也许你来得正是时候。"

　　"你要上哪儿去吗，海伦？是回家吗？"

"对,回我永久的家——我最后的家。"

"不,不,海伦!"我悲痛已极,说不下去了。我正竭力想把眼泪咽回去的时候,海伦剧烈地咳嗽了起来,但却并没有惊醒护士。这阵咳嗽过去以后,她精疲力竭地静躺了几分钟,然后轻声地说:

"简,你光着两只小脚。快躺下来,盖上我的被子。"

我照着做了。她用一只胳臂搂着我,我紧紧偎倚着她。默默不语了很长时间以后,她才又重新说话,声音仍旧很轻。

"简,我很快活。当你听到我死了的时候,你千万别伤心,没有什么可伤心的。我们大家都总有一天会死,正在要我的命的这个病也并不太痛苦,它是一步一步缓缓来的。我心里没有什么牵挂。我死后没有人会太怀念我,我只有一个父亲,他新近又结了婚,不会想念我的。正因为死得早,我会免受许多大的痛苦。我并没有什么品质或者才能让我在世上闯出一条路来,我准会老是不知怎么办才好的。"

"可是你是在往哪儿去呢,海伦?你看得见吗?你了解吗?"

"我相信。我有信仰,我是到上帝那儿去。"

"上帝又在哪儿呢?上帝到底是什么?"

"是你我的创造者,他是决不会把他创造的东西毁掉的。我绝对信赖他的力量,完全相信他的仁慈。我正在数着时间,等待那重大的时刻到来,它会把我交还给上帝,让他显示在我的眼前。"

"这么说,海伦,你是相信一定有那么个叫做天堂的地方,我们死了以后灵魂能够上那儿去吗?"

"我相信一定有个未来的国度,我相信上帝是善良的,我可以毫不担心地把我不朽的那部分交托给他。上帝是我的父,上帝是我的朋友。我爱他,我相信他也爱我。"

"那么我死了以后,海伦,我还能再见着你吗?"

"你也一定会到那个幸福的地方去,受到同一个无所不在的全能的天父接待的,毫无疑问,亲爱的简。"

我还在问,不过这回只是在心里问:"那个地方在哪儿?它真存在吗?"想着,我用两臂把海伦搂得更紧一些。对我来说,她显得比过去更宝贵了,我觉得我简直不能放她走。我躺在那儿,把脸埋在她的颈窝上。不一会儿,她用最温柔的语调说:

"我觉得多么适意啊!刚才那一阵咳嗽弄得我有点疲乏了,我觉得仿佛想睡似的。不过别离开我,简,我喜欢你待在我身边。"

"我会陪着你的,亲爱的海伦,谁也没法把我拉开。"

"你暖和吗,宝贝?"

"暖和。"

"晚安,简。"

"晚安,海伦。"

她吻了我,我也吻了她。我们俩都很快就睡着了。

我醒来时已经是大白天。一种不平常的惊动弄醒了我。我抬头一看,自己正躺在别人怀里,是护士抱着我。她穿过走廊把我抱回到寝室里去。我并没有因为离开自己的床挨骂,大家有别的事要操心。当时谁也不来回答我的一连串问题,不过一两天以后,我听说了当谭波尔小姐清早回到自己的房间里时,看见我睡在小床上,我的脸紧贴着海伦·彭斯的肩头,两臂搂着她的脖子,我睡着了,而海伦已经——死了。

　　她的坟在勃洛克桥墓地里。她死后的十五年中，那上面只覆着一个杂草丛生的土堆，不过如今已有一块灰色的大理石碑标出了那个地方，碑上刻着她的名字，还有"我将再生"这个字。

# 第 十 章

到现在为止,我详细记载了自己微不足道的生活中的一些事件。对我一生的最初十个年头,我几乎也花了同样多的章节来加以描述。不过本书不准备写成一部通常的自传,我只是禁不住要重新去回忆一些想来能引起读者几分兴趣的往事罢了。因此现在我将差不多一字不提地跳过八年长的一段时间,只是需要稍微交代几行以便保持连贯。

当斑疹伤寒在洛伍德完成了它引起一场浩劫的使命以后,它就逐渐从那儿销声匿迹了,不过它所造成的危害以及受害者的数目之多,已经引起了公众对学校的关注。对这场天灾的起因进行了调查,种种事实逐步暴露了出来,激起了极大的公愤。环境本身的有害健康,孩子们饮食的质和量,用来煮食的带咸味的臭水,学生粗劣的衣服和生活设备,都一项项被发现了。这一发现导致了使勃洛克赫斯特先生大失脸面,但却使学校获益匪浅的后果。

郡里几位家产富有而爱好行善的人物捐出了大笔款项,在较合宜的地点建起了一座设备较好的房屋。订了新的规章。改善了伙食和衣着。学校的基金交由一个委员会来管理。凭着财富和亲友势力,勃洛克赫斯特先生是无法忽视的,他仍旧保住了司库的位置。不过他在行使职权时,要由几位心胸比较宽大，也比较更富于同情心的先生们来从旁协助。他的督学职务也同样跟另外几个人共同分担，那些人明白该如何把情理跟严格、舒适和节俭、同情和说一不二结合起来。经过这样一改进，学校终于成为一所真正高尚而有益的机构了。我在这次革新以后，曾在它的校园里生活了八年之久，六年当学生，两年当教师。在这两种地位上，我都可以为学校的价值和重要性作证。

这八年里，我的生活一成不变，但却不能说不愉快，因为它并不是死气沉沉的。我有了受到良好教育的机会，对我所学的某些课程的喜爱，一心想在各方面都表现出色的愿望，再加上为自己能博得老师们，尤其是我所喜爱的老师们的欢心而感到的极大喜悦，这一切都在催我奋进。我充分利用了给我的有利条件，终于升到了第一班第一名的位置。接着，我被授予了教师的职位，这工作我热心地担当了两年。但是到了两年将近的时候，我却起了变化。

历经种种变迁，谭波尔小姐始终担任着这所学校的学监。我所获得的一些最宝贵的学识，都要归功于她的教导。她的友谊和跟她的交往，一直是我的一种安慰。她担当了我的母亲，我的家庭导师的角色，后来，又成了我的伴侣。就在这个时候，她结了婚，随着她的丈夫（一位牧师，一个很好的人，差不多配得上有这样一位妻子）一起搬到一个很远的郡里去了，因而不用说，我从此就失掉了她。

从她离开的那天起，我就不再是原来的我了。跟她一起消失的，是那些曾经使洛伍德有几分像我的家的种种惯常的感觉和联想。我曾经从她身上学到了她的某些品性和许多的习惯，——较为和谐的思想，较有节制的感情，已经在我的心灵里扎了根。我立志忠于职守,克尽本分。我行为安详,深信自己心满意足,在别人眼里,通常甚至在我自己眼里,我都似乎是个循规蹈矩、安分守己的人。

然而命运借助于讷史密斯牧师,插身到了我和谭波尔小姐的中间。举行婚礼之后不久,我就眼看着她一身旅行的打扮跨上了驿站马车,我目送着车子爬上小山,消失在山顶的那一边。然后我回到了自己的房里,独自度过了那为庆祝婚礼而放的半天假的余下绝大部分时间。

多半时间我都在屋子里踱来踱去。我原以为自己只会一味惋惜所受到的损失,考虑怎么才能弥补它。可是等我思索完了,抬头一望,发现下午已经过去,夜色早已来临的时候,我头脑里却突然有了一个新发现,那就是,在这段时间里,我已经历了一个变化过程,我心里已经抛弃了所有从谭波尔小姐那里学来的东西,——或者不如说,她已随身带走了我在她身边时所感染到的那种宁静气氛,——现在我又恢复了自己固有的本性,开始感到原先的种种情绪又活跃了起来。这与其说好像是一根支柱已被抽掉,不如说仿佛是一种动机已经失去。倒不是我已丧失了保持平静的能力,而是保持平静的理由已经不再存在。几年来我的世界只局限于洛伍德,我的全部经验也只限于它的各种规章制度。现在我又恍然想起了真正的世界是广阔的,一个充满着希望和忧虑、激动和兴奋的变化多端的天地,正在等待着敢于闯进去冒着各种风险探求人生真谛的人们。

我走到窗前,打开它,朝外面望去。那里有房子的两边侧翼,有花园,有洛伍德的周围一带,还有山峦起伏的地平线。我的目光越过所有其他的一切,停留在最远的目标,那些蓝色的山峰上。那正是我满心渴望要越过的。在它们那四面都是岩石和荒草地的范围内，整个儿就像是一片苦役犯服刑地和流放犯的囚禁场。我用目光追随着那条沿着山脚盘绕，最后消失在两山之间的夹谷中的白色的大路，我多么想能顺着它望到更远的地方啊！我回想起当初正是在这条路上坐着马车赶路的情景。我还记得在暮色中如何从那座小山上驶下来。从我第一次来到洛伍德的那天起，时间仿佛已经整整过了一个时代，而从那以后我就一步都没有离开过它。我的假期全都是在学校里度过的，里德太太从来没有派人来接我去过盖茨黑德，她也好，她家的任何一个人也好，都从来不曾来看望过我。我跟外界既没有书信往来，也从来不通消息。学校的规定，学校的职责，学校的习惯和看法，以及它的各种声音、面孔、用语、服饰、偏爱和恶感，我所知道的生活就只是这一些。而现在我感到这是不够的了。我在一个下午就对八年来的生活常规突然感到了厌倦。我向往自由，我渴望自由，我甚至为自由而作了祈祷。这祈祷看来似乎是无的放矢，最后只能无声无息地随风而逝。我不再奢求，转而提出了较低的要求，要求变化和刺激。这种祈求看来好像同样也是石沉大海，毫无结果。"那么，"我几乎是在绝望中喊道，"至少请改判我另一种新的苦役吧！"

这时，一阵通知吃晚饭的钟声响了，把我叫下楼去。

直到就寝，我没有闲空去重续我那打断了的思路。甚至到了就寝时间，一位跟我同房间的教师还喋喋不休地跟我闲聊，使我无法回到我渴望继续再往下想的问题上去。我多希望瞌睡能叫她停下嘴来啊！我仿佛觉得，只要我能重新再去想想刚才我站在窗前时所想到的那个念头，就准能想出某种别出心裁的主意来解脱困境的。

格莱斯小姐终于打起鼾来了。她是个粗壮的威尔士女人，以往我总是把她那惯常的鼻腔音乐当做是桩讨厌的事情，可今晚刚一听到最初几个深沉的音符，我就正中下怀，深表欢迎。我摆脱了干扰，我那已经渐趋模糊的想法一下子就又重新清晰了起来。

"一种新的苦役！这值得想想。"我在一个人独白（当然，是内心独白，我并没说出声来）。"我知道这值得想想，因为它听起来并不悦耳。它不像'自由'啊、'兴奋'啊、'享乐'啊那样一些字眼，听来固然愉快，但对我来说只不过是一些声音而已，而且还十分空洞，转瞬即逝，去倾听它们完全是浪费时间。可是苦役！那可是实实在在的事情。谁都应该服役。我在这儿已经服役了八年，现在我所要求的，只不过是上别处去服役。难道我连这点愿望都不能实现吗？这件事不是可以做到的吗？对，对，达到这目的并不困难，只要我肯动脑子，能找出达到目的的办法来。"

为了开动这个脑子，我在床上坐了起来。夜很凉，我用一条披巾围住肩膀，就开始全神贯注地重新思索起来。

"我到底向往什么？在新的房子、新的面孔和新的环境中的一个新的职位，我只要这个，因为想要更好的东西是徒劳无益的。别人为求一个新的职位是怎么做的呢？想来他们是去求助于亲友。我没有亲友。有许多人也没有亲友，他们必须自己去找机会，自己帮助自己，那他们靠的是什么办法呢？"

我回答不上，我找不到现成答案。因此我强令我的脑子去找出一个答案来，而且要快。它转呀转呀，越转越快，我感觉得到头上和太阳穴上的血管在怦怦跳动。但是将近一个钟头,它转得很乱,白费力气,毫无结果。我被这种徒劳无功弄得浑身暴躁,就起身在房间里转一转,把窗帘拉开,望见一两颗星星,冷得直打战,就又重新爬上床去。

准是有位好心的仙女,趁我不在床上的时候,把我急需的好主意放在了我的枕头上。因为我刚一躺下,它就自然而然地悄悄来到了我的脑子里:——"凡是求职的人总是登广告,你一定要到《××郡先驱报》上去登个广告。"

"怎么登呢?我对登广告的事一点也不懂。"

现在回答马上顺顺利利地来了:

"你得把广告和应付的广告费装在一个信封里,写上《先驱报》收。你要一有机会就把它带到洛顿邮寄出去。要让回信寄到那儿的邮局留交 J. E.①。你可以在寄出后一个礼拜左右,去问一问是不是有回信来,然后再看情况该怎么办。"

这个计划我反复想了两三遍,这样它在我脑子里就完全融会贯通了。我感到满意,不久就睡着了。

一大早我就起了床。不等起床钟响惊醒全校,我就已经把广告写好,装进信封,写上了地址。广告是这样写的:

"兹有年轻女士,熟悉教学(我不是已当过两年教师了吗?),愿谋一家庭教师职位,儿童年龄须在十四岁以下(我想自己还刚只十八岁,去承担教导一个跟自己年龄差不多的学生是不行的)。该女士能胜任英国良好教育所需各项常规课程之教学,包括法语、绘画及音乐(读者,这样几门知识今天看来似嫌狭窄,可在当时却会被认为是相当广博的了)。回

①　英文简·爱姓名 Jane Eyre 的缩写。

信请寄××郡,洛顿邮局,J.E.收。"

这份文件在我抽屉里锁了一整天。喝过午后茶,我向新来的学监请假要上洛顿去,为我自己和一两位跟我共事的老师办点小事。她一口答应,我就去了。要走两英里路,向晚天气也有点雨蒙蒙的,不过当时白天还比较长。我上了一两家店铺,悄悄把信送进了邮局,然后冒着大雨走回来,浑身衣服淋透,但心里轻松了。

接下来的一个礼拜显得特别长。然而,也像世上的一切事情一样,它终于来到了尽头,因此,在一个愉快的秋日将晚的时候,我又一次走在去洛顿的路上。顺便说一句,这是一条景色如画的小道,蜿蜒在小溪的岸边,穿过十分可爱的曲曲弯弯的山谷。不过那天我想得更多的是那封可能在也可能不在我所去的小镇上等着我的回信,而不是草地和溪水的美。

这一次我表面上的任务是去定做一双鞋,所以我先去办这件事,办完之后,我就出了鞋店,穿过那条安静、清洁的小街到对面邮局去。管邮局的是个老太太,鼻梁上架着牛角框眼镜,手上戴着黑色的连指手套。

"有给 J.E. 的信吗?"我问她。

她从眼镜框上面打量了我一眼,然后打开一只抽屉,在里面翻了好半天,使我都快要不抱希望了。最后,她把一件东西举在眼镜前面足有五分钟之久,才一面又一次用探究和不放心的目光瞟了我一眼,一面隔着柜台把它递给了我。信是写给 J.E. 的。

"只有一封吗?"我问。

"没有别的了。"她说。我把信揣进口袋,就转身往回走。我不能当时就拆,按校规我非得在八点钟赶回去不可,现在已经七点半了。

刚回去就有各种各样的工作在等着我。姑娘们的自习时间我得坐在那儿陪着她们,接着就轮到我来读祈祷文,看着她们上床,然后再跟别的老师们一起晚餐。即使到了最后回屋就寝的时候,还有那位避不开的格莱斯小姐跟我在一起。我们烛台上只剩一小截蜡烛头了,我生怕她会一直不停地讲到蜡烛点完。幸好,她刚才饱餐的一大顿晚饭起了催眠作用,还没等我脱完衣服,她就已经鼾声大作了。蜡烛还剩一寸光景,此刻我才把我那封信拿了出来。封印上的戳记是个姓氏缩写字母F.,我把信打开,内容很简短:

"如上星期四在《××郡先驱报》上刊登广告的J.E.确具有所称学识,并能提供有关品格及能力之合格介绍书,即可获得职位,负责教育仅有之一名学生,一不足十岁之小女童,年薪为三十镑。请J.E.将所需介绍书及其姓名、住址等各项详细情况寄交:××郡,米尔科特附近,桑菲尔德,费尔法克斯太太收。"

我把信件反复细看了很久。字体是老式的,笔迹还有点不稳,就像是一位老太太所写。这是个令人安心的情况,因为我老在暗自担心,怕我这样自作主张,自行其是,会有招来某种麻烦的危险。尤其重要的是,我希望我奋斗得来的成果是正当、可敬、规规矩矩的。现在我感到,在我眼前所办的这件事情里,有位上年纪的老太太倒是个不坏的因素。费尔法克斯太太!我可以想见她身穿黑色长衣,戴着寡妇帽子,生硬,也许有点,但却并不无礼,是位典型的老派英国体面人物。桑菲尔德!毫无疑问,那是她住宅的名称。尽管我怎么也想象不出房屋的准确式样,但我确信准是个整齐、干净的地方。×

×郡米尔科特。我在记忆中重温了一下英国地图。对,我找到了,包括那个郡和那个城市。××郡离伦敦比起我现在所在的这个郡来要近七十里,这对我来说是个可取之处。我渴望到生活丰富活跃的地方去。米尔科特是埃×河边的一个大工业城市,无疑是个够热闹的地方。这样更好,至少对我是个彻底的变化。想象中那些高大的烟囱和乌云似的烟雾对我自然不太有吸引力,——"不过,"我辩解说,"也许桑菲尔德离城还远着呢。"

这时烛台孔里的残烛塌了下去,烛芯熄灭了。

第二天得采取进一步的行动了,不能再把我的计划只藏在我自己的心里,我得把它公开说出来,才能设法实现它。在中午休息的时间,我找机会跟学监谈了。我告诉了她,我有希望得到一个新的职位,薪水比我现在的要高一倍(因为在洛伍德,我的年薪才十五镑),同时请她替我将这件事透露给勃洛克赫斯特先生或者委员会中别的哪一位,并且问明他们是否允许我提出他们来作为我的介绍人。她很热心地同意来居间促成这件事。第二天她就把这事向勃洛克赫斯特先生提了出来,后者说因为里德太太是我的当然监护人,所以必须写信通知她。于是给这位夫人发了封信,她回信答复说我可以"想怎么做就怎么做",因为她"早已放弃干预"我的事情了。这封信在委员们中间一一传阅,经过长得叫我不耐烦的拖延之后,终于正式批准我可以自行设法改善自己的境遇,同时还保证说,鉴于我在洛伍德学习和任教期间一贯表现良好,将随即为我开具一份有关品格和能力的推荐书,由学校的几位督学签署。

于是约摸在一个星期之后,我拿到了这份推荐书,抄寄了一份给费尔法克斯太太,并且收到她的回信,说她感到满意,并指定我在两个礼拜之后就任她家的家庭教师。

随即我就为作各项准备忙了起来,两个礼拜很快就过去了。我的衣服不多,虽说已凑合够我穿的,所以完全来得及等到最后一天才来收拾我的箱子,——就是八年前我从盖茨黑德随身带来的那一只。

用绳捆好了箱子,上面钉上了姓名卡片,再过半小时脚夫就要来搬走它运到洛顿去了,我自己也要在明天一早到洛顿去赶那班马车。我刷干净了我那件黑呢旅行装,准备好了我的帽子、手套和皮手筒,查看了我所有的抽屉以免把什么东西忘在那儿。随后,再没有什么事可做,我就坐下来想休息一会儿。可是我做不到。尽管我这一整天脚不曾停过,这会儿却一分钟也没法休息。我太兴奋了。我生活中的一章今晚就要结束,新的一章明天即将开始。在这之间安心入睡是不可能的,我必须热切注视着这一变化的完成。

"小姐,"我正像个游魂似的徘徊在接待室里,一个仆人走进来说,"下面有个人想见你。"

"准是脚夫。"我想着,没有细问就马上跑下楼去。我刚经过半开着门的后客厅,也就是教师休息室,要到厨房里去,有人忽然奔了出来。

"是她,准没错!——到哪儿我都能认出她来!"那人半路拦住我,一把抓住了我的手嚷道。

我忙看去,只见一个像衣着讲究的仆人似的女人,看样子是已婚妇女,但还年轻,长得很好看,黑头发黑眼睛,脸色红润。

"是谁呢,对吗?"她用一种我还依稀记得的声音笑貌问道，"我想，你该没完全忘记了我吧，简小姐？"

只一秒钟，我就狂喜地抱住了她，吻起她来，"蓓茜！蓓茜！蓓茜！"除了这个我什么也说不出来了，她也弄得又哭又笑，紧接着两人就一起走进了客厅。炉火边站着一个三岁的小家伙，穿着格子花呢衣裤。

"这是我的小男孩。"蓓茜马上就说。

"那么你结婚了，蓓茜？"

"对，都快五年了，嫁给赶马车的罗伯特·李文。除了这个鲍比，我还有个小女孩，我给她取名叫简。"

"那你现在不住在盖茨黑德庄园了？"

"我住在门房里，原先看门的走了。"

"哦，那么别的人都过得怎么样？把他们的情形都讲给我听听，蓓茜。不过先坐下来，喂，鲍比，过来坐在我腿上好吗？"可是鲍比宁可偷偷溜到他母亲身边。

"你长得不太高，简小姐，也不够壮实。"李文太太接下去说，"准是学校里照顾得你不太好吧。里德家大小姐比你高出一大截，乔治娜比你胖一倍。"

"我猜乔治娜一定长得挺漂亮吧，蓓茜？"

"挺漂亮。去年冬天她跟她妈妈上伦敦去了，那儿谁都夸赞她，有个年轻贵族还爱上了她，可是他的亲人反对这门婚事，结果——你猜怎么着？——他跟乔治娜小姐决计私奔，可是给人发现，阻止住了。是里德大小姐发现他们的，我想她准是挺忌妒。如今她跟她妹妹成天像猫狗不和似的在一块儿过活，老是吵架。"

"哦，那么约翰·里德又怎么样呢？"

"唉，他可干得不像他妈所指望地那么好。他进了大学，可是他给……‘刷’了，我想他们是那么说的。他的几个舅舅还想让他当个律师，学法律，可他是那么个浪荡小伙子，我想他们是永远没法叫他混出点名堂来的。"

"他长得怎么样？"

"他个子挺高。有人说他是个漂亮小伙子，不过他那嘴唇可够厚的。"

"里德太太呢？"

"太太看上去胖胖的，脸上气色也挺好，可我想她的心情并不怎么好，约翰先生的举动叫她不高兴，——他大笔大笔花钱。"

"是她叫你上这儿来的吗，蓓茜？"

"那可不是。不过我早就想来看你了，一听说你来过一封信，知道你就要上远地方去了，我就想我最好还是马上动身来看一看你，免得将来再没法看到你了。"

"我想你见到我有点儿觉得失望了吧，蓓茜。"我开玩笑地说，因为我看出蓓茜的目光里尽管流露出关心，却丝毫没有赞赏的神气。

"不，简小姐，倒不完全是这样。你够文雅的，看上去就像一位贵族小姐，我先前指望你的也就是这样。你小时候可不是个美人啊。"

听了蓓茜坦率的回答，我笑了。我想她的话是对的，不过老实说，我对这话的含义也并非毫不介意。在十八岁的年纪，大多数人都希望能讨人欢喜，相信自己的外貌不大可能有助于实现这样的愿望，是绝不会叫人高兴的。

"不过，我看你挺聪明。"蓓茜接着说，想借此安慰安慰我，"你会些什么？你会弹钢琴吗？"

"会一点。"

屋子里刚好有一架。蓓茜走过去把它打开,然后要我坐下来给她弹一曲。我弹了一两首圆舞曲,她听得入迷了。

"里德家几个小姐可没弹得这么好!"她得意洋洋地说,"我一向说你在学问上会超过她们的。你会画画吗?"

"壁炉架上面的那一幅就是我画的。"那是一张水彩风景画,是我为了感谢学监替我向委员会疏通而送给她的,她给配上了玻璃镜框。

"啊,画得真好,简小姐!它比得上里德小姐的图画老师画的随便哪一张画,更不用说那几位小姐自个儿画的了,她们差远啦。你还学了法语吗?"

"学了,蓓茜,我能看能讲。"

"粗细绣花活也会做吧?"

"会。"

"哦,你简直是位大户人家小姐啦,简小姐!我早知道你会的。不管有没有你的亲戚照应,你都会有出息的。有件事我想问问你,——你听到过你父亲家的亲戚爱家的什么消息吗?"

"从来没有过。"

"嗯,你知道,太太一直说他们穷,甚至低贱。他们也许是穷,可我相信,他们也跟里德家一样是上等人。因为有一天,差不多七年以前,有位姓爱的先生到盖茨黑德来想看看你。太太说你到五十英里以外进学校去了,他看来挺失望,因为他没时间耽搁。他要乘船到外国去,船一两天就要从伦敦开出。他看上去完全是位上等人,我相信他一定是你父亲的兄弟。"

"他是去哪个外国,蓓茜?"

"是有好几千里远的一个岛,那儿产酒,——管家确实告诉过我……"

"马德拉①吗?"我提示她。

"对,就是那儿,——说的正是这个名字。"

"那么他走了?"

"对。他在屋里没待多少分钟。太太对他挺傲气,事后管他叫'滑头滑脑的买卖人'。我那口子罗伯特相信他是位酒商。"

"很可能,"我答道,"也说不定是酒商的职员或者代理商。"

蓓茜又跟我谈了一个小时的往事,随后她就不得不向我告辞了。第二天早上我在洛顿等马车的时候又见到了她几分钟。最后我们在那儿的勃洛克赫斯特纹章旅店门口分了手,各自分道扬镳。她出发到洛伍德冈的坡顶上去等车回盖茨黑德,我上了车让它载我到米尔科特的陌生环境里去投入我的新职务和一种新的生活。

---

① 马德拉:北大西洋东部的群岛,主岛为马德拉,曾长期为葡萄牙属地,以盛产葡萄酒(马德拉酒)著称。

# 第十一章

一部小说中新的一章有几分像一出戏里新的一场,而这回我把幕拉开的时候,读者,你得想象你看到了米尔科特乔治旅馆中的一个房间,四周有一般旅馆房间里少见的大花纹的壁纸,有那么讲究的地毯,家具,壁炉上的摆饰,复印画,其中有一幅乔治三世①,一幅威尔士亲王②的肖像,还有一幅是画沃尔夫③之死的。这一切,都是在一盏天花板上垂下来的油灯和烧得很旺的壁炉火光照耀下显示在你的眼前的。这时我正把我的皮手筒和伞搁在桌上,披着斗篷、戴着帽子坐在炉子旁边烤着火,让自己十六个小时奔波在十月阴冷天气中冻得发僵的身子暖和过来。我离开洛顿是昨天下午四点钟,现在米尔科特城里的钟正打八点。

读者,我虽看来得到了很舒适的接待,但却并不十分安心。我原以为马车一到总有人会来接我的。当我走下"擦靴的"④替我殷勤放好的短木梯时,我焦急地四下看看,指望能

---

① 乔治三世(George Ⅲ,1738—1820):一七六〇至一八二〇年的英国国王。

② 威尔士亲王(Prince of Wales):英国皇太子的封号。

③ 沃尔夫:指詹姆士·沃尔夫(James Wolfe,1727—1759),英国将领,受命远征当时法国统治下的加拿大,在魁北克一役大胜法军时死于战场。

④ "擦靴的":英国旅馆中担任替旅客擦靴及搬行李等杂役的侍者。

听到有人叫我的名字,同时看到有辆什么马车正等着送我去桑菲尔德。可一点迹象也没有发现,而且当我问一个侍者有没有人来打听过一位姓爱的小姐时,回答也是没有。这一来我毫无办法,只好请他们领我到一间清静的房间里,我一面在那儿等着,一面满腹疑虑,心神不安。

感到自己在世上孤零零一个,断绝了一切联系,能否到达目的地尚难预测,而返回原来的地方又困难重重,这对一个毫无经验的青年人来说,实在是一种很不平常的心情。冒险的魅力使这种心情显得甜美,自豪的荣光使它显得温暖,可是紧接着一阵恐惧又使它变得忐忑不宁。当半小时过去,我还是一个人孤零零待着时,恐惧在我心里就占了上风。我决计打铃唤人。

"这附近有个叫桑菲尔德的地方吗?"我问应声前来的侍者说。

"桑菲尔德?我不知道,小姐。我到柜台上去问问。"他走了,可一转眼就又回来了。

"你姓爱吗,小姐?"

"是的。"

"有人正在等你。"

我跳起来,拿起我的皮手筒和伞,急忙来到旅馆的走廊上。一个男人正站在打开的大门边,路灯下的街上,我模糊地看得见有一辆单马拉的车子。

"这就是你的行李吧,我想?"这个人一看见我,就指着我放在走廊上的箱子有点冒冒失失地问。

"是的。"

他把箱子放到了那辆有点像轻便马车的车子上,接着我上了车。没等他关好门，我就问他去桑菲尔德有多远。

"六英里光景吧。"

"我们到那儿要多长时间？"

"一个半小时上下。"

他关牢车门，爬到他在车厢外边的赶车座上，我们就出发了。车走得很缓，我有充分的时间去沉思。我很满意这番跋涉终于就要结束了。我坐在这辆虽不堂皇却还舒适的马车里，身子往后一靠，从从容容地想了很多。

"我估计，"我想，"从仆人和车子的不算太气派来看，费尔法克斯太太不是一位很讲排场的人，这样更好。除了有一回以外我从来没跟讲究的人在一起待过，而那一回我也跟他们处得挺糟糕。不知道她除了那个小姑娘以外，是不是只一个人过。要是那样的话，只要她还算和气，那我准能跟她相处得好。我要尽最大努力。可惜尽了最大努力也并非总是能得好报。的确，在洛伍德我下了这样的决心，贯彻了它，结果也取得了别人的好感。可是跟里德太太相处时，我记得我的最大努力却总是遭到唾弃。只求上帝保佑，费尔法克斯太太可千万别是第二位里德太太。不过即使她是，我也并非一定要跟她待下去不可。就算坏到底，我也还可以再去登广告嘛。不知道这会儿我们已经赶了多少路了？"

我把车窗拉下来，朝外面望望。米尔科特已经被我们抛在后面。从它灯火的繁密来看，它似乎是个相当大的地方，比洛顿要大得多。据我看，我们这会儿是在一块公有地上，不过房屋在这一带到处星罗棋布，我感到我们是在一个跟洛伍德很不相同的地方，人口比较稠密，景色却没那么好，比较热闹，却没那么富有浪漫气息。

道路难走,夜雾迷蒙。我那位向导一路上都让他的马自己慢慢地走,结果我敢确信,原来说的一个半小时已经拉长到了两小时,最后他总算从赶车座上回过头来说:

"这会儿你离桑菲尔德不太远了。"

我再朝外面望望,我们正在经过一所教堂。我看得见它在天空背景衬托下低矮而宽阔的钟楼,它的钟声正报着一刻钟。我还望得见小山坡下细细的一串灯火光,表明那儿是一座村庄或者一个小村落。大约过了十分钟,赶车的下车来打开了两扇大门。我们驶了进去,门在我们身后给砰地关上了。现在我们缓缓驶上车道,来到一幢房子宽阔的正门前。有扇遮着窗幔的弓形窗里透出烛光来,其余都一片漆黑。车在正门前停下,一个女仆来开了门,我下了车走进屋去。

"小姐,请走这边好吗?"那个姑娘说。我随着她穿过一间正方形的大厅,四周有许多高大的门。她引路带我进了一间屋子,里面炉火加上蜡烛的光起初照花了我的眼睛,因为它跟我两个小时以来已经习惯了的黑暗对比太强烈了。不过等我能看得清楚时,只见眼前展现的是一幅温暖可喜的景象。

一个小巧、舒适的房间,旺旺的炉火边放着一张圆桌,一把老式的高背扶手椅上坐着一个再整洁不过的小老太太,戴着顶寡妇帽,身上是黑绸衫和雪白的细布围裙,跟我想象中的费尔法克斯太太分毫不差,只不过没那么庄严,样子比较和气。她正忙着在编织,一只大猫一本正经地蹲在她脚边。总而言之,不折不扣一副家庭安乐的理想场面。对于一个新来的家庭女教师来说,再想象不出比这更叫人安心的初次见面的情景了。既没有让人目眩神迷的富丽堂皇,也没有叫人手足无措的庄严肃穆,再加上我一进去,那老太太就站起身来,毫不迟延地走上来亲切地迎接我。

"你好吗,亲爱的?我想你一定坐车坐得厌烦了吧。约翰总是把车赶得太慢。你准是冻坏了,快到火跟前来。"

"我想,你是费尔法克斯太太吧?"我说。

"是的,你猜得对。请坐下吧。"

她带我到她自己的椅子上坐下,接着就动手替我拿掉披巾,解开帽带。我请她不用麻烦了。

"哦,不麻烦。我猜你自己的手一定快冻僵了。莉亚,去调一点热的尼格斯酒,再拿一两份夹肉面包来。给你贮藏室的钥匙。"

说着,她从衣袋里掏出当家味十足的一大串钥匙来,把它交给了女仆。

"好,再往炉火边靠近一点。"她接着说,"你把行李随身带来了,是吗,亲爱的?"

"是的,太太。"

"我去看着他们把它送到你房里去。"她说着,就急急忙忙走了出去。

"她竟拿我像客人似的对待。"我想,"我万没料到会受到这样的接待。我原先还以为只会遇到冷淡和生硬的态度呢。这可不像我听说过的对待家庭教师的态度。不过我别高兴得太早了。"

她回来了,亲自动手把她的编织用具和一两本书从桌上拿开,腾出地方来放莉亚刚端来的托盘,然后又亲自把吃的东西递给我。我从来没有受到过这样的殷勤款待,简直弄得有点不知怎样才好,尤其因为这种款待是来自我的雇主和地位比我高贵的人。但是既然她自己好像并不觉得是在做什么有失身份的事,我也就觉得还是默默接受她的殷勤为好。

"我能今晚就荣幸地见见费尔法克斯小姐吗?"我吃了一点她递给我的东西以后问。

"你说什么,亲爱的?我耳朵有点聋。"这位好太太把耳朵向我嘴边凑近一点反问。

我又清楚一些重说了一遍。

"费尔法克斯小姐?哦,你是说瓦伦小姐吧!你要教的学生是姓瓦伦。"

"真的!那么她并不是你的女儿?"

"不是,——我没有亲人。"

我本想接下去再问问瓦伦小姐跟她是什么关系,但是我省悟到问得太多不大礼貌,再说我以后也总会听到的。

"我真高兴,"她在我对面坐下来,把猫抱在膝头上,接着说,"我真高兴你来了。这回有个伴儿在这里一起过活就更愉快了。当然,什么时候都挺愉快,因为桑菲尔德是座很好的老宅子,也许这几年有点儿失修,可仍旧是个挺了不起的地方。不过你知道,一到冬天,几乎孤零零一个人,就是住在最好的屋子里也会觉得冷清的。我说孤零零,因为虽说莉亚确实是个好姑娘,约翰和他妻子也都是挺好的人,不过你明白,他们只是下人,不能用平等的身份跟他们在一块儿谈话,一定得跟他们保持点距离,否则怕会失掉了威信。去年冬天(你大概还记得那是个冷得厉害的冬天,不是下雪,就是刮风下雨),我肯定除了卖肉的和送信的以外,一个人也没上宅子里来过,从十一月一直到二月。那时候一晚上一晚上地独自一个人坐着,我真有点觉得心里闷得慌。我有几次叫莉亚来念点书给我听,可是我觉得这个可怜的姑娘并不太喜欢这个差使,她觉得这挺拘束。春天和夏天就好过一些,阳光和长长的白天使日子变得大不相同。加上今年刚入秋,小阿迪拉·瓦伦跟她的保姆就来了。一个小孩使整个屋子一下就变得热闹了起来。现在你一来,我就更高兴了。"

听她讲着这些话,我心里确实对这位可敬的太太产生了一种好感。我把椅子稍稍移近她一点,表示我衷心地希望,她会发现跟我做伴一定会像她预期地那么愉快。

"不过我今晚不想留你坐得太久了,"她说,"钟已经敲十二点,你奔波了一整天,一定累了。要是你的脚已经烤暖和过来,我就带你到你的卧房里去。我已经把我隔壁的一间屋子给你收拾好了。那只是个小房间,不过我想你会更喜欢它,而不大喜欢屋子前面的那些大房间的。自然它们家具布置得讲究些,可是太冷清、寂寞,我自己就从来没在那儿睡过。"

我谢谢她考虑得挺周到,并且因为经过一番长途跋涉确实觉得很累,所以表示愿意早点休息。她端起蜡烛,我跟着她走出了房间。她先去看了一下大厅的门是不是已经锁好,把门钥匙从锁孔里拔下来以后,她带路上了楼。楼梯梯级和扶手全是橡木的,楼梯上的窗子很高,镶有格子。这样的楼梯,以及通一间间卧室的长过道,看来倒像是教堂里的,而不像是住宅房子里的。楼梯上和过道里都笼罩着一种像地下墓穴里一般十分阴森的气氛,使人产生空旷和孤寂的不愉快感觉。因此,当我最后给领进了自己的卧室,看到房间不大,布置着普通的时式家具时,心里不由得一喜。

费尔法克斯太太和蔼地向我道了晚安,我闩上了门,从容地四下看看,刚才那空旷的大厅,那座又阔又暗的楼梯,还有那又长又冷清的过道所给我留下的阴惨惨的印象,多少被我这小房间里比较有生气的景象冲淡了几分。这时候,我想起了经过一整天身体上的劳累和精神上的焦虑之后,我现在终于来到了一个安全的避风港。我心中涌起了一阵强烈的感恩之情,不禁在床边跪下来,向理应感谢的上天敬献了我的谢忱。在重新站起来之前,我也不忘记祈求在我今后的道路上,赐予我帮助和力量,使我能不辜负那份在我似乎还不配得到时就那么真诚地给予我的好意。那一夜,我的卧榻上没有荆棘,我孤寂的卧室里没有恐惧。既疲倦又满足,我很快就酣然地入睡,等我一觉醒来时,天已经大亮了。

阳光从鲜艳的蓝色印花布窗帘缝里射进来,照亮了糊着墙纸的四壁和铺着地毯的地板,跟洛伍德的光地板和肮脏的灰泥墙截然不同,使这个房间在我眼里是那么个明亮的小天地,一看见它就叫我精神一爽。外表对青年人有很强烈的作用,我觉得自己正踏入生活中一个较美好的时代,一个既有艰难和劳累,也有鲜花和快乐的时代。由于景物变换,由于有新的领域在望,我全身的官能都被唤醒过来,跃跃欲试。我说不清它们具体期待的究竟是什么,但总是某种愉快的事物。也许不是这一天或者这个月就能来临,而是在未来的某一天。

我起了床。我很费了一番心思来穿着,虽只能穿得很朴素,——因为我的衣服没有一件不是做得十分简单的,——但出于天性,我还是力求穿得干净利落。我从来不愿意不修边幅,不管给人家什么印象,正相反,尽管我长得并不漂亮,却总希望能尽量好看一些,尽可能得到别人的好感。我有时候还很惋惜自己长得不美。有时我真但愿自己有红彤彤的脸蛋,笔直的鼻梁和樱桃般的小嘴。我渴望身材匀称,高大挺拔。我觉得自己长得那么矮小,苍白,五官那么不端正而且特征分明，真是一种不幸。为什么我会有这类企求，这类惋惜的呢？这很难说，而且自己对自己都说不清。不过我总是有我的理由，而且是自然、合理的理由的。不管怎样，等我把头发梳得很平整，穿上我那件黑色罩衣——虽说有点像贵格教徒①的样子，但至少有特别合身的好处，——再把洁白的领圈整整好以后，我自己觉得足可以体体面面地去见费尔法克斯太太，我那位新学生也至少不至于厌恶地躲开我了。我打开卧室的窗户，弄清楚确实已把梳妆台上的东西摆得整整齐齐，就放胆走了出来。

经过铺着地席的长过道，走下光滑的橡木楼梯级，来到了大厅里。我在那儿逗留了一会儿，看了看墙上的几幅画（我记得有一幅画的是个披着胸甲的严峻男子，还有一幅是位敷着发粉，挂着珍珠项链的贵妇人），又看了看从天花板上垂下来的一只青铜吊灯，和钟壳上刻有精细花纹的橡木以及年深日久不断擦拭得乌黑发亮的黑檀木做成的一座大钟。一切在我眼里都显得雄伟、庄严，而我却恰好极少见过富丽堂皇的场面。有一扇镶着玻璃的大厅门正敞开着，我跨出门去。这是个秋高气爽的早晨，朝阳宁静地照耀着已经发黄的树丛和仍旧碧绿的田野。我向前走几步来到草坪上，仰头打量着宅子的正面。它有三层高，规模虽说可观，却还不算宏大。这是一座绅士的庄园，而不是贵族的府第，屋顶四周的雉堞使它平添了几分画意。它灰色的门面正好被宅后一座白嘴鸦出没的树林子衬托着，林中哇哇乱噪的居民这会儿正在到处飞翔。它们从草坪和庭园上空越过，纷纷落在一片大草场上，那儿跟宅

---

① 贵格教徒（Quaker）：基督教新教的一派，以严谨、朴素著称。

子隔着一道坍塌了的篱笆,长着一排高大的老荆棘树丛,一棵棵都粗壮多节,简直就像是一些大橡树,这一下子就说明了这所宅子命名的由来①。再过去是一些小山,不像洛伍德四周的那么高,那么嶙峋,也不像那样好似把人世隔在外面的壁障。不过它们也是够荒凉和幽静的,而且似乎把桑菲尔德围成了一个远离尘嚣的僻静处所,它竟然会存在于离米尔科特这个热闹地区那么近的地方,这是我原来没有料到的。一个屋顶与树尖交杂在一起的小山村,零落散布在一座小山坡上。区教堂坐落在离桑菲尔德不远的地方,它那古老的钟楼屋顶,露出在宅子和庭园大门中间的一个土丘上方。

我还在享受着这恬静的景色和宜人的新鲜空气,愉快地听着哇哇的鸦鸣,观察着宅子宽阔而古旧的正面,心里正在想着,让一位像费尔法克斯太太那样的小老太太孤零零住在这儿,这地方实在是太大了,这时,这位老太太恰好出现在屋子门口。

"怎么! 都已经上外面来啦?"她说,"我看出你是个爱起早的人。"我向她走过去,她和蔼可亲地吻了我一下,跟我握握手。

"你觉得桑菲尔德怎么样?"她问道。我跟她说我非常喜欢它。

"是啊,"她说,"这是个挺美的地方。不过我怕它会慢慢破败下去的,除非罗切斯特先生会想到要回来长住在这儿,或者至少要常来着点儿。大宅子和好的庭园是需要有主人常在那儿的。"

---

① 桑菲尔德的原文 Thornfield,意思是"荆棘地"。

"罗切斯特先生!"我惊叫道,"他是谁呀?"

"桑菲尔德的主人。"她平静地回答,"你还不知道他姓罗切斯特吗?"

当然我不知道,——我以前还从来没听说过他。可是这位老太太却似乎把他的存在看成是件众所周知的事,人人都应当只凭直觉就能知道。

"我还以为,"我继续说,"桑菲尔德是属于你的呢。"

"我的?天啊,孩子,多古怪的想法啊!我的?我只不过是管家——管理人。的确,从他母亲方面说,我跟罗切斯特家是远亲,或者,至少我丈夫是。他是个教士,是干草村——山坡那边那个小村——的教区牧师,离园子大门不远的那座教堂就是他管的。现在的罗切斯特先生的母亲姓费尔法克斯,她的父亲是我丈夫父亲的堂兄弟,不过我从来不想以亲戚自居,——实际上我只当它没有这回事。我只把自己看作是一个普通的管家。我的东家对我总是很客气,别的我也就不再指望什么了。"

"那么那个小姑娘——我的学生呢?"

"她是罗切斯特先生监护的孩子。他委托我给她找一位家庭教师。我相信,他是打算把她带到××郡来抚养成人。这样她就来了,带着她的'保姆',她是这样叫她的保姆的。"谜终于解开了。这位矮小而和蔼可亲的寡妇并不是什么贵妇人,不过是个跟我一样受雇用的人。我并不因此就不像原来那么喜欢她,正相反,我觉得更高兴。她和我之间的平等地位是真实的,并非仅仅是出于她降贵纡尊的结果。这就更好,——我的处境更加自在一些。

我还在沉思着这个新发现,一个小姑娘,后面跟着伺候她的人,从草坪上跑了过来。我瞧着我这个学生,她起初似乎没有注意到我。她还完全是个孩子,约摸七八岁光景,身材纤细,面色苍白,五官小巧,太长的鬈发一直垂到腰际。

"早安,阿迪拉小姐。"费尔法克斯太太说,"过来跟这位小姐说说话,她就要来教你读书,好让你有一天会成个聪明的女人。"孩子走了过来。

"这是我的家庭教师吗?"她指着我对她的保姆说。保姆回答道:

"是呀,当然啦。"

"她们是外国人吗?"我听到法国话很诧异,便问。

"保姆是外国人,阿迪拉生在大陆上,而且我相信,一直没离开过,直到六个月以前来这儿。她刚来的时候不会讲英国话,现在才勉强能讲一点儿。我听不懂她,她把英语和法语全搅和在一块儿了。不过我想你准能完全弄得懂她的意思。"

幸好我有个有利条件,我是跟一个法国女士学的法语。同时,由于我一直注意尽可能经常跟马丹比埃洛讲话,而且除此以外,由于最近七年来还每天背一点法语,——努力在我的语调上下功夫,尽可能模仿老师的发音,——因此我已经把这种语言学得相当地流畅和正确,估计跟阿迪拉小姐谈起话来还不至于过分困难。她一听说我是她的家庭教师,就走过来跟我握手。随后当我带她进去吃早饭的时候,我用她自己的语言跟她说了几句。起初她回答得很简短,但是等我们在餐桌前坐下,她用她那对淡褐色的大眼睛足足打量了我十来分钟以后,她就突然开口喋喋不休地讲了起来。

"啊!"她用法语叫道,"你讲我的话讲得跟罗切斯特先生一样好，我可以像跟他说话那么跟你说话了，还有索菲也一样。她准会挺高兴。这儿谁也不懂她的话。费尔法克斯太太只会满口的英语。索菲是我保姆。她跟我一块儿从海那边来，坐一条挺大的船，烟囱里直冒烟，——冒得可厉害啦！——我恶心想吐，索菲也是，罗切斯特先生也是。罗切斯特先生躺在叫头等舱的一个挺漂亮的房间里的一张沙发上，索菲和我睡在另外一个地方的小床上。我差点儿从我的小床上掉下来。它就像个搁架。后来，——小姐，你姓什么？"

"爱——简·爱。"

"埃尔！嗨！我说不来。哦，后来我们的船在早上，天还没怎么亮，停在一座大城市岸边，——一座挺大的城市，房子黑乎乎的，到处全是煤烟，完全不像我原来住的那个干净漂亮的城市。罗切斯特先生抱着我走过一条跳板上了岸，索菲也跟了上来，我们一块儿坐上马车，车把我们拉到一座漂亮的大房子跟前，那房子叫做旅馆，比这儿还要大，还要好。我们在那儿将近待了一礼拜。我和索菲每天都上一个挺大挺大、满是碧绿的树木的地方去，那叫公园。那儿除了我还有许多孩子，还有一个池塘，里面有许多美丽的鸟儿，我用面包屑喂它们。"

"她说得那么快，你听得懂吗？"费尔法克斯太太问。

我完全听得懂，因为我听惯了马丹比埃洛那种流利的口齿。

"我希望，"这位和气的太太继续说，"你能问她一两句关于她父母的事。我不知道她是不是还记得他们。"

"阿黛尔①，"我问道，"你在你刚说的那个干净漂亮的城

---

① 阿迪拉的法文名。

市里,是跟谁住在一块儿?"

"老早以前,我跟妈妈住在一块儿,可是她上圣母玛利亚那儿去了。妈妈常教我唱歌跳舞,朗诵诗。有好多好多太太先生们来看妈妈,我常常给他们跳舞,或者坐在他们膝头上给他们唱歌。我挺高兴这样。这会儿就请你听我唱好吗?"

她已经吃完早饭,所以我允许她一显身手。她爬下椅子过来坐在我膝头上。然后小手一本正经地合在胸前,把鬈发往后一甩,抬起两眼望着天花板,唱起一段歌剧里的选曲来。这是一个被遗弃的女人唱的歌,她在哀叹了一阵情人的负心以后,想以自豪来求得安慰。她要仆人用她最晶莹的珠宝和最华丽的衣裳把她打扮起来,决定当晚到一个舞会上去跟那个虚情假意的人见面,用她的欢快举止向他表明,他的遗弃对她的影响是多么微不足道。

选这样的东西让一个小歌手来唱,似乎十分古怪。不过我猜表演的目的,就是要听听爱和嫉妒的歌声如何奶声奶气地从孩子的嘴里唱出来。这种目的是十分低级趣味的,至少我这样看。

阿黛尔把这支短歌唱得相当宛转动听,而且还带有她那种年纪的天真无邪的味道。唱完了这个,她跳下我的膝头说:"现在,小姐,我要给你背几首诗。"

摆好了姿势,她开口报题目:"拉封丹的寓言:《老鼠同盟》"①,接着就十分讲究抑扬顿挫地朗诵起这篇小诗来,声音宛转自如,表情恰到好处,就她的年纪来说的确十分难能可贵。这说明她受过认真的训练。

~~~~~~~~~~

① 拉封丹是十七世纪法国寓言诗人。

"这篇东西是你妈妈教你的吗?"我问。

"是啊,她常常像这样念:'你怎么啦?'一只老鼠问,'快说!'她要我把手往上举,——像这样,——好记住问话的时候要提高嗓门。现在我给你跳舞好吗?"

"不要,已经够了。可是像你说的,你妈妈上圣母玛利亚那儿去了以后,你又跟谁一块儿住呢?"

"跟马丹弗雷德里克和她丈夫。她照管我,可是她跟我没有什么亲戚关系。我想她很穷,因为她没有我妈妈那样好的房子。我在那儿没待多久。罗切斯特先生问我是不是愿意到英国来跟他一块儿住,我说愿意。因为我认识马丹弗雷德里克以前就已经认识罗切斯特先生,他一直对我挺好,还给我漂亮衣服和玩具。不过你看他说话不算数,他把我带到英国,现在又自个儿回那儿去了,我再也看不见他。"

吃过早饭,阿黛尔跟我进了书房。看来,罗切斯特先生曾吩咐过把它用做教室。大多数书都锁在书橱的玻璃门里,不过有一个书橱开着,里面有可能需要用来作为初级读物的各种书籍,还有一些轻松的文学作品,诗歌,自传,游记,以及几本传奇小说等等。我想他认为家庭女教师个人要看的书不过就是这些,而的确,它们暂时也完全足以满足我的需要。跟我过去在洛伍德偶尔能胡乱找来读读的几本书相比,它们真可说是使我有机会在消遣和求知方面得到一次大丰收。这间房里还有一架立式钢琴,还相当新,音色好极了。另外还有一个画架和一对地球仪。

我发现我的学生相当听话,尽管不大肯用功。她从来还没养成过按部就班干任何事情的习惯。我觉得一开始就对她限制过严是不明智的。所以,在我跟她讲了许多话,总算哄她学了一点功课以后,时间已经快近中午,我就放她回到她保姆那儿去了。这时我打算乘还没吃中饭的时间,画几张小的速写来供她学习用。

我正上楼去取我的画夹和铅笔,费尔法克斯太太唤住了我:"你上午的课已经上完了吧,我想。"她说。她是站在一个房门口,房间的双扇门正打开着。她跟我打招呼,我就走了进去。这是间富丽堂皇的大屋子,有紫红色的椅子和窗幔,土耳其地毯,贴着胡桃木镶板的墙壁,一扇镶有许多彩色玻璃的大窗子,饰有华丽线条的高高的天花板。费尔法克斯太太正在给摆在一个餐具柜上的几只精致的紫晶石花瓶掸灰。

"多漂亮的屋子啊!"我望望四周,惊叹起来。因为我从来没见过有这一半气派的大房间。

"是啊,这是餐厅。我刚打开这扇窗户,好透进点阳光和空气来,因为很少有人进来的房间里什么都会变得那么潮湿,那边客厅里简直就像个地窖似的。"

她指指一道跟窗子一样又大又宽的拱门,门上也同样垂着染成提尔紫①颜色的帷幔,这会儿正两边钩起着。踏上两级宽宽的台阶走近拱门前朝里面一望,我简直以为瞧见了一个仙境,在我那未见过世面的眼睛里,那里面的景象实在太辉煌了。其实,那不过是个十分漂亮的客厅,里面还套着一间小会客室,全都铺有上面仿佛撒满一个个鲜艳花环的白色地毯,天花板上全都饰有白色的葡萄和葡萄叶花纹的雪白线条,下面对比鲜明地摆放着深红色的软榻和睡椅。白色的帕罗斯大

---

① 提尔紫:古代希腊、罗马人用的一种紫红色染料,因原出自古腓尼基的提尔城而得名。

理石①壁炉架上的小摆设都是用红宝石般红光闪闪的波希米亚玻璃制成的,窗户和窗户之间的一面面大镜子反射出了到处红白辉映的气象。

"你把这些屋子收拾得多么整洁啊,费尔法克斯太太!"我说,"没有灰尘,也不罩布套。要不是有股冷气的话,人家还以为里面经常有人住呢。"

"那有什么,爱小姐,尽管罗切斯特先生很少来,可一来就总是那么突然,出人意料。我看出他最恼火看到什么都用布罩着,等他来了才忙忙乱乱地动手整理,所以觉得还是随时把它们收拾停当好一些。"

"罗切斯特先生是个毫不马虎、喜欢挑剔的人吗?"

"并不特别挑剔,不过他有上等人的习惯爱好,希望什么事都安排得符合这种爱好。"

"你喜欢他吗? 一般人都喜欢他吗?"

"噢,喜欢的,这儿人一向都敬重他们这一家。记不清从什么时候起,凡是你眼睛望得见的邻近一带田地,就全都是属于罗切斯特家的了。"

"嗯,可是撇开他的地不谈,你喜欢他吗? 别人喜欢他本人吗?"

"我没有理由不喜欢他,我相信他的佃户们也都认为他是位正直、开明的地主。不过他很少跟他们一起相处过。"

"可是难道他没有跟别人不一样的地方? 总之,他的性格怎么样?"

"噢! 我想他的性格是无可指摘的。也许他是有点不一

---

① 帕罗斯大理石:产于希腊帕罗斯岛上的名贵白色大理石。

样,他去过很多地方,我敢说他确实见多识广。他一定很聪明,不过我从来没跟他谈过多少话。"

"他是怎么个不一样?"

"我不清楚,——这很难说,——没什么太特别的地方,不过他跟你讲话的时候你会有这样的感觉:你不是总清楚他到底在开玩笑,还是认真的,是高兴呢,还是不高兴。总之,你没法完全了解他,——至少我是这样。不过这不关紧要,他是个很好的东家。"

这就是我从费尔法克斯太太那儿打听到的有关她和我的雇主的全部情况。有些人似乎丝毫不懂得概括人的性格,观察和描述人或事物的与众不同之处,这位好心的太太显然就属于这一类。我的一连串问题只能使她迷惑,却始终问不出个道理来。在她眼里,罗切斯特先生就是罗切斯特先生,是位绅士,一位有产业的人,——如此而已,她再也不去作进一步的探究或追问了,而且对于我想要更具体地了解他的为人,显然觉得奇怪。

我们从餐厅里出来后,她主动要带我去看看屋里的其他地方。我就跟着她上楼下楼,边走边赞叹不绝,因为一切都收拾得又整洁又漂亮。我觉得靠前面的一排大房间特别堂皇,而三层楼有几个房间尽管又低又暗,但却古色古香得有趣。随着时尚变化,一度配置在楼下屋子里的家具不时被搬到了这儿来,从窄窄的窗子里透进来的暗淡光线,照亮了已有几百年的老床,橡木或胡桃木的柜子,上面精致地雕着棕榈树枝和小天使头像,看来就像是典型的希伯来约柜①。一排排上了

---

① 约柜:《圣经》中记载,古犹太人保藏两块十诫碑的木柜。

年纪的高背窄椅，一只只更加古老的矮凳，凳垫上还明显留有已半磨光的刺绣的痕迹，绣它们的手指化作尘土已有两代之久了。所有这些古物，使桑菲尔德府看来就好像是往事的老巢，回忆的神殿。白天，我挺喜欢这些隐蔽处所的寂静、昏暗和古怪，但夜晚我却决不会羡慕躺在这种又大又笨重的床上睡觉。这些床有的还有橡木做的门可以关上，有的挂着古老的英国式绣花床帐，上面密密麻麻绣着各种花样，描绘古怪的花儿，更加古怪的鸟儿，以及最最古怪的人物，——总之，在惨淡的月光底下看上去准会显得古里古怪的各种形象。

"仆人们睡在这些屋子里吗？"我问。

"不，他们都住在后面的一排小屋子里，谁也没在这儿睡过。几乎可以说，要是桑菲尔德府真有鬼的话，那这儿就是它出没的地方。"

"我也这么想。那么，你们这儿没有鬼咯？"

"我从来没听说过。"费尔法克斯太太笑着回答。

"也从来没有什么关于鬼的传说——神奇传说或者鬼故事吗？"

"我想确实没有。不过据说罗切斯特家在世的时候都是些暴躁而不是安静的人，说不定正因为这样，他们如今躺在坟墓里都挺安静。"

"是啊，——'经过了一场人生的热病，他们现在睡得好好的。'①我喃喃地念着，"你现在上哪儿去，费尔法克斯太太？"因为她正要走开。

---

① 这是莎士比亚剧本《麦克白》第三幕第二场中，麦克白讲到被他谋害的邓肯时所说的一句台词。

"到铅皮屋顶上去,你愿意一起去,从那儿眺望一下风景吗?"我仍跟着她登上一道很窄的楼梯来到阁楼,再从那儿爬上一座梯子,钻出天窗来到屋顶上。现在我跟那些鸦群的栖息处是在同样的高度上了,我能清楚地看见鸦巢。我从雉堞上探出身子去远眺下面的景色,俯瞰着像一幅地图般展开的地面。紧贴着宅子底层,围绕着一片像丝绒般平滑而光洁的草坪。像猎场般广阔的田野上点缀着古老的树木。枯黄的林子被一条显然已经荒芜的小径从中穿过,小径上长满苔藓,比长着叶子的树木还显得充满绿意。园门外的教堂,大路,宁静的群山,都安然静卧在秋日的阳光下。在四周的地平线上,是一片夹杂着珍珠白的碧蓝晴空。这景色中并没有什么不同寻常之处,但一切都那么赏心悦目。当我收回了目光,重新钻进天窗爬下梯子的时候,几乎都看不清路了。我刚才一直在仰望着蓝色的天穹,高兴地俯视着宅子四周阳光普照的树丛、牧场和青山,对比之下,阁楼似乎昏暗得就像个地窖。

费尔法克斯太太在后面耽搁了一会儿去关好天窗,我摸索着找到了阁楼的出口,就从狭窄的顶楼扶梯上爬了下去。我在楼梯下面把三层楼的前后房间分隔开来的长过道里逡巡不前,过道又窄又低又暗,只有很远的尽头处有扇小窗子,两边的两排小黑门全都关着,活像是一条蓝胡子①城堡里的走廊。

正当我轻手轻脚往前走去,耳朵里突然听到一个我在这样寂静的地方万没料到会听见的声音——一声笑声。这是一

---

① 蓝胡子:法国民间故事中一个曾杀过六个妻子的恶人,尸骨都藏在他城堡里的密室中,最后才被他的第七个妻子所发现。

种奇怪的笑声,清晰,呆板而郁郁寡欢。我停住脚步,笑声也停了,但只一会儿,就又响了起来,声音更大,因为最初尽管清晰,声音却很小。它震耳地响过一阵才停,简直像在每个冷清无人的房间里都激起了一阵回响。不过它实际只是从一个房间里发出来的,我几乎能指得出声音来自哪一扇门里。

"费尔法克斯太太!"我大声喊道,因为这时我正听见她从楼梯上下来,"你听见那大笑的声音吗?是谁啊?"

"大概总是哪一个用人吧。"她回答,"也许是格雷斯·普尔。"

"你刚才听见了吗?"我又问了一遍。

"听见了,清清楚楚。我常听见她笑,她在这儿的一间屋子里做针线活。有时候莉亚也跟她在一块儿,她们俩在一处常常挺吵闹。"

笑声又低沉而节奏分明地重新传来,最后化为一阵古怪的嘟囔声。

"格雷斯!"费尔法克斯太太喊道。

说实话,我并不指望有个什么叫格雷斯的人会来回答。因为这笑声的凄惨和怪诞实在是我闻所未闻。要不是时间在正午,在怪笑的同时又并没见什么鬼怪现形的迹象,——要不是眼前的季节和景色都并不容易使人产生恐惧感,那我准会迷信地害怕起来的。不过,事实向我证明,即使只感到惊奇,我也已经够傻的了。

离我最近的那扇门打开了,一个仆人走了出来,——是个三四十岁的女人,身材僵硬而横阔,红头发,一张严厉而其貌不扬的脸。简直再也想不出比这更缺少神奇气息、更不像鬼的鬼魂了。

"太闹了,格雷斯。"费尔法克斯太太说,"记住给你的吩咐!"格雷斯一声不响行了个礼,就走进去了。

"她是我们雇来做针线、帮莉亚干些家务活儿的。"这位寡妇继续说,"尽管有些方面并不是毫无毛病,不过她活还是干得不错。顺便说说,今儿上午你跟你的新学生上课上得怎么样?"

话题就这样转到了阿黛尔身上,一直谈到我们来到楼下明亮可喜的地方。阿黛尔在大厅里一面迎着我们跑来,一边嚷嚷着:

"女士们,午饭已经摆好了!"又加了一句,"我啊,我可饿坏了!"

我们看到午饭已经准备好,正摆在费尔法克斯太太的房间里等着我们。

# 第 十 二 章

我刚进桑菲尔德府时的平静气氛,似乎就预示着前途的顺遂,在进一步熟悉了这儿和这儿的人以后,这种预期也并没有落空。费尔法克斯太太果然像她外表看来那样,是位性情平和、心地善良的女人,具有充分的教养和常人的智慧。我的学生是个活泼的孩子,一向娇生惯养,所以有时有些任性,但因为完全把她交给了我来管,没有人来乱加干预,阻碍我教育她的计划,因此她很快就忘掉了她那些小小的胡闹,变得既听话又肯学了。她并没有极高的天资,显著的性格特点,特别敏锐的感觉和鉴赏力,使她哪怕稍稍高于一般孩子的通常水平,但她也没有任何缺陷和恶习使她低于这个水平。她已有了可观的进步,对我怀有一种也许不算太深,但也颇为热烈的爱,而且她的幼稚单纯,愉快的唠叨和竭力想讨人欢喜的努力,反过来也多少激起了我的依恋之情,完全足以使我们俩相处得十分融洽。

这些话顺便提一句,准会被某些人认为过于冷淡,因为他们坚守着儿童必有天使般的天性这样一种神圣信条,并且认为负责教育儿童的人必须对儿童抱着一种偶像崇拜般的献身精神。可是我写这些并不是为了迎合做父母的自私心理,为了附和时髦的高调,或者支持骗人的空话。我只不过是实话实说。我出自衷心地关怀阿黛尔的幸福和进步，悄悄地喜爱着她那小小的自我，正像我感激费尔法克斯太太的好心，为她对我的默默尊重以及她心地、性格的温和而乐于和她相处一样。

不管谁是不是会责备我，可我还要说，有时候，当我独自去庭园里散步，一直走到园门边，朝门外的大路向远处望去；或者，当我趁阿黛尔正在跟她的保姆一块儿玩，费尔法克斯太太正在贮藏室里做果冻时，爬上三道楼梯，掀开阁楼天窗，来到铅皮屋顶上，极目眺望僻静的田野和山冈，巡视着朦胧的天际；每当这时候，我总是渴望我的目力能够超出这个极限，能一直望见那繁华的世界，那些我只听说却从没见到过的生气蓬勃的城镇和地区。这时候，我总企望自己能有比现在更多的实际经历，能比现在有更多的机会既接触跟我同样的人，也结识各种不同的性格。我珍视费尔法克斯太太身上的优点，阿黛尔身上的优点，但是我相信一定还存在着其他各种更为鲜明生动的优点，而我希望能亲眼目睹我相信存在的东西。

谁会责备我呢？无疑会有许多人，人家一定会说我不知足。但我没有办法，我生性不安分，有时候这使我深为苦恼。这时，我惟一的安慰是一个人在三楼的走廊里踱来踱去，在这儿的寂静和冷清中感到安心，任自己的心灵去随意冥想它所见到的一切光辉幻象，——不用说它们是既多又灿烂夺目的；任自己的心脏随着狂热的跳动而起伏，在跳动受阻时憋得难受，在跳动欢畅时心花怒放。而最可喜的，还是让我内心的耳朵去专心倾听一个永不会结束的故事——这个故事由我的想象力创造出来而且不断讲述下去，生动活跃地充满着种种我所一心渴望而在我实际经历中并不存在的事件、生活、激情和感受。

　　强调人应该满足于平静是没有用的,他们必须有行动,要是他们没找到机会,也会设法去创造它。千百万人被注定了要忍受比我更死气沉沉的处境,也有千百万人在默默反抗他们的命运。谁也不知道,除了政治反叛以外,在千头万绪的生活中有多少各种各样的反叛被人们硬压了下去。女人一般总被认为是非常安静的,但女人也跟男人有一样的感觉。她们也跟她们的兄弟们一样要发挥她们的能力,要有她们的用武之地。她们对太严厉的束缚,太绝对的停滞不变,会完全跟男人一样地感到痛苦。要是她们那些较占便宜的同类们,说她们应该局限于做做布丁,织织袜子,弹弹钢琴,绣绣钱包,那就未免太见识短浅了。要是她们想超出习俗认为女性所必需的范围,去做更多的事,学更多的东西,那么为此谴责她们或者嘲笑她们,也未免太没头脑了。

　　我这样一个人待着时,不止一次听到过格雷斯·普尔的笑声。同样的一阵大笑,同样低沉、缓慢的几声哈!哈!当初我第一次听见它时,曾感到毛骨悚然。同时,我也听到过她那出奇的嘟囔声,比她的笑声更古怪。有些日子她很安静,但另外也有些日子我简直没法形容她发出来的那种声音。有时我见到她,她会走出屋子来,手里端着个脸盆,或者盘子、托盘,下楼到厨房里去,很快就又回转来,往往(唉,富于想象的读者,请恕我实话实说!)带回来一壶黑啤酒。她的外貌对于她声音方面的古怪行为来说,总是起一种抵消作用。她面目严峻,神态沉着,丝毫没有能引起兴趣的地方。我几次试图跟她攀谈,但她似乎是个话特别少的人,往往只回答一两个字,使每次努力都毫无结果。

宅子里另外那些成员,也就是说,约翰夫妇,女仆莉亚,法国保姆索菲,都是些正派人,但是并无特出之处。我跟索菲总是讲法国话,有时问她一些有关她祖国的问题,但她不是个善于描绘或叙述的人,往往回答得既乏味又含糊,就像是存心阻止而不是鼓励别人问下去似的。

　　十月、十一月、十二月依次过去了。一月里有一天下午,费尔法克斯太太因为阿黛尔着了凉替她请一天假,同时阿黛尔又那么急切地从旁附和,使我回想起了自己小时候对偶然的假日是多么珍视,因而就同意了,觉得在这件事上表示通融是做得对的。这天虽然很冷,天气却晴朗无风,我一动不动坐在书房里整整一上午坐得累了,费尔法克斯太太刚好写了封信等着寄出去,因此我就戴上帽子,披上斗篷,自告奋勇把它送到干草村去。走两英里路是冬天下午一次很愉快的散步。看着阿黛尔舒舒服服地在费尔法克斯太太会客室壁炉旁她自己的一张小椅子上坐好了,并且把她最好的蜡娃娃(平时我是用锡纸包着放在抽屉里的)交给她去玩,又给了她一本故事书换换口味,最后,在她说"早点回来,我的好朋友,我亲爱的简小姐"这句话时,吻了吻她作为回答,我就出发了。

　　路面坚硬,空气凝滞,我的旅途是寂寞的。我快步走了一程,使身上暖了起来,然后慢慢走着,享受和细细品味对我来说此时此境所蕴含着的乐趣。三点了,我经过钟楼下面时教堂的钟正好敲响。这个时刻的魅力就在于它的渐近薄暮,在于日已西沉,阳光暗淡。我这时离开桑菲尔德有一英里远,正走在一条小径上,它夏天以野蔷薇闻名,秋天是坚果和黑莓,即使现在也还有一些珊瑚色珍宝般的野蔷薇果和山楂果。不过它冬天最喜人的地方还在于它的无比清幽和叶落枝黄的宁静气氛。即使一阵微风拂过,这儿也不会有一丝声响,因为没有一株冬青,没有一棵常绿树会沙沙作响,而光秃秃的荆棘和榛树丛也静得就像铺在小径中间的那些已经磨光了的白石子一样。路的两边,举目望去是一片片田野,此刻已没有牛羊在那儿吃草。偶尔在树篱间出没的几只褐色小鸟,看上去就仿佛是忘了落下的几片零星的枯叶。

这条小径顺着山坡往上一直到干草村。爬到半路,我在路边通向田野的一个踏级上坐了下来。我把斗篷在身上裹裹紧,手藏在皮手筒里,并不觉得太冷,虽然天气是冷得彻骨。这从路面上结着薄薄的一层冰就可以看出来,那是一条现在已经结了冰的小溪,前几天突然解冻时溪水漫到这儿来造成的。从我坐的地方,我可以俯瞰桑菲尔德。那所顶上有雉堞的灰色府第,是我脚下的山谷中一个主要的景物。在它的西边耸立着宅旁的林子和黑压压的鸦群栖息地。我一直逗留到太阳向树木深处沉下去,闪出明亮的红光在它们后面沉落。这时我转脸向东面望去。

在我上方的山顶上挂着初升的月亮,眼前还是像云朵那样淡淡的颜色,但随时都在变得更加明亮。她照着干草村,村子掩在树丛间,为数不多的烟囱里冒出几缕青烟。离那儿还有一英里路,但是在万籁俱寂中我能清楚地听到那儿隐约的忙碌活动声。我的耳朵里还传来水流的声音,我说不出到底发自哪个溪谷、哪个深涧,但在干草村的那一面有无数小山,无疑有许多溪流正在穿过山间的隘口。这种黄昏的宁静同样也泄露出了近处潺潺的溪水声,远处飕飕的风声。

一阵突如其来的闹声,既遥远又清晰,打破了这种轻柔悦耳的水流和风鸣。那是一种沉重的吧嗒、吧嗒和刺耳的得得声,它淹没了轻柔的声波荡漾,犹如在一幅图画中,浓墨重彩地画在前景的大块山岩,或者一棵大橡树的粗大树干,使得飘渺的远景中那融为一体的青翠山冈、明朗天际和斑斓云彩全都黯然失色了一样。

这喧闹声来自小径上。有一匹马正在奔来,路的拐弯还挡住它叫人望不见,但它已经驰近了。我刚才正准备离开踏级,因为路很窄,所以我只好坐着不动等它过去。我那时候还很年轻,各种各样明朗和阴暗的幻想盘踞在我头脑中,关于童话故事的回忆也夹杂在其他乱七八糟的东西里,每当它们重新出现时,正在成熟的青春又给它们添加了孩提时代所无法赋予的生动和活力。当这匹马正在驰近,我等着看见它在暮色中出现的时候,心中记起了蓓茜讲过的几个故事,其中的主角是个英格兰北部的妖精,叫做"盖特拉希",它变幻成马、骡子或者一条大狗的形状,出没在荒径野路上,有时突然在赶夜路的人面前现形,就仿佛现在正要出现在我面前的这匹马一样。

它已经很近,但却还看不见。这时,除了那吧嗒、吧嗒的声音以外,我还听到树篱下一阵急跑的声音,一条大狗紧贴着榛树干下面悄悄溜了过来,它那黑白相间的毛色在树木衬托下特别醒目。这正是蓓茜所讲的盖特拉希的一种幻形,——一头长鬣毛、大脑袋的狮子般的畜生。不料它却安安静静地从我身边走了过去,根本没停下来仰头用它那似狗非狗的眼睛来望望我的脸,像我原先估计它多半会做的那样。接着,那马过来了,——是一匹高头大马,背上骑着一个人。这个人,一个凡人,一下子就把那魔力弄得烟消云散了。盖特拉希背上从来没骑过人,它总是独来独往的。而在我的想象中,妖魔

虽可能附在没有知觉的动物尸体上,却决不会去找个普普通通的人体来做它们的化身。这不是盖特拉希,——只是个抄近路到米尔科特去的行人。他过去了,我继续走路,只走了几步,就又掉过头来。一个走滑了脚的声音和一声"见鬼,这可怎么办?"的惊叫,接着又是轰隆隆摔倒的声音,把我的注意力吸引住了。人和马都倒在地上,路面上结得像玻璃似的那层薄冰把他们滑倒了。那只狗蹦跳着回头跑来,一见它主人陷入了困境,听那马儿不断呻吟,就狂吠得黄昏的群山发出了回声,这吠声洪亮深沉,跟它庞大的身躯十分相称。它绕着倒在地上的人和马嗅了一阵,就朝着我跑了过来。它只能这样做,——近旁没有别的人可以求救。我听从了它,向那位行人走去,这时他正竭力想从马身边挣脱开来。他使出那么大的劲,我想他大概伤得不会厉害,不过我还是向他提出了这样的问题:

"你受了伤吗,先生?"

我以为他是在咒骂,尽管我也不敢十分肯定,但其实他是在说些客套话,以致耽误了直接回答我的问题。

"我能帮点什么吗?"我又问了一句。

"你就站在一边吧。"他一面回答,一面爬起来,先是跪着,然后站直了身子。我照他说的做了。随后,就开始了一连串喘息嘶鸣,挣扎站起,马蹄蹬地的动作,还夹杂着狂吠乱叫的闹声,使我马上退避到了几码以外。不过在没看到结局之前,我是不会被完全赶走的。结局总算很幸运,马被重新扶了起来,狗被一声"趴下,派洛特!"喝住不作声了。现在那位赶路的人弯下腰来,摸摸自己的腿脚,似乎在检查它们是否安然无事。显然它们不知哪儿有点痛,因为他一瘸一拐走到我刚才站起来的踏级跟前,坐了下去。

我想我准是一心想能帮上点忙,或者至少是表示一点好意吧,因为这时我又向他走了过去。

"要是你受了伤,要人帮忙的话,先生,我可以到桑菲尔德府或者干草村去找个人来。"

"谢谢你,我行。我骨头没断,——只是扭伤了筋。"说着,他又站起来试了试他的脚,但结果只使他忍不住叫出了一声"噢!"

天色还没有全暗,月亮正在渐渐明亮起来,我可以把他看得很清楚。他身上罩着一件皮领子、钢纽扣的骑马披风,看不出他的具体模样,不过我还是捉摸得出他大体上的样子是中等身材,胸部相当宽。他脸黑黑的,容貌严峻,眉头紧蹙。这会儿他的眼光和皱起的眉毛正显出发火和遇到麻烦事的神情。他已不太年轻,但还未入中年,大约三十五岁光景。我对他一点也不害怕,只稍稍有点羞怯。如果他是个漂亮英俊的年轻绅士,我准不敢站在这儿这样不顾他的拒绝向他发问,而且不等要求自请帮忙。我几乎从来没见过一个漂亮的青年人,出世以来从未跟这样的一个人说过话。我从理论上对漂亮、文雅、殷勤、迷人十分看重,但要是我真遇到了具体表现在男性身上的这些品质,我马上会出自本能地知道,它们跟我身上的一切都既没有也不会有合拍的地方,我会避开它们,就像人们会避开火、闪电或者任何光彩夺目然而叫人敬而远之的东西那样。

要是这个陌生人哪怕只是对我的问话报以微笑并且态度和气,要是他对我提出的帮助乐呵呵地加以谢绝,我也准会继续走我的路,不再觉得自己有什么义务要进一步询问下去了。可是这位过路人那种厌烦和无礼的态度,却反而使我感到无

拘无束。我不顾他挥手叫我走开,仍站着不动,并且断然说道:

"在看到你确实能够骑马以前,先生,我是决不会让你这么晚独自留在这条荒凉的小路上的。"

我说这话的时候,他看了看我,在这以前他的眼睛几乎从来没有朝我看过。

"我觉得你自己倒该回家去了,"他说,"要是你家在这附近一带的话。你是从哪儿来?"

"就从这下面来。只要有月亮,我一点也不害怕在外面待得很晚。要是你愿意的话,我很高兴为你到干草村去跑一趟,——说实话,我正要上那儿去寄一封信。"

"你就住在这下面,——你是说就在有雉堞的那所房子里吗?"他指指桑菲尔德府,月亮正给它披上了一层银光,使它在这时已被西方天空衬托得成了一片暗影的树林前,显得清晰突出,颜色发白。

"是的,先生。"

"那是谁的房子?"

"罗切斯特先生的。"

"你认识罗切斯特先生吗?"

"不,我从来没有见过他。"

"那他不住在这儿咯?"

"是的。"

"你能告诉我他在哪儿吗?"

"我说不上。"

"当然,你不是宅子里的一个仆人。你是……"他住了口,上下打量了一下我身上的衣服,跟平常一样,我穿得很朴素:一件黑色美利奴①呢斗篷,一顶黑海狸皮帽,都还比不上一位太太的使女穿戴的一半那么讲究。他似乎捉摸不定我到底是什么人,我帮他解脱困境。

"我是家庭教师。"

"哦,家庭教师!"他应声说道,"见鬼,我竟给忘了! 家庭教师!"说着,我那身衣服又给细细打量了一番。过了两分钟,他从踏级上站起身来,刚试着迈了一步,就满脸露出痛苦的神情。

"我派你去找人帮忙可不大合适,"他说,"不过要是你肯的话,你自己倒可以稍微帮我一点忙。"

"行,先生。"

"你有一把伞可以让我当手杖使吗?"

"没有。"

"试试抓住马笼头,把它牵到我这儿来。你不害怕吧?"

要是只我一个人在,我是会害怕去碰一匹马的,可是既然人家要我这样做,我也愿意照办。我把皮手筒放在踏级上,走到那匹高头大马跟前。我试图去抓住马笼头,可是这匹马是个烈性的家伙,一点也不肯让我去碰它的头。我一次次地努力,却都白费力气,同时还对它那不断蹬着的前蹄害怕得要命。那个过路人在旁等着,瞧了一会儿,最后大笑起来。

"我看,"他说,"山永远也不会给带到穆罕默德跟前去,所以你只能帮着穆罕默德到山跟前去②。我只好请你到这儿

---

① 美利奴:一种原产西班牙的细毛羊,这种羊的毛特称美利奴羊毛,织成品称美利奴呢、美利奴绒线等。
② 传说伊斯兰教主穆罕默德为显示奇迹,命令萨法山移到他跟前来。山没移动,他说是真主不让山来压死了大众,因此他要自己走到山跟前去。

来了。"

我走了过去。"对不起，"他接着说，"我迫不得已，只得借助你了。"他把一只手沉重地按在我肩上，勉强靠我支着一瘸一拐地向马走去。一抓住笼头，他立刻就制服住了马，接着跳上了鞍子，——在使劲这样做的时候他难看地做着鬼脸，因为这弄痛了他扭伤的脚筋。

"现在，"他把紧紧咬住的下嘴唇松开说，"请把我的马鞭子递给我，它就在那儿的树篱底下。"

我找了一下，找着了。

"谢谢你。现在快去干草村寄信吧，尽量早点儿回来。"

被带马刺的靴跟一碰，他的马先是受了惊用后脚站了起来，接着就奔腾而去，那条狗紧紧地跟在他后面，连人带马和狗全都无影无踪了。

> 像长在荒野里的石楠，
> 被一阵狂风席卷而去。

我捡起我的皮手筒继续走路。这件偶然的事发生了，对我来说也已经过去了。从某种意义上来说，这确是一件既无足轻重，毫不浪漫，也平淡乏味的事，但它还是使一种单调不变的生活中的短短一小时有了一点变化。有人需要而且请求我帮助，我给了他帮助。我高兴总算做了件事，事情虽微不足道，过眼烟云，但它毕竟是个主动的行为，而我对于完全被动的生活已经感到乏味了。那张新的面孔，也仿佛是刚被列入记忆的画廊中的一幅新画，而且它跟所有其他挂在那儿的画都有所不同。首先，因为它是男的。其次，因为它是黝黑、强健、严峻的。我走进干草村，把信投到邮局里的时候，眼前仿佛还看见它。我走下山坡,一路快步往回走的时候,仍旧看见它。走到踏级跟前,我停了一会儿,望望四周,侧耳细听,心想说不定小路上会再次响起一阵马蹄声,一个身披斗篷骑在马上的人,一条活像盖特拉希模样的纽芬兰狗,说不定会再次出现。可我眼前看到的,只是树篱和一株截掉了树梢的柳树,迎着月光悄然地挺立在那儿。我听见的只是隐约可闻的习习微风,在一英里之外桑菲尔德周围的树林间阵阵拂过。当我低头向这风声的来处望去时,我的目光掠过宅子的正面,注意到有扇窗子里亮起了灯光,这使我想起时间已经晚了,就急忙继续赶路。

我不大情愿重新跨进桑菲尔德。走进它的大门,就意味着又回到了死水一潭的生活。穿过空寂的大厅,走上黑魆魆的楼梯,寻找我自己那间冷清清的小屋子,然后去会见心平气和的费尔法克斯太太,去跟她,而且只跟她一块儿度过这漫长的冬夜,而这也就是说,完全平息掉我这次散步所激起的那一点点兴奋,——不知不觉地重新给我的感官戴上千篇一律、过分死板的生活的无形镣铐,对这种生活的安定舒适的长处本身,我已经愈来愈觉得无法消受了。倘若我过去曾经在朝不保夕、艰苦求生的风浪中颠簸过,在饱尝了辛酸难耐的滋味后懂得了渴望享受我眼前正在抱怨的这种平静,那对当时的我说来,该会有多大的好处啊!的确,正如一个人在"超等安乐椅"①上坐腻了,如果让他去走一趟远路,准会大有好处,在我的情况下想要动弹,也跟在他的情况下想要动弹一样,是很自

---

① "超等安乐椅":出自英国诗人蒲伯(Alexander Pope,1688—1744)的《愚人记》(The Dunciad)中的诗句:"苦恼不堪地躺在一张超等安乐椅上"。

然的事。

我流连在园门口，我流连在草坪上，我在石子路上来回踱步。玻璃门上的护窗板拉上了，我瞧不见屋里。而我的目光和心灵仿佛都不由自主地要离开这阴沉的房子，——这在我看来里面全是些不见天日的牢房的阴暗洞穴，而飞向那展开在我面前的天空，——那片万里无云的蓝色海洋。月亮正一步步庄严地升上天空，她离开她原来藏身的山顶背后，把它愈来愈远地抛在下边，仿佛正在翘首仰望，一心要攀登那像午夜般漆黑而又深远莫测的天顶。而那些尾随在月亮后面出现的闪烁群星，望着它们，就使我心儿颤动，血脉努张。但往往一些小事就会使我们重新回到大地，大厅里响起了钟声，这就够了。我掉头撇下月亮和星星，推开一扇边门，走了进去。

大厅里还没全黑，惟一的那盏高高悬着的铜灯也还没有点亮。厅上和橡木楼梯的底下几级都被一片温暖的火光照亮。这红红的光来自宽敞的饭厅，它的双扇门敞开着，可以望见壁炉里的熊熊炉火映红了炉边的大理石地板和黄铜炉具，并且把紫色的帷幔和擦亮的家具照得光辉悦目。它还映出了聚在炉台前面的一簇人。我还没来得及看清，也没完全辨清那混杂在一起的欢快的谈话声，其中只仿佛辨出了阿黛尔的声音，门就关上了。

我赶紧走到费尔法克斯太太的屋子里。这儿也生着火，但是没点蜡烛，费尔法克斯太太也不在，却瞧见一只黑白相间的长毛大狗正独自笔直地蹲在炉毯上，一本正经地盯着炉火，样子很像小路上碰见的盖特拉希。它样子那么像，使我不由得走上前去就叫道：

"派洛特。"这东西一听，站起来走到我身边，用鼻子嗅嗅我。我摸摸它,它摇着大尾巴。不过单独跟它在一起,它看上去是个挺吓人的家伙,而且我也弄不清它究竟是从哪儿来的。我打打铃,想要支蜡烛,同时我也想问问清楚这个不速之客的来历。莉亚进来了。

"这是哪儿来的狗?"

"它是跟主人来的。"

"跟谁?"

"跟主人——罗切斯特先生,他刚刚到。"

"真的!那费尔法克斯太太是在他那儿吗?"

"是的,还有阿迪拉小姐也在。他们都在饭厅里,约翰已经去叫医生,因为主人出了点意外,他的马摔倒了,他扭了脚脖子。"

"马是在干草村小路上摔倒的吗?"

"对,正在下坡的时候。它踩在冰上滑倒了。"

"哦!给我拿支蜡烛来,好吗,莉亚?"

莉亚把蜡烛拿来了。她走进来,后面跟着费尔法克斯太太,她把这消息又重复了一遍,还补充说医生卡特先生已经来了,现在正在给罗切斯特先生治伤。她说罢就忙着去吩咐备茶点,我也上楼去脱外出的衣服。

# 第 十 三 章

罗切斯特先生那天晚上大概是遵照医嘱,很早就上床睡觉了,第二天也起得不早。他最后下楼来,是为了要处理事务。他的管事和有些佃户都来了,正等着要跟他说话。

阿黛尔和我现在不得不把书房腾出来,它每天都要用来接待来访者。楼上的一个房间里生了火,我把我们的书搬到那儿,把它布置成未来的教室。在上午的这段时间里,我觉察出桑菲尔德府已经起了变化,不再跟教堂里那么肃静,每一两个小时就会响起敲门或者拉门铃的声音。还不断有穿过大厅的脚步声,和楼下传来新的噪音用各种声调说话的声音。来自外面世界的一条小河流过了这儿,这里有了一位主人。就我来说,我倒是更喜欢它了。

这一天,阿黛尔可真不容易教,她简直没法专心。她老是向门口跑去,伏在楼梯栏杆上张望,竭力想看罗切斯特先生一眼。她还想出种种借口来往楼下跑,正像我一眼就看穿的那样,是为了到书房里去,可我明知道那儿并不需要她。后来,当我有点生气了,叫她好好坐着的时候,她还不停嘴地继续按她的叫法谈着她的"(我的)朋友爱德华·费尔法克斯·德·罗切斯特先生"[1]

① "德"是法语中常加在贵族姓氏前的词。

（我以前还不曾听说过他的教名叫什么），猜测他到底给她带来了什么礼物，因为前一天晚上他似乎示意过，等他的行李从米尔科特运到，里面会有一个小盒子，装着她感兴趣的东西。

"这就是说，那里面有一件给我的礼物，也许还有一件给你的呢，小姐。先生说起过你，他问起我的家庭教师的姓名，问她是不是个小个儿，相当瘦，脸色有点苍白。我说是的，因为这是真的，对吗，小姐？"

我跟我的学生仍跟往常一样，在费尔法克斯太太的会客室里吃中饭。下午风雪交加，我们一直待在教室里。天黑的时候，我准许阿黛尔收起书本和作业，跑下楼去。因为楼下比较静，也没有人再来拉门铃，我估计罗切斯特先生现在有空了。剩下我一个人，我走到了窗前，可是望出去什么也瞧不见。暮色和雪花搅得天空浑浊一片，连草坪上的灌木丛都看不见了。我放下窗帘，回到炉火边。

我在火红的炉炭中，仿佛看见了一幅景色，很有点像我记得以前曾经见过的那幅描绘莱茵河畔海德堡城堡的风景画。这时费尔法克斯太太走了进来，打乱了我正在拼凑起来的这幅火焰的镶嵌画，同时也驱散了孤寂中正逐渐涌上我心头的某种不愉快的沉思。

"罗切斯特先生想请你和你的学生今天傍晚到客厅里跟他一起用茶点，"她说，"他整天都很忙，没有能早一点见你。"

"他几点钟用茶点？"我问。

"哦，六点钟。他在乡下总是早起早睡。你最好这会儿就去换件罩衣。我陪你去，帮你扣扣纽子。拿上蜡烛。"

"有必要换罩衣吗？"

"是的，最好换一换。罗切斯特先生在这儿的时候，我晚上总是把衣服穿整齐一点。"

这种格外的礼仪似乎有点过于讲究。不过,我还是回到我的房间,让费尔法克斯太太帮我脱下我的黑呢衣,换上一件黑绸衣。除了一件浅灰的,这是我另一件最好的衣服了,而用我洛伍德式的衣着观念来看,我觉得除非在最重大的场合,穿那件浅灰的未免太讲究了。

"你要别上一只胸针。"费尔法克斯太太说。我只有一件小小的珍珠首饰,是谭波尔小姐送给我作为临别纪念的。我别上它,就两人一起走下楼来。我本来不大习惯见陌生人,像这样一本正经地应召去见罗切斯特先生,简直有点活受罪。进饭厅时我让费尔法克斯太太走在前面,而且一直躲在她背后一起穿过那间屋子,经过帷幔已经放下的拱门,走进陈设讲究的里间。

桌上燃着两支蜡烛,壁炉架上还有两支。在一炉好火的光和热中,派洛特躺在那儿取暖。阿黛尔正跪在它旁边。罗切斯特先生半躺在长沙发上,一只脚用垫子垫起着。他正在望着阿黛尔和那只狗,炉火照亮了他的脸。两道又粗又黑的浓眉,被横梳的黑发衬托得更加方正的前额,使我一眼就认出了他就是我遇见的那个过路人。我认出了他那坚毅的鼻子,与其说因为漂亮,还不如说是因为显露了他的性格而引人注目。他那大大的鼻孔,照我看来是显示出脾气暴躁。他那严厉的嘴、下巴和颚骨,——是的,这三者都十分严厉,一点没错。现在脱掉了披风,我看到他体格宽阔,跟他的脸容倒十分相称,我想这从体育运动的意义上讲,可以说是一个好身材吧,——胸宽,腰细,尽管既不算高,也不优美。

罗切斯特先生肯定已经知道我和费尔法克斯太太走了进

来,但他似乎无心来注意我们,因为当我们走过去时他头也不抬。

"先生,爱小姐来啦。"费尔法克斯太太用她那文静的口气说。他点了点头,目光仍没离开那待在一块儿的狗和孩子。

"请爱小姐坐下吧。"他说。在他那生硬勉强的点头,不耐烦而又有礼貌的口气中,仿佛还含有另一层意思:"见鬼,爱小姐来没来跟我有什么相干?这会儿我无心去跟她攀谈。"

我坐了下来,一点也没发窘。彬彬有礼的接待说不定倒会叫我手足无措,我会不知道如何也以温文尔雅来还礼或者对答。粗鲁任性反而使我无需拘礼,相反地,在失礼的对待下庄重地保持沉默,反倒使我处在有利的地位。再说,这套举止的古怪离奇也十分有趣,我很想看看他接下来还会怎样举动。

他接下来的举动仍旧跟一尊雕像一样,就是说,既不说话,也不动弹。费尔法克斯太太似乎觉得,总该有个人表现得随和些,所以她就开口讲起话来。她跟平常一样态度体贴,——但也跟平常一样有点俗气地慰问他一整天工作劳累,慰问他痛苦的扭伤给他带来的烦恼,接着又称赞他在对付这些事情上既耐心又有毅力。

"太太,我想喝点儿茶。"她只得到了这样一句回答。她赶紧去打铃叫人。当茶盘送来时,她又殷勤麻利地动手摆好杯子、茶匙等等。我和阿黛尔走到了桌子跟前,可是主人却并没有离开他的长沙发。

"请你把罗切斯特先生的杯子端给他好吗?"费尔法克斯太太对我说,"阿黛尔也许会把茶弄洒的。"

我按她说的做了。他从我手上把茶杯接过去的时候,阿黛尔认为这正是替我提个请求的好时机，就嚷了起来：

"先生，你小箱子里不是有件礼物要送给爱小姐吗？"

"谁说起过礼物？"他粗声粗气地说，"你盼望过礼物吗，爱小姐？你喜欢礼物？"他边说边探究地望着我的脸，我看到他的眼色阴沉、生气而且尖刻。

"我也说不上，先生。我对于礼物没什么经验，一般都认为它们是叫人高兴的。"

"一般认为？可是你是怎么认为的呢？"

"我得费一点时间，先生，才能作出个值得你一听的回答。一件礼物可以从许多不同的角度去看它，不是吗？所以先得从各面都想一想，才能说出你对它的性质是什么看法。"

"爱小姐，你不像阿黛尔那么直截了当，她一见我就嚷嚷着要礼物，你却拐弯抹角。"

"因为我不像阿黛尔那么自信该得礼物。她可以凭着彼此熟悉，也凭着往常的习惯而提出要求来，因为她说过，你过去经常送给她各种玩意儿。可要是让我提出什么理由来，那我就要张口结舌了，因为我是个陌生人，也没做什么事情理应得到报答。"

"呃，可别用过分谦虚来做挡箭牌啦！我考过阿黛尔，发现你在她身上花了很大的功夫。她并不聪明，也没什么天分，可在很短的时间里她就有了很大的进步。"

"先生，你这就已经给了我礼物啦，我感谢你。老师们最盼望的礼物，就是称赞他们的学生有进步。"

"啊哈！"罗切斯特先生哼了一声，就默默地喝起茶来。

"到炉火跟前来吧。"等茶盘拿走，费尔法克斯太太退到一边去做编织活以后，主人说。这时阿黛尔正拉着我的手在屋里四处走着,指给我看那些漂亮的书,以及陈列柜和弯脚墙架上放着的各种摆设。我们遵命走过去,阿黛尔想坐在我膝头上,可是他吩咐她去跟派洛特玩玩。

"你在我家里待了有三个月了?"

"是的,先生。"

"你是从——?"

"××郡的洛伍德学校。"

"哦! 一个慈善机构。——你在那儿有多长时间?"

"八年。"

"八年! 你真是命长。我原以为不管什么样的体质,在那种地方待上一半的时间就会彻底完蛋的。难怪你的样子真有点像是从另一个世界来的。我本来就奇怪你哪儿来的这么一副脸色。昨天晚上你在干草村小路上出现在我面前的时候,我不知怎么会想起一些神话故事来,几乎想问问是不是你对我的马施了巫术。这会儿我还有点拿不准呢。你的父母是谁?"

"我已经没有父母了。"

"从来没有过,对吧。你还记得他们吗?"

"不记得了。"

"我猜也是。那么说,你在踏级上坐着时,是在等你那些伙伴吧?"

"等谁,先生?"

"等绿衣仙子呗! 那正是个它们常常出现的月夜。是不是我冲破了你们的圈子,所以你才在路面上撒下了那该死的冰?"

我摇摇头。"绿衣仙子一百年以前就都已离开英国啦。"我也跟他那样一本正经地说,"而且不管在干草村路或者它四周的田野里,你也再找不到它们的一点踪迹。我想无论是夏天、秋天或者冬天的月亮,都不会再照见它们在那儿寻欢作乐啦。"

费尔法克斯太太已经放下她手里的编织,扬起眉毛,似乎正在奇怪这到底是在谈些什么。

"好吧,"罗切斯特再接着问,"就算你不承认有父母,你总该有什么亲戚吧,比如叔叔、姨妈?"

"没有,至少我一个也没见过。"

"你的家呢?"

"我没家。"

"你的兄弟姐妹们住在哪儿?"

"我没有兄弟姐妹。"

"是谁推荐你上这儿来的?"

"我登了广告,费尔法克斯太太看了广告给我来信的。"

"说得对,"那位好心的老太太说,现在才听懂我们在讲些什么了。"而且我每天都在感谢上天让我作了这样一个选择。爱小姐一直是我十分难得的伙伴,又是阿黛尔和善细心的老师。"

"你别费心去给她作什么品德鉴定了,"罗切斯特先生回答说,"颂扬词是左右不了我的,我会自己来作判断。她一开头就叫我的马摔了跤。"

"先生?"费尔法克斯太太说。

"我扭伤脚也得感谢她。"

这位寡妇看来简直给弄糊涂了。

"爱小姐,你在城里住过吗?"

"没有,先生。"

"你有过很多交往吗?"

"没有,只接触过洛伍德的一些老师和学生,加上现在桑菲尔德宅子里的人。"

"你看过很多书吗?"

"只是偶尔碰到的那些书,并不很多,也不太深。"

"你过的简直是修女的生活,看来你对宗教仪式一定训练有素。——据我所知,主持洛伍德的是勃洛克赫斯特,他是个牧师,对吗?"

"对,先生。"

"你们这些女孩子大概都很崇拜他吧,一所全是些修女的修道院总是很崇拜她们的院长的。"

"哦,才不呢。"

"那你可真冷漠! 才不呢? 什么话! 一个见习修女会不崇拜她的牧师! 这简直有点亵渎神明。"

"我讨厌勃洛克赫斯特先生,而且有这种心情的还不止我一个。他是个粗暴的人,既自高自大又爱管闲事。他剪掉我们的头发,为了省钱给我们买蹩脚针线,弄得我们简直没法用。"

"这钱省得可真蠢。"费尔法克斯太太议论说,这回她又听懂我们的话题了。

"那么他的主要罪状就是这些吗?"罗切斯特先生问。

"在还没有任命一个新委员会,由他一个人主管伙食的时候,他老让我们挨饿。他还弄得我们厌烦透顶地每礼拜听他作一次长篇讲道,又叫我们每晚念他自己编的书,讲的尽是些暴死呀,报应呀,吓得我们都不敢去睡觉。"

"你刚进洛伍德的时候几岁？"

"十岁光景。"

"你在那儿待了八年，那你现在是十八岁？"

我表示不错。

"你看，算术还是管用的，没有它，我几乎猜不出你究竟有多大年纪。像你这样五官和神情的差别那么大，判断起来可真不容易。现在再说说，你在洛伍德学了些什么？你会弹琴吗？"

"会一点儿。"

"当然咯，照例都这么回答。到书房里去……我是说，要是你高兴的话。——（原谅我的命令口气，我习惯于说'这样做'，别人就这样做了，我没法为家里新来一个人改变我的老习惯）——那么，到书房里去吧，带上一支蜡烛，让门开着，坐到钢琴跟前，弹上一曲。"

我听从他的吩咐去了。

"够了！"过了几分钟他喊道，"我看，你是会弹一点儿，跟别的任何一个英国女学生一样。或许比有些人还好一点，但不算好。"

我合上钢琴，回进屋来。罗切斯特先生又接着说：

"阿黛尔今天早上给我看了几张速写，说是你画的。我不知道它们是不是完全是你自己画的，也许有个老师帮了你吧？"

"当然没有！"我打断他说。

"哦，这话有伤自尊心！好，把你的画夹给我拿来，要是你敢担保里面的东西都是别出心裁画的。不过没把握就别轻易担保，我看得出东拼西凑的玩意儿。"

"那我什么也不用说，你就自己判断吧，先生。"

我从书房里拿来了画夹。

"把桌子移过来。"他说。我把桌子推到了他的长沙发跟前。阿黛尔和费尔法克斯太太都走过来看画。

"别挤在一块儿看，"罗切斯特先生说，"等我看过了再把它们接过去看，可别把脸贴得离我那么近。"

他仔仔细细地看了每张速写，每一幅画。他把其中三张另外放开，其余的他看过以后就推开了。

"把它们拿到另外一张桌子上去，费尔法克斯太太，"他说，"跟阿黛尔一块儿去看吧。——你呢，"他朝我看看，"仍旧坐好，回答我的问话。我看出这些画都是出于同一个人的手，是出于你的手吗？"

"是的。"

"你哪有时间来画它们呢？它们很费了点时间，而且还要构思。"

"它们都是我在洛伍德的最后两个假期里画的，那时候我没别的事。"

"你的摹本是从哪儿弄来的呢？"

"从我自己脑袋里。"

"就是我现在看到长在你肩膀上的那个吗？"

"是的，先生。"

"那里面还有其他这一类的东西吗？"

"我想也许有。我希望……还有比这更好一些的。"

他把那几张画在面前摊开，又一张张细看着。

趁他在忙着干这个的时候，读者，我要给你们讲讲这是些什么画，而且首先必须声明，它们并不怎么出色。那些题材倒的确是在我脑袋里生动地浮现出来的。当我心灵的眼睛刚看见它们,还没试着去把它们具体体现出来的时候,它们确是很动人的。可惜我的手不应心,每次画出来的,都只不过是我所构想的东西的一个苍白无力的写照。

这几张都是水彩画。第一幅画的是低压的浓云滚滚翻腾在汹涌的大海上,远景全隐没在黑暗中,前景也是一样,或者不如说,靠前边的浪也是一样,因为画上并没有陆地①。一线亮光醒目地突出了一根已经半沉入水中的桅杆,顶上停着一只又黑又大的鸬鹚,翅膀上溅着点点浪花。它嘴里衔着一只镶宝石的金手镯,这是用我调色板上所能调出来的最亮的色调,和我铅笔所能勾出来的最清晰的轮廓勾画出来的。在鸟和桅杆下面,碧波中隐约可见一具淹死的尸体正在逐渐沉没,惟一还能看得清楚的肢体只有一条美丽的胳臂,金镯就是从那儿给水冲走或是被鸟儿啄下来的。

第二幅画前景只有一座朦胧的山峰,草儿和一些树叶仿佛被风刮得倒向一边。远处和上方展开一望无际的天空,像在暮色中那样呈深蓝色。高高耸入云端的是一个女人的上半身形体,我画她时尽可能把色调调得柔和幽暗。暗淡的前额顶上缀着一颗星星,下面的脸似乎只是透过朦胧的雾气隐隐显露。两眼乌黑放光,神情狂野。头发像一片阴影似的飘垂下来,仿佛是被风暴或者闪电撕下来的一团漆黑的云块。颈子上有一块像月亮似的淡淡反光。朵朵薄云也带着同样淡淡的光泽,就从这些云朵中,低头耸立着这个金星的幻象。

---

① "前景"(foreground)在英语中字面的含意是"前面的地",所以这里这样。

第三幅画的是一座冰山的尖顶刺向冬天北极的天空。一束束北极光竖起它们那朦胧的长矛,密密地出现在地平线上。前景上冒起了一个头,——一个奇大无比的头,把这一切都远远地抛到了后面。这个头垂向冰山,靠在上面。两只合在额头下边并且支着它的瘦手,把一幅黑纱张在下半张脸的前面,只露出像白骨那样毫无血色的前额,一动不动的凹陷的眼睛,毫无表情,只有呆滞的绝望神色。两鬓以上,在绕头的黑布头巾的皱襞间,隐隐现出一圈云雾般难以捉摸的白炽火焰,其中还点缀着更为耀眼的点点火花。这圈隐约的新月状的东西,就是戴在"无形之形"头上的那个"王冠的征象"①。

　　"画这些画的时候,你快活吗?"这时罗切斯特先生问。

　　"我当时简直入了迷,先生。是的,我是快活的。总之,画这些画等于是享受我从未经历过的最大的乐趣。"

　　"这倒说得并不过分。据你自己说的情况来看,你的乐趣并不多。不过我相信你在调试和安排这些新奇色调的时候,你确实是沉醉在一种艺术家的梦境中。你每天坐下来画它们的时间多吗?"

　　"因为放假,我没有别的事可做,所以我坐在那儿从早上画到中午,从中午一直画到晚上。仲夏的日子长,使我容易专心致志地工作。"

　　"那你对自己埋头苦干的成绩感到满意吗?"

　　"根本不是。我对我所想的和画出来的东西之间差别那么大,感到非常苦恼。每次我想要画的东西,我都完全无力去

---

① "无形之形"、"王冠的征象":都是英国大诗人弥尔顿在长诗《失乐园》中描写看守地狱之门的无形人物的话。

实现它。"

"不能说完全,——你抓住了你构想的脉络,不过大概也只是到此为止。你缺乏足够的绘画技巧和知识来充分体现它们。不过对一个女学生来说,这些画已经是很难得的了。至于那些构思,可真有点想入非非。那幅金星中的两只眼睛,你准是在梦中见到过的。你是怎么使它们显得那么清澈,尽管一点也不明亮,因为上面的那颗星星压住了它们的光。而且在它们那庄严的深邃中又隐藏着什么含义啊?另外又是谁教会你画风的呢?那个天空和那座山峰上面有一股高空的强风。你在哪儿看到过拉特莫斯山①的呢?因为那正是拉特莫斯山。好,——把画拿走吧。"

几乎还没等我把画夹的带子系好,他看了看表,突然说:

"都九点了,你是怎么搞的,爱小姐,竟让阿黛尔待到这么晚?快带她去睡觉。"

阿黛尔离开屋子前过去吻吻他,他容忍了这种亲热,但似乎不见得像派洛特那样,更不用说比派格特更喜欢这种亲热了。

"好了,我祝你们大家晚安。"他说,向门口作了个手势,表示他对我们已经厌烦,想把我们打发走。费尔法克斯太太叠好她织的东西,我拿起我的画夹,两人向他行了个礼,他冷淡地点点头算是回礼,我们就退了出去。

"你说过罗切斯特先生并不十分特别。"我打点阿黛尔上了床,重新来到费尔法克斯太太屋子里跟她见面时说。

"怎么,他特别吗?"

---

① 拉特莫斯山(Latmos):小亚细亚爱琴海附近的一座山。

"我想是的。他变化无常,而且态度生硬。"

"确实,在陌生人看来,他毫无疑问好像是这样,可是我对他的态度已经完全习惯了,所以从来不去计较它。再说,就算他脾气有些特别,也应当体谅。"

"那为什么?"

"一方面因为他生性这样,——我们谁都对自己的天性毫无办法。另一方面,也因为毫无疑问老有一些痛苦的心事在折磨他,使他心绪不宁。"

"什么事呢?"

"家庭纠纷,比如说。"

"可是他没家庭啊。"

"现在没有,可以前有过,——至少,有过亲属。他哥哥几年前刚去世。"

"他哥哥?"

"对。现在这位罗切斯特先生拥有这份产业还不很久,只九年左右。"

"九年时间也够长的了。难道他竟这么爱他哥哥,到现在还在为失去他郁郁寡欢吗?"

"哦,不——也许不。我相信他们之间有过什么误会。罗兰·罗切斯特先生对爱德华先生不太公平,也许还让他父亲也对他抱有成见。那位老先生爱钱,一心想让家产保持完整。他不喜欢因为分家使它变得零碎了,可又一心想让爱德华先生也有钱,好保持家族的声望。所以等他刚成年不久,就采取了一些不太公正的步骤,弄出许多麻烦来。为了让他发财,老罗切斯特先生和罗兰先生两人合计着,使爱德华先生落进了一个他认为很痛苦的处境。我始终不清楚到底具体是什么样的处境,不过他因此要受的罪却是他精神上无法忍受的。他不是个太肯忍让的人,他跟家庭断绝了关系,从此多年来都过着一种漂泊不定的生活。自从他哥哥没留下遗嘱就去世,使他成了这产业的主人以后,我想他从来没在桑菲尔德连续住满过两个星期。再说,的确也难怪他要躲开这个老宅子。"

"为什么他要躲开?"

"也许他觉得它太沉闷吧。"

这回答有点含糊其辞,——我很想听到比较明确一些的话。可是关于罗切斯特先生的痛苦到底是什么性质和什么原因,费尔法克斯太太不知是做不到呢还是不愿意给我一个更清楚的解释。她断言这对她自己来说也是一个谜,她所知道的还多半是出于猜测。的确,她显然希望我抛开这个话题,我也就不再问了。

# 第 十 四 章

接下来有好几天，我很少见到罗切斯特先生。上午他似乎事务很忙，下午米尔科特或者邻近一带的绅士们来访，有时候留下来跟他一起吃晚饭。当他的扭伤已经好一点可以骑马了，他就常常骑马出去，大概是进行回访，因为往往要到深夜才回来。

这段时间里，连阿黛尔都很少给叫去见他。我跟他的接触，只限于在大厅、楼梯或者走廊上的偶尔碰见。逢到这种场合，他有时会傲慢而冷淡地在我旁边走过，只疏远地一点头或者漠然地一瞥，表示看见了我，而有时候却又会彬彬有礼、和蔼可亲地又是鞠躬又是微笑。他心情的变化无常我并不在意，因为我明白这种反复与我无关，情绪的起伏完全出于跟我不相干的原因。

有一天他留客吃晚饭，派人来取走我的画夹，显然是要让人看看里面的画。那些先生们走得很早，据费尔法克斯太太告诉我，是去米尔科特参加一个公众集会。因为这天晚上又冷又湿，罗切斯特先生没有跟他们一块儿去。他们刚一离开，他就打铃，叫人来通知我和阿黛尔到楼下去。我把阿黛尔的头发理理顺，身上弄弄干净，同时确信自己还是照常像贵格会教徒似的整整齐齐，没什么可以修饰的，——全身都简朴严整得无以复加,包括编成辫子的头发在内,简直不可能有凌乱不整的地方,——于是我们就下楼去了。阿黛尔在纳闷是不是那小箱子终于送来了,因为不知出了什么差错,它还一直没有运到。她满意了,我们走进饭厅时,它,一个小小的硬纸盒,正赫然放在桌子上。她似乎直觉地马上认出了它。

"我的盒子!我的盒子!"她嚷着向它跑了过去。

"对,——你的'盒子'终于来了。快把它拿到屋子一边,你这个地道的巴黎女儿,去翻肠掏肚地取出里面的东西来取乐吧。"罗切斯特埋身在壁炉旁边一张奇大无比的安乐椅里,用深沉而有点嘲弄意味的声调说。"同时要记住,"他又接着说,"别拿什么解剖手术的细节,或者内脏情况的报告来打扰我。静静地做你的手术吧,——你要安静些,孩子,懂吗?"

看来阿黛尔根本不需要提醒,她早已捧着她的宝贝退到一旁的沙发边,忙着在解开系牢盒盖的绳子了。除去这重障碍,掀掉几层银白色的薄包装纸以后,她只是喊了一声:

"天哪!多美啊!"接着就心花怒放地一心一意观赏了起来。

"爱小姐来了吗?"现在主人一面问一面从他的坐椅上欠身回过头来望望门口,我还正站在那儿。

"哦!好,走过来,坐在这儿。"他把一张椅子拉过来靠近自己。"我不喜欢听孩子们的唠叨,"他继续说,"因为像我这么一个单身汉,听他们喃喃说话引不起我愉快的联想来。跟一个小娃娃促膝谈心来度过一晚上可真叫我受不了。别把椅子拉开,爱小姐,就坐在我放的地方……当然,要是你高兴的话。该死的礼貌!我老是记不住它们。我也不太喜欢那些头脑简单的老太太。说起来,我可得想着点儿我的那一位,怠慢了她可不行,她是费尔法克斯家的人,至少嫁过一个这家的人,而据说自家人总比外人亲嘛。"

他打铃派人去请费尔法克斯太太,她带着编织筐马上就来了。

"晚上好,太太,我是请你来做件好事的。我不让阿黛尔跟我谈她的礼物,可她憋了一肚子的话要说。行行好,去给她当个听众和逗哏角色,这会是你所做的最大的善事了。"

真的,阿黛尔一见费尔法克斯太太,就马上要她坐到那张沙发上去,很快在她的裙兜上放满了她的盒子中那些瓷的、象牙的和蜡制的玩意儿,一边放一边还用她学会的那点结结巴巴的英语,滔滔不绝地作着解释,倾吐着她的喜悦。

"现在我既然已经演完了一个好主人的角色,"罗切斯特先生接下去说,"我就该自由自在地自己找点乐趣了。爱小姐,把你的椅子再稍微移近一点,你仍旧坐得太远了。我看不见你,除非改变我在这张舒服的椅子上坐着的姿势,可我又不想那么做。"

我照他的吩咐做了。尽管我宁愿尽量躲在不大显眼的地方,可是罗切斯特先生老是用那么一种直截了当的方式下命令,似乎立即服从他是件理所当然的事。

我刚才说过,我们是待在饭厅里。为晚餐点起的枝形吊灯把屋子照得灯火辉煌,旺盛的炉火又红又亮,高大的窗户和更加高大的拱门上垂着宽大华丽的紫色帷幔。满屋静悄悄的,只有阿黛尔压低了的谈话声(她不敢高声说话),和谈话间歇中间听到的冬雨敲窗声。

罗切斯特先生坐在他那把锦缎面的椅子上,看上去显得跟我以前所见到的样子不同,——没有那么严厉,更远没有那么阴郁。他嘴角带着笑意,两眼闪闪发亮,是不是喝了酒的缘故我不敢肯定,不过我想多半是的。总之,他是正处在饭后的好心情中,比较和气、爽快,也比较随便,不像早上那样一副冷淡、生硬的神气。但话虽如此,他看上去仍旧十分严肃,把他那很大的头靠在鼓起的椅背上,让炉火的光照亮着他花岗石凿出来似的脸和又大又黑的眼睛——因为他的眼睛确实又大又黑,而且也非常漂亮,有时候两眼深处也并非没有某种变化,即使不是温柔的话,至少也会使你想到这种感情。

他眼望着炉火足足有两分钟,而我也一直看了他那么久。这时,他突然掉过头来,发现我的目光正盯在他的脸上。

"你细细地看着我,爱小姐,"他说,"你觉得我漂亮吗?"

要是我考虑一下,我是会含糊而有礼貌地说几句俗套话来回答他这个问题的,可是不知怎么,我一不小心,一句答话就脱口而出:"不,先生。"

"啊!我敢打赌,你可真有点儿特别!"他说,"你样子就像个古怪、安静、严肃而又单纯的小修女似的,两手搁在身前坐在那儿,眼睛老是一个劲儿地盯着地毯(顺便说一句,除了有时死盯着我的脸,比如说就像刚才似的)。人家问你一个问题,或者发一句议论,让你非回答不可的时候,你就会毫不客气地冒出一句回话来,就是不算鲁莽的话,至少也是冒失的。你这到底是怎么回事呀?"

"先生,我太直率了,请你原谅。我本来应当回答说,问到外貌的问题,是很不容易当场就随口作出回答的。应当说,各人有各人的审美观,说美并不重要,或者诸如此类的话。"

"你本来就用不着这样回答。美并不重要,说得好!原来,你表面上装做缓和一下刚才的冒犯,抚慰抚慰我叫我平静下来,实际上是狡猾地在我耳朵背后又戳了一刀!再说下去!请问,你还在我身上找到了什么毛病?我想我的五官四肢都跟别人没什么两样吧?"

"罗切斯特先生,请让我取消自己最初的回答。我并不是有意话中带刺,只是一时失口。"

"的确是这样,我想是这样,那你就该解释清楚。挑我的毛病吧,是不是我的额头让你讨厌?"

他把横梳在额上的波浪形的黑发撩开,露出了一个十分坚实的智力器官的总汇,但也触目地显露出了缺乏那种本来应当有的柔和的宽厚迹象。

"说吧,小姐,我是个傻瓜吗?"

"根本不是,先生。要是我反过来请问你是不是一位爱做好事的人,也许你会觉得我太唐突吧?"

"又来啦!她又假装拍拍我的脑袋,却戳了我一刀。这是为了我刚才说过,我不喜欢跟小孩子和老太太做伴(讲得轻声点!)。不,年轻的小姐,我不是个一般爱做好事的人,不过我有良知。"他说着指了指据说是显示这种官能的那个突出的地方,——而对他来说十分幸运的是,那个地方相当醒目,的确使他头的上半部显得异常宽阔。"不但如此,我还一度有过一种鲁莽的柔情呢。我在你这样年纪时,是个很富于同情心的家伙,爱袒护弱小的、没人照顾的、不幸的人。可是在那以后,命运狠狠地打击了我,它甚至还用它那铁拳把我折腾了个够,现在我可以夸耀自己已经坚韧密实得像个橡皮球了,不过,也还是有一两处能透得过气的隙缝,而且在它中心还有个易触动的敏感点。就是这样。这还能使我有点希望吗?"

"什么希望,先生?"

"希望我最后能从橡皮重新变为血肉?"

"他肯定是酒喝得太多了。"我心想,不知该怎么回答他的古怪问题。他能不能重新转变我怎么知道?

"你看来非常迷惑不解,爱小姐。虽说你的美丽也并不胜过我的漂亮,不过迷惑的神情对你倒是很合适的,而且这也有个好处,可以让你那双爱探索的眼睛不再瞧我的相貌,而去忙着瞧地毯上的绒花。所以你就继续迷惑下去吧。小姐,我今天晚上倒有点爱热闹,爱说话呢。"

他一边这样宣布,一边从椅子上立起来,一只胳臂靠在大理石炉架上,站在那儿。他这样站着,体态就和面容一样都可以看得清清楚楚,——他那不寻常的宽阔胸部,几乎跟他的肢体长度不大相称。我确信大多数人都会觉得他这人难看,可是他神态是那么不自觉地傲慢,举止是那么从容不迫,对自己的外表是那么满不在乎,对别的内在或外在品质的力量又是那么高傲自信,这都足以弥补仅仅外貌上的缺少吸引力,使人看着他,就会不由自主地被这种满不在乎的情绪所感染,甚至盲目而缺乏充分根据地对于这种自信完全信服了。

"我今晚有点爱热闹,爱说话,"他又重说了一句,"正因为这样所以才请你来。光有炉火和吊灯跟我做伴是不够的,有派洛特也不行,因为它们都不会说话。阿黛尔稍微强一些,可还是远远不够格。费尔法克斯太太也一样。至于你,我确信要是你愿意,是可以合我的意的。我请你下楼来的第一个晚上你就叫我有点迷惑不解。那以后我几乎把你忘掉了,因为有种种别的念头把你从我的脑子里赶了出去。可是今天晚上我决心要清闲一下,抛开强加于人的东西,找回叫人高兴的东西。现在，引你开口说话，多了解了解你是会叫我高兴的，——所以你说话吧。"

我没有说话，只是笑笑，既不特别得意，也不过分恭顺。

"说呀。"他催促道。

"说什么呢，先生？"

"你爱说什么就说什么。选什么话题，怎么说，全由你自己决定。"

既然这样，我就坐在那儿什么也没说。"要是他指望我只是为说话而说话，或者只是为了炫耀而说话，那他就会发现他是找错了人啦。"我心里想。

"你一声不响，爱小姐。"

我仍旧一声不响。他稍稍向我低下头来，匆匆瞥了我一眼，似乎是在探究我的目光。

"发犟性？"他说，"而且还着恼了？哦，这是不矛盾的。我用荒唐甚至有点无礼的方式提出了我的要求。爱小姐，我请你原谅。实际上，索性说说清楚吧，我是不想把你当作比我低微的人来对待，这就是说（他纠正自己），我自觉比你高明的地方，完全只是凭在年龄上比你大二十岁，在阅历上比你老练一个世纪罢了。这是完全正当的，我坚持这一点，就像阿黛尔会说的那样。我是凭着这一点优势，而且只是凭着这一点，才要求你现在能好心地跟我谈谈，让我散散心，因为它老是钉在一点上，都磨坏了，跟一枚生锈的钉子那样，越来越锈得厉害。"

他竟不惜来作辩解，甚至是近乎道歉，对他这样屈尊俯就我不能无动于衷，也不想显得无动于衷。

"只要我做得到，先生，我是愿意替你解解闷的，非常愿意。不过我不知谈什么好,因为我怎么知道你对什么感兴趣呢? 还是你来提问吧,我尽量好好地回答。"

"那么,首先,你是不是同意,我可以稍微专横一点,有话直说,有时候说不定还会强人所难,就凭着我刚才说过的理由,具体说,就是凭着我年纪足可以做你的父亲,在跟许多不同国家的人打交道中间饱经风霜,游历过半个地球,而你只在一座房子里跟一类人在一起平平静静地生活过?"

"随你的意思办吧,先生。"

"这不算回答,或者说是个挺恼人的回答,因为它非常模棱两可,——回答得明确点。"

"我并不认为,先生,你有权对我发号施令,仅仅因为你比我年长,或者因为比我阅历丰富,——你究竟能不能说比我高明,还得看你怎样运用你的年岁和阅历。"

"哼,倒真是对答如流! 不过我不会同意你这番道理,因为明知道这准对我不利,我即使不曾滥用,也至少没有好好利用这两个长处。那么就撇开高明不高明不谈,你总还是肯偶尔听从我的吩咐,不因为带有命令口气而感到委屈或者生气吧,——你肯吗?"

我微笑了。我暗想,罗切斯特先生确实是特别,——他好像忘了他付我三十英镑一年,就是要我来听从他吩咐的。

"这一笑很好,"他说,立刻察觉了这一闪而过的神情,"不过还是得说话呀。"

"我在想,先生,做主人的很少会费心去问他雇来的下属是不是因为他的吩咐而感到委屈和生气的。"

"雇来的下属! 怎么,你是我雇来的下属,是吗? 啊,对,我把薪水给忘了! 好吧,那么就凭这雇佣关系,你肯让我稍微摆摆威风吗？"

"不，先生，凭这个可不行。但是凭着你忘掉了这一点，凭着你关心一个下属处在他的依赖地位上心情是否舒畅，我完全肯。"

"那你是不是同意不讲究那些多得数不清的礼貌和客套，而并不觉得这是由于傲慢无礼？"

"我相信，先生，我决不会把不拘礼节错当成是傲慢无礼的。前一种我反倒喜欢，而后一种没有哪个生来自由的人肯低头忍受，即使是看在薪水的分上。"

"胡扯！大多数生来自由的家伙为了薪水是什么都肯忍受的。所以，只说你自己，别去冒冒失失谈你全然无知的事情的普遍情况吧。不过尽管答得不大完善，我还是要在心底里跟你握手感谢你的回答。不只是为回答的内容，也是为回答时的态度。这种态度是诚恳坦率的，这种态度并不多见。正相反，以诚相待所得到的回报，往往倒是装腔作势，或者神色冷淡，再不就是愚蠢而粗心地误解人家的本意。在三千个女学生式的初出茅庐的家庭教师中，会像你刚才那样回答我的还找不出三个来。但我这样说并不是要恭维你，如果说你跟大多数人不是从一个模子里铸出来的，那也并不是你的功劳，而是出自大自然的功绩。再说，我的结论毕竟也还做得太早了些。就我眼前所知，你说不定也并不比别的人强，你或许会有各种叫人受不了的缺点，把你的少数优点全给抵消了。"

"你也一样。"我心想。这个想法在我头脑里闪过时，我的目光跟他的目光相遇了。他似乎领会了这一瞥的含意，马上就像它是由我口中说出，而不是凭他猜想出来的那样作了回答。

"对,对,你想得不错,"他说,"我自己也有不少缺点。我知道,而且也不想加以掩饰,我可以向你保证。上帝知道,我用不着去过于苛求别人,我自己就该扪心自问我过去的生活,我的一系列行为,过日子的方式,它们完全可以招致邻人对我的嘲笑和非难。我二十一岁时就走上了,或者说(因为也像其他犯了过失的人那样,我总想把一半责任归咎于厄运和逆境)给推上了歧途,而且从此就没有回到正道上来。可我本来也可能成为一个完全不同的人,我也可以跟你一样好,——比你更聪明些,——也几乎跟你一样纯洁。我羡慕你心境的平静,清白的良心,问心无愧的记忆。小姑娘,毫无污点和劣迹的记忆准是一种无价之宝,——是舒畅心情的永不枯竭的源泉,不是吗?"

"十八岁的时候,你的记忆是怎么样的呢,先生?"

"那时候很好,纯净,清澈,还没有大量渗进污水,把它变成一个臭水坑。十八岁的时候我跟你一样好,——几乎跟你一样好。大自然本来是要让我基本上成为一个好人的,爱小姐,成为较好的人中间的一个。可结果,你看,并不是这样。你也许会说你看不出来,至少我自以为从你的眼睛里领会到这个意思(顺便说说,要当心你从这个器官里流露出来的心情,我是善于察言观色的)。那么相信我的话,——我不是个恶棍。你不应该有这样的设想,——不应该给我加上这一类恶名。只是,我深信,更多是由于环境而不是出于天性,使我成了个最平凡无奇的罪人,过腻了有钱而无用的人想用来点缀生活的种种猥琐可怜的放荡生涯。我向你袒露这些你觉得奇怪吗?告诉你,在你未来的日子里,你会时常发现自己被不由自主地选来作为听你的熟人倾吐隐秘的知心人。人们会像我那样,直觉地发现你最擅长的不是谈你自己,而是在别人谈他们自己时专心倾听。他们还会觉察到,你听的时候,对于他们的行为不检并不幸灾乐祸地表示轻蔑,而是怀着出自天性的同情,虽不轻易地公开表露,仍旧很能给人安慰和鼓舞。"

"你是怎么知道的? ——你怎么能猜到这一切的呢,先生?"

"我知道得很清楚。所以我几乎能像把我的想法记在日记里那样无拘无束地说下去。你也许会说,我本来应该能超越环境。我确实应该,确实应该,可是你看,我并没有做到。在受到命运的错待时,我没有明智地保持冷静,我变得不顾一切,这样一来我就堕落了。事到如今,尽管哪个可恶的笨蛋无耻地瞎说起来,都会叫我厌烦作呕,我却无法自以为比他强一些,我不得不承认他跟我是一丘之貉。我但愿过去曾站稳了脚跟,——上帝作证我真希望如此!一个人受到引诱要去做坏事的时候,应该担心悔恨,爱小姐。悔恨是生活的毒药。"

"忏悔据说能够治疗它,先生。"

"它不能。改过自新或许倒能治疗它,我还有可能改过,——我还有力量这样做,——要是……可是像我这样一身牵累、阻碍重重、受到诅咒的人,去想这个又有什么用处?再说,既然幸福已无可挽回地抛弃了我,我就有权利从生活中得到乐趣,而我一定要得到它,不管要花多大的代价。"

"那你就会更进一步堕落的,先生。"

"有可能。可要是我能够得到既甜蜜又新鲜的乐趣,我为什么一定会堕落呢?而我是有可能得到这样的乐趣的,它又甜蜜又新鲜,就像蜜蜂在沼泽地上采集到的野蜜。"

"它会刺痛舌头,——会吃起来很苦的,先生。"

"你怎么知道的呢?你又从来没有尝过。你看来多么认真,——多么严肃,可你对这种事就像这个浮雕头像一样地无知。"(他从炉架上拿下一个来)"你没有权利向我说教,你这个新入教的,你还没有跨进生活的门槛,完全不知道其中的奥秘呢。"

"我只是提醒你自己说过的话,先生。你说做坏事会带来悔恨,而且还说过悔恨是生活的毒药。"

"现在谁在那儿说做坏事呀?我毫不认为刚才在我头脑里闪过的念头是什么坏事。我相信它是一种灵魂,而不是诱惑。它非常温暖,非常亲切,——我确信无疑。瞧,它又来了!它不是魔鬼,我向你保证。或者,即使它是的话,它也是穿上了光明天使的衣服的。我想这样美丽的一位客人要到我的心里来,我就只能让它进来。"

"别轻信它,先生,这不是真的天使。"

"再问一次,你怎么知道?你凭着什么直觉敢说你能分辨得出深渊的堕落天使和永恒宝座派来的使者,——分辨得出引导者和诱惑者?"

"我是根据你的脸色来判断的,先生,你说那个想法又出现在你头脑里的时候,你的脸色显得苦恼。我觉得要是你听从了它,它一定会给你带来更多的痛苦。"

"根本不会,——它带来的是世界上最仁慈的信息。至于其他问题,那你并不是我的良心守护者,所以大可不必为我操心。来,请进吧,可爱的漫游者!"

他就像是在对一个幻影讲这句话,除他自己以外别人谁都看不见。接着他把稍稍张开的两臂向胸前合拢,仿佛是在把那看不见的东西紧抱在自己的怀里。

"现在,"他继续对我说,"我已经接受了这个来客,——我深信它是位不露形迹的神。它已经给我带来了好处,我的心原来简直像个停尸所,现在它要变成一个神龛了。"

"说真的,先生,我完全不懂你的意思。我没法跟你交谈下去,因为它已经超出了我的理解力。只有一点我听懂了:你说你没有能像你原先所希望的那么好,并且对自己的不完美感到遗憾。——有一点我能听明白:你告诉我背上不洁的记忆是个永久的祸害。我觉得,要是你认真努力,到时候你总会发现是有可能成为自己所赞赏的人的。要是你从今天起就下决心纠正自己的思想和行为,要不了几年你就会积累起许多新的、没有污点的记忆,可以供你愉快地回味了。"

"想得有理,说得也对,爱小姐,现在我就已经在用全副精力给地狱铺路了①。"

"先生?"

"我正在用良好意图铺路,我相信它们就像燧石那样牢靠。当然,今后我的交往和追求应当跟以前不一样了。"

"也更好了?"

"也更好了,——就像纯金比起废铜烂铁来那样,要好得多。你好像怀疑我,我可不怀疑我自己。我知道我的目的是

---

① 英语中有成语:"良好意图常为地狱铺路",意思是良好意图不一定能得到好的结果。

什么,动机是什么,现在我就通过一条像波斯和玛代人的法律①那样不可更改的法律,宣布它们都是正当的。"

"要是必须用新的法规才能使它们合法化,那它们就不会是正当的。"

"它们是正当的,爱小姐,尽管非得有新的法规才行。前所未闻的错综环境,就必须有前所未闻的规则。"

"这听起来像是条危险的准则,先生,因为一眼就能看出来,它是很容易被滥用的。"

"出语精辟的圣人! 它正是这样。不过我凭着我的家族守护神起誓,绝不去滥用它。"

"你是人,是难免会出错的。"

"我是这样,你也是,——那又怎样呢?"

"既然是人,又难免出错,就不该擅自据有只能放心交托给神和完人的那种权力。"

"什么权力?"

"对任何奇特而未经认可的行为说'算它是正当的'。"

"'算它是正当的'——正是这句话,你已经说了出来。"

"那就说'愿它是正当的'吧。"我一面说,一面站了起来,认为毫无必要再把这场我完全莫名其妙的谈话继续下去,何况我还觉得我完全摸不透这位对话者的性格,至少目前还无法理解。而且除了确信自己无知以外,还隐隐有一种没有把握和不安全的感觉。

----

① 《圣经·旧约·以斯帖记》第 1 章第 19 节中有"写在波斯和玛代人的例中,永不更改"这样的话,后来英语中就常以"波斯和玛代(今译米堤亚,在伊朗西北部,曾为古代亚洲强国)人的法律"来比喻不可更改的法规或习俗。

"你上哪儿去？"

"打发阿黛尔去睡觉，她上床睡觉的时间已经过了。"

"你是害怕我，因为我讲话像斯芬克斯①。"

"你的话真像谜语，先生。不过我虽然有点莫名其妙，却根本没害怕。"

"你是害怕了，——你很自负，生怕说错了话。"

"在这一点上我是有顾虑，——我不想胡说八道。"

"你就是胡说八道，也会说得那么严肃、镇静，让我误认为是说得头头是道呢。你难道从来不笑吗，爱小姐？你不必费神回答了，——我看得出，你很少笑，但是你能笑得很开心。相信我的话，你并不是天生一本正经的，就像我也不是天生邪恶一样。洛伍德的拘束还多少有点缠住你不放，在控制你的眉眼，压低你的声音，束缚你的手脚。你生怕在一个男人、一个兄弟——或者父亲，或者主人，或者不管什么人——面前笑得太快活，说得太随便，或者动作得太迅速。不过到时候，我想正像我发现无法跟你讲究俗套一样，你也会学会自自然然地对待我的。那时候你的神情动作一定会比现在敢于显露的更有生气，更有变化。有时候我透过鸟笼上密密的围栏，看得见一只古怪的鸟儿的眼神，那儿关着的是一个生气勃勃、烦躁不宁而满腔决心的囚徒，一旦它得到了自由，它准会高飞入云的。你还是一心想走吗？"

"钟已经敲九点了，先生。"

"不要紧，——再等一会儿。阿黛尔还不想睡觉呢。我

---

① 斯芬克斯(Sphinx)：希腊神话中有翼的狮身人面怪物，常出谜语给过路人猜，猜不出就被她杀死。

这样坐着,爱小姐,背靠炉火,脸朝房间,很有利于观察。我一边跟你讲话,一边也偶尔看看阿黛尔(我自有理由认为她是个有意思的研究对象,——什么理由我也许——不,我改天一定会讲给你听的)。大约十分钟以前,她从她那个盒子里拉出了一件丝织的粉红色小罩衣,她摊开它的时候脸上喜气洋溢。风骚在她的血管里流动,跟她的脑子掺和在一起,并且渗进了她的骨髓。'我一定得试一试!'她喊了起来。'马上就试!'接着就从房间里冲了出去。现在她跟索菲在一起,正在进行一场绸袍加身的典礼。过几分钟她就会回来,而我料得定我会看见什么,——一个塞莉纳·瓦伦的缩影,样子活像她当年大幕一启,出现在舞台上,扮演……不过别去管它演的是什么戏吧。无论如何,我那最易受感动的柔情将要受到一次震动了,这是我的预感。现在待在这儿,看看它会不会成为事实。"

没多久,就听得见阿黛尔的一双小脚轻快地跑过大厅。她走进屋来,正像她的保护人所预言的那样,变了个样子。她原来着的褐色罩衣不见了,换上了玫瑰色的缎子衣服,很短,裙摆很大,打了多得不能再多的褶子。她额上戴着一个玫瑰花蕾编成的花环,脚上穿着长丝袜和白缎子的小凉鞋。

"我这件衣服合身吗?"她一边嚷着,一边跳跳蹦蹦地奔过来,"我的鞋呢? 我的袜子呢? 我想我要跳舞了!"

她把衣服撑开,用快滑步穿过整个屋子,一直跳到罗切斯特先生跟前,踮起脚在他面前轻盈地转了一圈,然后弯下一条腿在他跟前跪下,大声说:

"先生,多谢你的好意!"接着站起身来,又说了一句:"这就像我妈妈做的那样,对吗,先生?"

"一点不错!"他答道,"而且'就像那样',她从我的英国裤袋里骗走了我的英国钱。我也一样曾经年轻稚嫩过,爱小姐,——唉,就像小草那么嫩,一度曾使我朝气勃勃的青春色彩,也并不比你现在差。不过我的春天已经过去了,但它却把那朵法国小花留在我手里。心情不好时,我真想要摆脱它。自从发现长出它来的根只能靠金土来培育,因而不值得珍视以后,我对这朵花儿已经不怎么喜欢,尤其当它显得像刚才那样矫揉造作的时候。我所以收留和抚养它,只不过是仿照罗马天主教会的原则,想只做一件好事就能赎大大小小数不清的罪孽罢了。我改天再给你解释这一切。晚安。"

# 第 十 五 章

在后来的一个场合中，罗切斯特先生果真给我解释了。

有一天下午，他偶然在庭园里遇见了我和阿黛尔。趁阿黛尔一边跟派洛特玩，一边玩着她的板羽球的时候，他请我跟他一块儿顺着一条长长的山毛榉林荫路来回散步，小路就在看得见她的不远处。

于是他跟我说起，她是一个在歌剧里担任舞蹈的法国演员塞莉纳·瓦伦的女儿，他对她曾经一度有过他所说的"热恋"。对这种爱情，塞莉纳声称一定要以更大的热情来回报。他满以为自己是她心中的偶像。尽管长得丑，他却相信，像他所说的，比起贝尔维德尔的阿波罗①的优美来，她还更喜爱他那"体育家的身材"。

"于是，爱小姐，因为对这位法国美女竟然会偏爱她的英国丑八怪感到得意非凡，我就把她安顿在一家旅馆里，给她配备了一整套的仆役、马车、呢绒、钻石、花边、抽花饰物等等。总而言之，像任何一个痴情汉一样，我开始用那种司空见惯的方式来毁掉我自己。看来，我还缺少独创性去另辟蹊径走向身败名裂，而

---

① 贝尔维德尔的阿波罗：陈列在梵蒂冈贝尔维德尔美术馆的古罗马阿波罗神雕像，常被认为是男子优美体形的典范。

只是愚蠢地亦步亦趋沿着那条老路走,一寸也不敢偏离别人的足迹。我遭到了——这也是自作自受——所有别的痴情汉同样的命运。一天晚上,塞莉纳没料到我会去,我偶然跑去看她,发现她出门去了。可是因为这天晚上天很暖,我漫步穿过整个巴黎,走得累了,所以就在她的闺房里坐了下来,高兴地呼吸着因为她不久前刚在这儿待过而变得神圣了的空气。不,——我言过其实了。我从来不觉得她身上有什么使周围的东西变得神圣的美德,那只不过是她留下来的一种熏香般的香味,与其说是神圣的香气,不如说是麝香和琥珀的气味。暖房里的花和屋里喷的香油精的浓香,叫我开始感到有点喘不过气来,我不由想到要打开长窗,到外面阳台上去。屋外有月光,街上的煤气灯也亮着,非常宁静、安谧。阳台上有一两把椅子,我坐下来,掏出一支雪茄,——我现在也想抽一支,要是你不介意的话。”

他暂时停顿了一会儿,这工夫掏出雪茄来点上。等他把烟衔在嘴里,把一丝哈瓦那雪茄的香味送进寒冷而阴沉的空气中以后,才又接着说下去:

“那时候,爱小姐,我还爱吃糖果。我正在一会儿大嚼——(别介意我的粗野)——大嚼巧克力,一会儿抽雪茄,同时望着一辆辆马车顺着繁华街道从四面八方向邻近的歌剧院驶来,这时在大都市夜晚的灯火辉煌中,清清楚楚地出现了一辆由一对漂亮的英国马拉着的精美轿式马车,我认出那正是我送给塞莉纳的马车。她回来了。不用说,我那颗心紧贴着我正俯身凭靠着的铁栏杆在怦怦地跳。不出所料,马车在旅馆门口停下了,我的相好(用这来称呼一个演歌剧的情妇①

~~~~~~~~~~~~~~~~~~~~

① 原文为意大利语。

正合适）走了下来，尽管全身裹在一件披风里，——顺便说说，在六月天那么暖的晚上，这实在是不必要的累赘，——当她跳下马车踏级时，我还是从她衣裙下面露出来的那双小脚上立刻认出了她。我从阳台上俯出身子去，正要喃喃呼唤'我的天使'，——自然是用只有情人才能听得见的小声唤，——这时有个身影跟在她身后从马车里跳了下来，也裹着披风，但是踏在人行道上发出响声的却是带马刺的靴跟，接着打从旅馆拱形供车辆出入的大门下面经过的是一个戴礼帽的头。

"你从来没嫉妒过，是吗，爱小姐？当然没有，我用不着问，因为你还从来没恋爱过。这两种感情都还有待于你去体验呢。你的心灵还在沉睡，还有待于一次震荡才能把它唤醒。你以为一切生活都是像平静的流水般消逝，就跟到现在为止你的青春一直在平静地溜走一样。你闭目塞听，随波逐流地漂去，既没看见不远处河床中戳起的块块礁石，也没听见它们脚下浪涛的激荡。可是我告诉你，——你最好仔细听着我说的话，——总有一天你会来到河道上一个巉岩壁立的隘口，在那儿，原来浑然一体的生命之流会四分五裂，成了旋涡、骚乱、泡沫和喧闹。你不是在巉岩的尖角上被撞得粉碎，就是被某个席卷一切的巨浪掀起来带走，汇进一条比较平静的河流中去，——就像我现在这样。

"我喜欢今天，喜欢这铁灰色的天空，喜欢这严寒笼罩下的世界的严酷和静寂。我喜欢桑菲尔德，它的古老，它的幽静，它那鸦群栖息的树林和荆棘，它灰色的屋子正面，和映出灰色苍穹的一排排黑洞洞的窗户。可我曾有多长时间连想想它都感到厌恶，像害怕一所传染了瘟疫的大房子那样避之惟恐不及！就是现在我也还是多么厌恶那……"

他咬牙切齿地住嘴不说了。他停下脚步，用靴子在坚硬的地上蹬了几脚。仿佛有某种可恨的念头紧紧抓住了他，牢牢不放，使他没法再往前走了。

他这样停步不前时，我们正顺着林荫路往上走，宅子就在我们前面。他抬眼向着屋上的雉堞投去那么狠狠的一瞥，这是我在这以前和以后都从没见过的。痛苦，羞耻，愤怒，——烦躁，厌恶，憎恨——一时仿佛在他浓眉下瞪得大大的瞳孔里闪烁不定地彼此角逐了起来。一场究竟谁占上风的搏斗进行得非常激烈，但结果另一种感情却浮现了出来，而且取得了胜利。这是一种冷酷而愤世嫉俗的、任性而坚决不移的心情。它使他的激情平息下来，脸上现出木然的神气。他又继续说了下去：

"刚才我默不作声的那一会儿，爱小姐，我是在跟我的命运商定一件事。她就站在那儿，那株山毛榉树干的旁边，——是个巫婆，就像福累斯荒原上向麦克白现形的几个巫婆之一①。'你喜欢桑菲尔德吗？'她举起一只手指说。接着她在空中比画着，用奇形怪状的文字，横贯整个屋子正面，在上下两排窗户的中间，写出了一条警语：'只要你能够，你就喜欢它吧！''只要你敢，你就喜欢它！'

"'我要喜欢它。'我说，'我敢喜欢它。'而且，"（他沉着脸又接着说）"我要说到做到。我要排除万难去追求幸福和善良，——是的，善良。我希望做个比以往好一些，比现在也

————————

① 见莎士比亚悲剧《麦克白》第一幕第三场。苏格兰将军麦克白作战凯旋，来到福累斯荒原，遇见三个女巫，预言他将当苏格兰王。他后来因此真的弑君自立。

好一些的人，——像约伯的海兽①那样折断长矛、投枪和铠甲，把别人看作铜和铁的东西只当是干草和烂木箭。"

正说着，阿黛尔拿着她的板羽球跑到他跟前。"走开！"他粗暴地喊道，"上远一点的地方去，孩子，要不就进屋去找索菲！"说罢他继续默不作声地走着，我斗胆提醒他刚才突然岔了开去的话题。

"瓦伦小姐进来的时候，先生，"我问道，"你离开了阳台吗？"

我几乎预料他会拒不回答这个有点不合时宜的问题。可是正相反，他从皱眉蹙额的出神状态中摆脱了出来，把眼光转向了我，额头上的阴影似乎也消散了。

"哦，我把塞莉纳给忘了！好吧，继续说下去。我一见我那位迷人精像这样由一个献殷勤的男人陪着进来，就马上觉得嗤的一声，仿佛有条嫉妒的青蛇盘旋着从月光照耀下的阳台上蜿蜒而起，钻进了我的背心，一路咬着，只一两分钟就一直钻进了我的心里。奇怪！"他忽然又离开话题，惊叹了起来，"真奇怪，年轻的小姐，我居然会选你来听这些知心话。更奇怪的是你居然不动声色地听着我讲，仿佛像我这样一个男人，会把自己演歌剧的情妇的事情去讲给像你这样一个古怪而毫无经验的姑娘听，不过是世界上最最平常的事！不过，后一桩古怪事正好说明了前一桩，以前有一回我就说过，你那样严肃、体贴和谨慎，天生就是个听人倾诉隐秘的人。而且，我知道我挑了什么样的心灵来跟自己的心灵交流。我知道它

①　约伯的海兽：《圣经》中威力无穷的水中巨兽，"他以铁为干草，以铜为烂木箭。"见《旧约·约伯记》第41章第26至27节。

是不容易受传染的，它是个特殊的心灵，独一无二的心灵。幸好我并不想去伤害它，就是我想，它也不会受我伤害的。你我越多交谈越好，因为我不会有害于你，你却会使我振作。"说了这一套离题的话以后，他才又接着说下去：

"我留在阳台上没动。'他们准会进她的闺房里来的，'我想，'我来安排打一次埋伏吧。'于是我把手伸进开着的长窗，拉过窗幔来遮住窗子，只留下一点空隙以便观察。然后我把窗子关上，留一条很窄的缝，刚好能让一对情人海誓山盟的低声细语透露出来。然后我就悄悄仍回到我的椅子跟前，刚好坐下，那一对就进来了。我马上把眼睛凑近窗缝。塞莉纳的侍女走进屋来，点亮了一盏灯，放在桌上后退了出去。这样，这一对就清楚地呈现在我的眼前。两人都把披风脱掉，于是那位'有名的瓦伦'就满身绸缎和珠宝，——当然是我的礼物，——光彩耀眼，赫然在目，旁边是她那位身着军官制服的同伴。我认出他是一个有子爵头衔的年轻花花公子，——一个没头脑的恶少，我在社交场上碰见过几次，从来没想到过要去憎恨他，因为我根本就瞧不起他。一认出是他，那条毒蛇——嫉妒——的牙一下子就折断了，因为就在这同一瞬间，我对塞莉纳的爱情之火也像被一个灭火机一下子浇灭了。为这么一个情敌就背叛了我的女人是不值得去争夺的，她只配得到鄙视，——尽管我更该如此，因为我竟受了她的玩弄。

"他们谈了起来，他们的谈话使我变得完全心平气和。那么轻浮浅薄，利欲熏心，没心没肺，愚蠢无聊，简直是成心叫人听了厌烦，而不是生气。桌上放着一张我的名片，因为看见了它，因此就谈论起我来。两人中谁也没有能耐和智慧来痛骂我一顿，但他们却用他们那不登大雅之堂的方式，尽量粗俗地侮辱我。尤其是塞莉纳,甚至得意地肆意夸大我外貌上的缺点,——她称之为残疾。而以前她却时常忘乎所以地热烈赞美她所谓我的男性美。这方面她正好跟你截然相反,你在第二次见面时就直截了当地告诉我,你觉得我并不漂亮。当时我就痛感到了这种对比,而且……"

这时阿黛尔又跑了过来。

"先生,约翰刚才说,你的管事来了,想见见你。"

"哦!既然这样,我只好长话短说了。我推开长窗,进屋朝他们走去,解除了我对塞莉纳的保护关系,通知她离开她所住的旅馆,给了她一笔钱供她眼前的急用,对于她的尖叫、歇斯底里、哀求、辩解、抽筋都一概置之不理,跟那位子爵约好了在布洛尼树林①决斗的时间。第二天早上我有幸跟他决斗,在他的一条软弱无力得像瘟鸡翅膀似的瘦弱可怜的胳臂里留下了一粒子弹,然后就自以为跟所有这伙人全一刀两断了。但不幸的是,六个月以前,瓦伦把这个小姑娘阿黛尔交给了我,硬说她是我的女儿。也许她真是的,不过我看不出她脸上有什么证据说明这种不容置辩的父女关系。派洛特还比她更像我些。我跟她母亲分手后过了几年,她抛下孩子,跟一个音乐家或者歌唱家跑到意大利去了。我过去没承认阿黛尔有要我抚养的当然权利,现在也不承认,因为我并不是她的父亲。可是听说她简直无依无靠,我居然还是把这可怜的孩子从巴黎那片烂泥塘里拉了出来,移植到这里,让她在英国乡间花园的沃土里干干净净地长大。费尔法克斯太太找到了你来培养她。不过你现在既然知道了她是个法国歌剧演员的私生女,

---

① 巴黎的一个大公园名。

或许会对你的职位和你的学生有了不同的看法,你说不定哪一天会跑来通知我,说你找到了新的工作,——说你请我设法另找一位家庭教师等等。——啊?"

"不,——无论对她母亲的过错或者你的过错,阿黛尔都是没有责任的。我关心她,现在既然知道她可以说是父母全无,——母亲遗弃了她,而你,先生,又不认她,——我就一定会比从前更依恋她了。我怎么会宁愿去教富贵人家一个娇生惯养、把家庭教师看作眼中钉的宠儿,而撇下一个孤苦伶仃、拿她当知心朋友看待的小小的孤儿呢?"

"啊,你是这样来看这个问题的!好吧,我现在得进去了,你也该进来,天已经黑了。"

但是我仍旧跟阿黛尔和派洛特一起,在外面又多待了几分钟,——跟她作了一次赛跑,还打了一盘板羽球。我们回到屋里,我替她脱掉了大衣和帽子以后,把她抱到我的膝头上,让她在那儿整整待了有一个钟头,听凭她尽情唠叨个不停,甚至也不去拦阻她稍微作出点轻浮放肆的举动来,这是她在特别受到别人注意时往往会犯的毛病,显露出她性格的浅薄,这或许来自她母亲的遗传,是很难叫英国人感到合意的。不过她也有她自己的优点,而我是有心要尽量赞赏她身上好的一面的。我在她的面貌五官中竭力寻找跟罗切斯特先生相像的地方,但却一点也找不到。没有一项特征,一点表情变化,表明他们的血统关系。这真遗憾,只要能证明她有点像他,他一定会更多地把她放在心上的。

直到我回自己的房间里去睡觉的时候,我才定下心来重新回想方才罗切斯特先生告诉我的故事。正像他说的,故事的内容本身也许并没有什么特别的地方:一个有钱的英国人热恋一个法国舞蹈演员,她背叛了他,这无疑是社交场上够平常的事情。但他正在表示他目前心情的满足,以及他在老宅和它周围环境中重新感到的乐趣时,却突如其来地陷入了一阵感情的激动,这肯定有点古怪的地方。我诧异地思索着这件事,但逐渐把它丢开了,因为我发觉它目前是无法解释的,于是我转而考虑起我这位主人对我本身的态度来。他觉得可以对我推心置腹,这似乎是对我为人稳重的一种赞美,我是这样来看待它,也是这样来接受它的。最近几个星期以来,他对我的态度变得比刚开始时要稳定一贯一些。我不再显得碍他的事了。他不再老是突然摆出冷冰冰的傲慢态度。意外地碰见我时,他似乎欢迎这种偶然相遇。他总是跟我说句话,有时朝我笑一笑。正式请我上他那儿去的时候,我总是荣幸地受到热诚的接待,使我觉得自己的确能够使他得到乐趣,觉得这样晚上找我来谈谈不仅是为了我,也是为了使他感到愉快。

当然,我谈得比较少,但我听他谈话却听得很有兴味。他生性喜爱谈话,他乐于向一个未见过世面的人稍稍透露一些世情和世风(我不是指腐败情景和恶劣风气,而是由于规模宏大、特征新奇而使人产生兴趣的那一些)。而我也非常高兴接受他所提供的新想法,想象他所描绘的新情景,在头脑里随着他观察他所展示的新领域,一次也没有为某个不正当的暗示所惊吓或困扰。

他态度的从容使我不再难受地感到拘束。他对我既庄重又热情的友好、坦率使我对他感到亲切。有时候我觉得他与其说像我的主人,不如说更像是我的亲戚。不过有时候他仍旧态度专横,但是我并不介意,知道他就是这副样子。生活中平添了这样一种新的乐趣,我变得那么愉快,那么满足,再不去渴望有什么亲人了。我原来那像月牙儿般微弱暗淡的命运似乎明亮扩大了。生活的空白得到了充实。我身体的健康有了改进，人长胖了，精力也旺盛了。

那么在我眼里，罗切斯特先生现在还丑吗？不，读者。感激之情和许多愉快而亲切的联想，使他的脸成了我最爱看见的东西。有他在房间里，比最旺盛的炉火还要使人高兴。不过我并没忘记他的缺点，的确，我忘不掉，因为他老把它们暴露在我的面前。他对任何性质的低劣都会显出高傲、揶揄、粗暴的态度。我在心底里暗暗明白，他对我的宽厚和蔼，其程度跟对其他许多人不公正的严厉恰好相等。他还郁郁不乐到简直不可理解的地步。不止一次，我应召去念书给他听，看见他独自枯坐在书房里，弯下身把头伏在交叉叠起来的胳臂上。当他抬起头来看人时，一种烦恼的、几乎带有恨意的愁容使他脸上布满了乌云。但是我相信，他的忧郁，他的粗暴，以至他过去道德上的过错（我说过去，是因为他现在似乎已经改正了），都是由于命运的某种无情的磨难。我深信他为人天生有着更好的志向，更高尚的原则和更纯洁的旨趣，胜过那些纯是由环境所造就、教育所培养，或者命运所鼓励的人。我认为他身上有许多优秀的素质，只是目前它们给糟蹋了，乱七八糟地纠成了一团。我不否认，不管他的忧伤是为了什么，我为他的忧伤而感到忧伤，并且宁愿付出很大的代价，只要能减轻它。

这会儿我虽然已经吹灭蜡烛上了床，却老睡不着觉，因为心里总在想着他在林荫路上停下来，说他的命运之神如何突然降临，问他敢不敢在桑菲尔德获取幸福时的那副神情。

"为什么不敢呢？"我暗自猜疑，"是什么使他在这所宅子里待不下去？他很快就又会离开吗。费尔法克斯太太曾说他很少在这儿一连待过两个星期以上，可他这次却已经住了八个星期了。要是他真走的话，那变化可真叫人犯愁。如果他春天、夏天直到秋天都不在这儿，那么阳光和好天气都会显得多么毫无乐趣啊！"

这样想了一阵以后，我简直不知道自己究竟睡着过没有。不管怎样，我突然听到似乎就在我头上，传来一阵古怪而阴惨惨的喃喃低语声，把我完全弄醒了。我真但愿刚才让蜡烛继续点燃着。夜黑得可怕，我感到心情压抑。我在床上坐起来倾听。声音沉寂了。

我想接着再睡，但心一直惶恐不安，怦怦直跳，我的内心平静给搅乱了。楼下大厅里的钟远远地敲响了两点。正在这时，我的房门似乎给碰了一下，仿佛有人在外面漆黑的走廊里摸索着走路，手指在门上摸了过去似的。我问："是谁?"没有人回答。我吓得浑身发冷。

忽然间，我想起这也许是派洛特。厨房门偶尔忘了关上时，它常会摸索到楼上罗切斯特先生的房门口去，有几次早上，我就亲眼看见过它正躺在那儿。这样一想，我稍许安心了一些，就躺了下来。寂静使神经平静了下来，现在整个宅子重新一片沉寂，我又感到了睡意的来临。然而这一晚我注定了没法睡觉。梦神刚悄悄来到我头边，就被一件几乎叫人毛骨悚然的意外事给吓得惊惶逃跑了。

这是一阵魔鬼般的笑声，——低低的，压抑而且深沉，——听来就好像是从我门上的锁孔外发出来的。我的床头靠近房门，起初我还以为那发笑的魔鬼就站在我床边，——或者不如说就蹲在我枕头边。可是我爬起来四面张望，却什么也看不见。我还在瞪眼望着时,那怪异的声音又响了起来,我辨出它是来自门外。我最初不假思考地想起身去插上门闩,但随即又再次喊了一声:"谁?"

有个什么东西在一会儿咯咯发笑、一会儿低声悲叹。不一会,听到有脚步声顺着走廊向通三层楼的楼梯走去。那儿新近做了一扇门把楼梯隔在里面。我听得它打开又关上,然后就又声息全无了。

"这是格雷斯·普尔吗?她是不是中了魔?"我想着。现在再没法独自待着了,我得上费尔法克斯太太那儿去。我匆匆忙忙穿上罩衣,围上一条披巾,手哆嗦着拉开门闩打开了门。正对着门有支点燃的蜡烛,就放在走廊的地席上。我看到这种情景吃了一惊,但更惊异的是看到空中一片浑浊,像充满了烟雾似的。我正左右查看,想找出这些青烟是从哪儿来的,却进一步又觉察到有一股浓烈的烧焦味儿。

什么东西嘎吱一响。是一扇门开了一条缝。那是罗切斯特先生房间的门,像一团云雾似的浓烟就是从那里面冒出来的。我顾不得再去想费尔法克斯太太,顾不得再去想格雷斯·普尔或者那阵笑声,只一眨眼就跑到了那间房里。火舌在床的四周腾起,床幔已经着火。在一片烟熏火燎之中,罗切斯特先生摊开手脚一动不动,正在好梦方酣。

"醒醒!醒醒!"我喊叫着,——我使劲摇他,他却只嘟哝了一声,翻过身去。烟已经把他熏得迷糊了。时间千钧一发,连床单都已经着了火,我冲到他的脸盆和水罐跟前,幸好前者很大,后者也很深,里面都满装着水。我举起它们来,把水统统泼在床和床上的人身上,再飞也似的跑回自己房里,把我的水罐拿来,重新又给那张床施了一回洗礼,上帝保佑,总算把那正在吞噬着它的火焰扑灭了。

被浇灭的火焰的嘶嘶声,把水浇光后随手扔开的水罐的碎裂声,尤其是,我毫不吝啬地施以淋浴的水花四溅声,总算把罗切斯特先生给闹醒了。尽管眼前漆黑,我却知道他醒了过来,因为我听得见他一发现自己正躺在一汪水里时就怒冲冲发出来的古怪咒骂声。

"发大水了吗?"他喊道。

"没有,先生,"我回答,"不过发生过一场火灾。快起来吧,你身上的火已经扑灭了,我去给你点支蜡烛来。"

"基督教世界的全体精灵在上,是简·爱吗?"他问道,"你到底把我怎么了,巫婆,术士?屋里除了你还有什么人?你是阴谋要淹死我吗?"

"我去给你拿支蜡烛来,先生。看老天分上,快起来吧。有人阴谋想干出点什么来,可你恐怕没法很快就查出到底是谁,想干什么。"

"哪,我已经起来了,不过你还是去冒险取支蜡烛来。先等我一两分钟让我穿上件干衣服,要是还有衣服干着的话,——有了,我的晨衣在这儿。好了,跑吧!"

我当真跑了。我去把仍旧点在走廊里的那支蜡烛拿了来。他从我手里接了过去,举高一点,仔细察看着到处熏黑烧焦了的床,湿透了的床单,床边泡在水里的地毯。

"怎么回事?是谁干的?"他问道。

我简短地给他讲了发生的事:我听到的走廊上的怪笑声,上三楼楼梯的脚步声,烟雾,——引得我跑进他房里来的火烧气味,我在那儿看到的那种场面,以及我如何把能弄到的水全都倒在他的身上。

他十分严肃地听着,我越往下说,他脸上越露出担心多于惊讶的神情。我讲完时,他没有马上说话。

"要我去叫费尔法克斯太太来吗?"我问他。

"费尔法克斯太太?不,——见鬼,你干吗要去叫她来?她能干些什么?别去惊动她睡觉吧。"

"那我去叫莉亚来,把约翰夫妇俩叫醒。"

"根本不用,只要你安安静静。你披上了披巾吗?要是还不够暖,你可以把我那儿那件披风拿来,裹在身上,在安乐椅上坐下来。来,——我给你披上。现在你把脚搁在凳子上,免得浸湿了。我要离开你几分钟。我要把蜡烛带上。坐在那儿别动,等我回来,像只耗子那样一声不响。我得上三楼去一趟。记住,别动,也别叫任何人。"

他走了,我目送着烛光越来越远。他轻手轻脚地顺着走廊走去,尽量不出声地打开楼梯门,进去后又随手关上,最后的一丝光亮就消失了。我给留在一片黑暗之中。我侧耳倾听有什么声响,却什么也听不见。这样过了很长一段时间。我厌烦起来,因为尽管有披风,还是觉得很冷,而且既然不让我唤醒屋里的人,我看不出再留在这儿有什么必要。我正要不顾是不是会惹罗切斯特先生不快,不再遵守他的命令,烛光又隐约映亮了走廊的墙壁,我听见他光脚踩在地席上的声音。"但愿真是他,"我心想,"不是什么更坏的东西。"

他回进屋来,脸色苍白,十分阴郁。"我全弄清楚了,"他把蜡烛放在洗脸架上说,"不出我的所料。"

"怎么回事呢,先生?"

他不答,只是眼盯着地,抱着两臂站在那儿。过了好几分钟,他才用有点特别的语调问道:

"我忘了你刚才是不是说打开房门的时候看到了什么东西。"

"没有,先生,只有地上的一支蜡烛。"

"可是你听见了一阵怪笑? 我估计,你以前就听见过这种笑声,或者类似这样的笑声吧?"

"是的,先生。有一个在这儿做针线活的女人,叫格雷斯·普尔,——她就是那样笑法的。她是个挺古怪的人。"

"一点不错。格雷斯·普尔,——你猜对了。正像你说的,她挺古怪,——非常怪。好,我会仔细考虑一下这个问题的。眼前,我很高兴除了我以外,只有你知道今晚这件事的详情细节。你不是个爱多嘴的傻子,这事你什么也别说。这儿这副情景"(他指指床)"由我来解释。现在你回自己房里去吧。下半夜还剩下的一会儿,我完全可以在书房的沙发上对付过去。快四点了,——再过两小时用人们就要起来了。"

"那么,晚安,先生。"我说着正要走。

他似乎吃了一惊,——这很自相矛盾,他刚说了让我走。

"什么!"他叫起来,"你马上要离开我,而且就这样走了吗?"

"你说过我可以走了,先生。"

"可是总不能不告个别,不先说上一两句道谢和友善的话啊,总之,不能就这么干巴巴地一走了之。这么,你救了我的命啊! ——把我从可怕的惨死中抢救了出来! ——可你打我身边走了过去,就像我们素不相识似的! 至少得握握手吧。"

他伸出手来,我把手伸给他。他先是用一只手,接着用双手握住了它。

"你救了我的命。我有幸欠了你这么大一笔情。别的话我也说不上来了。要是别的任何人成了我欠下这么大恩情的债主,我准会受不了的。惟独你啊!那就完全不同了,——你的恩惠我一点也不觉得是个负担,简。"

他住了口,凝视着我。看得出话几乎就要从他颤动的嘴上吐出,——可是他的声音却给哽住了。

"再说一声晚安,先生。这件事谈不上什么欠债、欠情、负担、恩惠什么的。"

"我早就知道,"他继续说,"什么时候你总会用某种方式对我有帮助的,——我第一次看见你就从你的眼睛里看出来了。它们的神情和笑意并不是"——(他又住了口)——"并不是"(他急急忙忙说下去)"无缘无故激起我心底里的欢乐的。人们常说起天然的好感,我还听说过善良的天使,——最荒唐的神话里也是有几分真理的。我珍爱的救命恩人,晚安!"

他声音里有股奇怪的劲儿,目光中有种奇怪的激情。

"我很高兴,我刚巧醒着。"我说,接着就准备走了。

"怎么!你要走吗?"

"我冷,先生。"

"冷?对,——而且还站在一摊水里!那么走吧,简,走吧!"可是他仍旧抓着我的手不放,我没法抽回来。我想了个招儿。

"我好像听见费尔法克斯太太在走动,先生。"我说。

"好,你就走吧。"他松了手,我马上走了。

我重新上了床,但却毫无睡意。直到天亮,我始终在一片欢快而不宁的大海上辗转颠簸,觉得在欢乐的浪潮下,又有困扰不安的波涛的起伏翻滚。有时候我越过波涛汹涌的大海，似乎已经望见了像彪拉①的山地那么可爱的彼岸，不时有一股由希望唤起的愈来愈强劲的风，把我的心灵顺利地送往目的地。然而我即使在想象中，也始终无法到达那里，——有一股从陆上吹来的逆风，不断地把我刮回去。理智总会抵御妄想，判断力会使热情收敛。我兴奋得实在无法安息，天刚亮就起身了。

---

① 彪拉（Beulah）：英国作家班扬（John Bunyan，1628—1688）所著寓言小说《天路历程》中，香客们一心向往的美丽、安宁的目的地。

# 第 十 六 章

在这个不眠之夜的下一天里,我既盼望又害怕见到罗切斯特先生。我想再次听到他的声音,却又生怕接触他的眼神。上午的前半晌里,我时时盼着他的到来。他平时并不经常来教室,但有时却也曾走进来待上个几分钟,而我隐隐觉得他那天肯定会来。

可是一上午平平常常地过去了,没有发生任何事情来打断阿黛尔安安静静地学习课业。只不过早餐后不久,我听见罗切斯特先生的卧室近旁乱哄哄一片,有费尔法克斯太太的声音,也有莉亚的,厨娘——约翰的妻子——的,甚至还有约翰自己那粗哑的嗓音,纷纷惊叹着:"主人没有烧死在床上可真幸运!""夜里让蜡烛点着总是够危险的!""真是上天保佑,他能镇定地想起了水罐!""我真奇怪他谁也没吵醒!""但愿他睡在书房沙发上没有着凉!"等等。

七嘴八舌议论了一通之后,接着就是擦洗和整理的声音。等我经过那房间下楼去吃午饭的时候,我从开着的房门口望见一切都已重新收拾得井井有条,只有床幔给拿掉了。莉亚正站在靠窗的椅子上擦被烟熏黑了的窗玻璃。我正要跟她说话,想知道这件事是怎么解释的,但一走近去,就看见房间里还有一个人,——床边椅子上坐着一个女人,正在给新窗幔钉上环子,这女人不是别人,正是格雷斯·普尔。

　　她坐在那儿,一副安详而沉默寡言的样子,跟往常一样,穿着她那身褐色呢衫,格子围裙,白色头巾,还戴着帽子。她在专心干她的活,似乎全副心思都放在那上面。她严峻的额头和平板的面貌上,丝毫没有曾经试图进行过谋杀的女人脸上预料会显露出来的苍白和绝望神色,尽管她图谋杀害的人昨天夜里还一直追踪到她的巢穴,而且(我相信)已经指责了她谋杀未遂的罪行。我大惑不解,——简直给弄糊涂了。我还在盯着她瞧的时候,她抬起头来一望,既没露出惊慌,脸色也没有涨红或者发白,泄露出她的激动、犯罪感,或者担心被察觉的恐惧心情。她说了声:"早上好,小姐,"仍旧是平时那种冷淡、简短的腔调。说完仍拿起另一个环子和一段带子,继续缝了起来。

　　"我要来试试她,"我心想,"像这样丝毫不露声色简直叫人不可思议。"

　　"早上好,格雷斯。"我说,"这儿发生了什么事吗?我仿佛听见用人们刚才全聚在一块儿纷纷议论。"

　　"没什么,只是主人昨天晚上躺在床上看书,点着蜡烛睡着了,床幔着了火,幸好他没等床单或者床架烧着就醒了,想法用罐子里的水扑灭了火。"

　　"真是桩怪事!"我低声说,然后两眼紧盯着她,又说:"难道罗切斯特先生谁也没喊醒?谁也没有听见他走动吗?"

　　她又抬起眼睛来望望我,这一次目光里有一点察觉的神情。她似乎留神打量了我一会儿,才回答说:

　　"你知道,小姐,用人们睡的地方全那么远,他们是不大会听见的。费尔法克斯太太和你的房间离主人最近,可是费尔法克斯太太说她什么也没听见。人上了年纪,常常睡得很死。"她停了一下,接着用一种表面装作随便,但实际仍引人注意并且含有深意的口气补充说:"可你挺年轻,小姐,我想睡觉一定挺警醒,说不定你听到了一些响动吧?"

"我是听到了。"我压低了声音说,免得让仍在擦窗子的莉亚听见了,"起初我还以为是派洛特,可是派洛特不会笑,而我确实听到了一阵笑声,而且是一种怪笑。"

她又取了一段线,仔细地上了蜡,镇定地用手把线穿进针孔,然后神色自若地说:

"我想,小姐,主人在那么危险的情况下,是决不会笑的。你准是做梦了。"

"我可不是做梦。"我有点恼火地说,因为她那厚颜无耻的镇定激怒了我。她又瞧瞧我,目光还是带着那种探索和警觉的神气。

"你告诉了主人你听到过一阵笑声吗?"她问。

"今天上午我还没有机会跟他说话。"

"你没想去打开房门,朝外面走廊上瞧瞧吗?"

她似乎是在盘问我,想乘我不备探听出一些情况。我猛然想到,要是她发现我知道或者怀疑她有罪,她或许会对我耍出她那套恶毒的把戏来。我觉得还是提防着一点好。

"正相反,"我说,"我闩上了门。"

"那么说,你晚上睡觉前没有闩门的习惯咯?"

"魔鬼!她还想打听我的习惯,好根据它来定出计划!"愤怒又压倒了谨慎,我尖刻地回答:"以前我时常懒得去插上门闩,我认为没必要。我没觉得在桑菲尔德府会有什么危险或者麻烦需要提防。不过从今以后,"(我每个字都明显地加重语气）"我要留心弄得万无一失，才敢放心睡下。"

"还是这样做聪明些。"她回答说，"这儿邻近一带比我知道的任何地方都安静，从宅子建好以来，我也从没听说有人想来抢劫过。不过谁都知道，餐具柜里的餐具就值好几百镑。可你瞧，这么大个宅子，却只有很少几个用人，因为主人不大来这儿住，就是来了，单身一人，也用不着多少人伺候。不过我总觉得，太讲安全，总比不注意安全好一些。闩上门费不了多大事，还是插上门闩把说不定会发生的祸事隔开好。有许多人，小姐，主张一切都信赖上帝。不过我觉得上帝并不排除采取手段，虽说他总是只祝福那些慎重采取的手段。"说到这里她才结束了她的高谈阔论，对她来说这真是够长的，而且口气还活像个贵格会教徒那么一本正经。

我正被她那出奇的镇定和高深莫测的伪善弄得目瞪口呆，傻站在那儿，女厨子走了进来。

"普尔太太，"她对格雷斯说，"用人们的午饭快做好了，你下来好吗？"

"不用了，只要把我那一品脱黑啤酒加上一小块布丁放在托盘里，我自己端上楼去。"

"你要点肉吗？"

"只要一点儿，再要点干酪，这就行了。"

"西米①呢？"

"这会儿别管它，吃茶点以前我会下楼来，我自己来做。"

女厨子随后转身来对我说，费尔法克斯太太正在等着我，

---

① 西米（sago）：用西米椰子（一种东印度群岛产的棕榈科植物）的茎髓做成的淀粉质食品。

于是我就离开了。

　　吃饭中间费尔法克斯太太讲到床幔着火的事，我几乎没有听进去，因为我正忙于绞尽脑汁，思考着格雷斯·普尔那谜一般的性格，尤其在寻思她在桑菲尔德的地位问题，纳闷为什么那天早上她没有给抓起来，或者至少被主人辞退。昨天夜里他差不多已经等于表示他确信她犯了罪，到底是什么神秘的原因使他不愿去指控她呢？他又为什么要我也跟他一起保守秘密呢？这真奇怪，一位大胆、爱报复又挺高傲的绅士，似乎不知怎么竟受制于他的一个最卑微的仆人，那么厉害地受制于她，以至连她动手要他的命，他也不敢对她的图谋提出控告，更不用说让她受到惩罚了。

　　要是格雷斯年轻漂亮，我还会不由得猜想，准是比谨慎或者畏惧更温柔的感情在影响罗切斯特先生，使他为她着想。可是她既那么面目可憎，又活像个老婆子的样子，实在不容人有这种想法。"不过，"我又沉思着，"她以前也年轻过，大概她年轻时主人也正年轻。费尔法克斯太太有一次告诉过我，她在这儿已经待了许多年了。我不相信她曾经漂亮过，不过谁知道呢，也许她性格上有她的长处和独特之处，足以弥补她外貌上的不足。罗切斯特先生特别爱好为人坚决和古怪，格雷斯至少是够古怪的。要真是有桩早年的荒唐事（像他那样心血来潮、不顾一切的性子很容易干出来的越轨事）把他置于她的掌握之中，如今她就处处在秘密地左右他的行动，成为他自己行为不检的恶果，使得他既无法摆脱又不敢漠视，那又有什么奇怪的呢？"不过，即使推论到这种程度，我心目中还是清清楚楚地重新现出了普尔太太那副横阔而扁平的身材，那张难看、干枯甚至粗糙的脸，使我不由得想道："不，决不可能！我的猜想一定是不对的。可是，"我们自己内心那个常在跟我们对话的秘密的声音又在提醒说，"你也并不美，而罗切斯特先生却说不定很赞赏你，至少你时常觉得他是这样。而且昨天夜里……想想他那些话，想想他的神气，想想他的口气！"

我全都清清楚楚地想得起来：言语、眼神、语调此刻仿佛又都生动地重新显现。我现在正在教室里，阿黛尔在画画，我向她俯下身子去把着她的铅笔。她有点吃惊地抬头一望。

"你怎么啦，小姐？"她说，"你的手抖得像树叶，你的脸红得像樱桃！"

"阿黛尔，我是弯着腰，身上有点发热啦！"她继续画画，我继续在想。

我急于把刚才关于格雷斯·普尔的讨厌想法从脑子里赶走，它叫我厌恶。我拿自己跟她相比，觉得我们是完全不同的。蓓茜·李文说过我真像一位大户人家小姐，她说得不错，我确实是一位大家小姐。而且我现在的样子比起蓓茜见到我那会儿又好得多了，脸色比以前红润，人也丰满了些，更富于活力和生气。这是因为我有了更光明的前途和更引人的乐趣。

"快傍晚了，"我望望窗口说，"我今天在宅子里一直没听到罗切斯特先生说话和走路的声音。不过天黑以前我准会见到他的。早上我还怕跟他见面，可现在却在满心指望着，因为盼望老是落空，变得有点不耐烦了。"

暮色终于降临，阿黛尔离开我，到育儿室跟索菲玩儿去了，这时我的确急着想要见到他。我倾听着楼下是不是有门铃声，倾听着莉亚是不是上楼来传口信。我有几次还以为听见了罗切斯特先生自己的脚步声,忙向门口转过脸去,指望着门一开,他走了进来。门仍旧关着,只有夜色穿窗而入。不过天还不算太晚,他时常七八点钟派人来叫我,现在还不过六点。今晚我可千万不能完全失望啊,我正有那么多事情要对他说呢!我要再提起格雷斯·普尔这个话题。我要直截了当问问他,是不是真的相信昨晚的可怕图谋是她干的,如果是的,那为什么还要为她干坏事保守着秘密。我的好奇会不会叫他恼火倒没什么关系。我懂得一会儿惹火他一会儿又抚慰他的乐趣。这是我最高兴干的一件事,而且有一种可靠的直觉总是能使我避免做得太过头。我从不冒险越过会使他当真动怒的界限,但我却很喜欢在危险的边缘上试试我的身手。在既不忽略表示尊敬的每一个细节,又谨守我的身份应有的规矩的同时,我仍旧能毫不畏惧或者拘束地跟他分庭抗礼互相辩论,这使我们双方都感到惬意。

楼梯上终于嘎嘎地响起了脚步声,莉亚出现了,但只是来通知茶点已经在费尔法克斯太太的房间里摆好。我就向那儿走去,庆幸至少是来到了楼下,因为我以为这样总离罗切斯特先生比较近了一些。

"你准想喝点茶了吧。"这位好心的太太等我来到以后说,"你吃饭时吃得那么少。我担心,"她接着说,"你今儿有点不大舒服,你看上去脸绯红,像在发烧。"

"噢,很好!我觉得再好不过啦。"

"那你就得用好胃口来证明。请你先给茶壶冲上水,让我织完这一行好吗?"她干完了手头的活以后,站起来放下了窗帘,原来它是一直拉起的,我想大概是为了把日光尽量放进来,尽管眼前暮色正在迅速变浓,已经一片昏暗了。

"今晚天气很好，"她透过玻璃窗望了望外面说，"虽说没有星星，罗切斯特先生总算还是拣了个好天气出门。"

"出门！——罗切斯特先生上什么地方去了吗？我还不知道他出去了呢。"

"哦，他吃完早饭就动身了。他是上里斯，埃希敦先生那儿，在米尔科特的那一头，有十英里远。我想那儿大概到了很大一批客人，英格拉姆勋爵，乔治·利恩爵士，丹特上校，还有别的人。"

"你估计他今天夜里回来吗？"

"不，——明天也不会回来。我猜想他多半会待上一个星期或者更长些。这些高雅、时髦的人到了一块，周围全是雅致、欢乐的景象，又有那么多吃喝玩乐的东西，他们是不会急着分手的。这种场合尤其需要男客们。罗切斯特先生那么有才气，在社交场上又是那么活跃，我相信他准受到大家的欢迎。太太小姐们都很喜欢他。虽说你不会认为他的外貌能特别叫她们看重，但我寻思他的学识才干，或许还有他的财富和门第，足可以弥补外表上小小的不足了。"

"有女客上里斯去了吗？"

"有埃希敦太太跟她的三个女儿，——确实全都是挺高雅的小姐。还有英格拉姆爵爷家的布兰奇和玛丽两位，我看是最美的女人了。说真的，我在六七年前看见过布兰奇，那时她还是个十八岁的姑娘。她是来参加罗切斯特先生举行的圣诞节舞会和宴会的。你真该看看那天的餐厅，——装饰得多么豪华，多么灯火辉煌！我猜想大概总来了有五十位女客和男客，——全是郡里最上等人家来的。英格拉姆家大小姐是那晚大家公认的美女。"

"费尔法克斯太太,你说你看见过她,她长得怎么样?"

"对,我看见过她。当时餐厅的门敞开着,因为是圣诞节,准许用人们聚在大厅里,听一会儿小姐们的唱歌和弹琴。罗切斯特先生要我进去,我就找一个安静的角落坐下瞧着她们。我从来没有瞧见过那么富丽堂皇的场面。女客们全都是一身盛装,大多数——至少是年轻的里面大多数——长得都挺漂亮,可英格拉姆小姐当然是其中的皇后。"

"她长得什么模样?"

"高个儿,漂亮的胸部,削肩膀。长长的脖子挺优美,橄榄色的皮肤黝黑而洁净。容貌高贵,眼睛长得倒有点像罗切斯特先生的,又大又黑,而且像她身上戴的珠宝那么闪闪有光。她还有一头那么好的头发,乌油油的,梳得那么合适,后脑上盘着粗粗的发辫,前面垂着我从没见过的又长又光亮的鬈发。她穿得一身洁白,一条琥珀色的长围巾披在前胸和两肩,在旁边打个结,围巾头上戴着长长的流苏,一直垂到她膝盖下面。她头发上还插着一朵琥珀色的花,跟她黑玉般的浓密鬈发正相配。"

"她一定大受赞美咯?"

"那当然。而且不只为她长得美,还为她多才多艺。她也是表演唱歌的小姐中的一位,一位先生替她钢琴伴奏。她跟罗切斯特先生一起表演了一个二重唱。"

"罗切斯特先生?我还不知道他会唱歌呢。"

"噢!他有一副挺好的低音嗓子,对音乐有极好的鉴赏力。"

"那英格拉姆小姐呢?她嗓子怎么样?"

"非常圆润有力,她唱得挺动人,听着她唱真叫人高兴。——后来她还弹了琴。我不大懂音乐的好坏,可罗切斯特先生懂,我听他说过,她弹得挺出色。"

"这位多才多艺的漂亮小姐还没结婚吧?"

"看来还没有。我猜想她跟她妹妹都没很多财产。英格拉姆老勋爵的产业绝大部分都是限定继承①的,所以长子差不多有权继承一切。"

"不过我不相信会没有一个有钱的贵族或者绅士对她有意,比如罗切斯特先生,他很有钱,不是吗?"

"哦,对! 不过你瞧,年纪相差太大了,罗切斯特先生已经将近四十,她还只二十五岁。"

"那有什么? 比这更不相称的婚事每天都在举行呢。"

"不错。不过我不大认为罗切斯特先生会有这样的想法。可你怎么什么也不吃,从开始喝茶,你还什么也没吃过呢。"

"不,我太渴了,不想吃。你让我再喝一杯茶好吗?"

我正想再回头来谈谈罗切斯特先生跟美丽的布兰奇结合的可能性,可是阿黛尔进来了,话题就转到了别的方面。

等我再次独自待着的时候,我重新回想刚才听到的情况,省视自己的内心,细察它的种种思想和感情,力图把那些一直在漫无边际、杂乱无章的想象天地中乱闯的思绪,坚决拉回到安全的常识范围中来。

我站在自设的法庭上受审,回忆作为证人,指出了我从昨夜以来一直怀有的种种希望、期待的心情,——指出了将近两个星期以来我一直沉溺在其中的总的思想状态。理智站出来

---

① 限定继承:遗产按预先规定的继承人顺序依次继承,不得转让或出卖。

用它自己那沉着的口气,讲出了一个朴实无华的故事,说明我是如何抛开现实而狂热地吞咽下空想。——我宣布了如下的判决:

世上再没生活过一个比简·爱更大的傻瓜,再没有一个更想入非非的白痴,曾经狼吞虎咽地填满了一肚子甜蜜的谎言,把毒药当甘露吞下。

"你,"我说,"是罗切斯特的宠儿吗?你天生有力量得到他的欢心吗?你有哪一点受到他的看重吗?去你的吧!你愚蠢得叫我恶心。而你还沾沾自喜于偶尔表示的喜爱,——一位名门绅士,一位阅历丰富的人,对一个下属和没见过世面的人所作的暧昧的表示呢。你竟敢那么大胆!蠢得可怜的受骗者!难道连自身利益的考虑都不能叫你变得聪明些么?你今天上午还反复重温着昨夜那短短的一幕?——捂住你的脸感到害臊吧!他赞美了几句你的眼睛,是吗?瞎了眼的自我陶醉者!张开那双昏花眼,瞧瞧你自己那该死的糊涂心眼吧!一个女人受到比她地位高的、决不会想娶她的人的恭维,可不是一件好事。让爱火在心里悄悄燃烧,一旦受到漠视、毫无响应,必将反过来毁掉培育它的人的生命,而一旦受到觉察、得到反应,又一定会像鬼火①似的,把人诱进荒野的泥沼而无法自拔,这对任何女人来说都是发疯。

"因此,简·爱,听着对你的判决:明天你对着镜子,用蜡笔描下你自己的尊容,要一丝不苟,既不淡化一个缺点,不略去一处难看的线条,也不掩饰令人讨厌的五官不正,下面写上:'一个伶仃孤苦、相貌平平的家庭女教师肖像'。

① 原文为拉丁文。

"然后,找一块光洁的象牙,——你画盒里就有一块。拿着你的调色板,调出你最鲜艳、美丽、纯净的颜色,挑几支你最纤细的驼毛画笔,用心勾一张你能够想象得出的最可爱的面庞轮廓。再照着费尔法克斯太太对布兰奇·英格拉姆的描述,用你最柔和的色调和最悦目的色彩来给它着上色。别忘了乌黑的发卷,东方人的黑眼睛。——怎么! 你又回过来拿罗切斯特先生当起模特儿来啦! 守秩序! ——别哭哭啼啼! ——别多愁善感! ——别悔恨自责! 我只容许理智和坚决。回想一下那庄严而又和谐的脸形,那希腊式的脖子和胸脯。露出一条叫人目眩神迷的圆润的胳臂来,还有一只纤巧的手。别忘了画钻石项链或金手镯。一笔不苟地描出服装、薄如蝉翼的抽纱和闪闪发光的缎子,雅致的长披巾和金色的玫瑰花。把它题为'多才多艺的名门闺秀布兰奇'吧。

　　"将来不管什么时候,只要你偶然幻想起罗切斯特先生对你有好感来,你就拿出这两幅画来对比一下,说:'罗切斯特先生只要愿意努力,就有可能赢得那位高贵小姐的爱,他难道会费心来认真想到这个渺小贫穷的平民女子吗?'"

　　"我会这样做的。"我下了决心。一打定了这个主意,我就心里平静下来,睡着了。

　　我说话算话。用蜡笔画我自己的肖像只花了一两个钟头,而不到两个星期,我就凭想象完成了一幅布兰奇·英格拉姆的象牙微型画。那是一张看上去够可爱的脸,拿它跟照真人画的蜡笔头像比起来,那对比之强烈几乎超过了自制力所能承受的程度。我从这件工作中得到了好处,它使我的头脑和双手都不闲着,而且使我希望永不磨灭地烙印在我心头上的那些新的想法变得更为牢固而强烈。

没过多久,我就有理由庆幸自己在迫使我的感情服从于必要的纪律上得到了进展。多亏这样,我才能够以得体的镇定态度来面对后来发生的种种事情,不然,要是我毫无准备的话,我或许连表面的镇静都无法保持。

# 第 十 七 章

一星期过去了,罗切斯特先生毫无消息。十天了,他还是没来。费尔法克斯太太说,要是他从里斯直接去了伦敦,再从那儿上欧洲大陆,一年也不再在桑菲尔德露面,她也不会感到意外。他不止一次就曾这样突如其来地不辞而别。一听这话,我就莫名其妙地觉得心往下沉,满心发凉。我竟当真放纵了自己去体味一种难受的失望心情。不过我竭力恢复理智,牢记原则,很快就使心情平静了下来。说来真叫人惊奇,我怎么能那么迅速纠正一时的忘乎所以,——消除那种错误的想法,认为自己有理由去为罗切斯特先生的行动操心。我并不是靠了一种奴隶般的自卑感来贬低自己,相反地,我只是说:

"你跟桑菲尔德的主人毫无关系,除了教他所收养的人而接受他付给你的薪水,感谢他为了你尽力尽职而理所应当地给予你的尊重和厚待。毫无疑问,这是你和他之间他惟一认真考虑的关系,所以可别把他作为你的柔情、你的喜悦、痛苦等等的对象。他跟你不是同一类人,要牢记住你的社会地位。并且要分外自重,别把发自全身心的炽烈的爱,浪掷在不需要甚至还瞧不起这份厚礼的地方。"

我继续平平静静地干我一天的工作,但时不时地,种种有关我应当离开桑菲尔德的隐约想法,不断地闪过我的脑际。

我还常常不由自主地构思着各种广告，默默猜想着未来种种新的职位。这类念头我不觉得有加以制止的必要，它们能开花结果，就让它们去开花结果吧。

罗切斯特先生离家两个多星期，邮差给费尔法克斯太太送来一封信。

"是主人来的。"她瞧了瞧信上的地址说，"现在咱们就会知道是不是要等着迎接他回来了。"

她在拆开封印，读着来信时，我继续喝着我的咖啡（我们正在用早餐）。咖啡很烫，我把自己脸上突如其来的一阵通红归因于它。至于为什么我的手发抖，为什么我不由自主把半杯咖啡都泼在了碟子里，我干脆不去想它。

"嗯，我有时候觉得我们太清静了，可现在我们有可能要大忙一阵，至少是忙几天了。"费尔法克斯太太一面说，一面仍旧把信纸举在眼镜前面。

在我容许自己请她说清楚些之前，我先把阿黛尔身上恰好松开了的围裙带子系系好。给她又递过去一个面包，重新给她杯子里倒满了牛奶以后，我才漫不经心地说：

"我想，罗切斯特先生还不会马上就回来吧？"

"可实际上，他马上就回来，——三天以后，他说。那就是这个星期四，而且还不是他一个人。我不知道有多少在里斯的贵客们会跟他一起来。他来信吩咐把所有最好的卧室都收拾好，书房和几间客厅也要打扫干净。我还得从米尔科特的乔治旅馆，或者只要能找到的不管哪儿，去多找几个厨房里的帮工来。太太小姐们还要带着她们的使女，先生们也要带着他们的听差来。所以我们会有满满一屋子人了。"费尔法克斯太太说着狼吞虎咽吃完了她的早饭，就匆匆离开，去动手办事了。

这三天里,正如她所说,是够忙的。我原本以为桑菲尔德所有的房间都整洁漂亮,收拾得很好,但看来我想错了。找了三个女人来帮忙,那样一番擦、刷、拭亮油漆、拍净地毯、把画取下又挂上、擦镜子和灯架、给卧室生火、在壁炉边烘被单和羽毛床垫,那架势是我过去和此后从来不曾见过的。阿黛尔在这期间简直变野了,准备迎客和等待他们到来似乎弄得她欣喜若狂。她硬要索菲把她称之为服装的所有罩衣都查看一下,把凡是过时的都改改新,把新的晒晒,整理好。她自己呢,却什么也不干,只在靠前面的那排房间里蹦进蹦出,在床上跳上跳下,在烧得烟囱里呼呼直响的熊熊炉火前,躺倒在床垫或者堆得高高的大小枕头上。她的功课都免了。费尔法克斯太太把我也拉进去听她调遣,我整天都呆在贮藏室里,替她和女厨子帮忙(或者帮倒忙),学着做蛋奶冻、奶酪饼和法国点心,捆扎野味翅膀和装点甜食碟子。

客人预定星期四下午到,赶上六点钟的晚餐。在等客来的这段时间里,我没时间去胡思乱想,我相信自己跟所有的人——除了阿黛尔以外——一样愉快、活跃。但话虽如此,我的愉快心情仍旧常常会像是被当头泼了一瓢凉水那样,不由自主地又会被拉回到疑惧、凶险和种种不祥的猜测中去。这是当我偶然碰见三楼的楼梯门(最近一直锁着)慢慢打开,端端正正戴着帽子、围着白围裙、系着头巾的格雷斯·普尔的身影从那里出现的时候;当我眼看她脚踏布条拖鞋、无声无息地悄悄溜过走廊的时候;当我瞧见她朝忙得脚底朝天的卧室里探头望望,——也许只是跟打杂女工交代一句应该怎样擦亮炉条,或者抹干净大理石炉架,或者从糊着墙纸的墙壁上除去污迹,然后又继续往前走去的时候。她就这样每天下楼到厨房去一次,去吃饭,在炉边适度地抽上一烟斗的烟,然后就又回到她楼上那个幽暗的窝里去,随身带着供她聊以自慰的那罐黑啤酒。一天二十四小时中,她只有一个小时是跟楼下那些用人伙伴们一起过的,其余时间她都待在二楼一间低矮的橡木板壁的小屋子里。她就坐在那儿做针线活,——也许还阴沉地独自笑笑,——就像个独自关在地牢里的囚犯那么孤单寂寞。

最奇怪的是除了我,宅里没有哪个人注意她这些怪习惯,或者对它们大惊小怪。没有人谈到她的职务或工作。没有人同情她的孤单或寂寞。的确,我有一次曾听到了一点莉亚跟一个打杂女仆间的闲谈,话题就是格雷斯。我没听清莉亚说了句什么,只听得那打杂女仆说:

"想来她拿的工钱挺多吧?"

"是啊,"莉亚说,"我也但愿拿那么多工钱。倒不是说我的工钱有什么可抱怨的,——桑菲尔德从来不克扣人,——不过它还不到普尔太太拿的五分之一。她正在攒钱呢,每一季她都要上米尔科特的银行去一趟。我一点都不怀疑她要是想辞工的话,她也已经攒够了钱足够养活她自己了。不过我猜想她在这儿已经待惯,再说她还不到四十岁,又健壮又能干,干什么都行。她要丢掉活儿不干实在太早了。"

"我想她准是一把好手吧。"打杂女仆说。

"噢!——她明白该干些什么,——谁也比不上她。"莉亚意味深长地回答说,"而且也不是谁都干得了她那份差事的,就是给跟她一样多的工钱也干不了。"

"确实干不了!"对方回答道,"不知道主人是不是……"

打杂女仆正要往下说,可是莉亚恰好回头瞧见了我,就马上用胳膊肘轻轻捅了对手一下。

"她不知道吗?"我听见那个女人小声说。

莉亚摇摇头,这场谈话自然就终止了。我从这里面所能听明白的仅仅只是——桑菲尔德有一个谜,而我被有意排斥在这个谜之外。

星期四到了。所有的工作前一晚都已经干完。地毯铺好,床幔加上了穗子,白得耀眼的床罩铺在床上,梳妆台安排就绪,家具擦拭干净,瓶里插上了鲜花,所有卧室、客厅都尽人手所能,收拾得焕然一新。连大厅也擦洗了一番。雕花的大钟也好,楼梯的踏级和扶手也好,全擦得像镜子那么亮。饭厅里,餐具柜摆满各色餐具,耀眼生辉。客厅和小客室里,一瓶瓶外国种的花卉在四周盛开着。

到了下午,费尔法克斯太太穿上她最好的黑缎衫子,戴上手套和金表,因为要由她来迎接客人,——为太太小姐引路上她们各自的房间里去等等。阿黛尔也要打扮起来,尽管我看至少在当天不大会让她去见客。但为了叫她高兴,我让索菲给她着上了一件宽摆的麻纱短罩衣。至于我自己,就毫无必要换什么衣服。决不会来叫我走出那间作为我个人私室的教室的。这间屋如今已完全成了我的私室,——"一个烦恼时十分愉快的隐蔽所"。

这是个宁静、温和的春日,三月末四月初作为夏日的先驱来到大地的那些明朗的日子之一。天已向晚,可是黄昏也还是相当暖和的,所以我开着窗坐在教室里工作。

"时间已经晚了。"费尔法克斯太太绸衣窸窣、穿戴整齐地走进来说,"我幸好吩咐了比罗切斯特先生交代的时间晚一小时开饭,因为现在就已经过了六点了。我已经打发约翰上园门口去看看路上有没有动静。从那儿可以向米尔科特的方向望出很远的路去。"她走到窗子跟前。"他来啦!"她说,"喂,约翰,"(她探出身去)"有消息吗?"

"他们来啦,太太。"对方答道,"再过十分钟就到了。"

阿黛尔飞也似的奔向窗口,我也跟了上去,小心地站在窗子一侧,以便让窗帘挡着,我能瞧得见而别人瞧不见我。

约翰所说的十分钟显得很长,不过最后终于听到了车轮声。四个骑马的人顺着车道奔来,后面跟着两辆敞篷马车。车上一眼望去尽是飘拂的面纱和摇动的羽毛。骑马的人中有两位是年轻、时髦的先生。第三位是罗切斯特先生,骑着他那匹黑马美罗,派洛特跑在他前面。跟他并排骑着马的是一位小姐,他们俩走在这一群人的最前面。她那身紫色骑马装长得几乎扫着地,她的面纱迎风长长地飘在后面,隔着面纱,在它透明的褶皱间,可以看得见她闪闪发亮的乌黑、浓密的发卷。

"英格拉姆小姐!"费尔法克斯太太喊了一声,就赶紧下楼坚守她的岗位去了。

这队人马顺着车道的拐弯,迅速转过了屋角,我就再也望不见他们。阿黛尔这时吵着要下楼去,但是我把她抱在膝头上,竭力开导她不管是现在也好,别的时间也好,都无论如何也不应该想冒昧地跑到太太小姐们跟前去,除非是特地派人来请她,否则罗切斯特先生准会非常生气的,等等。听了这些话,"她自然地流下了眼泪"①。但看见我脸色变得严肃起来,

---

① 这是仿弥尔顿在《失乐园》中形容亚当和夏娃的诗句:他们自然地流下了几滴眼泪,但马上就将它们擦去。

她也终于同意把眼泪擦掉。

现在可以听得见大厅里愉快的骚动声。先生们低沉的嗓音，太太小姐们银铃般的声调和谐地交织成一片，而在这一切之上，可以清楚地分辨出桑菲尔德府主人那虽不很高却很洪亮的声音，在欢迎他美丽和英俊的客人们的光临。接着，有轻盈的脚步声登上楼梯，快捷的步履穿过过道，还有柔和的欢笑和开门关门的声音，随后，一时间寂静无声。

"她们在换装。"阿黛尔说。她一直在用心听着，不放过一举一动。接着她叹了口气。

"跟妈妈在一块儿的时候，"她说，"有客人来我总是到处跟着，到客厅里，到她们房里；我常常瞧着使女给太太们梳头、穿衣，挺有意思的，瞧瞧真有好处呢。"

"你不饿吗，阿黛尔？"

"可不是吗，小姐，我们有五六个钟头没吃东西了。"

"那好，趁这会儿太太小姐们都在她们房里，我试着下楼去给你找点吃的来。"

我小心翼翼地走出我的隐蔽所，找了一道直通厨房的后楼梯下去。那儿正炉火通红，乱成一片。清汤炖鱼已到了快要大功告成的阶段，厨子正扑在她那几口宝贝锅子上，全副身心都紧张得仿佛随时有自动着火燃烧的危险似的。在仆役厅里，两个车夫和三位"二太爷"或坐或立地围在炉火边。那些心腹侍女们呢，我想大概都在楼上她们的女主人身边。几个从米尔科特雇来的新仆人则正在里里外外忙个不停。穿过这一片混乱，我终于来到了放食品的地方。我在那儿拿了一只冻鸡、一个圆面包、几块甜馅饼、一两只盘子和一副刀叉。我拿着这些战利品赶紧撤退。我重新回到过道上，刚把后楼门在身后关上,就听得一阵愈来愈响的嗡嗡声,警告我那些太太小姐们就要出房了。我没法到达教室而不经过其中的几个房门,因而有危险被她们正好撞见我手里满捧着大批给养。因此我就在这一头站住不动,这儿没有窗,光线很暗,现在天又相当黑了,太阳已经落山,暮色愈来愈浓。

不一会儿,那些房间里一个接一个地放出了它们美丽的住客,每一个走出来时都轻松愉快,满身穿戴在昏暗中闪闪发光。她们在走廊的那一头聚在一起站立了一会儿,用活泼可爱的语调轻声地互相交谈。然后她们一起走下楼梯,轻盈无声得就像一团明亮的雾从山坡上飘下来。她们在一块儿给我留下的总印象,是我所从未经见的高贵和优雅。

我发现阿黛尔正在从她推开了一道缝的教室门里往外张望着。"多漂亮的太太小姐们啊!"她用英语喊着,"唉,我真希望能上她们那儿去!你看罗切斯特就会派人来叫我们去么,吃过晚饭?"

"不,真的,我看不会。罗切斯特先生还有别的事情要操心呢。今天晚上别去管那些太太小姐了,说不定你明天能见到她们。这儿是你的晚饭。"

"她是真的饿了,因此鸡和馅饼暂时转移了她的注意力。幸好我弄到了这份粮草,要不然连她,连我,还有索菲,——我把我们的饭食也分给了她一份,——都很可能会根本吃不上晚饭。楼下的人都忙得想不起我们来了。九点以后才上甜食,十点钟那些听差还在端着托盘和咖啡杯跑来跑去。我准许阿黛尔待到比平常晚得多的时候才睡,因为她说,楼下不断门开门闭,人们忙忙乱乱,她根本睡不着觉。另外,她还补充说,说不定等她脱了衣服,罗切斯特先生又会派人带口信来,

"那多可惜啊!"

我给她讲故事,她愿听多久就讲多久。随后为了换换口味,我带她出去,来到走廊里。大厅里的灯已经点亮,她津津有味地扑在栏杆上俯视着仆人们穿梭般地来去。到了夜已很深的时候,已经搬进了一架钢琴的客厅里传出了一阵音乐声,阿黛尔和我在楼梯顶上面一级坐下来听着。不一会儿一个歌声加入了悠扬的琴声,是一位小姐在唱,唱得非常动人。独唱完了,接着是二重唱,然后又是无伴奏合唱,中间间歇时还夹杂着一片喁喁的愉快谈话声。我听了很久。突然间,我发觉自己是在竖起耳朵分辨那混在一起的声音,竭力想从这一片混杂的人声中辨认出罗切斯特先生的口音。当我的耳朵很快就捕捉到了它的时候,又进一步努力根据因为离得太远而听不清楚的语调,去猜想出所说的话语来。

钟敲了十一点。我望望阿黛尔,她已经头靠着我的肩,眼皮越来越沉重,因此我把她抱在怀里,送上了床。等那些先生女士们各自回房就寝时,时间已将近一点了。

第二天的天气也跟前一天一样好。客人们用这一天去邻近某个地方游览。他们上午很早就出发,有的人骑马,其余的人坐马车。他们出发和回来我都目睹了。像先前一样,英格拉姆小姐是惟一骑马的女人,也像先前一样,罗切斯特先生骑马走在她旁边。两人跟其他的人稍微隔开一段距离。费尔法克斯太太正好跟我一起站在窗前,我向她指出了这一点:

"你说过他们不大会想到结婚,"我说,"可是你瞧罗切斯特先生在其他太太小姐们中间明明更喜欢她。"

"对,我想是的。他毫无疑问很爱慕她。"

"而她也爱慕他。"我补充说,"瞧她那样朝他侧过头去,像在说体己话似的。我真想能看见她的脸,到现在我还没瞧见过一眼呢。"

"今儿晚上你会看到她的。"费尔法克斯太太答道,"我偶尔跟罗切斯特先生提起阿黛尔多么想去见见太太小姐们,他说:'哦!晚饭后叫她到客厅里来,请爱小姐也陪她一起来。'"

"不错,他只是出于礼貌才这样说的。我相信我不必去。"我答道。

"是啊,我跟他说了,你不习惯交际,我不相信你会喜欢在这样一群热闹的客人面前露面,——全都是些不认识的人。可他还是那么急躁地回答说:'废话!要是她反对,就告诉她这是我特别希望的。要是她还拒绝,你就说如果她一意顽抗,我就要亲自去拉她。'"

"我不想麻烦他这样做。"我答道,"尽管没什么好处,我还是去吧。不过我并不喜欢这样。你也去吗,费尔法克斯太太?"

"不,我请求免了,他答应了我。我告诉你要怎样做,才能避免那种一本正经地出场的别扭劲,那是这件事情上最叫人受不了的地方。你得趁太太小姐们还没退席,客厅里还没人的时候就先进去。挑个你最喜欢的僻静角落坐下来。除非你高兴,你在先生们进来以后就不必多待下去,只要让罗切斯特先生看见你在那儿就行,随后就悄悄溜掉,——谁也不会发现你的。"

"这些人会住很久吗,你看呢?"

"或许住两三个礼拜,不会再多了。过了复活节假期,新近当选为米尔科特市政委员的乔治·利恩爵士就得进城去上任，我看罗切斯特先生多半会跟他一块儿走的。我已经很诧异他竟会在桑菲尔德待了这么长时间。"

我怀着几分心惊胆战的心情，眼看着要我带着我照看的孩子上客厅去的时间已经快到了。阿黛尔自从听说晚上要让她去见太太小姐们，一整天都处在欣喜若狂的状态，直到索菲动手替她梳妆打扮，她才静下心来。随后，这番手续的事关重大，很快就使她变得稳重起来。等到把她的鬈发梳理成一束束，平整光滑地垂着，给她穿上了她那件缎子的粉红色罩衫，系上了长腰带，戴好了抽纱无指手套，她那神情严肃得简直就像个法官似的。用不着去告诫她小心弄乱了衣服，她一打扮好，就一本正经地在她的小椅子上坐下来，事先还注意把缎子衣摆撩起来，生怕坐皱了，并且还要我放心，她会一动不动坐在那儿，直到我打扮好。这我用不了多久，我最好的衣服（银灰色的那一件，是谭波尔小姐结婚时买的，以后一直没穿过）很快就穿上了身，我的头发很快就梳平了，我仅有的一件首饰，那个珍珠别针，也很快就别好了。我们走下楼去。

幸好进客厅去另外还有一道门，不必经过他们大家正在吃饭的那间餐厅。我们发现屋子里没有人，大理石壁炉里默默地燃着旺盛的炉火，点缀桌面的精美鲜花中夹杂着一支支蜡烛，正在寂寞中明亮地照耀着。拱门上垂着猩红的帷幔。尽管它只形成一道薄薄的屏障，把隔壁餐厅里的那些人隔开，但他们说话的声音那么轻，所以除了一阵不惊动人的喃喃声以外，一点也听不清他们的谈话。

阿黛尔似乎还处在令人肃然起敬的气氛的影响之下，她一声不响地在我指给她的一张矮凳上坐了下来。我退到一张窗边的椅子上坐下，从旁边的桌子上拿了一本书，打算阅读

它。阿黛尔把她的凳子搬到我的脚边，不久，她碰了碰我的膝头。

"什么事，阿黛尔？"

"我可以从这些美丽的花中间拿一朵吗，小姐？只是为了让我的打扮更完美一些。"

"你对自己的衣着、打扮想得太多了，阿黛尔。不过你可以拿一朵。"说着我就从花瓶里拿了一朵玫瑰，插在她的腰带上。她发出了一声无比满意的叹息，就仿佛现在她那幸福之杯总算完全斟满了。我掉过脸去掩藏起忍不住的微笑。这个小巴黎女人对于衣饰方面的事情那种天生的、急切的热衷心情，既有几分可笑，也有几分可悲。

现在可以听到轻轻起身离席的声音。拱门上的帷幔给撩开了，可以望见门那边的餐厅。点燃的吊灯光照耀着银器和玻璃器皿，它们装着精美的甜食摆满了长长的餐桌。一群女客站在门口。她们走了进来，帷幔在她们身后重新合拢了。

一共只有八个人，可不知怎么她们一起进来时，给人的印象仿佛人数要多得多。她们当中有几个个儿很高，好几个都穿得一身洁白，而且人人身上的盛装都宽大曳地，显得她们的身量变大，就像雾气使月亮变大一样。我站起来向她们行了个屈膝礼，有一两个人点头回礼，其余的人都瞪着眼望了望我。

她们在屋子里四下散开，行动的轻盈活泼使我联想起一群羽毛雪白的鸟儿。她们中有几个倒身半倚在沙发和软榻上，有几个俯身瞧瞧桌上的书籍和鲜花，其余的人围聚在炉火边上，纷纷用她们似乎习惯了的低而清脆的声调说话。我以后才知道她们的名字，不过不妨现在就提一下。

首先是埃希敦夫人和她的两个女儿。她显然曾经是个漂亮的女人,现在也仍旧保养得很好。两个女儿中,大的那个埃米个儿挺小,面容和神态都显得天真、孩子气,举止有点淘气。她的白麻纱衣服和蓝腰带都很合她的身。二女儿路易莎个子高些,身材也优美些,脸长得很漂亮,是法国人所说的俏皮面孔那一类。两姐妹都像百合花那么白净。

　　利恩爵爷夫人是位四十上下、又大又胖的人物,神气非常高傲,身着华丽的闪缎长衣,头发上束着缀有一圈宝石的发箍,在天蓝色的羽毛衬托下乌黑发亮。

　　丹特上校太太不那么炫耀,可是我觉得样子更高贵。她长着细挑身材,白皙而温和的脸,一头金发。她那身黑缎子服,华贵的外国抽纱围巾和珍珠首饰,比那位有爵位头衔的贵妇人满身的珠光宝气更招我喜爱。

　　但是最突出的三位——也许是因为在这群人当中个子最高的缘故——却是已寡的英格拉姆爵爷夫人和她的女儿布兰奇和玛丽。她们三个都是妇女当中身材最高的。夫人年龄大概在四十到五十岁之间。她体态依然很美,头发(至少在烛光下看来)仍旧乌黑,满口牙齿显然也依旧完好。大多数人会说她是她那个年纪中的美人,从身体上来讲无疑也确实是这样。然而在她的容貌举止上却有一种几乎令人无法忍受的高傲神气。她长着一副罗马人的脸相,一个双下巴与脖颈融为一体,像一根粗柱子。我觉得,她不但为摆架子而横着脸、沉着脸,而且还为摆架子而皱着面孔,甚至也为了同样的原因而把下巴挺得高高的,几乎达到了不自然的程度。此外,她还有一种凶狠严厉的目光,叫我联想起里德太太的目光来。她讲话装腔作势,嗓音低沉,声调非常夸张,口气十分专横,——

总之,叫人非常受不了。一件紫红色的丝绒袍,一项用印度金丝织物做的头巾式软帽给了她(我猜她是这样想的)一种真正帝王般的派头。

布兰奇和玛丽是同样的身材,——又高又直,像棵白杨树。玛丽按她的身高来说显得太瘦,而布兰奇长得就像是一位狩猎女神。不用说,我怀着特别的兴趣仔细打量她。首先,我想看看她的容貌跟费尔法克斯太太的描述是不是相符。其次,看看这跟我凭想象替她画的那副微型肖像到底像不像。第三,——明说了吧!——究竟长得是不是像我设想中能适合罗切斯特先生口味的那种样子。

就外貌来说,她一丝不差地既符合我的画像,也符合费尔法克斯太太的描述。高高的胸脯,斜溜的双肩,优美的脖颈,乌黑的眼睛和黑油油的鬈发全在那儿,——可是她的脸呢?——她的脸活像她的母亲,一副年轻而还没起皱纹的翻版。同样低低的额头,同样高傲的脸容,同样的架子十足。不过,这种高傲没那么阴沉,她不断地笑。她的笑带着嘲弄,而她那高傲地扭弯的嘴唇也带着这样的习惯表情。

据说天才总是自我意识到的。我说不上英格拉姆小姐是不是天才,但她确实是自我意识到的,——十分明显地自我意识到的。她跟和气的丹特太太谈起植物学来。看来丹特太太没学过那门学问,尽管像她自己所说的,她很喜欢花,"尤其是野花",而英格拉姆小姐却学过,因此她神气活现地列数种种植物学名词。我很快就觉出她是在(用行话来说)追猎着丹特太太玩,这就是说,在利用她的无知寻开心。这种追猎也许很聪明,但它肯定是不够厚道的。她弹琴,她的演奏是出色的。她唱歌,她的嗓音是美妙的。她单独跟她妈妈讲话时讲法语,也讲得很好,流利而且口音正确。

玛丽的脸比布兰奇温和、坦率,面目比较和善,皮肤也稍微白一些(英格拉姆小姐黑得像西班牙人),——但是玛丽缺乏生气,她脸上缺乏表情,目光缺乏神采,她没有什么话可说,而且一旦坐下,就会像神龛里的雕像那样一动不动。姊妹俩都穿得一身洁白。

那么,现在我是不是认为英格拉姆小姐正是罗切斯特先生可能会选上的意中人呢?我还说不上,——我不知道他在女性美方面的好恶。如果他喜欢有气派,那么她正是有气派的典型,何况她还多才多艺,活泼伶俐。我觉得大多数先生们都会爱慕她。至于他的确是在爱慕她,那我觉得似乎已经得到了明证,现在只等他们结合在一起,一切疑云就都烟消云散了。

读者,你可不要以为这段时间里阿黛尔一直都老老实实坐在我脚边的小凳上。才不呢,女客们一进来,她就站起身来,迎了上去,一本正经地行了个礼,郑重其事地说:

"太太小姐们,你们好。"

英格拉姆小姐揶揄地低头俯视着她,喊了一声:"啊,好一个小玩具娃娃!"

利恩夫人说了句:"我猜这就是罗切斯特先生照管的孩子,——他说起过的那个法国小姑娘。"

丹特太太和善地握住她的手,吻了她一下。埃米·埃希敦和路易莎·埃希敦异口同声地叫道:

"多可爱的孩子啊!"

接着她们把她叫到一张沙发跟前,现在她就安坐在她们俩的中间,一会儿用法语、一会儿又用结结巴巴的英语叽里咕噜说个不停,不但迷住了那两位小姐,还迷住了埃希敦太太和利恩夫人,被大伙儿宠爱得得意洋洋。

最后咖啡送来了,男宾们给请了进来。我坐在暗角落里,——要是在这间灯火辉煌的屋子里说得上有什么暗角落的话;窗幔半遮着我。拱门又撩开了帷幔,他们走了进来。男宾们在一块儿,也跟女客们一样,看上去给人十分难忘的印象。他们穿着一色的黑礼服,大多数人个子高大,有几位年纪还很轻。亨利·利恩和弗雷德里克·利恩确实是非常时髦的花花公子,而丹特上校是位有军人气概的漂亮男人。区执法官埃希敦先生绅士派头十足,他头发几乎全白了,但眉毛和胡子却依旧漆黑,这使他有几分像“戏里的尊贵长者”的样子。英格拉姆勋爵像他姐妹一样,个子很高,而且也像她们一样,长得很漂亮。不过他也有玛丽那种无精打采的漠然神气,他四肢的发达似乎胜过了精力的旺盛和脑力的充沛。

可是罗切斯特先生在哪儿呢?

他最末一个才进来。我并没朝拱门看,但我却看见他进来了。我竭力全神贯注在钩针和我手头正织着的钱包的网眼上,——我想一心只去想我手上的活儿,只去看我衣兜上那些银色珠子和丝线。然而,我却清清楚楚地看见了他的身影,禁不住又回想起了我上一次看见他的情景,我刚给过他他所说的重大帮助之后,他握住我的手,低头望着我的脸,仔细凝视着我,眼里流露出万种思绪急于一吐的心情。我也有着跟他同样的心情。当时我曾跟他多么贴近啊!从那以后,到底发生了什么存心要使我俩相互关系发生改变的事情呢?可现在我们确实是多么隔膜、多么疏远啊!那么疏远,以至我毫不指望他会走过来跟我说话。因而我一点都不奇怪,他瞧也没瞧我一眼,就在屋子那一头坐下,开始跟几位太太小姐们闲谈了起来。

我一看到他全神贯注在她们身上,我尽可以凝视而不被发觉,我的目光就不由自主地被吸引到了他的脸上。我无法管住我的眼皮,它们一定要抬起来,眼珠子一定要盯住他。我看了,看的时候有一种强烈的欢乐,——一种甜蜜而又辛辣的欢乐。是纯金,却又有钢的刺人棱角。是像一个渴得要死的人会感到的那种欢乐,他明知自己爬近的泉水放了毒药,却还是不顾一切地弯下身去喝下那宝贵的几口。

"情人眼里出西施",这话对极了。我这位主人的缺少血色的橄榄色脸庞,宽大的方额角,又粗又浓的眉毛,深沉的眼睛,粗犷的五官,坚定而严厉的嘴,——处处显示着精力、决心和意志,——按常规来说都不算美,然而对我来说它们却更胜过美。它们富于情趣和影响力,使我几乎完全为它们所左右,——使我的感情脱离我自己的控制而牢牢置于他的控制之下。我并不想去爱他,读者为证,我曾竭力想把在自己心灵中觉察到的爱苗连根拔掉。可如今,刚重新见到他,它们就自动地复活过来,既青翠又茁壮! 他没看我一眼就让我爱上了他。

我拿他跟他的客人相比。无论是利恩兄弟的风流倜傥,还是英格拉姆勋爵的淡泊文雅,——甚至是丹特上校的英武出众,跟他那流露着天赋精神和真正力量的神态相比起来,又算得了什么? 我对他们的外貌,他们的表情并无好感,但我能想象得到,大部分看见的人都会说他们漂亮、迷人、令人难忘,而会宣称罗切斯特先生相貌既难看,神态又阴郁。我看到他们微笑,大笑,——全都毫无意义。连蜡烛光里蕴藏的生气都不比他们的那种微笑少,铃子叮当声中的含意,也并不逊于他们的大笑。我看见过罗切斯特先生的微笑,——他严峻的面容柔和了,他眼睛变得既明亮又亲切,目光既锐利又温存。眼前他正在跟路易莎·埃希敦和埃米·埃希敦说话。我奇怪地看到,我觉得锐利无比的目光,她们面对着它却镇定自若。我原以为在他的注视下,她们的眼睛会垂下,红晕会泛起,但是我却高兴地发现,她们完全无动于衷。"他在她们眼里跟在我眼里完全不同,"我想,"他跟她们不是同一类人。我相信他跟我是同一类的,——我肯定他是,——我觉得自己跟他相似,——我明白他面容和举止中的含意。尽管财富地位相隔天壤,我的头脑和心灵、血液和神经中却有一种东西使我和他精神上彼此相通。几天前我不是还说过,除了从他手里接受薪金外我跟他毫无关系吗?我不是除了拿他当雇主外,不准自己对他有任何别的看法吗?这真是违背天性!其实我的一切良好、真诚、热烈的感情,都是围绕着他而迸发的。我知道我必须遮掩我的心情,我得抑制希望,我得牢记他不会太把我放在心上。因为我说自己跟他是同一类人的时候,并不是说我也有他那种对别人的影响力和神奇的吸引力。我只是说自己在某些志趣和感情上跟他有共同的地方。所以我必须不断提醒自己,我们之间是永远隔着一条鸿沟的。——但尽管如此,只要我一息尚存,知觉还在,我就不能不爱他。"

咖啡端上来了。自从男宾们一进来,女客们就变得像百灵鸟那么活跃。谈兴愈来愈浓,愉快而轻松。丹特上校跟埃希敦先生在辩论政治问题,他们的妻子在听着。两位高傲的爵士遗孀利恩夫人和英格拉姆夫人,正在一起闲聊。乔治爵士——顺便说起,我忘了描写他的样子——是位又胖又大、气色极好的乡绅,他端着咖啡站在她俩的沙发跟前,偶尔插上一两句话。弗雷德里克·利恩先生坐在玛丽·英格拉姆旁边,正在翻给她看一本装帧华丽的书里的木版插图。她一边看,一边不时微笑,但话显然说得很少。高大而懒散的英格拉姆勋爵抱臂凭靠在娇小活泼的埃米·埃希敦小姐的椅背上。她不时仰头望望他,像只鹞鹈似的叽叽咕咕说个不停。跟罗切斯特先生相比,她还更喜欢他一些。亨利·利恩坐在路易莎脚边的一张软垫长凳上,阿黛尔跟他坐在一起。他试着跟她讲法国话,路易莎在嘲笑他的缠夹不清。布兰奇·英格拉姆会跟谁做伴呢? 她正一个人站在桌边,神态优雅地俯身翻看着一本书。她似乎在等着别人来找她。但是她不愿久等下去了,她自己去挑了个伴儿。

罗切斯特先生方才离开了两位埃希敦小姐,现在正像她独自站在桌边那样,独自一个人站在壁炉前。她走到壁炉架的另一边,面对着他站定。

"罗切斯特先生,我总以为你是不喜欢小孩子的?"

"我的确不喜欢。"

"那你怎么会想到去抚养那样一个小玩偶的呢?"(她指指阿黛尔)"你是从哪儿把她捡来的。"

"我并没去捡她来,是人家把她交给了我的。"

"你该送她进学校呀。"

"我负担不起,学校太花钱了。"

"可是,我看你给她请了一个家庭教师呢。我刚才还看见有个人跟她在一起,——她走了吗? 哦,没有! 她还在那儿,在窗帘背后。你当然付她薪水咯,我想这大概一样花钱,——花得更多,因为这样你更得负担她们两个人的生活了。"

我生怕——或许我应当说是希望？——罗切斯特先生一听到提起了我，会朝我这边望来，因此我不由自主地更躲进了阴影里。可是他根本连眼睛都没转。

"我没考虑过这问题。"他漫不经心地说，目光直视着前面。

"对，——你们男人确实总是不考虑节俭和常识。你真该听听妈妈是怎么讲那些家庭教师的。我想玛丽和我小时候总有过一打以上吧，她们有一半招人讨厌，另外的又十分可笑，反正全都是些噩梦，——不是吗，妈妈？"

"你在跟我说么，我的宝贝？"

被这位贵族遗孀像这样视作她的珍贵财宝的年轻小姐，又把问题重说了一遍并加以解释。

"我亲爱的，快别提那些家庭教师了，一提起这个词儿就叫我心神不宁。她们的庸碌无能和乖僻任性真叫我吃尽了苦头。谢天谢地如今我总算摆脱了她们。"

这时丹特太太向这位信神的夫人弯过身去，在她耳边悄悄说了点什么，从引出的答话看，我想准是在提醒她眼下正有一个这类挨咒骂的人在场。

"那才糟呢！"①这位贵妇人说，"我倒希望这对她会有些好处！"接着，稍微压低一些声音说，但仍旧高到让我听得见："我注意到她了。我善于看相，我在她脸上看到了所有她那个阶层的人的缺点。"

"哪些缺点呢，夫人？"罗切斯特先生大声问。

---

① 这里是反话。

"我私下再跟你说吧。"她回答,一面连摇了三摇她那顶头巾帽暗示不妙。

"可是我那好奇心会失掉胃口的,它现在就想满足。"

"问布兰奇吧,她离你比我更近。"

"噢,别叫他来问我,妈妈!对这帮人我只有一句话可说,——她们都是些厌物。倒不是因为我吃过她们多少苦头,我总是想方设法占她们的上风。西奥多跟我是怎样经常狠狠捉弄我们那些威尔逊小姐呀,格雷太太呀,还有尤伯特太太们的啊!玛丽老爱打瞌睡,打不起劲儿来跟我们一起玩诡计。最有趣的是捉弄尤伯特太太。威尔逊小姐是个病恹恹的可怜家伙,老是哭哭啼啼、愁眉苦脸的,总之,不值得费心去制服她。格雷太太又粗又迟钝,怎么整她都毫不在乎。可是可怜的尤伯特太太啊!我现在还好像看见她被我们闹得走投无路时那副气急败坏的样子,——我们倒翻茶杯,弄碎黄油面包,把我们的书抛到天花板上,用尺子拍书桌、炉具敲围栏来闹个天翻地覆。西奥多,你还记得那些快乐的日子吗?"

"是——啊,我当然记得。"英格拉姆勋爵懒洋洋地说,"那块可怜的老呆木头还常常大声嚷着:'唉,你们这班坏孩子!'——于是我们就训斥她,说她自己什么也不懂,居然敢来教我们这样聪明伶俐的孩子。"

"我们是这么干过。泰多①,你知道,我还帮你责难(或者说为难)过你那个男教师,灰白面孔的维宁先生——我们常常叫他害鸡瘟的牧师。他跟威尔逊小姐居然放肆地谈起恋爱来了,——至少泰多跟我是这样认为的。我们抓住过他们各

---

① 泰多(Tedo):西奥多(Theodore)的昵称。

种各样柔情蜜意的眉来眼去和长吁短叹,我们断定那都是‘恋爱’的迹象,因此我向你担保,大家会很快分享到我们的新发现,我们要拿它当杠杆,把压在我们头上的这两个讨厌家伙撬出门外去。亲爱的妈妈稍一听到了关于这件事的风声,就断定了它是伤风败俗的。是这样么,我的母亲阁下?”

“当然咯,我的宝贝女儿。而且我的看法是完全对的。相信我的话,有千百条理由说明,男女家庭教师私通在任何一个规矩人家都是一刻也容忍不得的。首先……”

“唉,天哪,妈妈! 别给我们一条条列举了! 再说,我们也全都知道:有给童年的天真树立坏榜样的危险啊,恋爱双方心心相印、相依为命,会引起分心因而造成失职啊,由此而来的刚愎自恃,——与此相伴的傲慢无礼,——公然顶撞和怨气总爆发啊。我说得对吗,英格拉姆园的英格拉姆男爵夫人?”

“我的百合花儿,你说得对,你总是对的。”

“那就用不着再说下去了,换个题目吧。”

埃米·埃希敦没听见或者没留意这句不由分说的话,用她那孩子般柔声细气的腔调说:“路易莎跟我也常常戏弄我们的家庭教师,可是她是那么个好脾气的人,什么都忍得住,怎么也惹不恼她。她从来没跟我们发过脾气,对吗,路易莎?”

“对,从来没有。我们可以爱怎么干就怎么干,搜查她的书桌和针线盒,把她的抽屉翻个底朝天。她却那么好脾气,我们要什么她都肯给。”

“接下去,我猜,”英格拉姆小姐嘲弄地撇着嘴说,“我们是要去替全部现有的女教师作传记摘要了。为了免除这场灾难,我再一次建议提出一个新话题。罗切斯特先生,我这个提案你附议吗?"

"小姐,不管是这件事还是其他所有的事,我都支持你。"

"那么,得由我来提出啦。爱德华多先生①,今儿晚上你嗓子好吗?"

"比央卡小姐②,只要你下命令,我就唱。"

"那么,先生,我就传旨命你清清你的肺和其他发音器官,好让它们为朕效力。"

"谁不愿意当这样一位圣明的玛丽的里丘③呢?"

"去它的什么里丘!"她一边向钢琴走去,一边把满头的鬈发一甩,高声嚷道,"我认为这位拉提琴的大卫准是个枯燥乏味的家伙。我还更喜欢黑皮肤的博斯威尔④一些。我觉得一个男人要没一点魔鬼气简直一钱不值。不管历史爱怎么讲詹姆士·海普本,我总觉得他正是我愿意下嫁的那种又凶又野的绿林好汉式人物。"

"先生们,你们听听!那么你们哪一位最像博斯威尔呢?"罗切斯特先生嚷道。

"我想,你最合格。"丹特上校应声回答。

"说实话,我真对你不胜感激之至。"对方答道。

英格拉姆小姐现在已经高傲而文雅地在钢琴前坐下,雪白的长袍像皇后般派头十足地向四面撒开,一面气势非凡地奏起了一支前奏曲,一面嘴里还说着话。她今晚显得趾高气

①② 原文为意大利语。

③ 里丘(David Rizzio,1533?—1566):意大利音乐家,苏格兰女王玛丽的宠臣。

④ 博斯威尔(Bothwell):玛丽女王的丈夫詹姆斯·海普本(James Hepburn,1536?—1578),封号为博斯威尔伯爵。

扬。无论言语还是神气都似乎不仅要博得听众的赞美，而且要引起他们的惊异。她显然一心想使他们觉得她真是非常大胆而且洒脱。

"哦，我真厌烦透了现在的年轻人！"她一边在琴上飞速地弹奏着，一面大声感叹说，"全是些可怜的小东西，不配走出爸爸的园子大门一步，没有妈妈的允许和带领甚至还不敢走那么远！这些家伙那么关心他们的漂亮脸蛋、他们雪白的手和小巧的脚，仿佛一个男人美不美有什么要紧似的！就好像可爱并不是女人专有的特权，——她们的当然属性和遗产似的！我认为一个丑女人是造物美丽的脸上的一个污点，至于男人，那就让他们一心只求英武有力吧，让他们只把打猎、射击和搏斗当作自己的座右铭，其他的全一文不值。我要是个男人，我就准备这么做。"

"什么时候我要结婚的话，"在没人插话中停顿了一会儿之后，她又继续说，"我拿定主意，我的丈夫不能是我的敌手，只能是我的陪衬。我不容许身边有争夺王位的人。我要求对我忠贞不贰，他不能既忠于我又忠于他在镜子中看见的自己。罗切斯特先生，现在你唱吧，我来替你伴奏。"

"我奉命唯谨。"对方回答说。

"那么这儿有一首海盗歌曲。要知道我最爱海盗，正因为这样，你要唱得情绪饱满①。"

"英格拉姆小姐发出的金口御旨，会叫一杯牛奶掺水都变得情绪饱满的。"

"那就小心唱好。要是你唱得不能叫我满意，我就要羞

① 原文为意大利语。

羞你,做个样子让你看看这类事该怎么干。"

"这是答应对无能给予奖励啊,那我就要尽量唱糟了。"

"你小心点!要是你存心唱糟,我就要想出个相应的惩罚办法来。"

"英格拉姆小姐该发发慈悲,因为她有力量施加凡人忍受不了的惩罚。"

"嘿!解释一下!"这位小姐命令说。

"请原谅,小姐,没必要解释。你自己的敏锐头脑就会告诉你,你的眉头一皱就足足抵得上死刑了。"

"快唱!"她说,接着就再次手按琴键,以热烈的情绪开始伴奏。

"现在正是我溜走的时候了。"我心想。但正在这时,一阵划破长空的歌声吸引住了我。费尔法克斯太太说过罗切斯特先生有一副好嗓子,他果然如此,——是一种圆润浑厚的男低音,其中注入了他自己的感情和力量,能够入耳动心,并且奇妙地唤起人们心中的激情。我一直等到最后一个深沉丰满的颤音消失,——暂停了片刻的谈话浪潮又一次掀起,这才离开我那隐蔽的角落,从幸好就在近旁的边门走了出去。那儿有条窄窄的过道通向大厅。我正顺着它走去时发现我的鞋带松了,便停下来系好它,为此我在楼梯脚下的地席上屈腿蹲下。我听见餐厅门开了,有一位先生走了出来。我赶紧立起身来时,正好跟他面对面地站着。原来是罗切斯特先生。

"你好吗?"他问道。

"我很好,先生。"

"你刚才在房里干吗不走过来跟我说话?"

我心想,我倒可以向问话的人反问一下这个问题,但我不想那么放肆。我答道：

"我看你挺忙，不想来打搅你，先生。"

"我不在家的时候，你干些什么？"

"没什么特别的事，照常教阿黛尔念书。"

"同时变得比以前苍白了不少，——我第一眼就看出来了。是怎么回事？"

"没什么，先生。"

"是不是你差点把我淹死的那天晚上受了凉了？"

"一点也没有。"

"回客厅去吧，你离开得太早了。"

"我累了，先生。"

他看了我一会儿。

"还有点心情不好。"他说，"为了什么？告诉我。"

"没什么……没什么，先生。我心情并没不好。"

"可我肯定你是不好，而且很不好，再说几句你的眼睛里就会涌上眼泪来了，——真的，现在就已经在那儿闪动了，而且有一颗已经顺着眼睫毛掉落在石板地上了。要是我有空，而且不是生怕有哪个爱瞎叨叨的用人走过的话，我准会弄清楚这到底是怎么回事。好吧，今晚我就放你走。不过要记住，只要我的客人还在这儿，我就指望你每天晚上都在客厅露面。我希望这样，可别置之不理。现在去吧，让索菲来领阿黛尔。晚安，我的……"他住了口，咬紧嘴唇，突然撇下我走了。

# 第 十 八 章

那些天是桑菲尔德府欢乐的日子,也是忙碌的日子,跟我在那儿度过的平静、单调、冷清的头三个月是多么不同啊！如今这所屋子里的一切忧伤感觉似乎都已经给赶走,一切阴郁的联想都已经给忘掉了。到处热热闹闹,整天人来人往。如今你简直不可能走过一度曾那么寂静无声的走廊,或者跨进前面那排以前曾空无一人的房间,而不碰见一个衣着漂亮的使女或者一名穿戴讲究的男仆。

厨房,配膳间,仆役室,门厅,也都同样地热闹。几间客厅里,只有当和煦春天的蓝天丽日把里面的人都引到外面去的时候,才会变得空寂无人。就是天气不好,一连几天阴雨连绵,似乎也不曾使他们扫兴,户外的寻欢作乐受了阻,只会使室内的娱乐变得更加活泼多样。

在有人建议要变换一个余兴节目的头一个晚上,我心里纳闷他们究竟要怎么干。他们说要玩"猜哑剧字谜",但是由于我无知,我一点也不懂这个名词。仆人们给叫了进来,餐厅里的桌子都给移走,灯光作了新的布置,椅子朝着拱门排成半圆形。当罗切斯特先生和其他男宾们在指挥着作这些变动时,女客们在楼梯上跑上跑下,打铃唤她们的使女。费尔法克斯太太给叫了来,要她讲一讲宅里有多少各色的披巾、衣服、帷幔。三楼的有些衣柜给翻箱倒箧搜索了一遍,里面的东西,包括带裙环的锦缎裙子啊,缎子宽身女袍啊,黑绢头巾啊,花边飘带啊等等,都由那些使女们成抱地捧下楼来,经过选择,把选中的东西拿进了客厅里间的小客厅。

这时,罗切斯特先生已经再一次把女宾们招呼到自己身边,正从她们中间挑选跟自己一边的人。"英格拉姆小姐当然是我的咯。"他说。接着他又点了两位埃希敦小姐,还有丹特太太。他眼光落到了我身上,这时我因为替丹特太太扣好松开的手镯,刚好就在他近边。

"你参加吗?"他问。我摇了摇头。本来我怕他会坚持,但他并没有,让我仍旧悄悄回到我的老座位上去。

他和他的助手们现在退到了帷幕后面,由丹特上校领头的另外一方在围成半圆形的椅子上坐了下来。男宾中的一位埃希敦先生瞧见了我,似乎主张请我去一起玩,但是英格拉姆夫人驳回了这个意见。

"不要,"我听得她说,"她看来太蠢了,根本玩不了这一类游戏。"

没过多久,铃响了,幕布拉了起来。也被罗切斯特选中的乔治·利恩爵士的粗笨身躯,裹着一条白被单出现在拱门里面。他面前一张桌子上摊开着一大本书。他旁边站着的是埃米·埃希敦,身披着罗切斯特先生的斗篷,手里拿着一本书。有人在看不见的地方起劲地摇着铃,接着阿黛尔(她一定要参加她保护人一边)跳跳蹦蹦地上场,把挎在臂上的花篮里的花纷纷撒向四周。然后就出现了英格拉姆小姐优美的身形,穿得一身洁白,一块长长的面纱蒙在头上,额上戴着一个玫瑰花环。罗切斯特先生跟她并排走着,两人一起走到桌边。

他们跑了下来,也穿得一身洁白的丹特太太和路易莎在他们身后站好了位置。接着无声地表演了仪式场面,很容易看出是一幕结婚的哑剧。表演结束,丹特上校一方的人低声商量了两分钟,然后上校大声地说:

"新娘!"罗切斯特点头承认,幕就落下了。

它隔了很长时间才又拉起。第二次开幕表演的一场戏比前一场编排得精细。我前面已经提到过,客厅比餐厅高出两级台阶,现在在第二级台阶上面往里一两码的地方,赫然摆上了一个大理石的大水缸,我认出那是暖房里的一个摆设,——它平时一直摆在那儿的奇花异草丛中,缸里养着金鱼,——因为它既大且重,从那儿搬来一定很费了一番事。

看得见罗切斯特先生正全身裹着披巾,头上缠着头巾,坐在鱼缸旁边的地毯上。他的黑眼睛和黝黑的皮肤,以及带点异教色彩的面容,跟这身打扮很相配。他看上去正像个典型的东方埃米尔①,一个不是绞死人就是被人绞死的人物。不一会儿,英格拉姆小姐出场了。她也是一身东方式打扮,一条红围巾像腰带似的系在腰间,一条绣花头巾在鬓角打了个结,她圆润漂亮的手臂裸露着,一条胳臂举起来,托着一个平稳优雅地顶在头上的水罐子。她体态容貌的特征,她的肤色和总的神态,都令人想起宗法时代的以色列公主,而这无疑也正是她想扮演的角色。

她走近水缸,弯下身去,似乎是在灌满她的水罐。她又重新把它举到头上。这时井边的那个人似乎是在向她搭话,请

---

① 埃米尔(emir):某些伊斯兰国家的酋长或官员。

求着什么。——她"就急忙拿下瓶来,托在手上给他喝。"①随后,他从长袍的衣襟里掏出一个首饰盒子来,打开它,显示出华贵的手镯和耳环。她表演出吃惊和赞叹的样子。他跪着把珍宝放在她脚下。她的表情和姿态表现出既高兴又不敢相信的神气。那个陌生人把手镯套在她臂上,把耳环戴在她耳朵上。这是以利以泽和利百加,只缺少骆驼。

猜谜的一方又交头接耳商量起来。显然他们对这场戏所表现的究竟是哪个词或者哪一个字,意见无法一致。他们的代表丹特上校要求表演一个"有头有尾的场面",因此幕又降下了。

第三次开幕展现的只是客厅的一部分,其余部分都用挂下来的一幅黑色粗布帘遮住了。大理石水缸给搬走了,那儿放着一张木板桌和一把厨房用的椅子。蜡烛全吹灭了,这些东西只在一盏羊角灯十分昏暗的光线照耀下隐约可辨。

在这寒酸的场景中,一个男人坐在那儿,双手紧握拳头放在膝上,两眼盯着地。我认得出是罗切斯特先生,尽管那尘垢满面的脸,那凌乱的衣裳(他外衣的一只袖子脱落下来,仿佛在打架中差不多完全被人从肩头上撕裂了似的),那怒容满面不顾一切的神色,乱蓬蓬竖起的头发,几乎可以叫人认不出来。他一走动,铁链就锒铛作响,他的手腕上戴着手铐。

"牢监!"丹特上校大声说,谜给猜中了。

---

① 引自《旧约·创世记》第24章第18节。以色列人亚伯拉罕要老仆以利以泽到他的本地本族去为他的儿子以撒娶一个妻子。仆人带了骆驼和财物来到目的地,看到美貌的利百加到井旁打水。仆人向她要水,她给他喝了,也给骆驼喝足。仆人就给她金环和金镯,并随她回家,求她家里的人同意,把她嫁给了以撒。

过了够长的一段休息时间,好让表演者换上他们平时的衣服,然后他们才重新走进了餐厅。罗切斯特先生引着英格拉姆小姐进来,她正在夸奖他的表演。

"你知不知道,"她说,"三个角色中我最喜欢的是你最后扮的那一个吗?唉,你要是稍微早生几年,你可以当个多么豪侠的绿林绅士啊!"

"我脸上的煤烟都洗掉了吗?"他朝她转过脸来问。

"唉,洗掉了!这就更可惜啦!暴徒的紫红脸膛跟你的肤色再相配不过了。"

"那么说,你是会喜欢一个绿林好汉的咯?"

"英国的绿林好汉仅次于意大利土匪,而意大利土匪又只比东地中海海盗稍逊一筹。"

"好吧,不管我是什么人,别忘了你是我的妻子,我们一个小时之前当着这么许多证人结了婚。"她格格地笑了起来,脸上泛起了红晕。

"现在,丹特,"罗切斯特接下去说,"该你们了。"另一方退了出去,他跟他这伙纷纷在空出来的位置上坐了下来。英格拉姆小姐坐在她领头人的右手边,其他猜谜的人就在他们两边的空椅上落座。我现在不去看表演的人,不再津津有味地等待幕布升起。我的注意力全都贯注到看的人身上去了。我方才还注意望着拱门的眼睛,这会儿无法抗拒地被吸引到了那排半圆形的椅子上。丹特上校那一方到底表演了一个什么哑剧字谜,他们选择了一个什么词,又表演得如何,我都已经不记得了。但每场表演以后的纷纷商量却至今仍在目前,我看见罗切斯特先生转身向英格拉姆小姐,英格拉姆转身向他。我看见她朝他侧过头去,乌黑的鬈发几乎擦着他的肩头,拂过他的脸颊。我听见他们互相耳语,我记得他们交换眼色。就连当时目睹这些情景时涌起的心情,此刻也还多多少少记忆犹新。

我曾经告诉过你,读者,我已经学会了爱罗切斯特先生。如今我决不会停止爱他,仅仅只因为我发现他不再来注意我,——因为哪怕我接连几小时待在他面前,他也会一次都不朝我这面看一眼,——因为我眼看他全部注意力都投向一位贵小姐,她连在旁边走过时都不屑让她的衣裙碰我一下,她傲慢的黑眼睛即使偶尔落到我身上,也会立即移开,就好像看到了一个渺小不值一顾的东西一样。我决不会停止爱他,仅仅只因为我料定他不久就会跟这位小姐结婚,——因为我每天都看到她自豪地确信他娶她的主意已定,——因为我时刻都看到他一副求爱的样子,尽管有点漫不经心,宁愿让别人来追求自己而不是主动追求别人,但正因为漫不经心,更显得富于魅力,正因为傲慢自大,更显得不可抗拒。

这种情况丝毫也不能使爱情冷却甚至消失,尽管它会大大引起灰心失望。读者,你也许会想,它也可能会大大引起嫉妒,如果一个像我这样地位的女人居然敢去嫉妒一位有像英格拉姆小姐那样地位的女人的话。可是我并不嫉妒,至少很少嫉妒,——我所感受的痛苦不能用这个字来解释。英格拉姆小姐不是个值得嫉妒的对象,她不配激起这种感情。请原谅这种表面上似乎是怪话的说法,我这话完全是认真的。她极爱卖弄,却毫无诚意。她外形很美,多才多艺,但她头脑贫乏,天性浅薄,任何花朵不会在那样的土壤上自动开放,任何无需强求自然结出的果实,也不喜欢这样的生土。她并不好,也并无独创的见解。她总是搬弄书本上的响亮词句,却从没讲过也不曾有过她自己的意见。她满口高调鼓吹高尚情操，却不知同情和怜悯之心为何物，温柔和真诚与她无缘。随时暴露出这一点的，是她常常无端发泄她对小阿黛尔所抱的恶意反感。要是阿黛尔偶尔走近了她，她就口出轻侮之词，把她一把推开。有时候她把她赶出屋子，平常对她老是态度冷淡尖刻。不只是我，还有另外的眼睛在注视着这些性格的显示，——既密切，又锐敏。——是的，是未来的新郎罗切斯特先生自己，在随时随地对他的未婚妻进行着监视。正是由于他的这种清醒，——他的这种有所戒备，——这种对他那美人儿身上种种缺点的完全清醒的认识，——这种在对她的感情上明显缺乏热情的迹象，引起了我无穷的痛苦。

我看出他所以准备娶她，是出于门第，也许是出于政治上的考虑。因为她的社会地位和家庭关系正符合他的要求。我感到他并没有把自己的爱情给予她，而她也不具备从他那儿赢得这种珍宝的资格。这就是问题所在，——这就是令人心烦意乱的地方，——这就是使激动心情持续不断的原因。她不可能使他迷恋。

如果她一下子就夺取了胜利，他宣告屈服，并且把自己的心真诚地奉献在她的脚下，那我就会蒙住了脸转向墙壁，并且（打个比喻说）对他们从此死了这份心。如果英格拉姆小姐是位善良、高尚的女人，富于力量、热情、宽厚、理性，那我就会跟两只猛虎——嫉妒和绝望——去决一死战。那时，就是我的心被撕碎、吞吃，我也仍旧会赞美她，——承认她的卓越，从此默默地度此余生。而且她的优越愈是无可置疑，我的赞美之心就愈深，——我的默然隐退也会更加真正地心安理得。但目前的实际情况却是，眼看着英格拉姆小姐千方百计想使罗切斯特先生对她入迷,又眼看着这种努力不断落空,——她自己却不觉得确已落空,还枉自幻想着箭无虚发、支支中的,因而头脑发热,自鸣得意,却不知她的骄傲和自负反而把她想要引诱的对象愈推愈远,——眼看着这些,就立刻使人陷入无限的激动和不断的强自压制之中。

因为,她虽失败,我却看出了她要怎样就有可能取得成功。我明白,那些不断偏离罗切斯特先生的心房而徒然落在他脚边的箭,如果出自一只较有把握的手,就会早已闪电般直中他那颗骄傲的心,——早已在他严厉的目光中唤起了爱,在他嘲弄的脸上唤起了柔情。或者,更好的情况下,一个不动声色的征服者赤手空拳就有可能赢得胜利。

“既然她有能够如此接近他的有利条件,为什么她不能对他发生更大的影响呢?”我暗地自问,“显然她不会是真的喜欢他,或者至少不是出于真心的爱!如果她是,她就用不着那么一味地献媚装笑,那么过分地频送秋波,那么刻意地装腔作势,摆出仪态万方的样子。照我看来,她只要安安静静地坐在他身边,不多说,更不要不断顾盼流眄,就能更贴近他的心。我就曾经在他脸上看见过截然不同的表情,完全不像此刻她拼命向他献媚时他板起脸来的样子。但那时它是自发的,绝不是靠倚门卖笑的手段和存心耍弄的花招诱引出来的。而且你只要泰然处之,——他问什么你就回答什么,毫不存心卖弄,需要开口时就对他开口,不用扭捏作态,——它就会更加增强,显得更加和蔼、更加亲切,像抚育万物的阳光般使人遍体温暖。一旦他们结了婚,她又如何能赢得他的欢心呢?我不相信她能做到这点,然而这是做得到的。我完全相信,他的妻子可以成为一个阳光下最最幸福的女人。”

我对罗切斯特先生为了利害关系和亲属背景而结婚的打算，始终还没说过一句谴责的话。我最初发现他抱着这样的意图时，曾感到万分惊奇。我一直以为他是个在选择妻子上不大会受如此平庸的动机所左右的人，但是我愈考虑到他们双方的地位、教养等等，就愈觉得无权评判和责怪他或者英格拉姆小姐，怪他们不该按照无疑从小就灌输给他们的那些观念和原则行事。他们那个阶级的人都遵守这些原则，因而，我猜想他们自有我无法摸透的道理要牢牢遵守。我觉得如果我是像他那样的一位绅士，我就只会拥抱一个我能真正喜爱的妻子。然而正因为这样打算之有利于丈夫本人的幸福是十分显而易见的，因此我确信它所以不被普遍采纳，准有我完全不知道的理由在，否则我相信全世界都会照我想做的那样去行事了。

　　然而不但在这一点上，在其他方面我对我的主人也变得越来越宽容了。我逐渐忘记了他的一切缺点，而从前我曾一度对它们严加警惕。过去我一直竭力观察他性格的所有方面，好的坏的都不放过，并且经过对两者的公平衡量，来作出不偏不倚的判断。现在我却看不到有坏的方面了。令人望而生畏的嘲弄，曾使我大吃一惊的粗暴，只像一盘美味菜肴中浓烈的调料那样，有了它们使人感到辛辣，没有了它们却会使人感到比较平淡乏味。至于那点捉摸不透的神情，——不知究竟是愁容呢，还是不怀好意，是故弄玄虚呢，还是灰心丧气？——一个细心的观察者有时会在他目光中看到它的流露，但不等你能探测这隐约显示的神秘深渊，它就又隐匿不见了。它常使我害怕退缩，就好像我正徘徊在火山似的群山中间，突然感到大地战栗，接着就看到地面开裂了。这种神情我至今仍旧不时地看到，而且看到时仍旧是心跳不已，而不是麻木不仁。我非但不想逃避它，反而但愿我敢于——去探个究竟。因而我觉得英格拉姆小姐是幸运的，因为有朝一日她尽可以从容去探察这个深渊，弄清它的秘密，辨明它们的性质。

在此期间，我头脑里只想着我的主人和他未来的新娘，眼睛里只看见他们，耳朵里只听到他们的谈话，心里只看重他们的一举一动，——而与此同时，其他客人也都各自有他们不同的兴致和乐趣。利恩夫人和英格拉姆夫人仍旧在一本正经地一起长谈。她们各自向对方点着她们那两顶头巾帽，而且按照她们所谈到的话题，举起她们的四只手相互作着大吃一惊、迷惑不解或者厌恶之极的手势，就像一对特大号的木偶。温厚的丹特太太在跟好脾气的埃希敦太太谈天，两人还不时向我说句客气话或者笑一笑。乔治·利恩爵士、丹特上校和埃希敦先生在讨论着政治，或者郡里的公事，或者司法事务。英格拉姆勋爵在跟埃米·埃希敦调情。路易莎在唱歌弹琴给一位利恩先生听，或者跟他一起唱，而玛丽·英格拉姆则在无精打采地听着另一位大献殷勤的话。有时候所有的人不约而同地停止了他们的穿插节目，来观赏和倾听主角们表演，因为归根到底，罗切斯特先生以及——由于和他关系密切之故——英格拉姆小姐这两位，是全体宾主的生命和灵魂。只要他离开房间一个钟头，一种明显可辨的沉闷气氛就似乎悄悄压上了他的客人们的心头，而他一回来，就肯定会重新使得谈话活跃起来。

他一天有事给叫到米尔科特去，要很晚才回得来，大家就特别明显地感觉到缺少了他这种能活跃气氛的影响力。午后阴雨，大伙原定散步去看看新近在干草村那一头一块公有地上安顿下来的一个吉卜赛露营地,也只好相应推迟。男客中有几位上马厩去了,年轻的几位跟小姐们一起在台球室打台球。两位贵人遗孀英格拉姆夫人和利恩夫人静悄悄地打纸牌消遣。布兰奇·英格拉姆扬扬不睬地拒绝了丹特夫人和埃希敦夫人想拉她一起谈天的企图,先是伴着钢琴小声哼了几支多愁善感的歌曲和几段感伤的曲调,然后从书房里找来一本小说,傲慢地往沙发上懒洋洋一躺,准备借助小说的魅力来打发这段无人做伴的无聊时光。房间里和整个宅子里都一片寂静,只有楼上偶尔传来打台球的人的笑语声。

暮色已深,时钟提醒大家,换装准备进晚餐的时候已经快到了,这时,正在客厅窗边座位上跪在我身边的阿黛尔忽然喊了起来:

"罗切斯特先生回来啦!"

我转过身去,英格拉姆小姐从沙发上跳起来奔上前去,别的人也都停下他们各自在干的事抬起头来,因为这时已经可以听见砾石路上的车轮嘎嘎声和马蹄溅水声。一辆驿车正在驶来。

"他着了什么魔,怎么会这样回来?"英格拉姆小姐说,"他出门的时候是骑着美罗(那匹黑马)走的,不是么?还带着派洛特在一起。——他把马和狗都怎么啦?"

她说这话的时候,把高高的身躯和宽大的衣服紧紧地挨近窗前,弄得我只好竭力往后仰着让开,差点扭坏了我的背脊骨。她在急切中起初没看见我,等她一看见,便撇了撇嘴,移到了另一个窗口去。驿车停下了。赶车的拉了拉门铃,一位先生身穿旅行服走下了马车,但并不是罗切斯特先生,而是一个看上去挺时髦的高个子男人,是个陌生人。

"真气人!"英格拉姆小姐叫道,"你这讨厌的猴子!"(这是冲着阿黛尔说的)"谁把你搁在窗台上乱报告消息的?"她说着怒冲冲瞪了我一眼,好像都怪我似的。

传来大厅里一问一答的声音,没多久,那位新来的人走了进来。他向英格拉姆夫人鞠躬致意,因为觉得她是在场最年长的老太太。

"看来我来得不巧,太太,"他说,"正好我的朋友罗切斯特先生出门去了。不过我是远路赶来,而且作为一个亲密的老相识,我想我可以冒昧在这儿住下,等他回来。"

他的态度彬彬有礼,他说话时的口音我觉得有点儿异样,——不能说真是外国口音,但总有点不全是英国口音。他年纪大约跟罗切斯特先生相仿,——在三十至四十之间。他的肤色黄得出奇,不然倒是个模样挺不错的男人,尤其是乍一看去的时候。再仔细看一下,你就会在他脸上发现一些叫人不喜欢,或者说,不讨人喜欢的地方。他五官端正,但却有些太松散。他眼睛很大,也还秀气,但其中透露出来的生命力却显得消沉而空虚,——至少我这样觉得。

换衣服的铃声响了,大家纷纷走散。直到晚餐以后我才又见到他,这时他看上去神色已显得很自在。但是我却比刚才更不喜欢他的相貌,我发觉它既不安定又有点木呆。他目光老是转来转去,但却漫无目标。这使得他有种古怪的神气,是我记忆中从未见过的。尽管是个漂亮而且对人也并不缺乏和蔼可亲态度的人,他却使我感到异常厌恶。在那张皮肤光润的鹅蛋形脸上看不到力量,那只鹰钩鼻子和樱桃似的小口上看不到坚毅,那低而平的额头上看不到思想,那漠然的褐色眼睛里看不到意志。

我坐在我常坐的隐蔽角落里看着他,壁炉架上枝形烛台的光正好落在他身上,——因为他坐在一张拉到炉火跟前的扶手椅上,而且还不断蜷缩着身子拉得更近一些,仿佛怕冷似的。我把他跟罗切斯特先生比较了一下。我觉得(但愿这样说并无不敬的意思)一只光滑的肥鹅和一只凶悍的老鹰,一头温顺的绵羊和一条看守它的皮毛蓬乱、目光犀利的猛犬之间的对比,也不会比他俩之间的不同更明显的了。

他提起罗切斯特先生,就像是他老朋友似的。那他们两人的友谊可真是一种古怪的友谊了,真可说是古老谚语所谓"相反相成"的一个有力明证。

有两三位先生坐在他附近,我有时从房间另一头偶尔听到他们谈话的一鳞半爪。起初我听不出个眉目来,因为离得较近的路易莎·埃希敦和玛丽·英格拉姆之间的谈话把偶尔传来的片言只语搅浑了。这两位正在议论着那个陌生人,两人全都称他为"美男子"。路易莎说他是个"可爱的人儿",她挺"疼爱他",而玛丽则举出他那"漂亮的小嘴和好看的鼻子"来作为她心目中理想的魅力的范例。

"而且他还有个多么温顺的额头啊?"路易莎赞叹说,"那么光洁,——一点都没有我最讨厌的皱眉蹙额的怪相。还有那么恬静的眼神和微笑!"

这时,叫我大大松了一口气的是,亨利·利恩先生把她们叫到了房间的那一头,去商定有关曾被推迟了的去干草村公地远足的问题。

现在,我可以把注意力集中到炉火边的那群人身上了。不一会儿,我就弄清楚了那个新来的人叫梅森先生。接着,我又知道了他刚到英国,他是从一个热带国家来的,显然,这就是他所以脸那么黄,坐得离炉火那么近,在屋里还穿着大氅的原因。不久,牙买加、金斯敦、西班牙城这些字眼就说明了他是住在西印度群岛,而且令我吃惊不小的是,不一会儿,我又知道了他就是在那里初次遇见而且结识了罗切斯特先生的。他谈起了他的朋友不喜欢那一带灼人的炎热、飓风和雨季。我知道罗切斯特先生爱旅行,费尔法克斯太太曾这样说过。但我原以为他的足迹只限于欧洲大陆,在此以前我还从没听到说起他曾到过更远的地方。

正当我在寻思着这些事情时,有件事,而且是有点意想不到的事,突然打断了我的思路。不知谁偶然开了一下门,梅森先生打了个哆嗦,要人给炉子再加点煤,因为尽管余火仍旧又红又亮,火的旺势已经过了。仆人送煤进来,出去时在埃希敦先生的椅子旁边站住,低声对他说了几句话,我只听见"老太婆"……"老纠缠不休"这样一些字眼。

"告诉她要是再不走的话,就要把她铐起来。"这位地方执法官说。

"不,——等一等!"丹特上校阻止说,"别赶走她,埃希敦,我们或许可以利用它一下,最好先问问太太小姐们。"接着他就大声地说:"女士们,你们议论过要到干草村公地上去看吉卜赛宿营地。山姆刚才通报说,这会儿有个本奇妈妈①正呆在仆役厅里,硬要让人带她来见'贵人'们,给他们算算命。你们愿意见她吗?"

"不用说,上校,"英格拉姆夫人叫了起来,"你总不会去

①　本奇妈妈(Mother Bunch):十六世纪伦敦一个出名的酒店老板娘,传说她善讲故事,并有许多奇闻轶事。后来就常用"本奇妈妈"来泛称算命女人。

纵容这样一个下贱的骗子吧？无论如何,得马上把她打发走!"

"可是我劝不走她,夫人,"仆人说,"别的仆人也都劝不走。这会儿费尔法克斯太太正在对付她,求她走开。可是她却在炉子旁边一把椅子上坐了下来,并且说谁也没法把她撵开,除非让她上这儿来。"

"她要干什么?"埃希敦太太问。

"她说'要给先生太太们算命',太太。她还赌咒说一定要算而且一定会算的。"

"她是个什么模样?"两位埃希敦小姐齐声问。

"是个丑得吓人的老家伙,小姐,黑得简直跟煤烟差不多。"

"啊,她是个地道的巫婆呢!"弗雷德里克·利恩嚷嚷道,"那还用说,我们让她进来吧。"

"当然啦,"他哥哥接口说,"放过这么个好玩的机会真是太可惜了。"

"我亲爱的孩子们,你们想干什么呀?"利恩夫人惊叫起来。

"我决不能赞成这样出格的做法。"老英格拉姆夫人附和说。

"真的么,妈妈,可是你是能够赞成,——而且会赞成的。"布兰奇在琴凳上转过身来用傲慢的口气说,方才她一直一声不响坐在那儿,显然是在翻看着一张张琴谱。"我很想听别人算算我的命,所以,山姆,去把那个老婆子叫来。"

"我亲爱的布兰奇! 想一想……"

"我想了,——你会说的我都想了,我还是一定要按我的意思办,——快去,山姆!"

"对——对——对!"所有的年轻人,包括小姐和先生们,全都嚷着,"让她进来,——这一定好玩极了!"

仆人仍犹豫着不走,"她看起来那么粗鲁。"他说。

"去!"英格拉姆小姐一声断喝,那仆人走了。

所有的人立刻都兴奋了起来,山姆重新回进来时,大家正在纷纷玩笑、打趣,闹得不可开交。

"她现在又不肯来了。"他说,"她说她的使命不是到'俗人'面前来(这是她说的)。我得把她独自领到一间屋子里,谁想找她谈就得一个一个地上她那儿去。"

"现在你看见了吧,我的皇后娘娘似的布兰奇,"英格拉姆夫人又说开了,"她得寸进尺了。听话吧,我的宝贝女儿,——你……"

"那有什么,就领她到书房里去吧。"这位"宝贝女儿"打断她的话说,"当着俗人听她算命也不是我的使命。我要自己一个人听她讲。书房里有火吗?"

"有,小姐……可她那么十足一副流浪人的样子。"

"别废话了,笨蛋! 照我的吩咐做。"

山姆又走了,神秘、活跃、迫不及待的气氛再一次高涨。

"她准备好了。"仆人重新进来说,"她想知道谁第一个去找她。"

"我想在女士们去找她之前,最好由我先进去看看。"丹特上校说。

"告诉她,有位先生马上就去。"

山姆去了,又回来了。

"先生,她说她不接待先生们,他们不必劳驾去她那儿了。另外,"他好不容易忍住笑又补充说,"除了年轻单身的以外,她也不接见别的女士们。"

"我的天,她还挺会挑肥拣瘦的呢!"亨利·利恩嚷了起来。

英格拉姆小姐严肃地站起身来。"我第一个去。"她说。那口气活像是一位带头去进行一次突破的敢死队队长。

"唉,我的心肝! 唉,我最亲爱的! 等等,——再想一想!"她妈妈这样喊着。可是她神色庄严,一声不响地掠过她身边,从丹特上校替她打开的门里走了出去,接着我们就听见她走进了书房。

随后是一阵比较沉寂的时刻。英格拉姆夫人觉得眼前正面临着她应该扭着双手的情况了,因此她就使劲地扭起双手来。玛丽小姐宣称,她觉得就她来说,她是绝不敢去冒险的。埃米·埃希敦和路易莎·埃希敦小声吃吃地笑着,有点害怕的样子。

时间一分钟一分钟过得很慢,一共数到十五分钟,书房门才又重新打开,英格拉姆小姐穿过拱门回到了我们中间。

她会大笑吗? 她会只把它当作闹着玩吗? 大家的眼睛都把急不可待的好奇目光投向了她,而她却只用冰冷的拒绝眼光加以回报。她看上去既不烦乱也不高兴。她身子僵直地向她的座位走去,一声不响地坐了下来。

"怎么样,布兰奇?"英格拉姆勋爵说。

"她怎么说,姐姐?"玛丽问。

"你认为怎么样,你觉得怎么样? 她真是算得很准吗?"两位埃希敦小姐急着问。

"喂,喂,好心人,"英格拉姆小姐回答,"别逼我呀。说真的,你们也太容易给激起好奇心和轻信心来了。从你们大家——也包括我的好妈妈在内——都那么重视这件事来看,你们好像全都深信我们宅子里来了一个跟恶魔沟通一起的真正巫婆似的。我方才看见的是个吉卜赛流浪人。她用老一套的方法看了看手相,跟我说了几句这类人常说的话。我一时的好奇满足了,现在我想,埃希敦先生像他威胁过的那样,明天早上就把这个老妖精给铐起来倒是个好办法。"

英格拉姆小姐拿起一本书,往椅背上一靠,就此不再跟人谈下去了。我注视了她将近半个小时,在这段时间里她一页都没有翻过,而且她的脸色愈来愈阴沉、不痛快,一副愠怒失望的表情。她显然没有听到任何吉利话。从她长时间没精打采、一言不发的神气来看,我觉得她尽管声称毫不在乎,实际却对刚才听到的不知什么预言看得过重了。

这时候,玛丽·英格拉姆、埃米·埃希敦和路易莎·埃希敦都纷纷表示她们不敢独自一个人去,但她们又都想去。于是通过山姆这个使者开展了一场交涉。来回跑了许多趟,直跑到我猜这位山姆的腿肚子都该跑痛了,最后好不容易才总算得到这位苛刻的西比尔[1]允许,让她们三个一起去见她。

她们这一去可没有像英格拉姆小姐去的时候那么安静。我们听到书房里传来歇斯底里的格格笑声,还有一阵阵短促的尖叫,约摸过了二十分钟,她们才猛地打开门,经过大厅奔了回来,就好像差不多被吓疯了似的。

"我肯定她有点邪魔外道!"她们众口一词地说,"她竟跟

---

① 西比尔(Sybil):古代西方神话中代传神谕的女巫。

我们讲了那样的事情！我们的事她全都知道！"说着，她们上气不接下气地纷纷倒在男客们赶紧给她们搬来的几把椅子上。

在大家要她们讲详细点的催促之下，她们说，她给她们讲了许多她们还很小的时候曾经说过的话和做过的事，还描述了她们在家里的闺房中所藏的书籍和首饰，以及各位亲友赠送给她们的种种纪念物。她们声称她甚至还猜到了她们的心思，在她们每个人的耳边悄悄说出了她们各自在世上最喜欢的人的名字，告诉她们各自最希望的是什么。

听到这里，先生们就纷纷插嘴，热烈要求她们把最后提到的两点说得再清楚一些。可是对于他们的强求，他们所得到的回答只是脸红、惊叫、发抖和吃吃痴笑。同时，几位年长妇女们纷纷给她们闻嗅盐瓶、打扇，反复表示对她们没有早听自己的劝告而感到不安；年长的先生们呵呵大笑，年轻的则在竭力忙着为这些受惊的美人儿压惊。

正在乱成一片，我的眼睛和耳朵都正被眼前这番景象弄得应接不暇的时候，我忽然听见身旁有人清了清嗓子，我掉过头来，看见是山姆。

"对不起，小姐，那吉卜赛人说，房间里还有一位没出嫁的年轻小姐没去找她，她发誓说一定要见过所有的人才肯走。我想这一定是指你，再想不出有别的人了。我怎么回复她呢？"

"哦，我准定去。"我回答说，很高兴有个意想不到的机会来满足我大大激发起来的好奇心。我溜出房间，谁也没看见，——因为大伙儿正乱作一团围在刚刚回来的三个浑身哆嗦的人旁边，——我悄悄地随手关上了门。

"要是你愿意的话,小姐,"山姆说,"我就待在大厅上等着你。她要是吓着了你,只要叫一声我就会进来的。"

　　"不用,山姆,回厨房去吧。我一点也不怕。"我也确实不怕,倒是很感兴趣,也很激动。

# 第十九章

　　我进去的时候,书房里显得颇为宁静,而那位西比尔——如果她真是西比尔的话——也很舒服地坐在炉边的一把扶手椅上。她披着一件红斗篷,头上戴一顶有系带的黑色软帽,或者不如说,是一顶吉卜赛人的宽边帽,用一条有条纹的头巾在颏下打个结系牢。桌上放着一支已吹灭的蜡烛,她弯腰向着炉火,似乎正在借着火光看一本黑封面的小书,像是本祈祷书。她一边看,一边像大多数老年妇人那样把词句喃喃地读出声来。我进去时她并没有立即停下,看来是想把一段念完。

　　我站在炉边的地毯上烤一烤手,因为老坐在离客厅里的炉火很远的地方,手有点发冷。我这会儿像我平素一样心情平静,这个吉卜赛人外貌上也确实没有什么能引起人不安的东西。她合上了书,慢慢抬起头来。她的脸给帽檐遮住了一部分,不过她仰起脸来时,我还是看得出那是一张挺古怪的脸。它看上去整个儿褐中带黑,乱草蓬似的头发从一条白带子下面露出来,带子绕过下巴,蒙住下半张脸,或者不如说,蒙住了整个上下颌。她的目光立刻朝我看来,大胆地直盯着我。

　　“好吧,你是想要算算命吗?”她说。口气像她的目光一样果断,像她的面貌那么粗鲁。

　　“我无所谓,大妈,你高兴算就算吧,不过我得事先告诉你，我不相信。"

"这话倒正合乎你那种鲁莽脾气，我早料定你会这样，从你进门时的脚步声里我就听出来了。"

"真的吗？你的耳朵倒真灵。"

"不错，而且眼睛灵，脑子也灵。"

"干你这一行的正需要这样。"

"是需要，特别是要跟你这样的顾客打交道的时候。你干吗不打哆嗦呢？"

"我不冷。"

"你干吗脸不发白？"

"我没什么不舒服。"

"你干吗不请我算一算？"

"我不愚蠢。"

这个干瘪老太婆在她的帽子和绷带底下暗暗发出一阵窃笑，然后掏出一只黑色的短烟斗，点着了，吸起烟来。尽情享用了一会儿这种镇静剂以后，她直起腰来，取出嘴里的烟斗，一面定睛注视着炉火，一面郑重其事地说：

"你冷，你不舒服，你也愚蠢。"

"拿出证据来。"

"我会的，只消几句话就能证明。你冷，因为你孤孤单单，没有跟别人的接触来激发你内心深藏的火焰。你不舒服，因为人所赋有的最美好感情，最崇高、最甜蜜的感情都与你无缘。你愚蠢，因为你尽管苦恼，却总不敢让它直接接近你，也不肯朝它正在等着你的方向跨出一步。"

她又把她那黑色的短烟斗衔到嘴里，继续使劲地抽起烟来。

"你知道，几乎对每一个孤孤单单在一家大宅里谋生的人，你都可以说这样的话。"

"我是几乎对每一个人都可以说这样的话，但它到底是不是对每一个人都是对的呢？"

"对我这样处境的人来说是对的。"

"是啊，一点不错，对你这样的处境的人。可是你倒另外给我找一个跟你完全处在一样境遇的人来看看。"

"给你找几千个都容易。"

"你一个都不见得能给我找来。要是你知道就好了，你是处在一个特殊的境地，离幸福很近，是的，一伸手就能拿到。各种条件都已具备，只消动一动手就能把它们融合在一起。偶然情况使它们稍微隔开了一点，只要它们一旦聚拢，就会万事顺遂。"

"我不懂哑谜。我一辈子都不会猜谜。"

"你要我再说明白些的话，你就把手掌伸出来给我看看。"

"我猜还得在上面放上银币吧？"

"那当然。"

我给了她一个先令。她从衣袋里摸出一只旧袜底来，把钱放进去，缚牢揣好了以后，就要我把手伸出来。我照做了。她把脸凑近手掌，反复细看，却并不碰它。

"太细嫩了。"她说，"像这样的一只手我什么也看不出来。几乎什么纹路也没有。再说，手掌上有什么？命运并没写在那上面。"

"我相信你的话。"我说。

"没有，"她接着说，"那是写在脸上，额头上，眼睛周围，眼睛本身里面,嘴的轮廓上的。跪下,把头抬起来。"

"啊！你现在才说到实处了。"我说,一边照着她的话做,"我这会儿倒有点要相信你了。"

我跪在离她只半码远的地方。她拨了拨火,被翻动了的煤火微微闪出一道光来。可是因为她是坐在那儿,这道亮光反而使她的脸更躲在阴影里,却把我的脸照亮了。

"我不知道你今晚上到我这儿来是怀着什么样的心情。"她细细察看了我一会儿以后说,"我不知道你一直坐在那边房间里的时候,看着那班风雅人物像幻灯里的人影一样在你面前来来去去,你心里到底涌起一些什么样的念头。你跟他们这些人绝少共同的感情交流,就好像他们当真只是些人形的幻影,而不是真正的血肉之躯似的。"

"我常常感到厌倦,有时有些发困,但并不怎么忧郁。"

"那你准是有什么秘密的希望在支持你,在悄悄暗示光明的前途来鼓舞你。"

"我可没有。我最多只希望能从我的薪金里尽量省下些钱来,有朝一日能自己租一所小屋子办个学校。"

"只靠这么点可怜的养料来寄托精神,剩下的就是老坐在窗边的那张凳子上(你看,我知道你的习惯呢)……"

"你是从仆人那儿听来的。"

"哦！你觉得你机灵。好吧,——也许我是。说实话,我认识他们当中的一个人,——普尔太太……"

听到这个名字,我惊得一下站了起来。

"你认识——是吗?"我心想,"这么说那里面归根结底是有魔法在起作用咯!"

"别惊慌,"这怪人继续说,"她是个靠得住的人,这位普尔太太。嘴紧,话少,谁都可以放心大胆地信赖她。可是,正像我方才说的,你坐在那个窗口座位上,难道除了你那未来的学校以外,就什么也不想吗?你在面前那些占着沙发和椅子的人当中,就对谁也没有眼前的兴趣吗?没有一张脸你在仔细端详?没有一个人的一举一动,你至少是有点好奇地加以注意吗?"

"我喜欢观察所有的脸,所有的人。"

"可是难道你就没有特别观察其中的某一个——或许是两个吗?"

"我常常这样做,要是有两个人之间的手势或者神情中大有故事可听的时候,留心观察他们是挺有趣的。"

"你最喜欢听到什么样的故事呢?"

"唉,这可不由我选择! 他们一般总离不了那个话题——求爱,而且十九都归结为那一场灾难——结婚。"

"那你喜欢这个千篇一律的话题吗?"

"当然,我对这不感兴趣,这跟我毫不相干。"

"跟你毫不相干? 当一位小姐,既年轻健康,又富于活力,既美丽动人,又生来有财有势,老笑容可掬地坐在一位先生眼前,而这位先生又是你……"

"我怎么样?"

"你认识的,——而且或许还有好感。"

"这儿的先生们我都不认识。我跟他们中间的哪一位都几乎没交谈过一个字。至于说对他们有好感,我觉得其中几位庄严、可敬,也有了点年纪,另外的几位年轻、时髦、漂亮而且活泼。可是不管是哪一位,当然都可以爱承受谁的笑脸就承受谁的笑脸,我用不着去操心,这种事跟我有什么相干。"

"这儿的先生你都不认识？你跟谁都几乎没交谈过一个字？那么这宅子的主人呢,你也能这么说吗?"

"他不在家。"

"说得真妙！真是句十分高明的遁词！他今天早上去了米尔科特,今天晚上或者明天回来。难道这就能把他排除出了你认识的人的名单,——仿佛能一笔抹煞了他的存在吗?"

"不能。不过我实在看不出罗切斯特先生跟你谈到的这个话题有什么关系。"

"我刚才说女士们正在先生们眼前笑容满面,而这几天已有那么多笑容灌进了罗切斯特先生的眼睛里,使它们满得像两只溢了出来的酒杯,难道你从来没注意到吗?"

"罗切斯特先生有权享受跟他的客人们交往的乐趣。"

"他的权利毫无问题。不过难道你从没觉察到,这儿有关婚事的种种传闻中,罗切斯特先生是有幸被谈得最起劲,最持续不断的吗?"

"越有人爱听就越有人起劲地嚼舌头。"我这话与其说是说吉卜赛人,还不如说是说我自己。她那奇怪的言语、声音、举止这时简直把我带进了一种梦境。意想不到的话一句接一句从她的嘴里说出来,直弄得我陷进了一个迷惑不解的网里,简直疑心有什么看不见的精灵几个星期以来一直在守着我的心灵,监视着它的动向,记录着它的每一个搏动。

"有人爱听！"她学说了一句,"对,罗切斯特先生整小时地坐在那儿,侧耳倾听着迷人的小嘴在那么高兴地谈个不停。而且罗切斯特先生是那么乐意消受并且看来是那么感激提供给他的消遣。这你注意到了吗?"

"感激！我不记得在他脸上发觉过感激的神情。"

"发觉！那么说你留心考察过了。如果不是感激，那你发觉了什么呢？"

我默然不答。

"你看到了爱，不是吗？——而且展望未来，你看到了他结婚，眼看着他的新娘很幸福？"

"哼！不见得。你的巫术有时候可真有点失灵。"

"那你到底看见了什么？"

"别管这个。我上这儿是来提问，而不是来表白的。大家都知道罗切斯特先生就要结婚了吗？"

"是的，而且就是跟美丽的英格拉姆小姐。"

"很快？"

"从种种迹象可以得出这个结论。而且毫无疑问（尽管你真该挨揍，竟胆敢好像不大相信），他们是会成为最最幸福的一对的。他准爱那么一位漂亮、高贵、机智、多才多艺的小姐，而她或许也爱他，或者，即使不爱他这个人，至少也爱他的钱。我知道她认为罗切斯特的财产是再合意不过的了，可是（上帝饶恕！）我约摸一小时以前告诉了她这方面的一些情况，弄得她神情出奇地严肃，她的嘴角都挂下了足有半英寸。我真想劝劝她那位黑面孔的求婚者要当心点儿，要是另外又来了一位，有更大或者更靠得住的地租收入的话，——他就准完蛋了……"

"可是，大妈，我不是来给罗切斯特先生算命的，我是来给自己算命的，可你还一点都没给我算呢。"

"你的命还有点难说。我细看看你的脸，一个特征跟另外一个互不相应。机运许给了你一份幸福，这我知道。今晚我没来这儿时就已经知道。她已经替你留出了一份。我看见她这么做了。全靠你自己伸出手去把它拿过来。不过你到底会不会这么做,正是我要研究的问题。再在毯子上跪下吧。"

"别让我跪得太久,炉火烤得我难受。"

我跪了下来。她并没有朝我俯下身子,却只是仰靠在椅背上凝视着,口中开始念念有词:

"火光在眼里闪烁,眼睛像露珠般发亮。它看来既温柔又富于感情。它对我的隐语露出微笑。它很敏感,一个接一个的印象闪过它清澈的眼珠。微笑一旦隐去,它就显得忧伤。倦眼惺忪,不知不觉流露出了没精打采的情绪,表明着由于孤独而引起的抑郁。它避开了我。它受不了进一步的盯视。它用嘲弄的眼色,似乎要否认我已经发现的是事实,——既不承认说她敏感,也不承认说她懊丧。它的自尊和矜持却更使我坚信自己的看法。眼睛是讨人欢喜的。

"至于嘴巴,它有时很喜欢笑。它爱把脑子里的想法全都直说出来,但我估计它会对心里的不少感受缄口不言。它既灵活又乖巧,决不想紧闭双唇,永远独自沉默。这是张爱说爱笑的嘴,合乎人情地喜欢有人交谈。这部分也引人好感。

"除了额头,我看不出有什么妨碍幸福的结局,而这额头似乎公然在说:'如果自尊和环境需要,我可以独自生活。我不必出卖灵魂去换取幸福。我有着与生俱来的内心财富,哪怕一切外界的乐趣全被剥夺,或者除非用我花不起的代价才能获得,它也足以支持我活下去。'这前额在宣告:'理智稳坐马鞍,牢握缰绳,决不会让情感像脱缰野马,匆匆将她带入深渊。热情尽可以任自己像那些真正的异教徒那样狂热发作,欲望尽可以海阔天空地想入非非,但判断力仍然在每一场争论中有最后的发言权,在每一个决定中投决定性的一票。狂

风、地震、大火也许会在我身边发生,但我将始终听从那解释良心的命令的心灵之声的指引.'

"说得好,前额,你的宣言会得到尊重。我的计划已定,——我认为它们是正确的,——在这些计划中,我顾到了良心的要求、理智的忠告。我知道,在奉献的幸福之杯中,只要觉察出有一点羞辱的痕迹,一丝悔恨的意味,青春就会立刻消逝,鲜花就会马上凋谢。而我决不愿看到牺牲、伤心和郁郁而终,——这不合我的口味。我希望培育,而不是摧残,——赢得感激,而不是叫人血泪斑斑,——当然,也不是叫人痛哭流涕。我的收获必须要伴随着欢笑、亲热和甜蜜。——够了。我想我是在做一场美梦似的胡话连篇了。我现在真想把眼前这一刻无限①地加以拖长,可是我不敢。到目前为止我总算完全管住了自己。我一直按照我自己暗中发誓地那样小心表演,但再叫我表演下去就要超出我力所能及的程度了。起来吧,爱小姐,你走吧,'戏已经散场了'②。"

我究竟身在何处?我到底是在醒着还是睡着?难道我方才是在做梦?难道我现在还在梦中?这位老妇人的声音已经变了,她的口音,她的手势,一切都熟悉得就像我自己镜子里的脸,——就像我自己口中说出来的话。我站了起来,却没有走。我看了看,我搅动了一下炉火,再定睛看去。但是她把帽子和绷带拉了拉,把脸遮得更严实,并且再次摆摆手叫我走。炉火照亮了她伸出来的手。这会儿我已站起身子,而且满心想弄清秘密,所以一下就看清了这只手。它并不比我的手更

---

① 原文为拉丁文。

② 这是英国作家萨克雷(1811—1863)的著名小说《名利场》的结尾语。

像一只老年人干枯的手,它圆润柔软,手指光滑,十分匀称。小指上有一只宽阔的戒指在闪烁发光,我弯腰凑近去看看它,看到了我以前已见过上百次的那颗宝石。我又一次朝脸上看去,它已经不再避开我,——相反地,帽子摘掉了,绷带拉了下来,头部显露了出来。

"怎么样,简,认识我吗?"那熟悉的声音问道。

"只要再脱掉那件红斗篷,先生,那就……"

"可是带子打了死结,——帮帮我。"

"扯断它,先生。"

"那好,哪,——'去你的吧,借来的东西!'"于是罗切斯特先生终于脱掉了他的伪装。

"哎,先生,多古怪的主意呀!"

"不过干得挺成功吧,呃? 你不觉得吗?"

"对那些小姐,你大概应付得不错。"

"可对你不行吗?"

"对我你并没扮演吉卜赛人的角色。"

"那我扮演了什么角色呢? 我自己吗?"

"不,一个莫名其妙的角色。总之,我相信你一直在竭力想把我的心里话套出来,——或者是想把我套进去。你胡言乱语,想叫我也胡言乱语。这可不太公道,先生。"

"你肯原谅我吗,简?"

"我要先好好想想才能回答。要是回想起来,我并没中了圈套干出太大的蠢事来,我会尽量来原谅你。不过这总归是不对的。"

"哦! 你刚才一直很正确,——非常小心,非常明智。"

我回想一下,觉得大体说来我是这样。这叫人安心。不过,老实说我几乎从一见面就心里有所提防。我疑心有点化了装的迹象。我知道吉卜赛人和算命的都并不像这个外表看来很像的老妇人那样说话。此外,我还注意到她那装出来的声音,她的急于遮住自己面目的心情。但是一直在我脑子里转着的是格雷斯·普尔,——这个我心目中的活生生的哑谜,这个谜中之谜。我绝没有想到是罗切斯特先生。

"怎么样,"他说,"你在呆呆地想些什么? 那种严肃的笑容又是什么意思?"

"又惊异又庆幸,先生。我想你已经允许我可以走了?"

"不,再等一下,给我说说那儿客厅里的人在干些什么?"

"我看准是在议论这个吉卜赛人。"

"坐下! ——说给我听听他们在怎么谈论我。"

"我还是别待得太久了,先生,这会儿该有十一点光景了。噢,罗切斯特先生,你早上离开之后就来了一位陌生人,你知道吗?"

"一位陌生人! ——不知道,那会是谁呢? 我并没有在等什么人来。他走了吗?"

"没有。他说他跟你相识很久了,所以他可以冒昧在这儿住下等你回来。"

"真见他的鬼! 他说了姓名吗?"

"他姓梅森,先生,他从西印度群岛来,我想,是从牙买加的西班牙城来的。"

罗切斯特先生正站在我身旁,拉住我一只手,似乎要引着我到一张椅子上坐下。我一说出这话,他抽筋似地一把握紧我的手腕,嘴角的笑容僵住了;显然一阵呼吸紧促,几乎透不过气来。

"梅森！——西印度群岛！"他说,那口气简直就像一架会说话的自动机器在发出单调的词句,"梅森！——西印度群岛!"他又说了一遍。他把这几个字重复念了三次,一次比一次更变得脸色惨白,犹如死灰。看上去他仿佛自己也不知道在干些什么。

"你觉得不舒服吗,先生。"我问他。

"简,我受了个打击,——我受了个打击,简!"他身子摇摇晃晃。

"哎呀！——靠住我,先生。"

"简,你已经有一次让我靠住你的肩膀,现在再让我靠住它吧。"

"行,先生,行,还有我的胳臂。"

他坐了下来,让我坐在他旁边。他双手握住了我的手,轻轻摩擦着它,用十分苦恼同时又十分忧郁的神情凝视着我。

"我的小朋友！"他说,"我真但愿只跟你一起待在一个安安静静的小岛上,再没有烦恼、危险和可怕的回忆压在我身上。"

"我能帮助你么,先生？——我愿意用我的生命来为你效劳。"

"简,如果需要帮助,我一定会求助于你的,我向你担保。"

"谢谢你,先生,告诉我该做些什么,——我至少一定会竭力去做。"

"现在,简,你上餐厅里去替我拿一杯酒来。他们大概在那儿进晚餐。告诉我梅森是不是跟他们在一起,正在干什么。"

我去了。我碰到大伙儿正在餐厅里进晚餐,正像罗切斯特先生所说的那样。他们并没有坐在桌子跟前,——晚餐摆在餐具柜上,谁爱吃什么就拿什么,大家三五成群地各处站着,手里端着盘子和酒杯。人人都显得兴高采烈,到处都是活跃的谈话和欢笑声。梅森先生靠近炉火站着,正在跟丹特上校夫妇说话,看来跟所有的人一样高兴。我倒了一杯酒(我这样做的时候,看见英格拉姆小姐皱眉注视着我,她准是认为我太放肆了),转身回到书房里。

　　罗切斯特先生极度苍白的脸色消失了,他又显得坚定而严肃。他接过了我手里的酒杯。

　　"祝你健康,救护天使!"他说着,一饮而尽,把杯子还给了我,"他们在干什么,简?"

　　"又说又笑,先生。"

　　"他们不像是听说了什么怪事,显得严肃而且神情怪异吗?"

　　"没有的事,——他们都高高兴兴,开着玩笑。"

　　"梅森呢?"

　　"他也在笑。"

　　"要是这班人一窝蜂跑来唾弃我,你会怎么办,简?"

　　"把他们全赶出去,先生,只要我办得到。"

　　他莞尔一笑,"可要是我跑到他们那儿去,他们只冷冷瞧着我,鄙薄地交头接耳互相议论,然后一个个撇下我走了,那又怎么办呢? 你也会跟他们一起走吗?"

　　"我想不大会,先生。我倒觉得还是留在你身边更愉快些。"

　　"好安慰我吗?"

“是的，先生，好安慰你，尽我的力量。”

“可要是因为你守着我，他们一致排斥你呢？”

“我也许根本就没察觉到他们在排斥我，就是我察觉到了，我也根本不在乎。”

“那么说，你能为了我不顾责难吗？”

“我能为了我值得守着的每一个朋友不顾责难。我深信，你就是这样的一个。”

“你现在回到房间里去，悄悄走到梅森跟前，小声凑着他耳朵跟他说，罗切斯特先生来了，想要见见他。你把他领到这儿，然后就离开。”

“是，先生。”

我执行了他的命令。我从大伙儿中间穿过去的时候，他们全都瞪大眼睛注视着我。我找到梅森先生，传达了口信，引路带他走出房间，把他领进了书房，然后我就上楼去了。

夜深时分，我已经上床躺下了好一会儿，才听得客人们纷纷各自回房。我辨出了罗切斯特先生的声音，听见他在说：“走这儿，梅森，这是你的房间。”

他高高兴兴地说着。欢快的语气使我安下心来。我很快就睡着了。

# 第二十章

我忘了像平时那样拉上床幔,也没放下窗帘。结果当又圆又亮的月亮(因为夜色很好)运行到对着我窗子的那块天空,透过没遮拦的窗玻璃窥视着我的时候,她那明亮的目光把我惊醒了。我在死寂的深夜中醒来,睁眼望见了她那一轮圆盘,——通体银白,像水晶般地皎洁。这景象很美,但太肃穆了。我欠起身来,伸手去拉床幔。

天哪!什么样的一声叫喊!

夜,——它的寂静,它的安谧,——完全被一个传遍整个桑菲尔德府的狂野、尖利、刺耳的声音撕裂了。

我的脉搏停住,心脏停止了跳动,我伸出去的手僵住了。喊声消失,也没重新再喊。说真的,不管它喊些什么,那种吓人的尖叫是不可能马上再重复一遍的。即使安第斯山上翅膀最宽的秃鹰,也不可能接连两次透过围着它巢穴的云端,发出这样的叫声。喊出这种声音的那个东西,准得先歇口气才能重新再来一遍。

它是从三楼传来的,因为它正好在头顶上响起。而这会儿在头顶上——对,就在我屋子天花板上面的那个房间里——我听到了一阵搏斗,从声音上听起来是一场你死我活的搏斗。一个几乎要窒息似的声音喊道:

"救命！救命！救命！"急促地连叫了三遍。

"怎么没人来啊！"那声音喊道。接着，在一片狂乱地继续着的脚步跟跄、跌跌撞撞声中，透过地板和灰泥我听出了：

"罗切斯特！罗切斯特！看上帝分上，快来！"

一扇房门打开了，有人沿着走廊跑过去，或者说冲过去。另外一个跌跌撞撞脚踏在楼上地板上的声音，有什么东西跌倒了，接着是一片寂静。

我尽管吓得手脚打颤，仍旧胡乱穿上了衣服，从我屋子里走了出来。睡觉的人全都惊醒了。每个房间里都响起了惊叫声、害怕的低语声。房门一扇接一扇打开，一个接一个的人探头出来。走廊上挤满了人。男客和女客毫无例外地全都下了床。"哦！怎么回事？"——"谁受伤啦？"——"出了什么事？"——"点个亮来！"——"失火了吗？"——"有强盗吗？"——"我们往哪儿逃呀？"四面八方都在乱哄哄地问。要不是有月光，他们会眼前一片漆黑。他们来回乱跑，他们聚成一堆。有人啜泣，有人绊跤。乱得简直不可开交。

"真见鬼，罗切斯特上哪儿去了？"丹特上校嚷道，"我在他床上没找到他。"

"在这儿！在这儿！"有人喊着回答，"大家放心好了，我来啦。"

走廊尽头那扇门打开了，罗切斯特先生端着一支蜡烛走了过来。他刚从楼上那层下来。有位女客朝他直奔过去，一把抓住了他的胳膊。这是英格拉姆小姐。

"到底出了什么可怕的事？"她说，"快说！马上把最坏的情况都告诉我们！"

"可是别把我拖倒或者勒死呀。"他答道。因为现在两位埃希敦小姐也死死抓住了他,而两位贵族遗孀穿着宽大的白色晨衣,正像两艘满帆前进的大船似的向他冲了过来。

"什么事也没有!——什么事也没有!"他喊着,"只不过是排演了一场《无事生非》①罢了。太太小姐们,放开我,不然我可要凶性发作了。"

他看上去也真像是凶性发作了似的。他两只黑眼睛直冒火花。他硬压着性子平静下来,补充说:

"有个用人做了个噩梦,就是这么回事。她是个容易激动、有点神经质的人。她准是把她做的梦当成了鬼怪现形,或者诸如此类的事,吓得发了病。好了,现在我得看着你们全回到你们的房间里去,因为不先把屋子里的人都安定下来,就顾不上去照料她。先生们,劳驾请给太太小姐们做个榜样。英格拉姆小姐,我肯定你准会证明你是不会被这些无聊的恐惧压倒的。埃米和路易莎,快像一对鸽子似的回到你们的窝里去吧,你们的确是一对小鸽子。太太们,"(对两位贵族遗孀说)"你们要是再在这冰冷的走廊里呆下去,准保会着凉的。"

就这样,一会儿哄骗,一会儿下命令,他终于设法让他们又都各自关门回进了自己的卧室。我不等他命令我回去,就不引人注意地悄悄回到了我方才也是悄悄地离开的卧室。

可是我并不是去上床睡觉,正相反,我开始仔细地穿好衣服。我方才紧跟尖叫以后听见的响动和有人喊出来的那些话,也许只有我一个人听到,因为它们是从我头顶上的那个房间里发出来的,可是它们叫我确信,绝不是有个仆人做了噩梦,才激起全屋子的人那么一片惊慌,而罗切斯特先生所作的

① 莎士比亚写的喜剧。

那番解释,只是为了使客人们安心而编造出来的。因此我把衣服穿好,以备万一。穿好衣服之后,我在窗口坐了好大一会儿,望着窗外静悄悄的庭园和银白色的田野,自己也说不清在等些什么。我总觉得在那声奇怪的叫喊、搏斗和呼救之后,一定会发生什么事情的。

没有。寂静恢复了,各种低语和走动都渐渐平息了下来,不到一小时光景,桑菲尔德府又静得像一片沙漠了。看来,沉睡和黑夜又一次重建了它们的帝国。这期间月亮渐渐下沉,就快要隐没了。我不喜欢老在寒冷和黑暗中坐着,我想还是和衣在床上躺下好一些。我离开窗前,不出声地走过地毯,正当我停下来脱鞋的时候,有人小心地轻轻敲了敲门。

"要我来吗?"我问。

"你没睡吗?"我期待听到的声音,也就是说,我主人的声音在问。

"是的,先生。"

"穿好衣服了吗?"

"是的。"

"那么,你出来,别出声。"

我照着做了。罗切斯特先生手上擎着蜡烛,站在走廊上。

"我需要你。"他说,"这儿走,别着急,也别弄出声音来。"

我的鞋很轻便,我能在铺着地席的地板上走得像猫那样悄然无声。他悄悄顺着走廊走过去,爬上楼梯,在那不祥的三层楼又低又暗的过道上停了下来。我一直跟着他,在他的身边站住。

"你屋里有海绵吗?"他低声问。

"有,先生。"

"你有什么嗅剂——香油精吗?"

"有。"

"回去把两样都拿来。"

我回到屋里,在盥洗架上找到海绵,在抽屉里找出嗅剂,然后再循着原路走回去。他仍旧等在那里。他拿出一把钥匙,向那些黑色的小门中的一扇走过去,把钥匙插进了锁孔。他停了一下,再对我说:

"你见了血不会发晕吧?"

"我想不会,我还从来没试过。"

我回答他的时候感到浑身一颤,但并没发冷,也没头晕。

"把手伸给我。"他说,"冒着让你晕倒的危险可不行。"

我把手放在他的手里。"又暖又镇定。"他说了一句。他转动钥匙,打开了门。

我看见了一个记得先前曾看到过的房间,就在费尔法克斯太太带着我看看整个宅子的那一天。它挂着帷幔,不过这会儿它撩起一半来用绳环系住了,露出了一扇门来,那次是被遮住了的。这扇门开着,里屋有亮光透出来。我听见那儿传来又叫又抓的声音,有点像一只狗在发威似的。罗切斯特先生放下蜡烛,对我说,"等一等,"然后一直走进了里屋。他一进去,就有一阵大笑迎他而来,起初很嘈杂难辨,末了却正是格雷斯·普尔那种魔鬼似的"哈!哈!"怪笑声。这么说,是她在那儿。他默不作声地不知作了些什么安排,不过我还是听见有个低低的声音跟他说了几句话。他走了出来,随手把门关上。

"上这儿来,简!"他说。我绕过去走到一张大床的那一边,这床连同它拉上了的床幔遮住了房间的很大一部分。床头边放着一把安乐椅,有个男人坐在椅子上,他穿得很整齐,只是没着上衣。他一动不动,头往后靠着,两眼紧闭。罗切斯特先生举起蜡烛来照着他,我从他那张苍白得看上去毫无生气的脸上,认出了——那个陌生人,梅森。我还看见他半边衬衫和一条胳臂,几乎全浸在鲜血里。

"拿住蜡烛。"罗切斯特先生说,我接过了蜡烛。他从脸盆架那儿端来了一盆水。"端着它。"他说。我照着办了。他拿起海绵,浸了浸水,轻轻拭了一下那张死人般的脸。他要过我的嗅盐瓶,凑到鼻子跟前。梅森先生很快张开眼睛,呻吟了一声。罗切斯特先生解开受伤的人的衬衫,一边的肩膀和胳臂上全绑着绷带,他用海绵吸掉了迅速淌下来的血。

"马上有生命危险吗?"梅森先生喃喃地说。

"啐!没有,——只不过破了一点皮肉。别那么吓破了胆,老兄,打起精神来! 我马上就去给你请个医生来,我亲自去。到早上你就可以挪动了,我希望。简……"他继续说着。

"先生?"

"我不得不把你留在这间房里陪着这位先生,一个钟头,说不定两个钟头。血再淌出来,你就像我那样吸掉它。要是他觉得发晕,你把那儿架子上的那杯水凑到他嘴边,同时把你的嗅盐放到他鼻子跟前。不管什么理由,你都别跟他说话,——而你——理查——跟她说话,牵动嘴,使自己情绪激动,都会有叫你送命的危险,——那我可不负责。"

那可怜的人又呻吟了一声。他看来似乎一动也不敢动。一种恐惧,不知是怕死还是怕别的什么东西,好像弄得他几乎全身瘫软了。罗切斯特先生把那块已经浸透了血的海绵交到我手里,我就动手用它来照他那样做。他看了我一会儿,说了句,"记住！——别说话！"就离开了房间。当钥匙在锁孔里喀嚓一响,他逐渐走远的脚步声听不见了的时候,我体验到一种奇怪的感觉。

这么说,我是呆在三层楼上,被锁在它的一间神秘莫测的小屋子里。我周围是黑夜,我眼睛和双手底下是一片苍白和血淋淋的景象。一个杀人的女凶手几乎只跟我隔着一扇门。是的,——这真叫人害怕,——别的我还受得了,可一想到格雷斯·普尔会冲出房门朝我扑过来,我就吓得发抖。

但尽管这样,我还是得守住我的岗位。我得看着这副死人般的面孔,——这张不准说话的僵硬、发青的嘴巴,——这双一会儿闭上、一会儿张开、一会儿朝屋里四处张望、一会儿又死死盯住我,而且老是带着一副被吓坏了的呆相的眼睛。我得一次又一次地把手浸到那盆血水里去,以便擦掉渗出来的淤血。我得眼看着没剪烛花的蜡烛光在我干这件事时变得越来越暗,烛影在我周围那古色古香的绣花帷幔上逐渐变浓,在那张古老大床的床幔上变得漆黑,而且在对面一个大柜子的门上面古怪地晃动,——那柜子正面分隔成十二块嵌板,上面有画得狰狞可怖的十二使徒头像,每块嵌板像画框似的镶着一个头像,而在它们的最上面,竖着一个乌木十字架和垂死的基督。

随着晃动的暗影和时而跳到这儿、时而照到那儿的飘忽不定的亮光,所看到的一会儿是留胡子的医生路加垂着头,一会儿是圣约翰的长发在飘动,一会儿又是犹大那张魔鬼似的脸在嵌板上显露了出来,仿佛正在渐渐活起来,眼看着就要以最大的叛逆者撒旦的化身出现。

与此同时,我不仅要看而且还得听,听着那边窝里面的那头野兽或者恶魔的动静。不过自从罗切斯特先生进去过以后，它似乎被符咒镇住了似的，一整夜我只隔着很长的间歇时间听到过三次响动，——一次悄悄的脚步声，一次重新短暂发作的狗嗥似的声音，和一次人发出来的深沉呻吟声。

此外我自己也心绪烦乱。这个化身为人潜居在这所与世隔绝的大宅子里、主人既不能赶走又无法制服的罪恶究竟是什么？——在最沉寂的深夜里，时而以火、时而又以血的形式突然显现出来的谜究竟是什么？伪装成普通女人的脸和身形，发出时而像嘲弄人的魔鬼、时而又像猎食腐肉的猛禽似的声音的那个东西究竟是什么？

而我正在俯身照料的这个人——这个平庸安静的陌生人，——他怎么会卷进了这个恐怖之网的呢？复仇女神为什么要降祸于他呢？又是什么原因使他在本该躺在床上的时候，不合时宜地寻到宅子的这一带来的呢？我曾听见罗切斯特先生指派他在楼下的一间屋子住，——究竟是什么叫他到这儿来的呢？而且现在他又为什么遭到了暴行或者暗算，还这么逆来顺受呢？他为什么对罗切斯特先生硬要掩盖真相这么俯首帖耳呢？罗切斯特先生又为什么硬要这样掩盖真相呢？他的一个客人遭到强暴，他自己上一次也遭到过可怕的蓄意谋害，可是两次犯罪企图他都悄悄掩盖起来，默默瞒了过去！最后还有，我看出梅森先生对罗切斯特先生十分顺从，后者的专横意志完全支配着前者的软弱性格，他俩之间交谈的寥寥数语就使我对这点确信无疑。很明显，在他们过去的交往中，一方的被动性情已经习惯于受另一方强烈的主动精神所左右。既然这样，那么听说梅森先生来到时，罗切斯特先生的那副丧气样子又是怎么来的呢？为什么只不过几小时之前,仅仅一听到这位不速之客——现在只消他一句话就能像孩子般管得服服帖帖的人——的名字,他就会像一棵橡树遭到了雷击一般?

唉!我忘不了他喃喃说着"简,我受了个打击,——我受了个打击,简"时他那副神情和苍白的脸色。我忘不了他的胳臂搁在我肩上时抖得多么厉害。而能够这样挫折罗切斯特先生顽强的精神、震撼他强健的体魄的,决不会是什么小事情。

"他要什么时候才会来呀?他要什么时候才会来呀?"当黑夜没有个尽头,我那流血的病人精神萎靡、呻吟、发晕,而白昼和救护的人都迟迟未见到来的时候,我心里这样大声呼喊着。我一次又一次把水送到梅森惨白的唇边,一次又一次拿提神的嗅盐给他闻,我的种种努力却似乎毫无效果。不知是肉体上或者精神上的痛苦呢,还是失血过多,或者是三者加在一起,使他迅速地愈来愈精疲力竭。他苦苦呻吟,看来那么衰弱、焦躁、绝望,我担心他快要死去,而我却连话都不能跟他说一句!

蜡烛终于燃尽、熄灭了。它一灭,我看到了窗帘边缘透出一道道灰蒙蒙的光,这么说,黎明已经临近了。不一会儿,我远远地听见派洛特在下面院子远处的狗窝那儿汪汪直叫,希望又油然而生。它倒并不是毫无根据的,只过了五分钟,钥匙转动声,门锁打开声,预示我守护的责任已经结束了。总共才不过两小时光景,可似乎比好几个星期还长。

罗切斯特先生进来了,他去请的医生也一起走了进来。

"喂,卡特,你得注意,"他对后者说,"我只给你半小时,包扎伤口,上绷带,把病人弄下楼去,全都在内。"

"可是他适宜于移动吗,先生?"

"这毫无问题,伤并不严重,他有点神经质,得让他打起精神来。来,快动手吧。"

罗切斯特先生撩开厚厚的窗幔,拉起亚麻布窗帘,尽量把光线放进来,使我又惊又喜地发现晨光早已来临,一道道玫瑰色的霞光已经使东方渐渐发亮。随后他向梅森走过去,这时医生已经在动手治疗了。

"喂,我的好伙计,你怎么样?"他问。

"我怕她已经送了我的命。"对方软弱无力地回答。

"没那回事!——拿出勇气来!两个星期以后的今天你就会什么事儿也没有了。你流了点血,就这么回事。卡特,你让他放心,绝没有危险。"

"我可以凭良心这么说。"卡特说,他已经解开了绷带,"只不过但愿我能早点来,他就不会流这么多血了……可这是怎么回事?肩上的肉像被刀割似的裂开了。这伤并不是刀子捅出来的,这是让牙齿咬的!"

"她咬了我。"他喃喃地说,"罗切斯特夺下她的刀子,她就像只母老虎似的对我又咬又撕。"

"你不该退让,你应该马上就跟她格斗的。"

"可是在这种情况下,你能怎么办?"梅森回答,"唉,那真可怕!"他打了个寒战又补充说,"我又一点都没防备,起初她看上去那么安静。"

"我警告过你。"他的朋友答道,"我说过——'你走近她的时候要小心。'再说,你本来可以等到明天,而且让我跟你在一块儿。你想今天晚上就见面,而且独自一个人来,真是件傻事。"

"我以为我可以做点有好处的事。"

"你以为！你以为！真是的，听你说话真叫我不耐烦。不过，既然你已经吃了苦头，而且不听我的劝，活该吃足苦头，所以我也不想多说你了。卡特——快！——快！太阳马上就要出来了，我一定得让他离开才行。"

"马上就好，先生。肩上刚刚上好绷带，我得处理一下手臂上的另一处伤，我想这儿她也咬了。"

"她吸血，她说她要把我心里的血全吸干。"梅森说。

我看见罗切斯特先生打了个冷战，一种特别明显的既厌恶、又恐怖而憎恨的神情几乎使他的脸扭曲得变了形。可是他只是说：

"好啦，别说了，理查，别去管她那种胡说八道，也别再提它了。"

"但愿我能忘掉它。"

"你一出了国就会忘掉的。等你回到了西班牙城，你就可以当她已经死了，入了土，——或者根本就不必去想她。"

"怎么也不可能忘了今儿这一晚。"

"并不是不可能的。打起点精神来，伙计。两小时以前你还以为自己已经像一条死鱼那样没命了，可你现在不是活生生的，还说着话么。瞧！——卡特已给你包扎好，或者差不多已经好了，我会一转眼就把你打扮得整整齐齐的。简，"（他重新进屋来以后第一次向我转过脸来）"拿上这把钥匙，到楼下我的卧室里去，直接走进我的更衣室，打开衣柜最上面那只抽屉，取出一件干净衬衣和一条围巾，把它们拿到这儿来。手脚要快些。"

我去了，寻到他所说的那个放衣服的地方，找出他要的东西,把它们带了回来。

"现在,"他说,"在我给他穿好衣服的时候,你到床那边去,不过别离开房间,也许还用得着你。"

我照他吩咐退到一旁。

"你下楼时有人走动吗,简?"不一会儿罗切斯特先生又问。

"没有,先生,全都安安静静的。"

"我们得小心地把你打发走,狄克,这样不论对你,对那边那个可怜的人来说都更好一些。我已经这么长时间竭力避免暴露,我不愿意弄到最后仍旧泄露了出去。过来,卡特,帮他穿上背心。你把皮斗篷放在哪儿了?我知道,在这样该死的大冷天里,不披上它赶一英里路是不行的。在你房间里?——简,快跑到楼下梅森先生的房间里,——就在我隔壁的那一间,——去把你在那儿看到的一件斗篷取来。"

我又赶快跑去跑回来,捧来一件皮里、皮镶边的大斗篷。

"现在,我还有一件差事要你办。"我那不厌其烦的主人又说,"你得再上我房间里去一趟。你幸好穿着一双丝绒鞋,简!——在这种紧急关头叫一个笨手笨脚的人跑腿可不行。你得打开我梳妆台中间那个抽屉,把你在那儿找到的一个小药瓶和一只小杯子拿出来,——快!"

我飞也似的跑去又跑回,带来了他要的杯瓶。

"这就好啦!现在,医生,我要冒昧地自己来用药了,由我自己来负责。这种兴奋剂我是从罗马弄来的,从一个意大利江湖医生手里,——那种家伙,卡特,你准会一脚踢开的。这种东西不能随便乱用,不过偶尔用用还是有效,比如像在现在这种情况。简,倒一点水。"

他把那个小玻璃杯递过来,我用盥洗架上的水瓶给倒了半杯。

"行啦,——现在用水把瓶口稍微拭一下。"

我这样做了。他滴了十二滴深红色的药水,递给梅森。

"喝下去,理查,它会把你缺少的勇气鼓起来,维持一两个小时。"

"可是它会对我有害吗?——它有没有刺激性?"

"喝吧!喝吧!喝吧!"

梅森先生服从了,因为显然抗拒是没有用的。他现在已经穿戴整齐,他看上去仍旧脸色苍白,但已经不再是满身血污了。罗切斯特先生让他喝下药水后先静坐了三分钟,然后扶住他的胳膊。

"现在我相信你准站得起来了。"他说,"试试看。"

病人站了起来。

"卡特,搀住他另一边胳肢窝。鼓起劲头来,理查,跨一步,——对!"

"我是觉得好点儿了。"梅森先生说。

"我相信你确实是。现在,简,在我们前面引路,往后楼梯走。拉开边门的门闩,你会在院子里见到赶驿车的车夫,——或者就在院子外面,因为我告诉过他别赶着他那轮子嘎嘎直响的车子驶进石子过道来,——你叫他准备好,我们就来。还有,简,要是附近有人,你就到楼梯脚下咳一声。"

这时候是五点半,太阳眼看就要出来了,但是我发现厨房里仍旧昏暗无人。边门闩着,我尽量不出声地打开了它。院子里毫无动静,但院门敞开,外面停着一辆驿车,马匹都已套好,车夫坐在赶车座上。我走到他跟前,跟他说先生们就来,他点了点头。然后我小心望望四周,仔细倾听。到处还是一片宁静,睡意方酣。仆人下房的窗户上还垂着窗帘。小鸟刚在满树白花的果树上啾鸣,树枝像一个个雪白的花环垂在院子这一角的围墙上。拉车用的马关在它们的马厩里不时地顿几下蹄子,余外一切都寂静无声。

这时几位先生出来了。梅森由罗切斯特先生和医生搀扶着,看上去走得满平稳。两人扶他上了车,卡特跟着也上去了。

"小心照料他,"罗切斯特先生对后者说,"让他在你家里一直待到好了为止。我过一两天就会骑马去探望他。理查,你觉得怎么样?"

"新鲜空气让我精神好多了,费尔法克斯。"

"让他那边的车窗开着,卡特,没有风。——再见,狄克。"

"费尔法克斯……"

"嗯,什么事?"

"让她得到照顾,让她尽量受到体贴的对待,让她……"他满眼泪水,说不下去了。

"我尽其所能,过去这样,将来也这样。"对方回答。他关上车门,马车驶走了。

"不过上帝保佑,这一切总得有个了结!"罗切斯特先生关上、闩好沉重的院门时,又说了一句。

关好门,他慢吞吞心不在焉地朝果园旁边的一扇围墙门走去。我以为他已用不着我了,正准备转身回屋里去,可是,我又听得他叫了声"简!"他已经打开那道门,站在那儿等着我了。

"来,上有点新鲜空气的地方稍微待一会儿,"他说,"屋子里简直像个土牢,你不觉得这样吗?"

"我看它是一座很漂亮的宅子,先生。"

"你的眼睛被天真无知的魔力蒙蔽住了,"他回答说,"所以你是用被施了魔法的眼光来看它的。你辨不出那些镀金只是胶泥,丝绸帷幔只是蛛网,大理石只是肮脏的石板,上光的木器只是些树皮烂木片。而这儿,"(他指指我们踏进去的一片绿叶婆娑)"一切都是真实、可爱而纯洁的。"

他信步顺着一条沿路种着小树的小径走去,一边有苹果树、梨树和樱桃树,另一边有满是各色常见花木的一长溜花圃,其中有紫罗兰、美洲石竹、报春花、三色堇,夹杂着青蒿、多花蔷薇和各种香草。四月不断交替的骤雨和放晴,紧接着又是一个春天明媚的早晨,这会儿使得它们全都鲜艳欲滴。太阳刚在五色缤纷的东方出现,阳光照耀着枝叶盘绕、晨露点点的果树,洒落在树下宁静的小径上。

"简,给你一朵花好吗?"

他摘下枝头第一朵初开的玫瑰,递给了我。

"谢谢你,先生。"

"你喜欢这日出吗,简?喜欢那天空和天一近午就准会消失不见的高高的轻云,——还有这令人心旷神怡的宁静气氛吗?"

"喜欢,非常喜欢。"

"你过了一个奇怪的晚上,简。"

"是的,先生。"

"它叫你显得脸色苍白,——我把你一个人留在梅森身边时,你害怕吗?"

"我生怕有人从里屋出来。"

"可是我锁上了门,——钥匙在我口袋里。要是我会让一头羊羔——我心爱的小羊羔——毫无保护地呆在离一个狼窝那么近的地方,那我就真是个粗心的牧羊人了。你是很安全的。"

"格雷斯·普尔还会在这儿呆下去吗,先生?"

"哦,是的! 你别为她去伤脑筋,——丢开这件事别去想它吧。"

"可我觉得只要她呆着,你的生命就不大安全。"

"别怕,——我会自己小心的。"

"你昨天晚上担心的危险现在已经过去了吗,先生?"

"只要梅森还没离开英国,我就不敢肯定;即使他离开了也还是这样。生活对我来说,简,就像是站在火山口上,说不定哪天它就会裂开,喷出火来。"

"不过梅森先生好像是个容易摆布的人。你的影响,先生,显然很能左右他。他决不会公然跟你作对,或者存心害你的。"

"哦,决不会! 梅森既不会跟我作对,也不会明明知道而有心伤害我,——可是出于无意,他却有可能随便一句话,就一下子——即使不夺去我的生命,也永远夺去了我的幸福。"

"叫他小心一些,先生。让他知道你担心什么,告诉他怎么避免危险。"

他嘲弄地大笑,一下抓起我的手,又一下把它甩开了。

"要是我能那样做,傻瓜,那还会有什么危险? 一下子就消除了。从我认识梅森以来,我就只需要对他说声'做这个',他就去做了。可是在这件事上我却不能去命令他。我不能说'当心伤害我,理查',因为我绝对不能让他知道可以伤害我。现在你似乎有点迷惑不解,我还会更加叫你迷惑不解呢。你是我的一个小朋友,对吗?"

"我高兴为你效劳,先生,只要是正当的事情,我都乐意听你吩咐。"

"确实这样,我看到你是这样做的。我从你的步履、神态、目光和脸色中,都看出你是真心地乐意帮助我,让我高兴,——为我做事,跟我合作,正像你富有特色的说法那样,'只要是正当的事情';因为如果我叫你去做什么你认为是不正当的事情,你就一定不会跑动步履如飞,办事迅速麻利,也不会有活泼的眼神和生气勃勃的脸色了。那时我的朋友就准会镇定而苍白地朝我转过脸来说:'不,先生,这可不行,我不能这么干,因为这是不正当的。'而且变得像颗恒星似的不可动摇了。是啊,你也有力量左右我,可以伤害我。但我不敢向你露出我的要害来,生怕你尽管这么忠实、友好,也会万一给我致命的一击。"

"要是你对梅森也像对我那样没什么可以害怕的话,那你就非常安全了。"

"上帝保佑但愿如此!简,这儿有个凉棚,坐下吧。"

凉棚是墙里的一个圆拱门,周围攀绕着藤萝,里面有一张粗木凳。罗切斯特坐下了,不过给我留出了空来,但我还是站在他面前。

"坐吧,"他说,"这长凳够两个人坐的。你该不是对于坐在我身边感到犹豫不决吧,是吗? 这是不正当的吗,简?"

我没回答,径自坐下。我觉得拒绝是不明智的。

"现在,我的小朋友,趁阳光正在吮吸露水,这个古老花园里的花儿都正在苏醒,纷纷开放,鸟儿正从桑菲尔德树丛里为它们的孩子们衔来早餐,早起的蜜蜂正在开始它们的第一阵忙碌,——我要讲一桩事例给你听,你要竭力设想它就发生在你自己的身上。不过首先,你把眼睛望着我,告诉我你觉得很自在,并不担心我留住你有什么不正当,或者你肯留下来有什么不正当。"

"不,先生,我心里很舒坦。"

"好吧,简,那你就求助于你的想象力,假设你从前并不是一位管教得很好的姑娘,而是个从小就被惯坏了的小伙子;设想你是在一个遥远的异国;设想你就在那儿犯下了一桩大错,别去管它是什么性质、出于什么动机,反正它的后果足以贻害终身,糟蹋了你的整个生活。注意,我并没说罪恶,我并不是在说杀人流血或者别的什么犯罪行为,使罪犯会因此受到法律处分。我说的是错误。你做下的那件事的后果,迟早会让你感到完全无法忍受。你采取了措施以求解脱,它有点不寻常,但既不违法,也无可指摘。可是你仍旧痛苦,因为眼看着生活就在面前,你却毫无希望。你正在如日中天的时候,却被日食遮蔽得暗淡无光,而你知道,不到日落西山,你无法摆脱它。痛苦、丢脸的回想,是你记忆的惟一食粮。你浪迹四方,远离家乡以求得安宁,寻欢作乐来寻求幸福,——我指的是那种毫无心肝的酒肉声色之乐,——它使得你头脑昏沉、感情冷漠。在心神疲惫、灵魂麻木的情况下,你在多年的自我流放后回到了家里。你结识了一个新朋友,——何时何地无关紧要,你在这位陌生人身上发现了许多你二十年来一直在寻找而始终未曾遇到的优异品质,而且全都那么清新、健康,毫无尘埃和污点。这样的交往能使人复活,催人新生。你觉得比较美好的日子又重新回来了,——又有了比较高尚的期望,比较纯洁的感情。你渴望重新开始你的生活,用一种比较配得上不朽灵魂的方式来度过你的余生。为达到这个目的,你是不是有权越过习俗的障碍,——那种既不被你的良心所认可、也不为你的判断力所赞同的纯粹世俗的阻力呢?"

他停了一停等我回答,但我能说什么呢?唉,但愿有哪位善良的神明来启示我作出明智而满意的回答!无聊的空想!西风习习,拂过我周围的藤萝,但却并没有一位温存的爱丽儿①借助风声而给我一句提示。鸟儿在树梢歌唱,但它们的歌声不管多么甜蜜,总是没法理解的。

罗切斯特先生又再一次提问:

"这个曾经浪荡而误入歧途,但如今正力求安定下来、改邪归正的人,是不是有权向世人的看法挑战,以求使那个温柔、文雅、和蔼可亲的陌生人永远跟他在一起,因而取得他自己心灵的宁静和生活的复苏呢?"

"先生,"我回答说,"一个浪荡者的重新安定和一个误入歧途者的改过自新,是决不能依赖于一位同类的。男人和女人都会死,哲学家有智穷的时候,基督徒也会在善行中有所闪失。如果你知道有谁行为不当,受过痛苦,那就劝他从高于他同类的地方去寻求力量来改过自新,寻求安慰来治愈创伤吧。"

"可是手段呢——手段呢!做这件事的上帝规定了手段。我本人——我跟你说这话并不是打比喻——就曾经是个庸俗、放荡、不安分的人,而现在我相信自己已经找到了得救的手段,那就是……"

***

① 爱丽儿(Ariel):西方中世纪传说中的空气精灵。

他住了口。鸟儿仍在宛转歌唱,树叶仍在轻声地沙沙作响。我几乎有点奇怪它们怎么不停止出声,好倾听这暂时中断了的自白。不过它们也许要等待好几分钟时间,——沉默持续了很久。最后,我终于抬起头来望望那说话磨磨蹭蹭的人,他正急切地瞧着我。

"小朋友,"他说,声音完全变了,——同时面容也完全变了,温和和严肃的神情完全不见,变得既粗暴又嘲弄,——"你注意到了我对英格拉姆小姐的倾慕了吧,你认为我娶了她,她会使我得到彻底的新生吗?"

他猛地站起来走了开去,几乎一直走到了小径的那一头,等他又转身走回来时,嘴里哼着一支曲子。

"简,简,"他在我面前停住,说,"你守了一夜,熬得脸色都苍白了,你不咒骂我打搅了你的休息吗?"

"咒骂你?不,先生。"

"握握手来证实这句话吧。多冷的手啊!昨晚我在那间密室门口触到它时,它比现在还暖和些。简,什么时候你再跟我一起守夜?"

"任何用得着我的时候。"

"比如,我结婚的前一晚!我相信我准会睡不着觉,你答应坐着不睡来陪陪我吗?我可以跟你谈谈我那可爱的人,因为现在你已经见过她,认识她了。"

"是的,先生。"

"她是个世上少有的人,是不是,简?"

"是的,先生。"

"一个健壮妇人,——一个地道的健壮妇人,简。高大,褐色皮肤,身材健美,头发大概就跟那些迦太基妇人们一样。

糟糕！丹特跟利恩到那边马厩里去了！你从灌木丛旁边进去，走那扇边门。"

我朝一头走去时，他走向另一头，我听得他在院子里高高兴兴地说：

"梅森今早抢在你们大家前面，他太阳没出山就走了，我四点钟起来给他送行的。"

# 第二十一章

预感是个奇怪的东西！感应也是，预兆也是。而三者一起，构成了人类至今还未找到钥匙来解开的一个谜。我一生从没有嘲笑过预感，因为我自己就有过几次奇怪的预感。感应呢，我相信是存在的（比如在关系很远、长期暌隔、久不来往的亲戚们之间，它说明尽管彼此疏远，他们归根到底，还是同出一源），它的作用超出了正常的理解。而预兆呢，也许只是大自然和人之间的感应吧，我们也说不上来。

当我还是个小姑娘，只有六岁大的时候，一天晚上我听见蓓茜·李文在跟马莎·阿博特说，她梦见了一个小娃娃，而梦见小孩不是自己就是亲属要遭到麻烦的可靠预兆。这说法本来早就会被我遗忘了，要不是紧跟着发生的一件事使它永远牢记在我心里的话。就在第二天，蓓茜被叫回家去看她临终的小妹妹。

最近我时常记起这个说法和这一件事来。因为过去一星期里，我几乎没有一夜上床睡觉不梦见一个小孩，有时我把他抱在怀里哄着他，有时放在膝上颠着他，有时候看着他在草地上玩弄雏菊，再不就是在用手搅动着流水玩。这一夜是个号啕大哭的孩子，下一夜又在哈哈大笑。一会儿他钻在我怀里，一会儿逃开我。但不管这个幻象表现出什么心情，长得什么

306

样子，一连七夜只要我一进梦乡，他就准来迎接我。

我不喜欢这种同一念头的一再重复，——这种同一形象的奇怪重现。每当快到睡觉时间，幻象出现的时刻渐近，我就坐立不安起来。那个月夜里，我正是在跟这个幻影孩子做伴时，听见喊声惊醒了过来。而第二天下午，就有人带口信来叫我下楼去，说费尔法克斯太太屋里有人在找我。到了那儿，我看见有个男人正在等我，样子像是位绅士的贴身男仆。他身服重丧，拿在手里的帽子上也缠着黑纱。

"我猜想你准认不出我来了，小姐，"我进去时他站起身来说，"不过我姓李文，八九年前你在盖茨黑德府的时候，我就在那儿给里德太太当车夫，现在我还在那儿。"

"哦，罗伯特！你好！我完全记得你，你有时候常让我骑一下乔治娜小姐的栗色小马。蓓茜怎么样？你不是跟蓓茜结婚了吗？"

"是的，小姐。我妻子身体挺壮健，谢谢你。约摸两个月前她又给我养了个小把戏，——我们现在有三个了，——大人孩子都挺好。"

"府里的人都好吗，罗伯特？"

"真可惜我不能给你带来好一点的消息，小姐，他们眼下都很糟，——"

"但愿不是有人去世了吧？"我瞧了瞧他身上的黑礼服说。他也低头看了看帽上缠着的黑纱，回答道：

"约翰先生到昨天刚过去了一个礼拜，死在他伦敦的住所里。"

"约翰先生？"

"是的。"

"他母亲怎么受得了呢?"

"说得是呀,你知道,爱小姐,这可不是一桩平常的不幸事。他生前生活非常放荡,最近三年以来他更荒唐得出奇,他死得也挺吓人。"

"我从蓓茜那儿听说,他干得不太好。"

"干得好?他干得不能再坏了:他跟一些世上最坏的男人和女人混在一起,毁了自己的身体,又毁了家业。他陷进债务,又陷进了监牢。他母亲把他弄出来两次,可他一出来就马上又恢复了他的老关系和老习惯。他脑子不大好,跟他混在一块儿的那些无赖欺诈他到了我听都没有听说过的程度。约摸二个星期前他来到盖茨黑德,竟要太太把一切都交给他。太太拒绝了,她自己的收入也因为他的挥霍,早就减少了许多。这样他只好又回去了,接下来的消息就是他死了。到底怎么死的,上帝知道!——人家说他是自杀的。"

我一句话没说,这消息太可怕了。罗伯特·李文又说下去:

"太太自己也身体不好,有一些日子了。她原来就发胖得厉害,却胖而不够结实,钱财损失和担心受穷更弄得她几乎完全垮了下来。约翰先生去世和他死的方式,消息来得那么突然,结果引起了一场中风。她三天没说话,不过上星期二她似乎好了一点。她仿佛想要说些什么,一边嘴里喃喃着,一边不断向我老婆打手势。可是直到昨儿早上,蓓茜才听出了她是在念叨你的名字,而且最后终于听明白了她的话:'把简带来,——把简·爱找来,我要跟她说话。'蓓茜吃不准她神志是不是清醒,说的话是不是认真,不过她还是告诉了里德小姐和乔治娜小姐,并且劝她们派人来找你。开头两位小姐置之不理,可是她们的母亲变得那么烦躁不安,'简,简,'地说了那么多次,所以最后她们只好同意了。我是昨天从盖茨黑德动身的,要是你来得及准备的话,小姐,我想明天一早就陪你回去。"

"好,罗伯特,我来得及。我看我应当去。"

"我也是这样想,小姐。蓓茜说她料得定你是不会拒绝的。不过我猜你还得先请个假才能离开吧?"

"对,我这就去。"我先带他到仆役室,托约翰的妻子款待一下,并且请约翰亲自关照,然后就回身去找罗切斯特先生。

楼下的哪一间屋子里都没有他,他也不在院子里,马厩里,或者庭园里。我问费尔法克斯太太有没有见过他,——是的,她相信他准是在跟英格拉姆小姐一起打台球。我连忙赶到台球室去,台球的撞击声和嗡嗡的谈话声从那儿传出来。罗切斯特先生,英格拉姆小姐,两位埃希敦小姐和她们的倾慕者,都在起劲地打球。去打搅这些兴致正高的人真得有一点勇气,可是我的使命实在容不得我多耽搁,因此我只好向着正站在英格拉姆小姐身边的主人走过去。我走近的时候,她转过脸来,高傲地看着我。她的眼神似乎在问:"这鬼鬼祟祟的家伙现在又想干什么了?"而我一低声唤了句"罗切斯特先生,"她就做了个动作,仿佛忍不住想命令我走开。我至今还记得她当时的样子,——非常优雅,非常引人瞩目:她身着一件天蓝色绉纱晨衣,头发上扎一条淡青色纱巾。她打台球打得正起劲,被人触犯了尊严,是不会使她那傲慢的脸上的神色变得缓和一些的。

"那人想找你吗?"她问罗切斯特先生,而罗切斯特先生就回过头来看看"那人"究竟是谁。他做了个古怪的鬼脸，——他那种奇怪而含意不明的表示之一，——就扔下手里的球棒，跟着我走出了房间。

"什么事，简?"他关上教室的门，背靠在门上说。

"对不起，先生，我想请一两个礼拜假。"

"干什么? ——上哪儿?"

"去看一位派人来叫我去的生病的太太。"

"哪位生病的太太? ——她在哪儿住?"

"在××郡的盖茨黑德。"

"××郡? 那有一百英里路呢! 她到底是什么人，竟会叫人家那么远的路赶去看她?"

"她姓里德，先生，——里德太太。"

"盖茨黑德的里德? 是有一个盖茨黑德姓里德的，他是个地方执法官。"

"正是他的寡妇，先生。"

"那你跟她有什么关系? 你怎么会认识她的?"

"里德先生是我的舅舅，——我母亲的哥哥。"

"真见鬼，他是你舅舅! 你以前从来没告诉过我，你一直说你没有亲戚。"

"没有一个肯承认我的亲戚，先生。里德先生已经去世，他的妻子赶走了我。"

"为什么?"

"因为我穷，是个累赘，而且她不喜欢我。"

"可是里德有孩子留下吗? ——你总有表兄妹吧? 乔治·利恩昨天还谈起盖茨黑德的里德，——说他是全城最地道的无赖之一。英格拉姆也提起那儿的一位乔治娜·里德，她的美貌前一两个社交季节曾经在伦敦大受赞美。"

"约翰·里德也死了,先生。他毁了自己,也几乎毁了他的一家,而且据猜测他是自杀的。这消息使他的母亲大受打击,引起了中风。"

"那你对她能有什么好处呢?真荒唐,简!我就决不会想到赶一百里路,去看一个说不定等你赶到早已死了的老太太。再说,你说过她把你赶了出来。"

"是的,先生,不过那已经是很久以前的事了,而且那时候她的情况完全不同。现在我不顾她的愿望是于心不安的。"

"你要待多长时间呢?"

"尽可能短些,先生。"

"答应我只待一个星期……"

"我还是先不担保好一些,说不定我会不得不违背诺言的。"

"无论如何你总会回来,你总不会在任何理由下被劝说得跟她长住下去吧?"

"哦,不会的!要是一切顺利的话,我一定会回来的。"

"谁陪你去呢?你总不能独自一人赶一百英里路吧。"

"不,先生,她派了她的车夫来。"

"是个靠得住的人吗?"

"是的,先生,他已经在他家呆了十年了。"

罗切斯特先生沉思了一会儿,"你打算什么时候走呢?"

"明天一清早,先生。"

"好吧,你得带点钱去,你总不能不带钱就出门旅行,而我敢说你的钱并不多,我到现在还没付过你薪水呢。你到底有多少钱,简?"他微笑着问。

我掏出了我的钱袋,钱袋是空瘪瘪的。"五个先令,先生。"他拿过钱袋,把里边那点宝贝全倒在他的手掌里,看着它咯咯地笑了起来,仿佛对它的寒酸可怜感到很有趣似的。他马上摸出了皮夹来,"拿着。"他说,递给我一张钞票,是五十镑的,可他只欠我十五镑。我跟他说我找不出。

"我又不要你找,这你知道的。收下你的薪水吧。"

我不肯收多于我应得的钱。他起初皱眉不高兴,随后好像想起了什么,说道:

"对,对!最好这会儿别都给你,你有了五十镑,说不定会待上三个月不回来。拿十镑去,这不是足够了吗?"

"够了,先生,不过现在你欠我五镑了。"

"那你就回来拿吧,我这儿存着你四十镑。"

"罗切斯特先生,趁现在有机会,我最好还是跟你提一下另外一件正事。"

"正事?我倒很想听听。"

"你等于已经告诉了我,先生,你很快就要结婚了?"

"是的,怎么样呢?"

"那样的话,先生,阿黛尔就应该进学校去。我想你一定明白这是很必要的。"

"让她别挡了我新婚夫人的路,否则怕会被成心重重地踩在脚底下么?这建议有道理,这是毫无疑问的。照你说,阿黛尔得去进学校,而你,不用说,就得直接去……见魔鬼是不是?"

"我希望不是,先生,不过我是得上什么地方去另找个职位。"

"那当然咯!"他大声说,声音有点发颤,脸上显出既古怪又可笑的异样神色。他看了我好几分钟。

"那么我猜想,你会去求里德太太,或者她的两位千金,帮你找个职位吧?"

"不,先生。我跟我的亲戚们关系没那么好,还够不上去要求他们来帮我什么忙,——不过我可以登广告。"

"你还可以大摇大摆走到埃及的金字塔上去呢!"他怒冲冲地说,"你登广告简直是自己找死!我真但愿刚才给你的只是一镑,而不是十镑。还给我九镑,简,我要用。"

"我也要用,先生。"我一边回嘴,一边两手抓住钱袋藏在背后,"这钱我无论如何也不能给。"

"小气鬼!"他说,"钱财上居然一点也不肯跟我通融!给我五镑吧,简。"

"五先令都不给,先生,五便士都不给。"

"只让我看看那笔钱吧。"

"不,先生,不能信赖你。"

"简!"

"先生?"

"答应我一件事。"

"什么事我都答应,先生,只要我觉得我办得到。"

"别登广告,把这件谋职的事交给我。我会及时替你找到的。"

"我很乐意这样办,先生,只要你也答应,在你的新娘进门以前,让我和阿黛尔都平安地离开这所宅子。"

"很好!很好!我保证做到。那么,你明天就走咯?"

"是的,先生,一早。"

"晚饭后你到客厅里来吗?"

"不了,先生,我得打点一下行装。"

"那么你我得暂时告别几天了?"

"我想是的,先生。"

"人们是怎么举行那种告别仪式的,简? 教教我,我对这个不大在行。"

"他们说声'再见',或者用他们喜爱的任何别的形式。"

"那就说一声吧。"

"再见,罗切斯特先生,暂时告别了。"

"我该怎么说呢?"

"你高兴的话,先生,就也这么说。"

"再见,爱小姐,暂时告别了。这就完了吗?"

"是的。"

"照我看,这似乎太吝啬、太干巴巴,太不友好了。我想再有点别的,给仪式稍微再作点儿补充。比方说,握握手。哦,不,——那我也觉得还不够。那么除了说声再见以外,你不想再做些什么了吗,简?"

"这就够了,先生。一句出于真心的话所表达的好意,可以胜过千言万语。"

"很可能。不过这总有点空洞而且冷淡——'再见'。"

"他背靠着那扇门,到底还打算站多久啊?"我暗自问着,"我要动手去打点行李了。"晚饭钟响了,他一句话也没再说,就突然跑开了。那天我没再见到他,第二天早上他还没起来我就动身了。

五月一日下午五点钟光景我到达了盖茨黑德的门房。在上里面宅子里去以前,我先进这儿去瞧瞧。里面非常整洁。假窗龛上挂着小小的白帘子,地板上没有污迹,炉栅和炉具都擦得发亮,火也烧得挺旺。蓓茜坐在炉边,正在给她刚生的孩子喂奶,罗伯特跟他的妹妹在一边安安静静地玩着。

"谢天谢地!——我知道你会来的!"我一进去,李文太太就嚷了起来。

"是啊,蓓茜,"我吻了吻她,说,"我相信我来得还不太晚吧。里德太太怎样了?——但愿她还活着。"

"是啊,她活着,而且还比前一阵清醒些,也安定些。医生说她还能拖上一两个礼拜,但不相信她最后还能复原了。"

"这几天她提起过我吗?"

"今儿早上还在说起你,希望你来,不过这会儿她正睡着,或者说十分钟前我在宅里的时候她正睡着。她一般整个下午都躺在那儿昏睡着,六七点钟才醒。你先在这儿休息一个小时,小姐,然后我再陪你一起进去好吗?"

正说着,罗伯特进来了,蓓茜就把正睡着的孩子放进摇篮里,迎上前去。接着她定要我把帽子脱下,用一些茶点,因为她说我看上去既苍白又疲倦。我很高兴接受她的款待,而且老老实实地听任她替我脱下旅行服,就像我小时候总是让她替我脱衣服一样。

我一边望着她,一边禁不住往事历历,重上心头。她忙忙碌碌地拿出她最好的瓷器,摆上了茶盘,切好面包和黄油,烤了一份喝茶时吃的小点心,还不时抽空拍一把或者推一下罗伯特或者简,正像从前她对我所做的那样。蓓茜不但保持了她轻快的步履和好看的容貌,而且也仍旧保持着她风风火火的脾气。

茶点准备好了,我正要朝桌前走去,但她仍用从前那种不容违抗的口气要我坐着别动。她说,一定要给我端到炉火跟前来吃，说着就在我面前搁了一张小圆几，放上我的一杯茶和一盘点心，完全跟她从前常把偷偷拿来的好吃东西放在育儿室的椅子上给我吃一样，而我也笑着跟往日一样听从她的安排。

她很想知道我在桑菲尔德府是不是快活，女主人为人如何。当听说那儿只有一位男主人，她就又问他是不是一位很好的先生，我是不是喜欢他。我告诉她他可以说长得相当难看，但完全是位绅士。说他待我挺好，我很满意。接着我又给她描述了最近来府里做客的那班快快活活的客人。对这些细枝末节蓓茜听得津津有味，这正是她最爱听的。

这样谈着，一小时很快就过去了。蓓茜给我把帽子等等重新穿戴好，我就由她陪着出了门房朝府里走去。将近九年以前，我也正是由她陪着，沿现在我正在走进去的这条路走出来。在一月里一个昏暗、多雾、潮湿的早晨，我怀着一颗绝望而痛苦的心，——一种被放逐和近乎被摒弃的感觉，——离开一座敌视的房子，到洛伍德那样一个既遥远又茫然无知的地方去寻求清冷的栖身之所。如今，原来那座敌视的房子又耸立在我的眼前，我的前途还难以预卜，我的心里还余痛未减。我仍旧觉得自己是在四处漂流。不过我对自己和自己的力量感到了较强的自信，而对压迫不再那么畏惧退缩。我那饱受委屈的流血伤口，如今也已经愈合，仇恨之火也已经熄灭。

"你该先上早餐室去，"蓓茜引路带我穿过大厅时说，"两位小姐都在那儿。"

不一会儿我就进了那个房间。这儿每件家具都仍旧跟我初次被带来见勃洛克赫斯特的那天早上一模一样：他站在上面的那块小炉毯仍旧铺在壁炉前。朝书架望望，我觉得仍旧能辨认出那两卷彪依克的《英国禽鸟史》摆在第三格的老地方,《格列佛游记》和《天方夜谭》仍排列在它上面的一格。无生命的东西丝毫未变,而有生命的却已变得简直认不出来了。

两位年轻小姐出现在我面前,一位很高,几乎跟英格拉姆小姐相仿,——而且很瘦,脸色发黄,神色严峻。她看上去有点苦行者的味道,更加重了这种感觉的是她那身极其朴素的打扮,一件下身是直统裙的黑呢长衣,一个浆洗过的麻布领圈,鬓边的头发往后梳,戴着修女戴的那种饰物:一串黑檀木念珠和一个十字架。我猜到这准是伊丽莎,尽管我从她那张拉长而毫无血色的脸上,简直找不出一点跟从前的她相似之处。

另一位当然是乔治娜了,但却不是我记忆中的乔治娜,——那纤秀而长得像仙女般的十一岁的小姑娘。这是一位如花盛开、十分丰满的女郎,像个蜡人儿那么洁白,端正而漂亮的五官,含情脉脉的蓝眼睛,蜷曲的黄头发。她的衣服颜色也是黑的,但式样却跟她的姐姐大不相同,——要飘逸和合身得多,——看上去很时髦,正像另一位看上去很像个清教徒。

姐妹俩各有母亲的一个特征,——而且只有一个:瘦弱苍白的大女儿有她母亲那种烟水晶色的眼睛,而娇艳如花的小女儿则有她那种颌骨和下巴的轮廓,——或许稍微柔和一点,但却仍然使那张本来会异常妖艳娇媚的脸平添了一种说不出的严厉。

当我走上前去的时候,两位小姐都站了起来欢迎我,而且都称我为“爱小姐”。伊丽莎招呼我时口气简短突兀,脸无笑容,说罢她就又坐了下去,两眼盯着炉火,似乎把我忘了。乔治娜在"你好!"之外又加上了几句有关我的旅途、天气之类的客套,说话时有点拖长了腔调,同时还伴随着各种各样的斜眼瞥视,从头到脚地打量我,——眼光时而掠过我淡褐色美利奴呢大衣的褶裥,时而停留在我乡居式便帽的简朴饰边上。年轻小姐们有一种绝妙的办法,用不着真正说出口来就让你知道她们觉得你是个"怪物"。某种神情上的高傲,态度上的冷淡,口气上的漫不经心,就完全可以表达出她们这方面的情绪,而无须乎在言行上显出任何明确的粗鲁无礼来。

然而,不管明嘲暗讽,如今对我已不再具有它一度曾经有过的那种左右力。当我坐在两个表姐的中间时,我惊奇地发现自己对于其中一个的彻底怠慢和另一个含讥带讽的殷勤态度,是多么地处之泰然,——伊丽莎并没使我感到难堪,乔治娜也并没惹我生气。实际上,我要想的别的事情实在太多了。近几个月来,我心里激起的万千思绪远比她们所能引起的要强烈得多,——所唤起的痛苦和欢乐也远比她们所能造成或者赐予的要刻骨铭心或者回味无穷得多,——正因为这样,她们的那副神气好歹都与我无关。

"里德太太身体怎样?"不一会儿我就神色自若地望着乔治娜问,她对这样直截了当的称呼觉得应当表示愤慨,仿佛它是一种出乎意料的放肆。

"里德太太? 哦! 你是说妈妈。她身体很不好,我拿不准你今晚能不能去见她。"

"要是,"我说,"你肯劳驾上楼去跟她说一声我来了,我就非常感激了。"

乔治娜几乎惊跳起来,把一双蓝眼睛瞪得又大又圆。"我知道她特别希望见到我,"我补充说,"所以除非迫不得已,我不愿意推迟去见她,听她要说些什么。"

"妈妈不喜欢人家晚上去打搅她。"伊丽莎说了一句。我马上站了起来,不等人请就泰然自若地脱掉帽子,摘下手套,说我自己出去找蓓茜,——我想她准在厨房里,——要她去问问明白,里德太太究竟愿不愿意今晚就见我。我走了出去,找到蓓茜,打发她去替我跑一趟,接着又进一步作了一些安排。在此以前,我总是习以为常地在傲慢面前退缩。要是在一年以前,受到今天这样的接待,我准会决定第二天一早就离开盖茨黑德的。如今,我却一下就看出那将是个愚蠢的打算。我既然赶了一百英里路来看我的舅母,我就得呆下来直到她好一些或者去世。至于她女儿的傲慢或者愚蠢,我必须抛在一边,不受它的左右。因此我找到管家,请她给我安排一间屋子,告诉她我或许要在这儿作客一两个星期,要人把我的箱子搬到我的房里,我自己也跟着去。走到楼梯口上,我碰到了蓓茜。

"太太醒着,"她说,"我告诉了她你到了。来吧,瞧瞧她认不认得出你。"

我用不着别人领路到那间熟悉的房间里去,早先我曾那么频繁地被叫到那儿去受罚或者挨骂。我匆匆地走在蓓茜前面,轻轻地开了房门。桌上放着一盏有灯罩的灯,因为天已经黑下来了。这儿仍跟从前一样放着那张有琥珀色床幔的四柱大床,那个梳妆台,那把扶手椅,还有那张脚凳,我曾上百次在那上面罚跪,为自己莫须有的过错求饶。我朝近旁一个角落上望望,预料多半会看到那我曾经十分害怕的细长的鞭影,它总是潜伏在那儿,等着像恶鬼似的跳出来抽打我发抖的手心或者畏缩的脖子。我走向床边。我撩开床幔,朝高高叠起的枕头俯下身去。

里德太太的脸我是记得很清楚的,因此我急着想寻找那熟悉的面容。世上值得高兴的事是,时间会消除报复的渴望,平息愤恨和憎恶的冲动。我曾带着满腔怨恨离开这个妇人,如今重新回到她身边来时,却只有一种对她所受巨大痛苦的怜悯之情,以及忘掉和宽恕她种种伤害的强烈渴望,——一心只希望彼此和解,握手言欢。

那张熟悉的脸还在那儿,仍跟先前一样严酷无情,——那种任何东西也不能软化的眼神还在那儿,还有那微微扬起的专横傲慢的眉毛。它曾多少次朝我紧紧皱起,显示出威胁和憎恨!如今我辨认出它那严峻的轮廓时,童年时代的恐惧和忧伤的回忆,又是如何重新涌上了心头!然而我仍旧弯下身去吻了她,她眼望着我。

“是简·爱吗?”她问道。

“是的,里德舅妈。你好吗,亲爱的舅妈?”

我一度曾发誓永远不再叫她舅妈,但我现在觉得忘掉和违犯这个誓言并不算什么罪过。我用手紧紧握住她伸出在被子外面的一只手,如果她和蔼地握握我的手,当时我一定会感到真正的愉快。但顽固的本性不是那么容易软化的,天生的反感也不是那么轻易就能消除的。里德太太把手缩了回去,还微微把脸从我这儿掉开,说了句今晚天有点热。她又是那么冷冰冰地瞧着我,我一下子就感到她对我的看法,——她对我的感情,——还是没变,也永远不会变。我从她石头般的眼神——那温情无法打动、眼泪无法溶解的冷漠眼神中看出,她是决心要到死都把我看得很坏的了。因为如果相信我好,那不但不能使她感受到宽厚的愉快,却反而只会产生屈辱的感觉。

　　我感到痛苦,接着又感到愤怒,而最后我下定了决心要降伏她,——不管她性格和意志如何顽强,我一定要压倒她。像小时候一样,我的眼泪已经涌了上来,但我硬把它压了回去。我端过一把椅子来放在床头边。我坐了下来,向枕边俯下身去。

　　"你派人叫我来,"我说,"我来了,而且打算住下来,看你的病情发展得怎样。"

　　"哦,当然咯!你见到我的女儿了吗?"

　　"见到了。"

　　"好,你告诉她们我要你住下,等我能把心里压着的一些事跟你谈谈清楚。今晚时间太晚了,我要记起它们来也很吃力。不过确实有些事我想要说一说,——让我想想看……"

　　目光彷徨不定,说起话来跟以前变了样,表明她原先强壮的体格已经坏到了如何程度。她烦躁地翻身,拉过床单来裹紧身子,我的一只胳膊肘正好搁在一个被角上,把它压住了,她马上恼怒起来。

　　"坐直了!"她说,"别压紧了被子叫我烦心……你是简·爱吗?"

　　"我是简·爱。"

　　"我为那个孩子淘的神谁也不会相信。给我留下了那么大一个累赘,——她又每时每刻给我招来了那么许多烦恼,她那摸不透的脾气,突如其来的性子发作,还有不断古里古怪地察看别人的一举一动!我担保,她有一回跟我说话时简直就像个疯子或者魔鬼似的,——没有一个孩子曾经像她那样说过话或者有过像她那样的神气。我很高兴总算把她从家里撵了出去。洛伍德的那些人是怎么对付她的？那儿发作过伤寒，许多学生死了，可她却没有死。但是我说她死了，——我但愿她死了！"

"真是个奇怪的愿望，里德太太。你为什么那么恨她呢？"

"我一直不喜欢她的母亲，因为她是我丈夫惟一的妹妹，非常受他的钟爱。她降低身份嫁了人，他却反对家里人跟她断绝来往。她的死讯传来时，他又哭得像个傻子似的。他定要去把孩子接来，我怎么劝他宁可花钱托出去喂养他也不听。我第一眼看见她就厌恶透了，——一个哭哭啼啼、病恹恹、瘦巴巴的小东西！她会整夜在摇篮里哭个不停，——不像所有别的孩子那样痛痛快快地大哭，而是老抽抽搭搭、哼哼唧唧。里德怜惜她，他时常照料她、关心她，就像是他自己的孩子似的。说真的，比对他自己的孩子小时候还要关心些。他硬要我的孩子们对这个小叫花子好，宝贝儿们受不了，而她们一露出厌恶来他就跟她们大发脾气。他死前的生病期间，还不断叫人把她抱到床前来。临终前一小时，他又要我发誓一定要继续抚养她。我倒不如去收养一个从救济院抱来的小叫花子还好些。不过他软弱，生性软弱。约翰倒一点不像他父亲，我很高兴。约翰像我和我的兄弟，——他简直像是个吉布森家的人。唉，但愿他别再不断写信要钱来折磨我！我再也没有钱给他了，我们已变得越来越穷了。我一定得减掉一半用人，关掉一部分房子，或者租出去。我决不甘心这样做，——可不然我们又怎么过下去？我三分之二的进款都得拿去付抵押借款的利息。约翰赌得厉害，而且老是输，——可怜的孩子！他被一群赌棍骗子团团包围着。约翰堕落变坏了，——他的样子简直怕人,——我瞧着他都为他害臊。"

她越说越激动得厉害。"我想我这会儿还是离开她好一些。"我对蓓茜说,她正站在床的另一边。

"或许是的,小姐,不过她每到向晚常常这样说话,——到早上她就平静一些。"

我立起身来。"站住!"里德太太嚷道,"我还有件事要说。他威胁我,——他不断用他自己的死或者我的死来威胁我,弄得我有时候梦见他正等着入殓,喉咙上有个很大的伤口,或者脸又肿又黑。我碰到了一个莫名其妙的关口,我遇到了大麻烦。该怎么办?怎么去弄到钱?"

这时蓓茜竭力劝说她服一剂镇静药,好不容易才说服了她。不一会儿,里德太太变得安静了些,逐渐进入了昏睡状态。于是我离开了她。

十多天过去了,我还没有再一次跟她谈过话。她一直不是说胡话就是昏睡,医生禁止做一切会使她痛苦得激动起来的事。这期间,我尽量跟乔治娜和伊丽莎和睦相处。起初她们的确十分冷淡。伊丽莎会半天坐在那儿做针线,看书,或者写字,无论跟我或者跟她妹妹都很少说一句话。乔治娜则会每隔一会儿就叽里咕噜跟她的金丝雀胡说一通,根本不来睬我。可是我决心不显出无可排遣和无所事事的样子。我随身带来了画具,它们在这两方面都给我帮了大忙。

备好一盒画笔,几张纸,我经常离开她们,在靠窗的地方坐下,专心一志地勾画一些想入非非的小图画,随意画出一时呈现在变幻不定的想象力万花筒中的各种景象:两块礁石之间的一片海,刚升起的月亮,从月亮表面横过的一条船,一丛芦苇和剑兰,一个水仙女的头,戴着莲花花冠从里面冉冉升起,在一圈山楂花下,一个小矮人坐在篱雀窝里。

　　一天早上,我随手去画一张脸,究竟要画什么样的脸我自己也不知道,而且也无所谓。我挑了一支黑色的软铅笔,把笔尖弄得很粗,动手画了起来。不一会儿,我就在纸上描出了一个突出的宽额角,和一个方脸的下半部。这个轮廓很惹我喜爱,我的手迅速地给它画上了五官。在那个额角下,一定得画上两条引人注目的平直的眉毛,接下来自然是一个轮廓分明的鼻子,笔挺的鼻梁和大大的鼻孔。然后是一张看上去很灵活、长得并不小的嘴。再后来是一个坚毅的下巴,中间有一条明显的凹痕。不用说,还得画上点黑黑的髭须和漆黑的头发,鬓发浓密,额发像波浪似的蜷曲。现在得画眼睛了,我把它们留到了最后,因为画它们最需要下一番功夫。我把它们勾得大大的,形状描得很好,睫毛画得又长又浓,黑眼珠又大又亮。“不坏!可总有点不是那么回事,”我一边估量着效果,一边心里想,“还得把它们画得更有力、更精神点。”于是我把暗处再加深些,以便使明亮处能更加闪闪有光,——恰到好处地加上了一两笔,就圆满地成功了。瞧,现在有一张朋友的脸就在我的眼前,那两位小姐把背朝着我又算得了什么? 我望着它,我对着它的呼之欲出不禁微笑,我看得出神,感到心满意足。

　　“那是你一个熟人的肖像吗?”伊丽莎问道,她在我没注意的时候已经走了过来。我回答说这只是一个想象的头像,说着连忙把它放到了其他画纸的底下。当然,我是在说谎。实际上,它是罗切斯特先生一幅十分逼真的写照。不过除了对我自己,这跟她或者对别的任何人又有什么关系呢? 乔治娜也走过来看。别的几幅画她很喜欢,但却偏偏把这一张叫做“一个丑男人”。她们俩似乎都对我的技巧感到惊讶。我提出要给她们画肖像，她们就先后坐下来让我画一个铅笔草图。接着乔治娜拿出了她的画集来。我答应画一幅水彩画让她收进去。这一下子就使她高兴了起来。她提议到庭园里去散散步。我们出去了不到两小时，就十分起劲地谈起知心话来。承蒙她给我讲述了两个社交季节之前，她风头十足地在伦敦度过的那一个冬季，——她在那儿赢得的爱慕，——她所受到的重视。我甚至还听到了关于她曾得到过有爵位的人倾心的暗示。从下午一直到晚上，这类暗示越来越多，提到了各种各样的绵绵情话，描绘了多次动情的场面。总而言之，那一天她为我即兴创作了整整一大部时髦生活的精彩小说。这类话一天天地接着讲下去，老是围绕着同一个话题——她自己，她的恋爱和她的伤心事。奇怪的是，她一次也没提起过她母亲的病，或者她哥哥的死，或者眼前这一家前途的暗淡。她似乎满脑子装的都是对往日欢乐的怀念和对未来欢娱的渴望。她每天约摸只在她母亲房间里待上五分钟，一分钟也不多待。

伊丽莎仍沉默寡言，她显然没有时间多说。我从来没有见过看起来像她那么忙碌的人，但却很难说她到底在干些什么，或者不如说，很难看出她的忙忙碌碌究竟有什么效果。她有个闹钟一大早就把她叫起来。我不知道她早饭前干些什么，不过饭后她把时间均分成好几段，每小时都有它特定的工作。她一天三次读着一本小书，我细看了一下，是一个《祈祷书》。我有一次问她这本书最吸引人的地方是什么，她说是"礼拜规程"。她花三个小时来用金线给一块四四方方、大到几乎可以做地毯的红布缝边。我问它究竟作什么用，她告诉我说，它是用来铺盖茨黑德附近新建教堂的圣坛的。她花两小时记日记，两小时独自种后院里的菜园子，还有一小时整理账目。她似乎既不需要同伴,也不需要谈话。我相信她是自得其乐的。她满足于这样照章行事,最让她恼火的就是发生什么意外事情,迫使她打乱了那钟表行走般的一成不变。

有一天晚上她比平时爱谈话一些,她告诉我,约翰的行为和家里面临的破落,是她深为苦恼的根源,不过她说,现在她正安下心来,下定了决心。她已经留心保住了自己的一份财产,一旦她母亲去世,——痊愈或者长久拖下去,她平静地说,是完全不可能的,——她就要实现一个筹划已久的打算:寻一个隐身之处,要使一丝不苟的生活习惯永不受干扰,要有安全的屏障把她和浮华的尘世隔开。我问她乔治娜是不是会跟她在一起。

她回答说当然不。乔治娜跟她没有一点合得来的地方,而且从来就没有过。她无论如何也不愿自讨苦吃,要她做伴。乔治娜该走她的路,而她,伊丽莎,要走她自己的路。

乔治娜在不向我倾诉心事的时候,大都躺在沙发上消磨时间,抱怨家里太乏味,一再希望她的吉布森姨妈会请她进城去。"只要能躲开一两个月,"她说,"等事情全都过去,那就好得多啦!"我并没去问她"等事情全都过去"这话是什么意思,不过我估计她指的是意料中她母亲的去世和随之而来的忧郁的葬礼。伊丽莎通常对她妹妹的无所事事和抱怨连天并不当一回事,就像面前根本没有那么个老是懒洋洋躺在那儿嘟囔个没完的人似的。不过有一天,她收起账簿,摊开刺绣活以后,却突然冲她发起话来:

"乔治娜,我敢说白让他们活在这世界上混日子的家伙中,再没有比你更愚蠢、更荒唐的了。你根本不该生下来,因为你白白糟蹋生命。你非但不像一个有理智的人那样为自己、按自己、靠自己生活,却反而一味想靠别人的力量来支撑你的软弱。要是找不到人来甘心让他或她自己受这么个肥胖、孱弱、自满、无用的东西所拖累,你就大叫大嚷说你遭到了亏待、忽视和不幸。不但这样,你还认为生活应该是一场不断变化、充满刺激的戏,否则这世界就是个监牢。你一定要受人爱慕,被人追求,听人恭维,——你一定要有音乐、跳舞和社交,——否则你就会憔悴,就要枯萎。难道你就没有头脑去想出一套办法来,使你不靠别的,只靠你自己的意志和努力吗?就拿一天来说,你把它分成几份,各自都分派好工作,把全部时间都包括进去,不留下一刻钟、十分钟、五分钟零星的空闲时间。依次有条有理、按严格规定干每一件事。你几乎还没觉察一天开始,这一天就会已经过完了。这样你就用不着欠别人的情来帮你打发了一段空闲的时间,你也用不着求谁来做伴、谈天、同情、忍耐。总之,你像一个独立的人理所应当地那样生活。听听这个忠告,——我第一次也是最后一次向你提出的忠告,那样不管发生了什么,你就会不需要我或者别的任何人也行了。如果不听,——仍像直到现在这样一味渴望、哀叹、懒散,——那就去承受你愚蠢行径的恶果吧,不管它会如何糟糕和难以忍受。我明白地告诉你,好好听着,因为虽然我不准备再重复我现在要说的话,我是坚决要按这话去做的。等我母亲一死,我就再不管你的事。从她的棺材抬到盖茨黑德教堂的墓地那天起,你我就各不相干,好像彼此从来没认识过一样。你不用因为我们碰巧是由同一对父母所生,就以为我会容忍你哪怕是用最小的一点要求来强加于我。我可以告诉你,——哪怕除我们以外整个人类都被消灭干净,只剩我们两个站在地球上,我也会让你留在旧世界,而独自投向新世界。"

她闭嘴不说了。

"你大可不必费神去发表这样的长篇大论。"乔治娜回答说,"谁都知道你是活着的人中最最自私、最没心肝的家伙,而且我也知道你对我有刻骨的仇恨,以前我就有过这方面的一个例子,——你在埃德温·维尔勋爵的事情上对我玩的诡计。你受不了看我的地位升得比你高,得到贵族头衔,被接纳进那些你连脸都不敢露的社会圈子里,所以你才扮演奸细和告密者的角色,永远毁了我的前途。"乔治娜摸出她的手绢来,在这以后整整一小时里不断擤着鼻子。伊丽莎无动于衷,只是冷冷地坐在那儿一个劲儿地干她的活儿。

不错,宽厚的感情在某些人看来是无足轻重的,可是这儿呈现的两个性格,却正因为缺少了它,一个刻薄得叫人无法忍受,一个又乏味得令人觉得可鄙。感情缺少了理智固然淡而无味,可是理智中不掺入一点感情,却也实在苦涩、粗粝得叫人难以下咽。

一个风雨交加的下午,乔治娜在沙发上看小说看得睡着了。伊丽莎已出门上新教堂去参加一次圣徒节礼拜,——因为在宗教的事情上她是个严格拘泥形式的人,任何天气都不能阻止她去按时履行她心目中的虔诚义务。不管天气好坏,她每个礼拜天都要上三次教堂,平常日子也一有祈祷就去。

我想到要上楼去看看那垂死的女人怎么样了,她躺在那儿几乎没人理睬。连用人们也只想起来才去照料一下。请来的护士因为没有人管,爱什么时候溜出房间就什么时候溜。蓓茜是忠实的,但她有自己的家要照管,只能偶尔到宅子里来。不出所料,我果然发现病房里没有人在看着。护士不见影子,病人一动不动躺在那儿,显然是在昏睡。她死灰色的脸深陷在枕头里,炉箅上的火都快熄灭了。我加了点燃料,整理了一下被褥,朝着如今已不能睁眼瞧我的她注视了一会儿,就走开去来到了窗前。

雨猛烈地敲打着窗玻璃,风狂暴地刮着。"有个人躺在那儿,"我想,"她很快就要不受人间风雨搏击之苦了。那心灵眼前正在苦苦要挣脱它的血肉之躯,一旦得到了最后的解脱,它又会飞向何处呢?"

沉思着这个重大的谜,我不由想起了海伦·彭斯,记起了她的临终遗言,——她的信仰,——她关于脱离了躯壳的灵魂都是平等的信条。我还在想象中倾听着当她平静地躺在临终的病榻上,轻声诉说着她渴望回到她神圣的天父怀里时那难以忘怀的语调,——描摹着她当时那苍白而超越尘世的面貌,那憔悴的容颜和庄严的凝视,——这时,我身后的床上喃喃地响起了一个微弱的声音:"是谁?"

我早听说里德太太已经好几天不说话了,难道她苏醒过来了吗?我忙向她走了过去。

"是我,里德舅妈。"

"我——又是谁?"她回答说,"你是谁啊?"她诧异而又有点惊恐地望着我,但神色还不算狂乱。"我一点也不认识你,——蓓茜哪儿去了?"

"她在门房里,舅妈。"

"舅妈!"她学说了一遍,"谁在叫我舅妈?你不像是吉布森家的人,可我认得你,——那张脸,一双眼睛,还有额头,我都很眼熟。你像……对,你像简·爱!"

我默不作声。我生怕一说明我到底是谁会引起她休克。

"不过，"她说，"我想是弄错了，我的头脑混乱不清。我想见到简·爱，就凭空想象看到了相像的人。再说，过了八年，她也一定变得很多了。"我这才缓缓地让她确信，我正是她猜想和想见的那个人。看出她听懂了我的话，而且她神志颇为清醒，我就详细说明了蓓茜是怎样差她丈夫去把我从桑菲尔德接来的。

"我病得很重，我知道。"不一会儿她就说起来，"几分钟前我想翻个身，却发现连胳膊腿都动不了。看来临死以前，我还是把心事说说痛快好。身体好的时候我们很少去想的事，到了像我现在这样的时候就会在心里压得慌。护士在吗？还是屋里除了你没有别的人？"

我叫她放心只有我们在。

"唉，我现在后悔我有两次做了对不起你的事。一件事是没有遵守我对我丈夫许过的诺言，把你像自己亲生孩子那样抚养大。另一件……"她忽然不说了，"也许，这毕竟不是十分重要的事，"她喃喃地自言自语，"而且我说不定会好起来，像这样在她面前丢脸真是太痛苦了。"

她竭力想变个姿势，却做不到。她的脸色变了，仿佛正体验到一种内心的强烈感觉，——也许正是临死前的痛苦的先兆。

"好吧，一不做二不休。长眠就在我面前，我还是告诉了她好。——到我的梳妆盒跟前去，打开它，把你在那儿看到的一封信拿出来。"

我照她的指点做了。"读读那封信。"她说。

信很短，是这样写的：

夫人：

　　请惠告舍侄女简·爱住址，并烦示知其近况，我拟迅即去函嘱彼来马德拉我处。承上天垂佑，不负苦心，我已薄具资产，然因独身无嗣，故甚望生前能收彼为养女，死后以我所遗悉数相赠。谨致敬意。

　　　　　　　　　　　　　约翰·爱于马德拉

来信日期是三年以前。

"为什么我从没听说过这件事呢?"我问。

"就因为我对你讨厌之极，没法改变，所以决不想帮你一把，让你走运。我忘不了你对我的行为，简，——忘不了你有一回对我发的火，你声称在世上最讨厌我时的那种腔调，你用那种完全不像孩子似的神情和口气肯定说，只要一想到我你就恶心，并且断言我穷凶极恶地虐待你。我也忘不了在你这样突然发作，把你心头的怨毒尽情发泄出来的时候，我心里是什么滋味:我觉得害怕，就好像我曾经打过、推开过的一头动物忽然抬起头来用人的眼光盯着我，用人的声音咒骂我似的。……给我一点水! 唉，快些!"

"亲爱的里德太太，"我把她要的水递给她，说，"别再去想这些了，让它们都从你的心头丢开吧。原谅我说的那些气话，我那时候还是个孩子，在那以后已经过去了八九年了。"

她根本没听我说些什么，只是喝了口水，喘了口气，继续这样说了下去:

"我告诉你，我决忘不了这个，所以我进行了报复。让你给你的叔叔收养，去过舒适宽裕的生活，是我无法忍受的。我写信给他，说很遗憾让他失望，简·爱已经死了，她是在洛伍德生伤寒病死的。现在，你愿意怎么办就怎么办吧，你随时都可以写信去否定我的话，——揭穿我撒的谎。我想，你大概生来就是专门折磨我的，让我临死还要回想起做过的事而不得安宁，要不是你，我本来是不会忍不住去干出这件事来的。"

"你千万要听劝，舅妈，别再去想这件事，并且用宽厚和原谅的心情来对待我……"

"你的脾气坏极了，"她说，"而且我到今天还觉得实在摸不透。我永远也弄不懂，你怎么九年里不管受到什么对待，都能一声不响忍耐着，到第十年上却火气十足地全都爆发了出来。"

"我的脾气并不像你所想的那么坏。我容易生气，却并不爱报复。小时候有许多次，只要你容许的话，我是会很高兴爱你的，而且现在我也真心渴望跟你和解。吻吻我吧，舅妈。"

我把面颊凑近她的嘴边，她却碰也不肯碰它。她说我向床上伏下身子压得她难受，而且又要水喝。当我让她平躺了下来以后，——因为我扶她起来靠在我胳臂上，让她喝了水，——我把手放在她冷冷、黏湿的手上，刚一接触，她无力的手就马上缩了回去，——失神的眼睛躲开了我的注视。

"既然这样，那就随你爱我也好，恨我也好，"我终于说，"我总会彻底、自愿地宽恕你。现在你就请求上帝宽恕，安下心来吧。"

可怜而痛苦的女人啊！她如今要改变自己惯常的想法已经太晚了。活着她一直恨我，——到死她也仍旧要恨我到底。

这时候护士回进屋来，蓓茜也跟着来了。我还继续逗留了半个小时，希望能看到一点和解的迹象。然而她毫无表示。她很快就又陷入昏迷状态，再没恢复神志，当夜十二点钟，她去世了。我没在场给她合上眼睛，两个女儿也谁都没有在场。次日早晨别人来告诉我们一切都过去了。她这时已经只等着入殓。伊丽莎和我过去看看她，乔治娜却一味号啕大哭，说她不敢去。塞拉·里德一度壮健灵活的躯体，僵硬不动地平躺在那儿。冰凉的眼皮盖住了她无情的双眼。她的额头和强悍的容颜上，还依旧带着她冷酷心灵的印迹。在我眼里，这具尸体是个古怪而庄严的东西。我眼望着它，心中既忧伤又痛苦。它引起的既不是温柔、甜蜜、怜悯，也不是期望或者宽恕，而只是为她的不幸而并非为我的损失所感到的一种强烈的痛心，——以及对于她像这样可怕地死去所感到的一种既难过又流不出眼泪来的无比沮丧。

伊丽莎神色镇静地望着她的母亲。沉默了几分钟之后她说：

"她那样的体质本来满可以活到高年，是烦恼缩短了她的寿命。"说着一阵痉挛使她的嘴抽搐了一下，接着马上就过去了，她转身走出了房间，我也走了出去。我们两人谁也没有掉一滴眼泪。

# 第二十二章

　　罗切斯特先生只给了我一星期的假期,但我却一直过了一个月才离开盖茨黑德。我本来想葬礼一过就走,可是乔治娜求我待到她动身去伦敦再说,因为她现在终于受到她舅舅吉布森先生邀请去那儿了。他此来是为了主持他姐姐的葬礼,同时也安排一下家庭事务的。乔治娜说她真怕单独留下来跟伊丽莎在一起,从她那儿,她既在沮丧中得不到同情,在害怕中得不到鼓舞,也在准备动身上得不到帮助。这样我就只好尽量忍受着她那软弱的怕这怕那,和自私的怨天尤人,尽力帮她做针线活,打点行装。说实话,我忙着的时候,她却闲在那儿。我心里不禁暗想:"要是你我注定要长住在一起的话,表姐,那我们就得把事情重新作个安排了。我可不会老老实实安于做宽容大量的一方,我要派你干你的那一份活儿,而且还要逼着你干完它,不然你就会半途而废的。我还定要你把你那些装腔作势、半真半假的抱怨话收起来,藏在你自己的心里。只因为我们俩这次接触十分短暂,又正逢这样一个特殊的哀伤时刻,我才肯勉强自己采取这样耐心和纵容的态度。"

　　最后我总算送走了乔治娜,但这次又轮到伊丽莎要求我再留一个星期。她说她的计划需要她全力以赴,无暇他顾,她就要动身到一个不知名的地方去了。整天她待在自己房间里,从里面闩上门,装箱子,腾空抽屉,烧掉信件纸张,跟谁也不说话。她希望我照管家里,接待来客,回复吊唁信。

一天早上,她告诉我可以不再烦劳我了。"而且,"她说,"对你的宝贵帮助和周到行事我很感激。跟你这样的人在一起和跟乔治娜在一起是颇有点不同的,你在生活中尽自己的责任而毫不麻烦别人。明天,"她接着说,"我就要动身去大陆。我要住在里尔①附近一个修道的地方,——你大概会称它作女修道院。我在那儿会清清静静,不受打扰。我要花一段时间来潜心钻研罗马天主教教义,仔细研究他们的一套修道方式。如果我发现它正如我大体预期的那样,是最能保证把什么都弄得规规矩矩、有条有理,我就会皈依罗马教,或许还会正式当修女。"

我既没对这样的决定表示惊诧,也没有去试图劝阻她。"这种天职再适合你不过了,"我想,"但愿它会对你大有益处!"

我们分手时,她说:"再见,简·爱表妹。我祝你好,你是有点头脑的。"

我回答说:"你也不是没有头脑,伊丽莎表姐。但是我想再过一年你的头脑会被一所法国的修道院活活禁锢起来的。不过这不关我事,既然这样对你合适,——我也无所谓。"

"你说得有理。"她说。说完这些话,我们就各奔东西了。因为以后我没有机会再提到她或者她的妹妹,所以不如顺便在这儿提一下,乔治娜高攀地嫁了一位上流社会风烛残年的

---

① 里尔(Lisle):法国北部城市。

有钱人,而伊丽莎果真当了修女,如今就在她度过见习期的那个修道院里当院长,而且把全部财产都捐给了它。

人们不管是久离或者暂别之后重新回家时心里究竟是什么滋味,这我不知道,我从来不曾有过这种感受。我只知道小时候跑得很远以后回到盖茨黑德时是什么光景,——因为显得又冷又情绪低落而挨一顿骂。后来上过教堂回到洛伍德时又是什么光景,——渴望有一顿饱餐和一炉好火,却两项全都落空。像这样的回家都是既不十分愉快也不值得艳羡的,都缺乏一种磁力吸引我趋向某一点,越是接近越是感到强烈而诱人。至于回转桑菲尔德又将如何,那还有待于尝试。

我的旅途似乎是令人烦腻的,——十分烦腻:一天赶五十英里路,在旅馆过一夜,第二天又赶五十英里。开头的十二个小时我总想着临终前的里德太太,我看到她那张变形失色的脸,听见她那奇怪地走了样的声调。我回味着落葬的那一天,棺材,灵车,黑压压的一长串佃户和用人,——亲戚很少,——张开着的墓穴,肃穆的教堂,庄严的仪式。随后我想到了伊丽莎和乔治娜,我看到一个是舞会上众星捧月式的人物,而另一个却是修道院斗室里的住户。我不禁琢磨和分析起她们俩外貌和性格上各自的特点来。傍晚时分来到了某大镇,这些思绪就给岔开了。夜使它们完全转了向,我在旅途的床上躺了下来后,从回忆往事转到了想望未来。

我正在回桑菲尔德,可是我还会在那儿待多久呢?不会太久,这我是确信无疑的。我在外出期间曾从费尔法克斯太太信中听说,府里的聚会已经散了,罗切斯特先生三星期前已去了伦敦,不过当时预期他过两个星期就会回来。费尔法克斯太太猜想他是去安排婚事,因为他曾说起过要买一辆新马车。她说他要娶英格拉姆小姐这个打算,她仍觉得有些古怪,但根据众人所说,也根据她自己亲眼所见,她不再怀疑这件事不久就将实现了。"如果你再要怀疑的话,那你就真多疑得出奇了。"我心中暗自议论说,"我就毫不怀疑。"

问题随之而来:"我上哪儿去呢?"我整夜都在梦见英格拉姆小姐。在一个生动逼真的清晓残梦里,我看见她当着我的面关上了桑菲尔德的大门,而且手指着另一条路叫我走,而罗切斯特先生却袖手旁观,——似乎在既对着我也对着她嘲弄地微笑。

我并没有通知费尔法克斯太太我回去的确切日期,因为我不希望他们派四轮马车或者轻便马车到米尔科特来接我。我原来就打算步行着一个人静悄悄地走这一段路的,所以把箱子托付给了旅店的马夫以后,我就在一个六月的傍晚,六点钟光景,不声不响地悄悄离开了乔治旅馆,走上了通向桑菲尔德的那条老路,这条路大部分穿过田野,这时候已经行人稀少了。

那是个并不算光辉灿烂的夏日傍晚,不过天气还不错,平静无风。沿路都是些翻晒干草的人在那儿忙碌。天空尽管远不是万里无云,不过看上去却预示着晴好。在露出蓝天的地方,那蓝色柔和而澄澈。云层又高又稀薄。西边天空也显得温暖,没有饱含雨意的水光闪闪给它带来寒意,——它看上去就仿佛点亮着一团火,在显出大理石纹路的雾气屏障下,正有个圣坛在后面熊熊燃烧,透过缝隙,映出一片金红。

随着剩下的路越来越短,我感到心里高兴,高兴得甚至让我一度停下来自问,这种欢乐究竟是什么意思,同时提醒自己要有理智,我并不是在回自己的家,或者是回到我永久的休憩处,回到有好朋友在一心盼望着等我回去的地方。"费尔法克斯太太当然会微笑着平静地表示欢迎,"我想,"小阿黛尔看见你也会又跳又拍手,可是你自己非常清楚你在想着的并不是她们而是另一个人,而他却并不在想你。"

但还有什么会比年轻更任性?比天真无知更盲目?它们一味认定,能再看见罗切斯特先生就够快乐的了,不管他是不是看你。它们还加上说:"赶快!赶快!趁你还能够的时候去和他在一起,再过几天,最多几个星期,你就要永远和他分别了!"于是,我硬扼杀了自己刚诞生的心头隐痛——一个我都不敢强使自己去承认它和抚育它的畸形儿,——继续快步往前走。

桑菲尔德牧场上也正在翻晒干草,或者更准确地说,我到达的那会儿,干活的人正下了工,扛着草耙纷纷回家去。我只要再穿过一两块田地,然后跨过大路,就来到园门口了。树篱上开的玫瑰真多啊!可是我已顾不上去摘它几朵,我急于要到宅子里去。我经过一丛花繁叶茂、枝条一直伸到了路对面去的野蔷薇。我看见了那窄窄的石头踏级。我看见了——罗切斯特先生正坐在那儿,手里拿着一本书一支铅笔,正在写着什么。

当然,他并不是个鬼,但我全身的每一根神经都软瘫了,一时间我简直完全失掉了自制。这是怎么回事?我从未想到过一看见他,我会那样浑身打颤,——一来到他面前,竟会变得一句话也说不出,一步也动不了。我准备一能动弹就赶紧退回去,我没有必要显得像个十足的傻子。我知道有另外一条路可以进屋子去。可我知道二十条路也没有用,因为他已经看见了我。

"喂!"他喊着,随即收起了他的书和铅笔,"你来啦! 请过来吧。"

我想我是过去了,但却不知道是怎么过去的,因为对自己的行动几乎全然不知,一心想着的只是如何显得镇定自若,而且最要紧的是要制止住脸上肌肉的抽动,——因为我自己觉察到它正全然不顾我的意志,拼命要泄露出我正竭力想掩盖的东西。不过我戴着面纱,——它正好放了下来,我还可以竭力做出举止从容镇静的样子。

"当真是简·爱吗? 你刚从米尔科特来,而且是步行来的吗? 不错,——正是你玩的那种鬼把戏,不叫人派辆马车去接你,像平常人那样坐着车经过大街小巷一路嘎嘎地驶回来,却要乘着黄昏偷偷溜到你家的附近,就好像你是个梦幻或者影子似的。这一个月来你究竟干什么去了?"

"我一直在陪着我的舅母,先生,她已经去世了。"

"真是个地道简·爱式的回答! 愿善良的天使保护我吧! 她刚从另一个世界来,——从已经去世的人所在的地方来,而且还要乘夜色朦胧我独自一个人在这儿的时候像这样告诉我! 要是我敢的话,我倒要摸摸你到底是有血有肉的人呢还是个影子,你这个小鬼! ——不过我这等于是自讨苦吃到荒地上去捉蓝色的鬼火。逃学生! 真是个逃学生!"他稍停了一下后又这样说,"离开我整整一个月,准把我忘得干干净净了,我敢说!"

我知道跟我的主人重逢会是愉快的,尽管因为担心他很快就要不再是我的主人,而且明知道我对他算不了什么,使这愉快有些减色。不过罗切斯特先生永远具有(至少我这样认为)使人感染愉快心情的极大天赋,因而即使只是尝一口他撒给像我这样失群的异乡孤鸟吃的碎食屑,也等于是饱享盛宴了。他最后几句话使人欣慰,它们似乎是说,他还颇为在乎我是不是忘记了他呢。同时他还把桑菲尔德说成了我的家,——真但愿它是我的家就好了!

他老不离开踏级,我也并不想请他让我过去。我不一会儿就问起他是不是去过伦敦了。

"是的,你会知道这事,大概是有千里眼吧?"

"是费尔法克斯太太在一封信里告诉我的。"

"那她告诉你我去干什么了吗?"

"哦,当然了,先生!谁都知道你这趟去的目的。"

"你一定得看看那辆马车,简,然后告诉我你觉得它给罗切斯特太太坐是不是正合适,她靠在那些紫红椅垫上看上去像不像个波狄西亚女王①。我但愿,简,能在外貌上稍微更配得上她一点。请告诉我,你这位仙女,——你能不能给我一道符咒,或者一服春药,或者诸如此类的东西,把我变成个美男子呢?"

"这是连魔法也没法办到的,先生。"说着,我心里又加上一句,"充满爱的目光就是你所要的符咒,在这样的目光中,你已经是够美的了,甚至你的严峻,也有超乎美之上的力量。"

过去,罗切斯特先生有时候就曾以我所无法理解的敏锐目光,看透我没有讲出口来的想法,这一次,他也毫不注意我那唐突的口头回答,却只是用他独有的一种特别的微笑,向我

①　波狄西亚女王(Queen Boadicea):古代东部不列颠一个部族 Iceni 的勇敢女王,曾与罗马军作战,于公元六十二年战败后服毒自杀。

笑着。这种笑容他难得一用,似乎它太宝贵,舍不得用于寻常的场合。它是一种真正的情感的阳光,——而眼前他就正用它来照耀着我。

"走过去吧,简妮特①。"他一边说,一边让开身子让我从踏级上跨过去,"回家去,在一个朋友的家门口歇一歇你那双漫游得疲倦了的小脚。"

现在我惟一该做的就是默默地服从他,我没有必要再跟他交谈下去了。我一声不响地跨过了踏级,打算平平静静地就此离开他。但一个冲动紧紧地攫住了我,——一种力量迫使我回转身来。我说,——或者不如说是我内心的某种东西在不由我做主地代替我说:

"谢谢你,罗切斯特先生,对我这样好意。我重新回到你这儿来有说不出的高兴,你在哪儿,哪儿就是我的家,——我惟一的家。"

我飞快地走了,就是他想追也不见得能追得上。小阿黛尔一见了我,高兴得几乎发疯。费尔法克斯太太仍用她往常那种朴实无华的友好态度来迎接我。莉亚含着笑,就连索菲也高兴地跟我说了声"晚上好"。这是很令人愉快的。被你的同类所爱,感到你的到来更增加了他们的快慰,这是世上最幸福不过的事了。

那天傍晚,我断然闭上眼睛不去看未来,堵住耳朵不去听那不断在警告我离别已经临近、伤心即将到来的声音。喝过晚茶,当费尔法克斯太太拿起她的编织活,我在她身旁的一个矮凳上坐下,阿黛尔跪在地毯上紧紧偎依着我,一种融洽无间

---

① 简的昵称。

的感觉仿佛用一圈黄金般的安宁气氛围绕着我们的时候，我不由得默默地祈祷着但愿我们能不彼此马上远远地分开才好。但正当我们这样坐着，罗切斯特先生不声不响地走了进来，眼望着我们，仿佛面对着这种和睦相处的场面感到十分愉快，——正当他说他猜想老太太现在见自己的养女又重新回到了身边，准感到心情舒畅，还说他看阿黛尔是"恨不得把她的英国小妈妈一口吞了下去"，——这时候，我又有点冒昧地产生了希望，但愿即使在结婚之后，他也仍然会让我们在他保护下的什么地方团聚在一起，而不至于被完全从他的阳光照耀下赶了出去。

我回桑菲尔德以后的两个礼拜，是在一种前途未卜的平静气氛中度过的。有关主人婚事的话一句也没提起，我也看不出正在为这样的大事作什么准备。我差不多每天都在问费尔法克斯太太，她是不是已经听说作出了什么决定，她的回答总是否定的。她说，有一回她当真问了罗切斯特先生他究竟什么时候把新娘接回来，可他只是开了句玩笑来回答他，同时还露出他特有的那种古怪神气，她简直不知道该怎么来理解他。

有件事尤其叫我诧异，那就是他并没有不断地来来去去，并不曾累次去英格拉姆庄园访问。固然，那儿有二十英里远，已到另外一个郡的边上，但这点距离对于一个热恋中的情人来说又算得了什么？对像罗切斯特先生这样一个熟练而且又不知疲倦的骑手来说，那不过是一上午的行程罢了。我不禁萌生出种种我不该有的希望：这门亲事已经告吹了，传言本来是不实的，或者有一方或者双方都改变了主意。我常常在观察我主人的脸，看它是否有伤心或者恼怒之色，但我却从来没见过它像现在这样总是既无愁云又没显出不愉快的心情。即使当我和我的学生跟他在一块儿的时刻,我兴致不高,或者陷入了难免的沮丧心情,他也会反而显得兴高采烈起来。他从来没像现在这样地经常把我叫去,而且去了以后又对我那么亲切,——唉! 我也从来没像现在这样地爱他过。

# 第二十三章


美妙的仲夏遍布着英国，像现在这样一连好多天见到的如此明净的天空、如此灿烂的阳光，即使短短一两天也难得光临我们这风浪环绕的岛国。真仿佛是一大串意大利的天气，如同一群欢快的过路候鸟从南方飞来，暂栖在阿尔比安[①]的悬崖上歇歇脚似的。干草已经收了进来，桑菲尔德四周的田地已经收割干净，显出了绿意。大路被晒得又白又硬。树木正在它们郁郁葱葱的极盛时期。枝繁叶茂、一片浓荫的树篱和林子，跟它们之间那片收割过的牧草地的遍地阳光，正好形成鲜明的对比。

施洗约翰节[②]前夕，阿黛尔在干草村小路上采了半天野草莓采累了，太阳一落山就去睡觉。我看着她睡着了，才离开她，来到花园里。

这是一天二十四小时中最可爱的时刻，——"白昼已耗尽了它的烈火"，露水清凉地降落在喘不过气来的平原和烤焦了的山顶上。在那落日没有伴随着绚丽的云彩，而只是朴实无华地沉没下去的地方，展现着一派壮丽的紫色，除了在某

~~~~~~~~~~~~~~~~~~~~

① 阿尔比安（Albion）：英格兰的旧称。
② 施洗约翰节（Midsummer Day）：每年六月二十四日。

一座山峰上方,某一点上,闪出红宝石和熊熊炉火般的光辉外,这紫色又高又远、愈远愈淡地覆盖了整整半爿天空。东方却有它自己湛蓝悦目的美,有它自己那不大炫耀的宝石,一颗独自徐徐升起的星。它不久就要以月亮来自豪,不过这会儿还沉在地平线下没有升起。

我在石子路上散了一会儿步,可是隐约有一阵熟悉的香味——雪茄烟味——从某一扇窗户里透了出来。我望见书房的窗子打开有一手宽光景。我知道可能有人在那儿窥视我,所以我就走开了,来到了果园里。庭园里再没有哪一个角落比这儿更隐蔽,更像伊甸园的了。这儿树木繁茂,鲜花盛开。一边有一堵很高的墙把它和院子隔开,另一边有一条山毛榉林阴道作为屏障,和草坪分开。园子尽头是一道坍塌的篱笆,是它跟寂寞的田野间惟一的分界。有一条蜿蜒的小路通向篱笆,路两边是月桂树,路尽处有一株高大的七叶树,树脚围着一圈坐凳。在这儿你可以独自流连而不为人所见。在这样蜜也似的露水渐降,万籁俱寂,暮色渐浓的时候,我觉得自己简直可以永远在这样的荫蔽处徘徊下去。然而这时初升的月亮正向园中高处一片比较开阔的地方投下一片银光,我被吸引着走到那儿,正穿行在花丛和果树之间时,我忽然停下了脚步,——并不是因为听到了什么,看到了什么,而是由于再一次闻到一股引起警惕的香味。

香蔷薇和青蒿,素馨、石竹和玫瑰,都早已奉献出它们的晚香,这股新的香味既不是花香,也不是来自灌木,它是——我非常熟悉它——来自罗切斯特先生的雪茄。我望望四周,我侧耳细听。我看见树上果实累累正在成熟。我听见半英里外一座林子里有只夜莺在唱歌。看不到一个移动的人影,听不到任何走近的脚步声，可是那香味却愈来愈浓。我一定得逃走。我正拔步向通灌木林的小门走去，却一眼望见罗切斯特先生正在走进来。我向旁边一闪，躲进了遮着藤萝的壁龛。他不会呆长的，他一定很快就会回到他原来的地方去，只要我坐在那儿不动，他绝不会看见我。

可是不——黄昏对他来说，跟对我来说一样可爱，这个古老的花园也一样迷人。他信步走着，一会儿托起醋栗树枝，看看枝上大如李子的累累果实，一会儿从墙上摘下一颗熟了的樱桃，一会儿又朝一簇花朵弯下腰去，不是去闻闻它的香气，就是去欣赏一下花瓣上的露珠。一只大飞蛾从我身旁嗡嗡飞过，停在罗切斯特先生脚边的一株花上。他看见了它，弯下身去仔细看看。

"现在他背朝着我，"我想，"又正在专心看着，只要我轻些走，也许我能悄悄溜掉，不被发觉。"

我踏着路边铺的草皮走，以免鹅卵石子发出响声泄露了我的行迹。他正站在离我要经过的地方有一两码远的花坛间，那只飞蛾显然吸引住了他的注意力。"我一定可以很顺利地走过去的。"我暗想。正当我跨过他被尚未升高的月亮映射在园子地上的长长影子时，他头也不回地轻声说：

"简，过来看看这个家伙。"

我并没出声，他背后又没长眼睛，——难道说他的影子也能感觉么？开始我吓了一跳，随后我就向他的身边走去。

"瞧瞧它的翅膀，"他说，"它倒让我想起了一种西印度群岛的虫子，你在英国是不大看得见这样又大又色彩斑斓的夜游神的。瞧！它飞了。"

蛾子飞走了，我也怯生生地正想走开，可是罗切斯特先生

却跟在我后面,两人走到小门边的时候,他说:

"回转去吧,这么可爱的夜晚呆坐在屋里真太丢人了。而且在这样日落跟月出紧接在一块儿的时候,肯定谁也不会想着去睡觉的。"

我有一个缺点,就是尽管有时候我的舌头能对答如流,但有时候它却糟糕地叫我找不出一句推托的话来,而且这种失误又总是发生在紧要关头,正需要用随口对答或者巧言搪塞来摆脱难堪的困境。我不想在这样的时刻单独跟罗切斯特先生一块儿在幽暗的果园里散步,但我又提不出一个理由来离开他。我步履磨蹭地跟在后面,拼命地打着主意想找出一个脱身之法。可是他自己看上去却那么泰然自若而又神情严肃,弄得我都为自己的心情慌乱感到不好意思起来。行为不端——如果眼前就有或者眼看会有什么不端行为的话,——看来似乎只是就我而言的,他的心里却泰然自若而且毫未意识到。

"简,"当我们踏上月桂树小路,朝着坍篱笆和那株七叶树漫步闲荡过去的时候,他又开口说起来,"夏天桑菲尔德是个愉快的地方,是吗?"

"是的,先生。"

"你一定有几分依恋这所宅子了吧,——你这个对大自然的美颇有几分眼光,又很容易产生依恋心情的人?"

"说真的,我是很依恋它。"

"而且,尽管我不明白是怎么回事,但我看得出,你也有几分关心起那个傻孩子阿黛尔,甚至还有那位头脑简单的费尔法克斯太太来啦?"

"是的,先生,尽管方式不同,我对她们俩都挺喜爱。"

"而且会很不乐意离开她们吧?"

"是的。"

"真可惜!"他说着叹了口气,停了一下,"世上的事就是这样,"一会儿他又接着说,"你刚在一个愉快的休憩处安顿了下来,马上就有一个声音在呼唤你站起身来,继续往前走,因为休息的时间已经完了。"

"我得继续往前走吗,先生?"我问道,"我得离开桑菲尔德吗?"

"我相信你得离开,简。我很抱歉,简妮特,可是我确实相信你得离开。"

这真是一个打击,可是我并没有让它把我打垮。

"那好,先生,开步走的命令一下我随时就走。"

"已经下了,——今晚我就不得不下。"

"这么说,你是就要结婚了,先生?"

"正——是,一点——也——不错,凭着你一贯的敏锐,你真是一语破的。"

"快了吗,先生?"

"很快,我的……哦,爱小姐。说来你应该还记得,简,当初我本人,或者传言,明白告诉你我打算把我这个老单身汉的脖子伸进神圣的绞索里,踏上结婚的圣坛,——简单地说,把英格拉姆小姐拥抱在怀里(她抱起来可真是不小呢,不过这不相干,——像我美丽的布兰奇这样一个宝贝是谁也不会嫌大的)的时候;嗯,我是说……听我说呀,简! 你掉过头去不是在找更多的飞蛾吧,是吗? 那只是一只瓢虫,孩子,'正在飞回家'①。我是想提醒你,

①    这是当时流行的儿歌中的词句:"瓢虫,瓢虫,快快飞回家……"

正是你自己带着你那令我敬重的审慎态度，——那种适合你责任重大而又依人谋生的地位的明智、远见和谦虚，首先向我提出来，如果我娶了英格拉姆小姐，你和小阿黛尔都最好还是马上就离开。我并不想来计较你这提议中对我爱人性格所隐含着的诋毁。真的，你一旦高飞远走之后，简妮特，我会尽量去忘记它。我会只注意到其中的明智之处，它很令人信服，所以我已决定照此办理。阿黛尔一定得进学校，而你，简小姐，得另找新职位。"

"好，先生，我马上就去登广告，而在这段时间里，我想……"我正要说，"我想在另找到一个安身处之前，我仍可以待在这儿吧。"但是我突然住了口，觉得不能冒险去说长长的一句话，因为我的嗓子已经不大听使唤了。

"再过一个月光景我就要当新郎，"罗切斯特先生继续往下说，"在此之前，我会亲自替你去找一个工作和安身的地方的。"

"谢谢你，先生，我很抱歉给……"

"哦，用不着道歉！我认为一个下属像你这样地忠于职守，她就可以说有权利要她的雇主为她帮一点他只要举手之劳就能帮她的小忙。说真的，我已经从我未来的岳母那儿听说，有一个我认为很合适的工作，是去爱尔兰康诺特省的苦果山庄，教狄奥尼修斯·拗轧太太的五个女儿。我想你会喜欢爱尔兰的，听说那儿的人都非常热心。"

"路很远啊，先生。"

"没关系，——像你这样有头脑的姑娘总不会怕航行和路远吧。"

"倒不在乎航行，而是路太远，再说又有大海相隔……"

"跟什么相隔，简？"

"跟英国,跟桑菲尔德——还跟……"

"呃?"

"跟你,先生。"

我这话几乎是不由自主说出口来的,同样,也不由我自己的意志做主,我的眼泪也夺眶而出。不过我并没有哭出声来,我避免抽泣。一想到拗轧太太和苦果山庄就叫我寒透了心。但更寒心的,是想到看来注定要翻腾在我跟眼下正走在我身边的主人之间的那茫茫大海。而最最寒心的,是想起有更加辽宽的海洋——财富、地位、习俗——阻隔在我和我无法避免、自然而然爱上的人中间。

"路很远啊。"我又说了一句。

"的确是很远,你一到了爱尔兰康诺特省的苦果山庄,简,我就永远也见不着你了,这是确定无疑的。我绝不去爱尔兰,我自己也不大喜欢这个国家。我们一直是好朋友,简,是吗?"

"是的,先生。"

"朋友们在就要分手时,总喜欢趁余下的一点时间彼此多亲近一些。来,——我们来平心静气地好好谈谈这次航行和离别吧,谈它半个小时光景,看着星星在那边天空上升到它们光辉灿烂的全盛时期。这儿是那棵七叶树,这儿有围着它老根的凳子。来吧,今晚上我们要安安静静在这儿坐坐,尽管以后注定再也不会一起坐在这儿了。"他招呼我坐下,然后自己也坐了下来。

"去爱尔兰要走很远的路,简妮特,我很过意不去,让我的小朋友去作这样一次叫人厌倦的旅行。但既然我没法安排得更好,那又有什么办法呢? 你觉得你有点跟我相像吗,简?"

这一次我没敢答话,我感到满心激动。

"因为,"他说,"有时候我对你有一种奇怪的感觉,——尤其是你像现在这样靠近我的时候。仿佛我左肋下的哪个地方有一根弦,跟你那小小身躯里同样地方一根同样的弦难分难解地紧紧纠结在一起。一旦那波涛汹涌的海峡和两百英里左右的陆地把我们远远地分隔两地,我怕这根联系着两人的弦会一下绷断,那样我就会惴惴不安地担心我内心准会流起血来。至于你呢,——你却会忘得我一干二净。"

"这我是决不会的,先生,你知道……"我实在说不下去了。

"简,你听见林子里那只夜莺在唱歌吗?听!"

我一边听,一边很厉害地啜泣起来,因为我再也压制不住我心中的感受了。我不得不听其自然,痛苦难言得从头到脚都打起哆嗦来。等我说得出话来时,也只能表示我强烈的愿望,但愿我从未出生,从未来到过桑菲尔德。

"因为你离开它感到难过?"

我心中的悲伤和爱所激起的感情爆发,正在渐占上风,正在竭力要左右局势,要求能压倒一切,战胜一切,要求存在、扩张,最后成为主宰,是的,——还要求公开说出来。

"我离开桑菲尔德感到伤心。我爱桑菲尔德。——我爱它,因为我在这儿过了一段愉快而充实的生活,——至少过了短短一段时间。我没有遭践踏。我没有被吓呆。没有硬把我限制在头脑较低下的人中间,排斥在与聪明、能干、高尚的心灵交往的一切机会之外。我能跟我敬重的人面对面地交谈,跟我所喜爱的,——一个独特、活跃、宽广的心灵交谈。我认识了你,罗切斯特先生,一旦感到我非得永远跟你生生拆开,真叫我感到既害怕,又痛苦。我看出了非分手不可,但这就像是看到了非死不可一样。"

"你从哪儿看出了非这样不可呢?"他突如其来地问。

"哪儿? 是你,先生,让我明明白白看出来的。"

"在什么上面?"

"在英格拉姆小姐身上,在一位高贵而美丽的女人——你的新娘身上。"

"我的新娘! 什么新娘? 我没有新娘!"

"可是你就会有的。"

"对,——我就会有的! ——我就会有的!"他咬牙切齿地说。

"既然这样,我就非走不可了,你自己亲口说过的。"

"不,你非留下不可! 我发誓非得这样,——这个誓言是算数的。"

"我跟你说,我非走不可!"我有点发火了似的反驳说,"你以为我会留下来,做一个对你来说无足轻重的人吗? 你以为我是个机器人? ——是一架没有感情的机器? 能受得了别人把我仅有的一小口面包从我嘴里抢走,把仅有的一滴活命水从我的杯子里泼掉吗? 你以为,就因为我贫穷,低微,不美,矮小,我就既没有灵魂,也没有心吗? ——你想错了! 我跟你一样有灵魂,——也完全一样有一颗心! 要是上帝曾赋予我一点美貌、大量财富的话,我也会让你难以离开我,就像我现在难以离开你一样。我现在不是凭习俗、常规,甚至也不是凭着血肉之躯跟你讲话,——这是我的心灵在跟你的心灵说话,就仿佛我们都已经离开了人世,两人一同站立在上帝的跟前,彼此平等,——就像我们本来就是的那样!"

"像我们本来就是的那样!"罗切斯特先生重复了一句,——"就这样,"他补充说,将我一把抱住,紧紧搂在怀里,嘴唇紧贴着我的嘴唇:"就这样,简!"

"对,就这样,先生,"我回答说,"可又并不是这样,因为你是个已结了婚的人,——或者等于是已结了婚的人,娶了个比不上你的人,——一个你并无好感的人,——我并不相信你真正爱她,因为我曾亲自耳闻目睹过你对她嗤之以鼻。换了我是会对这样的婚姻不屑一顾的,所以我比你还好一些,——让我走!"

"去哪儿,简?去爱尔兰吗?"

"对,——去爱尔兰。我已经说出了我的心里话,现在去哪儿都行。"

"简,安静点,别这么死命挣扎了,就像一只疯狂发野的鸟儿在不顾死活地扯断它自己的羽毛似的。"

"我不是只鸟儿,也没有落进罗网。我是个自由自在的人,有我的独立意志,我现在就运用它决心要离开你。"

我又拼命一挣,终于挣脱开来,昂首直立在他的面前。

"那你也运用你的意志来决定你的命运吧。"他说,"我向你献上我的手、我的心,和分享我全部家产的权利。"

"你是在演一出滑稽戏,我看了只会发笑。"

"我是请求你一生跟我在一起,——成为第二个我和我最好的终身伴侣。"

"对这样的终身大事你已经作出了你的选择,你就应当信守它。"

"简,求你安静一会儿,你太激动了。我也要安静一下。"

一阵微风掠过月桂树小径,轻轻地拂过那棵七叶树的树枝。它飘忽地吹过去,——吹过去,吹向渺茫的远处,——消失了。只剩下夜莺的宛转声是此时惟一的声响。听着它,我又哭了起来。罗切斯特默默地坐着,温柔而严肃地看着我。他有很长的一会儿不说话,最后终于说:

"到我身边来,简,让我们彼此好好解释、互相理解一下吧。"

"我永远不再到你的身边去了,我已经被生生拆开,再也回不来了。"

"可是,简,我是唤你来做我的妻子,我打算娶的只是你。"

我不做声。我想他准是在作弄我。

"来吧,简,——过来。"

"你的新娘拦在我们中间。"

他站起来,一步跨到我跟前。

"我的新娘是在这儿,"他说着,再次把我拉向他怀里,"因为比得上我、像我的人是在这儿。简,你肯嫁给我吗?"

我仍旧默然不答,我仍在挣脱他,因为我还是不相信。

"你怀疑我吗,简?"

"完全怀疑。"

"你一点也不相信我?"

"一点也不。"

"我在你眼里是个撒谎者吗?"他激烈地说,"爱疑心的小鬼,我非叫你相信不可。我对英格拉姆小姐有什么爱情呢?没有,这你是知道的。她对我有什么爱情呢?没有,这是我已经煞费苦心证明了的。我先想法把一个谣言传到她耳朵里，说我的财产还不到人家猜想的三分之一。然后我出场来看看后果如何。后果是她跟她母亲全都冷淡起来。我决不会——也不可能——娶英格拉姆小姐。是你——你这古怪的，你这几乎不像是尘世的小东西！——我才爱得像爱自己的心肝。你——尽管又贫穷又低微、既不美又矮小，——我还是要请求你答应我做你的丈夫。"

"什么，我！"我失声叫了出来，不由从他的一本正经，——尤其是从他的出言鲁莽，——开始有点相信他是真诚的。"我这个在这世上除了你——如果你是我的朋友的话——没有一个朋友，除了你给我的之外没有一个先令的人吗？"

"是你，简。我一定要让你属于我一个人，——完完全全属于我一个人。你愿意属于我吗？说愿意，快。"

"罗切斯特先生，让我看看你的脸。转过来朝着月光。"

"干吗？"

"因为我想仔细看看你的神情，转过来！"

"哪，你会发现它并不比一张揉皱、乱涂过的纸更容易看得明白。看吧，只求你快一点，因为我不好受。"

他的脸非常激动，也非常红，五官表情强烈，眼里闪出奇异的光芒。

"唉，简，你在折磨我！"他嚷起来，"你那种寻根究底然而又忠实、宽厚的目光，简直是在折磨我！"

"我怎么会来折磨你呢？只要你是真心，你的求婚是当真的，我对你只能一往情深、满怀感激，而决不会来折磨你。"

"感激！"他失声嚷道。随即又发狂似的说："简，快答应我。说，爱德华，——叫我的名字，——爱德华，我愿意嫁给你。"

"你是认真的吗？——你真的爱我？——你是真心希望我做你的妻子？"

"是的。要是一定要发誓你才能满意，那我就起誓。"

"既然这样，先生，我愿意嫁给你。"

"叫爱德华，——我的小妻子！"

"亲爱的爱德华！"

"到我怀里来，——现在整个儿投到我的怀里来。"他说。接着，他脸贴着我的脸，又用他最最深沉的语调对着我的耳朵说："使我幸福吧，——我也将使你幸福。"

"上帝饶恕我！"一会儿他又补充说，"别让人家来干扰我。我得了她，就要牢牢守住她。"

"没有人会来干扰，先生。我没有亲戚会出来阻挠的。"

"没有，——那真太好啦。"他说，要不是我那么爱他的话，我也许会觉得他那狂喜的口气和神情简直有点太野了。然而，靠着他坐在那儿，从离别的噩梦中醒来，——忽然被召入团圆的天国，——我此时想到的只是那任我畅饮的无穷幸福。他一遍又一遍地说："你快活吗，简？"而我也一遍又一遍地回答："是的。"随后他又喃喃地说："会赎罪的，——会得到上帝宽恕的。难道我不是发现她无亲无友、冷冷清清、得不到安慰吗？难道我能不去保护她、爱惜她、安慰她吗？难道我不是满心热爱、坚定不移吗？这一切都会在上帝的法庭上赎罪的。我知道我的造物主是准许我这样做的。至于人间的评判，——我才不去管它。别人的议论，——我毫不在乎。"

可是这夜色起了什么变化啦？月亮还没有下落，我们就已经笼罩在一片黑暗里。尽管离得那么近，可我却几乎看不清我主人的脸。那株七叶树又为什么这么痛苦不安？它拼命呻吟、折腾。同时月桂树小路上狂风呼啸，朝我们这儿直扑过来。

"我们得进屋去，"罗切斯特先生说，"天气变了。我倒真想跟你一直坐到天亮呢，简。"

"我也一样，"我想，"真想跟你一直坐下去。"我本来也许会这样说出来的，但一道耀眼的青色闪电突然从我正在望着的云堆里迸发出来，一声刺耳的霹雳，接着是很近的地方一阵轰隆隆的雷声，我除了赶紧把弄花了的眼睛贴在罗切斯特先生的肩头上藏起来，别的什么也顾不上了。

大雨倾盆而下。他催我赶快顺小路走去，穿过庭园，逃进屋子，但还没等我们进门，身上就已经完全湿透了。他正在大厅上帮我摘下披肩，抖掉散乱的头发里的雨水，费尔法克斯太太从她的屋子里走了出来。我一开始并没有看见她，罗切斯特先生也没有。灯亮着。钟正打十二点。

"快去脱下你身上的湿衣服。"他说，"临别以前，道一声晚安，——晚安，我的宝贝！"

他连连地吻我。当我正从他怀里脱出身来，抬头一看，那位寡妇正站在那儿，脸色苍白，严肃而又吃惊。我只朝她笑了笑，就跑上楼去了。"等以后解释也不晚。"我心想。但尽管如此，等我走进自己的屋子时，一想到她会哪怕是暂时对她所见的情景产生误解，我也感到心里一阵极度的不安。但欢乐马上就把其他的心情一扫而空。在一连两小时的暴风雨中，风声再响，雷声再近而且深沉震耳，闪电再猛而且频频不断,大雨再下得犹如瀑布倾泻,我也既不觉得害怕,也不感到畏惧。在这期间罗切斯特先生三次来到我的门前,问我是否平安无事,而这就足以令人安慰,使人有应付一切的力量。

早上还没起床,小阿黛尔就跑进屋来告诉我,昨夜果园尽头那株大七叶树被雷击了,劈掉了一半。

# 第二十四章

　　我起床穿好衣服,回想了一下发生的事,真不知这是不是一场梦。在我再见到罗切斯特先生,听到他重新申述他的爱和诺言之前,我实在无法确信这是真的。

　　在梳理我的头发时,我望着自己镜中的脸,觉得它再也不是平庸无奇的了。它面目中流露出希望,脸色饱含着生气,我的双眼似乎已看到了丰收的源泉,而且反射出了它晶莹涟漪的闪闪波光。我过去总是不愿去望着我的主人,因为我怕他会不喜欢我的神情,但我现在确信我可以仰起脸来望着他的脸,而再不至于因为它的表情失掉他的好感了。我从抽屉里取出一件朴素而淡雅的夏衣穿上,看上去从来没有哪件衣裳对我更合身的了,因为我从来没有一件衣裳是在这样幸福的心情中穿上身去的。

　　我跑下楼去,来到大厅,看到继昨夜的暴风骤雨之后来到的,是一个灿烂的六月清晨,并且透过开着的玻璃门,感到迎面吹来一阵清新芳香的微风,心里毫不感到惊奇。既然我是如此地快乐,大自然当然也会是喜气洋洋的。一个讨饭的女人带着她的小男孩,——全都是衣衫褴褛、面色苍白的人儿,——正沿着小径走过来,我跑过去把我钱包里正好带着的钱——大约三四个先令——全都给了他们。不管怎样,他们总得分享一下我的欢乐才是。白嘴鸦哇哇乱叫,比它们活泼些的鸟儿在宛转歌唱,可是没有什么能比我自己欢乐的心儿更充满喜悦、充满音乐。

费尔法克斯太太却使我吃惊地满脸愁容望着窗外,一本正经地说:"爱小姐,请来用早饭好吗?"吃饭的时候她沉默寡言,神气冷淡。然而我还不能叫她释去疑团。我必须等着,让我的主人来说明一切,她自然也只好等着。我匆匆吃了一点,就连忙走到楼上。我碰见阿黛尔正要离开教室。

"你上哪儿去?上课的时候到了。"

"罗切斯特要我到育儿室去。"

"他在哪儿?"

"就在里面。"她指了指她刚走出来的那间屋子。我走了进去,他果然就站在那儿。

"过来跟我说声早安。"他说。我高高兴兴地走上前去。这回我得到的已不再只是一句冷淡的招呼,甚至也不再只是握一握手,而是拥抱和接吻。受到他这样的热爱和爱抚,似乎显得十分自然,十分亲切。

"简,你看上去容光焕发,而且笑盈盈的,很漂亮,"他说,"今天早上的确很漂亮。难道这就是我那个苍白的小精灵么?这就是我那颗会摇身一变的小芥子末吗?这个脸带笑靥、嘴唇鲜红、有光滑的褐色头发和发亮的褐色眼睛、满脸喜洋洋的小姑娘?"(读者,我的眼睛是绿色的,不过你得原谅他这个错觉,因为我猜想在他眼里它们大概有了不同的颜色。)

"这是简·爱,先生。"

"很快就要成为简·罗切斯特啦,"他补充说,"再过四个星期,简妮特,一天也不多了。你听清了吗?"

我听清了，却还不能完全明白它的含义。它使我头都晕了。这种感受，这种对我作出的宣告，是一种跟喜悦极不相同的远为强烈的东西，——一种叫人震惊、发呆的东西，我觉得，这几乎近于恐惧。

"你脸上发红，现在又发白了，简，这是为什么？"

"是因为你给了我一个新的名字——简·罗切斯特，而它听起来那么古怪。"

"不错，罗切斯特太太，"他说，"小罗切斯特太太，——费尔法克斯·罗切斯特年轻的新娘。"

"这绝不可能，先生，这听起来都不大像是真的。世上的人从来不会享受到完全的幸福。我也不见得生来就跟我的同类会有不同的命运，幻想这样的幸运会落到我的头上那简直是神话，——是白日做梦。"

"这我能够而且一定会让它成为现实的。我今天就开始。今天早晨我已经写了封信给我在伦敦银行里的代理人，叫他给我送来托他保管的一些珠宝，——历代桑菲尔德女主人的传家宝。我希望再过一两天就能把它们统统倒在你的裙兜里，因为假如我要娶的是一个贵族女儿，我能给她的一切特权和关心，我也一定都要献给你。"

"唉，先生！——别提什么珠宝啦！我不喜欢听人家谈起它们。简·爱戴上珠宝，听上去都显得既不自然又挺古怪。我宁愿不要它们。"

"我要亲自把钻石项链戴在你的脖子上，把头饰套在你的额头上，——它一定会很相配的，简，因为大自然至少把它的贵人标记盖在了你这额头上。同时我还要在这双纤秀的手腕上套上手镯，在这些仙女般的手指上戴满戒指。"

"别这样,别这样,先生! 想想别的话题,讲讲别的事情,换个调子。别把我当个美人似的跟我说话,我只是你那相貌平常、像个贵格会教徒的家庭教师。"

"你在我眼里是个美人,而且是正合我心意的美人,——又娇小又潇洒。"

"你是说,又矮小又不起眼吧。先生,你不是在凭空幻想,就是在有心奚落。看在上帝分上,别挖苦人吧!"

"我还要叫全世界的人都承认你是个美人。"他还是这样说下去,我听着越来越对他说话的调子心里嘀咕起来,因为我觉得他不是在盲目自欺,就是在存心欺骗我。"我要让我的简一身绸缎和花边,她要头发上插上玫瑰花,我还要在我最心爱的头上蒙上珍贵无比的面纱。"

"那你就会认不出我来了,先生,我会不再是你的简·爱,而是一只穿着花花绿绿小丑衣服的猴子,——一只披着别人羽毛的八哥鸟了。这样我还不如看着你,罗切斯特先生,满身戏装打扮,而我自己也身披贵妇长袍更好些。我决不说你漂亮,先生,尽管我十分爱你。太爱你了,绝不会来假意奉承你,你也别来奉承我。"

可是他不顾我的极力反对,还是接着这个话头继续说下去,"今天我就要带着你坐马车上米尔科特去,你得给自己挑选一些衣着。我跟你说过我们再过四个星期就结婚。婚礼不张扬,就在下坡那儿的那个教堂里举行,完了以后马上就带你进城。在那儿稍微耽搁一阵,我就要带着我的宝贝去太阳多一点的地方,到法国葡萄园和意大利平原上去。她会见到古往今来各种有明文记载的著名文物,也会尝到大城市生活的风味。那时她只要跟别人公平地比较一下,就会学会看重自己了。"

"我要去出门游历？——而且是跟你一起吗,先生?"

"你要在巴黎、罗马和那不勒斯住住,——还要在佛罗伦萨、威尼斯和维也纳。凡是我跋涉过的土地都要让你去重新涉足,凡是我脚踏过的地方,也要让你留下仙女般的脚印。十年前,我差不多发疯似的跑遍了欧洲,伴随着我的只有憎恶、痛恨和愤怒。如今我要身心健康、面目一新地重游旧地,由一位真正的天使给我安慰做伴。"

他说这样的话我不由朝他发笑。"我可不是个天使,"我断然地说,"而且到死也不想做,我就是我。罗切斯特先生,你既不要指望也不能强求我身上有什么天国里的东西,——因为你决得不到它,正像我也决不会从你身上得到它一样。我压根儿就不那样指望。"

"那你指望我会怎么样呢?"

"在一个短时间里你也许会像你现在这样,——一个很短的时间,然后你就会冷漠下来,接着会喜怒无常,再接着又会严厉无情,那时我就要煞费苦心才能讨你欢喜。不过等你真正跟我待惯了,你说不定又会重新喜欢我的,——我是说,喜欢我,而不是爱我。我看你的爱情再过六个月,或者还不到,就会化为泡影。我在男人们写的书里看到,一个丈夫的热爱最长就能维持这样一段时间。不过话虽如此,我希望作为一个朋友和伴侣,永远不会变得叫我亲爱的主人十分讨厌。"

"讨厌!重新喜欢你!我想我倒真会一再重新喜欢你的,而且我会叫你承认我不光是喜欢,而是爱着你,——真诚、热烈、永不变心地爱着你。"

"你不会反复无常吗,先生?"

"对那些只凭容貌取悦于我的女人,一旦我发现她们既无灵魂又没心肝，——看到她们露出了平庸、浅薄，也许还加上愚钝、粗俗和性情暴躁的苗头的时候，我倒真会是个十足的魔鬼的。可是对于清澈的目光、流利的口齿，对于那种热情如火的心灵，既多情又稳重、既温顺又坚定的宁折不弯的性格，——我却永远是温柔而忠实的。"

"你遇到过这样的性格吗，先生？你爱过这样一个人吗？"

"我现在就在爱着。"

"可是在我以前呢？当然，假如我在哪一方面确实够得上你那难以达到的标准的话。"

"我从没遇见过能跟你相比的人，简。你叫我高兴，又让我为你倾倒，——你看上去顺从，我喜欢你给人的柔顺感。每当我把那柔软的一束丝线绕到我的手指上时，它就引起一阵快感，从手臂一直传到了我心里。我受到了感染，我被完全征服。而这种感染我觉得说不出的甜蜜，我所遭受的这种征服比我赢得的任何胜利都更为迷人。你干吗微笑，简？你脸上那副神秘莫测的样子是什么意思？"

"我是在想，先生（请你原谅我这种想法，这是不由自主的），我是在想赫克里斯、参孙和迷住他们的美女①……"

"你想起了这个，你这小妖精……"

"嘘，先生！你现在讲这话可并不比那两位先生的所作所为更聪明。不过，当初他们如果结了婚，他们也肯定会求婚时百依百顺，一当了丈夫就反过来变得恶狠狠。我怕你也会

① 赫克里斯（Hercules），希腊神话中的大力士，因爱上了吕底亚女王翁斐尔，情愿跟她的女侍在一起为她纺了三年羊毛。参孙（Samson），《圣经》中的大力士，被情人大利拉哄骗剪去了头发，因而失掉了神力。

一样。我不知道一年以后,要是我向你求一件你不方便或者不高兴替我做的事,你会怎样回答我。"

"现在就求我做点什么吧,简妮特,——哪怕是最琐屑的小事。我渴望听到你求我……"

"真的,我会求的,先生,我现在就有个请求。"

"说吧!不过你要是用那样的神气抬起头来含笑仰望着,那我就会还没弄清你到底要什么就发誓一定给你了。那样我就可能会上了你的当。"

"没那回事,先生,我只不过是要你别叫人送珠宝来,别给我戴上玫瑰花,要是那样你还不如给你那块平平常常的手绢上镶上一条金边更好些。"

"我还不如去'给纯金镀金'更好些。这我知道。那么说,我就同意你的请求,——暂时先这样吧。我撤销我已经给银行代理人发出的指令。可是你还没要求过什么呢,你只是请求取消一个礼物。再试试吧。"

"那好,先生,请满足我在某件事上大大激发起来的好奇心。"

他显得不安起来。"什么?什么?"他连忙说,"好奇心可是个危险的请求理由,幸亏我方才没发誓答应每一个要求……"

"可是答应这一个并没有什么危险啊,先生。"

"说出来吧,简,不过但愿它并不是无聊地打听——也许是打听什么秘密吧,而宁可是要我的一半田产。"

"哎呀,亚哈随鲁王①!我要你的一半田产干什么?你当

---

① 亚哈随鲁王(King Ahasuerus):波斯王(公元前486—前465在位)。《圣经》中曾记载他施恩于王后以斯帖说:"你要什么,你求什么,就是国的一半,也必赐给你。"见《旧约·以斯帖记》第5章第3节。

我是个放高利贷的犹太人,想做有利的田地投资买卖吗?我宁可要求知道你的全部心事。既然你向我敞开了你的心,你总不至于不让我知道你的心事吧?"

"只要是值得知道的心事,简,我都欢迎你知道。可是看在上帝分上,别去要求背上一个无聊的负担!不要一心想去吞下毒药,——别成了我的一个地道的夏娃!"

"干吗不呢,先生?刚才你还跟我说过你多么愿意被我征服,多么高兴我对你提出过分的要求。难道你不觉得我最好利用这种表白说干就干,连哄带求,——必要的时候甚至又哭又闹别扭,——哪怕只是为了试试我的力量吗?"

"我看你敢不敢做这样的试验。强横霸道、肆无忌惮,就什么也谈不上了。"

"原来是这样,先生?你马上就反悔了。这会儿你看上去多严厉啊!你皱起的眉毛像我的手指那么粗,而你蹙起的额头就像我有一回看到一首出奇的诗里所说的'乌云层叠的雷霆'。我看,先生,你结婚以后大概就是这么副神气吧?"

"要是你结婚以后会是这么副神气,那么我这个基督徒还不如赶紧放弃娶一个十足的妖精或者火神的念头为妙。可是你到底有什么要问的呢,你这小东西?——快说!"

"瞧,你现在就连礼貌都不讲了,可比起奉承来,我还远为更喜欢粗鲁一些。我宁愿做东西,而不愿当天使。我要问的就是——你干吗那么煞费苦心要我相信你想娶英格拉姆小姐?"

"就是这个吗?谢天谢地,不是更糟!"现在他总算解开了他那乌黑的浓眉,低下头来向我微笑,摸摸我的头发,仿佛大为庆幸避开了一场危险似的。"我想我还是坦白直说好,"

他接下去说,"尽管我会惹得你稍微有点生气的,简,——我见到过你生起气来会变成个多可怕的喷火妖精。昨天晚上你就在清凉的月光下火冒三丈,你起来反抗命运,声称你跟我处在平等的地位。顺便说起,简妮特,是你先向我求婚的。"

"当然,是我。不过,先生,还是请你说到正题吧,——英格拉姆小姐?"

"嗯,我假装追求英格拉姆小姐,因为我想让你爱我爱得就像我爱你那么发狂。我知道嫉妒是我达到这个目的的最好盟友。"

"好极了! ——现在你可就渺小啦,——渺小得不比我的小手指尖大。这样做简直是奇耻大辱、丢脸之极。先生,难道你一点都不考虑到英格拉姆小姐的感情吗?"

"她的全部感情只有一种——骄傲,而这正需要挫折一下。你嫉妒了吗,简?"

"别管它,罗切斯特先生,你是绝不会有兴趣知道这个的。再老实回答我一次。你认为英格拉姆小姐不会为你的虚情假意痛苦吗? 她不会觉得受到了冷落和抛弃吗?"

"决不会! ——我告诉过你正好相反,她抛弃了我。一想到我破了产,她的热情一下子就冷了下来,或者不如说,一下就熄灭了。"

"你有一个古怪而精明的头脑,罗切斯特先生。我怕你在某些事情上的原则是挺怪的。"

"我的原则从来没经过训练,简,也许因为不太经心,它们有点走上了歪道。"

"再认真地问一次,我能享受那许诺给我的无上幸福,而不用怕有人会受到像我刚才经受过的那种难受的痛苦吗?"

"你放心好了,我善良的小姑娘。世上再没有别人会像你那样纯洁无私地爱我了,——因为我正是用深信你对我的爱这样一种令人快慰的油膏,来抚慰我的心灵的。"

我把嘴唇转过去,吻吻那只搁在我肩上的手。我深深地爱着他,——深得我都不相信自己能说得清,——深得言语都无法表达。

"再要求点什么吧,"他马上又说,"能被请求并且加以同意,这是我的乐趣。"

我又立刻有个现成的请求:"快把你的打算告诉给费尔法克斯太太,先生。昨晚她瞧见我跟你在一起,大吃了一惊。在我还没重新见到她之前,先向她作点解释。被这么好心的一个女人所误解,我觉得很不好受。"

"到你的房间里去,戴上你的帽子。"他回答说,"我要你今天早上陪我到米尔科特去。趁你在准备乘车出门的时候,我会去让这位老太太开开窍的。难道她真以为,简,你是为了爱而不顾一切,而且已弄到身败名裂了吗?"

"我相信她是认为我忘了自己的地位和你的地位,先生。"

"地位!地位!——从今以后,你的地位就是牢牢待在我的心头,同时紧紧掐住那些敢于侮辱你的人的脖子。——快去。"

我不一会儿就穿戴好了,等一听见罗切斯特先生走出了费尔法克斯太太的起居室,就赶紧下楼上那儿去。老太太刚才是在念她早晨必读的一段《圣经》,——每天的日课。她那本《圣经》正摊开在她面前,眼镜搁在书上面。她被罗切斯特先生的宣布打断了的功课,眼下似乎全给忘掉了。她呆呆盯在对面那堵空墙上的目光,显露出一个平静的心灵被意想不到的新闻打乱后所感到的惊异。一看见我,她清醒过来,竭力想露出个笑脸,说上几句祝贺的话。可是笑容消失了,话也说到一半就不说了。她戴上眼镜,合拢《圣经》,把她的椅子从桌边往后一推。

"我感到那么吃惊,"她打开了话头,"我简直不知该跟你说什么好,爱小姐。我确实不是在做梦,是吗?有时候我一个人坐着坐着会变得半睡半醒似的,幻想出种种根本没有发生的事情来。不止一次,我在打瞌睡的时候似乎觉得我那十五年前就已过世的亲爱的丈夫走了进来,坐在我的身边,我还听见他在唤着我的名字爱丽思,就像他生前那样。现在,你能不能告诉我罗切斯特先生是不是真的已经向你求过婚了?别笑我。我确实觉得他五分钟以前刚来过,说再过一个月你就要做他的妻子啦。"

"他也跟我这么说过。"我答道。

"他说过!你相信他吗?你答应他了吗?"

"是的。"

她大惑不解地看着我。

"我怎么也想不到。他是个很高傲的人。罗切斯特家的人全都很高傲,而且至少他的父亲还很爱钱。他也总是被人认为为人很谨慎。他决意娶你吗?"

"他是这么跟我说的。"

她打量着我的全身上下。我从她眼睛里看出,它们并没在那儿找到足以让她解释疑团的强大魅力。

"这我真理解不了。"她继续说,"不过既然你这么说那准是真的了。我说不上这件事后果会怎么样,我真的不知道。

在这类事情上财产地位相当总是可取的。再说你们的年龄又相差二十岁。他差不多都可以做你的父亲了。"

"才不呢,费尔法克斯太太!"我给惹恼了,嚷了起来,"他一点也不像是我父亲!谁看见我们在一起,也绝不会有丝毫这样的想法。罗切斯特先生看上去,而且实际上,都跟有些二十五岁的人一样年轻。"

"他真的是出于爱才娶你的吗?"她问。

她的冷淡和怀疑是那么伤我的心,我眼睛里涌上了泪水。

"我很抱歉让你伤心了,"寡妇继续说下去,"不过你年纪这么轻,又这么不了解男人,我是希望你要凡事当心。老话说'闪光的不都是真金',在这件事上我真担心将来会出现你我都料想不到的事。"

"怎么?——难道我是个怪物?"我说,"罗切斯特先生对我绝不会有真正的爱情吗?"

"不,你是很好的,近来更是大有长进了,而罗切斯特先生,我猜,是喜欢你的。我一直注意到你仿佛是他的一个宠儿。对他那种明显的偏爱,我有时候有点为你担心,总想叫你提防着一点。不过我不愿意哪怕是提到越轨的可能性,我知道这种想法会叫你大吃一惊,也许会让你很生气。你又是那么行为谨慎,那么真正地又虚心又明白事理,所以我希望完全可以靠你自己来保护自己。昨天夜里我简直没法跟你说我心里多么难受,找遍全宅子都既找不见你,也找不见主人在哪儿,随后,到了十二点钟,才看见你跟他一起走了进来。"

"好吧,现在别再担心这件事啦,"我不耐烦地打断她说,"一切都很好,这就够了。"

"我也但愿最后也一切都好,"她说,"不过相信我的话,你再怎么小心也不算过分的。尽量对罗切斯特先生提防着点,别太相信他,也别太相信你自己。像他那样有地位的先生们是极少娶他们的家庭教师的。"

我当真要发火了,幸而阿黛尔恰好跑了进来。

"让我去,——让我也到米尔科特去!"她喊着,"罗切斯特先生不让,——尽管那辆新马车里有那么多空地方。求求他让我去吧,小姐。"

"我会求他的,阿黛尔。"我说着就赶紧带着她走开了,很庆幸总算离开了我这位叫人丧气的告诫者。马车已经备好了,正让它拐到正门前面来,我的主人正在石路上踱步,派洛特来来去去地跟在他身后。

"阿黛尔可以跟我们一块儿去,可以吗,先生?"

"我跟她说过不行。我不想带着小娃娃!——我只想带你一个人去。"

"请你务必带她去吧,罗切斯特先生,这样更好些。"

"没那回事,她只会碍事的。"

他神情语气都很专断。费尔法克斯太太令人寒心的警告,她那叫人扫兴的怀疑,都一时涌上了我的心头,一种不踏实、不牢靠的感觉使我的满腔希望大为落空。我自以为能控制他的感觉失落了一半。我正不再争辩,准备机械地服从他的时候,他却一边扶我上马车,一边看了看我的脸。

"怎么了?"他问道,"阳光全给乌云遮没了。你当真想让这小家伙去吗?撇下她你会不高兴?"

"我倒真宁愿让她一起去,先生。"

"那就快去拿上你的帽子,要像闪电那么快地回来!"他向阿黛尔大声喊道。

她拼命飞快地服从了他的命令。

"不管怎样,单单一上午的打搅算不了什么,"他说,"我马上就打算要你——你的思想、说话和你的在旁做伴———一辈子都只归我了。"

阿黛尔一被抱上了车就开始吻起我来,表示感谢我替她求情。她马上给安置在他另一旁的角落上。于是她不断向我坐的地方张望。挨着那么严厉的一位邻座实在太拘束了,在他目前的心情下,她既不敢小声议论,也不敢向他问话。

"让她到我这儿来吧,"我请求说,"她或许会打搅了你,先生。这一边挺空的。"

他一把将她递了过来,就像她是只小叭儿狗似的。"我还是要送她进学校去的。"他说,不过这次他脸上是带着笑。

阿黛尔听见了他的话,就问是不是要叫她一个人进学校而没有小姐在一起?

"对,"他回答,"完全没有小姐在一起,因为我要带小姐到月亮上去,我要在那些火山顶之间的白色山谷里找个山洞,小姐就跟我住在那儿,只跟我一个人。"

"她会没东西吃的,你要饿死她了。"阿黛尔说。

"早上和晚上我都要给她收集吗哪①,月亮上的平原和山脚下全是白花花的吗哪呢,阿黛尔。"

"她要取暖,又怎么生火呢?"

"月亮山上有火冒出来,她冷的时候,我就把她抱到一个山峰上,让她躺在一个火山口旁边。"

---

① 吗哪(manna):《圣经》所说古以色列人漂泊荒野时神赐的食物,形如白霜。

"她在那儿会多糟——多不舒服啊！还有她的衣服，它们会穿破的,她怎么做新衣服呢?"

罗切斯特先生装出难住了的样子。"唔!"他说,"要是你怎么办呢,阿黛尔?动动脑筋想出个办法来吧。你觉得拿一片白云或者一片红云来做袍子怎么样?用彩虹也可以裁出一块满不错的披巾来。"

"她还远不如就像现在这样好。"阿黛尔细想了一会儿,最后作出结论说,"再说,她只跟你一个人住在月亮上也会住厌的。我要是小姐,我就决不会答应跟你去。"

"可她答应了,她已经发了誓。"

"可是你没法把她带到那儿去,没有路通月亮,全是空气,你和她又都不会飞。"

"阿黛尔,瞧瞧那块田地。"我们这时已出了桑菲尔德的大门,正轻快地驶在通向米尔科特的平坦大路上,路上的尘土全被雷雨压了下去,两边矮矮的树篱和高高的大树全都青翠欲滴,被雨水冲洗一新。

"在那块田地上,阿黛尔,大约两星期前有一天傍晚——就是你帮我一起在果园草地上晾干草的那天傍晚,我一直逛到很晚的时候。我把拢干草耙得累了,就在踏级上坐下来歇一歇。那时我掏出一个小本和一支铅笔来,开始写我很久以前遭到的一次不幸,和对未来幸福日子所抱的希望。尽管阳光已经沉到了树叶的下面,我还起劲地飞快写着。正在这时候,有个什么东西顺着小路过来,在离我两码的地方停了下来。我一瞧,是个头上戴着块薄面纱的小东西。我招呼它走近来,它一晃眼就来到了我膝头上。我没用言语跟它说话,它也没用言语跟我说话,可是我能看懂它的眼神,它也能看懂我的眼神。我俩之间无声的交谈大致是这样：

"它说,它是从小精灵国来的一个仙女,它的使命是叫我幸福。我得跟它一起撇下这平常的世界,去一个清静的地方,——譬如说月亮,——说时它还朝它那正升起在干草冈上的月牙角儿点了点头,给我讲了我们可以在那儿居住的石膏山洞和白银溪谷。我说我倒是愿意去的,不过我提醒它,也像你方才提醒我一样,说我没有可以飞的翅膀。

"'哦,'那仙女回答,'那不要紧! 这儿有个可以排除一切困难的法宝,'说着她递过来一只美丽的金戒指。'来,'她说,'把它戴在我左手的第四个手指上,那我就是你的,你就是我的了,我俩就要一起离开地球,到那儿去建立我们自己的天堂。'她又朝月亮点了点头。阿黛尔,那戒指就在我裤袋里,化作一个金镑的样子,不过我很快就要重新再把它变成一个戒指。"

"可是这跟小姐有什么关系呢? 我可不管什么仙女,你刚才说你是要带小姐到月亮上去?"

"小姐就是个仙女。"他神秘地小声说。听到这儿我忙告诉她别去理会他的瞎说,而她也显示出了她那份地道的法国式怀疑精神,把罗切斯特先生称作"一个十足的撒谎者",告诉他她对他那些"神话"全都不当回事,"再说,根本没什么仙女,就是有的话",她也相信她们决不会在他面前出现,更不会给他什么戒指,或者表示要跟他一起住到月亮上去。

在米尔科特的那一个小时对我来说简直是有点烦死人了。罗切斯特先生硬要我到一家绸缎店去,叫我在那儿挑选半打衣服。我讨厌这种事,求他同意以后再说。可是不行,——现在就得办好了它。经过拼命地小声请求,我才总算将半打减成了两件，不过他发誓这两件得由他来挑。我忐忑不安地瞧着他的目光在五光十色的货品上转来转去，终于盯牢在一种华丽而十分鲜艳的紫晶色绸子和一匹精美的粉红色缎子上。我又再一次连连小声地对他说，他这样还不如给我同时买上一件金袍子和一顶银帽子更好些，因为我是决不会冒险去穿他选中的这种衣料的。他固执得像石头，我费尽周折，才算说服他改选了一种素净的黑缎子和珠灰色的绸子。"这暂时还过得去，"他说，"不过我终究还是要看你打扮得花团锦簇，就像个花坛子那样才好。"

我很高兴总算催着他走出了绸缎店，接着又走出了首饰铺。他给我买得越多，一种烦恼和屈辱的感觉就越使我脸上发热。当我们重新坐上马车，我又兴奋又疲劳不堪地往车座上一靠的时候，我记起了在事件纷至沓来、心情忧喜不定中，我已经忘得一干二净的事——我叔叔约翰·爱写给里德太太的那封信，他要收我作养女成为他遗产继承人的打算。"说真的，"我想，"哪怕我有很少的一点点独立财产，那也会好得多。我实在受不了让罗切斯特先生把我打扮得像个玩偶，或者像第二个戴娜厄①那样每天沐浴在金雨之下。我一回到家就马上写信去马德拉，告诉约翰叔叔我就要结婚，嫁给谁。只要我有指望将来有一天我能给罗切斯特先生带来一份额外的财产，眼下我受他的供应也能稍微安心一些。"想到了这个主意（这我当天就抓紧办了），我心里稍觉宽慰，也就敢于再直视我的主人兼情人的眼睛了，它们这时正在拼命搜索着我的

①　戴娜厄（Danae）：希腊神话中的一个公主，为主神宙斯所爱，宙斯化作金雨和她相会。

目光,尽管我一直既避开不看他的脸,也不理会他的注视。他微笑了,而我觉得他的笑容,大概正像一位苏丹在喜悦钟爱的时刻,对一个他刚慷慨赠以金银财宝的奴隶所赐的笑容一样。他的手一直在找我的手,我使劲地紧紧握了它一下,然后把他这只被紧握得发红的手推了回去。

"你不必显出那么副神气,"我说,"要是这样的话,我就把我那洛伍德的旧衣服一直穿到底,别的什么也不穿。我要穿着这身淡紫色格子布衣服结婚,——你可以用珠灰色绸子给自己做件晨衣,用黑缎子做许许多多的背心。"

他格格地笑了起来,摩擦着两只手。"啊,看看她、听听她说话可真有趣!"他大声赞叹说,"她还不够古怪么!不够泼辣么!我决不肯拿这个矮小的英国姑娘去换土耳其皇帝的全部后宫嫔妃,哪怕她们有羚羊似的眼睛,天仙般的身躯!"

这样用东方来作比又刺痛了我。"我一丝一毫也比不了你那些后宫嫔妃,"我说,"所以千万别把我当作了她们当中的一个。要是你对这类事情有爱好的话,那就走你的吧,先生,毫不迟延地马上到斯坦布尔①的市场上去,把你在这儿正不知怎么花才好的全部闲钱,全都拿出来大干它一番收买女奴的勾当吧。"

"那我在忙着买进成吨成吨的人肉和花色齐全的各种黑眼睛时,你要干什么呢,简妮特?"

"我要打定主意准备当个传教士,出去向一切受奴役的人——也包括你那些后宫嫔妃们——宣扬自由。我要想法闯

① 即伊斯坦布尔。

进那儿去,煽动造反。而你呢,先生,尽管是位三尾帕夏①,也会转眼就给戴上脚镣手铐落到我们手里。至少就我来说,除非你签署一个历来专制君主所颁发过的最开明的宪章,是决不会同意释放你的。"

"我会甘愿任你摆布,听候开恩,简。"

"要是你用那样一种眼神来请求,罗切斯特先生,我是决不开恩的。只要你显出那么一副神气,我就准知道不管你被迫颁布什么宪章,一旦释放,你的第一个行动就是把它的条款一一破坏。"

"哎呀,简,你究竟要怎样呢?恐怕你是一定要我除了在圣坛前之外,再举行一次秘密婚礼吧。我看得出,你会提出一些特殊条件来,——究竟是什么条件呢?"

"我只要求能心安理得,先生,不被数不清的恩惠弄得不知怎么才好。你还记得你是怎么说起塞莉纳·瓦伦?——说起你给她的钻石、呢绒的么?我不愿做你的英国的塞莉纳·瓦伦。我要继续作为阿黛尔的家庭教师,我要凭这个来挣我的食宿,外加一年三十镑薪水。我要从这笔钱里开支我的衣着,你什么也不用给我,除了……"

"哦,除了什么?"

"你的敬重。而且反过来我也用我的敬重来回报你,要能这样,这笔债就算两抵了。"

"嗯,要论起天生的冷漠无礼和固有的极度自尊来,再没人能比得上你了。"他说。这时,我们已快到桑菲尔德了。"你今天

---

① 帕夏(pashaw):土耳其高级官衔,分三级,依其军旗所加马尾数而定,三尾为最高级。

高兴跟我一起吃饭吗?"当我们重新驶进大门时,他问。

"不,谢谢你,先生。"

"又干吗要说'不,谢谢你'呢? 如果可以问问的话。"

"我从来没有跟你一起吃过饭,先生,我也看不出有什么理由现在要这样做,除非到……"

"到什么? 你老爱说半截子话。"

"到我不得不这样做的时候。"

"难道你设想我吃起来准像个吃人魔王或者食尸妖怪,所以不敢跟我一起吃饭吗?"

"我倒并没有这一类设想,先生,不过我想仍像往常一样地再过上一个月。"

"你该马上放下你那当家庭教师的苦活儿了。"

"真的! 请原谅,先生,我决不。我一定要仍像往常那样地继续干下去。我要像已经习惯了的那样,整天不来碍你的事。你想要见我的话,可以傍晚派人来叫我,我会来的,但别的时候可不行。"

"碰到这样的事,简,我真想抽支烟,或者吸撮鼻烟,来给自己平平气,'装作不在乎的样子',像阿黛尔会说的那样。可倒霉的是,我既没带雪茄烟盒,也没带鼻烟壶。不过,听着,——悄悄跟你说,——现在由你得意,小暴君,用不了多久就该轮到我了,而一旦我完全抓住了你,为了牢牢占住不放,我干脆就把你——打个譬喻说——拴在这样一条链子上。"(摸摸他的表链)"是的,'美丽的小仙女,我要把你揣在怀中,免得失落了我的珍宝。'[1]"

---

① 这是苏格兰诗人彭斯(Robert Burns,1759—1796)的诗句。

他一边说一边搀我下了马车,当他接着去抱阿黛尔下车时,我已走进屋子,乘机溜上楼去了。

傍晚他准时不误地把我叫了去。我事先已想好了事情叫他做,因为我决计不把整晚的时间全花在两人谈悄悄话上。我记起了他的好嗓子,我也知道他喜欢唱,——唱得好的人大都这样。我自己不是个歌唱家,而且照他苛刻的标准来看,也算不上是个器乐家,不过别人唱奏得好我还是很爱听的。黄昏这个谈情说爱的时刻,刚刚在窗格外垂下了它那缀满星星的蓝色旗子,我就站起身来,打开钢琴,恳求他务必唱个歌给我听。他说我是个爱恶作剧的女巫,并且说他宁愿在别的时候再唱,可是我一口咬定再没有比现在更合适的时候了。

他问我是否喜欢他的嗓子吗。

"喜欢极了。"我本来不喜欢去纵容他那种容易引起的虚荣心,不过就这一次,而且是出于权宜之计,我甚至不惜去迎合和煽动它。

"既然这样,简,那你得给我伴奏。"

"很好,先生,我试试。"

我确实试了,但一会儿就被他从琴凳上赶开,还被称作"一个小笨蛋"。我给毫无礼貌地推到了一边之后——这正是我所希望的,——他就占据了我的位置,动手自己给自己伴奏起来,因为他唱歌弹琴都行。我赶紧走到了窗前的凹处。当我坐在那儿,望着窗外静静的树木和朦胧的草坪时,他按着优美的曲调,用圆润的嗓音唱出了下面的词曲:

心儿从炽烈如火的心底
　　迸发出世上最真诚的爱,
它把生命的热潮,

欢腾地注进了每根血管。


她的来临是我每日的期望，
　　她的离去常使我痛苦难耐。
偶尔她意外地姗姗来迟，
　　使我血管中像凝结了冰块。


总以为爱别人又为人所爱
　　这幸福难以描述。
我追求这个目标，
　　既急切又万分盲目。


谁料在我俩的生活之间，
　　横亘着无路的荒漠，
像茫茫的碧海怒涛，
　　同样地无比险恶。


像穿行林莽的荒径那么可怖，
　　其间常有剪径盗匪出没。
强权和公理，愤怒和忧伤，
　　要使我们的心灵分隔两处。


我不惧艰险，蔑视障碍，
　　种种凶兆都视若无睹。
任它威吓、阻挠和警告，
　　我都傲然地置之不顾。

我的彩虹闪电般划破长空，
　　我像在梦中飞翔。
因为我眼前光辉地显现了，
　　雨过天晴后的曙光。


只要那温柔庄严的欢乐，
　　仍灿烂地盖过痛苦迷茫的乌云，
我眼前哪顾有种种灾祸，
　　正阴森险恶地临近。


在这甜蜜的时刻我不顾一切，
　　哪怕我曾冲破的艰难险阻，
仍将插翅般迅猛飞来，
　　宣告要狠狠地无情报复。


尽管高傲的憎恶会把我踩在脚下，
　　公理将俨然不容我置辩。
而无情的强权更满面怒容，
　　发誓要与我不共戴天。


我的爱人已怀着高贵的忠诚，
　　把她的小手放在我的手里。
并誓言婚姻的神圣纽带，
　　将把我俩的心灵永系在一起。

> 我的爱人已用永矢不渝的一吻,
>
> > 誓与我生死同在。
>
> 我终于得到了无法形容的幸福:
>
> > 我爱别人,——也为别人所爱!

他起身朝我走来,我看见他整个脸都仿佛在燃烧,他睁大的鹰眼目光闪闪,他脸上流露出一片温柔和激情。我一时感到有些畏缩,——随后又振作起精神来。温柔的场面,大胆地表爱,都是我不希望发生的,但我却正面临着两者的威胁。一定要备好防御的武器才行,——我磨利了我的口齿,正当他走近时,我粗声粗气地问道:"他现在到底是准备跟谁结婚?"

"我亲爱的简竟然提出这样的问题,倒真有点奇怪。"

"真的吗?我倒认为这是非常自然和必要的问题呢。他说什么他未来的妻子将跟他同生共死。他提出这样异教徒的想法究竟是什么意思?我可不打算跟他一块儿死,——他用不着怀疑这一点。"

"哦,他满心渴望、他一心祈求的就是你会跟他活在一起!死亡可不是属于像你这样的人的。"

"当然也是属于我的。跟他一样,时候一到我也同样有权去死。不过我要静待天年,而不是自焚殉夫,被迫早死。"

"你肯原谅他这种自私的想法,而且和解地接个吻表示原谅吗?"

"不,我看还是免了吧。"

这时,我听得他在那儿称我为"一个硬心肠的小东西",随后又加上说:"换了别的女人,听到别人唱这样的诗句来赞美她,准会心软得连骨头都酥了。"

我明确告诉他我天生就是个硬心肠,——硬得像石头,他常常会发现我是这样一个人。不但如此,我还决心趁接下来的四个星期还没过去,把我性格上带刺的地方全都让他看个明白。他必须充分了解自己究竟做了笔什么买卖,趁现在还来得及毁约。

"我得保持安静,说话要有分寸是不是?"

"我也保持安静,要是他喜欢的话。至于说话有分寸,那我倒敢自夸我现在就是这么做的。"

他皱眉蹙额,又是呸又是啐的。"很好,"我心想,"你烦躁也罢,发火也罢,但我确信这是对付你最好的办法。我说不尽我是多么地喜爱你,但我却不愿陷入卿卿我我的俗套,而且我还要凭着这种巧辩的锋芒让你也不至于坠进去,不仅如此,还要借助它刺痛人的效果,来保持你我之间真正对彼此最有利的距离。"

我一步步惹得他颇为恼火,然后,趁他怒冲冲几乎走到了屋子的另一头去的时候,我站起身来,自自然然地像往常一样恭恭敬敬道了声:"祝你晚安,先生。"便从边门溜出去走了。

就这样开始采取的这套办法,我在整个试探的时期都一直在用,而且极为成功。的确,他时常有些愠怒、恼火,但总的看来,我觉得他还是兴致很好的,而绵羊般的驯顺,斑鸠般的娇气,一方面会更助长他的专横,另一方面也不见得更能投合他的理智,符合他的常识,甚至适合他的趣味。

当着别人的面,我仍旧像往常一样恭恭敬敬、文文静静,没有必要采取其他的举止方式,只是在晚间谈天的时候,我才像这样阻挠他、折磨他。他继续准时不误地钟一打七点就把我叫去,尽管现在我一来到他跟前,他已经不再满嘴挂着"亲爱的"、"宝贝儿"这一类的甜言蜜语,用来招呼我的最好的字眼不过是"讨厌的小木偶"、"恶毒的小精灵"、"妖精"、"丑八怪"等等。而且现在我得到的不再是抚爱,而是做个鬼脸;不是紧握一下手,而是拧一下我的胳臂;不是吻一吻面颊,而是使劲地拉拉耳朵。这没什么,眼下我倒确实宁愿承受这一类粗暴的宠爱,而不想看到更温存的表示。我看得出,费尔法克斯太太赞许我的做法,她对我的担心消除了,正因为这样,我相信我做得对。同时,罗切斯特先生却一口咬定我把他折磨得只剩皮包骨了,而且威胁说在不久就要到来的那个时期,他要狠狠地报复我现在的行为。我对他的恐吓暗自发笑。"我现在能让你受到合理的约束,"我想,"今后也毫无疑问一定能这样做。要是一种办法失效,那就另外再想出一种来。"

但话虽如此,我的工作也并不轻松。我时常但愿能让他欢喜,而不愿去逗弄他。我未来的丈夫愈来愈成为我的整个世界,甚至不仅是世界,几乎成了我进入天堂的希望了。他简直使我顾不到再去想到宗教,就好像日食使人望不见青天白日一样。在那些日子里,我眼里简直看不到上帝,而只看到他的造物,我把他当成了我的偶像。

# 第二十五章

　　成婚前的一个月过去了,最后剩下的时间已屈指可数。接下来的那一天——结婚的日子不会推迟,为它的到来,一切都已准备就绪。至少我是没有什么事要做的了。我的箱子已经装好、锁上、用绳捆牢,在我的小房间里沿墙排成一列,明天这个时候,它们早已上了去伦敦的路,同行的还有我(D. V.①),——或者可以说,不是我,而是某一位简·罗切斯特,是一个我目前还不相识的人。只剩地址卡片还没钉上,那四张小小的方纸片还放在抽屉里。罗切斯特先生亲自在每一张上写下了发往地:"伦敦,××旅馆,罗切斯特太太"。我简直下不了决心把它们钉上去,或者让它们钉上去。罗切斯特太太!她还不存在,她要明天早上过了八点以后才会诞生,我想一直等到能肯定她确已降生在这个世界上,才把这些财产全归到她的名下。在我梳妆台对面的储藏间里,一些据说是属于她的衣着已经取代了我那洛伍德的黑呢衫和旧草帽,那珠灰色长袍和薄如烟雾的面纱正搭在她占为己有的旅行皮箱上,这就已经够了。我把储藏间的门关上,藏起里面那活人生魂似的古怪的衣着,它们在晚间的这个时刻——九点钟,透过

---

　　① 拉丁文缩写,全文是 Deo Volente,意思是:如蒙上帝垂怜。

我房间里的一片昏暗,当真像是发出了一丝幽灵似的微光。"我要让你们独自留在这儿,白色的梦幻。"我说,"我五心烦躁,我听见外面在刮风,我要出去吹吹。"

弄得我五心烦躁的还不只是仓促地准备,不只是面临着巨大的变化——面临着明天就要开始的新的生活。这两点无疑也起了一定的作用,造成我激动不安的心情,促使我在这样晚的时候还急于上外面愈来愈黑的庭园里去。但是还有第三个原因,比它们更加影响着我的心情。

我心底里有一桩奇怪而焦急的心事。发生过一件我实在无法理解的事,除我之外没有人知道或者看见过。那是在前一天晚上发生的。今晚罗切斯特先生出去了,还没有回来。他有事到三十英里以外有两三个农场的一块小田产上去了,——在他预定离开英国之前,有些事情要他去亲自安排一下。我现在正在等他回来,急于想把压在心上的石头放下,找他解开那个令我迷惑不解的谜。等到他回来吧,读者,等我把我的秘密透露给他时,你也就从旁知道了。

我走向果园,一路被风赶着朝它的荫蔽处走去。这风一整天都从南方猛烈地刮来,但却并没有带来一滴雨。入晚它非但不曾减缓,反而似乎刮得更猛,咆哮得更厉害。树都被一个劲儿地刮得倒向一边,从不转向别的方向,它们的树枝一个钟头也难得摆回来一次,一股强大的劲儿那么连续不断地把它们的树尖压得朝北弯去,——云被从南向北,一大块紧跟着一大块迅速刮去。在这七月的一天里,连一丝蓝天都看不到。

我心里不无狂喜之情地顺风奔跑着,把心头的烦恼都抛给了破空呼啸着没完没了吹来的大风。走完月桂树小径,我迎面见到那棵七叶树的残骸。它乌黑、裂开,树干从中间劈成两半,可怕地张开着口子。劈开的两半并没有完全脱开,因为牢固的树基和粗壮的树根使它们底部仍旧连着,不过生命力的沟通已经被破坏,——树液已无法再流通无阻了。两半儿的树枝都已枯死,来年冬天的暴风雨肯定将使其中的一片或者两个半片都倒伏在地。不过眼前仍可以说它们是一整棵树——一棵死树,但却是一棵完整的死树。

"你们牢牢守在一起,做得很对。"我说,就仿佛这怪物般的两片残骸是个活着的东西,能够听得懂我说话似的。"我想,尽管你们看上去伤残了,烧得乌焦漆黑,但一定仍旧有一点生命的感觉。你们依赖忠诚不渝的树根竖立在那儿,但却永远不会再有绿叶,——再也见不到鸟儿在你们的枝头筑巢,唱起悠闲的歌儿。对你们来说,爱和欢乐的时期已经过去了,不过你们并不孤寂。你们各自都还有个伙伴来同情你们的逐渐朽烂。"正当我抬头仰望着它们时,两片之间裂缝中的那部分天空忽然短时间地露出了月亮来。月轮鲜红似血,一半被阴霾遮住。她似乎向我投下了忧伤而无奈的一瞥,转眼就又躲进了浓密的云堆里。风势在桑菲尔德一带稍许减弱了一会儿,但在远处的树林和流水上空,却尽情地倾吐出狂野而凄惨的哀号声,听起来叫人难受,我又不由得跑开了。

我漫步穿行在果园各处,把密密撒落在树根周围草丛间的苹果捡起来。然后我一心把熟的跟没熟的分开,把它们拿到屋子里放进了储藏室。接着我走到书房里,看看火是不是已经生着,因为虽说是夏天,我知道在这样一个阴沉的夜晚,罗切斯特先生是会喜欢一进来就看到愉快的炉火的。不错,火已经生着了一会儿,烧得很好。我把他的扶手椅放到炉边,我把桌子推近一些。我放下了窗帘,拿进几支蜡烛来以便随时好点。因为心里比往常什么时候都烦躁,我做好了这一切安排之后仍旧坐立不安,甚至连屋里也呆不住。房间里一只小钟和大厅上的老钟同时敲起了十点。

"这么晚了!"我说,"我要跑到大门口去,断断续续地有月光,我能顺着大路望见很远的地方。他说不定正要到了,出去接他可以省掉几分钟的心神不定。"

风在遮蔽大门的那些高高的大树间呼呼吼叫,可是尽我的目力所及,大路的两头都空寂无人。除了月亮露出来时偶尔横过的云影以外,只见长长的一条白带子,单调得连一个移动的黑点都没有。

我望着望着,一阵孩子气的泪水模糊了我的眼睛,——是失望和焦急的泪水,我感到害臊,忙把它擦掉了。我继续徘徊着。月亮躲进了它的闺房,还严严地拉上了她那浓云做成的窗帘。夜色更浓了,雨乘着风势,正在迅猛地袭来。

"但愿他会来!但愿他会来!"我在一阵要发作忧郁症的预感下喊了起来。我原想他在用茶点以前就会回来的,现在天都黑了,到底是什么留住了他?是发生了什么意外吗?我又想起了昨夜的事情。我把它看成是灾祸的前兆。我担心自己的前途实在太光明了,只怕难以实现。我近来享受到的幸福实在太多,惟恐我的运气已经过了顶点,如今就要走下坡路了。

"嗯,我没法回到屋子里去,"我想,"我不能安坐在火炉边,而他却正冒着恶劣的天气在外面奔波。与其心乱如麻,还不如劳累一下我的肢体。我决计往前走着去迎接他。"

我出发了。我走得很快,却并没走多远。还没走出四分之一英里光景,我就听到一阵马蹄声。一个人骑马全速奔来,一条狗跟在他身边跑着。去它的不祥预感吧！这正是他，他正骑着美罗来了，后面跟着派洛特。他看见了我，因为月亮刚刚在天空中开辟出一块蓝色的领域，晶莹明澈地高挂在那儿。他脱下帽子，在头顶上挥舞着。我马上迎着他跑了过去。

"瞧！"他一边伸出手从鞍上俯下身来，一边叫道，"你离不开我吧，这是明摆着的。踩在我的靴子尖上，把两只手都伸给我，上来！"

我照他说的做。喜悦使得我身手矫捷，我跳上去坐到他的身前。他热烈地吻着我以表示欢迎，一边自鸣得意地吹嘘了几句，我只好硬着头皮咽了下去。他终于克制住了自己的得意忘形，问道："可是难道有什么要紧事，简，让你这么晚还出来接我么？出什么岔子啦？"

"没有，不过我还以为你不回来了呢。我受不了待在屋子里等你，尤其是在这么大的风雨天。"

"风雨天，一点不假！真的，你淋得像只落汤鸡了，快把我的披风拉过去裹住身子。不过我觉得你有点发烧，简，你脸上和手上都滚烫的。我再问一句，发生了什么要紧事吗？"

"这会儿没什么了，我既不害怕也不发愁了。"

"那么说你曾经这样过？"

"有点儿。不过我以后再告诉你这一切，先生。而且我想你知道了我这些烦恼一定只会取笑我的。"

"一过了明天我就会痛痛快快地取笑你了，在那以前我可不敢，我的战利品还没有稳到手呢。正是你，这一个月来就像一条鳗鱼那么滑溜，像一株野蔷薇那么多刺！我哪儿都不敢碰一指头，不然就要挨扎。可这会儿我却就像怀里抱着一只迷路的羔羊。你是离了群来寻找你的牧人的，是吗，简？"

"我是在盼望你。不过你别自己吹。桑菲尔德到了,现在让我下来。"

他把我放在石子路上。当约翰牵走了他的马,他跟着我走进大厅以后,他叫我赶紧去换上干衣服,然后回到书房里来找他。我正要向楼梯走去时,他又叫住了我,一定要我答应别耽误得太久。我也确实没耽搁多久,只过了五分钟我就又回到了他那儿。我看见他正在吃晚饭。

"坐下来陪陪我,简,要是上帝开恩的话,这在很长一段时间里将会是你在桑菲尔德所吃的倒数第二顿晚饭了。"

我在他旁边坐下,但是跟他说我吃不下。

"是因为想到你就要出门去吗,简?是不是快要去伦敦的念头弄得你没有胃口了?"

"今晚我还不太清楚我就要干什么,先生。而且我也不大明白我脑子里究竟有什么念头。生活中的一切似乎都不是真的。"

"除了我。我是完全实实在在的,——摸摸我看。"

"你,先生,恰恰是最像幻影的。你只不过是个梦。"

他大笑着伸出手来:"这是个梦吗?"他边说边把它举到了我的眼睛前面。他有一只壮实而肌肉发达的手和长而强健的胳臂。

"是的,尽管我摸到了它,它还是个梦。"我说着,把他伸在我面前的手按了下去,"先生,你吃完晚饭了吗?"

"吃完了,简。"

我打了铃,吩咐把盘子端走。当我们又单独在一起的时候,我拨了拨火,然后在我主人膝头前面的一张矮凳上坐下。

"快到午夜了。"我说。

"是的,不过记住,简,你答应过我在我成婚的前一晚陪我一起守夜。"

"我是答应过,我也准备遵守诺言,至少再守一两个小时。我还不想去睡。"

"你一切都打点好了吗?"

"打点好了,先生。"

"我也一样。"他接口说,"我已经什么都安排好了,明天我们从教堂里回来后半个小时,就离开桑菲尔德。"

"很好,先生。"

"你说'很好'的时候笑得多特别啊,简!你每边脸颊上都有一小块红得多么发亮啊!而且你的眼睛也多么奇怪地闪闪发光啊!你身体好吗?"

"我相信很好。"

"相信!究竟是怎么回事?——告诉我你觉得怎样?"

"我说不出,先生,我找不到言词来告诉你我的感觉。我只希望眼前这个时刻永不结束,谁知道下一刻会带来什么样的命运呢?"

"这是犯了忧郁症,简。你太兴奋了,要不就是太累了。"

"你呢,先生,你感到平静和快乐吗?"

"平静?——不。可是快乐么,——打从心坎里。"

我抬起头来看他,察看他脸上幸福的迹象。他红光满面,热情洋溢。

"对我说心里话吧,简。"他说,"把压在你心头的一切重担都告诉我,让你能宽下心来吧。你究竟怕什么?——怕将来证明我不是个好丈夫吗?"

"这是我最没有想到过的一个念头。"

"你是害怕你就要进入的那个新天地？——你就要去过的那种新生活吗？"

"不是。"

"你把我弄糊涂了，简。你那忧伤地不顾一切的神情和口气让我既迷惑又难受。我急于要得到解释。"

"那么，先生，——听着，你昨晚不在家对吗？"

"是不在家。我料到了，你刚才还暗示过我不在家时发生了一件什么事，——很可能完全无关紧要，不过总而言之它叫你心情很不安。让我听听究竟是什么。或许是费尔法克斯太太说了什么啦？要不你听到了仆人们的议论？——你敏感的自尊心受到了伤害？"

"不是，先生。"钟敲十二点了，——小钟鸣声清亮，大钟重浊而回荡，我直等到它们敲完了才接着说下去。

"昨天一整天我都很忙，而且在不停地忙忙碌碌中感到很快乐。因为我并不像你似乎以为的那样，老在为担心新的天地等等而感到烦恼。我觉得能有希望跟你生活在一起是一桩了不起的事，因为我爱你。别这样，先生，现在别来抚摸我，——让我安心地说下去。昨天我还完全信任天意，相信你我都会诸事如意。你大概还记得，那是个好天气，——天清气和，决不会让人对你旅途的平安和舒适感到担忧。我吃过茶点以后在石子路上散了一会儿步，心里想着你。我在想象中似乎看见你离我非常近，几乎感觉不到你实际不在我身边。我想着我面临的生活，——是你的生活，先生，——比我自己的要广阔和活跃得多，就如同大海之深，跟流进大海的小河自己那狭窄的河道之浅相比一样。我真奇怪那些说教的人为什么要把这世界称作凄凉的荒原，照我看来它倒像一朵盛开的玫瑰。正好在日落时分,空气变冷了,天上布满了云,我回进了屋里。索菲叫我上楼去看一看我的结婚礼服,是刚才送到的。在盒子里衣服下面我发现了你的礼物——一条你像王子那么阔气地从伦敦定购来的面纱。我猜大概是因为我不肯要珠宝,所以你决心要骗我接受一点同样贵重的东西。我一边打开它一边微笑,心里盘算着要怎样来取笑你的贵族趣味,和你竭力想把你的平民新娘装扮成有贵妇人气派的企图。我想着如何把我自己那块准备用来盖我出身卑微的头的没绣花的方丝巾拿下楼来,问问对于一个既不能给丈夫带来财富、美貌,又不能带来亲友关系的女人来说,它是不是已经够好的了。我能清楚地想见你会有的那副神气,听见你那激烈的共和主义者的反驳,和你高傲地否认你有什么必要靠跟一个钱袋或者一个爵位结亲,来扩大你的财富或者提高你的地位。"

"你多么清楚地看透了我,你这女巫!"罗切斯特先生插嘴说,"可是你在这面纱上除了它绣的花以外究竟还发现了什么呢?难道你发现了毒药,或者一把匕首,才弄得你现在这样愁眉苦脸的?"

"没有,没有,先生。除了这块织物的华丽精致以外我并没有发现什么,除非就是费尔法克斯·罗切斯特的那种骄傲,而这并不曾吓坏我,因为我已看惯了这魔鬼。不过,先生,当天黑下来的时候,风刮起来了。它昨天晚上刮得不像现在这样——又高又猛烈,而是带着悲悲切切、呜呜咽咽的声音,要凄惨可怕得多。我真希望你在家里。我走进这间屋子,一看见空荡荡的椅子和没生火的炉子,就心里一阵发凉。我上床以后很久还睡不着,——一种焦躁的心情折磨着我。风越刮越猛,听起来仿佛盖住了另外一种隐隐的悲切声。它究竟发自屋里还是屋外,起初我辨不出来,可是每次风一小下来时它就又隐约然而凄惨地重新响起,最后我才断定那准是一条狗在远处嗥叫。我很高兴它终于停止了。睡着以后,我仍旧在梦中想着狂风怒号的沉沉黑夜。我也仍旧在一心希望着跟你在一起,同时却又奇怪而遗憾地感觉到有一种障碍在把我们阻隔开。在我睡熟后的第一觉里,我一直在沿一条弯弯曲曲的陌生路走。四周一片漆黑,雨猛打在身上,我吃力地抱着一个小孩子。是个很小的小家伙,太小太弱,还不会走,抱在我冰冷的怀里老在打颤,在我耳边可怜巴巴地哭着,我心里以为,先生,你是顺这条路就在我前面很远的地方走着,所以我拼出全身的力气来想赶上你,同时一次次地竭力想喊出你的名字,求你停下来,——可是我的行动被束缚住了,我的声音总是没发出口就消失了。而你,我觉得每一秒钟都在愈走愈远。"

"那么现在,简,我就在你身边的时候,那些梦却还压在你的心头上吗?神经质的小东西!忘掉虚幻的灾难,只想着实在的幸福吧!你说你爱我,简。对呀,——这是我决不会忘记,也是你否认不了的。那些话并不曾没发出口就从你嘴边消失掉。我听见它们说得既清楚又温柔,也许有点儿太严肃,但仍旧像音乐那么悦耳。——'我觉得能有希望跟你生活在一起是一桩了不起的事,爱德华,因为我爱你。'你爱我吗,简?再说一遍。"

"是的,先生,——我爱的,全心全意地爱。"

"哦,"他沉默了几分钟以后说,"这很奇怪,可是那句话却的确钻心似的直刺进了我的心里。为什么呢?我想就因为你说的时候带着那么一股虔诚的、宗教般的热情,因为你这会儿抬头仰望着我的目光正是忠实、真诚和坚贞不渝的最高体现。这简直叫人难以承受，真仿佛是一位神灵来到了我身边似的。显得邪恶一点吧，简，你是很懂得怎么做的。露出你那副狂野、羞涩、恼人的笑容来吧，告诉我你恨我，——嘲弄我、惹恼我吧，随你怎么都行，只求别叫我感动。我宁愿被激怒，也不愿被弄得心里难受。"

"等我讲完了，我会把你惹恼、嘲弄个够的，不过先听我讲完。"

"我以为，简，你已经全都讲给我听了。我觉得我已经找到了你心情忧郁的根源就在于做了个梦！"

我摇了摇头，"怎么！还有吗？不过我不相信会是什么要紧事。我预先告诉你我不相信。说吧。"

他担心的样子，他有点惴惴不安的神情，使我感到惊异，不过我还是说了下去。

"我还做了另外一个梦，先生，梦见桑菲尔德府成了一片荒凉的废墟，成了蝙蝠和猫头鹰的巢穴。我估量屋子整个神气的正面就只剩下了薄壳似的一堵墙，很高，看上去摇摇欲坠。我在一个月明之夜，漫无目的地穿过围墙里面那片杂草丛生的地方，这儿绊在一个大理石壁炉上，那儿又绊在一段掉下来的檐板碎片上。我裹着一条披巾，仍旧抱着那个陌生的小孩。不管我两臂多么累，却没法找个地方把他放下，——不管他重得叫我多么步履艰难，我都得抱着他。我听见路上远远有马儿奔跑的声音，我肯定那就是你，而你正要一别多年，去一个遥远的地方。我发疯似的不顾死活急忙爬上那堵薄薄的墙，急于要从墙顶上看你一眼。我脚下的石头滚了下去，我攀住的藤萝直往下坠，那孩子吓得紧紧抱住我的脖子，差点掐死了我,最后我总算爬到了顶上。我望见你像发白的路上一个小黑点,正在迅速地愈来愈小。阵风那么强烈,刮得我站不住脚。我在窄窄的墙顶上坐下,把那吓坏了的婴儿放在膝头上哄得安静下来。你在大路上拐了个弯,我弯身向前再看上最后一眼。墙塌了,我一个晃动,孩子从我膝头上滚了下去。我失掉平衡,跌了下来,醒了。"

"现在,简,全讲完了吧。"

"序言完了,先生,故事还在后面呢。醒过来时,一道亮光照花了我的眼睛。我想,——哦,天亮了!可是我弄错了,那只不过是蜡烛光。我想,准是索菲进来了。梳妆台上放着一支蜡烛,我临睡以前把我的婚服和面纱挂在里面的储藏间的门大开着。我听得那儿有窸窸窣窣的声音。我问道,'索菲,你在干什么?'没人回答,可是有个人影从储藏间里出来,拿起蜡烛,高高举起,察看着搭在旅行皮箱上的衣服。'索菲!索菲!'我又叫道。可是她仍旧不响。我已经在床上坐了起来,我探身向前,先是感到吃惊,接着迷惑不解,最后是全身血管里一阵冰凉。罗切斯特先生,那不是索菲,也不是莉亚,不是费尔法克斯太太,不是……不,我能肯定,现在也仍旧能肯定,甚至也不是那个古怪的女人格雷斯·普尔。"

"那总该是她们中间的一个。"我的主人插进来说。

"不,先生,我严肃地向你保证绝对不是。站在我面前的那个身影以前在桑菲尔德府一带我从来没有见过。那身高、那轮廓对我来说都是陌生的。"

"你形容一下看,简。"

"看上去,先生,那是一个女人,又高又大,头发又多又黑,长长地披在背后。我不知道她穿着什么衣服,又白又直挺

397

挺的,但究竟是长袍,被单,还是裹尸布,我却说不上来。"

"你瞧见她的脸了吗?"

"起初没有。但没多久她就拿起了我的面纱。她把它举起来,盯着看了很长时间,然后她把它往自己头上一披,转身去照镜子。就在这时候,我从那黑洞洞的长方形镜子里清清楚楚地看见了反映出来的面貌和五官。"

"它们是什么样子呢?"

"我觉得很可怕,像鬼似的,——哦,先生,我从来没见过那样的脸!那是一张毫无血色的脸,——那是一张野蛮的脸。我真但愿能忘掉那双骨碌碌转动的红眼睛和那肿胀发黑的可怕的脸!"

"鬼一般都是苍白的,简。"

"这东西,先生,却是发紫的。嘴唇又黑又肿,额上一道道皱纹,充血的眼睛上竖着两道很宽的黑眉毛。要我告诉你它叫我想起了什么吗?"

"你说吧。"

"丑恶的德国鬼怪——吸血鬼。"

"啊!——它干了些什么呢?"

"先生,它把我的面纱从它那吓人的头上扯下来,撕成两半,扔在地上,用脚踩它们。"

"后来呢?"

"它拉开窗帘,望望外面,也许它发现天快黎明了,因为它拿起蜡烛,朝门口走去。正走到我床边,这个人影停住了。火一样的目光瞪着我,——她猛地把蜡烛一直伸到我的脸跟前,就在我的眼皮底下把它吹灭了。我感觉到她那张可怕的鬼脸在我的脸上面闪闪发光,我昏了过去。这是我有生以来第二次——还只是第二次——被吓得失去了知觉。"

"你苏醒过来的时候谁在你身边。"

"谁也没有,先生,只看到已是大白天。我爬起来,连头带脸在水里浸了浸,喝了一大口水,觉得尽管身子软弱却并没生病,于是决定除了你,对谁也不提起这个噩梦。现在,先生,告诉我这女人是谁,是个什么样的人?"

"毫无疑问,只是头脑兴奋过度的产物。我得当心你,我的宝贝,像你那样的神经是经不起粗暴对待的。"

"放心,先生,这可怪不着我的神经。那东西是真实的,那件事也确实发生了。"

"那么你前面那些梦,也是真实的吗?桑菲尔德是个废墟吗?有无法逾越的障碍把我跟你隔开了吗?我真没掉一滴眼泪——没接一个吻——没说一句话就离开了你吗?"

"还没有。"

"我就要这样做吗?——怎么,把我们永不分离牢牢结合的一天已经到了,一旦我们结合在一起,这种心造的恐怖景象就决不会再发生了,我可以保证。"

"心造的恐怖景象,先生!我倒但愿相信它们只是这么一回事。既然连你都无法给我解开那位可怕的来客的谜,我就比先前更加希望是如此了。"

"既然我无法解释,简,那它准不是真的。"

"可是,先生,我今早起来后正一边对自己这样说,一边向房间里四面望望,想从每件熟悉的东西都在光天化日下的可喜景象中得到点勇气和安慰,这时,——在地毯上,——我却看到了确凿证明我的设想不对的东西——那块面纱,从头到尾撕成了两半!"

我觉得罗切斯特先生吓了一跳，打了个寒战。他急忙伸出两臂搂住了我。"谢天谢地！"他喊道，"即使昨晚真有什么邪恶的东西到过你身边，也幸而只损坏了那块面纱。——唉，只要想想可能会发生什么样的事！"

他呼吸急促，把我搂得那么紧，我差点连气都透不过来。他沉默不语了几分钟之后，又高高兴兴地接着说了起来：

"现在，简妮特，我要把这事给你都解释清楚。这一半是梦幻，一半是真的。毫无疑问，的确有个女人进过你的房间，这女人就是——一定是——格雷斯·普尔。你自己就说她是个怪人，凭你所了解的一切来看，你也有理由这么说她，——看她对我干了些什么？对梅森又干了些什么？在半睡半醒下，你注意到了她进来和她的行动，但因为你发烧，几乎处在迷迷糊糊的状态，所以你就把她看成了一副恶鬼的样子，跟她本来的面目不一样。披头散发啊，又黑又肿的脸啊，夸大了的身材啊，都是由想象力虚构出来的，是做噩梦的结果。恶狠狠地撕破面纱倒是真的，这也像她干出来的事。我看出你想要问我，为什么要让这么一个女人待在家里。这等我们结婚有了年头，我才会告诉你，现在不行。你满意了吗，简？你接受我对这个谜的解释吗？"

我思索了一下，说实话，我觉得这似乎是惟一可能的解释。说满意倒未必，不过为了让他高兴，我竭力装得那样。——说宽了心，这倒是真的，所以我用一个表示满意的微笑来回答了他。随后，因为时间早已过了一点，我准备起身离开他了。

"索菲不是陪阿黛尔睡在育儿室吗？"我正点蜡烛时，他问道。

“是的，先生。”

“那你在阿黛尔的小床上完全睡得下。今晚你得跟她同睡一床了，简。你刚才告诉我的那件事会叫你神经紧张，这是不足为奇的，所以我想你最好还是别一个人睡，答应我到育儿室去睡吧。”

“我很乐意这样做，先生。”

“还要从里面把门闩牢靠。你上楼后把索菲叫醒，推说要请她明天及时唤醒你，因为你得在八点以前就穿好衣服，吃完早饭。现在别再心事重重了，把无聊的烦恼赶走吧，简妮特。你没听到风已经小到成了悄声细语？雨点已经不再打在窗玻璃上了吗？瞧，”（他撩起窗帘）——“多可爱的夜晚！”

的确这样。半个天空都纯净如洗，风已经转成从西边吹来，推着群集的云块排成一列列银白色的长队向东方飘去。月亮宁静地照耀着。

“嗯，”罗切斯特先生探询地注视着我的眼睛问，“现在我的简妮特感觉怎么样？”

“夜很宁静，先生，我也一样。”

“那今晚你再不会梦见分别和忧伤，只会梦见愉快的爱情和幸福的结合了。”

这个预言只实现了一半。我确实没有梦见忧伤，但也没有梦见欢乐，因为我压根儿没有睡着。我把阿黛尔抱在怀里，瞧着孩子熟睡——那么安宁，那么恬静，那么天真，——静等着即将到来的一天，我的全部生命力都在我的身躯里清醒着、活跃着，太阳刚一升起，我也跟着起了床。我至今还记得阿黛尔在我离开她的时候紧抱住我不放，我记得把她的小手从我脖子上松开时我吻了吻她，我还带着奇怪的感情冲动俯身向

着她哭了起来,连忙从她身边走开,怕我的啜泣声打断了她还
未惊醒的好梦。她就像是我以往生活的标志,而我现在正要
穿戴整齐前去会合的他,则是我未知的明天的既令人敬畏又
使人钟爱的象征。

# 第二十六章

索菲七点钟就来给我梳妆打扮。她干这事确实花了太长的时间，长得罗切斯特先生大概对我的耽误准有点不耐烦了，派人上来问我为什么还不下去。她正在用一枚饰针把面纱（结果还是那块素净的丝方巾）别牢在我的头发上，刚别好我就急忙摆脱她的手要走。

"停一下！"她用法语喊道，"照一下镜子看看你自己，你连看都还没看过一眼呢。"

于是我从门口转过身来。我看见了一个身着长袍头戴面纱的身影，那么不像我平时的样子，照出来几乎像个陌生人似的。"简！"有人在喊，我连忙走下楼去。罗切斯特先生在楼梯脚下迎着我。

"磨磨蹭蹭的人，"他说，"我都等得心急如火了，可你还耽搁了那么久！"

他拉着我走进餐厅，上上下下挑剔地把我打量了一番，宣称我"美得像朵百合花，不但是我生活的骄傲，而且是我眼中的爱宠"，然后就对我说他只能给我十分钟时间吃点早饭，说着打了铃。他新雇的用人中的一个男仆应声而来。

"约翰备好马车了吗？"

"备好了，先生。"

"行李搬下来了？"

"正在搬下来，先生。"

"你去一趟教堂，看看伍德先生（牧师）跟教堂执事到了没有，回来告诉我。"

读者知道，教堂就在大门外边。仆人很快就回来了。

"伍德先生在祭服室里，先生，正在穿上法衣。"

"马车呢？"

"正在套马。"

"我们去教堂用不着坐它，但是我们一回来它就得全准备好，所有箱子行李都装好绑牢，车夫坐在赶车座上。"

"是，先生。"

"简，你好了吗？"

我站起身来。没有男傧相和女傧相，没有亲戚朋友要等或者招呼列队，除了罗切斯特先生和我以外什么人也没有。我们走过的时候费尔法克斯太太正站在大厅里。我很想跟她说几句话，可是我一只手像被铁钳钳住似的被紧紧抓住。我被紧催着往前走，差点连步子都跟不上。瞥了一眼罗切斯特先生的脸色，只觉得他说什么也不肯再拖延一分钟了。我真不知道还有哪位新郎曾像他那副神气，——那么一心直奔目标，那么坚决不顾一切，或者曾在那么刚毅的双眉下，露出那么炽热的炯炯目光。

我都不知道天气究竟是好还是坏，在顺着车道往下走的时候，我既没望天也没看地，我心无二用，似乎跟我的目光一道都放在了罗切斯特先生的身上。我想看出当我们一起往前走的时候，他的目光仿佛一直牢牢地恶狠狠盯着的究竟是什么看不见的东西。我想摸透他似乎在竭力抵御和抗拒其压力的究竟是些什么样的念头。

到了教堂的边门口他停了下来。他发觉我简直已经上气不接下气了。"是不是我对我的宝贝有点太残忍了?"他说,"稍微歇一下吧,靠在我身上,简。"

至今我还能回想起那灰色的古老教堂耸立在我面前的情景,一只白嘴鸦正绕着它的尖顶盘旋,背后是一片朝霞映红的天空。我还依稀记得那些绿色的坟堆。我也忘不了两个陌生人的身影正漫步在低低的小丘之间,读着零零落落几块长满青苔的墓石上所刻的纪念词。我注意到了他们,因为他们一看见我们,就绕到教堂的后面去了,毫无疑问,他们是要从边廊的门进去观看婚礼。罗切斯特先生并没有发现他们,他正关切地注视着我的脸,我猜我脸上大概一时变得毫无血色,因为我感觉到前额上汗津津的,两颊和嘴唇都有点发冷。当我很快就重新缓了过来时,他傍着我一起缓缓顺着小径朝门廊走去。

我们进了那安静而简陋的殿堂。牧师正穿着白色法衣在矮矮的圣坛那儿等着,教堂执事就在他旁边。四周一片寂静,只有两个人影在远处的角落里走动。我猜想得不错,陌生人在我们之前就溜了进来,现在正背朝我们站在罗切斯特家的墓穴旁边,隔着围栏在看那年深月久的大理石墓,那儿有个跪着的天使,正守护着内战时期在马斯顿荒原①被杀的戴默尔·德·罗切斯特以及他妻子伊丽莎白的遗骸。

我们来到圣坛栏杆前站好。我听见背后有小心的脚步

---

① 马斯顿荒原(Marston Moor):在英国约克郡。一六四四年英王查理一世与议会党人的军队曾在此作战。

声,就回头看了一眼,见陌生人之一——显然是一位绅士——正在走上祭台。仪式开始了。讲解过婚姻的意义,牧师接着跨前一步,稍稍向罗切斯特先生俯下身来,继续说道:

"我要求并且责令你们两人(既然在众人一切心中秘密都将揭示无遗的可怕的最后审判日,你们都必须回答),如果你们当中有一个知道有什么障碍使你们不能合法地结成夫妇,务必现在就讲出来。因为你们要相信,凡不是基督教义所允许结合的,都不是上帝结成的夫妇,他们的婚姻也都不是合法的。"

他照例停了一会儿。这句话之后的停顿几时曾经被答话所打破过呢? 也许百年之中难得有一次。因此牧师眼望着他手里的书连目光也没有抬,只静默了一会儿就接着进行下去。他已经向罗切斯特先生伸出一只手来,刚张开口要说"你愿娶这个女子作你正式成婚的妻子吗?"——一个清晰而离得很近的声音突然说:

"婚礼不能继续举行,我宣布存在着障碍。"

牧师抬起头来望着说话的人,张口结舌地站在那儿,教堂执事也一样。罗切斯特先生微微动了一下,仿佛脚下发生了一次地震似的。他站一站稳,连头和眼睛都不转过去,只是说:"继续进行。"

他刚用深沉的嗓音低声说出了这句话,全场一片静默。不一会儿伍德先生说话了:

"不先调查一下刚才提出的事,证明它是真是假,我不能继续进行。"

"婚礼实际已经中止。"我们背后的声音又补充说,"我能够证明我的申述属实:这件婚姻有不可逾越的障碍存在。"

罗切斯特明明听见,但却毫不理会。他执拗地直挺挺站着,一动不动,只是握住我的手不放。他的手多烫,握得多紧啊!——那一会儿他那白皙、坚定、宽广的前额多像刚挖出土来的大理石!他的目光是多么发亮、沉着、警惕,然而又多么隐隐潜藏着狂野啊!

伍德先生似乎不知如何才好了。"究竟是什么性质的障碍?"他问,"或许是可以排除,——解释清楚的吧?"

"未必。"那人回答说,"我方才说过它不可逾越,我的话是经过深思熟虑的。"

说话的人走上前来,俯身凭着栏杆。他接着说下去,说得字字清楚、镇定、沉着,但却并不高声。

"它就在于先前已存在着一件婚姻:罗切斯特先生有一个目前还活着的妻子。"

我的神经以前在听到雷声时,还没有像现在听到这句低声说出的话时那么大受震动,——我全身血液感受到它们不可思议的冲击,以往在碰到冰和火时都还不曾这样感受过。不过我还稳得住,没有晕倒的危险。我看着罗切斯特先生,逼使他也看了看我。他整个脸就像一块灰白的岩石,他目光既冒着火又坚硬得像燧石。他一句也没否认,他似乎要向一切挑战。既不说话,也不笑,似乎并没意识到我是个活人,他只一味用胳臂搂紧我的腰,把我牢牢拉住在身边。

"你是谁?"他问那个不速之客。

"我姓勃里格斯,——伦敦××街的一名律师。"

"你想硬塞给我一个妻子吗?"

"我是想提醒你尊夫人的存在,先生。法律承认她,即使你不承认。"

"那就劳你给我说说她的情况，——包括她的姓名、她的父母、她的住址。"

"遵命。"勃里格斯先生不慌不忙从口袋里摸出一张纸来，用一种带鼻音的公事公办口气朗声念道：

"我断言并能证实，公元××年十月二十日（十五年前的一个日期），英国××郡桑菲尔德府及××郡芬丁庄园的爱德华·费尔法克斯·罗切斯特，与我姐姐，商人约纳斯·梅森及其妻克里奥尔人①安东瓦涅塔之女伯莎·安东瓦涅塔·梅森，在牙买加西班牙城的××教堂结婚。结婚记录可于该教堂的登记册中查到，——我现有该记录之抄件一份。理查·梅森签字。"

"这个——如果它是一份真实文件的话——可以证明我结过婚，但却并不能证明其中声称是我妻子的那个女人还活着。"

"三个月前她还活着。"律师反驳。

"你怎么知道？"

"我有证明这一事实的证人，他的证词即使你，先生，也未必能推翻。"

"叫他出来，——不然就见你的鬼去。"

"那我还是先叫他出来吧，——他就在现场。梅森先生，劳驾请上前面来。"

一听到这名字罗切斯特先生就咬紧了牙齿，还发生了一阵猛烈的抽搐战栗，我离他很近，感觉得出一种愤怒和绝望的痉挛传遍了他的全身。在这以前一直待在幕后的第二个陌生

---

① 克里奥尔人（Creole）：生于西印度及中南美各地的欧洲移民后裔。

人这时走了过来,一张苍白的脸在律师的肩头后面露了出来,——不错,正是梅森本人。罗切斯特先生转过脸来瞪着他。我常说他的眼睛是黑色的,但这时它们阴沉得现出了一种黄褐色,不,是一种血红色的光芒来。他满脸充血,——橄榄色的脸颊和白皙的前额仿佛因为心火的蔓延上升而熠熠生光。他身子一动,举起一只强壮的胳膊来,——他完全可能向梅森一拳打去,把他击倒在教堂的地上,狠狠地揍得他连气都没了。——可是梅森躲了开去,微弱地喊了一声:"老天爷!"罗切斯特先生不由产生了一种冷冷的轻蔑感,——就像植物突然得病枯萎似的,他的怒火一下泄了气。他只是问了一句:"你有什么要说的?"

梅森苍白的唇间吐出了几句含糊不清的回答。

"先生……先生……"牧师忙插进来说,"别忘了你们是在一个圣洁的地方。"然后他朝着梅森温和地问道,"你究竟知不知道,这位先生的妻子是否还活着?"

"勇敢些,"律师催促说,"讲出来。"

"她现在就住在桑菲尔德府里,"梅森用比较清楚一些的声音说,"四月份我还刚见过她。我是她的弟弟。"

"在桑菲尔德府里!"牧师失声说,"不可能!我是这一带的老住户了,先生,可我从来没有听说过桑菲尔德府里有个罗切斯特太太。"

我瞧见罗切斯特先生的双唇被一个狞笑扭曲了,他嘟囔地说:

"的确没有,——老天作证!我很留神不让人听说有这件事,——至少不让人听说有个这样的称呼的她。"他沉思着,——独自心里盘算了足有十分钟,最后他下定决心,宣布说：

"够了——干脆把什么都一下说出来，就像把子弹从枪膛里放出来一样得啦。——伍德，合上你的书，脱下法衣来。约翰·格林（对那个执事说），离开教堂吧，今儿不会再有婚礼了。"那人服从了。

罗切斯特先生放肆而不顾一切地接着说："重婚是个丑恶的字眼！——但我还是决意当个重婚者，可是命运终于要弄了我，或者说上天阻止了我，——也许是后一种。这会儿我比魔鬼好不了多少，正像我那位牧师会对我说的，我肯定该受上帝最严厉的惩罚，——甚至该受不灭的火和不死的虫的折磨①。先生们，我的计划给打破了！这位律师和他的委托人所说的是真的，我结过婚，而且我娶的那个女人还活着！你说你从来没有听说那边宅子里有个罗切斯特太太，伍德，可是我想你准已经多次留心听人议论过那儿严密看管着一个神秘的疯子吧。有人悄悄对你说她是我异母的私生姐姐，有人说是我遗弃的情妇。现在我告诉你，她是我十五年前所娶的妻子，——名字叫伯莎·梅森，就是这位果敢人物的姐姐，他现在正在用发白的脸和发抖的四肢向你们表明男子汉可以有多么坚强的心。打起精神来吧，狄克！——用不着怕我！我要揍你，还不如去揍一个女人。伯莎·梅森是个疯子，她出身于一个疯子家庭，——三代都是白痴和疯人！她母亲，那个克里奥尔人，既是个疯女人又是个酒鬼！——这是我娶了她女儿以后才知道的，因为以前他们对这个家庭秘密守口如瓶。伯

---

① 指入地狱。《圣经》中关于地狱的描绘有"在那里虫是不死的，火是不灭的"等语。见《新约·马可福音》第9章第48节。

莎像个孝顺孩子,在这两方面都跟她母亲一模一样。我有了一个迷人的伴侣,——纯洁、聪明、谦逊,你们可以想见我是个多么幸福的人。——我经过了种种有趣的场面!唉,我的经历真是天晓得,但愿你们知道才好!不过我不必再向你们解释什么了。勃里格斯,伍德,梅森,——我请你们大家都上宅子里去,拜访一下普尔太太照看的病人,也就是我的妻子!——你们就会看到我受骗所娶的是个什么样的人,想想我是不是有权毁弃婚约,力求得到一点至少是符合人性的慰藉。这个姑娘,"他看看我,继续说,"跟你一样,伍德,对这叫人厌恶的秘密一无所知。她以为一切都是公正合法的,做梦也没想到会给陷进一桩欺诈的婚事里,嫁给一个已经跟恶劣、疯狂、失掉人性的伴侣牢牢拴在一起的上当的可怜虫!来吧,你们大家,跟我走!"

仍旧紧紧抓住我的手,他走出了教堂,三位先生跟在后面。在宅子的正门前,我们看到了那辆马车。

"把它赶回车棚里去,约翰,"罗切斯特先生不动声色地说,"今儿用不着它了。"

我们一进门,费尔法克斯太太、阿黛尔、索菲、莉亚就都迎上前来,祝贺我们。

"全体向后转!"主人大声喝道,"去你们的祝贺吧!谁要听它们?——我可不要!——它们来晚了十五年!"

他走过她们,上了楼梯,仍旧抓住了我的手,仍旧在招呼几位先生们跟着他走,他们都听从了他。我们走上第一道楼梯,沿着过道走去,一直爬上了三层楼。罗切斯特先生用万能钥匙打开低矮的黑门,我们跨进了那间挂着帷幔、摆着大床和有图案的柜子的房间。

"你认识这地方,梅森,"我们的向导说,"她在这儿咬过你,刺过你一刀。"

他撩起遮着墙的帷幔,露出第二道门,他也打开了它。在一间没有窗子的屋子里燃着炉火,用又高又结实的围栏围着,一盏灯用链子吊在天花板上。格雷斯·普尔弯身向着火,显然正用平底锅在烧点什么。在屋子那一头十分昏暗的阴影里,有个身影在来回跑动。那是什么,到底是人还是兽,乍一看去是辨认不清的。它似乎在手脚着地地爬着,又抓又嗥像只奇怪的野兽。可是它穿着衣服,可观的头发黑中夹白,蓬乱得马鬃似的遮住了它的头和脸。

"早安,普尔太太!"罗切斯特先生说,"你好吗?你照看的人今天怎么样?"

"我们还可以,先生,谢谢你。"格雷斯回答,一边把烧得滚烫的东西小心地端到锅架上,"有点要咬人,不过还不太狂暴。"

一声凶猛的吼叫似乎在戳穿她的有利汇报,这个穿人衣的怪兽立了起来,用后脚高高地站着。

"啊,先生,她看见你了!"格雷斯喊道,"你还是别待着好。"

"只待一小会儿,格雷斯,你一定得让我稍待一会儿。"

"那么小心点,先生! ——看老天分上,小心点!"

疯子大吼起来,她撩开脸上乱蓬蓬的鬈发,狂野地盯着来看她的人。我清楚地认出了那张发紫的脸,——那肿胀的眉目。

"别挡着,"罗切斯特先生说,把她推到一边,"我想她这会儿没拿着刀吧?而且我也有防备。"

“谁也不知道她拿着什么，先生，她狡猾极了，常人的头脑摸不透她那套把戏。”

“我们最好还是离开她。”梅森悄悄地说。

“见你的鬼去吧！”他姐夫这样对他说。

“当心！”格雷斯喊道。那三位先生不约而同地直往后退。罗切斯特先生一把将我推到他背后。那疯子跳上去恶狠狠地掐住他的脖子，用牙齿咬他的脸。他们争持着。她是个高大的女人，身量几乎跟他丈夫一般高，外加还很胖大。在争斗中她显出男人般的力气，——尽管他身体强健，她还不止一次地差点把他掐死。他本来满可以看准了一拳把她打倒，但他不愿意用拳头打，只愿意角斗。最后他总算抓住了她的胳膊，格雷斯·普尔递给他一根绳子，他把它们反绑起来，再顺手拿起就在近旁的另外一段绳子，把她捆在一张椅子上。这番行动全是在狂呼乱叫、拼命挣扎中完成的。随后罗切斯特先生向在场的人转过身来，带着一种既辛辣又凄凉的微笑看着他们。

“那就是我的妻子。”他说，“那就是我所知道的惟一的夫妻拥抱，——那就是空闲时安慰我的抚爱亲热！而这就是我一心想要的，”（他把手放在我的肩头上）“就是这一位年轻的姑娘，她那么严肃、镇定地站在地狱门口，毫不惊惶地瞧着那恶魔活蹦乱跳。我需要她，正是因为在那道难以下咽的菜之后想用她来换一换口味。把这双清澈的眼睛跟那儿那一对血红的圆球比一比吧，——把这张脸跟那一张鬼脸，——这副身材跟那一个大块头比一下吧，然后，传播福音的牧师和维护法律的律师，你们再来裁判我，而且别忘了，你们怎样裁判我，别人也会怎样来裁判你们！现在你们走吧。我得把我的无价之宝关起来了。"

我们都退了出来。罗切斯特先生又稍微多留了一会儿，再嘱咐了格雷斯·普尔几句。律师在下楼的时候对我说了起来。

"你，小姐，"他说，"是完全无可指责的。你叔叔准会很高兴听到这个消息，——当然，要是梅森先生回马德拉的时候他还活着的话。"

"我叔叔！他怎么样？你认识他吗？"

"梅森先生认识。爱先生是他的商号在丰沙尔①的多年老客户。梅森先生回牙买加途中，暂时留在马德拉养病，你叔叔接到你的信，告诉他即将和罗切斯特先生结婚的时候，梅森先生刚巧跟他在一起。爱先生提起了这个消息，因为他知道我目前这位委托人认识一位姓罗切斯特的先生。你可以想象得到，梅森先生既吃惊又难过，他说出了事情的真相。你叔叔，我很遗憾地说，目前正病在床上。考虑到他病的性质——痨病——和病的程度，他是不大可能重新病愈起床了。因此他无法亲自赶来英国，把你从落入的陷阱中解救出来。不过他请求梅森先生毫不迟延地采取行动，来阻止这桩欺诈的婚事。他叫他来找我帮忙。我采取了一切紧急手段，谢天谢地总算没有太迟，你大概也有同感吧。要不是我确信等你赶到马德拉，你的叔叔一定已经去世的话，我本来会劝你跟梅森先生一起回去的，可是情况既然如此，我想你最好还是留在英国，等着进一步听到爱先生的或者是别人关于爱先生的消息再说。还有什么别的事要我们留着吗？"他向梅森先生问道。

---

① 丰沙尔（Funchal）：马德拉群岛的首府。

414

"没有，没有，——我们快走吧。"对方急不可待地回答。说着不等向罗切斯特先生告辞，两人就走出了大厅的正门。牧师留下来跟他那位傲慢的教区居民交谈了几句，不知是告诫呢，还是责备。尽到了这个责任之后，他也走了。

这时我已回到自己的房间，正站在半开着的房门口听着他走。宅子里人声寂静下来了，我把自己关在屋里，闩上了门不让人闯进来，然后就开始——不是啼哭，也不是悲叹，我还很镇静，不至于这样，而是——机械地动手脱下婚服，重新换上我昨天还以为是最后一次穿的那件呢衫子。随后我坐了下来，感到既虚弱又疲倦。我把两臂支在桌上，头埋在手里。这时我心里思索了起来。在这以前，我总只是在听、在看、在走动，——任随别人带着或者拽着上这儿上那儿，——眼看着事件一桩接着一桩发生，秘密一件接着一件暴露。可现在，我思考了。

这一早上可说是平平静静的，——只除了关于疯子的那短短一幕。教堂里的那件事并不张扬，既没有怒火爆发，也没有大吵大闹，既没有争辩不休，也没有公然反驳或者强硬责难，既没流眼泪，也没呜咽作声。只说了几句话，从容地表示了反对这种婚事，罗切斯特先生提了几个严厉而简短的问题，得到了答复和解释，提出了证明，我主人坦率地承认了事实，接着又看到了活生生的证据，不速之客走了，一切就都过去了。

我跟往常一样仍在自己的房间里，——我还是我，并没有什么明显的变化，既没被彻底毁灭，也没受到致命伤害，或者被弄成了残废。然而昨天的简·爱在哪儿呢？——她的生活在哪儿？——她的前途又在哪儿？

简·爱,一度曾是个满腔热情、满怀期望的女人,——还差点儿当了新娘,——如今又成了个冷漠、孤独的姑娘,她的生活是黯淡的,她的前途是凄凉的。圣诞节的严寒在盛夏降临,十二月的暴风雪在六月里卷起,冰凌结满在成熟的苹果上,积雪压坏了盛开的玫瑰,干草地和麦田上罩上了霜冻的尸布,昨夜还红花遍地的小径,今日已盖满了未经踩踏的白雪,十二个小时前树林子还像热带丛林般枝叶婆娑、芬芳扑鼻,如今却像挪威冬天的松林般广漠荒芜,白茫茫、乱蓬蓬地一片。我的种种希望全都破灭了,——一夜之间落到埃及地上所有长子头上的那种难测的厄运①打击了我。我回顾自己曾抱有的希望,昨日它们还生机蓬勃,耀眼生辉,今天却都像直挺挺、冷冰冰、灰沉沉地躺在那儿的尸体,再也不会复活了。我回顾着我的爱情,那种属于我的主人,——由他所一手缔造出来的感情,它就像一个在冰冷的摇篮里受罪的孩子那样,在我的心里颤抖,正饱受着疾病和痛苦的折磨,却不能去投入罗切斯特先生的怀抱,从他的心头获得温暖。唉,它再也不能去求助于他了,因为忠诚已遭破坏,——信任已经丧失了!对我来说,罗切斯特先生已不再是过去的他,因为他原来不像我过去所想象的那样。我不想把他看成邪恶,我不愿说他欺骗了我,不过他在我心目中已失去了正直不欺的属性,因此我必须离开他,这一点我看得很清楚。至于什么时候,——怎么离开,——上哪儿去,我还说不准,不过毫无疑问,他自己也会巴

---

① 据《圣经》说,埃及法老不准以色列人离去,为了示警,在逾越节之夜,"耶和华把埃及地所有的长子,就是从坐宝座的法老,直到被掳因在监里之人的长子,以及一切头生的牲畜,尽都杀了"。见《旧约·出埃及记》第12章第29节。

不得我早点离开桑菲尔德。看来对我真正的爱慕他是不会有的，有过的只是一时的热情，这遭到了挫折，他就不会再需要我了。现在我甚至应当害怕挡了他的道，看见我他一定会感到憎恶。唉，我真是多么盲目！我的行为是多么糟糕！

我紧闭并且蒙上了双眼，阵阵黑暗像旋涡似的在我四周飘动，思绪像一股浑浊而混乱的潮水般地涌来。自暴自弃，松弛懒散，我就仿佛是躺倒在一条大河干涸的河床上，听到远处群山中一股山洪暴发，感到洪流正滚滚而来。我既不想起来，也没有力气逃走。我虚弱地躺在那儿，一心只想死去。我头脑里只有一个念头还有点生命力似的在那儿搏动，——想到了上帝。它引来了无声的祈祷，那些词句在我一片漆黑的心灵里萦绕不去，仿佛是些必须低声诉说出来的话，但却总是振不起精神把它们说出来：

"求你不要远离我，因为急难临近了，没有人帮助我。"①

它是临近了，而且既然我还不曾恳求上天把它推开，——我没有合起双手，屈膝跪下，也没有嘴里喃喃低语，——它终于来了，洪流滚滚，汪洋一片，尽情地倾泻到了我的身上。自觉终生无望、爱情失去、希望破灭、信心丧尽，这念头像一个黑压压的庞然大物，沉重而强大无比地整个儿压在我的头上。那个痛苦的时刻如今实在无法描绘，真个是"大水淹入我的心灵；我陷入深深的泥潭，我觅不到立足之处；我沉进深水之中；洪水淹没了我"。

① 《圣经》上的话。见《旧约·诗篇》第22篇第11节。

# 第二十七章


下午一个什么时候,我抬起头来,望望四周,看到西沉的太阳正在墙上金光闪闪地显示出日落的迹象,我问:"我该怎么办呢?"

可是我心灵的回答——"马上离开桑菲尔德"——来得那么快,那么吓人,使我忙掩住了自己的耳朵。我说,这样的话我现在受不了。"承认我不当爱德华·罗切斯特的新娘在我的苦难中只是最算不了什么的小事,"我辩解说,"承认我已经从那些无比美好的迷梦中醒来,发现它们全都是徒劳的妄想,这些虽然可怕,我还都能受得了,撑得住,可要我必须断然、立即、永远地离开他,却是无法忍受的,我办不到。"

但接着,我内心却有个声音断定说我办得到,而且预言我必须这样办。我跟我自己的决心搏斗着。我但愿成为弱者,这样就可以避免走上我明知摆在我面前的经受更多苦难的可怕的路。已变得专横的良知也扼住了爱情的喉咙,嘲骂说,她现在还只是把她那漂亮的小脚稍稍伸进了泥潭,可是发誓说,他定会用他那条铁臂把她一直按进深不见底的痛苦深渊里去。

"那么快把我拽走吧!"我喊道,"让别人来帮帮我吧!"

"不,你得靠自己把自己拽走,谁也不会来帮助你。你定要自己挖掉你的右眼,自己砍断你的右手,把你的心作为祭品,而由作为祭司的你来一刀把它刺穿。"

我猛地站了起来,被出现这样无情的裁判者的孤身独处吓坏了,——被充满这样可怕声音的寂静吓坏了。我站起来时头直发晕,我明白这是因为激动加上空着肚子而感到了难受,这一整天我的嘴既没沾过饭菜也没进过茶水,因为早餐我根本没吃。这时,我心里怀着一种说不出的剧痛,想起了我在这儿关门待了这么久,既没人带口信来问问我怎么样,也没人来请我下楼去,甚至连小阿黛尔也不曾来敲一敲门,连费尔法克斯太太也不曾找过我。"被命运遗弃的人,朋友们也往往会把他们忘得一干二净。"我喃喃说着,拉开门闩,走了出去。我给一个障碍物绊了一下。我头还发晕,眼还发花,手脚也软弱无力,没法马上稳住身子。我跌倒了,但却并不曾跌倒在地,有只胳臂伸出来抓住了我。我抬头一看,——扶住我的是罗切斯特先生,他坐在正挡在我房间门口的一把椅子上。

"你终于出来了。"他说,"嗯,我已经等了你很久,还一直听着,但我既没听到一点动静,也没听见一声抽泣。再有五分钟,还是那么一片死寂的话,我就会像个窃贼那样撬锁进来了。那么说你是躲开我?——你把自己关在屋里一个人伤心?我宁可你跑来怒气冲天地臭骂我一顿。你是火气很大的,我原想准会有一场好戏。我正等着看到伤心痛哭、泪落如雨,只是本来希望它们会洒落在我的胸前,现在却都被毫无知觉的地板或者你湿透了的手帕承受去了。不过我说得不对,你根本就没哭!我只看到发白的脸和失神的眼睛,却没有一滴泪痕。那么我想你大概是心里在哭出血来吧?

"怎么啦,简!连一句责备的话都没有么?既没有抱怨的话——也没有伤人的话？既不说一句话来伤害感情，也不说一句话去激起恼怒？你一声不响地坐在我扶你坐下来的地方，用一副没精打采的漠然神气瞧着我。

"简，我从来没打算要这样伤害你。即使有谁养着一头他仅有的小母羊，被他看得比他女儿还亲，吃他自己的面包，喝他杯里的水，还躺在他的怀里，可他却把它在屠宰场上误宰了，他对自己的致命大错所感到的悔恨，也不会超过我现在的悔恨。你有一天会原谅我吗？"

读者啊！——我当时当地就原谅了他。他的目光中含着那么深深的悔恨，他的语气中含着那么真挚的同情，他的态度中显示那样的男子气概，而且在他整个举止神情中都流露出那么忠诚不渝的爱，——以致我完全原谅了他，但却并不曾诉诸言语，也不曾形于外表，而只是在我的心底里。

"你知道了我是一个无赖吗，简？"不一会儿他可怜巴巴地问，——看来大概是摸不透我为什么仍旧恹恹地一言不发，其实那并不是有意的，只不过是身子软弱而已。

"是的，先生。"

"那就毫不客气、直截了当地对我说，——别顾惜我。"

"我不行，我又疲倦又难受。我想要喝点水。"他似乎全身打颤地舒了口气，忙把我抱在怀里，一直抱到楼下。起初我弄不清他带我进了哪间屋子，我两眼昏花，什么都模模糊糊的。不久我就感到了炉火那使人恢复精神的暖气，因为尽管是夏天，我在自己房间已经浑身冻得冰凉了。他把葡萄酒凑近我嘴边，我稍许喝了一点，精神就振作了起来。接着我又吃了点他端给我的东西，马上就觉得恢复正常了。原来我是在书房里，——坐在他的椅子上，——他就在我身边。"要是这会儿我能就此结束生命,那该多好,"我想,"那样我就不必生生地挣断我的心弦,以便让它和罗切斯特先生的心弦分开。看样子我非得离开他。可我又不愿离开他,——不舍得离开他。"

"你现在觉得怎么样,简?"

"好得多了,先生。我马上就会复原了。"

"再喝一点酒,简。"

我听从了他。随后他把酒杯放在桌上,站在我面前,定睛地望着我。突然间他转过身去,发出一声含糊不清但却满含着某种激情的叫喊。他快步穿过整个房间,又走了回来。他向我俯下身子似乎要吻我,但我想起现在是决不容许抚爱的了。我掉开脸去,把他推开。

"怎么!——这是怎么回事?"他马上嚷了起来,"哦,我明白啦!你不愿跟伯莎·梅森的丈夫接吻?你认为我已经怀中有人,我的拥抱已经另有所属了吗?"

"至少已经没有容我的余地,我也没有权利要求了。"

"为什么呢,简?为了省得你多说话,我来代你回答吧。——是因为我已有了妻子,你准会回答。——我猜得对吗?"

"对。"

"要是你这样想,那你就准对我抱有奇怪的看法了。你准把我看成了诡计多端的浪子,——一个卑鄙下流的流氓,装出无私的爱来把你拉进精心布下的罗网,毁掉你的名誉,剥夺你的自尊。你对这个还能说什么呢?我看得出,你首先什么也说不出,你还虚弱,连呼吸都很费力;其次,你还不习惯责备和咒骂我;而且再说,眼泪的闸门还打开在那儿,你一说多了它们就会涌了出来；还有，你也不想教训，责备，大闹一场，你正在想如何行动——你认为说说是无济于事的。我知道你——我已经有所防备。"

"先生，我并不想做什么来跟你作对。"我说，觉得声音不稳，赶快把话截住。

"按我的字义而不是按你的字义来解释，你是在一心要毁了我。你等于已明白说了，我是个已婚的人，——作为一个已婚的人，你要躲着我，避开我，方才你还拒绝跟我接吻。你打算跟我完全成为陌路人，只是作为阿黛尔的家庭教师住在这儿。只要什么时候我对你说句友好的话，什么时候你又对我产生了一点友好的感情，你就会说，——'这个人差点儿让我成了他的情妇，我一定要对他冷若冰霜。'于是你也就真的会变得冷若冰霜。"

我清清嗓子，稳住了声音回答说："我周围一切全都改变了，先生，我也得改变，——这是毫无疑问的。为了免得感情波动，不断要竭力摆脱种种联想和回忆，只有一条路，——阿黛尔必须换个新家庭教师，先生。"

"哦，阿黛尔，要进学校，——这我已经安排好了。我也不打算折磨你，让你老是难受地回忆和联想起桑菲尔德府，——这个该诅咒的地方，——这个亚干的帐篷①，——这个硬要在光天化日下显出它苟延残喘的惨相的蛮不讲理的墓穴，——这个藏有一个比我们想象中千百个魔鬼还更为可怕的真正魔鬼的狭小的石头地狱。简，你用不着待在这儿，我也

---

① 《圣经》载，以色列人破耶利哥城时，犹大的支派亚干违反上帝的晓谕，私将所夺的财物藏在自己的帐篷内，上帝震怒，命以色列人用石头将他打死。见《旧约·约书亚记》第7章。

一样。我明知道是个闹鬼的地方，还让你到桑菲尔德府来，真是个失策。我还没见到你的时候，就叮嘱过他们要瞒着不让你知道有关这儿这个祸害的一切情况，这只是因为我怕如果让人知道了将要跟什么样的人住在一所房子里，阿黛尔就不会有一个肯长留下来的家庭教师了。而我又不可能计划把疯子移到别的什么地方去，——尽管我有一所老屋子，芬丁庄园，甚至比这儿还要偏僻隐蔽，我满可以十分安全地让她住在那儿，可是顾虑到它地处森林中心，不利健康，良心上不忍做这样的安排。那些潮湿的墙壁说不定很快就会让我摆脱她这个负担。不过同是坏蛋，坏处也各有不同，我的坏处并不在容易间接去谋杀别人，哪怕是我最恨的人。

"不过，向你隐瞒有一个疯女人作邻居，实在有点像用斗篷盖好一个孩子，把他放在一株箭毒树旁边一样。那魔鬼能把周围都毒害了，而且毒气永远不散。不过我要把桑菲尔德府封闭起来，我要钉死正门，楼下窗户钉上木板。我要给普尔太太两百镑一年，让她在这儿陪伴我的妻子，你是那样称呼那个可怕的母夜叉的。格雷斯为了钱会很出力，同时还可以让他的儿子，格令斯贝收容所的管理员，来跟她做伴，好随时帮助她应付躁狂发作，那时候我妻子常会鬼使神差地干出夜里把人在床上烧死，用刀捅死，把肉从骨头上咬下来，以及诸如此类的事……"

"先生，"我打断他，"你对那位不幸的太太太狠心了，你讲到她时满心憎恨，——带着有仇似的反感。这太忍心了，——她发疯是自己也没有办法的事。"

"简，我的小宝贝（我要这样称呼你，因为你确实是），你不知道自己在说些什么，你又看错了我，我不是因为她疯才恨她。要是你疯了,你以为我会恨你吗?"

"我的确以为,先生。"

"那你就错了,你一点不了解我,不明白我能爱到什么程度。你血肉中的每一个原子都像我自己的一样亲,即使有病痛也仍旧一样可亲。你的心灵是我的宝库,即使它崩溃了,也仍旧是我的宝库。要是你发了狂,抱住你的将是我的胳膊,而不是给疯人穿的紧身衣。——你的乱抓,即使发疯似的,对我来说也是甜蜜的。要是你像今早那个女人那样向我扑来,我会用拥抱来迎接你,在约束你的同时,至少也同样地亲热。我决不会像躲避她那样厌恶地躲避你。在你安静的时候,你只会由我而不是由看守或者护士来陪你,我会带着不知疲倦的温存来照料你,尽管你并不用笑容来回报;我会永远看不厌地凝视着你的双眼,尽管它们已不再显出一丝认识我的目光。——可是我干吗要顺着这个思路想下去呢?我刚才是在讲让你离开桑菲尔德。你知道,什么都准备好了,马上就可以离开,明天你就走。我只要求你再在这幢屋子里忍受一个晚上,简,然后就可以跟它的那些痛苦和恐惧永别了!我有一处地方可去,那是个可靠的避难所,可以避开可憎的回忆,讨厌的闯入,——甚至包括虚伪和毁谤。"

"那就带阿黛尔一起去,先生,"我插嘴说,"她也好跟你做个伴。"

"你这话什么意思,简?我跟你说过我要送阿黛尔进学校,而且我要个孩子做伴干什么?何况还不是我自己的孩子,——而是个法国舞女的私生子。你干吗老跟我纠缠不清地提她?我说,你干吗要把阿黛尔塞给我做伴?"

"你谈到要退隐,先生,而退隐和孤独是沉闷乏味的,对你来说太乏味了。"

"孤独！孤独！"他恼火地重复着，"我看得好好讲讲清楚了。我不明白你脸上露出来的是一种什么谜一样的表情。你是要跟我一起分享孤独。你懂了吗？"

我摇了摇头。在他变得那么激动的时候，连冒险做出那样一个默默地不同意的表示，也是需要有一定的勇气的。他原本快步地在房间里走来走去，这时一下停了下来，仿佛突然在原地生了根似的。他瞪着我瞧了好半天，我把眼光避开了他，盯着炉火，竭力摆出并且保持着一种泰然自若的神气。

"现在简性格上的别扭劲终于上来啦。"他最后开口说道，语气比我从他的神情上所预料的要平和得多。"那个缫丝筒一直转动得够平滑的，可我一直料到总会碰上一个结，遇上麻烦的，现在终于来了。这回就该是苦恼、激怒和没完没了的麻烦了！天啊！我真但愿能使出几分参孙的力气来，像挣断绳子那么解开这一团乱麻！"

他又重新走了起来，但很快又停住了，这回正好停在我面前。

"简！你听得进讲道理吗？"（他俯身把嘴一直凑近我耳边）"因为，要不然，我只好动蛮了。"他声气很粗，神情就像一个人正要挣开无法忍受的束缚，准备不顾一切蛮干一番似的。我看出，再过一分钟，只要再触发一阵怒气，我就会对他毫无办法了。眼前，——正在一秒一秒过去的短暂时间，——是我仅有的机会来设法把他控制和约束住，只要有一个抗拒、逃跑、害怕的举动，就准会召来我的末日，——也召来他的末日。可是我并不怕，一点儿都不。我自觉得有一种内在的力量，有一种能影响对方的感觉在支持着我。危急关头是千钧一发的,但也不无它的迷人之处,也许正像印第安人驾着独木舟顺着激流而下时的那种感觉吧。我抓住了他那紧握的拳头,松开那些捏紧的手指,用安慰的口气对他说:

"坐下来,你要跟我谈多久就谈多久,你想讲什么我都听着,不管是有道理的没道理的。"

他坐了下来,可是却并没有让他马上就说。我的眼泪已经忍了多时,我费了很大的劲才不让它们涌上来,因为我知道他不喜欢看见我哭。可是现在,我认为不妨让它们流个畅快,爱流多久就流多久。要是这种涕泗滂沱惹他烦恼,那就更好。因此我就不再忍着,痛快地大哭了起来。

很快我就听见他在真诚地恳求我安静下来。我说他那么发火,我没法安静下来。

"可我并没发怒,简,我只是太爱你了,可你却板起你那张苍白的小脸,显出那么一副坚决、冰冷的神气,我实在受不了啦。好了,别哭,把眼泪擦干吧。"

他变柔和了的声音说明他已经驯服下来了,于是我也安静了下来。现在他试着想把头靠在我的肩上,可我不让。接着他又想把我拉近他,不行。

"简!简!"他说着,——语调那么痛心,使我全身的神经都一阵震颤。"这么说,你并不爱我?你看重的只不过是我的地位和作为我妻子的身份吗?现在你觉得我已没有资格做你的丈夫,你就碰都不让我碰,就好像我是只癞蛤蟆或者大猩猩似的了。"

这些话刺伤了我。可我又能做些什么、说些什么呢?或许我本该什么也不做、什么也不说,可是我是那么痛苦地后悔伤了他的感情,因而情不自禁地想在被我弄伤的地方抹上点止痛膏。

"我确实是爱你的,"我说,"比过去更爱你,可是我决不该表露或者放纵这种感情,而这次也是我最后一次不得不把它表白出来。"

"最后一次,简! 什么! 要是你仍旧爱我的话,那你以为你可以跟我生活在一起,每天和我见面,却总是既冷淡又疏远吗?"

"不,先生,这我当然办不到,正因为这样,所以我看只有一条路可走,但是我一说出来你准会发火的。"

"哦,说出来吧! 即使我大发雷霆,你也有哭哭啼啼这一招呀。"

"罗切斯特先生,我得离开你。"

"多长时间,简? 几分钟,梳一梳你那有点弄乱了的头发,再洗一洗你那有点发烧的脸吗?"

"我得离开阿黛尔和桑菲尔德。我得一辈子和你分开。我不得不在陌生的脸和陌生环境中开始一种新的生活。"

"那当然啦。我跟你说过你该这样。我不理睬什么跟我分开的疯话。你实际是说必须成为我的一部分。至于新生活,那没有问题,你还要成为我的妻子,我还是个未婚的人嘛。你要成为罗切斯特太太,——名副其实的。在你我的有生之年,我都只守着你一个人。你要到我在法国南部的一个地方去,是地中海岸上一幢粉刷得雪白的别墅。你要在那儿过一种愉快、安全而无忧无虑的生活。决不用担心我会引诱你误入歧途,——让你做我的情妇。你干吗摇头? 简,你得讲点情理,不然说实话我又要发狂了。"

他的嗓音和手都发抖了,他那大大的鼻孔又撑大了,他的

427

眼里冒出火来,然而我仍旧敢于说出:

"先生,你的妻子还活着,这是你今天早上自己也承认的事实。要是我像你希望的那样跟你一起生活,那我就成了你的情妇。不这样说就是有意诡辩,——是说谎。"

"简,我不是个好脾气的人,——你忘了这一点。我没有多大耐性,我并不是冷静而不容易动火的。可怜可怜我,也可怜可怜你自己,把你的手指按在我的脉上,看看它跳得多厉害,你就要——小心着点儿!"

他捋起袖子,把手腕向我伸来,脸和两唇都失去血色,愈来愈显得一片死灰。我从各方面来说都感到难过。用他最深恶痛绝的拒绝来惹得他如此激动,是狠心的,而让步呢,又决不可能。我做出了常人在被逼到走投无路时本能地会做的事,——向高于凡人的神明求助。"上帝帮助我!"这句话从我嘴里不由自主地脱口而出。

"我真是个傻瓜!"罗切斯特先生突然喊道。"我一个劲儿跟她说我没结过婚,又不给她说明为什么。我忘了她一点也不知道那个女人的性格,也不知道我跟她那门该死的婚事的有关情况。哦,我确信简知道了我所知道的一切,准会同意我的看法的!就把你的手放在我手里吧,简妮特,——让我能像看到你那样确凿地摸到你,证实你就在我的身旁,——这样我就能用几句话向你说明事情的真相。你肯听我说吗?"

"是的,先生,你想说几个小时都行。"

"我只要几分钟。简,你是不是知道或者听说过,我不是我们家的长子,我有过一个哥哥吗?"

"我记得费尔法克斯太太有一回跟我说过。"

"你还听说过我父亲是个贪财如命的人吗?"

"我曾听出话里有这样的意思。"

"是啊，简，就因为这样，他决计要让家产保持完整。他想都不愿意想把他的田产分开，留给我应有的一份。他决定全部都得传给我的哥哥罗兰。可是他也同样不愿意他的一个儿子会成为穷人。我必须结一门富有的亲事以便不愁生计。他及时替我物色了一个对象。梅森先生，一位西印度群岛的种植园主兼商人，是他的老相识。他确信他的家财又广又可靠，他做过调查。他了解梅森先生有一儿一女，而且从后者口里探听到他可以而且愿意给女儿一笔三万英镑的财产，这就足够了。我一离开大学，就给送到了牙买加，去娶一个已经为我定过亲的新娘。我父亲一点也没提到她的钱，他只告诉我梅森小姐在西班牙城是以美貌出名的，而这倒并不是假话。我发现她是个漂亮女人，是布兰奇·英格拉姆小姐那种类型，高高的，黑黑的，很有气派。她家里想要抓牢我，因为我出身名门，她也这样想。他们让她一身华丽地在舞会上跟我见面。我不大单独见到她，很少跟她私下交谈。她讨我好，拼命显示她的美貌和才情来取悦我。她那个圈子里的男人似乎都对她倾倒，羡慕我。我给弄花了眼，激起了劲头，我的感官兴奋了起来，由于幼稚无知，缺乏经验，我自以为我爱上了她。社交界无聊的情场角逐，年轻人的好色、鲁莽和盲目，会促使一个人什么样的蠢事干不出来。她的亲戚们怂恿我，情敌们刺激我，她引诱我，使得我几乎连自己也弄不清是怎么回事就已经结了婚。唉，我每一想起这个举动就对自己毫无敬意！——一种从内心里瞧不起自己的痛苦攫住了我。我从没爱过、从没敬重过她，我甚至从没了解过她。我拿不准她天性里是否有一种美德存在。无论从她的心灵或者举止上我都既看不到谦逊,也看不到仁慈,既看不到豪爽,也看不到雅致,——可我竟娶了她,——我真是个又蠢、又贱、又瞎的大傻瓜!要不是这么傻,我也许早……不过还是让我记住在跟谁说话吧。

"我新娘的母亲我从没见到过,我只当她已经去世。蜜月一过,我才知自己错了。她只不过是发了疯,关在一所疯人院里。另外还有一个弟弟,完全是个不会说话的白痴。你见到过的那个弟弟(我虽厌恶他的所有亲属,对他却恨不起来,因为他那不太清醒的头脑里还有着几分爱,这表现在他对他可怜的姐姐的经常关心上,也表现在他一度像一条狗似的对我的依恋上),他有一天说不定也会变成那个样子。我父亲,还有我哥哥罗兰,完全知道这一切,可他们一心只想着那三万英镑,却合谋着来坑害我。

"这都是些可恶的发现,可是,除了隐瞒真相欺骗我这一点以外,我本来倒还不想拿这些来怪罪我妻子。甚至当我发现她的天性与我格格不入,她的志趣令我生厌,她的脾气庸俗、猥琐、狭窄,出奇地无法引导到任何稍微高尚一些、扩展到稍微博大一些的境界,——当我发现简直不可能舒舒服服地跟她在一起待上一晚,甚至白天待上一个小时,任何亲切的交谈没法在我俩之间维持下去,因为不管我谈起一个什么话题,都立刻会听到她一副既粗俗又陈腐、既乖张又蠢笨的口气,——当我看出永远不会有个平静安定的家,因为没有一个仆人受得了她那不断发作的蛮横无理的脾气,或者她那叫人生气的荒唐、矛盾、苛刻的各种各样命令,——甚至当这种时候,我还是克制住自己,我避免责备,少作规劝,我尽量把我的悔恨和厌恶悄悄地往肚里吞,把我感到的深深的反感压制下去。

"简，我不想拿讨厌的琐碎事情来烦扰你了，我要说的意思，只消几句激烈的话就可以表达清楚。我跟楼上的那个女人一起生活了四年，四年还不满，她就已经把我折磨得够了。她的坏脾气蔓延滋长，快得惊人；她的邪恶日甚一日，又快又猛。它们是那么强烈，只有用残酷手段才能制止得住，可我却不想用它。她的智力低得像侏儒，——而怪癖又大得像巨人！这些怪癖使得我受到多可怕的咒骂啊！伯莎·梅森，——一个丢脸的母亲的忠实的女儿，——硬把我拖进了一个娶了位既荒淫又酗酒的妻子的男人所必然会经历的那种种丢人现眼的可怕烦恼。

　　"这期间我的哥哥死了，四年将尽时我父亲也去世了。这时我是够富的，——可同时却又可怕地贫苦：一个我所见过的最粗野、最下流、最堕落的天性，跟我自己的天性牢牢拴在一起，还被法律和社会称为我的一部分。而我却不可能用任何合法的手续把它摆脱掉，因为医生们已经诊断出我的妻子疯了，——她的肆意放纵使得疯狂的种子过早地滋长了起来。——简，你不想听我的讲述，你看上去几乎像病了，——要我把余下的留到以后再讲么？"

　　"不，先生，现在就把它讲完吧。我可怜你，——我确实真心实意地可怜你。"

　　"怜悯，简，要出自于某些人之口，那是一种侮辱和伤人的言词，完全有理由把它冲着说它的人的嘴扔回去。不过那是指那些无情、自私的心所常有的怜悯。那是听到祸事时，一种带有对受祸者盲目轻视心理的动机杂乱、以自我为中心的难受心情。可是你的怜悯并不是那样，简，此刻你满脸流露的——你两眼中几乎要涌出来的——你心中洋溢着的——使你的手在我的手里发抖的,却并不是那样的感情。你的怜悯,我的宝贝,是爱的正在受苦的母亲,它的痛苦,正是神圣的热恋临产时的阵痛。这我欢迎,简,但愿它的女儿顺利地降生,——我张开两臂等着拥抱她。"

"好了,先生,接着说吧,你知道她疯了以后怎么办呢?"

"简,——我几乎到了绝望的边缘,只是仅有的一点点自尊心才使我没有坠入深渊。在世人眼里,我无疑是沾上了肮脏的耻辱,可是我决心在自己眼里保持清白,——死也不让她的罪恶沾染了我,摆脱自己不跟她的精神残疾发生关系。可是,社会还是把我的姓名和我这个人跟她联系在一起。我仍旧在天天看到她、听见她,她呼吸的某些空气(呸!)也跟我的掺混在一起。而且,我还记得自己曾经是她的丈夫,——这个回忆无论当时还是现在,都说不出地叫我感到厌恶。不仅如此,我还知道只要她还活着,我就不可能当另外一个较好的妻子的丈夫。而她尽管比我还大五岁(她家的人和我的父亲就是在她的年龄问题上也跟我撒了谎),但因为身体上结实的程度抵得上她脑子的虚弱,她很可能活得跟我一样长。因此,还只二十六岁,我就已经毫无指望了。

"有一天夜里我被她的叫喊惊醒了,——(在医生宣告她疯了以后,她自然给关了起来)——那是西印度群岛一个火辣辣的夜晚,这是当地气候中形容热带风暴来临前情况的一个常用的说法。我在床上睡不着,就起来打开了窗子。空气简直像硫黄的蒸气,——哪儿都没法爽一爽神。蚊子嗡嗡地飞进来,沉闷地绕着房间营营地叫着。从我那儿远远就能听见大海像地震似的在沉闷地轰鸣,——乌云正在它的上空密布。月亮在逐渐向波涛中沉落下去,又大又红,活像一颗滚烫的炮弹，——她向正在暴风雨骚扰中发抖的世界投下她血红的最后一瞥。我浑身受到眼前这种气氛和景象的影响，同时耳朵里灌满了那个疯子还一直在大喊大叫的咒骂，其中时时夹带着我的名字，用的是那么恶魔般切齿仇恨的腔调，那么难听的语言！连最毫不知耻的娼妓都没有用过她那样污秽的词句。尽管隔着两间屋子，我还是每一个字都听得见，——西印度群岛住房中单薄的隔墙简直挡不住她那狼嗥般的喊叫。

"'这种生活，'最后我终于说道，'简直是地狱！这种空气、这种声音，都是那个无底深渊里的空气和声音！我有权让自己解脱出来，只要我办得到。在这种要命的境遇下所受的种种苦难，都将随着眼前拖累着我的灵魂的这个沉重的躯壳同时离我而去。对那些狂热信徒们心目中永劫不复的地狱之火，我毫不害怕，来世的任何境遇都不会比现世的这种境遇更糟的了，——让我摆脱它，回到上帝那儿去吧！'

"我一边说着一边在一个箱子跟前跪下，打开了锁，那里面放着两把上了子弹的手枪。我打算开枪自杀。这种想法我只保持了短短一刹那，因为我并没疯，引起自杀愿望和企图的那种完全彻底绝望的危机，一转眼就过去了。

"刚从欧洲那面刮来的一阵风吹过大洋，刮进开着的窗户，暴风雨终于来了，大雨如注，电闪雷鸣，空气变得清新起来。这时，我构想并且做出了一个决定。就在我漫步在我那大雨淋透的花园里一株株滴水的橘子树下，穿行在湿透的石榴树和菠萝树中间的时候，正当热带那种灿烂的黎明在我四周耀眼地出现的时候，——我这样推敲着，简，——好好听着，因为当时真正是所罗门式的智慧使得我安下心来，并且给我指出了该走的正确道路。

"从欧洲吹来的那股可爱的风还在变得清新了的树叶丛中低语,大西洋正在兴高采烈地任情呼啸,我那长久干涸枯焦的心听到这种声音舒张开来,热血沸腾,——我的生命盼望着更新,——我的心灵渴望着清醇的甘露。我看到希望复萌了,——感到获得新生是可能的。我从我花园尽头一个花枝交错形成的拱门下眺望着大海,——它比天空还要蔚蓝,旧大陆就在海的那一边,未来的展望就这样清楚地显示在我的面前:

"'去吧,'希望说,'重新到欧洲去生活,那儿谁也不知道你有一个如此被玷污了的名字,也不知道你背着一个这样肮脏的重担。你可以带着疯子到英国去,在妥善的照料和防范下把她关在桑菲尔德,然后你就随自己高兴上哪儿去游历,按自己心愿重新跟别人结合吧。那个女人那么任情让你长时间受苦,那样玷污了你的名姓,那么糟蹋了你的名声,那样耽误了你的青春,她不是你的妻子,你也不是她的丈夫。只要留心让她得到她目前情况下需要的照料,你就算已经做了上帝和人道所要求你做的一切。让她的身份,她跟你的关系,都永远不为人所知吧,你用不着把它告诉给任何活人。安全和舒适地安顿好她,小心掩藏起她丢脸的情况,然后就离开她。'

"我完全照着这个主意行事。我父亲和哥哥没有把我的婚事通知他们的亲友,因为就在我告诉他们成婚的第一封信里,——由于已开始对它的后果感到极为懊丧,而且根据那一家人的性格和体质,已经看出将要面临可怕的未来,——我附加了一个迫切的要求,要他们保守秘密。没过多久,我父亲替我挑选的这位妻子的丢脸行为,严重到使他也羞于承认她为自己的儿媳了。不但不想公开这层关系,他也跟我同样地急于隐瞒起来。

"就这样,我把她送到了英国,带着这样一个怪物乘船,我这次航行真够可怕的。我真高兴,最后终于把她弄到了桑菲尔德,眼看着让她安全地住进了三层楼上的那个房间,十年来,她已把那间秘密的内室弄成了一个野兽窝,——一个妖怪洞了。我很费了点事才找到一个照料她的人,因为一定得挑个忠实可靠的人才行,要不然她任性发作起来就不可避免地会泄露了我的秘密。再说,她也有一连几天——有时是几个礼拜——清醒的日子,这期间她就不停地骂我。最后我终于从格令斯贝收容所雇来了格雷斯·普尔。她和医生卡特(梅森被刺伤和咬伤那天他给包的伤口)是我吐露心腹的仅有的两个人。费尔法克斯太太当然也可能猜测到了几分,可她没法确切地知道事情的真相。格雷斯大体上证明是个好的看守,虽说部分该怪她一个看来无药可治,同时也是干她那种麻烦职业的人常有的毛病,她不止一次放松和失掉了警戒。那疯子又狡猾又恶毒,她从来不放过看守她的人一时的疏忽,有一次悄悄藏起一把刀子,刺伤了他弟弟,还有两次偷到了她房间的钥匙,夜里从那儿溜了出来。第一回她图谋把我烧死在床上,第二回她魔鬼似的来找了你。多谢上帝在保佑你,那回她把怒气发泄到了你的婚服上,或许它模糊地让她记起了自己结婚的日子。可是当时可能会发生什么,我现在连想都不敢想。一当我想到今早扑上来掐住我脖子的那家伙,俯下它又黑又红的脸瞧着我那小鸽子的窝时,我周身的血就凝住了……"

"那么,先生,"在他暂时停住口时,我问道,"你把她在这儿安顿好以后,你干了些什么?你上哪儿去了?"

"我干了些什么,简?我把自己变成了行踪飘忽的鬼火。我上哪儿去了吗?我像三月的轻风那样变幻不定,四处游荡。我上大陆,到处瞎闯,跑遍了它所有的地方。我抱定宗旨要寻找并发现一个我能够爱上的善良聪明的女子,正好跟我留在桑菲尔德的那个泼妇相反……"

"可是你不能结婚啊,先生。"

"我已经决定,并且深信不疑我不但可以,而且应该。我原来并没打算像对你那样进行瞒骗。我决意坦率讲出我的事,光明正大地求婚。而我觉得事情仿佛完全合情合理,我应当被看做有爱别人和被人爱的自由,我从不怀疑会有某个女人肯理解和能够理解我的情况,并且接受我,而不顾我所遭受的天罚。"

"嗯,先生?"

"每当你寻根问底的时候,简,你总是惹得我发笑。你像只性急的鸟儿那样睁大着眼睛,还不时做出个坐立不安的动作,仿佛嫌用言语所做的回答还不够迅速痛快,而想要看透别人心上刻着的字似的。不过在我继续说下去以前,告诉我你那'嗯,先生?'到底是什么意思?这是你常挂在嘴边的一句短短的话,而它却常常引得我没完没了地一直说下去,我也弄不大清究竟是什么缘故。"

"我的意思是——后来呢?你进行得怎么样?这事的结果如何?"

"一点不错。那么你现在到底想知道什么呢?"

"你是不是找到了一个你喜欢的人。你有没有向她求婚,而她又怎么说。"

"我可以告诉你我是不是找到了我喜欢的人,我有没有向她求婚,可是她究竟怎么说,还要看命运的记录簿上将来怎么写。足有十年之久,我到处漫游,先在这个都市里住住,接着又住到了另一个都市里。有时候住在圣彼得堡,更多的时候住在巴黎,偶尔住在罗马、那不勒斯和佛罗伦萨。有许多钱,又有名门望族这张通行证,我可以要结交什么人就结交什么人。没有一个社交圈子会向我关门。我到处寻找我理想的女人,在英国女士们中间,法国伯爵夫人们中间,意大利夫人们①中间,德国伯爵夫人们②中间。我总找不着她。有时候在转瞬即逝的一刹那间,我以为我瞥见了一个眼神,听到了一个声调,瞧见了一个身影,宣告我的梦想就要实现了。可是很快我就惊醒了美梦。你不要以为我要求无论在心灵上或者肉体上都十全十美。我只渴望得到适合于我的,——正好跟那个克里奥尔人完全相反的人,可我的渴望落空了。我已经对不相称的结合的危险、可怕和令人生厌早有所警惕了,因此即使我当时完全自由,在她们所有的人中间我也找不出一个我愿意向她求婚的。失望使得我心神不宁。我试着过放荡生活,——可绝不是淫荡,淫荡是我过去和现在都痛恨的。那正是我那位西印度的淫妇的特点。对这个特点和她本人的深恶痛绝,使得我即使在寻欢取乐中也有所收敛。任何近乎淫乱的享乐,似乎都会使我跟她和她的那些罪恶变得同流合污,因此我一概避免。

"但是我总不能老一个人生活,因此我尝试找情妇做伴。我第一个就挑上了塞莉纳·瓦伦,——这又是叫人回想起来

---

① 原文为意大利语。
② 原文为德语。

就蔑视自己的一步。你已经知道了她是怎么样一个人,我跟她的姘居又是如何收场的。在她之后又有过两个人,一个是意大利人嘉辛塔,另一个是德国人克莱拉,两人都被公认是漂亮得出奇的。才过了几个星期,她们的美对我又有什么价值?嘉辛塔既无耻又蛮横,只三个月我就对她厌倦了。克莱拉倒又诚实又安静,但却笨拙、没有头脑、感觉迟钝,一点也不合我的口味。我很高兴能给她一笔可观的钱让她找到一个不错的谋生之道,总算体面地把她打发走了。可是,简,我从你脸上看得出你这会儿正对我产生一种不大好的看法。你觉得我是个没有心肝、不讲道德的浪荡子是吗?”

“我的确不像过去有个时候那么喜欢你了,先生。你难道觉得像这样生活——一会儿跟这个情妇好,一会儿又跟另一个情妇好——一点都没什么不对吗?你谈起来就好像是理所当然似的。”

“我当时就是那样,可我并不喜欢那个样子。那是一种苟且偷生的生活方式,我再也不想回到那种生活里去了。花钱包下一个情妇是仅次于买下一个奴隶的坏事情,他们禀性往往较劣,地位总是低下,而跟低劣的人亲密地一起生活会让人堕落。我如今最恨回忆起自己当初跟塞莉纳、嘉辛塔和克莱拉度过的那段时光。”

我觉得这些话是确凿的,而且我也从中得出了肯定无疑的结论,要是我一旦忘了自己和以往所受的一切教导,竟至于——以任何借口——靠任何辩解——受了任何诱惑——去步那几个可怜的姑娘的后尘,那他有一天准会用他眼前回忆起她们来时的那种同样的亵渎心情来看待我的。我并没有把这个信念说出来,感觉到它就足够了。我把它牢牢铭记在心,供我受到考验时好向它求助。

"现在，简，你干吗不说'嗯，先生？'了。我还没讲完呢。你神情严肃。你仍旧在不赞成我，我看得出。不过还是让我说说要害问题吧。今年一月，摆脱了所有的情妇，——怀着空虚、游荡而孤寂的生活所遗留下来的痛苦恶劣的心情，——为失望弄得心灰意懒，对任何人都满腔怨气，特别是对于女人（因为我逐渐认为一位聪明、忠实而钟情的女子只不过是个梦想），为事务所召，我回到了英国。

"在一个严寒的冬日下午，我骑马驰来，已经望得见桑菲尔德了。可憎的地方啊！我不指望能在那儿得到什么安宁，——什么欢乐。在干草村小路的踏级上，我瞧见有个安静的小人儿正独自坐在那儿。我毫不经意地从旁边驰过，就好像经过对面的那棵截去了梢头的柳树一样。我毫没预感到她将要对我意味着什么，也没有什么内心的暗示告诉我，我生活的主宰，——不管我好坏都是我的守护天使，——正一身不起眼的打扮守候在那儿。即使当美罗出了事，她走上前来一本正经地提出要帮助我的时候，我也还是没料想到。孩子般身材小巧的家伙！真像是一只朱顶雀跳到了我的脚边来，提议要用它那小翅膀把我驮起来似的。我一副没好气的样子，可那东西硬不肯走，它以古怪的不屈不挠劲头牢牢站在我身边，说话和神气都不容违抗似的。我必须得到帮助，而且就靠那只手，而我也确实得到了帮助。

"我一按着那纤弱的肩头，某种新的东西——一种新的活力和新的感觉——就不知不觉传遍了我的全身。幸好我得知了这个小人儿定会又出现在我面前，——它就来自坡下我的那所屋子，——要不然我感到它从我手底下溜走，看到它在那朦胧的树篱背后消失的时候，是难免会感到极为遗憾的。那天晚上我听见你回来，简，虽说也许你并没想到我在想着你，守候着你。第二天我自己不让人看见，悄悄观察了你半个小时，当时你正跟阿黛尔在过道里玩。我记得那是个下雪天，你们不能上外面去。我在我自己屋里，门开着一条缝，我既听得见也看得见。阿黛尔外表上占有了一会儿你的注意力，可我猜想你的心是在想着别处。不过你对她十分有耐性，我小小的简，你跟她说话、逗她高兴花了很长的时间。最后她终于离开了你时，你马上就深深地陷入了沉思。你开始在过道上慢慢地踱步，每当在一道窗口经过时，你总不时地望望窗外纷纷的大雪，倾听一下呜咽的寒风，然后又轻轻地踱着，冥想着。我猜那些白日梦准不是阴郁的，偶尔你眼里会露出一种令人愉快的光芒，脸上会显出一种微微的兴奋，它们绝不是意味着抱怨、易怒和多疑的沉思，你的样子流露出来的倒不如说是青年人的甜蜜梦想，他的心灵正欣然展翅随着希望高高飞翔，直上理想的天堂。费尔法克斯太太在厅上跟一个用人说话的声音惊醒了你，当时你是多么古怪地自己笑着同时又在笑着自己啊，简！你的微笑含意深长，它很尖刻，似乎在讥笑你自己的想入非非。它仿佛在说——'我那些美好的梦都很不错，可是我绝不该忘了它们完全是虚幻的。我脑子里是一个有着玫瑰色天空和红花绿叶的伊甸园，可我完全清楚外面在我脚下展开着一片坎坷不平的大地要我去走，在我四周聚集着重重乌云密布的风暴要我去对付。'你跑下楼去，要费尔法克斯太太给你点事情做做，结一结一周的家用账啊，或者诸如此类的事吧，我想。我对你从我眼前走开感到有点恼火。

"我急不可耐地等着傍晚到来，那时我就可以叫你来见我。我猜想你的性格是一种很不平常——对我来说——而且完全是新的性格。我很想更深一点探索它，了解得更清楚一些。你进屋来的时候神色和态度既腼腆却又很有主见。你穿着得很古板，——就跟你现在差不多。我竭力引你讲话，没多久我就发现你身上有不少奇怪的对比。你衣着和举止很规矩、很拘束，你神态往往是怯生生的，而且尽管是属于天性文雅的那类人，却完全不习惯社交，生怕言行失礼而丢人现眼。但一旦有人跟你讲话，你立刻抬起一双敏锐、大胆而明亮的眼睛来直视着对方的脸，你投来的每一瞥都既有力又洞察心肺。当别人紧逼不休连连提问时，你都能对答如流。你似乎很快就对我熟悉了，——我相信你一定感觉到你跟你那个严厉暴躁的主人之间存在着一种好感，简，因为你令人惊奇地很快就显出一种愉快的从容不迫心情，使你的举止安详起来。不管我怎么大声咆哮，你对我的脾气乖张却毫不显出奇怪、害怕、恼怒或者不高兴来。你望着我，不时朝我微笑一下，显得难以形容地单纯而又聪明大方。我对我眼前所看到的既满意又感到鼓舞。我喜欢我看到的，更希望再多看看。然而有很长一段时间，我对你疏远，极少找你来。我是个精神上的享乐主义者，希望尽量延长这种新奇有趣的结识所带来的乐趣。另外，有一阵我还老是摆脱不了一种担心，就是如果我太任情地把玩这一朵鲜花，它就会蔫然失色，——那种可爱的清新魅力就会离它而去。我那时还没料到，它并不是一开就谢的花朵，而更像是一朵精心雕刻出来，永远不可摧毁的光华四射的宝石花。除此以外，我也想看看如果我回避你，你会不会来想法接近我，——可是你并不。你就像你的书桌和画架那样一直安然不动地待在你的教室里。即使我偶尔碰到你，你也只在不失礼的限度内稍微打个招呼就马上走了过去。那些日子里，简，你经常露出来的是一种若有所思的神气，并不是无精打采，因为你并不像有病的样子，但却也不轻松愉快，因为你既看不到多少希望，也没有真正的乐趣。我很想知道你对我有什么想法，——或者根本是否想到过我。为了弄清这一点，我又重新开始理会你。你在谈话的时候目光中有了一种愉快的意味，举止中有了一种亲切的神情。我看出你本心是爱与人交往的，——全是因为教室里的寂寞，——生活中的单调，——才使得你郁郁寡欢的。我纵容自己享受亲切待你的乐趣，亲切很快就激起了感情，你脸上的表情显得随和了，你的语调变得温柔了。我喜欢听你的嘴里用愉快而感激的口气说出我的名字来。那段时间，简，我总是很高兴跟你偶然地相遇，你的神态上总是显出一种有趣的迟疑。你望着我时总是稍微有点困惑，——有点隐约的怀疑，——你料不定我会反复无常地干出点什么，——我究竟会摆出主人架子来板着面孔呢，还是像个朋友似的显得和蔼可亲。我当时老是感到那么喜欢你，是绝不会起前面那种古怪念头的。而一当我热情地伸出手来时，你那年轻而满腔期待的脸上，就马上露出了那么红润、光彩奕奕、十分幸福的神情。我常常费了好大的劲才避免当场就把你紧紧地抱在我怀里。"

"别再提那些日子了，先生。"我打断他说，悄悄挥去了我眼里的几滴眼泪。他的话对我是一种折磨，因为我明白我该怎么做，——而且马上就做，——而所有这些回忆，他这些感情的表白，只会使我要做的事更加困难。

"不提了，简，"他回答说，"何必一味去留恋过去呢，既然现在要可靠得多，——未来更要光明得多。"

听到他这样自欺欺人的断言，我不由打了个寒颤。

"你现在明白是这么回事了——不是吗？"他继续说，"在青年和成年时期半在无法形容的痛苦、半在凄凉寂寞中度过之后，我第一次找到了我能真正热爱的东西，——我找到了你。你是我的同情者，——我另一个较好的自我，——我善良的天使，——我对你产生了一种强烈的依恋之情。我觉得你善良、有天赋、可爱。我心里怀着一腔热烈而庄严的激情，它投向你，把你置于我生命的中心和源泉，让我的生活围绕着你，——并且燃起了纯洁、猛烈的火焰，把你我融为一体。

"正因为我感到和明白这一点，我才决定娶你。跟我说我已经有妻子，不过是无聊的嘲弄，你现在知道了我只有个可憎的恶魔。我不该试图蒙骗你，不过我是担心你性格中存在的固执。我害怕过早地引起偏见。我想要在冒险说出真情之前先稳稳地得到你。这是怯懦行为。我本该一开始就像现在这样诉诸你的高尚和心胸宽大，——坦率地向你吐露我痛苦的生活，——向你描述我如饥似渴追求较高尚、较有价值的生活的心情，——向你表明，不是表明我决定要（这样说还太无力），而是表明我不可抗拒地一心一意要在我能忠诚而深挚地得到爱的回报的情况下，去忠诚而深挚地爱。在这以后我就该请求你接受我忠贞不渝的誓言，并把你的誓言给我。简，——现在你就把它给我吧。"

一阵静默。

"你干吗不作声，简？"

我正经历着一场严峻的考验，一只烧红的铁手紧紧扼住了我的要害。真是个可怕的瞬间，充满了挣扎、满眼昏黑和难忍的烧灼！世上没有人能指望比我得到更深挚的爱，而那么爱我的他又正是我极为爱慕的。可是我却不得不把爱和所爱的对象拒诸门外。我这种痛苦难堪的职责,可以用一个凄凉的字眼来概括——"走!"

"简,你明白了我向你要求什么吗?只要这句诺言——'我愿意成为你的,罗切斯特先生。'"

"罗切斯特先生,我不愿成为你的。"

又一阵长时间的沉默。

"简!"他又重新开口说,语气中的那份温柔令我悲痛欲绝,同时又使我被不祥的恐惧感吓得浑身冰凉——因为这种平静的声调恰恰是正在慢慢站起来的狮子的喘气声,——"简,你是说你要在这世上走一条路,而让我走另一条路吗?"

"是的。"

"简,"(俯下身来拥抱着我)"现在你还是这个意思吗?"

"是的。"

"现在呢?"他轻轻地吻着我的额头和脸颊。

"是的……"我迅速彻底地从束缚中挣脱了出来。

"唉,简,这太狠心了!这……这是不道德的。"

"听从了你就是不道德。"

一种狂野的神情使他竖起了眉毛,——掠过了他整个的脸。他站了起来,但他还是克制着。我用手抓住了椅背以便站稳身子。我发抖,我害怕,——可是我下定了决心。

"等一等,简。瞧瞧一旦你走了以后我可怕的生活吧。一切幸福都将随着你被生生夺走了。还留下什么呢?我只有楼上那个疯子做我的妻子,你还不如让我去找那边墓地上的死尸更好些。我怎么办呢,简?到哪儿去找个伴侣,找寻一线希望呢?"

“像我一样做：信任上帝，信任自己。相信天国。希望在那儿重新相见。”

“那么说你不肯让步？”

“对。”

“那你是要判定我活着受罪，死后受诅咒了？”他的嗓门高了起来。

“我劝你活着不犯罪，希望你死时心安理得。”

“那么你把爱和清白无辜从我这儿夺走？你又把我重新推回去，拿肉欲当爱情，用作恶当消遣吗？”

“罗切斯特先生，我不会把这种命运强加给你，就像我不会硬要把它作为自己的命运一样。我们生来就是要挣扎和受苦的，——你我都一样，那就去这样做吧。你会比我忘记你更早就把我忘记的。”

“你说这些话是拿我当撒谎的人看了，你污辱了我的名誉。我说过我决不会变心，你却当面告诉我我很快就会变心的。你这样做，证明你的判断是多么背离实际，你的想法是多么是非颠倒！把一个同类逼到绝境，难道比违犯仅仅是人为的法律还好一些么？——这种违犯并不会损害到任何人，因为你既无亲又无友，用不着担心因为跟我一起生活而得罪了他们。”

这倒是真话，他这样一说，我自己的良心和理智也起来反对我，指责我拒绝他是罪过。它们呼声之高，几乎也不亚于感情，而感情正在拼命大声疾呼。“哦，答允吧！”它说，“想想他的苦痛，想想他的危险处境，——瞧瞧他一旦被独自撇下时会是个什么境况吧。要记住他那不顾一切的性子，考虑一下绝望之余的轻举妄动。——安慰他，挽救他，爱他吧。告诉他你爱他,愿意成为他的。这世界上谁在乎你? 你干些什么又会损害到谁?"

　　然而回答仍旧是不屈不挠的——"我自己在乎我自己。越孤单,越无亲无友,越无人依靠,我越是要尊重自己。我要遵从上帝颁发、世人认可的法律。我要坚守我在清醒时,而不是像现在这样疯狂时所接受的原则。法律和原则并不是为了用在没有诱惑的时候,它们正是要用在像现在这样肉体和灵魂都起来反对它们的严肃不苟的时刻。既然它们是毫不通融的,那它们就不容违反。如果我为了自己的方便就可以打破它们,它们还会有什么价值? 它们是有价值的,——我一贯这样相信。如果说我此刻不能做到相信它们,那全是因为我发了疯——几乎发了疯的缘故,我血脉贲张像着了火,我心跳快得都数不清了。原定的想法,已下的决心,是我眼前惟一必须坚持的东西,我要牢牢守住这个立场。"

　　我这样做了。罗切斯特先生观察我的脸色,看出我已经这样做。他被激怒到了极点,不管后果会怎样,他都非暂时发泄一下不可。他从房间那头走过来,一把抓住我的胳臂,紧紧搂住了我的腰。他就像要用他那冒火的目光把我吞噬下去似的。这一刹那,身体上我感到软弱无力,就仿佛一棵受到炉火和热气烤灼的小草一样,——而精神上,我却仍旧保持着神志清明,同时也保持着最终必将安全的确信。值得庆幸的是,心灵总是从眼睛里流露出来,——往往是不知不觉的但却是真实无误的。我抬起眼睛来对着他的眼睛。当我瞥了一下他那恶狠狠的脸时,我不由自主地叹息了一声,他的手紧抓住我,弄得我很痛,而我那过度耗费的精力也几乎要用尽了。

　　"从来没见过,"他咬牙切齿地说,"从来没见过有什么东西像这样既脆弱又不屈不挠。她抓在我手里简直就像是一根芦苇!"(他边说着边用他紧抓住的手摇撼着我。)"我只用一个大拇指和一个手指就能把她折断,可就是我折断了,拔起了,捏碎了她,又有什么用? 想想那双眼睛,想想那里面流露出来的坚决、大胆、什么也不顾的神气,带着一种不仅仅是勇气——而是一种坚定不移的胜利感对我公然藐视。不管我拿它外面的笼子怎么样,我都抓不住它——那野性难驯的美丽的东西! 即使我拆毁、捣烂那脆弱的牢房,我的暴行也只会放走了囚徒。我也许可以征服那房子,但住在里面的人还没等我能把自己称为他那土室的占有者之前,就早已逃到天上去了。而我所需要的却正是你,心灵,——既有意志和力量,也有美德和纯洁的心灵,——而不只是你那易碎的躯壳。只要你愿意,你能自己悄然地飞过来,投进我怀里;而不顾你的意愿硬抓住你,你就会像一种香气似的从我手里溜掉,——会在我还没闻到你的芬芳时就消失得无影无踪了。唉! 来吧,简,来吧!"

他一边这样说着,一边松手把我放开,只用眼睛凝视着我。这种凝视远比发疯似的紧抱更难以抗拒。可是,现在只有一个白痴才会屈服。我刚才曾经敢于激起他的怒火,并且挫败了它,现在我得要逃避他的愁苦。我向门口退去。

"你要走了吗,简?"

"我走了,先生。"

"你要离开我了?"

"是的。"

"你不愿意来吗? ——你不愿意做我的安慰者,我的拯救者吗? ——我深挚的爱,我剧烈的悲痛,我疯狂的祈求,你都不放在心上吗？"

他声音中含着多么无法形容的悲怆！要坚定地再说一句"我走了"是多么困难啊。

"简！"

"罗切斯特先生！"

"那么，你出去吧，——我同意，——不过要记住，你是把我痛苦不堪地撇在这里的。到楼上你自己屋子里，把我说过的再好好想想，简，而且请你稍微想一想我受的苦难，——想一想我。"

他转过身去，颓然扑倒在沙发上。"唉，简！我的希望，——我的爱，——我的生命！"从他嘴里痛苦不堪地吐出这几句话。随后是一阵强烈而痛心的啜泣。

我已经走到了门口，然而，读者，我又重新走了回去，——跟我要退出屋子是同样坚决地走了回去。我在他身旁跪了下来，我把他扑在靠垫上的脸拨过来转向我，我吻着他的脸颊，我用手抚平他的头发。

"上帝保佑你，我的主人！"我说，"上帝保护你不受伤害，不犯过失，——指引你，安慰你，——为了你以往对我的好意好好地酬劳你。"

"小简·爱的爱情是对我最好的酬劳，"他回答说，"没有它，我的心就碎了。不过简是一定会把她的爱给我的，是的，——既高尚，又慷慨。"

血猛地涌上了他的脸，他眼里闪出火一般的目光，他直挺挺地一下站起身来，伸出了他的双臂。可是我躲开了他的拥抱，立即走出了房间。

"别了！"这是我离开他时心底里的呼喊。绝望心情又再补充了一句——"永别了！"

*　　　　　*　　　　　*

那一夜我根本没想睡觉，可是我一上床躺下睡意就笼罩了我。我在想象中又被重新拉回到了童年时的情景：我梦见自己躺在盖茨黑德的红房间里，夜漆黑，我满心怀着种种奇怪的恐惧。多年以前曾吓得我昏厥过去的那道光又重现在这次的梦中，它仿佛移动着慢慢爬上墙头，抖动着停住在昏暗的天花板中央。我抬头望去：屋顶化作了云层，又高又隐隐约约。微光闪闪，就像是即将破雾而出的月亮照在云雾上的光芒。我定睛望着她出来，——怀着极为古怪的预见望着，就仿佛有某个跟我命运攸关的字写在它的圆盘上似的。她冲了出来，月亮还从没有这样破云而出过：一只手先穿过乌黑的云层，把它们推开；然后，并不是月亮，而是个白色的人体照耀在碧空中，光灿灿的额头俯向大地。它目不转睛地盯着我。它对我的心灵说话，声音远不可测，然而却又那么近，它就在我的心里低语：

"我的女儿，快逃避诱惑。"

"母亲，我会的。"

我从精神恍惚般的迷离梦境中清醒过来后，口中这样回答着。夜还未尽，不过七月的夜晚是短促的，午夜刚过不久，天色就黎明了。"尽早着手去办我的事是没有错的。"我想着，就起来了。我身上穿着衣服，因为除了鞋子以外我根本就什么也没有脱。我知道在抽屉里的什么地方可以找到几件内衣，一个小金挂盒和一个戒指。在找这些东西的时候，我碰到了罗切斯特先生几天前强要我收下的那串珍珠项链。我让它留在那儿，那不是我的。它属于那个幻想中的新娘，她已经在空气中消失了。其他几件东西我打成一个包。我的钱袋，里面装着二十先令（这是我的全部所有），我放进了衣袋。我系好了我的草帽，别牢了我的披巾，提起包裹和那双暂时还不想穿上的便鞋，就偷偷地走出了房间。

"别了，好心的费尔法克斯太太！"我悄悄从她房门前经过时悄声地说。"别了，我心爱的阿黛尔！"我一边朝育儿室那面望了一眼一边说。要进去拥抱一下她是无法设想的。我得要瞒过一双耳朵才行，因为说不定它们现在正听着呢。

我原可以毫不停留地走过罗切斯特先生的房间的，可是我的心在那个房门口一时停止了跳动，我的双脚也不由自主地停了下来。那里面毫无睡意，房里的人正在局促不宁地从这一面的墙踱到那一面。我这儿倾听着，他那儿正一遍又一遍地叹息。在那间房里有一个天堂——暂时的天堂——在等着我，只要我愿意。我只需要走进去说一声——

"罗切斯特先生，我要一生至死不渝地爱你，和你生活在一起。"一股欢乐的甘泉就立刻会涌到我的唇边。我想到了这一点。

那位眼前无法入睡的好主人正在迫不及待地等候着天明。早上他会派人来叫我，我已经走了。他会想法寻找我，却毫无结果。他准会觉得自己被抛弃，他的爱遭到拒绝。他会痛苦，说不定会变得绝望。我也想到了这个。我把手朝门锁伸去，但我缩了回来，继续悄悄往前走去。

我黯然地顺着盘旋的楼梯往下走。我明白我该怎样做，就机械地这样做着。我到厨房里去找到边门的钥匙，我还找了一小瓶油和一根羽毛，涂抹了钥匙和门锁。我带了点水，带了点面包,因为说不定我得走很长的路,我新近大为受损的精力可千万不能垮下来。这些事我都做得毫无声息。我打开门,走了出去,又轻轻把它关好。院子里闪着朦胧的曙光。大门关着并上了锁,不过一扇门上有个便门却只是闩着。我就穿过这个门走了出去,同样也把它关好。现在我已走出了桑菲尔德。

一英里外,田野的那一边,有一条路伸向与米尔科特相反的方向。这条路我从未走过,但却经常注意到,而且纳闷它到底通向何处。现在我就迈步朝那个方向走去。眼前不容许从长思考了,既不能稍许后顾,甚至也无法稍稍前瞻。无论对于过去和将来,都连想都不能去想一想。前者是那么天堂般甜蜜——同时又那么哀痛欲绝的一页,——只要去读上一行就会瓦解我的勇气,摧毁我的力量。后者又是可怕的一片空白,有点儿像洪水刚过后的世界。

我沿着田地、树篱,顺着小径走着,直到太阳升起。我确信这会是个可爱的夏日清晨,我觉察到我离开宅子时穿上的那双鞋很快就已沾透了晨露。但是我既不去看初升的太阳,也不去看含笑的天空和正在苏醒的万物。一个被押出牢来经过美丽的景色走向断头台的人,心里想到的绝不会是沿途向他微笑的鲜花,而只会是砧板和斧子的利刃,骨肉的分离,和路尽头正张开口等着的墓穴。我所想到的则是凄凉的出走和无家可归的流离,同时,唉!我心痛难忍地想到了我所抛下的一切。我无法自制。我此刻想起了他,——正待在他房里,——盼望着日出,一心希望我很快就会去说,我会留在他身边,成为他的。我渴望成为他的,我迫切希望回去,现在还不晚,我还来得及让他免受痛失亲人的难忍悲苦。到现在为止,我确信我的出走还没人发现。我可以回去,成为他的安慰者,——他的骄傲,把他从苦难中,甚至说不定是从毁灭中拯救出来。唉,担心他会自暴自弃,还远比担心我自己更厉害得多,这种心情正在竭力驱使我这样做!它像个带倒刺的箭头射进了我的胸口,我越想拔它出来就越是撕肌裂肤;当回忆使它更深深地往里钻的时候,它真使我难以忍受。鸟儿开始在矮树丛和杂木林中唱起歌来。鸟儿们都忠实于它们的伴侣,鸟儿是爱的象征。可我呢?在我饱受内心痛苦和疯狂地坚持原则之中,我隐隐地对自己感到厌恶。我从自命正确,甚至从自尊自重中,丝毫也得不到什么安慰。我损害了——伤害了——离弃了我的主人。我在我自己的眼里看来都觉得可恨。可我还是不能回去,一步也不能后退。定是上帝在领着我继续往前走。至于我自己的意志或者良心呢,那么它们都已被强烈的悲痛不是践踏压倒就是窒息麻木了。我一边痛哭一边走着我凄凉孤单的路,我很快、很快地走着,就像个神志错乱的人似的。一种虚弱感从内心开始,渐渐扩展到四肢,控制了我的全身,我跌倒了。我躺在地上好几分钟,把脸紧紧扑在潮湿的草皮上。我有点害怕——也可说是有点希望——我就此死去。但我还是很快就爬了起来,先是用两手两膝往前爬着,然后又重新双脚着地站了起来,——跟先前一样坚决而急切地朝着大路走去。

等我走到路上时,我不得不坐下来在树篱下面歇一歇。而正当我坐在那儿时,我听到了车轮声,看见有一辆马车正驶过来。我站起来举起了手,它停下了。我问它是上哪儿去的,赶车人说了一个很远的地名,那地方我确信罗切斯特先生并没有什么亲朋好友。我问他让我搭到那儿去要多少钱,他说三十个先令,我回答说我只有二十个,他说好吧,那就将就着只收这些。他还允许我坐到车厢里面去,因为车子是空的。我坐进里面,车门给关上了,车就继续往前驶去。

好心的读者啊,但愿你永远不会感受到我当时所感受的心情!但愿你的两眼永不会像我当时那样泪落如雨,淌出那么摧心裂肺的灼人的眼泪。愿你永远不用像我此刻口中吐出那么绝望、那么痛苦的祈祷来求助于上苍,因为你永不会像我那样担心成为使你全心爱着的人遭祸的工具。

# 第二十八章

　　两天过去了。那是个夏日的傍晚,马车夫让我在一个叫惠特克劳斯的地方下了车。按我所付的那点钱,他不能再拉我到更远的地方去,而我在这世上,再也拿不出一个先令来了。此刻马车已驶出去有一英里远,我剩下了独自一人。这时我才发现,我忘了把包裹从马车上的口袋里取出来了,我是为了安全起见放在那里面的,它就留在那儿,一定到现在还在那儿。这一来,我真是一贫如洗了。

　　惠特克劳斯不是个城镇,甚至也算不上一个村落,它只不过是在十字路口立了一根石柱子,刷成白色,我想大概是为了从远处和在天黑时看来比较醒目。它顶上伸出四个指路标:从上面的字看来,它们所指的城镇中最近的一个也有十英里远,最远的则有二十英里。从这些熟悉的城镇名字上,我知道我是在哪个郡下的车,——这是中部靠北的一个郡,荒原幽暗,山势险峻,这我眼前就看得清楚。在我身后和左右两边全是大片的荒原,在我脚下的深谷那一边,远远地是连绵起伏的群山。这儿准是人烟稀少,这些大路上我简直看不到行人。路向东西南北四面伸去,——灰白、宽阔而冷冷清清。它们全都穿过荒原,石楠乱蓬蓬又深又密,一直长到了路边。不过偶然还是会有一个行路人经过的,而我却不希望这时候有一双眼睛看见我。不认识的人准会奇怪我究竟在干什么,老在路标柱这儿徘徊,显然漫无目标,不知上哪儿去才好。我会遭到盘问,我除了说些听来叫人难以相信并且引起怀疑的话以外,简直什么也回答不上。眼前没有任何东西把我跟人类社会维系在一起,——没有任何希望或者魅力能召唤我上我的同类那儿去,——也没有一个看见我的人会对我有善意的想法或者抱良好的愿望。我没有一个亲友,只有万物之母,大自然,我就是要投向她的怀抱,去求得安息。

我一头扎进石楠丛中,紧沿着我在褐色的荒原边上看见的一道深陷的沟往前走。我在它没膝的深草丛中费力地走着,转过它的几道拐弯处,在一个隐蔽的角落上发现一块遮满深色苔藓的花岗岩,我就在它下面坐了下来。高高的荒原坡岸围在我四周,那块岩石护在我头上,它上面才是天空。

即使在这儿,我也过了好些时候才感到心里平静下来。我隐隐地担心附近会有野牛之类,要不然就是有什么打猎或者偷猎的人会发现我。偶尔一股阵风刮过荒原,我就会抬头看看,生怕是一头公牛冲了过来。要是有一只鸻鸟一声尖叫,我就会疑心那个人。然而,等到发现我这些提心吊胆全都是无中生有,同时随着暮色渐深,夜幕降临,周围一片深深的寂静使我平静了下来,我才算有了信心。在此以前我一直无暇去想,只是一味听着,看着,担着心,现在我才重新又有了思考的能力。

我该怎么办?到哪儿去呢?唉,这真是叫人难堪的问题,其实我什么也办不成,哪儿也去不了!——要到达一个有人居住的地方,我还先得靠我那双疲倦得发抖的脚一步步挨过很长的一段路;——要找到一个地方安身,就先得恳求人家冷淡地发个善心；要别人肯听我讲讲我的事情，或者肯解救我的一个急需，就先得强求别人勉强表示同情，多半还会招致有些人的白眼！

我摸摸石楠，它们很干，还带着夏日白昼的炎热留下的暖意。我望望天空，它很澄澈，一颗和蔼可亲的星星正好在沟边的上空闪烁。夜露降下来了，不过带着慈祥的温柔。也没有风声拂拂。大自然对我似乎是宽厚而好心的，我觉得尽管我落魄到那样，她还是爱我的。而我呢，从人那儿只能指望得到怀疑、鄙弃和侮辱，也就怀着子女般的爱紧紧依偎着她。至少今晚我将做她的客人，——因为我是她的孩子，我的母亲是会收留下我，既不要钱，也不要代价的。我还有一小块面包，是中午我们经过一个镇上时我用一便士零钱——我最后的一文钱——买来的一个面包上剩下来的。我看见石楠丛中这儿那儿都有成熟的越橘像黑玉珠子般在闪光，我摘了一把，就着面包吃了下去。我原来饿得很厉害，吃了这隐士式的一餐，尽管仍感到不满足，也总算填饱了肚子。吃完后我作了祈祷，接下来就选个地方睡觉。

岩口的旁边石楠长得很深，我躺下来时，脚全埋在了里面，它们高高耸起在两边，只留下很窄的空隙能让夜风侵入。我把披巾折叠起来当做床单盖在身上，把一处长满苔藓微微隆起的地方当做枕头。这样住宿下来，至少在刚刚入夜的时候我并不觉得冷。

我的休息原可以相当地安适，只是一颗悲伤的心破坏了它。它哀诉着自己裂开的伤口，内部的流血，绷断的心弦。它为罗切斯特先生和他的命运战栗。它怀着强烈的怜悯为他哀叹。它以无尽的渴望召唤他，而且尽管像折断双翼的鸟儿般无能为力,它仍然徒然抖动它残破的翅膀试图去寻找他。

为这种思绪折磨得困苦不堪,我跪了起来。夜已降临,它的点点星辰已经升起。是个平安、寂静的夜,那么安详,与恐惧简直格格不入。我们都知道上帝无所不在,但无疑我们最感觉到他的存在的,是在他的创造物以最宏大的规模展现在我们眼前的时候。而正是在他的大千世界默默地滚动向前的清澈夜空中,我们最能清楚地看到他的无限,他的全能,他的无所不在。我已跪起来为罗切斯特先生作了祷告。仰起头来,我泪眼模糊地望见了宏伟的银河。想到了它是什么,——想到那儿有那么多数不清的星系像一道淡淡的光痕似的扫过太空,——我真感到上帝的伟大和力量。我毫不怀疑他有能力拯救他所创造的东西,因为我越来越确信无论是地球,还是它所珍视的每一个灵魂,都决不会毁灭。我把祈祷变成了感恩,因为生命的源泉同时也定是心灵的救星。罗切斯特先生是安全的,他属于上帝,他也一定会受到上帝的护佑。我再次偎依在小山的怀里,不一会儿,就在睡梦中忘却了忧愁。

但第二天,我便面对着令人丧气地赤裸裸出现在眼前的需要了。当小鸟早已离窝,蜜蜂趁露水未干、晨光正好的时刻,早已飞来采集石楠的花蜜,——当清晨长长的阴影已经变短、阳光早已遍布天空和大地的时候,——我爬了起来,望望四周。

好一个沉静、炎热而地道的白昼!好一个一望无际的荒原所形成的金黄的沙漠啊!到处阳光普照。但愿我能生活在这儿,并且靠这儿生活。我看见一条蜥蜴爬过岩石。我望见一只蜜蜂在甜甜的越橘中间忙忙碌碌。我此刻真愿意成为一只蜜蜂或者蜥蜴,以便能在这儿找到合适的食物和永久的安身之地。然而我是个人,有人的种种需要,我绝不能在没有什么可以满足它们的地方逗留下去。我站起身来,回顾了一下我刚离开的床。对前途毫无指望,我一心只愿昨夜我的造物主认为应当乘我入睡时把我的灵魂收回去,而我这个疲乏的身躯被死亡解脱出来,不必再去与命运搏斗,现在只消等着静静地腐烂掉,顺顺当当地与这片荒原的泥土掺和在一起就行了。然而,生命,连同它的一切需求、苦难和责任,却仍旧留在我的身上。重担还得挑下去,需要还得满足,痛苦还得忍受,责任还得去尽。我出发了。

重新回到惠特克劳斯,太阳已经火热地当头高照,我顺着背太阳的那条路走去。我已无心根据其他的情况来做出选择了。我走了很长时间,正当我觉得自己已经差不多尽了我的所能,可以心安理得地向几乎已经压垮了我的疲劳屈服,——可以放松一下这种强迫的行动,在我就近看到的一块石头上坐下来,听天由命地屈从于心和肢体都感到的一片麻木时,——我听到了一阵钟声,——教堂的钟声。

我转身走向声音传来的方向,就在那儿,在一个小时前我就已不再注意它们的变化和面貌的那些颇有诗情画意的小山之间,我看到了一个村落和一个尖顶。我右手边的整个山谷中都布满了牧草地、麦田和树林子,一条水光闪闪的溪流蜿蜒曲折地流过一片片深浅不同的绿荫,流过正在成熟的庄稼,色彩浓郁的林地,明亮而充满阳光的草地。一阵辘辘的车轮声又把我的注意力唤回到我面前的大路上来,我望见一辆装得沉甸甸的货车正吃力地爬上山坡去,在它的前边不远处是两头牛和赶牛的人。人类生活和人类的劳动就在近旁。我一定得继续挣扎下去,努力像别人一样地生活和辛苦地劳动。

约摸下午两点光景,我走进了村子。在它一条街的尽头有一家小铺子,橱窗里摆着几块面包。我极想得到一块。有了那点吃的,我说不定还能恢复几分精力,没有它,我实在是寸步难行了。要想有点精神和力气的愿望,一当我来到了自己的同类们当中时就马上又回到了我的身上。我觉得饿昏在一个小村子的人行道上是丢脸的。我身上难道真没有什么可以拿来换这样一个小面包吗?我思索了一下。我脖子上有一条小丝巾围着,我还有一双手套。我实在不大清楚陷入极端贫困境地的男女们是怎样做的。我也不知道人家肯不肯接受这两样东西中的哪一件。说不定他们不肯,但我总得试试看。

我走进铺子,有个女人在那里。瞧见来了一位穿得体体面面、她猜想准是位小姐的人,她殷勤地迎了上来。她能为我效点什么劳么?我满心羞惭,舌头都僵住了,原先早已打算好的请求都说不出来。我不敢拿出那已经半旧的手套和皱皱巴巴的头巾来问她要不要,而且我也觉得这准会显得荒唐可笑。我只说我累了,请她允许我坐下来歇一歇。原以为来了顾主的指望落了空,她勉强同意了我的请求。她指给我一个座位,我颓然地坐了下来。我只觉得直想哭,但意识到这样当场出丑会多么不合时宜,我忍住了。不一会儿,我问她:"村里有女服裁缝或者普通女裁缝吗?"

"有,两三个,按活儿说也就够多的了。"

我想了一下。我现在不得不触到正题了。我已经到了不得不然的地步。我正处在穷途末路的境地,身无分文,又无亲友。我必须做点什么。可做什么呢?我必须上哪儿去求援?可上哪儿呢?

"你知道邻近有什么地方要找个用人吗?"

"不，我说不上。"

"这地方主要靠什么谋生？一般人都干些什么？"

"有些人种庄稼，不少人在奥立佛先生的针厂还有铸造厂里干活。"

"奥立佛先生雇用女工吗？"

"不，那是男人干的活。"

"那么女人干些什么呢？"

"我不知道。"对方回答，"有的干这，有的干那。穷人们总得尽量想法过下去。"

她似乎厌烦了我这一连串问题，说真的，我又有什么权利对她纠缠不休？有一两个邻居走了进来，我那把椅子显然要另作别用。我起身告辞。

我沿着街走去，边走边瞧着左右两侧所有的屋子，但却既没找到任何借口，也没发现任何因由可以让我走进其中的哪一家去。我绕着村子到处徘徊，有时稍稍走到村外不远的地方，然后又走了回来，一直走了有一个多钟头。因为精疲力竭，又因为没东西吃，这会儿已饿得发慌，我拐进了一条小径，在一排树篱底下坐了下来。但没过多一会儿，我又站了起来，再去寻找机会，——一条出路，或者至少是一个能指点我的人。小径尽头有一所漂亮的小房子，前面有个花园，收拾得整整齐齐，一派花团锦簇。我在屋前停了下来。我有什么事情要走近那白色的门边，去伸手碰那亮闪闪的门环呢？那所宅子里的住户又怎么会有兴趣来帮我的忙呢？可我还是走上前去，敲了门。一位神情和善、衣着整洁的年轻女子开了门。我用怀着一颗绝望的心、拖着一个疲惫不堪的身躯的人可想而知必然会发出来的那种声音，——低微、嗫嚅得可怜的声音,——请问这里要不要雇个用人。

"不,"她说,"我们不用用人。"

"你能不能告诉我,我上哪儿能找到个随便什么样的工作吗?"我继续问,"我是个陌生人,这儿没有熟人。我需要找个工作,什么工作都行。"

可是替我考虑,或者给我找个工作并不是她的事,而且,在她眼里,我的身份、地位和所说的这番话看起来又准是多么可疑。她摇摇头,说她"很抱歉没法告诉你什么",接着那扇白色的门就关上了,轻轻地,很有礼貌,但还是把我关在门外了。如果她把门稍微再多开一会儿,我相信我准会开口讨一块面包的,因为我如今已经落到十分卑下的地步了。

我受不了再回到那个小气的村子里去,再说,那儿也看不到有什么指望能让我得到帮助。我本来倒宁愿拐进一座我望见就在不远处的林子里去,它的浓荫看上去能提供诱人的安身之处。然而我是那么难受,那么虚弱,自然的渴求又是那么痛苦难熬,本能驱使我在一些有可能得到食物的住家周围徘徊不去。当饥饿这只兀鹰连嘴带爪深深抓噬着我的身体时,孤独不可能得到真正的孤独,——休息也不可能得到真正的休息。

我走近一所所屋子,走开,又再一次返回去,接着又讪讪地走开,老是因为自觉没有权去要求——去指望人家关心我举目无亲的命运——而退缩不前。同时,就在我这样像一条丧家的饿狗似的到处乱转的时候,下午渐渐过去了。从一块田里穿过时,我望见教堂的尖塔就在我前面,就赶紧朝它走去。离教堂墓地不远,在一个花园的中央,矗立着一幢虽小但造得很精致的房子,我确信那准是牧师的住宅。我想起了凡是陌生人来到一个没有熟人的地方,需要找工作做,有时会去求牧师举荐和帮助。对愿意自助的人进行帮助,——至少是给予忠告,——是牧师的职责。我似乎就近乎有权上这儿来请求出个主意。于是我重新鼓足勇气,振作我仅剩的一点力量,强自往前走去。我来到屋子跟前,敲了敲厨房门。一位老妇人开了门。我问这儿是不是牧师的住宅?

"是的。"

"牧师在家吗?"

"不在。"

"他很快就回来吗?"

"不,他出门去了。"

"去远地方吗?"

"不太远,——约摸有三英里。他是因为他父亲突然过世给叫去的,这会儿正在沼地居,看样子像是还要在那儿待上两个礼拜。"

"家里有女主人吗?"

"没有,除了我没别人,我是管家。"读者啊,对她我可撕不下这张脸来,央求解救那正在快让我倒下去的饥渴。我还没法开口去要饭。我只好又吃力地慢慢走开了。

我再一次把头巾解了下来,——我又重新想起了那家小铺子摆着的面包。唉,只要一块面包皮!只要有一小口来暂解一下挨饿的痛苦也好啊!我本能地又掉头向村里走去。我再次找到那家小铺,走了进去。不管除那个女人之外还有别人在场,我还是壮起了胆请求:"你肯收下这块头巾换给我一个面包吗?"

她显然心中生疑地望着我:"不,我从来不做这样的生意。"

我几乎已不顾一切,要求只给半个,她还是拒绝了。"我怎么知道你这块头巾是哪儿弄来的呢。"她说。

"你肯要我的手套吗?"

"不要!我要它干什么?"

读者,谈这些细节是不愉快的。有人说回顾以往痛苦的经历自有它的乐趣,可我却直到今天还不忍去重温我所谈到的这段时间。精神上的颓败,跟肉体上的受难掺和在一起,成为令人不忍详谈的痛苦回忆。我毫不责怪那些拒绝过我的人。我觉得那都是意料之中而且是不得不然的事情。一个平常的乞丐就常常是招人怀疑的对象,一个穿着体面的乞丐就更不可避免了。固然,我真正乞求的是工作,然而,给我工作又跟他们有什么相干呢?当然,这跟那些当时还只第一次看见我,对我的品性还一无所知的人毫不相干。至于那个女人不肯让我用头巾来换她的面包,那又有什么,她是对的,既然她觉得这个提议有些不对味,或者这笔交易不合算。让我长话短说吧,我对这个话题实在不想多说了。

天黑前不久我经过一家农舍,农人正坐在敞开着的门口,吃着干酪面包当晚餐。我停了下来说:

"你肯不肯给我一块面包?因为我饿极了。"他诧异地看了我一眼,不过并不答话,就从他的面包上切了厚厚的一块递给了我。我猜想他并不认为我是乞丐,只不过是位有点古怪的小姐,迷上了他的黑面包。我走到望不见他屋子的地方,马上坐下吃了起来。

我不指望能投宿在人家的屋子里,因此就到我前面提到过的那座林子里去找个住处。然而我这一夜过得糟极了,睡

463

得很差。地又潮,天又冷,加以不止一次有人闯进来,在离我很近的地方走过,我不得不一再换地方,丝毫得不到一点安全感和清静感。天快亮时落起雨来,接下来的一整天都下着雨。读者,请别要我再详尽无遗地叙说这一天的情况了。仍跟先前一样,我寻找着工作;跟先前一样,我遭到了拒绝;也跟先前一样,我饿着肚子。不过也有一回,我吃到了一点东西。在一家农舍门口,我看见一个小姑娘正要把一点冷粥倒进猪槽里。"你把这个给我好吗?"我问。

她睁大眼看着我。"妈妈!"她喊道,"有个女人要我把粥给她。"

"好吧,姑娘,"屋里一个声音回答道,"要是她是个要饭的,就给她吧。猪不喜欢吃粥。"

女孩把那已经凝结成块的东西倒在我手里,我狼吞虎咽地吃了下去。

雨天的暮色渐浓的时候,我在一条只能过一匹马的冷僻小道上已经走了一个多小时,终于停了下来。

"我已经支持不住,"我自言自语地说,"我觉得实在没法再往前走了。难道今晚我又得露宿在外吗?雨下得这样大,还要我头枕着又冷又湿的泥土吗?我怕我别无他法,因为谁肯收留我呢?不过那种光景实在太可怕了:浑身带着饥饿、乏力、寒冷的感觉,还有这凄凉的感觉,——这希望全部破灭的处境。不过,看来我完全可能不到早晨就会死掉。我为什么不能甘心接受死亡的前景呢?干吗我还要苦苦挣扎去保持毫无价值的生命呢?就因为我知道,或者相信,罗切斯特先生还活着。再说,受饥寒而死,是人性决不能甘心承受的一种命运。唉,上帝!再支持我一会儿吧!帮助我!——指引我!"

我呆滞的目光茫然望着四周如在雾中的朦胧景色。我看出我已经走得离村子很远,几乎已望不见它了。连它周围耕种的痕迹也已经消失。我经过一个个路口和一条条岔道,再一次来到了那一大片荒原附近,这会儿我离那黑黝黝小山,只不过隔着几块田地,它们没怎么好好开垦清理,几乎跟原来的石楠地一样荒芜、贫瘠。

"唉,我宁愿死在那儿,也不愿死在街上,或者来往行人很多的大路上。"我心想,"而且宁可让乌鸦跟渡鸦——如果这一带有渡鸦的话——去啄我骨头上的肉,也远比让它们给装进一口救济院的棺材,在乞丐的义冢里烂掉要好得多。"

于是,我转向小山,走到了那儿。现在只要找个低凹处让我能躺下来,即使不感到安全,至少也觉得隐蔽一些就行了。可是整个荒原的表面看上去都一片平坦。它几乎看不出任何变化,只除了色调以外:在沼地上长满苔藓和灯芯草的地方是绿色,在干燥处只长石楠的地方是黑黝黝的。天虽已在黑下去,我还是能看出这些变化,尽管只是在明暗的差别上,因为随着天光渐暗,颜色已模糊难辨了。

我的目光还正环顾着这片昏暗的高地,沿着消失在极为荒凉的远景中的荒原边缘一路扫视过去,这时,在远处荒原和山脊之间一个隐约可见的地方,突然闪出了一个亮光。"那是鬼火,"这是我的第一个念头,并且料想它很快就会熄灭。然而它却继续亮着,并且很稳定,既不后退,也不往前移动。"那么,它是堆刚燃起的篝火吗?"我问。我留心看它是否蔓延扩大,可是不,正像并没缩小下去一样,它也并没扩大。"它说不定是一所房子里点起的蜡烛光,"于是我这样推测着,"不过即使是的话,我也走不到那儿。它太远了。而且就算它离我不到一码,又有什么用呢？我只能敲敲门,结果又被当着面砰地关上。"

我就在站着的地方颓然倒下,把脸埋在泥地上。我一动不动地躺了一会儿。夜风刮过小山,掠过我,呜咽地在远处沉寂了下去。雨又下得紧了,再次淋得我浑身湿透。要是我能冻僵到成了凝固的冰块——死亡的值得欢迎的麻木状态——就好了,那就任它猛烈地淋下去吧,我会对它毫无感觉。可惜我那仍旧活着的肌肤在它刺骨寒气的侵袭下却直打哆嗦,不久我就爬了起来。

那亮光仍旧在那儿,透过雨幕朦胧闪烁,但却始终稳定。我试着重新走路,硬拖着精疲力竭的双腿慢慢地朝着它走去。它引着我斜攀过那座小山,穿过一块宽阔的沼泽地,这儿冬天准会根本无法穿行,就是在此刻盛夏时节,也是泥浆四溅,一步一滑。我跌倒了两次,但仍照样爬了起来,强打起精神来。这亮光是我渺茫的一线希望,我一定要挣扎到那儿。

穿过沼泽,我看到荒原上有一条发白的道路痕迹。我向它走过去。那不是大路便是一条小道,直接通向那个亮光,它现在正闪耀在一个土丘似的高处,四周全围着树,——根据我在黑暗中能分辨得出的树形和叶子来看,显然是些枞树。当我走近的时候,我的星辰却不见了,有什么东西挡在了我和它之间。我伸出手来摸摸我前面黑乎乎的东西,辨出那是一堵矮墙的粗石块,——墙的上方有像栅栏似的东西,墙里面有高高的带刺树篱。我摸索着走去。又有个发白的东西在我面前闪光,这是一扇园门,——一道边门。我一碰,它就在铰链上滑动打开了。门两边各有一丛黑黝黝的灌木——冬青或者紫杉。

进了门，走过灌木丛，一所房子的轮廓就显示在眼前。黑黑的，矮矮的，延伸得较长。可是那指引我的亮光却哪儿也不见。一片漆黑。屋里的人都睡下了吗？我担心是这么回事。为了找屋子的门，我转过屋角，那友好的亮光又射了出来，它来自一扇很小的格子窗的菱形玻璃窗格里面。窗子离地一英尺，被长满的常春藤或者其他爬墙植物衬托得更小了，那些藤叶密密地成堆聚集在开窗的那堵屋墙上。窗洞被遮挡得只剩那么一点点，因此帘子和百叶窗都被认为是不必要的，当我俯身拨开一枝横伸过来挡住它的枝叶时，我就可以看见里面的一切。我能清楚地望见一个地板刷洗得干干净净铺上了沙子的房间，一个胡桃木的餐具柜，锡制盆碟一排排摆着，反映出旺盛的泥炭炉火又红又亮的光来。我能看得见一架钟，一张白松木桌子，几把椅子。那支发出的光曾成为我的指路明灯的蜡烛，就燃点在桌子上。烛光下一位老妇人正在织袜子，她样子有点粗气，但却浑身干净利索，跟她周围的东西一样。

我只粗略地看了看这些景象，——其中并没什么特别的地方。更引人注意的人物是出现在炉子旁边，正静静地端坐着，沐浴在一片玫瑰色的宁静和温暖之中。两位文雅的年轻女子——从各方面看来都像是大家闺秀——正坐在那儿，一个是在一把矮摇椅上，另一个是在一张更矮的凳子上，两人都穿着黑纱和羽缎的重丧服，那黑色的服饰更突出地衬托出她们异常白皙的脖子和脸。一只大猎狗把它很大的头枕在一个姑娘的膝头上，——另一个姑娘把一只黑猫抱在裙兜里。

这样两个人待在这间简陋的厨房里可真显得奇怪！她们是谁呢？她们绝不会是桌边那个老妇人的女儿，因为她看来像个乡下人，而她们俩却十分文雅而有教养。我从来没在哪儿见过她们那样的脸，可是我注视着她们时，却仿佛对每一个面部特征都很熟悉。我不能说她们漂亮，——她们都太严肃苍白，用不上这个字眼；尤其每人都一心扑在一本书上，看上去更若有所思到了面目严峻的程度。她们两人中间的一个架子上，另外点着一支蜡烛，放着两大卷书，她们常常去查阅，似乎是拿它们跟她们手上较小的书相比较，就像人们在翻译的时候查字典以得到帮助一样。这场面是那么寂静无声，以致在场的人都像是影子，而这间生着火的房间则像是一幅图画似的。那么毫无声息，我听得见炉灰从炉箅间落下，时钟在昏暗的角落里嘀嗒作响，我甚至还想象自己能听得出妇人手里织针喀嗒喀嗒的声音。因此，最后终于有个声音打破了这奇怪的沉寂时，我听得清清楚楚。

"你听，黛安娜，"专心致志的学生中的一位说，"弗朗茨和丹尼尔在一起过夜，弗朗茨正讲着把他吓醒过来的一个梦，——你听！"她低声地念着什么，我一个字也听不懂，因为那是一种陌生的语言，——既不是法语，也不是拉丁文。它是不是希腊语或者德语，我说不上。

"那真有力，"她念完之后说，"我很欣赏它。"另一个姑娘方才抬起头来听她妹妹念，这时眼望着炉火重复着刚念过的一行。后来我知道了这种语言和这本书，因此我愿在这儿把这一行引述一下，尽管我初次听到时，它在我听来简直只像是敲打发声的铜器那样，——毫无意义：

"'这时走出来一个人，就像满天星辰的黑夜。'①真妙！真妙！"她赞叹着，她深邃的黑眼睛闪闪发亮！"这样一位隐

---

① 原文为德语，引自德国诗人席勒的名剧《强盗》。

约而伟大的天使长就恰到好处地呈现在你的面前。这一行就顶得上一百页华而不实的描写。'我在我忿火的天平上权衡各种思想,在我怒气的天平上权衡种种作为。'①我喜欢它!"

两人又不作声了。

"有哪个国家的人像这样说话吗?"老妇人放下手里的编织,抬起头来问。

"是的,汉娜,——有一个比英国大得多的国家,那儿的人就是这样说话。"

"嗯,说实在的,我可真不知道他们互相怎么说得明白。那么,要是你们有谁上那儿去,我想准能听得懂他们说些什么吧?"

"他们说的我们也许能听懂一点,可是不全懂,——因为我们可不像你想的那么聪明,汉娜。我们说不来德语,而且不靠字典帮忙也看不懂。"

"那它对你们有什么用呢?"

"我们打算什么时候能教它,——或者至少像人家说的那样,教初级的,那样我们就可以比现在多挣一些钱了。"

"那敢情是,不过别再学了,你们今晚上学得够多的了。"

"我想也是,至少我是累了。玛丽,你累了吗?"

"累得要命。归根结底,没有老师,光凭一本字典吃力地学一门外语,可真是一桩苦工。"

"的确是。尤其是学像这种艰难却又出色的德语这样的语言。不知道圣约翰到底什么时候才回来。"

"他肯定快啦。这会儿刚十点。"(她掏出别在腰带上的

---

① 原文为德语,引自德国诗人席勒的名剧《强盗》。

一只小金表看了看)"雨下紧了。汉娜,你劳驾去瞧瞧客厅里生的火好吗?"

妇人站起身来。她打开房门,透过门我依稀望见有一条过道。一会儿我听得她在里面一间屋子里通炉火。很快她就回来了。

"唉,孩子们!"她说,"这会儿我上那边屋子里去真觉得难受,它看上去怪凄凉的,瞧那把椅子空在那儿,推到了屋角里。"

她用围裙擦擦眼睛。两个姑娘先前就很严肃,现在更显得伤心了。

"不过他是去了一个更好的地方,"汉娜又接着说,"我们不该希望他再回到这儿来。再说,没有人比他死得更安静的了。"

"你说他一句也没提起我们吗?"一位小姐问。

"他来不及,孩子。他一下子就过去了——你父亲。他也像前一天那样,有点不舒服,可没什么要紧。圣约翰先生还问过他想不想派人去叫你们当中的哪一个回来,他还直笑话他呢。第二天——就是说整两个礼拜以前——他又开始觉着头有点发沉,他就去睡了,一睡就再没醒过来。你们哥哥进房去看到他的时候,他全身差不多都已经僵了。唉,孩子们!他是最后的一个老派人了,——因为你们跟圣约翰比起那些已经死了的人来,都就好像是另外一种人似的,尽管你们的母亲很有点像你们,差不多也这么爱读书。她几乎就跟你一个模样,玛丽。黛安娜更像你们的父亲。"

我觉得她们那么相像,实在说不上那个老用人(因为我现在已经可以断定她是了)从哪儿看出了差别来。两个人都肤色白皙,身材苗条,两人都长着一张既出众、又聪慧的脸。确实,其中一个头发比另一个稍稍深一点,梳的发式也不同:玛丽的淡褐色头发中间分开,编成光滑的发辫;黛安娜稍深一些的头发却密密地蜷曲着盖到脖子。

"你们准想要吃晚饭了,我知道。"汉娜说,"圣约翰先生回来的时候也准是这样。"

说着她就动手做饭。两位小姐站起身来,似乎就要离开上客厅里去。直到那时,我一直在那么专心地看着她们,她们的外表和谈吐引起了我那么大的兴趣,以致我几乎忘了自己糟糕透顶的处境。现在,我又重新想起它来。对比之下,它似乎显得更加孤独,更加绝望。而要感动这所房子里的人来关心我,让她们相信我确实既饥渴又困苦,——说动她们肯施恩让我在流浪中能歇一歇脚,看起来是多么不可能啊!当我摸到了门,迟疑不决地敲着的时候,我觉得最后那种想法简直是异想天开。汉娜来开了门。

"你有什么事?"她借手里的蜡烛光打量着我,用诧异的声调问。

"我能跟你的小姐们讲句话吗?"我说。

"你最好还是先告诉我你有什么话要跟她们讲。你是从哪儿来的?"

"我是个异乡人。"

"你在这个时候上这儿来有什么事?"

"我想在外面的屋子或者随便哪儿住一宿,还想要一点面包吃。"

怀疑不信,我最担心的一种感觉,马上在汉娜的脸上显露了出来。"我给你一块面包,"她停了一会儿说,"可是我们不能留一个流浪人住宿。这可不行。"

"千万求你让我跟你的女主人说一说吧。"

"不,我可不干。她们能帮你什么忙呢?你这会儿不该到处乱走了,这看起来很不好。"

"可你要是把我赶走,叫我上哪儿去?我怎么办呢?"

"哦,我敢说你准知道上哪儿去,该怎么办。你只小心别干坏事就得了。给你一个便士,快走吧……"

"一个便士不够我吃的,而且我也没有力气再走了。别关上门,——哦,别关,看上帝分上!"

"我一定得关,雨打进来啦……"

"去告诉小姐们。——让我见见她们……"

"老实说,我不会去的。你准不守本分,要不你也不会这么大吵大闹啦。快走开!"

"可要是把我撵走,我准会死的。"

"你才不会呢。我怕你准在打什么坏主意,才在晚上这个时候还乱闯人家的屋子。要是你后面还有什么同伙——强盗什么的——藏在附近什么地方,你可以告诉他们屋子里并不是只有我们几个人,我们还有一位先生,还有狗、有枪呢。"说到这儿,这位忠实但有点死板的用人砰地关上了门并且上了闩。

这真是到了事情的顶点。一阵心如刀割的剧痛,——一种真正的痛苦绝望之情,——充塞着、撕裂着我的心。我实在是精疲力尽了,连一步也动弹不了。我倒在门口湿淋淋的台阶上。我痛苦万分地呻吟,——绞着手,——哭泣着。唉,这死亡的魔影!唉,这如此可怕地降临的最后时刻!伤心啊,这种举目无亲,——这种被同类所抛弃的心情!不仅是希望的依托,就是继续坚持不屈的立足点也通通消失了,——至少有一刹那是这样,但我很快又竭力想重新恢复后者。

"我最多不过是一死罢了,"我说,"我相信上帝。让我试着默默地等待他的意志吧。"

这些话我不仅是头脑里想着,而且也从口中说了出来。而且说着我就把我的全部苦难埋进了心里,我尽力强使它不出声地静静留在那里。

"人都是要死的,"一个近在咫尺的声音忽然说道,"但并不都注定要经受像你这样迁延痛苦的早死,要是你就这么因饥渴而死的话。"

"是谁,或者是什么在说话?"我问道,被这突如其来的声音猛吓了一跳,同时这会儿也不会再对眼前发生的任何事情寄予得救的希望。一个人影就在近旁,——到底是什么样的人影,漆黑的夜和我减弱了的目力使我无法分辨。这新来者转向了门,长时间响亮地敲打起来。

"是你吗,圣约翰先生?"汉娜喊道。

"对,——对,快开。"

"嗯,这么狂风暴雨的夜晚,你准是淋得多么冰冷透湿啊!快进来,——你妹妹都在为你担心了,而且我相信附近还有坏人。刚才有个要饭女人——我敢说她现在还没走!——就躺在那儿。快起来!真不害臊!喂,快走开!"

"别作声,汉娜!我有话要跟这女人说。你赶走她已尽了你的责任,现在让我尽我的责任,放她进来。我刚才就在旁边,听着你们两人说的话。我觉得这是桩不寻常的事情,——我至少得查问一下。年轻的女人,你起来,在前面走着,进屋子里去。"

我艰难地听从了他的吩咐。不一会,我就站在了那个干净、明亮的厨房里,——就在那炉火跟前,——直打哆嗦,浑身难受,意识到自己一副风吹雨打、神情狂野、可怕到了极点的样子。两位小姐,她们的兄长圣约翰先生,还有老用人,全都定睛注视着我。

　　"圣约翰,这是谁?"我听见一个人在问。

　　"我也说不上,我是在门口发现她的。"对方回答道。

　　"她脸色真苍白。"汉娜说。

　　"像泥土或者死人那么苍白。"有人附和说,"她要倒下来了,快让她坐下。"

　　我确实一阵头晕眼花,倒了下来,不过一把椅子把我接住了。我神志仍旧清醒,不过一时说不出话来。

　　"或许喝点水她会缓过来。汉娜,拿点水来。不过她真是憔悴得不像样子了。那么瘦,那么脸无血色!"

　　"简直只是个影子!"

　　"她是病了,还是只是饿的?"

　　"我想是饿的。汉娜,那是牛奶吗?把它拿给我,再拿块面包来。"

　　黛安娜(我是从她俯身向我时垂在我和炉火之间的长长的鬈发上认出她来的)掰下一点面包,在牛奶里浸了浸,凑到我的嘴边。她的脸靠我很近,我在那上面看出了怜悯,我从她急促的呼吸上感觉到了同情。这种像止痛油膏似的情感也同样流露在她简单的话里:"尽量吃一点吧。"

　　"对,——尽量吃点儿。"玛丽温和地重说了一句,也是玛丽的手脱掉了我湿透的帽子,扶起我的头来。我吃了一口她们拿给我的东西,起初有气无力,接着马上就迫不及待起来。

"一开始不能太多,——要让她克制点,"做哥哥的说,"她已经吃得够了。"说着他就把那杯牛奶和那碟面包拿开了。

"稍微再吃一点点,圣约翰,——瞧瞧她眼睛里那贪馋的神气。"

"暂时不能再吃了,妹妹。试试她现在能不能说话,——问问她的姓名。"

我感到自己能说话了,因此就回答说——"我叫简·爱略特。"因为仍旧急于避免让人发现,我早就决定用一个化名。

"那你住在哪儿? 你的亲友们在哪里呢?"

我默不作声。

"我们能带信去找哪一个你认识的人来吗?"

我摇摇头。

"你能不能讲一点你自己的情况呢?"

如今我一旦跨进了这一家的门槛,一旦跟它的主人们面面相对,就多多少少不再觉得自己无家可归,四处流浪,被广大的世界所抛弃了。我敢于丢掉我沿街行乞的样子,——重新恢复我本来的性情和举止。我又重新认出了原来的我。所以当圣约翰先生要我讲一讲自己,——这我目前还过于虚弱,难以做到,——我稍稍沉默了一会儿以后就回答说:

"先生,我今晚没法跟你细谈。"

"那么,"他说,"你希望我为你做点什么吗?"

"什么也不用。"我回答。我的精力还只能作一些这样简短的回答。黛安娜接过了话头:

"你是说,"她问道,"我们现在已经给了你所需要的一切帮助？我们尽可以把你再打发到荒原和雨夜中去了吗？"

我望望她，心想，她有一副出众的容貌，既充满力量，又富于善意。我的勇气突然鼓了起来。我一边对她同情的凝视报以微笑，一边说——"我信赖你。即使我是只迷路的丧家犬，我知道你今晚也不会把我从你们的炉火边赶走的。事实上，我也确实并不担心会这样。随你愿意怎样对待我和照顾我，就怎样对待我和照顾我吧，不过请原谅我不能讲太多的话，——我感到气急，——我一说话就觉得抽搐。"三个人都细看着我，三个人都没有说话。

"汉娜，"圣约翰先生终于说，"暂时让她坐在那儿，别问她话，过十分钟，再把刚才剩下的牛奶和面包给她。玛丽和黛安娜，我们到客厅里去好好谈一谈这件事。"

他们走了。没过多久其中的一位小姐——我说不出是哪一位——就回来了。我在暖洋洋的炉火旁边坐着，不知不觉陷入了一种昏昏沉沉的舒服感觉。她小声地吩咐了汉娜几句。不一会儿，我由那用人帮着，勉强上了楼梯。我湿淋淋的衣服给脱掉了，马上躺上了一张温暖而干燥的床铺，我感谢了上帝，——在无法形容的精疲力竭中强烈地体会到一种感激的喜悦之情，——很快就睡着了。

# 第二十九章

对于接下来差不多三天三夜的光景,我头脑里的记忆非常模糊。我还能记起这段时间里的一些感觉,但极少形成什么思绪,更没有做出什么举动。我知道自己睡在一个小房间里,一张狭窄的床上。我就像是在这张床上生了根似的,像块石头那样躺在上面一动不动,把我从那儿拖开简直会差不多要我的命。我对于时间的消逝毫不在意,——并不注意从早晨到中午、从中午又到晚上的变化。有人进来出去我都会注意到,甚至能说出是谁。人家如果站在我近旁说话,我能听懂在说些什么,但却回答不出。要我开一开口或者动一动肢体,都同样是做不到的。最常来看我的是那个用人汉娜。她一来就叫我不安。我有一种感觉,就是她巴不得我走,她对我或者我的处境毫不理解,对我抱着一种成见。黛安娜和玛丽每天来房间里一两次。她们会在我床边小声地说着类似这样的话:

"我们幸好把她收留了下来。"

"是啊,要是她给一整夜关在了外面,早上准会发现她死在大门口的。我真不知道她吃了什么样的苦头。"

"少有的困苦吧,我想,——憔悴、苍白的可怜的流浪者!"

"我有点觉得,从她的举止言谈来看,她并不是个没有受过教育的人。她的口音纯正。她身上脱下来的衣服虽然泥溅水淋,却并不旧而且质地很好。"

"她的脸挺特别,尽管消瘦憔悴成了那样,我还是有点喜欢它,要是健康和生气勃勃的时候,我能想象得出她的长相准是讨人喜欢的。"

她们的谈话中我从没听见过一个字,对于殷勤接待我表示后悔,或是对我这个人表示怀疑或者厌恶。我感到安慰。

圣约翰先生只来过一次,他看了看我,说我的昏睡不醒是长时间过度疲劳所引起的反作用。他断言用不着去请医生,他确信让我听其自然是最好的办法。他说每根神经都有点紧张过度了,所以整个机体都得暂时昏睡一段时间。并不是什么病。他猜想只要一旦开始,我会恢复得很快。这些看法他都是镇定而低声地寥寥数语就表达出来的。停了一会儿,他又用一个不习惯于高谈阔论的人的语气补充了一句:"长着一副不大寻常的相貌,当然,并不显得粗俗或者堕落。"

"恰恰相反,"黛安娜附和道,"说真的,圣约翰,我对这个可怜的小人儿还真有点满腹温情呢。但愿我们能为她做点长远的好事。"

"那可不大可能。"对方答道,"你准会发现她是位年轻小姐,跟亲友们闹了点误会,大概是冒冒失失离开了他们的。我们或许能让她回到他们那儿去,只要她不太固执。不过我在她脸上看出了坚毅的特征,使得我疑心她很难对付。"他站在那儿端详了我好几分钟,然后又补充了一句:"她看上去很有头脑,但一点也说不上漂亮。"

"她正病得厉害,圣约翰。"

"不管生不生病,她总归长得很平常。五官上总缺少那种美的高雅和和谐。"

第三天我好了一些。第四天上我能说话,动弹,在床上坐起来,转动身子了。大约在我猜想是吃午饭的时间,汉娜给我端来一点稀麦片粥和烤面包片。我吃得津津有味,食物很好吃,——全没有前几天不管我吃什么都会觉得不好吃的那种发烧时的滋味。她走了以后,我感到比较有力气也比较有精神了。不一会儿,睡得烦腻和渴望活动的心情就叫我不安分起来。我想要起床,但我能穿些什么呢?只有我曾穿着睡在地上、倒在沼泽里的那几件又潮湿又沾满泥污的衣服。我正觉得不好意思这样一身打扮出现在我的恩人们面前时,幸而避免了这样的丢脸事。

在床边的一把椅子上放着我所有的衣物。我那块黑丝巾挂在墙边。泥塘的痕迹已经去掉了,因打湿而起的皱已经熨平,显得满体面的。连我的鞋袜也都已弄得干干净净,穿得出去了。屋里就有洗脸的用具,还有梳子和发刷可以理平我的头发。经历了一个吃力的过程,每隔五分钟就要歇口气,我总算打扮好了自己。因为瘦了不少,我的衣服就像挂在身上似的,但是我用一块披巾掩饰住了不足之处,终于再一次又整洁又体面地——没有一点我最恨也最使我降低身份的污迹和衣衫不整的样子——扶着栏杆,吃力地爬下了一座石头楼梯,来到一条窄窄的低矮过道上,马上就摸索着走进了厨房里。

这儿满是新烤面包的香味和旺盛炉火的暖意。汉娜正在烤面包。谁都知道,在未经教育耕耘施肥的心田里,成见是最难消除的,它就像石头缝里长出来的野草那样在那儿牢牢地生根。说实在的,汉娜一开始很冷淡生硬,近几天她开始稍微和气了一点。当她看见我穿得整整齐齐、体体面面地走进来时,她甚至还露出了微笑。

"怎么,你已经起来了?"她说,"那么你是好一些了。你高兴的话,可以坐在炉边我那把椅子上。"

她指指那把摇椅。我坐了下来。她一边忙着,一边不时地用眼角瞟着我。当她从炉里取面包的时候,她突然转过脸来冒冒失失地问道:

"你来这儿以前要过饭吗?"

我一时有些生气,但想到发火是绝对不行的,而且我当时在她眼里也确实很像个乞丐,所以我平心静气地回答了她,尽管仍旧有意把口气放硬了一点:

"你错把我当成个要饭的了。我并不是要饭的,跟你和你的小姐们一样。"

她默然了一会儿,又说:"这我可不懂了,你看上去是又没家、又没铜子儿吧,我想?"

"没有家或者没有铜子儿(我想你是指钱吧),并不就一定叫人成为一个你所说的要饭的。"

"你读过书吗?"她马上问道。

"是的,读过不少。"

"可是你从来没上过寄宿学校吧?"

"我上过八年。"

她睁大了眼睛,"那你怎么还养不活自己呢?"

"我养活过,而且我相信还会再养活我自己的。你要拿这些醋栗做什么?"我看她拿出一篮这种果子来,就问道。

"用来做饼。"

"给我吧,我来拣。"

"不,我什么也不要你干。"

"不过我总得找点事干呀,交给我吧。"

她答应了。她甚至还给我拿来一条干净毛巾盖在衣服上,"要不,"她说,"你会把衣服弄脏的。"

"你没干惯用人的活儿,我从你手上就看得出来。"她指出,"或许你是个裁缝吧?"

"不,你猜错了。好啦,别管我原来是干什么的,别再去为我伤脑筋了,只是告诉我咱们现在待的这所宅子叫什么?"

"有人叫它沼地居,有人叫它荒原庄。"

"住在这儿的这位先生叫圣约翰先生是吗?"

"不,他不住这儿,只是暂时住一阵。他经常住家是在莫尔顿他自己的教区里。"

"那个离这儿几英里的村子吗?"

"嗯。"

"他是干什么的?"

"他是位教区牧师。"

我记起了我要求见见牧师的时候,那所牧师住宅里的老管家的回答,"那么说,这里是他父亲的住处喽?"

"嗯。老里弗斯先生住过儿,在那以前,他的父亲、祖父和曾祖父也住这儿。"

"那么说,这位先生的全名是圣约翰·里弗斯先生喽?"

"嗯。圣约翰估摸是他受洗的名字。"

"他的两个妹妹叫黛安娜·里弗斯和玛丽·里弗斯?"

"对。"

"他们的父亲过世了吗?"

"三个礼拜前过世的,是中风。"

"他们没有母亲吗?"

"太太过世多年了。"

"你在这一家已经很长时间了?"

"我在这儿已经三十年了。他们三个全是我带大的。"

"这说明你一定是位忠实可靠的仆人。我挺愿意这么夸你,尽管你刚才不客气地叫我作要饭的。"

她又用惊异的目光端详着我。"我相信,"她说,"我是把你看错了。不过现在骗子那么多,你千万莫怪我。"

"话虽这么说,"我口气有点严厉地继续说,"你在那么个连条狗也不该关在门外的雨夜里,却一心想把我从门口赶走。"

"呃,这是有点狠心。可叫人怎么办呢? 我倒不是为我自己,更多地是想着孩子们,可怜的人儿! 他们除了我简直没人照料。我总得多留神着点。"

我继续严肃地沉默了好几分钟。

"你可别把我想得太坏。"她又说了一句。

"可我确实把你想得很坏,"我说,"我告诉你为什么,——倒不光是因为你不肯收留我,或者把我看成了骗子,更主要的是因为你刚刚把我既没'铜子儿'也没家看成了一种罪状。世上有一些最好的人跟我一样一无所有,只要是个基督徒,就不应该把贫苦看成是一种罪恶。"

"我也一样不应该。"她说,"圣约翰先生也跟我这样说过。我明白我是做错了,——可我现在对你有了跟以前完全不同的看法。你看起来地地道道是个体面的小人儿。"

"这就行啦,——我现在不怪你了。握握手吧。"

她把一只长着老茧、沾满面粉的手伸给了我,粗糙的脸上豁然开朗地露出了又一个更加真诚的笑容,从这一刻起我们就成了朋友。

汉娜显然很喜欢说话。在我拣着果子,她揉面准备做饼的时候,她接连给我讲了许多跟她已故的男女主人以及"孩子们",像她称那几个年轻人那样,有关的种种琐事。

她说,老里弗斯先生是个相当朴实的人,但是是一位绅士,出身于一个够说得上是十分古老的家族。沼地居一造好就属于里弗斯家,而且,她肯定说,"它已经有二百多年了,——尽管它看上去只是个小小的不起眼的地方,没法跟奥立佛先生在莫尔顿谷的那所大宅子相比。不过她还能记得起比尔·奥立佛的父亲只是个做缝衣针的工匠,而里弗斯家在从前亨利王的朝代就已经是乡绅了,只要去查查莫尔顿教堂事务室里的户籍簿,谁都能看得到。"不过,她承认,"老主人也跟别的人一样,——没多大出众的地方,一味发疯似的爱打打猎、种种庄稼什么的。"太太就不同。她是个书迷,读得真不少,"孩子们"就像她。附近这一带没有像他们那样的,从来也没有过。他们三个差不多打从能说话起就都喜欢读书,而且老是"有他们自己的一套"。圣约翰先生一长大就进大学,当了牧师;而两个姑娘一离开中学就去找家庭教师的职位,因为她们告诉过她,她俩的父亲几年前因为他信托的人破了产,损失了许多钱。既然他如今已没钱给她们什么财产,她们就只好自己去挣钱了。她们很长时间极少回家里来住,现在只是因为她们的父亲死了,才回来待几个星期。不过她们确实非常喜欢沼地居和莫尔顿,也喜欢四周那些荒原和小山坡。她们去过伦敦和别的许多大城市,可她们总是说没一个地方比得上家里。她们也确实那么合得来,——从不争吵,也不闹别扭。她真不知道哪儿还有像这么团结和睦的家。

完成了我拣醋栗的活儿以后，我问她这会儿两位小姐和她们的哥哥在哪儿。

"散步上莫尔顿去了，不过只去半小时就要回来用茶点。"

他们果真在汉娜给他们派定的时间里回来了。他们是从厨房门走进来的。看见我在那儿，圣约翰先生只微微施了个礼就走过去了，两个小姐却停了下来。玛丽稍稍说了几句，亲切而平静地表示她看见我已经好些，能够走下楼来，感到高兴。黛安娜握住我的手，对我摇摇头。

"你该等着我准许你下来才对。"她说，"你看上去仍旧那么苍白，——那么瘦！可怜的孩子！——可怜的姑娘！"

黛安娜说话在我听来就像鸽子发出柔和的咕咕声。她那双眼睛的凝视也让我感到高兴。我觉得她整个脸都富于魅力。玛丽的脸也同样聪慧，——她容貌也同样好看，但她神情比较拘谨，态度虽然和蔼，也比较疏远。黛安娜说话和神态上都有那么点权威味道，显然，她富于意志。我生性喜欢服从像她那样令人信服的权威，而且在不违背自己良心和自尊感的情况下，听命于一个积极的意志。

"而且你到这儿来干什么？"她继续说，"这不是你待的地方。玛丽和我有时候在厨房里坐坐，因为我们在家时喜欢自由自在，甚至随随便便，——可你是客人，应该上客厅里去。"

"我在这儿挺好。"

"一点也不好，——汉娜在那儿忙来忙去，把面粉弄了你一身。"

"再说，这炉火对你来说也太热了。"玛丽也插了一句。

"可不是么。"她姊姊补充说，"来，你一定得听话。"说着，她仍旧握住我的手不放，把我拉了起来，带进了里屋。

"好好坐着，"她把我安置在沙发上说，"等我们脱下衣服，去准备好茶点。这是我们在沼地上这个小小的家里享用的另一个特权，——在我们高兴，或者汉娜正在烤面包、酿酒、洗衣服或者烫衣服的时候，由我们自己来做饭吃。"

她关上了门，留下我单独跟圣约翰先生在一起，他正坐在对面，手里拿着一本书，还不知是一张报。我先端详了一下这个客厅，然后再端详着它的主人。

这客厅不过是个小房间，陈设得很简朴，但因为又干净又整齐，显得很舒适。几把老式椅子擦拭得很亮，那张胡桃木的桌子简直像一面镜子。不多几幅旧日男女古老而奇怪的画像点缀着斑斑痕痕的墙壁。一个玻璃门餐具柜里摆着一些书和一套古老的瓷器。屋子里没有多余的摆设，——没有一件新式家具，只有一对针线盒，还有一个女用的花梨木文具匣子放在倚墙的半桌上。所有的东西——包括地毯和窗帘——看上去都既陈旧又保养得很仔细。

就像墙上那些灰蒙蒙的画像那样一动不动地端坐在那儿，两眼一直盯在他正在看的书页上，一言不发地双唇紧闭着，圣约翰先生是极容易让人看清楚的。即使他不是个活人而是个偶像，也不会叫人更容易看清的了。他还年轻，——也许是在二十八到三十岁之间，——身材修长。他的脸引人注目，就像是一张希腊人的脸，轮廓完美，一个笔直的古典式的鼻子，一张雅典式的嘴和下巴。的确，极少有一张英国人的脸像他这样接近古代的典范。他自己的面貌如此匀称，看见我的不端正，是难免会有点吃惊的。他的眼睛又大又蓝，长着褐

485

色的睫毛。他高高的前额像象牙那么洁白,额上稍稍披着几绺随意挂下来的浅色金发。

这岂不是一幅柔和的写生吗,读者?然而它所描绘的对象却绝不会使人产生印象,觉得他有一种柔和、温顺、易感,或者至少是恬静的天性。尽管他这会儿安安静静地坐在那儿,可是他的鼻孔、嘴巴和额头上都有那么一种迹象,使我觉得它暗示着内心的纷扰不宁,或是严厉无情,再不然就是急躁渴望的动向。一直到他两个妹妹回进屋来,他没有跟我说过一句话,甚至也没有看过我一眼。黛安娜在进进出出准备茶点的过程中,给我带来了一块在炉顶烘制的小蛋糕。

"先把这个吃了,"她说,"你准该饿了。听汉娜说除了一点麦片粥以外,你从早饭到现在什么也没吃过。"

我没有谢绝,因为我食欲已经恢复起来,并且还很强烈。这时里弗斯先生才合上书本,走到桌前,并且一边就座,一边用他那双像画出来似的蓝眼睛直盯着我。他现在的凝视中有一种不礼貌的直率,一种锐利决断、紧盯不放的神色,说明刚才他是存心,而不是出于腼腆才不朝陌生人看的。

"你很饿了。"他说。

"是的,先生。"我就这样,——出于本能地总是这样,——向来都是以简短来回答简短,用直率来对待直率。

"这三天来低烧使得你少吃东西对你很有好处。要是一开始你就饥不择食,是有危险的。现在你可以吃了,但还是不能毫无节制。"

"我相信,我吃你的不会吃得很久,先生。"这是我倔头倔脑、粗声粗气的一句回答。

"是不会,"他冷淡地说,"你一旦告诉我们你亲友的地址,我们可以写信给他们,你也就可以回家去了。"

"这一点,我得坦白地告诉你,我是没法办到的,因为我根本没有家,也没有亲友。"

那三个人都望着我,但并没有不信任的神气,我觉得他们目光中并无怀疑意味,更多的倒是好奇。我尤其是指两位小姐。圣约翰的眼睛尽管从字面的意义上可说是相当清澈的,但在比喻的意义上也可说是深不可测的。他似乎更多地是使用它们来作为探索别人念头的工具,而不是作为显露自己想法的手段。它们既含蓄又敏锐,旨在窘迫对方的用意大大多于使别人得到鼓励。

"你是想说,"他问道,"你完全孤身一人,毫无亲友吗?"

"是这样。我跟任何一个活着的人都毫无联系,我也没有权利要求英国的任何一家来收留我。"

"拿你这样的年纪来说,倒真是个非常少有的处境!"

说到这儿,我看见他目光落到了我交叉放在面前桌上的双手上。我正不明白他想从那儿探究些什么,他的话马上就解释了这种探索。

"你还没结过婚?你是个姑娘吧?"

黛安娜笑了起来,"怎么,她还绝不会超过十七八岁呢,圣约翰。"她说。

"我快到十九啦,不过我还没结婚,没有。"

我感到脸上一阵火烧似的发热,因为一提到结婚,就重新勾起了种种酸心而叫人激动的回忆。他们都看出了这种窘迫和激动。黛安娜和玛丽都把目光从我变得通红的脸上移开,免得我难堪,可是那位比较冷酷和严厉的哥哥却仍旧紧盯不放,直到他所激起的心烦意乱不但逼得我脸红,还逼出了我的眼泪。

"在这以前你住在哪儿呢?"他又问。

"你太爱问了,圣约翰。"玛丽低声咕哝说,但他却把身子在桌上往前探着,再次用坚定而刺人的目光逼人回答。

"我住的地方和同住的人的名字,都是我的秘密。"我简洁地答道。

"这我认为只要你愿意,不管圣约翰问也好,别人问也好,你都是有权不说的。"黛安娜说。

"可是如果我对你或者你的经历都一无所知,我就没法帮助你。"他说,"而你需要帮助,不是吗?"

"我需要,而且也在寻求帮助,先生,只求有哪个真正的好心人能扶我一把,让我能找个我能做的工作,得到能维持生计的报酬,哪怕只够糊口也行。"

"我不知道我是不是真正的好心人,但我愿意尽我最大的力量来帮助你实现这样正当的目的。那你就首先告诉我吧,你一向干什么,能干些什么?"

我这时已一口气喝下了我的茶,这饮料使我精神大振,就像一位巨人饱饮了美酒一样。它使我衰弱的神经有了新的活力,使我能够从容不迫地跟这位盘问不休的年轻审判官说话。

"里弗斯先生,"我转过身去对他说,就像他望着我那样,坦然而毫不畏怯地眼望着他,"你和你的两位妹妹给了我很大的帮助,——人能够给他同类的最大的帮助。你们用高尚的款待把我从死亡中救了出来。你们所施的这种恩惠使你们绝对有权得到我的感激,同时也一定程度地有权得到我的信赖。我愿意尽量告诉你们蒙你们收留过的这个流浪者的经历,只要无损于我自己心灵的安宁,——无损于我自己的以及别人的精神上和身体上的安全。

"我是个孤儿，是一个牧师的女儿。我父母在我还不能记得他们的时候就已经去世了。我是靠人收养长大的，在一个慈善学校里受的教育。我甚至可以告诉你们我曾当过六年学生和两年教师的那个机构的名字，——××郡的洛伍德孤儿院，你大概听说过这个地方吧，里弗斯先生？——罗伯特·勃洛克赫斯特牧师是那儿的司库。"

"我听说过勃洛克赫斯特先生，而且我还去参观过那所学校。"

"我将近一年以前离开洛伍德，当了一名私人的家庭教师。我得到一个很好的职位，觉得很愉快。在来这儿的四天以前我却不得不离开了那个地方。我离开的原因我不能说，也不应该说，因为那毫无用处，——还有危险，而且听起来也叫人难以置信。我没有受到任何指摘，我跟你们三位一样是完全清白无辜的。我很苦恼，而且还得苦恼一个时期，因为把我从我曾感到像个天堂似的那所宅子里赶出来的，是一场有点离奇而可怕的灾难。我盘算出走时只顾到两点——迅速，秘密，要确保做到这样，我只好把我所有的东西都丢下，只带了一个小包袱，而因为忙乱和心神不定，我竟忘了把它从送我到惠特克劳斯的那辆马车里拿下来。这样一来，我来到这一带时简直是一无所有了。我在露天睡了两夜，将近两天到处流荡，没跨进过一家屋门。这段时间里我只有两次吃到过一点食物。正是在我饥饿、精疲力竭和绝望到了几乎奄奄一息的时候，你，里弗斯先生，阻止我饿死在你的门口，把我收留到你的家里。在那以后你两位妹妹为我所做的一切我全都知道，——因为在我看上去昏睡的时候我并非毫无知觉，——我对她们那自发的真诚而亲切的怜悯,也跟对你那出于福音精神的慈悲一样,欠着很大的情。"

"好了,别再让她说下去啦,圣约翰。"我一停口黛安娜马上就说,"她明显还不宜太激动。到沙发这儿来,快坐下吧,爱略特小姐。"

听到这化名,我不由自主地稍稍一惊,我已经把我这新名字忘记了。仿佛什么也逃不过他眼睛的里弗斯先生马上注意到了这一点。

"你说你的姓名叫简·爱略特?"他说了一句。

"我是说过,我觉得这是我目前用来比较方便的名字,不过这不是我的真姓名,所以我一听起来觉得怪陌生的。"

"你不肯说出你的真姓名吗?"

"不,我最怕的是暴露了行踪,所以尽量避免说出一切可能导致这个后果的话来。"

"你做得完全对,我相信。"黛安娜说,"好了,哥哥,千万让她安静一会儿吧。"

可是圣约翰只稍许沉思了片刻,就又照样冷静而敏锐地说了起来。

"你宁愿不长期依靠我们的款待,——我看得出来,你但愿能尽早免受我妹妹的怜悯,尤其是我的慈悲(我完全体味得出这种有意强调的区别,我也并不恼火,——这话是公道的)。你极希望能不依赖我们?"

"的确是的,我刚才已经说过了。眼前我只求指点我怎么去工作,或者说怎么去找到工作,然后就放我去吧,哪怕是要上最简陋的茅舍里去也行,——不过在那以前,请让我耽搁在这儿,我实在害怕再去尝试一次饥寒漂泊的可怕滋味了。"

"当然,你一定得耽搁在这儿。"黛安娜一边用一只白皙的手按在我头上,一边说,"你一定得这样。"玛丽也跟着说,用的是不太外露的真诚口气,这在她似乎是很自然的。

"你看,我妹妹很乐意收留你,"圣约翰先生说,"就像她们很乐意收留和爱护一只可能被冬天寒风刮得逃进她们窗子里来的快冻僵的鸟儿一样。而我却更倾向于帮你走上自立的路,而且要竭力去这样做。不过你要看到,我的天地是狭窄的。我不过是一个乡下穷教区的牧师,所以我的帮助也一定是很不起眼的。如果你不屑成天干些琐屑事过活,那就尽管去找比我更有效的帮忙好了。"

"她已经说过愿意干任何她能够干的正当活儿,"黛安娜替我答复说,"而且你知道,圣约翰,她没法挑拣找谁来帮助了,所以只好耐性忍受像你这么个坏脾气的人。"

"我愿意当裁缝,愿意做普通女工,愿意当个用人、保姆,如果不能干更好的工作的话。"我回答他说。

"好,"圣约翰口气颇为冷淡地说,"既然你有这样的精神,我答应帮助你,在我合适的时间,用我自己的方法。"

说罢他就又去看他喝茶以前一直在看的那本书了。我马上起身回房,因为我已说了那么多话,坐了那么久,已到了我目前体力所能容许的极限了。

# 第 三 十 章

　　我越熟悉荒原庄的人,就越是喜欢他们。只过了几天,我的健康就已恢复到能整天坐着,有时候还能出去走走了。我能参与黛安娜和玛丽的一切活动,只要她们愿意,就跟她们在一起闲谈,而且在她们允许我的时间和地方帮她们一点忙。在这种交往中有一种使人精神振奋的乐趣,是我现在才第一次体味到的,——这种乐趣是来自趣味、情感和准则的完全融洽一致。

　　她们喜欢读的我也爱读,她们欣赏的我也喜欢,她们赞同的我也尊重。她们爱自己与世隔绝的家。而这所灰暗、古旧的小小建筑物,连同它那低矮的房顶,它的格子窗,它颓败的墙壁,它那条两边都是老枞树的林荫路,——树都在山风的压力下歪向一边,它那黑压压遮满紫杉和冬青的花园,——那儿只有一些最顽强的花木品种才会开花,——也使我感到有一种强烈而持久的魅力。她们依恋自己住处前后左右那一片紫色的荒原,——那有条可以走一匹马的鹅卵石小路从大门口往下通向那儿的深深的谿谷,这条深谷先蜿蜒穿过两旁羊齿丛生的陡岸,然后穿过不多几块极为荒芜的小牧草地,你想象不到它们居然会出现在遍地石楠的荒原边沿,还会给一群灰色的荒原绵羊和它们那些脸上毛茸茸像长着苔藓般的小羊提供食料。哦,她们依依不舍这一片景色,怀着一种十足的眷恋之情。我能够理解这种情感,而且也同样强烈和真诚地抱有同感。我看到这一带的迷人之处,我感觉到它的孤寂给人的神圣感。我眼中尽情浏览着连绵起伏的地形,——浏览着苔藓、石楠花、点缀着鲜花的草地、色泽耀眼的欧洲蕨和柔和的花岗岩给山脊和低谷染上的斑驳色彩。这些细枝末节对于我也正像对于她们来说一样,——是无数纯洁可爱的欢乐的源泉。狂飙跟和风,恶劣天气跟晴朗天气,日出时分和日落时分,月明之夜和多云之夜,在这一带对我来说也有着跟对她们同样的吸引力,——也会跟迷住她们一样地对我产生左右我整个身心的同样魔力。

在室内生活中我们也同样地志趣相投。她们两人都比我更多才多艺,读的书也更多,但我一心要在她们在我之前走过的知识之路上追赶她们。我如饥似渴地读着她们借给我的书,然后到晚上跟她们一起讨论我白天看过的书,可真是一桩大乐事。想法不谋而合,意见彼此相投,总而言之,我们完全一致。

如果说我们三人中有一个是最强的和带头的,那就是黛安娜。从身体上讲,她就远比我强:她容貌漂亮,精神勃勃。她血气旺盛,富于生命力,而且总是那么精力充沛,叫我无法理解,也使我惊奇不止。晚上刚开始我还能谈一会儿,但第一阵活跃和畅快的谈话过去以后,我就总爱坐在黛安娜脚边的一张矮凳上,头靠着她的膝盖,轮流听着她和玛丽谈,听她们彻底探讨着我还只是触及浮面的话题。黛安娜提议教我德语。我喜欢跟她学,我看出担任教师的角色使她高兴,也对她合适,而当学生也同样使我高兴,对我合适。我们性情相投,彼此喜爱——达到最强烈的程度——是自然而然的事。她们发现我会画画,于是她们的画笔和颜料盒就立刻任我使用。我的技艺在这方面比她们高,使她们大为惊讶并且着了迷。玛丽会一坐就是一个钟头,坐在那儿看着我画。接着她要我教她,而且真成了个听话、聪明而又刻苦的学生。这样忙个不停,彼此都觉得津津有味,几天就仿佛只是几个小时,而几个星期就像只是几天似的过去了。

至于圣约翰先生呢,我跟他妹妹间那么自然而又飞快发展起来的亲密情谊却完全与他无缘。我们之间仍然觉察得出的疏远,他在家时间较少也是一个原因。看来他的大部分时间都用来访问他那个教区里散居各处的居民中的穷人和病人了。

任何天气似乎都阻止不了他做这些牧师的巡视,不管天晴下雨,他一做完早课就会拿起帽子,带着他父亲的那条老猎狗卡洛,出门去履行他的出于爱或者是义务的使命了,——我实在弄不清他是从哪一种角度来看待这些使命的。有时候碰到天气很坏,他妹妹们会劝阻他。这时他就会带着一种庄严多于快乐的古怪的微笑说:

“如果我让一阵风或者几点雨就弄得回避了这些轻而易举的工作,这样懒散,怎么为实现我替自己规划的未来作准备呢?”

对于这个问题,黛安娜和玛丽的回答通常总是一声叹息,跟着是几分钟显然是郁郁不乐的沉思。

不过除了他经常不在,也还有另一种不易和他建立友谊的障碍:他的性情似乎属于沉默拘谨,心不在焉,甚至是耽于沉思默想的那一类。尽管热心于牧师职责,生活和习惯都无可指摘,但看来他却并不曾享受到每一个真诚的基督徒和实际上的博爱者所应享的报酬,那种心灵的平静和内心的满足。每每到了晚上,他坐在窗前,面对着书桌和摊着的纸张,他会停止了阅读和写作,手托着下巴,任由自己沉浸在我不知究竟是什么样的思绪里,不过从他眼睛的频频闪动和开合不定上,完全看得出那准是十分激动不宁的。

不但如此,我还觉得大自然对他来说,并不像对他妹妹们那样是乐趣的宝库。我只听见他有一次,仅仅只有一次,表示过对山势起伏的美的强烈感受,和对他自己称之为家的这些旧墙壁和黑屋顶的天生的喜爱。但在他表露这种感情时所用的词句和语调中,却是忧郁多于喜悦。同时他也似乎从来没有为了那些荒原能使人心平气和的宁静而去那儿漫游过,——从来不曾发现或者耽溺过它们能给予人们的千百种平静的乐趣。

他那么少言寡语,因此过了相当时候我才有机会探测他的心思。我对他的才干第一次略有所知,是听他在莫尔顿他自己的教堂里布道的时候。我希望能把这篇讲道描述一番,但实在做不到。我甚至都无法把它在我身上所起的作用忠实地表达出来。

它一开始很平静,——而且实在说,就讲的方式和语调而言,它从头到尾都是平静的。但不久,在清晰的抑扬顿挫之间很快就流露出一种出于真诚但同时却又严格加以节制的热情来,接着强劲有力的言辞就随之而来。这逐渐发展成了一股力量——凝重、精炼而控制自如。布道者的威力使得心脏跳动,头脑震惊,但两者却都并未受到感动。从头到尾都有一种奇怪的尖刻味道,而缺少使人得到抚慰的亲切。不断严厉地向人提醒加尔文派①的教义——上帝的选拔，命运的预定，上帝的摈弃；而每一提到这些，听上去都就像是在宣判人们在劫难逃似的。他说完以后，我不但没有感到心情好了一些、平静了一些，由于他的讲话觉得心明眼亮了一些，却反而体味到了一种说不出的忧伤。因为我觉得——我不知别人是否也这样感觉——我所听到的这番雄辩，就像是从一个积满着灰心失意的浑浊沉渣，活跃着贪婪渴望和勃勃野心的恼人冲动的深渊中发出来的。我敢肯定，圣约翰·里弗斯尽管品行纯洁，言行谨慎，办事热情，却还是没有找到那种深奥难解的上帝的安宁。我觉得他没有找到，也正像我一样，我还在为我打碎了的偶像和失去的天堂暗暗抱着痛苦难耐的惋惜之情，——这种心情我近来避免提到，但却仍在缠住我不放，并且无情地主宰着我。

　　这期间一个月过去了。黛安娜和玛丽不久就要离开荒原庄，回到正在等待着她们的完全不同的生活和环境中去，到英国南部一个时髦的大城市里去当家庭教师，那儿她们各自在一个家庭里就职，被家里那些傲慢富有的成员只当作卑微的下人看待，既不知道也不想去看出她们天赋的美德，而只像赏识家里厨子的手艺或者身边侍女的情趣那样地赏识她们学得的才艺。圣约翰先生至今还一句也没跟我提起过他曾答应为我找的工作，而我得好歹有个职业已成为刻不容缓的事了。一天早晨，我被单独留下来跟他一起呆在客厅里有好几分钟，我大胆走近窗口的凹进处，——那儿摆着他的桌椅和写字台，

---

①　加尔文派：基督教新教中的一个宗派，在维持传统教义上态度比较严格、保守，曾以"异端"罪名残酷迫害过许多人。

像个书房似的变得神圣不可侵犯,——我刚想开口说话,尽管还不太有把握应该怎样措词来问他,——因为任何时候要打破蒙在他那样的性格外面的那层拘谨的坚冰都是很困难的,——他却省掉了我的麻烦,先开口开始了这场谈话。

正当我走近时他抬起头来,——"你有问题要问我吗?"他说。

"是的,我想知道你打听到我可以去要求担任的工作没有?"

"三星期前我替你找到了或者说想出了一个工作,不过既然你在这儿看来既有好处也很愉快,——我两个妹妹显然变得离不开你,有你做伴她们感到非常愉快,——我就觉得不便来打搅你们彼此间融融洽洽的空气,除非等到她们就要离开沼地居,因而使你也不得不离开。"

"那么她们还有三天就要走了是吗?"我说。

"是的,而等她们一走,我就要回莫尔顿的牧师住宅去住,汉娜跟我一起走,这间老房子就要锁起来了。"

我等待了一会儿,以为他会接着一开始就提出来的那个话题继续说下去,但他却仿佛思路已转到了别处,他的神情表明他的心已经不在我和我的事情上了。我只好再提醒他回到必然为我所密切关心的那个话题上面来。

"你当时想到的是一桩什么工作呢,里弗斯先生?但愿这一延搁不至于使得到它更为困难吧。"

"哦,不。因为这桩工作只要我肯给,你肯接受就行了。"

他又停住了,似乎有点不愿意再谈下去的意思。我不耐烦了,一两个烦躁的动作,以及直盯在他脸上的急切而有催逼意味的一瞥,跟言语一样有效地向他表达了这种心情,而省掉了再说的麻烦。

"你不必急于想听，"他说，"我可以坦白告诉你，我并没有什么合适的或者收入多的工作可提。在我细说清楚以前，请你回想一下我早已清楚提醒过的话，即使我帮助你，那也只能是像瞎子帮助跛子那样。我穷，因为我发现还清了父亲的债务，留给我的全部遗产就只有这座快要倒塌的田庄，它后面那排病恹恹的枞树，还有前面长着紫杉和冬青的那块荒地。我出身卑微，里弗斯是个古老家族，但它仅有的三个后裔，两个正在依人谋生，另一个只觉得自己是流落他乡，——不但是终生，连死后也要如此。对，还要认为，而且不得不认为自己是得天独厚，一心只盼着有朝一日脱离世俗羁绊的十字架会戴到他的肩上，那位自己也是其中最卑微的成员之一的教会战士的首领会下令说：'起来，跟我走！'"

圣约翰说这些话时就像他在布道时一样，声音深沉、平静，脸颊并没发红，目光却神采奕奕。他接着又说道：

"既然我自己贫穷、卑微，我也就只能提供你一个贫穷、卑微的工作。你或许会认为那甚至是降低身份，——因为我现在看出你一向的习惯正是世人称之为文雅的那一种，你的趣味倾向于力求尽善尽美，而你曾经交往的至少是那些受过教育的人，——不过我认为只要是能改善我们人类的工作，就绝不是降低身份的。我确信一个勤劳的基督徒被派去耕耘的土地越贫瘠荒芜，——他辛苦得来的酬劳越少，——荣誉就越高。在这种情况下，他所经历的是先驱者的命运，而传播福音最早的先驱者就是使徒们，——亲自担任他们首领的就是救世主耶稣。"

"嗯？"他又停下口来时，我说，"说下去。"

他在接着说下去之前先看着我。说真的,他就仿佛是在不慌不忙地读着我的脸,上面的五官和线条就仿佛是书页上的字似的。这样察看所得出来的结论,他接着所说的话里就部分地表达了出来。

"我相信你会接受我向你提出的职务,"他说,"不过只是暂时担任一个时期,而不是永久担任下去,正像我也不能把英国乡村牧师这种狭隘并且使人变得狭隘,平静而又不为人知的职务永久担任下去一样。因为你的性情中也像我一样,有一种使人安定不下来的东西,尽管性质不同。"

"请你说得详细些。"当他又要停下口来时,我催促说。

"好吧,你就会听到这个建议是多么可怜,——多么微不足道,——又多么琐碎烦人。如今我父亲一死,我可以自己做主了,我就不会再在莫尔顿长呆下去。我或许会在十二个月之内离开这个地方。不过只要我还在,我就要竭尽全力来改进它。两年前我刚来时,莫尔顿还没有学校,穷人的孩子毫无进步的希望。我为男孩们兴办了一所,现在我打算再为女孩子们兴办一所学校。我已经为此租下了一座房子,还连着一所有两个房间的小屋给女教师住。她的薪水是三十镑一年,她的住处已经配备好了家具,虽十分简单,却足够用的了,这多亏了一位女士,奥立佛小姐的好意,她是我教区里惟一的有钱人,山谷里那家针厂和铸造厂的老板奥立佛先生的独生女。这位小姐还出钱负担一个济贫院找来的孤女的衣穿和学费,条件是她得帮女教师干家里和学校里的一些杂活,因为那位教师忙于教务,没有时间亲自来料理这些事。你愿意当这个教师吗?"

他这个问题提得有些仓促。他似乎料想这个建议多半会得到恼怒的,或者至少是轻蔑的拒绝,因为他虽也猜测到一些,却并不完全了解我的思想和感情,所以摸不准我究竟会如何看待这种前途。说实话这工作是卑微的,——但它却能供给住处,而我正需要一个安身立命之所。它是辛苦的,——但话说回来,跟在一个富家当家庭教师相比,它是独立自在的,而怕向陌生人唯唯诺诺的心情已经像烙在了我的心上。它并不低微,——并不轻贱,——也并不使人精神上自觉降低身份。我下了决心。

"我感谢你提出这桩工作,里弗斯先生,我全心全意地接受它。"

"不过你听明白了我的意思吗?"他说,"那是一所乡村学校,你的学生只会是一些穷苦姑娘,——茅屋里的孩子,——最多也不过是种地人的女儿。编结、缝纫、读、写、算,你要教的只能是这些东西。你拿你的种种才艺怎么办呢?拿你的大部分心灵——情感——趣味又怎么办呢?"

"把它留到需要的时候再用吧。它们会保存下来的。"

"那么你明白你承担的是什么工作喽?"

"我明白。"

这回他笑了,而且并不是苦笑或者嘲笑,而是大为高兴、极其满意的微笑。

"那你准备什么时候开始履行职务呢?"

"我明天就到我的住处去,要是你愿意的话,下个礼拜就开学。"

"很好,那就这样吧。"

他站起身来,一直向房间的那一头走去。他立定了,又朝我看看。他摇了摇头。

"你对什么不满意,里弗斯先生?"我问。

"你不会在莫尔顿呆多久的,不会,决不会!"

"为什么? 你有什么理由这样说?"

"我从你眼睛里看得出来。它不是表明能平平稳稳度此一生的那一种。"

"我可并没野心。"

听到"野心"这个词他吓了一跳。他重复了一遍,"不,你怎么会想到野心? 谁有野心? 我知道我有,可你是怎么发现的呢?"

"我是说我自己。"

"嗯,即使你没野心,你却是……"他犹豫不说了。

"是什么?"

"我本来想说是多情的,不过或许你会误解了这话,感到不高兴。我的意思是说,人类的爱和同情在你身上特别强烈。我敢肯定你不会长期满足于在孤独中打发你的余暇,而把你的工作时间全部用在毫无刺激的单调劳动上。正像我一样,"他加强语气地补充说,"也不会满足于老住在这儿,埋没在沼泽里,闭锁在群山中,——上帝赋予我的天性遭到违反,天赐给我的才能陷于瘫痪——变得毫无用处。你现在听到我是怎样地自相矛盾。我劝诫别人要满足于卑微的命运,甚至还以为上帝服务为名,为砍柴挑水的人的职业辩护,——而我,上帝的一名任圣职的牧师,却几乎烦躁不宁得发了狂。唉,癖性和原则总得有个什么办法协调起来才好。"

他走出了房间。在这短短的一小时里,我对他比在以往整整一个月中还要了解得更多一些,然而他仍旧叫我迷惑不解。

随着离开哥哥、离开家的日子日渐临近,黛安娜和玛丽变得忧伤和沉默起来。她俩都竭力想显得一如往常,但她们要对付的那种哀愁心情却是无法完全克制或者隐藏的。黛安娜透露说,这次分别不同于他们以往的任何一次。这说不定是跟圣约翰之间的多年分别,甚至是一别终生。

"他会为实现自己长期以来的决心而不惜牺牲一切的,"她说,"出于本性的爱好和感情仍旧更有力量一些。圣约翰外表平静,简,但内心里却满腔狂热。你会以为他很温和,可在有些事情上他是死也不让步的,而更糟的是,我的良心也不容许我去劝说他放弃他那严正的决定,说实话,我丝毫也不能为此责怪他。那是正当、高尚、符合基督教精神的,但它却叫我心都碎了。"说着眼泪涌上她美丽的眼睛。玛丽朝着她正在做的活计深深地埋下头去。

"我们如今已没有父亲,不久我们连家和兄弟也要没有了。"她喃喃地说。

正在这时,又插进来一桩意外,就像是命运有意安排来证实"祸不单行"这句老话确实不虚,在他们的苦恼上再加上令人难堪的一种——眼看到手的鸟儿飞走了。圣约翰眼睛看着一封信从窗口经过。他走了进来。

"我们的约翰舅舅死了。"他说。

姐妹俩都仿佛愣住了,但既不是吃惊也不是吓呆,这消息在她们看来与其说是令人悲痛,倒不如说是事关重大。

"死了?"黛安娜重复了一句。

"对。"

她用探索的目光盯在她哥哥的脸上。"还有什么呢?"她低声地问。

"还有什么,黛?"他回答,脸绷得像大理石那样,毫无表情。"还有什么吗?嗯,什么也没有。你看吧。"

他把信扔在她膝头上。她匆匆看了一下,就递给了玛丽。玛丽默默地细看了一遍,又还给了她哥哥。三人面面相觑,接着又都微笑了,——一种颇为忧郁、凄苦的微笑。

"阿门!我们总还活得下去。"黛安娜终于说。

"不管怎样,这总还不至于叫我们变得比过去更困难。"玛丽说了一句。

"不过这叫人心里强烈地想起了本来可能会出现的景象,"里弗斯先生说,"不免跟如今实际的景况成了过于鲜明的对比。"

他折起了信,锁进自己的书桌,又走了出去。

好几分钟谁也不说话。随后黛安娜向我掉过脸来。

"简,你对我们和我们的谜一定会莫名其妙,"她说,"而且觉得我们心肠太硬,对一个舅舅那样的至亲去世都并没有更加伤心一些。不过我们从来没有见过他,也不认识他。他是我母亲的兄弟。我父亲多年前跟他吵翻了。全是听信了他的话,我父亲才冒险用他的大部分财产去做一桩投机买卖,结果破了产。两人相互埋怨,一气之下分了手,从此没有和解过。我舅舅后来做生意比较顺利,看来积下了两万镑的财产。他终身未娶,除了我们没什么近亲,只有另外一个,也并不比我们更亲。我父亲一直抱有这样的想法,以为他为了补救自己的过失,会把遗产留给我们。那封信却通知我们,他把每一文钱都给了另外那位亲戚,只留出三十畿尼让里弗斯家的圣约翰、黛安娜和玛丽分,用来买三个纪念死者的戒指。他当然有权喜欢怎么做就怎么做,不过猛听到这样的消息总不免使人兜头一盆冷水。玛丽和我每人有一千镑就会认为自己是很富有的了,而对于圣约翰来说,这样一笔钱对他可以用来做的好事是极有价值的。"

作了这番说明后,这事就给搁在一边了,无论是里弗斯先生还是他的两个妹妹都没再提起它。第二天,我离开沼地居去莫尔顿。再下一天,黛安娜和玛丽动身去了遥远的布××城。一个星期以后,里弗斯先生跟汉娜回到牧师住宅。这样,这个古老的田庄就空无一人了。

# 第三十一章

于是，一座小村舍就成了我的家，但我终于有了一个家。它包括一个小房间，刷得雪白的墙，铺了沙子的地板，有四把油漆过的椅子和一张桌子，一座钟，一个餐具柜，里面放着两三只盆子和碟子，和一套荷兰式蓝白彩陶茶具。楼上是一间跟下面厨房一样大小的卧室，摆着一张松木架的床，还有一个五斗柜，很小，但放我少得可怜的衣服已经太大了，尽管承我那和善大方的朋友们的好意，已经给稍微增加了几件必要的衣着。

天已傍晚，我给了个橘子打发走了给我当女仆的那个小孤女。我独自坐在火炉前。这天早上，村校刚开了学。我有二十名学生。其中能识字的只有三个，能写和算的一个也没有。有几个会编结，极少的几个稍微会一点缝纫。她们说起话来满口浓重的本地乡音。眼前，她们和我听懂彼此的话都有困难。她们中有几个毫无规矩，既无知，又粗鲁，不听管教。不过其余的都还听话，想读书，而且显示出了我很喜欢的性情。我决不能忘记，这些衣着粗陋的小农民也跟最高贵的名门后裔一样有血有肉，她们内心也跟出身最好的人一样，存在着天生的美德、文雅、聪慧和善良的萌芽。我的责任就是要培育这种萌芽。肯定我会在履行这种职责时得到一些乐趣的。

我并不指望眼前的生活能有多大的愉快,但无疑只要我尽我的本分安下心来尽我的力量,它还是会给我一些东西,使我能一天天过下去的。

今天上下午我在那个简陋、不起眼的教室中所度过的时间里,我是不是非常快活、安心和满足呢?如果不自欺欺人的话,我必须回答——不。我觉得有几分凄凉。我觉得——对,我真傻——我竟觉得自己是沦落了。我怀疑自己错跨了一步,在社会生活的等级上不是上升而是下降了。我软弱地对周围所见所闻都是无知、贫苦和粗鲁而感到灰心丧气。不过我还是别过于为这些心情而憎恨和瞧不起自己吧,我知道它们不对,——这就已经是一大进步了,我还要努力去克服它们。我相信明天定会部分地加以制服,而过几个礼拜,说不定就能完全战胜它们。很可能过几个月,看到学生们进步、变好而感到的乐趣,就会使满意取代了厌恶。

这会儿,先来让我问自己一个问题吧——到底哪一样更好?——是向诱惑屈服,任热情支配,不苦苦挣扎,抗拒,——而去深深陷入迷人的陷阱,在它上面覆盖的鲜花上入睡,在南国的温馨中醒来,置身于一所旅游别墅的奢华享受中,至今生活在法国,做罗切斯特先生的情妇,一半时间沉迷在他的爱情里么,——因为他是会——哦,是的,他暂时是会非常爱我的。他的确爱过我,——再不会有人这样爱我了。我再也不会得到这种对美貌、青春和优雅的甜蜜礼赞了,——因为再没有别人会觉得我具有这些魅力。他曾喜欢我,以我为骄傲,——这正是别人所永远不会的。……可是我这是想到哪儿去了,我是在说些什么,尤其是在怀着什么样的心情呀?试问,是在马赛一个傻瓜的天堂里当奴隶,——这一刻热衷于骗人的幸福,

下一刻就窒息于悔恨和羞惭的伤心热泪中好呢,还是当一名乡村女教师,正直而自由自在地生活在有益身心的英格兰中部一个和风煦煦的小山坳里好?

是啊,我现在觉得自己当初坚守原则和法律,蔑视和粉碎了狂热时刻种种不理智的冲动是做得对的。上帝指引我作出了正确的抉择,我感谢上帝的引导!

把我黄昏的遐想归结到了这一点以后,我就站起身来,走到门口,望着收获季节中一天的日落景象,望望跟学校一起坐落在村外半英里的我这所小屋前面那静静的田野。鸟儿正在唱着它们最后的几节歌:

和风拂拂,甘露芬芳。

我一边望着,一边自以为是幸福的,但不久就吃惊地发现自己在哭泣,——可是为了什么呢?为了那把我从对主人的依恋中强行拉走的命运,为了我再也见不到的他,为了因我的离去而引起的绝望的悲痛和致命的愤怒,此刻或许正在拉着他远远离开正道,再也没有最终回头改正的希望。一想到这个,我就掉开脸去,不再去看那黄昏可爱的天空和莫尔顿僻静的山谷,——我说它僻静,是因为在我望得见的那一带,除了掩映在树木间的教堂和牧师住宅,以及极远处有钱的奥立佛先生和他女儿所住的那座山谷府的屋顶以外,简直看不到别的房屋。我把头靠在石头门框上,垂下了眼睛,但不久,把我的小花园跟外面的牧草地隔开的那道小门边一声轻微的响动,使得我抬起头来。一条狗——我一眼就认出它是里弗斯先生的那条猎狗老卡洛——正在用鼻子拱门,而圣约翰自己则正抱着双臂伏在小门上。他皱起眉头,用严肃得近乎不高兴的目光盯着我。我请他进来。

"不，我不能多耽搁，我只是把我妹妹留给你的一个小包裹给你送来。我想里面大概是一盒颜料，还有画笔和纸吧。"

我走上去把它接过来，这真是一件很受欢迎的礼物。当我走近时，我觉得他在用一种严厉的目光打量着我的脸。那上面的泪痕无疑是明显可见的。

"你发觉你第一天的工作比你料想的要难吗?"他问。

"哦，不! 正相反，我觉得要不了多久我就会跟我的学生们处得很好的。"

"不过说不定你的设备——你的小屋子，——你的家具，——使你大失所望了? 的确，它们是够寒碜的，不过……"我打断他说:

"我的小屋子很整洁，能避风雨，我的家具也方便够用。我所见的一切都只能叫我满心感激，而不是垂头丧气。我绝不是那样一个傻瓜和好享受的人，会抱怨没有地毯、沙发和银器。再说，五个礼拜之前我还什么也没有，——我是个漂泊者，一个乞丐，一个游民。现在我已有了熟人，有了家，有了工作。我意想不到上帝会这么仁慈，朋友们会这么慷慨，命运会这么好。我一点也不抱怨。"

"不过你觉得孤独是一种重压? 你身后这座小小的屋子又暗又空空荡荡。"

"我现在享受宁静的感觉还来不及呢，更谈不上在孤独的感觉下感到厌烦了。"

"那很好，我但愿你像你所说的那样感到满足，因为不管怎样，你健全的理智会告诉你，现在就像罗得的妻子那样犹豫畏惧①，未免还为时过早。我当然并不知道在我看见你之前，你究竟撇下了一些什么，但我还是要劝你坚决抵制一切会使你想回头看的诱惑，把你目前的事坚定不移地做下去，至少做它几个月！"

"我正是这样打算的。"我答道。圣约翰又继续说了下去：

"要克制癖好，扭转天性，是一桩难事，但我根据经验知道，这是可以做到的。上帝在一定程度上给予了我们创造自己命运的力量。当我们的精力似乎在要求它们无法得到的食粮，——当我们的意愿竭力要走上它们不该走的道路时，——我们既不必绝食饿死，也不必拼命止步不前，我们只要去为心灵寻找另外一种食粮，跟它一心想尝的禁果同样有味，——而且或许还更为清醇，去为爱冒险的脚开辟出一条路来，跟命运不许我们走的那条同样又直又宽，尽管稍微崎岖一些。

"一年以前，我自己也极为烦恼，觉得我当牧师是铸了一个大错，它那千篇一律的职责叫我厌烦得要命。我热切地向往更活跃的世俗生活，——向往文学事业那种更富于兴味的劳动，——向往当一位艺术家、作家、演说家，随便什么都行，只要不当牧师。真的，在我牧师的法衣下面，跳动着一颗政治家、军人、醉心荣誉、渴望成名、贪图权力的人的心。我反复掂量，我的生活真太可怜了，一定要有个改变，不然我就得死。在一时的迷惘和挣扎之后，光明突然出现，宽慰终于降临，我狭隘的生活一下子豁然开朗，成为一望无际的平原，——我浑

---

① 《圣经》上说，上帝要毁灭罪恶的所多玛城，命有善心的罗得带领妻女预先逃出，不可犹豫回顾。罗得的妻子回头看了一下，就变成了一根盐柱。见《旧约·创世记》第19章第12到第26节。

身的力量听到了上天的召唤,要它们奋发起来,鼓作全力,展开双翼,振翅高飞。上帝要派给我一个使命,要把它贯彻到底,很好完成,技巧和力量,勇气和口才,军人、政治家和演说家的全部卓越本领都是必不可少的,因为好的传教士身上就集中着这一切。

"我决心做个传教士。从那一刻起,我的精神状态就全改变了。我全身每一种官能的桎梏都已瓦解、坠落,没留下一点束缚,只除了它所造成的恼人伤痛,——这只能让时间来消除了。的确,我父亲是反对这种决定的,但他一去世,我就再没有什么合法的障碍需要去排除了。一些事务已经安排好,在莫尔顿的接替者也已找到了,一两桩感情上的纠葛已经冲突或者割断,——这是跟人类弱点的最后一次冲突,我知道自己是会战胜的,因为我已发誓一定要战胜它,——然后我就离开欧洲到东方去。"

他说这些时,用的是他那既抑制又加重语气的特别声调,说完以后,他目光不是瞧着我,而是望着我也正在看的落日。我们两人都背朝着从下面田野里通向小门来的那条小路。我们一点没听见杂草丛生的小径上的脚步声,此时此境惟一令人沉醉的声音是山谷中的潺潺流水声。难怪我们都猛吓了一跳,当听到一个银铃般悦耳的嗓音快乐地喊着:

"晚上好,里弗斯先生。晚上好,老卡洛。你的狗认出它的朋友来还比你快一些呢,先生,我还在那边田头的时候,它就已经竖起耳朵摇着尾巴了,可你直到现在还把背朝着我。"

这倒是真的。尽管里弗斯先生刚一听到那唱歌般的语音吓了一跳,就像一声霹雳劈开了他头上的云似的,可是直到这段话说完,他还是站在那儿,仍保持着最初被说话的人惊动时的那种姿势,——臂靠在门上,脸朝着西方。最后他终于刻意显得从容不迫地转过身来。我觉得,仿佛有一个幻影出现在他的身旁。在离他三英尺的地方呈现出一个穿得一身洁白的身形,——一个年轻、优美的身形,丰满,但线条很美,而当它俯身拍了拍卡洛以后抬起头来,把长长的面纱甩向后面的时候,在他眼前就像鲜花盛开般露出了一张绝顶美丽的脸。绝顶美丽是极为强烈的说法,但我却并不想收回它或者修正它,英格兰宜人的风土所塑造出来的那些最可爱的容貌,她湿润的强风和雾蒙蒙的天空所培育和保养着的那种红白相衬的纯净肤色,就正在眼前这个例子上证明这个说法是毫不为过的。不缺少任何魅力,看不出什么缺点,这位年轻姑娘面容生得端正秀丽,眼睛的颜色和形状就像我们从那些可爱的画里所见到的,又大又黑又圆;浓浓的长睫毛如此温柔妩媚地围在漂亮的眼睛周围;画出来似的眉毛显得如此清晰;白皙光滑的额头使得较为浓艳的色调和光泽之美平添了如此的安详色彩;面颊椭圆,娇嫩而光润;嘴唇也同样娇嫩,既红润健康,又样子可爱;整齐发亮的牙齿没有一点毛病;小小的下巴上带着酒窝;再配上一头浓密的好发,——总而言之,凡是总合起来能形成美的典范的一切优点,她全具备。我眼望着这个美人儿简直感到惊异,我全心全意地对她表示赞美。大自然一定是怀着偏爱之情创造了她,忘了她通常那种小气的后母般的薄赐,而对她这位宝贝儿给予了好外婆似的厚礼。

圣约翰先生对于这个人间天使又是怎么想的呢?当我瞧见他转过身来望着她的时候,我自然而然地这样问着自己,而且也同样自然而然在他的脸上寻找答案。他这时已把眼光从这位仙女身上移开,瞧着小门旁边一丛不起眼的雏菊。

"可爱的傍晚,不过你一个人出来太晚了。"他一面说,一面用脚踏倒那些已经闭合了的花儿颜色发白的花头。

"哦,我今天下午刚从斯××市回来。"(她说了二十英里以外一个大城市的名字)"爸爸告诉我你已经让你的学校开了学,新的女教师已经来了。所以我喝完茶就戴上帽子顺着山谷跑来看看她。这位就是她吧?"她指指我。

"是的。"圣约翰说。

"你觉得你会喜欢莫尔顿吗?"她问我,语调和神态都直率而天真,毫不做作,很讨人欢喜,尽管有一点孩子气。

"我希望我会喜欢。我很想这样做。"

"你看到你的学生像你预料的那样专心吗?"

"相当专心。"

"你喜不喜欢你的屋子?"

"非常喜欢。"

"我把它布置得好吗?"

"确实很好。"

"让爱丽思·伍德来伺候你,挑得不错吗?"

"你确实挑得不错。她很灵巧,肯学。"(那么,我心想,这准是那位女继承人奥立佛小姐了,看来不但在广有家产方面,而且在天生丽质方面,她都是得天独厚! 我真不知道她的出生,是正逢着多么幸运的星辰巧合!)

"我有时候会跑来并且帮你教教课的。"她补充说,"不时来看看你,对我来说也可以多一点变化,我是喜欢有一点变化的。里弗斯先生,我耽搁在斯××城的那段时间可真开心呢。昨天夜里,或者不如说今天早上,我跳舞一直跳到两点。第×

团自从动乱①以来就一直驻在那儿。那些军官可真是世界上最讨人喜欢的人，把我们那班磨刀制剪的年轻生意人都比得黯然无光啦。"

我觉得圣约翰先生下嘴唇噘出、上嘴唇咬紧了一会儿。在那位姑娘笑呵呵告诉他这件事的时候，他看上去明显地紧紧闭上了嘴巴，下半部脸显得异常地正色和严峻。他同时还撇开雏菊，抬起目光来注视着她。那是一种毫无笑意的、探究而含有深意的目光。她用再一次的笑来回答他，而欢笑对她的青春、她的玫瑰色的面颊、她的笑靥和她亮晶晶的眸子来说，都很相宜。

因为他神色严肃、一声不响地站在那里，她就又去抚摸起卡洛来。"可怜的卡洛是爱我的，"她说，"它可不对它的朋友板着面孔、冷冷淡淡，要是它能说话，也不会一声不吭的。"

当她拍着狗的脑袋，在它年轻而一本正经的主人面前以天生的优雅姿态弯下身去的时候，我看到一抹红晕腾起在那位主人的脸上。我看到他严肃的目光被突如其来的热情软化了，闪出了无法抑制的激动心情。当他这样脸上发红、激动起来的时候，看上去他作为一个男子，跟她作为一个女子，其漂亮程度简直不相上下。他的胸脯一阵起伏，仿佛他那颗巨大的心房厌倦了专横的管束，不顾意志的反对膨胀了起来，剧烈地跳动着渴望获得自由。不过他还是管住了它，我想，就像一位果断的骑手勒住了一匹用后腿站立起来的怒马那样。对于向他所作的这种温柔的进攻，他在言语和行动上都毫不作出

① 指十九世纪初工人捣毁工厂机器的动乱，曾席卷英国北部，后遭当局残酷的镇压。

反应。

"爸爸说你现在从不来看我们了。"奥立佛小姐仰起脸来继续说,"你对山谷府来说简直成了一位陌生人。他今晚只一个人,身子也不大好,你肯跟我一起回去看看他吗?"

"这时候还去打搅奥立佛先生不大合适。"圣约翰回答。

"这时候不大合适!可我说合适。这正是爸爸最需要人做伴的时候,工厂已经关门,他没什么事情可忙。好了,里弗斯先生,你一定要来呀。你干吗这么躲躲闪闪,又这么闷闷不乐?"她接着又自问自答,填补了他默不作声所留下的空隙。

"我忘了!"她大声嚷起来,摇摇她那满头鬈发的漂亮脑袋,似乎对自己感到吃惊。"我真粗心,没有头脑!千万请原谅我。我一时疏忽了,没想起你完全有理由没心思跟我闲聊。黛安娜和玛丽都离开了你,沼地居关起来了,你感到非常寂寞。我确实很同情你。务必来看看爸爸吧。"

"今晚不去了,罗莎蒙德小姐,今晚不去了。"

圣约翰先生几乎像个机器人似的说着,这样狠心拒绝到底需要他作出多大的努力,只有他自己知道。

"好吧,既然你那么固执,我只好向你告别了,因为我不敢再多待下去,露水已经开始降下来了。晚安!"

她伸出手来。他只勉强碰了碰它。"晚安!"他跟着说,声音又低沉又空洞,仿佛回声似的。她转过身去,不过立刻又回过身来。

"你身体好吗?"她问道。难怪她要问这个问题,他的脸白得跟她的衫子一样。

"很好。"他宣称,接着鞠了一躬,就离开园门走了。她朝一个方向走去,他朝着另一个方向。她像个仙女似的飘然穿过田野时,两次回过头来望着他的背影,而他却坚定地大步走去,一次也没有回头。

眼看着别人的这种受苦和牺牲,使我的思想不再一味只浸沉在自己的受苦和牺牲上了。黛安娜·里弗斯曾说她哥哥"死也不肯让步"。她的话并没夸大。

# 第三十二章

　　我竭力忠实积极地继续做着乡村教师的工作。开始时确实是很艰难的。过了一段时候,尽了最大的努力,我才能理解我那些学生和她们的性情。全无教养,官能十分迟钝,她们在我看来简直笨得无法可想,而且,乍一看去,全都一样地笨。但是我很快就发现自己错了。也像有教养的人一样,他们中间是有差别的,而且当我开始了解她们,她们也了解了我,这种差别就很快地明显起来。她们对我,对我的谈吐、规矩和方式感到的惊讶一旦消除,我发现这些一脸蠢相、张口结舌的乡下人中间,有些人开了窍,变成相当机灵的女孩子。许多人也都显得和气可亲。而且我还在她们中间发现不少生性讲礼貌、有自尊,以及能力出众的例子,不但赢得了我的善意,也赢得了我的赞美。这一些人很快就乐于做好功课,保持个人卫生,按时学习,养成安静和守秩序的习惯。在有些例子中,她们进步之快简直是惊人的,我对此真正感到令人欣慰的骄傲。而且,我对几个最优秀的姑娘还产生了个人的好感,而她们也喜欢我。我的学生中还有几个农民的女儿,几乎已经是长大的年轻姑娘了。这些人已经能读、能写、能做缝纫活了。对她们我教语法、地理、历史的基本知识,和比较精细一点的针线活。我在她们中间发现了一些很可敬的人,——热心求知,渴望上进，——我在她们自己家里跟她们一起度过了许多愉快的傍晚。她们的父母（农民夫妇）总是对我殷勤备至。承受他们朴质的善意，回报他们以体贴，——小心尊重他们的情感，——这里面自有它的乐趣。他们对这个或许并不总是感到习惯，但却使他们十分高兴，也对他们极有好处，因为这不但提高了他们在自己眼里的地位，同时也使他们好强地力求无愧于他们所受到的礼遇。

我感到自己成了这一带的宠儿。不论我什么时候出去，总会从四面八方听到热情的问候，看到友好的笑脸相迎。生活在大家的关怀之中，哪怕他们只不过是劳苦人民，也好比是"沐浴在宁静而可爱的阳光下"，恬静的心情被照耀得发芽开花。在我生活的这一段时期里，我心里洋溢着感激之情的时候，远比因沮丧而感到心情沉重的时候要多。然而读者啊，如果和盘托出的话，在这一切平静、这一切有益的工作之中，——在真诚地尽力教导学生度过一天，安心地独自画画或者读书打发黄昏之余，——我夜晚常常会莫名其妙地陷进各种各样的怪梦，这些梦光怪陆离，焦躁不宁，净是些空想的、激动的、狂风暴雨般的事，——梦中在充满奇特的经历、提心吊胆的冒险和浪漫的机遇的种种不寻常的场面中，我仍旧一再地老是在某个激动的关键时刻遇见罗切斯特先生，而且感到置身在他的怀中，听到他的声音，接触到他的目光，摸到他的手和脸，爱他，也为他所爱，——一心想在他身边度过一生的希望，也会像当初一样热情有力地重新出现。然后我醒了过来，接着又想起了自己身在何处，正处于什么境地。这时我就会在没有床幔的床上坐起身来，浑身战栗发抖。接着那沉沉的黑夜就会目睹绝望的痉挛，听到激情的发泄。第二天早上九点钟,我仍准时打开了校门,平静而安心地准备一天的例行工作。

罗莎蒙德·奥立佛如约常来看望我。她一般总是在早上骑马的时候来学校。她骑着那匹幼马缓步跑到门口,后面跟着一个骑马穿制服的仆人。她穿着一身紫色的骑马服,在拂着脸颊、飘垂到肩头的长长的鬈发上优雅地戴着一顶乌绒女战士帽,简直想象不出还有什么比她这副模样更优美的了。她就是这样走进这间土里土气的房子,在一排排眼花缭乱的乡下孩子中间飘然走过。她一般总是在里弗斯先生每天上教义问答课的时候来。我怕这位女客的目光确实锐利地刺进了那个年轻牧师的心。甚至还没有看见,一种直觉似乎就已经告诉他她来了。而当他眼睛根本没有望着门的时候,只要她一出现在门口,他脸上就会发红,他看上去像大理石般的面容尽管仍旧绷着,却还是有了说不出的变化,就在它的不动声色之中,也觉察得出有一种硬抑制住的热情,比颤动的肌肉或者专注的目光还更能有力地说明问题。

当然,她是知道自己的力量的。实在说,他也并没有,因为他做不到,向她掩饰这一点。不顾他那种基督教的禁欲主义,每当她走上前去跟他说话,快乐地,鼓励地,甚至是亲热地朝他微笑的时候,他还是会手上发抖,两眼放光。他尽管不用口说,却仿佛是用他那黯然而坚决的神情在说:"我爱你,我也知道你看中了我。并不是由于毫无成功的希望才使我不吐露心迹。如果我献上我这颗心,我相信你是会接受的。然而这颗心早已奉献在一个祭坛上,四周已摆好了火堆。它不久就会只是一个焚化的祭品罢了。"

这时候她就会像个失望的孩子那样噘起嘴,一阵愁云会使她喜洋洋的活泼劲儿减弱下来,她会急忙从他手里抽回自己的手,一时怄气地转身走开,不再去瞧他那张既像英雄又像殉道者的脸。毫无疑问,当她这样离他而去的时候,圣约翰本来是会不顾一切跟上去,叫唤她,留住她的,然而他不愿放弃一个进入天国的机会,也不肯为了她的爱情的乐土,而放弃任何进入真正的永恒的天堂的希望。再说,他也做不到让他的全部天性——辗转不安、怀抱大志的人,诗人,传教士,——单单让一种激情束缚住手脚。他不能——也不愿——抛弃他传教事业的荒野战场,去换取山谷府里的客厅和安宁生活。我这是不顾他的冷淡疏远,一度大胆逼他说出心里话来,才从他身上了解得这么多的。

奥立佛小姐已经令我不胜荣幸地屡次光临我的小屋。我已了解了她既不秘密也不装假的全部性格:她有点卖弄风情,但并非无情无义;喜欢苛求,但并不卑鄙自私。她自小受到宠爱,但并未完全惯坏。她性子很急,但脾气还好;自负(既然一照镜子就看到自己那么漂亮非凡,她又怎能不自负),却并不装腔作势;慷慨,却并不以有钱为得意;直率;相当聪明;愉快,活泼,不大用心机。总之,就是对像我这样同性别的冷眼旁观者来说,她也是非常迷人的,可是她却又并不能深深引起人们的关注,或者给人以难忘的印象。跟例如圣约翰的妹妹们比起来,她的心灵是完全不同的。但尽管如此,我仍旧几乎像喜欢我的学生阿黛尔那样地喜欢她,只不过我们对于一个同样迷人的成年相识者所能产生的爱,总比不上我们对于自己管教过的孩子那么亲切而已。

她对我心血来潮地发生起好感来。她说我谁也不像,就像里弗斯先生,尽管,她承认,"没有他十分之一那么漂亮;虽说你也是个相当清秀可爱的小人儿，可他却简直是个天使。"不过，我还是跟他一样善良，聪明，镇定，而且坚强。她断定，作为一个乡村教师，我是个怪人①。她确信我已往的经历如果透露出来的话，准能写成一本有趣的小说。

有天傍晚，她像往常那样带着孩子气的好动，以及冒失而并不令人生气的好奇心理，正在乱翻着我那个小厨房里的餐具柜和桌子抽屉，先是发现了两本法文书，一本席勒，一册德语文法和一本德语字典，然后又发现了我的画具和几张速写，包括一张用铅笔画的漂亮的小天使般的小姑娘、我的一个学生的头像，以及在莫尔顿谷和周围荒原上画的一些风景写生。她先是惊异得愣住了，接着又变得大喜若狂。

"是你画的这些画吗？你懂法语和德语？你真是个宝贝——真是个奇迹！你比我在斯××城第一流学校里的老师还画得好。你肯给我画一幅速写给爸爸看看吗？"

"很乐意。"我答道，想到能有这么一个完美和光彩照人的模特儿来写生，不由感到一阵画家的惊喜之情。她当时正穿着一身深蓝色的绸衣，露着胳臂和脖子，没带一点饰物，只有她那一头栗色长发以天然鬈曲所具有的毫不文饰的优美，飘然垂在她的两肩上。我拿出一张细图画纸，仔细地勾了一个轮廓。我已经预先体味到了给它着上色彩的乐趣。因为这时天色已晚，我对她说她只好改天再来让我画了。

她在她父亲跟前说了我那么些好话，以致第二天傍晚奥立佛先生亲自陪着她来了。——那是个个子高大、浓眉大眼、头发灰白的中年人，在他身边，他那个可爱的女儿看上去就像

---

① 原文为拉丁文。

是一座古老塔楼旁边一朵娇艳的鲜花。他看来是个沉默寡言，或许还颇为高傲的人物，不过对我却十分和气。他对罗莎蒙德肖像的草图大为赞赏，叮嘱我一定得把它完成。他还一定要我下一天去山谷府过一个晚上。

我去了。我发现那是一座漂亮的大住宅，有无数的迹象说明主人的富有。我在那儿的整个晚上罗莎蒙德都又说又笑，十分高兴。她父亲也和蔼可亲。用过茶点，他开始跟我交谈的时候，还强烈地表示了对我在莫尔顿学校所做工作的赞许，说他根据自己的所见所闻，只是担心我干这个是大材小用，很快就会丢下它去做更合适的工作的。

"真的！"罗莎蒙德嚷道，"她那么聪明，足可以到一个高贵人家去当一位家庭教师的，爸爸。"

我心想——我倒宁愿就在这儿，也不愿到世上任何一个高贵的人家去。奥立佛先生以极大的敬意谈起了里弗斯先生，——谈起里弗斯一家。他说他们是这一带一个很古老的世家，这一家的祖上很富有，一度整个莫尔顿都属于他们，他认为就是现在，这一家的代表只要愿意，也完全可以跟最好的人家结亲。他十分惋惜这么好、这么有才华的一位年轻人竟会打算出门去当个传教士，这简直是浪掷宝贵的生命。这样看来，她父亲对于罗莎蒙德和圣约翰成婚是绝不会加以阻碍的。奥立佛先生明显认为这位年轻牧师的良好出身、古老家世和神圣职业，已足以补偿财产的不足了。

十一月五号是个节假日①。我那小用人帮我清扫了屋子

---

① 一六○五年十一月五日曾发生福克斯谋炸议会及詹姆士一世的事件，后来这一天被作为福克斯纪念日。请参看本书第28页注。

以后,拿了一便士作为酬劳她的赏金高高兴兴地走了。我周围都是亮闪闪的,一尘不染,——地板洗过,炉栅擦亮,椅子抹得干干净净。我自己身上也弄得十分整洁,而且眼看有一个下午可以爱做什么就做什么。

翻译几页德文花了一个小时。随后我就拿起画笔和调色板来,动手去做比较轻松因而也比较愉快的事,就是完成那幅罗莎蒙德·奥立佛的小像。头部已经画好了,只剩下背景要渲染,服饰要衬上阴影,红润的嘴唇要抹上一点猩红,——头发这儿那儿要加上几个柔和的发卷,——蓝莹莹的眼皮底下睫毛的阴影还要加深一些。我正聚精会神在完成这些有趣的细节,这时一声匆匆的敲门,我的房门开了,圣约翰·里弗斯走了进来。

"我是来看看你怎么度假日的。"他说,"但愿不是一味在冥思苦想吧?没有,那很好。你既然在画画,就不会觉得寂寞了。你看,我还是有点信不过你,尽管这一向你都很好地坚持过来了。我给你带来一本书,晚上好消遣消遣。"说着他把一本新出的书放在桌上,是一部长诗,当年——近代文学的黄金时代——幸运的读者曾经常有幸拜读的那些真正的佳作之一。唉!我们今天的读者就没有那样的幸运了。不过,要鼓起勇气来!我决不会踌躇流连,一味去指责或者抱怨的。我知道诗并没有死亡,天才也并未绝迹,金钱并没有能控制两者,把它们捆绑或者杀害。总有一天它们两个都会重新宣告它们活着,它们存在,它们是自由而有力的。安居在天上的强大的天使啊!当卑鄙者庆祝胜利而弱者为自己的毁灭哭泣的时候,他们还在微笑。诗被摧毁了吗?天才被放逐了吗?没有!平庸得势了吗?没有。别让嫉妒引得你这样想。不,它们不但活着,而且还统治着,拯救着,如果没有它们那神圣的影响遍布各处,你就会置身在地狱里,——在由你自己的猥琐所造成的地狱里。

正当我在急切地浏览着《玛米昂》①(因为那本书正是《玛米昂》)的光辉篇章时,圣约翰弯下身去看看我那幅画。他高高的身躯猛的一下又伸直了,一句话也没说。我抬起头来看看他,他避开了我的目光。我很明白他的想法,能清清楚楚看透他的心思。眼前这一刻我觉得自己比他要冷静自在,这会儿我暂时占了他的上风,而且如果做得到的话,我还很想对他做点好事。

"尽管他那么坚定自制,"我想,"总有点太跟自己过不去:把一切感情和痛苦全锁在心里,——什么也不显示、表白和吐露。我确信,让他稍微谈谈这位他认为不应该娶的可爱的罗莎蒙德,对他会有些好处的。我要想法让他开口。"

我先说了句:"请坐下来,里弗斯先生。"可是他跟往常一样,回答说他不能久留。"很好,"我心里暗自答道,"想站你就站着吧,不过我决心不让你马上就走,孤独对你至少跟对我来说一样地糟。我要试试能不能探到你吐露心事的秘密源泉,在你那石头般的胸膛上找出一个小漏洞来,好让我能滴一两滴同情的止痛药进去。"

"这幅肖像画得像吗?"我单刀直入地问。

"像!像谁?我没仔细看。"

"你看了,里弗斯先生。"

---

① 《玛米昂》(Marmion):英国诗人、小说家司各特(1771—1832)所写的长诗,发表于一八〇八年。

他几乎被我这种古怪而突如其来的直率无礼吓了一跳，诧异地望着我。"哦，这还不算呢。"我心里悄悄地说，"我不打算被你这点小小的生硬态度吓回去，我已准备好要走得相当的远。"我继续说："你刚才清清楚楚地仔细看过了。不过我不反对你现在再看一下。"说着我站起来把画放在他手里。

"画得挺不错，"他说，"色彩很鲜明而柔和，勾画得也很准确而优美。"

"对，对，这我都知道了。可到底像不像？像谁呢？"

克服了一点犹豫，他回答道："我想，是奥立佛小姐吧。"

"当然的是。好吧，先生，为了奖励你猜得对，我答应给你照这张画一丝不苟地用心画一张复本，只要你表示愿意接受它。我可不想把时间精力白白浪费在你认为毫无价值的礼物上。"

他继续盯着画看，越看越牢牢地抓住它，越显得爱不释手。"它很像！"他喃喃地说，"眼睛处理得很好，色彩，光线，表情都完美极了。它在笑！"

"有这样一张复本究竟会叫你得到安慰呢还是引起痛苦？请老实告诉我。等你到了马达加斯加，或者好望角，或者印度的时候，有这样一件纪念品对你会是个安慰呢，还是一看见它就会勾起种种令人颓丧和痛苦的回忆？"

这时他偷偷地抬起目光来望望我，游移不定，心烦意乱。他又端详着那张画儿。

"我喜欢要一张是毫无疑问的，这是否理智或者聪明那就是另一回事了。"

既然我已经心里有数，罗莎蒙德确实看中了他，而她父亲也不像会反对这门亲事的样子，因此我——可不像圣约翰那样目光远大——心里早已强烈希望促成他们这门婚事。我觉得，要是他成了奥立佛先生巨大财富的所有者，那他所能做的好事，绝不亚于去任自己的才智在热带的炎阳下面枯萎，精力在那儿耗尽。这会儿我就是用这样的论据来回答他：

"照我看，你不如直截了当把画里的本人要去，还更聪明些，也更理智些。"

这时候他已坐了下来，把画放在面前的桌子上，两手支着头，目不转睛地看着它。我看得出他现在对于我的放肆已经既不恼火也不吃惊了。我甚至看出别人这样坦率地跟他讲到一个他认为不能触及的话题，——听到它被这样毫无顾忌地谈论着，——已使他开始感到是一种新的乐趣，——一种意想不到的宽慰。跟有话直说的人相比，沉默寡言的人往往更加真正需要坦率地谈论他们的各种感触和悲伤。看上去最严厉的禁欲主义者毕竟也是人，而大胆和善意地"闯入"他们心灵中"沉默的大海"，往往是施给他们的最好的恩惠。

"我敢肯定，她喜欢你，"我站在他的椅子背后说，"她父亲也看重你。再说，她是个可爱的姑娘，——不大爱用心思，不过有你为她和为你自己用心思就足够的了。你应当娶她。"

"她真喜欢我吗？"他问。

"当然，比对谁都更喜欢。她不断谈到你，再没有别的话题她更喜欢谈，更经常谈的了。"

"听到这话很叫人高兴，"他说，"很高兴。再谈它一刻钟吧。"他真的拿出表来搁在桌上，好看着时间。

"可继续谈下去又有什么用，"我问，"说不定你正在准备下什么铁一样的反驳利器，或者正在打一条新的铁链把自己的心锁起来。"

"别想得那么可怕。不如设想我正在屈服和软化,就像我现在实际的情况那样:常人的爱正在我心里像新辟的泉水那么涌出来,用甜蜜的洪水淹没了我曾那么辛苦地精心耕耘——那么孜孜不倦地播下种种善意和忘我的计划的整个心田。现在甘甜的洪水正在那儿泛滥,——幼苗给淹了,美味的毒药毒杀了它们。现在我仿佛见我自己正安躺在山谷府客厅里的软榻上,在我的新娘罗莎蒙德·奥立佛的脚跟前。她正在用她那甜蜜的声音跟我说话,——用那双被你灵巧的手描摹得如此逼真的眼睛凝视着我,——抿着她那珊瑚般的朱唇朝我微笑。她属于我,——我属于她,——对这种眼前的生活和短暂的世界,我已经心满意足了。嘘!别说话,——我满心喜悦,——我目眩神迷,——让我安逸地度过我方才规定的时间吧。"

我宽容地随他去。表在嘀嗒嘀嗒地走,他的呼吸一会儿急促一会儿平缓,我默不作声地站着。一刻钟在这一片深寂中很快地过去了,他收起表,放下了画,站起身来,立在火炉旁。

"好了,"他说,"这一小会儿是用来发痴和梦想的。我刚才把鬓角靠在诱惑的胸前,自愿地把脖子套进她用鲜花做的颈轭下,我尝了她杯中的美酒。那靠枕是炙人的,那花环里藏着毒蛇,那酒有股苦味,她的许诺是空幻的,——她的奉献是虚假的。我看穿而且明白这一切。"

我莫名其妙地望着他。

"说来奇怪,"他接着说,"尽管我如醉如痴地爱着罗莎蒙德·奥立佛,——的确怀着初恋的全部热情,对象也极其漂亮、优美、迷人，——但同时我却平静而清醒地意识到,她不是我合适的伴侣,结婚后一年我就会发现这一点,随着十二个月的狂欢之后而来的,将会是抱憾终生。我知道这一点。"

"这可真是古怪!"我禁不住喊了起来。

"尽管我心里的某一部分,"他继续说下去,"敏锐地感觉到她的魅力,但另一部分却同样深深地觉察到她的缺点。它们会使她对我所向往的一切都毫不赞同,——对我所从事的一切都不愿合作。罗莎蒙德会是吃苦耐劳的人,会是个女使徒吗?罗莎蒙德会做个传教士的妻子吗?不!"

"可你不必去当传教士呀。你可以放弃那个计划。"

"放弃!放弃什么!我的天职?我的伟大事业?我为在天堂造一座大厦而在尘世上打下的基础吗?放弃我被列入那支队伍的希望,不跟他们一起把全部雄心归结为一个光荣的壮志,去改造他们的同类,——去把知识传进无知的王国,——用和平来取代战争,——自由来取代束缚,——宗教来取代迷信,——用向往天堂来代替害怕地狱吗?难道我得放弃这些?可它比我血管里的血还要宝贵呢。它是我应该向往的,是我生活的目的。"

沉默了好一会儿,我说:"那么奥立佛小姐呢?难道她的失望和伤心你就毫不关心?"

"奥立佛小姐经常有一群奉承和求婚的人簇拥着,不出一个月,我的形象就会在她的心里抹去。她会忘掉我,而且说不定会嫁一个远比我更能使她幸福的人。"

"你说得相当平静,可你却满心矛盾痛苦。你越来越憔悴了。"

"不,就算我稍微瘦了一点,那全是因为着急我的前途至今尚未落实，——我的动身一再拖延下来的缘故。就在今天早上，我还得到消息说，我已经等了好久的那个接替我的人，三个月内还不能安排好来接替我，而且三个月说不定还会延长到六个月。"

"每次奥立佛小姐一进教室来你就发抖，脸上发红。"

他脸上又一次掠过一阵惊异的神情。他想象不到一个女人竟然敢这样跟一个男人说话。对我来说，像这样对话我倒觉得十分自在。在跟一个坚强、谨慎、有教养的头脑打交道时，不管对方是男的还是女的，我不突破那常见的沉默寡言的外围工事，跨过推心置腹的门槛，在他们的心底里赢得一个位置，我是决不甘心的。

"你这人真特别，"他说，"一点也不胆小。你很有几分勇敢精神，正像你很有点能刺透人的目光一样。不过请让我告诉你，你有点误解了我的感情。你把它们看得比实际上更强烈、更深沉。你给我的同情也超过了我实际应得的程度。我并不为自己在奥立佛小姐跟前脸红、发抖而可怜我自己。我倒有点鄙视这种软弱。我明白那是可耻的。那只是肉体的狂热，我敢说，而并不是心灵的震颤。后者就像牢牢生根在汹涌的海底的一块磐石那样，是毫不动摇的。请了解我实际上是个什么样的人，——我是个冷酷无情的人物。"

我不相信地笑笑。

"你已经用突然袭击逼我吐露了心事，我现在只好听你摆布了。剥掉了基督教用来掩盖人类弱点的那件血染的法衣，还我本来的面目，我其实只是个冷酷无情、野心勃勃的人罢了。在所有的情感中，只有出于本性的爱好才永远有支配我的力量。引导我的是理智，而不是情感。我的野心是无穷无尽的,我想比别人爬得更高、成就更大的欲望是永不满足的。我看重忍耐,坚毅,勤奋,才干,因为只有依靠这些,才能使人实现宏大的目标,升到显赫的地位。我很关心注意你的事业,是因为我觉得你是个典型的勤劳、有条有理、精力充沛的女人,而不是因为我深深同情你过去所经历的或者眼前还在忍受的痛苦。"

"你这是把自己完全描绘成一个异教徒哲学家了。"我说。

"不。我跟那些自然神论的哲学家们有这样一个不同:我有信仰,而且信仰福音。你选错了形容词。我并不是个异教徒的而是一个基督教的哲学家,——是耶稣这一派的信徒。作为他的门徒,我接受他纯洁、仁慈、宽厚的教义。我拥戴它们,我立誓要传播它们。宗教从我很年轻的时候就赢得了我,她这样培育了我原始的品质:从天性的爱好这棵小小的幼芽,她把它抚育成了仁慈博爱的参天大树。从常人的正直这株乱蓬蓬的野根,培育出了正规的神圣的正义感。把为可怜的自我赢得权力和名望的野心,变成了要扩大主的王国、赢得十字架旗帜的胜利的壮志。宗教给了我那么多好处,把原始材料派了最好的用途,修剪和驯化了天性。但是她却没法根除天性,它也不可能根除,直到'这必死的变成不死的'①时候。"

说罢,他就拿起了放在我调色板旁边的帽子。他再次望了望画像。

"她的确可爱。"他喃喃地说,"她真没白白起名叫世上的

―――――――――

① 意指死去。引自《新约·哥林多前书》第 15 章第 54 节。

玫瑰①!"

"那么我要不要给你照样画一幅呢?"

"有什么必要?② 不必了。"

他把一张薄纸拉过来盖在画上,那是我画画时习惯于垫在手下面以免弄脏了画的。他究竟突然在这张白纸上看见了什么,我实在弄不清,不过总有什么引起了他的注意。他一把把它抓起来,看了看纸的边上,然后瞥了我一眼,眼色说不出地古怪,而且十分难以理解,它似乎要把我的身形、脸部和服装的每一点都看清并且记住似的,因为它像闪电那么又快又洞察无遗地扫过了一切。他张开了嘴,像是要说话,但不管要说的是什么,他把眼看要出口的话咽住了。

"怎么回事?"我问。

"没什么。"他只是回答说,同时在把纸放回去时,我看见他敏捷地从边上撕下窄窄的一条。纸条藏进了他的手套,接着匆匆地一点头,一声"下午好",就走得无影无踪。

"嗯!"我惊叹道,用了句当地的俗话,"这可真有点绝了!"

我也仔细地察看了那张纸,但什么也没看出来,只不过瞧见有几处颜料的污斑,是我试试画笔上颜色的浓淡而涂在上面的。我对这桩怪事思索了一两分钟,发觉它实在无法猜透,而且确信它无关紧要,所以就抛开了它,一会儿就把它忘掉了。

---

① 罗莎蒙德(Rosamond)这个英文名字起源于拉丁文 rosa mundi(世上的玫瑰)。
② 原文为拉丁文。

# 第三十三章

　　圣约翰先生走时,天开始下起雪来,这场雪花飞舞的大雪整整下了一夜。第二天一股寒风又重新带来几阵迷茫的大雪。到黄昏山谷里雪已经堆积起来,几乎没法通行了。我已经闭上百叶窗,在门上挡了一块毡子以防雪从门缝底下钻进来,拨旺炉火,在炉边坐了将近一个小时听着门外暴风雪隐隐的怒号,然后点燃了一支蜡烛,取下那本《玛米昂》来,开始读着——

　　　　落日照耀着诺汉堡的陡壁,
　　　　美丽的特威德河又深又阔,
　　　　　　还照着孤寂的契维奥特群山;
　　　　雄伟的塔楼和要塞,
　　　　四周的侧墙绵延不绝,
　　　　　　都在落日余晖中金光闪闪。

我很快就沉浸在诗韵中,忘掉了风雪。

　　我听到一阵声响,我想准是风在摇撼着屋门吧。可是不,原来是圣约翰·里弗斯拨开门闩,从凛冽的大风中,——从一片呼啸的黑暗中,——走了进来,站在我的面前。裹着他高高身躯的披风从上到下雪白一片,简直像一条冰川似的。我几乎吓了一大跳,那天夜里我绝没想到还会有人从大雪封闭的山谷里跑来作客。

"有什么坏消息吗?"我问,"出了什么事了?"

"没有。你真容易受惊啊!"他一面回答,一面脱下披风来挂在门上,又不慌不忙地把他进门时推开了的毡子推回去。他跺跺脚把靴子上的雪抖掉。

"我要弄脏你干净的地板了,"他说,"不过你得原谅我一次。"接着他走到炉火跟前说:"说真的,我费了好大的劲才走到这儿来。"他在火上烤着手说,"有一堆雪把我齐腰埋了进去,幸亏现在雪还很松软。"

"可你干吗要来呢?"我忍不住问。

"这对客人来说可真是个不大客气的问题啊,不过你既然问了,我就回答:只不过是要稍微跟你聊聊。我守着那些不会说话的书本和空荡荡的房间实在厌烦了。另外,从昨天以来,我就一直心绪不宁,就像一个人听了半截故事,急于想听后事如何那样。"

他坐了下来。我想起了他昨天的古怪举动,真的开始担心起他头脑是中了邪了。不过即使他真发了疯,那他发的也是一种十分清醒冷静的疯病。当他把被雪沾湿的头发从前额上撩开,让炉火充分照着他苍白的额头和同样苍白的两颊时,我还从未见过他这张漂亮的脸比现在更像是个大理石的雕像了。我悲哀地发现他额上和颊上显出了操劳或者忧伤十分明显地刻下的深深的皱纹。我等待着,指望他会说出几句至少能让我理解的话来。可是他这会儿却手托着下巴,一个手指按在嘴唇上,正在沉思。我吃惊地发现他的手看上去就跟他的脸一样憔悴,心里涌起了一阵也许是多余的怜悯。我不由得说道：

"但愿黛安娜或者玛丽能来跟你一起生活，你孤零零一个人实在太糟了，而你又忙忙碌碌不爱惜你的身体。"

"没有的事，"他说，"只要必要我还是会注意自己身体的。我现在很好。你看到我有什么不好吗？"

这话说得随随便便、心不在焉，一副满不在乎的口气，说明至少在他看来，我的担心完全是多此一举。这让我默不作声了。

他一只手指仍在慢慢地抚着上唇，眼睛仍在梦幻般地盯着亮闪闪的炉栅不动。我觉得必须赶紧说点什么，就马上问他是不是感到他背后的门缝有冷风吹进来。

"没有，没有。"他简短而有点不耐烦地回答。

"好吧，"我想，"既然你不想说话，你就尽管一声不响吧。我现在就让你一个人待着，继续看我的书。"

于是我剪了剪烛花，重新看起《玛米昂》来。他没多久就动弹起来，马上引得我的目光去注意他的行动。他只是掏出个摩洛哥皮的皮夹来，取出一封信，默默地看了，折起来重新放了回去，又陷入了沉思。有这么个无法理解一味呆坐在那儿的人呆在面前，想要看书是白费力气的。我很不耐烦，也不情愿老做哑巴，他尽可以硬拦着我，但我还是要说话。

"你最近有黛安娜和玛丽的消息吗？"

"从一星期前我给你看过的信以后没有消息。"

"你自己的安排没有什么变化吗？该不会叫你比你预料的更早离开英国吧？"

"我怕不会，说真的，这样好的机会可落不到我头上。"谈话一直碰壁，我只好转变话题，——我想还是谈谈学校和我的学生吧。

"玛丽·加勒特的母亲好了一些,所以玛丽今早重新来上学了,另外下星期我就要有四个从铸铁厂大院新来的姑娘,——要是不下雪,她们本来今天就来了。"

"真的么!"

"奥立佛先生为两个人负担学费。"

"是吗?"

"他打算圣诞节为全校办个同乐会。"

"我知道。"

"是你的主意吗?"

"不。"

"那么是谁的主意呢?"

"我想是他的女儿。"

"倒真像是她的为人,她心肠好极了。"

"是的。"

谈话又停顿下来,出现了空白。钟敲了八下。这提醒了他。他把架起的腿放下,坐直了,向我转过身来。

"把你的书抛开一会儿,过来靠火近一点。"他说。

我虽然很奇怪,觉得我碰到的怪事真层出不穷,但还是听从了。

"半小时以前,"他接着说,"我曾说我急于想听到那故事的后事如何,后来一想,我发觉由我来担任讲的一方,而把你变成听的一方,也许还更好一些。在开始讲以前应该预先警告你,这故事你听起来大概会觉得有点陈词滥调,不过陈旧的细节通过新的嘴里讲出来,往往会又有几分新鲜感的。至于其他么,不管陈腐也好新鲜也好,它反正不很长。

"二十年前,有个穷牧师——暂且别管他姓什么叫什么——爱上了一个富翁的女儿。她也爱上了他,并且不顾所有亲友的劝告嫁给了他,因而婚后他们立即跟她断绝了往来。不到两年,这对冒失的夫妇就双双去世,默默地合葬在一块石板底下(我曾见过他俩的墓,它就在××郡一个过度膨胀的大工业城市中,一座阴森古老、煤烟熏黑的大教堂四周的一片大坟场上,成了它来往过道的一部分)。他们留下了一个女儿,刚生下来就由慈善机构收留进了它的怀抱,——它冷酷冰凉得就像今晚差点儿把我冻住了的雪堆一样。慈善机构把这个举目无亲的小家伙送到了她母家的亲戚家里,由一位舅母抚养,她的姓名(我现在要提名道姓了)是盖茨黑德府的里德太太。你吓了一跳,——是听到什么响动了么?我猜那准只是一只老鼠在爬过隔壁教室房上的椽子,我叫人修缮改建以前那原是一个谷仓,而谷仓总是老鼠出没的地方。——再说下去吧。里德太太收养了这个孤儿十年,是不是幸福我说不上,因为从没听人说起过,不过在这之后她把她送到了一个你知道的地方,——不是别处,正是你自己曾长期呆过的洛伍德学校。看来她在那儿表现得还很优异,从一个学生成了一位教师,跟你一样,——说真的,我发觉她的经历跟你有不少相似之处,——她离开了那儿去当一位家庭教师,瞧,你们俩的遭遇又有几分相像;她负责教育由一位罗切斯特先生收养的孩子。"

　　"罗切斯特先生!"我插嘴说。

　　"我能猜想到你的心情,"他说,"不过稍微克制一会儿,我就要结束了,听我讲完吧。关于罗切斯特先生的为人我一无所知,只知道一件事情,那就是他宣称要体面地娶这位年轻姑娘为妻,可临走上圣坛,她才发现他已经有了还活着的妻子,虽说是个疯子。这以后他还有些什么举动和主意,那纯粹只能猜测,不过后来又出了一件事,——非找到女教师的下落不可,大家才发现她已经出走了,——谁也不知道是什么时候走的,怎么走的,上哪儿去了。她是夜里离开桑菲尔德府的,怎么查访她的行踪都无济于事,四乡远近左右都找了个遍,有关她的消息却一点线索也得不到。但一定要找到她已成了万分紧迫的事。所有的报纸上都登了启事,我自己就收到了一位律师勃里格斯先生的来信,通报了我刚才说过的那些详细情况。这不是个挺奇怪的故事吗?”

“只告诉我一点,”我说,“既然你知道得那么多,你也一定能告诉我这一点——罗切斯特先生怎么样了? 他情况怎样,他在哪里? 他在干什么? 他好吗?”

“罗切斯特先生的情况我一点也不知道。那封信一点也没谈到他,只讲了我刚才已经提到的那个不合法的欺诈企图。你还不如问问那女教师的姓名,——问问非要她出面的那件事究竟是什么。”

“那么没有人去过桑菲尔德府? 没有人去见过罗切斯特先生吗?”

“我想没有。”

“不过他们总写过信给他吧?”

“那自然。”

“那么他是怎么说的呢? 谁替他收的信?”

“勃里格斯先生透露,回信答复他的请求的不是罗切斯特先生,而是一位太太,署名是‘爱丽思·费尔法克斯’。”

我感到一阵沮丧寒心,这么说,我最担心的事也许果然发生了：他完全可能已经离开英国，在不顾一切的冲动情绪下又跑到大陆上他以前经常出没的那种地方去了。而他究竟要在那儿为他难忍的痛苦找寻什么样的麻醉剂，——为他强烈的激情寻找什么样的发泄对象？我对这个问题简直不敢设想。唉，我可怜的主人，——曾经差一点成为我的丈夫，——我经常叫他作"我亲爱的爱德华"的人啊！

"他准是个坏人。"里弗斯先生说。

"你又不了解他，——别对他发表意见。"我生气地说。

"那好，"他泰然地回答，"老实说我头脑里还有别的事要想，顾不到他。我的故事还没讲完呢。既然你不愿意问那女教师的名字，我只好自己说出来了。等等！我记在这儿，——留心把要紧事记下来，白纸黑字地写清楚总是更合适些。"

皮夹子又给郑重其事地掏了出来，打开来，找了个遍。从其中一个夹袋中抽出了一张匆匆撕下来的破纸条，从纸质和上面蓝一块、红一块、紫一块的斑痕上，我认出了它就是从我盖画的纸上撕下来的纸边。他站起来，把它一直凑到我眼前，我看见了自己亲手用黑墨汁所写的"简·爱"两个字，——无疑是一时心不在焉时写下的。

"勃里格斯写信给我提到一位简·爱，"他说，"寻人启事要找一位简·爱。而我认识一位简·爱略特。——我承认我原来就猜疑过，不过直到昨天下午才一下子得到了证实。你承认这个姓名，取消那个化名吗？"

"对——对，不过勃里格斯先生在哪儿？他对罗切斯特先生的情况也许比你知道得多。"

"勃里格斯在伦敦，我看他不见得会知道什么罗切斯特先生的情况，他关心的不是罗切斯特先生。而且，你一味追问些小事,却把最紧要的事忘了:你不问一问为什么勃里格斯要找你,——他找你要干什么?"

"嗯,他要干什么?"

"只是要告诉你,你叔父,住在马德拉群岛的爱先生去世了,他把全部遗产留给了你,你现在富了,——就这些,——没什么别的。"

"我!——富了?"

"正是,你,富了,——不折不扣是位财产继承人了。"

接下来是一片沉寂。

"当然你得证实你的身份,"不一会儿圣约翰又说了下去,"这手续并没什么困难,然后你就立即可以取得所有权了。你的财产全投资在英国公债上,勃里格斯保有着遗嘱和各种必要文件。"

这就翻出了一张新牌!读者啊,一下子就由穷变富是桩好事情,——是桩很好的事情,但却并不是能叫人一下子就理解因而能享受其乐趣的事。再说,人生中也还有其他的机运远比这更能叫人狂喜激动。这是实实在在的,是桩脚踏实地的事,毫无理想的成分,它所产生的联想全是具体而清醒的,它所引起的表现也是这样。一个人听说他得到了一笔财产,决不会跳起来,决不会大声欢呼雀跃。在听说得到了一笔财产时,一个人就会开始想到责任,考虑到正事,在放心满意之余就会产生出一些严肃的心事来,——于是我们就会克制自己,严肃地皱起眉毛来反复想一想我们所交的好运。

何况"遗产"、"遗赠"这类字眼,总是和"死亡"、"葬礼"连在一起的。我只听说过的叔父如今已经去世了,——他是我惟一的亲属。自从听说有他这个人存在起,我就一直抱着有朝一日能见到他的希望,现在却永远也见不到了。而这笔钱又是单单留给我,不是留给我和满心欢喜的全家,而只是留给我孤孤单单一个人的。这无疑对我有很大的好处,能独立自主生活是了不起的事,——是的,我体会到这一点,——这样一想我的心里高兴了起来。

"你总算展开了眉头啦,"里弗斯先生说,"我还以为美杜莎①望了你一眼,你快要变成石头了呢,——或许现在你会问问你值多少身价吧?"

"那我值多少身价呢?"

"哦,小意思! 实在不值一谈,——我想他们说的是两万英镑吧,——你是怎么啦?"

"两万英镑?"

这又是个大意外,——我原来估计不过四五千英镑。这个消息确实叫我一时连气都透不过来了。我从来没听见他大笑过的圣约翰先生,这时候却大笑了起来。

"哎呀,"他说,"就是你杀了人,我来告诉你你的罪行败露了,你也不见得会那么大吃一惊吧。"

"这数目很大,——你觉得不会弄错吗?"

"一点也没弄错。"

"说不定你把数目字看错了——也许是两千!"

"它不是用数目字,而是用大写,——两万。"

我又觉得自己简直有点像个胃口平常的人,突然坐下来要独自消受一大桌可供一百人吃的酒食一样。这时候里弗斯先生站了起来,披上了披风。

---

① 美杜莎(Medusa):希腊神话中的蛇发女怪,望着谁谁就会化作石头。

"要不是今晚上天气那么坏，"他说，"我会让汉娜到这儿来陪伴你的，你看上去那么闷闷不乐，实在不放心让你独自呆着。可是汉娜，可怜的女人！不像我那样能踏过那些厚厚的积雪，她的腿没那么长，所以我只好让你一个人去发愁了。晚安。"

他正要拔起门闩，我心里突然闪出了一个念头。

"等一下。"我叫道。

"嗯？"

"我实在疑惑不解，为什么勃里格斯先生要给你写信来问起我，他怎么会认识你，竟然会想到住在这样偏僻地方的你会有能力来帮他找到我。"

"哦！我是个牧师，"他说，"而人家有了各种各样的事情往往总是会来找牧师的。"门闩又响了。

"不，这话我不能满意！"我嚷了起来，而且确实，在这种匆忙而不解决问题的回答里有什么东西，不仅没有消除，反而更加激起了我的好奇心。

"这真是桩很怪的事，"我又说，"我一定要多知道一些。"

"改天吧。"

"不，就今天晚上！——今天晚上！"而一当他从门口转回身来时，我就马上挡在了他跟门之间。他显得有点不知怎么才好。

"你不把一切都告诉我就一定不放你走！"我说。

"我不想现在就说。"

"你要说！——一定得说！"

"我宁愿让黛安娜或者玛丽来告诉你。"

不用说，他这样推三阻四更让我急不可耐到了极点，必须得到满足,一刻也不能拖延,我直截了当对他说了。

"可是我告诉你我是个强硬的男人,"他说,"很难说服的。"

"而我是个强硬的女人,——是搪塞不过去的。"

"而且,"他又说,"我很冷静,再激动也影响不了我。"

"可我是个火暴性子,火连冰块也能融化。这儿的火已经把你披风上的雪全化掉了,不但如此,它还流到了我的地板上,把它弄得像泥泞的大街了。要是你,里弗斯先生,想要我饶恕你弄脏撒了沙子的厨房地板的大罪和恶行,就快把我想知道的事情告诉我。"

"那好吧,"他说,"我就让步,即使不是对你的热切心情,也是对你的坚持不懈让步,就像水滴能使石穿那样。再说,你迟早也总会知道,——早一点知道晚一点知道都一样。你的姓名是简·爱?"

"当然,这早已解决了。"

"你也许没注意到我跟你是同名?——我受洗时取的名字是圣约翰·爱·里弗斯吧?"

"真的,没注意!这会儿我才记起,常见你在历次借给我读的书上所签的姓名缩写当中有一个 E 字,但从来没问过它代表什么名字。可那又怎么样呢?难道……"

我一下住了口,我简直不大敢存有,更不用说讲出自己的一个想法,它突然出现在我脑子里,——变得具体化,——刹那间就确凿、有力地显得十分可能。各种情况彼此交织,互相吻合,变得有条有理,原来一直像一堆散乱的环节摊在那儿的链条突然给拉直了,——每一环都完整无缺,紧扣得严丝合缝。还没等圣约翰再说一个字,我就直觉地明白了是怎么一回事。不过我不能指望读者也有这种直觉的洞察力,因此我还得把他的说明重述一遍。

"我母亲姓爱,她有两个兄弟。一个是牧师,娶了盖茨黑德的简·里德小姐;另一个是约翰·爱先生,生前在马德拉群岛的丰沙尔经商。勃里格斯先生作为爱先生的律师,今年八月份写信来通知说我们的舅舅去世了,并且说他已把他的财产留给了他哥哥的孤女,完全不顾我们,因为他跟我父亲发生过一场争吵,从未和解过。几星期前他又写信来,说继承人失踪了,问我们是否知道她一些情况。偶然写在一张纸上的名字让我发现了她。其余的你都知道了。"他说罢又要走,但是我用背抵着门。

"千万让我说几句,"我说,"先让我喘口气,想一想。"我住了口,——他手里拿着帽子站在我面前,样子十分镇定。我接着说:

"你母亲是我父亲的姊妹?"

"是的。"

"那么就是我姑妈了?"

他点点头。

"我的约翰叔叔就是你的约翰舅舅?你,黛安娜和玛丽都是他姊妹的孩子,而我是他哥哥的孩子?"

"无可否认。"

"那么说,你们三个是我的表哥表姐,双方有一半血统是同源的喽?"

"不错,我们是表兄妹。"

我端详着他。看来我找到了一个哥哥,一个我可以引以自豪的,——我能够爱的哥哥;还有两个姐姐,她们的品格在我还只把她们作为陌生人初次相识的时候,就已经引起了我由衷的喜爱和敬慕。我曾跪在湿漉漉的地上,透过沼地居厨房低矮的格子窗,怀着那么既感到有趣又觉得绝望的复杂痛苦心情凝视过的这两位姑娘,竟然是我的近亲。而这位曾在我几乎快死在他家门口时发现了我的端庄年轻的先生,原来是我的血亲。对一个孤苦伶仃的可怜人来说,这可真是个了不起的发现! 这真是一笔财富! ——心灵的财富! ——纯洁、温暖的爱的宝藏。这是一种光辉耀眼、令人狂喜的幸福,——不像那沉重的金钱的礼物,尽管自有它贵重和值得欢迎之处,但却有它的压力使人变得思虑重重。这时我在一阵突如其来的喜悦中拍起手来,——我的脉搏急促跳动,我浑身血管一阵震颤。

"哦,我真高兴! ——我真高兴!"我大声嚷着。

圣约翰笑了。"我不是说过你老是舍本逐末吗?"他问道,"我告诉你得到了一笔财产时,你一副严肃样子,而现在为一件无关紧要的事,你却兴奋起来。"

"你这话到底是什么意思? 它对你来说也许是无关紧要,你有姊妹,不在乎一个表妹,可我却什么人也没有,而现在一下有了三个——或者两个,要是你不想算进去的话——成年的亲戚在我的世界里出现了。我再说一遍,我真高兴!"

我快步地一直向房间的那一头走去。我突然停了下来,被脑子里迅速出现,快得我都来不及接受、理解和理顺的一些想法弄得几乎喘不过气来,——这些想法就是:我可以,能够,我会而且一定要怎样做,而且马上就怎样做。我凝望着空空的墙壁,它就仿佛是一面天空,上面密布着初升的繁星,每一颗都在指引我奔向一个目标、一种欢乐。那些曾救了我的命的人,直到刚才,我都只能空自爱着而无以为报,现在我可以有所报答了。他们身背重轭,——我可以解脱他们;他们各奔东西,——我能使他们重聚;我的自主,我的富裕,也同样可以为他们所有。我们不是四个人么?两万英镑平分就是每人五千,——绰绰有余的了。这样公道就可以实现,大家都可以得到幸福。这样财富就不再使我感到压力,它也不再只是钱财的遗赠,——而是得到了一种生活、希望和欢乐的遗产。

当我被这些想法弄得神魂颠倒的时候,看上去究竟是一副什么样的神气,我不知道;但我很快觉察到里弗斯先生已经摆了一把椅子在我身后,正轻轻地想拉我坐下来。同时他还劝我一定要镇静。我对这种认为我心神无主、神志错乱的暗示不屑理睬,摆脱了他的手,又开始在房间里走了起来。

"明天就写封信给黛安娜和玛丽,"我说,"叫她们马上回来。黛安娜曾说她们要是各人有一千英镑就会认为自己是富有的,那么有了五千英镑她们就会过得挺不错了。"

"告诉我上哪儿去倒杯水来给你喝,"圣约翰说,"你真得竭力把你的情绪平静下来才行。"

"废话!顺便说这笔遗赠会对你产生什么样的影响?这会叫你留在英国,促使你跟奥立佛小姐结婚,像个平常人那样安顿下来吗?"

"你是在信口开河,你有点头脑不清了。我把消息通报得太突然,这使你兴奋得精神支持不住了。"

"里弗斯先生!你真叫我不耐烦。我神志完全清醒,倒是你误解了,或者不如说是假装误解了。"

"或许你把你的意思解释得稍微再清楚一点,我就会更理解一些。"

"解释！有什么可解释的？你总不至于弄不清,把所说的这两万英镑在一个外甥和三个侄女、外甥女之间平分,就是每人各得五千吧？我要你做的只是写信给你的妹妹,告诉她们所得的财产。"

"你是说你所得的财产吧。"

"我已经说了我对这事的看法,其他办法我都不能接受。我还不至于自私到卑鄙,不公道到不分是非,或者忘恩负义到不像人样的地步。再说,我也决心要有个家,要有亲戚。我喜欢荒原庄,我要住在荒原庄;我喜欢黛安娜和玛丽,我要终生跟黛安娜和玛丽紧紧相依。有五千镑我会感到高兴和得益,有两万镑却会叫我感到沉重和难受,何况公正地说它们也不该是我的,尽管法律上也许是。这样说来,我只是把对我来说绝对是多余的那部分让给了你们。别反对,也别再讨论这个问题了,让我们彼此取得一致,立即把它决定下来吧。"

"这是一时冲动下的行为,这样的事,在你的话能看作当真以前,你总得先考虑一些日子。"

"哦！要是你所怀疑的只是我的诚意,那我就放心了。你已经看出这样做是公正的喽？"

"我的确看出了它有几分公正性,不过这完全违反常规。再说,继承全部财产是你的权利,它是我舅舅靠自己的努力挣来的,他愿意留给谁就留给谁,他留给了你。不管怎样,你保有它还是正当合理的,你可以问心无愧地把它看作完全是属于你的东西。"

"对我来说,"我说,"这不但是良心问题,更是感情问题。我必须顺着我的感情去做,我一向极少有这样的机会。哪怕你争论、反对、烦扰我一年,我也决不能放弃我还只刚刚预先体味到了一点的那种美妙的乐趣——部分地报答深厚的恩情，赢得终生的朋友。"

"你现在这样想，"圣约翰答道，"是因为你不知道拥有财富是怎么回事，因而也不知道享受财富是怎么回事。你还想象不到两万英镑会使你变得怎样重要，会让你在社会上占有什么样的地位，会使你拥有什么样的前途。你还不……"

"而你呢，"我打断他说，"却根本想象不出我是多么渴望着弟兄姊妹之爱。我从来没有过家，没有过弟兄姊妹，现在我必须有而且就要有了。你不会不愿意承认我、接纳我吧，是不是？"

"简，我会成为你的哥哥，——我妹妹会成为你的姊妹的，——用不着拿牺牲你的正当权利来作为条件。"

"哥哥？是啊，远在千里之外！姊妹？是啊，在陌生人中间服苦役！我呢，很富有，——让既不是我挣来又不是我应得的钱撑饱了！而你们呢，却分文全无！真是了不起的平等、友爱！亲密的团结！知心的体贴！"

"可是，简，你对亲人关系和家庭幸福的热望，用不着你所想的办法也可以如愿的啊，你可以结婚。"

"又是废话！结婚！我不想结婚，也永不结婚。"

"这说得太过分了，这样冒失地武断，就恰恰证明你是在兴奋之下。"

"这并没说得太过分，我知道自己的心情，知道结婚这件事我连想都不愿去想。谁也不会为了爱而娶我，而我也不想只被人作为猎取金钱的手段。再说我也不想要一个陌生人，——跟我毫无共鸣、格格不入、完全不同的人。我要的是我的同类，跟我完全合得来的人。再说一遍你会做我的哥哥吧,你一说出这话来我就感到幸福、满足。要是能够的话,请你再说一遍,真心实意地再说一遍。"

"我想我能够。我知道我一直很爱自己的两个妹妹,而且知道我对她们的喜爱是建立在什么基础上,——是对她们品德的尊重和对她们才华的赞赏。你也同样既有头脑又有信念,你的志趣习惯跟黛安娜和玛丽很相像,你在我面前我一直觉得很愉快,听你谈话我也早已经觉得既有益又很快慰。我觉得我很容易自然而然地把你放在心上,作为我最小的第三个妹妹。"

"谢谢你,今晚上我已经够满足的了。现在你还是快走吧,因为要是再多待一会儿,你说不定又会露出什么犹豫信不过的情绪来惹我发火。"

"那么学校呢,爱小姐? 我看这下只好关门了吧?"

"不,我会继续担任教师的职务,等你找到接替我的人。"

他微笑着表示赞同。我们握了握手,他就告辞了。

我不必再细谈我后来又进行了多少争论,提出了多少理由来,以求遗产的事按我的意思来解决。我的任务极为艰巨,但既然我十分坚决,——我的表哥表姐又终于看出我是真心实意、不可改变地定要把财产均分,——而且他们自己心里也一定觉得这种打算是公正的;更何况他们也一定本能地意识到,如果处在我的地位,他们也会照样地像我这样做,——所以他们终于勉强让步到同意把这件事拿出来仲裁。所选的仲裁人是奥立佛先生,还有一位能干的律师,他们都同意我的意见,我终于贯彻了自己的主张。转让的文书拟了出来:圣约翰、黛安娜、玛丽和我每人都各得一份相应的遗产。

# 第三十四章

等一切办好,已经快到圣诞节,普遍欢庆的节日就要临近了。这时我让莫尔顿学校放了假,注意到不让自己在临别的时候无所表示。交好运不但使人心胸开朗,同样也使人手面变得出奇地阔绰起来。把我们大量获得的稍稍分给别人一点,只不过是让不寻常的心情激动有个宣泄一下的机会罢了。我早就高兴地觉察到我不少的乡下学生都喜欢我,在我们分别的时候,这种感觉得到了证实,她们把这种喜爱之情表达得既坦率又强烈。我深为满意地发现自己确实在她们朴实的心里占有一个位置。我答应她们以后我每一个星期都会去看她们,同时在她们的学校里给她们补习一堂课。

正当我看着如今已有六十个女生的各个班级在我面前鱼贯而出,然后锁上了门以后,里弗斯先生来了,看见我正手里拿着钥匙站在那儿,特意跟五六个我最好的学生互相告别,她们都不亚于英国农民阶层里所能找到的任何最体面、最可敬、最谦逊也最有见识的姑娘。而这话的分量是很不轻的,因为归根结底,英国农民是整个欧洲最有教养、最懂礼貌也最自重的。在那以后我曾见到过一些 paysannes 和 Bäuerinnen①,她

---

① 法语和德语:农妇。

们中最好的跟我那些莫尔顿的姑娘相比起来,我觉得都显得粗鲁无知,头脑糊涂。

"你觉得你这一时期的努力,得到了报偿吗?"她们走了以后,里弗斯先生问道,"自觉在自己这一代里、在正年轻力壮的时候做了一些真正的好事,不是很叫人愉快吗?"

"那当然喽。"

"而你还只不过辛苦了几个月呢!把终生都献给改善同类的事业,岂不是很值得的吗?"

"不错,"我说,"但是我总不能永远这样下去,我不但想培养别人的才能,也同样想发挥自己的才能。我必须现在就发挥它们,别再要我把身心重新投到学校上去,我已经脱离了它而且打算度长假了。"

他神色严肃起来,"这是怎么啦?你所表现的这种突如其来的急切心情究竟是什么?你想要做什么?"

"要活跃起来,尽我所能地活跃起来。而我首先要请求你的,是放走汉娜,另外找个人照料你。"

"你需要她?"

"是的,跟我一起去荒原庄。黛安娜和玛丽再过一个星期就要回到家里了,我要让一切都收拾好了等她们回来。"

"我懂了,我还以为你是急于想飞到哪儿去旅行呢。这样更好,汉娜一定跟你一起去。"

"那叫她明天就准备好。还有,这是教室的钥匙,我小屋的钥匙明天早上再给你。"

他接了钥匙。"你很轻松愉快地把它交了出来,"他说,"我简直不大理解你的轻松心情,因为我弄不清你究竟要给自己找个什么工作,来代替你正在放弃的这一个。你现在究竟有什么生活目标,什么意图和雄心?"

"我第一个目标就是彻底清扫(你体会到这话的全部意义吗?),从卧房到地下室,把荒原庄彻底清扫干净。其次我要用蜂蜡、油和无数的抹布把它擦拭一遍,叫它重新闪闪发光。再其次就是要把每一张椅子、桌子、床和地毯安排得像数学似的准确。然后我要让你几乎破产般地用大量煤和泥炭,把每间房里的炉火都烧得旺旺的。最后,你妹妹预定到达的前两天,汉娜和我要全用来大量地打蛋,拣葡萄干,磨香料,配制圣诞蛋糕,剁肉饼馅,以及举行其他各种各样烹调仪式,因为用一般词儿对像你这样的门外汉只能产生还不够充分的概念。简单地说,我的意图就是要在下星期四以前把一切都为黛安娜和玛丽尽善尽美地准备好,而我的雄心就是要在她们来到的时候,给她们一个十分理想的欢迎。"

圣约翰笑了笑,他还是不大满意。

"眼前来说这都很好,"他说,"不过认真说来,我相信在第一阵欢乐情绪过去之后,你会把目光放得更远大一些,不再局限于家人的亲热和家庭的乐趣。"

"世上最好的两样东西!"我插嘴说。

"不,简,不,这世界可不是享福的地方,——千万别去把它变成这样;它也不是休息的地方,——千万别变得懒惰。"

"正相反,我是要忙忙碌碌。"

"简,眼下我原谅你,我给你两个月的宽限,充分享受一下你的新地位,痛快体味一下这种新发现的亲属相处的乐趣。可是以后,我希望你会开始让你的目光超越荒原庄和莫尔顿,超越姊妹的团聚,以及文明的富裕生活中那种自私的安逸和肉体的舒适。但愿那时候你的精力会再一次充沛得叫你安不下心来。"

我奇怪地望着他。"圣约翰,"我说,"我觉得你这样说简直是不怀好意。我一心想像个女王那样踌躇满志,你却竭力想搅得我不得安宁! 究竟是什么目的!"

"目的就是要使你的才能能够得到收益,上帝把它托付给了你,有朝一日他肯定是会要你严格交账的。简,我要严密而十分关切地注视着你,——我预先告诉你这一点。你要竭力不让自己过分热衷于你所迷恋的那种庸俗的家庭乐趣。不要那么恋恋不舍那些肉体的牵累;把你的坚毅和热忱用于合适的目的,千万别把它们浪费在平凡而短暂的事物上。你听见了吗,简?"

"听见了,就像你是在说希腊语似的。我觉得我希望快乐就是合适的目的,我要快乐。再见!"

我在荒原庄也真是快乐,同时也拼命干活,汉娜也是一样。她十分有趣地看着我居然能那么欢欢喜喜地在闹得天翻地覆的屋子里忙个不停,——能那样地又刷、又扫、又洗、又煮。而在一两天乱上加乱以后,终于逐步在我们自己造成的一片混乱中建立起了秩序,委实是很叫人高兴的。这以前我已先上斯××市跑了一趟,去购置一些新家具。我的表哥表姐们已给了我全权委托,随我高兴怎么改变布置,还专门划开一笔款子供这个用途。常用的起居室和几间卧室我还是让它们保持原样,因为我知道黛安娜和玛丽重新看到这些家常的旧桌椅和床铺,比起看见一派时髦的新款式来还更觉得高兴些。不过稍作些更新还是必要的,以便给她们的归来增加一点我希望它们能带来的新鲜味。漂亮的深色新地毯和新窗幔,布置几件包括瓷器和铜器的精选的古雅摆设,新的椅套,以及镜子和梳妆台上的梳妆盒,就足以实现这个意图了,它们显得新鲜而并不刺眼。一间备用的起居室和备用的卧室我用老桃花芯木家具和紫红色的窗帘椅套等彻底布置一新。我在过道上铺了帆布毡,楼梯上铺了地毯。等到一切就绪时,我觉得荒原庄在现在这个季节,屋里真不折不扣是个愉快而适度的舒适环境的典范,而外面则是冬天荒凉寂寞的凄凉景象的标本。

非同小可的星期四终于来了。预料她们要在天快黑的时候才到,而还没到黄昏,楼上楼下就已升上了火,厨房里干干净净,汉娜和我穿着整齐,一切都已准备就绪。

圣约翰先来了。我曾请求他在一切全安排好以前绝对不要到家里来,实际上,单是一想到满屋里既脏且乱的糟糕景象,就足以吓得他躲得远远的了。他发现我在厨房里,正在看着茶点蛋糕烘制得怎样了。他朝炉子跟前走过来,问道:"你是不是终于安心老干用人的活儿了?"我的回答是请他也跟我一起来大体看一下我的劳动成果究竟如何。我费了点力才勉强让他在屋子里兜了一圈。他只是在我打开的房门外往里望上一眼,等他楼上楼下走了一遍之后,他说了句在这么短时间里能有如此可观的变化,我一定大大劳心费力了一番,但对于他住所改观表示高兴的话,却一个字也没说。

这种沉默使我大为扫兴。我想或许是改变打破了他所珍视的某些往事的联想吧。我问他是不是这么回事,不用说有点垂头丧气的味道。

"完全不是,正相反,我注意到你小心周到地顾到了每一种联想。老实说,我担心你在这方面花的心思太多了,有点不值得。譬如就说这个房间吧,你为了考虑怎么布置它究竟花了多少时间？——顺便问一声,有本书在哪儿你能告诉我吗?”

我把书架上的那本书指给他看,他取下来后就回身走到他常待的那个窗口凹进处,开始看起书来。

哎,我可不喜欢这种样子,读者。圣约翰是个好人,但我开始觉得他说自己冷酷无情,倒说的是实话。生活中的人情之常和处世之道他毫不感兴趣,——生活中那种恬静的乐趣对他也毫无吸引力。丝毫不假,他活着就是为了热切追求,——的确,是追求善良和伟大的东西,不过他永远安定不下来,也不赞成别人在他身边安定下来。当我望着他那高高的前额,——苍白、静止得就像雪白的石头,——望着他那张正在专心看书的俊美的脸,——我突然一下子明白了,他不大可能成为一个好的丈夫,做他的妻子真会是一件叫人受不了的事。我就像受到启示似的,懂得了他对奥立佛小姐的爱是什么性质。我同意他的看法,这只是一种感官之爱。我明白了他怎么会鄙视自己受到这种爱的狂热影响,他是多么一心想要扼杀它、摧毁它,他又怎么不相信它能永远使他或她幸福。我看出他是由那样的材料构成的,大自然正是用这种材料凿出她的英雄——基督教的或者异教的英雄来,——凿出她的立法者,她的政治家,她的征服者们来;这些人是可以寄以大事的牢靠堡垒,可是在家庭炉火边,却往往是一根冰冷、笨重的石柱子,既乏味,又碍眼。

“这间起居室不是他的天地,”我寻思着,“喜马拉雅山,或者南非丛林,甚至瘟疫流行的几内亚海岸沼泽地,也会对他更加合适。他倒真不如躲开家庭生活的宁静还好些,这不是适合他的环境,他的才能会在那儿停滞僵化,——既无法施展,也不能显示长处。只有在险恶和奋斗的场合,——考验勇气,发挥力量和需要毅力的时候,——他才会以领袖和强者的面貌,出来讲话,采取行动。而在这样的炉边,连一个快活的孩子都会显得比他强。他选择传教士的事业是选对了,——这我现在才看了出来。"

"她们来啦!她们来啦!"汉娜推开客厅门大声嚷道。与此同时老卡洛也高兴地汪汪叫了起来。我拔脚往外跑。天色已经黑了,但车轮的辚辚声还是听得见。汉娜很快点亮了一盏提灯。车已停在小门旁边,车夫打开了车门,先是一个熟悉的身形,接着又是一个走了下来。转瞬间我就把脸埋到了她们的帽子底下,先是贴着玛丽温软的面颊,然后是黛安娜飘垂的鬈发。她们欢笑着,——吻了我,——接着又吻了汉娜;拍拍高兴得几乎发狂的卡洛,急切地问是不是一切都好,得到了肯定的回答后,就连忙走进了屋子。

她们从惠特克劳斯一路长途颠簸乘车赶来,身子都坐得发僵,还被夜晚冰冷的凉气冻坏了,但是一看到熊熊的炉火她们马上笑逐颜开。当车夫和汉娜正在把箱笼搬进来的时候,她们问圣约翰哪儿去了。这时他才从客厅里走了出来。她们俩立刻伸出胳臂搂住了他的脖子。他平静地吻了她们每人一下,低声说了几句欢迎的话,站了一会儿听她们讲,然后说了句他想她们马上就会到起居室里去跟他在一块儿的吧,就像躲进避难所似的回到那儿去了。

我已给她们点好了上楼去用的蜡烛,但是黛安娜还先得嘱咐几句要好好款待马车夫的话,说完以后,两人才一起跟我上楼。她们很喜欢对她们房间的更新和装饰,包括那新的帷幔,新换的地毯,以及色彩鲜艳的瓷花瓶,毫不吝啬地表示了她们的满意之情。我高兴地感到我的布置正合她们的口味，我所做的给她们愉快的还家增添了有趣的魅力。

那一晚真太可爱了。我那两个兴高采烈的表姐那么滔滔不绝地讲述、议论，她们的健谈掩盖了圣约翰的沉默寡言。他真心高兴重见他的两个妹妹，但对她们的热情洋溢和欢笑不绝却并不赞同。这天的大事——就是说，黛安娜和玛丽的归来——使他高兴，但伴随这件大事而来的种种，快活的喧闹，迎接时喋喋不休的欢声笑语，却叫他厌烦，我看出他但愿平静一些的明天早点到来。正在这晚欢乐的高潮时刻，大约吃过茶点后一小时，传来了一阵急促的敲门声。汉娜进来通报说"来了个穷孩子，来得真不是时候，要里弗斯先生去看他的母亲，她快要断气了。"

"她住在哪儿，汉娜？"

"一直在惠特克劳斯山坡顶上呢，差不多有四英里路，而且一路净是荒原和沼泽地。"

"告诉他，我去。"

"真的，先生，你还是别去好。天黑以后，再没有比这更难走的路了，泥塘上那一段简直就没有路。再说今晚又这么冷，——风从来没刮得这么猛过。你最好还是带个信去，先生，说你明早一准到那儿。"

可是他已经披上披风，到了过道里，没一句推托，没一声怨言就走了。当时是九点钟，他直到半夜才回来。尽管他又饿又累得厉害，但看上去却比走的时候还快活。他尽了一份责任，作了一番努力，感到了自己克己办事的毅力，自我感觉也好了一些。

我担心接下来的整整一星期使他十分厌烦。那是圣诞节的一周,我们什么正经事也不干,把时间全花在家庭的寻欢作乐上。荒原上的空气,家里的自由自在,富裕生活的开始出现,对黛安娜和玛丽的精神起了像起死回生的灵丹妙药般的作用。她们从早上到中午,从中午到晚上,整天都欢天喜地的。她们能老是讲个不停,而她们的谈话又机智,又言简意赅,又新颖独特,对我有那么大的魅力,使得我比起干任何其他事情来,都更情愿听她们谈和跟她们一起谈。圣约翰倒并不责备我们谈得这样起劲,但他回避开。他也不大在家,他的教区很大,住民又分散,所以他每天都忙于访问散居各处的穷人和有病的人。

有天早上吃早饭的时候,黛安娜闷闷不乐了几分钟之后,问他道:"你仍旧没改变计划吗?"

"没改变,也不可能改变。"她得到了这样的回答。接着他开始告诉我们,他离开英国的时间现在已确定,就在明年。

"那么罗莎蒙德·奥立佛呢?"玛丽提出,她这话似乎是不由自主漏出口来的,因为话一出口,她就作了个手势仿佛想收回去。圣约翰手里正拿着书,——他有吃饭时看书的不合群习惯,——他把书合上,抬起了头来。

"罗莎蒙德·奥立佛,"他说,"快要嫁给格兰比先生了,他是弗雷德里克·格兰比爵士的孙子和继承人,是斯××市社会背景最好也最受人敬重的居民之一。我是昨天从她父亲那儿听到这个消息的。"

他两个妹妹互相看看,又看看我,我们三个人一起望着他,他平静得像块玻璃似的。

"这门婚事一定订得很仓促,"黛安娜说,"他们认识决不会太久。"

"才两个月,他们是十月份在斯××市郡里举办的舞会上认识的。不过既然像现在这样结亲并没什么障碍,而从各方面看来这门婚事都是可取的,那就没有必要拖下去。一等弗雷德里克爵士把他们的斯××府重新整修好,他们可以住进去了,就马上结婚。"

在这番谈话以后,我第一次看见圣约翰独自呆着的时候,就禁不住想去问问这件事是不是使他很苦恼,但他看来似乎那么不需要什么同情,因而我非但不敢冒昧去多此一举,还为想起自己以前的冒失行为而感到有点害臊。再说,我也不知道怎样去和他谈话了,他的疏远又像冰似的覆盖了一切,在它下面,我的坦率也给冻结住了。他并没有遵守待我如他的亲妹妹一样的诺言,他不断在我们之间作出一些令人寒心的细微区别,根本无助于增长亲切之情。总之,我现在虽被认作他的亲属,跟他同住在一所房子里,却感到彼此间的距离反而远远大于当初他只把我当作一位乡村女教师的时候。当我回想起他一度曾对我那样推心置腹时,简直难以理解他目前这种冷冰冰的态度。

在这种情况下,难怪我不禁大吃一惊地看到他从埋头于书桌中突然抬起了头来,并且说:

"你看,简,仗终于打过了,而且打胜了。"

被他这样跟我说话猛吓了一跳,我一时回答不上来,稍稍迟疑了一会儿以后我才答道:

"可是你真觉得自己的处境,不有点像那些花了过大的代价才打赢了仗的胜利者吗?再打赢这样一仗不会毁了你吗?"

"我想不至于,而且就算这样,也没多大关系。再不会要我去另打一场这样的胜仗了。这场斗争的结局是决定性的，我的道路已经扫清了，我为此感谢上帝!"说罢，他就又回到他的文件和默不作声中去了。

随着我们共同的欢乐(指黛安娜、玛丽和我的)逐渐趋于比较平静的性质，我们又重新恢复了往常的习惯和按部就班的学习，圣约翰待在家里的时间也比较多了，他跟我们同坐在一间屋子里，有时候一起待上好几个小时。当玛丽画画，黛安娜坚持她已决意开始的(令我又敬畏又惊异)阅读百科全书的课程，而我在费劲地继续学习德语的时候，他也在用心琢磨他自己的一种神秘的学问：一种东方语言，他认为学会它是实行他的计划所必不可少的。

在这样忙着时，他坐在他自己的角落里显得颇为安静和专心，只是他那双蓝眼睛却惯于离开那陌生古怪的文法扫视过来，有时候带着出奇的专注目光盯着看我们这几位他的同学，一被觉察，就马上缩了回去，但仍不时地又重新朝我们那张桌子窥察。我很不解这是什么意思。同样也使我纳闷不解的是，对一桩我觉得无关紧要的事，——也就是我每周一次去莫尔顿学校的事，——他毫无例外地总是显得十分满意。更令我困惑的是，逢到天气不好，落雪，下雨，或者刮大风，他妹妹们劝我不要去，他却总是贬低她们的担忧，鼓励我不顾天气好坏去完成使命。

"简可不像你们竭力想把她说成的那样不中用，"他会说，"她能经得起山风，暴雨，或者几片雪花，并不比我们中间的哪一个差。她的体质既健康又善于适应，——比起许多更强壮的人来，还更适于经受气候的变化一些。"

而有时在我回得家来疲惫不堪，被风吹雨打得够受的情况下,我也丝毫不敢诉苦,因为我明白抱怨准会使他恼火。在任何场合下,坚忍总叫他高兴,而反过来就特别惹他生气。

可是有天下午我却获准呆在家里,因为我真得了感冒。他两个妹妹代我去了莫尔顿,我坐着在读席勒的作品,他在研读他那些别扭难懂的东方文字。当我把翻译换成了做练习的时候,偶然朝他那儿一望,不料竟发现我自己正处在他时刻不停观察的蓝眼睛的威慑之下。我说不上他到底反复彻底地探究了多久,那眼光是那么锐利然而又那么冷漠,我一时竟有些迷信起来,——就仿佛我正跟什么诡秘莫测的东西同坐在一间屋子里。

"简,你在干什么?"

"学德语。"

"我想要你学印度斯坦语。"

"你这话不是当真的吧?"

"完全当真,而且一定要让你这样做,我告诉你为什么。"

于是他接下去解释说,印度斯坦语是他自己眼下正在学的,随着学得深了,他常会忘了初学的东西,所以如果能教个学生,好借此来一遍遍复习一下基础知识,使他自己头脑里能牢牢记住它们,那就会对他有很大的帮助。他说他曾在我和他妹妹之间犹豫不决了一段时间,不知选谁好,但他终于选中了我,因为他看出三人中我最能耐心坐下来干一件事。我肯帮他这个忙吗?也许我作这种牺牲时间并不必太久,因为现在离他动身只不过三个月了。

圣约翰不是个轻易能拒绝的人。你会感到,他一旦有了一个想法,不管是痛苦的也好,愉快的也好,都深深铭刻在心,而且永不放弃。我同意了。当黛安娜和玛丽回到家里,前者发现她的学生从她手里转到了她哥哥的门下,她大笑了起来,而且她跟玛丽都异口同声说,圣约翰是决不能说服她俩走这一步的。他泰然答道:

"这我知道。"

我发现他是个非常耐心、不厌其烦,但同时又十分严格的老师。他对我要求很多,当我满足了他的期望时,他就以他自己的方式,充分表示了他的赞许。逐渐地,他对我有了一定程度的左右力量,使我失去了头脑的自由,他的赞扬和关注甚至比他的冷漠更能束缚人。他在旁边时,我再也不能谈笑自若了,因为有一种讨厌地摆脱不开的本能提醒我,谈笑风生(至少在我身上)是他所厌恶的。我完全觉察到,只有严肃认真的心情举动才能得到赞许,在他面前,要想有任何别的心情举动都是徒劳的。我感到就像是被一种把人完全冻僵了的魔力所驱使似的。只要他说"去",我就去;他说"来",我就来;说"做这个",我就做。然而我并不爱这种奴隶状态,有不少次,我倒但愿他当初继续忽视我就好了。

一天晚上,到了睡觉的时候,他两个妹妹和我都围着他站在旁边,跟他道晚安,他照例一一吻了她们,然后又照例把手伸给我。黛安娜一时兴至想开个玩笑(她可不会难受地受他的意志所摆布,因为她的意志也一样坚强,不过方式不同),她嚷道:

"圣约翰!你口口声声说简是你的三妹,可你却并不这样对待她,你也应该吻吻她。"

她把我推到他跟前。我觉得黛安娜真叫人恼火,我极不自在感到十分尴尬。正当我抱着这样的心情和想法的时候,圣约翰把头低了下来,他那希腊型的脸低到跟我的脸一般平,他两眼探询般锐利地盯着我的眼睛，——他吻了我。世上没有石头吻或者冰吻那样的东西，不然的话，我就要说我这位教士表哥的致意就是属于这一类的。不过也许会有试验性的吻吧，那他的吻就是试验性的吻了。吻完以后，他打量着我，看看结果如何。结果并不惊人，我敢肯定我没有脸红，说不定我倒变得稍稍苍白了一点，因为我觉得这一吻就仿佛是加在我的镣铐上的封铅似的。从这以后，他从来没有忽略过这个礼节，而我接受它时的一本正经和不动声色，似乎倒使他对此颇感到有几分有趣。

　　至于我呢，我每天都变得越来越想讨他喜欢，可是要这样做，我就感到每天越来越变得必须放弃我自己一半的天性，扼杀我一半的才能，强扭转我本来的志趣所向，硬逼着自己去致力于我并无天生爱好的钻研。他要训练我达到我永远也达不到的高度，要尽力企及他所树立的高标准，对我简直每时每刻都是一种折磨。这事之绝不可能，就正如要想把我不端正的容貌塑造成他那种精确的古典脸型，赋予我变幻不定的绿眼珠他自己眼睛的那种海青颜色和严肃光芒一样。

　　然而眼下压在我身上的，还不只是他的控制。近来我很容易显得忧伤，有个害人的恶魔盘踞在我心头，从根本上破坏了我的幸福，——这恶魔就是焦虑。

　　你也许以为，读者，在这境况和命运的种种变迁中，我已经把罗切斯特先生忘掉了。一刻也没有。对他的思念还依旧伴随着我，因为它并不是阳光驱散得了的雾气，也不是暴风雨冲洗得掉的沙上画的人像，它是个铭刻在石碑上的名字，注定要跟刻着它的大理石同样持久。一心想知道他究竟怎么样了的渴望到处紧跟着我，还在莫尔顿，我每晚回到小屋里就想起它,而现在到了荒原庄,我每夜都一回进自己卧室就闷头沉思着它。

在为遗嘱的事不得不跟勃里格斯通信来往的期间,我就问过他是否知道罗切斯特先生目前的地址和身体情况,但正像圣约翰猜想的那样,他对他的情况简直一无所知。于是我写信给费尔法克斯太太,请问这方面的消息。我满以为这一步准能达到目的,觉得它肯定能很快得到回音。当过了两个星期还音讯全无时,我感到很诧异。但两个月过去,邮件一天天来到,却什么也没给我带来,这时我就陷在最难耐的焦虑不安之中了。

我又写了封信,因为有可能我的第一封信给遗失了。再一次的努力再一次带来新的希望,它跟前一次一样闪耀了几个星期,随后也像前一次一样暗淡下去,闪烁欲灭。我连一个字、一行信也没有收到。当半年时间在一味空盼中白白过去时,我的希望破灭了,这时,我真感到了灰心绝望。

一片明媚的春光降临我四周,我却无心欣赏。夏天快到了,黛安娜想让我鼓起兴致来,她说我看上去像有病,希望陪我一起到海滨去。圣约翰却反对这样,他说我不需要游游荡荡,我需要的是工作,我目前的生活太无所用心了,我需要有一个目标,因此,我猜是为了弥补这种不足,他更进一步加重了我的印度斯坦语课业,并且更加严格地要求我完成它。而我呢,像个傻子似的,从来没想过要抗拒他,——我无法抗拒他。

有一天我带着比平常更低落的情绪来学习,这种低潮是由于一阵钻心的失望所引起的:汉娜一早告诉我说有我的一封信,我忙下楼去取,几乎十拿九稳以为翘望已久的消息总算盼到了,但却发现那只不过是勃里格斯先生关于事务上的一封无关紧要的短函。这个痛苦的挫折使得我涌出了几滴眼泪。而这会儿,当我坐在那里钻研一位印度作者费解的字句和奥妙的文章时,我两眼中又涌上了泪水。

圣约翰把我叫到他跟前去朗读,在试图这样做的时候我的嗓音哽住了,啜泣使得我语不成声。起居室里当时只有我们两个人,黛安娜正在客厅里练她的音乐,玛丽在侍弄花木,——这正是个五月里的好天气,天空晴朗,阳光普照,微风拂拂。我的同伴对我这种情绪激动毫不表示惊异,也并不探问它的原因,他只是说:

"我们稍停几分钟吧,简,等到你稍微平静一点。"而在我拼命尽快把这阵感情爆发平伏下去的时候,他镇静而耐心地靠着书桌坐在那儿,就像医生用一副科学的眼光观察着病人身上一次完全可以理解的、意料之中的疾病危机那样。我把啜泣压了下去,擦干眼睛,抱怨了几句早上身体就不大舒服之后,重新继续我的课业,并且终于完成了它。圣约翰把我的书和他的一起收了起来,锁好了书桌,说道:

"现在,简,你要出去走一走,跟我一起去。"

"我去叫黛安娜和玛丽。"

"不,今天早上我只要一个同伴,而且必须是你。去穿戴好,从厨房门出去,走通到泽谷尽头去的那条路,我一会儿就来。"

我不知道怎样才是适中的办法。当我跟和自己截然相反的专断、严酷的性格打交道的时候,在绝对服从和坚决反抗之间,我一生从来不知道有什么适中的办法。我总是老老实实奉行一种办法,一直到终于爆发,有时甚至还像火山般猛烈爆发到一下变成奉行另一种办法为止。既然眼前的情况并没有提供理由，我此刻的心情也并没有促使我要进行反抗，因此我采取了小心服从圣约翰命令的态度，十分钟后就跟他肩并肩走在那条幽谷的荒野小径上了。

微风从西边吹来，它吹过小山，带着好闻的石楠和灯芯草的香味。碧空无云，溪水顺着山谷流淌，涨满了刚下的几场春雨，奔腾而清澈地一泻而下，映射着太阳的闪烁金光，和天空中蓝宝石般的色泽。我们往前走去，离开小径，踏上了软软的草地，草儿像苔藓般柔嫩，像翡翠般碧绿，细致地点缀着一种小小的白花，还繁星般闪烁着朵朵的黄花。四面小山不知不觉间已把我们团团围住，因为幽谷尽头处正好蜿蜒伸到了群山的中心。

"我们就在这儿休息一下吧。"圣约翰说，这时我们刚走到一大群岩石的边缘处，它们扼守在一个隘口似的地方，山溪从那儿成瀑布状倾泻而下，流向远处，而再稍远一些，山就像是抖掉了身上的草地和鲜花，只剩下石楠作它的衣服，巉岩作佩带的宝石，——在那儿，它把荒芜扩大成蛮荒，用郁闷取代了生气，——那儿，它为清幽守护着仅存的希望，为寂静保留着最后的藏身之地。

我坐了下来，圣约翰站在我旁边。他瞧瞧隘口的上方，望望下面空旷的低谷；他目光随着溪流望去，又回过来扫视着溪水映照的晴空。他脱下帽子，任微风吹动他的头发，轻拂他的额头。他仿佛在跟他这个常游之地的守护神默默交流，用目光在向什么告别。

"我还会再见到它的，"他说出了声来，"在梦中，当我睡在恒河边上的时候；再往后就是，在一个更遥远的时刻，——

等我陷入另一次沉睡，——在一条更深沉的河流岸边的时候。"

真是一种流露着奇怪的爱的奇怪的言词！是一个赤诚的爱国者对于祖国的热恋之情！他坐了下来，一连半个小时我们谁也没有说话，不管是他对我也好，我对他也好。这段时间过去之后，他又重新开口说道：

"简，再过六个星期我就要走了，我已经在一艘'东印度人号'船上订好了舱位，六月二十日启航。"

"上帝一定会保护你的，因为你承担起了他的工作。"我回答道。

"是的，"他说，"我的光荣和喜悦就在这里。我是一位永不谬误的主的仆人。我这次出行并不是受了常人的引导，屈从于我肉眼凡胎的软弱同类们那些片面的法律和错误的支使。我的皇上，我的立法者，我的领袖，是尽善尽美的主。我真奇怪我周围的人都不急于站到这面旗帜下来，参加这桩事业。"

"并不是人人都有你的毅力，而弱者要想去跟强者一起前进是愚蠢的。"

"我并不是说弱者，我所想到的也不是他们，我只是向配得上干这项工作而且有能力完成它的人讲话。"

"那样的人为数很少，也难于发现。"

"你说得不错，但是一旦发现了，就应该把他们鼓动起来，——要求和劝导他们投入这种努力，——让他们明白自己有什么样的天赋，又是为了什么才给予他们的，——向他们传播上天的神示，——直接代表上帝在主的选民的行列中给予他一个位置。"

"要是他们真适合做这项工作,难道他们自己的心不会首先对他们说吗?"

我感到似乎有一种魔法正在我四周和头上围拢和聚集。我战战兢兢地惟恐听到一句致命的话说了出来,使这种魔力立刻揭示,马上奏效。

"那么你的心是怎么说的呢?"圣约翰问。

"我的心什么也没说,——什么也没说。"我回答着,吓得毛骨悚然。

"那只好由我来替它说了。"那深沉而毫不容情的声音继续说下去,"简,跟我一起到印度去吧,去当我的助手和同事。"

山谷和天空都旋转起来,群山也起伏不定!我就像是听到了上天的召唤,——仿佛有一个像马其顿的使者那样的异象中的使者,说出了:"过来帮助我们!"①然而我并不是使徒,——我看不见那使者,——我不能接受他的召唤。

"唉,圣约翰!"我喊道,"发发慈悲吧!"

但我哀求的那个人在履行他所认为的责任时,是既不知道慈悲,也永不会后悔的。他继续说:

"上帝和大自然是打算让你做传教士的妻子的。他们给予你的不是外貌上而是精神上的禀赋,你生来就是为了工作,而不是为了爱情的。你必须——你一定要成为一个传教士的妻子。你一定要成为我的,我要你,——并不是为了使我自己愉快,而是为了我主的事业。"

___

① 据《圣经》载,使徒保罗传道时,"在夜间有异象现与保罗,有一个马其顿人,站着求他说,请你过到马其顿来帮助我们。"见《新约·使徒行传》第16章第9节。

“我并不适合，我没有这方面的长处。”我说。

他早估计到一开始准会碰到这样的反对，他听了并不恼火。真的，当他双臂抱在胸前，不动声色地背靠在身后的岩石上时，我看得出他早已存心对付一次长时间恼人的反抗，而且已经准备了充分的耐心来坚持到底，——但他决心要使结局一定要是他的大获全胜。

“谦卑，简，”他说，“是基督教美德的基础。你说你不适合这项工作，说得不错。可谁又适合呢？或者说，真正受到过召唤的人，谁又相信过自己是配接受召唤的呢？就拿我说吧，我只不过是行尸走肉罢了。在圣保罗面前，我承认自己是个最大的罪人。但我并不让我这种自惭形秽的感觉吓倒了我。我知道我的引导者，他不但强大，也很公正；他既选中了一个脆弱的工具去完成一种伟大的工作，就一定会以他无限的神明，来为缺乏实现目标的手段弥补不足。像我这样想，简，——像我这样相信吧。我要你依靠的是永久的磐石①，毫不用怀疑它承担得住你那人类弱点的重量。”

“我一点不理解传教士的生活，我从没研究过传教士的工作。”

“这方面我虽然微不足道，还是能给予你你所需要的帮助。我能为你依次安排好每一个小时的任务，经常呆在你身边，时时刻刻帮助你。一开始我可以这样做，不用多久（因为我知道你的能力）你就会跟我一样坚强和能干，用不着我再帮忙了。”

---

① 永久的磐石（Rock of Ages）：原为一首基督教赞美诗的题目，后用来指耶稣和基督教。

"可是我的能力——承担这事的能力到底在哪儿呢？我并没感觉到呀。你在说着的时候，我心里既没有反响也没有触动。我一点也没感到心里照亮了，——生命力活跃了，——有什么声音在那里忠告或者激励。唉，但愿我能让你明白，我此刻的心灵是多么像漆黑的囚牢，在它深处牢锁着一种畏缩恐惧，——生怕被你逼着去尝试一种我无法完成的工作！"

"我能回答你的疑惧，——听着。从我们第一次见面我就开始注意你了，我一直考察了你十个月。这段时间里我对你作了各种各样考验，我看到了什么，得出了什么结论呢？在乡村学校里，我发现你能正直而一丝不苟地完成不合乎你习惯和爱好的工作，我看到你能完成得应付裕如而且十分得法。你既能管束，又能赢得人心。从你听得自己突然变富时的平静中，我看到了一个毫无底马的罪过①的心灵，——钱财对你没有过分的影响力。你毫不犹豫地把自己的财产分作四份，自己只保留一份，为实现抽象的正义的要求而放弃了其余的三份，从这里面我看到了一个以热烈而兴奋地甘作牺牲为乐事的灵魂。你温顺地按我的意愿，放弃你学得很有兴趣的功课，只因为我感兴趣而改学了另一门；而且从那以后你一直孜孜不倦地坚持学习，用毫不松懈的努力和毫不动摇的坚韧来对付它的种种困难，——从这上面，我看出我所寻求的各种品质的完全齐备。简，你是温顺、勤奋、无私、忠实、坚贞和勇敢的，非常文雅，又很有英勇气概，别再不相信你自己了，——我就能毫无保留地相信你。作为印度学校里的一位女指导，跟

---

① 据《圣经》载，使徒保罗的门徒底马因为贪爱现今的世界，离弃保罗而去。见《新约·提摩太后书》。

印度妇女打交道的一位女帮手,你对我的帮助将会是无比宝贵的。"

裹在我身上的铁布衫收紧了,说服在慢慢地稳步进逼。不管我怎样闭眼无视,他这最后的一番话还是把原来似乎堵死了的路打通了几分。我的任务原先看来显得那么模糊不清、漫无头绪,随着他一句句说下去,逐渐紧凑起来,在他一手摆弄下变得明确成形了。他等着我答复。我要求在我再一次仓促作答之前,先让我考虑一刻钟再说。

"我很乐意。"他答道,说着站起身来,大步顺着隘道往上稍微走开了一点,在石楠地上一个隆起的地方躺了下来,一动不动地躺在那儿。

"他要我做的事,我是能够做的,我不得不看出并且承认这一点,"我思索着,"这是说,要是我还能保住生命的话。不过我觉得我的生命在印度的烈日下是保不长的。——那怎么办呢?他可不在乎这个,当我死期来临时,他会平静而肃穆异常地把我交付给创造了我的上帝。事情明明白白地摆在我面前。离开英国,我不过是离开了一个心爱但却空虚的地方,——罗切斯特先生不在这儿了,而且即使他在,那对我,又能够对我怎么样呢?我现在要紧的是要没有他而活下去,最荒唐、最软弱不过的,就是一天天地挨着,似乎我是在等待什么不可能的环境突变,会使我有可能跟他破镜重圆。毫无疑义(正像圣约翰有一回所说的)我必须在生活中另找一件关心的事,来取代失掉的那一件。他眼前向我提出的这件事,不正是人所能选定或者上帝所能指派的最最光荣的事业么?从它高尚的用心和卓越的成果来看,它不是最适合于填补被剥夺了的爱和被打破了的希望所留下来的一片空虚么?我相信我应该说'好的',——然而我却一阵寒战。唉！要是我跟着圣约翰,我等于毁了自己的一半,要是我去了印度,我就是自寻夭折。而且从离开英国去印度,直到再从印度走向坟墓,这当中的那段时间又将如何度过呢？唉,我完全清楚！那也同样是明明白白摆在我眼前的。靠累得腰酸背痛来拼命求得圣约翰的满意,我是会做到使他满意的,——从最要害的关键直到最琐碎的末节都完全满足他的期望。如果我真的跟他去,——如果我真的做出他所要求的牺牲,我就要做得十分彻底:我要把一切都奉献在祭坛上,——心,五脏六腑,我这整个的牺牲品。他永不会爱我,但他必须赞许我,我要给他看看他还从未见过的干劲,他从未料到的潜力。是的,我能像他一样埋头苦干,一样毫无怨言。

"这样说来,是可以同意他的要求的喽。不过有一点,——可怕的一点,那就是——他要我做他的妻子,可他那颗做丈夫的心,却并不比山泉涌向那边峡谷时绕过的那一块严峻的巨石强多少。他珍爱我就像士兵珍爱一件好的武器,如此而已。不嫁给他的话,这本来不会叫我感到难受,可是如果让他完成他的精心筹划,——冷静地把他的计划付诸实现,——履行一场婚礼仪式,这我能受得了吗？我能从他那儿接受结婚戒指,耐心承受各种爱的表示(这我相信他会严格奉行的),心里却明知他根本心不在焉吗？明明知道他给予的每一个亲热表示都只是为了原则而作的一种牺牲,这我容忍得了吗？不,这样的殉道实在可怕,我决不愿忍受。作为他的妹妹,我可以陪他去,——但不是作为他的妻子。我就这么告诉他。"

我朝土墩那边望望,他就躺在那儿,像根横着的柱子似的一动不动。他朝我转过脸来,他目光闪闪,锐利而警觉。他一跃而起,朝我走来。

"我随时可以去印度,只要我能保持自由。"

"你的回答需要作点说明,"他说,"它不大清楚。"

"你一直是我的义兄,我是你的义妹,让我们继续保持这样吧,你我还是别结婚好。"

他摇摇头。"在这种情形下,义兄妹关系是不行的。如果你是我的亲妹妹,那就不同了,我会带着你去,不再要什么妻子。但照现在的情况,我俩在一起要么必须用婚姻来加以确保和神圣化,要么就行不通。任何其他办法都会遭遇到种种实际的困难。你难道看不出这一点吗,简?考虑一下吧,——你坚强的理智会告诉你怎样做的。"

我当真考虑了,可是我的理智,尽管说不上什么坚强,却只提醒我一个事实,就是我们并不像夫妻间理所应当的那样彼此相爱,因此它的结论是,我们不应当结婚。我也就这样说了。"圣约翰,"我答复他,"我把你看成一个弟兄,——而你,把我看成一个姊妹,那就让我们继续保持下去吧。"

"我们做不到——我们做不到,"他用粗暴严厉的断然口气答道,"这不行。你说了你跟我一起去印度,记住——你说过这话。"

"是有条件的。"

"好吧,——好吧。对主要的一点——你跟我离开英国,跟我合作干我未来的工作——你并不反对。你差不多等于已经伸手扶住了犁把,你说话算话,决不会再缩回去的。你只能时时想着一个目标,——怎么才能把你承担的工作做好。简化一下你那些复杂的兴趣、感情、思想、愿望和目的,把一切考

虑全融会成一个目标,那就是有效地——有力地——完成你
伟大的主的使命。要这样做,你一定得有一位副手,不是一个
哥哥,——这关系还太疏远,——而是一个丈夫。我呢,同样
也不需要一个姊妹,姊妹说不定哪天就会从我这儿被夺走。
我需要一个妻子,我活着时能有效地给予影响,而且直到死都
能绝对保有的惟一的伙伴。"

他说着时我身上直打颤,我感到他对我的影响深达骨
髓,——他对我的控制遍及全身。

"上别处去找吧,圣约翰,只是别找我,找一个适合于你
的吧。"

"你是说找一个适合于我目的——适合于我使命的人
吧。我再跟你说一遍,我并不是作为微不足道的个人,——带
着男人种种自私心情的普通人才希望结婚的,而是作为传
教士。"

"那么我就把我的精力给这位传教士,——他要的只是
这个,——但并不把我自己给他,那只不过是果仁上附加的果
皮果壳罢了,它们对他毫无用处,还是由我留着吧。"

"你留不住,——你不应该留。你以为上帝会满意半个
祭品吗?他会接受残缺不全的献礼吗?我是在维护上帝的事
业,我是招募你站到他的旗帜下。我决不能替他接受半心半
意的忠诚,它必须是全心全意的。"

"唉!我要把我的心献给上帝,"我说,"你并不需要它。"

读者,我不想起誓说我说这话时的语气,以及伴随着它的
感情中,毫无一点克制着的讥刺在内。原先,我一直暗暗害怕
着圣约翰,因为我还不了解他。他始终令我敬畏,因为他始终
让我猜不透。他究竟有几分是圣徒,有几分是凡人,在此以前

我一直说不清。但在这次谈话中,却逐渐地有所揭示;他本性的剖析,就在我的亲眼目睹下逐渐有所进展。我看出了他也是照样会错的,这我已有了体会。坐在石楠地的边上,眼看着那个漂亮的身影就在我的面前,我明白了我是坐在一个跟我一样有错误的人的脚边。遮盖着他的无情和专制的面纱落了下来。一旦觉察到了他有这样的品质,我就感觉到他并非十全十美,因而也就有了勇气。我是面对着一个同等的人,——一个我可以和他争论的人,——一个如果我认为适当,是可以加以反抗的人。

我说了上面那最后一句话以后,他默不作声了,不久我大胆地仰望了一下他的脸。他的目光正对着我,显出既严厉惊诧、又强烈探询的神色。"她是在讥刺么,而且是在讥刺我!"他仿佛在说,"这究竟是什么意思?"

"让我们别忘了,这是一件严肃的事,"不久他开口说道,"是那种我们无论是轻率地想或者轻率地说都不免有罪的事。我相信,简,你说你要把心献给上帝,是出于诚心的,我所要求的也正是这样。一旦把你的心从人身上拉开,专注在你的创造者身上,那么造物主的精神王国在世上的兴旺,就会是你主要的乐趣和心愿,你就会随时乐意去做任何能促进这个目标的事。你将会看到,我们结婚后身心两方面的结合,会给你我的努力增加什么样的推动力。只有这种结合才能使不同的人的命运和计划有了永远一致的特性。只要摆脱一切随心所欲的小性子,——摆脱一切感情上微不足道的障碍和为难处,——一切对仅仅个人爱好的程度、类型、强弱或者温情方面的顾虑,——你就会急于马上就实行这种结合的。"

"我会吗?"我只是简短地说了句,接着看看他那匀称得美丽,但却严肃呆板得出奇的可怕的面容;威严,但却并不舒展的额头;明亮、深沉、锐利,但却一点都不温柔的眼睛;看看他那仪表堂堂的高高的身材;心里想象着自己作为他的妻子是什么情景。哦!这绝对不行!当他的副牧师,他的同伴,那都很好。我可以以那样的身份,跟他一起远涉重洋;担任那样的职务,跟他一起在东方的烈日下,在亚洲的沙漠中埋头苦干;赞美并且努力仿效他的勇气、虔诚和过人精力;对他的控制一切默默顺从;对他根深蒂固的野心一笑置之;把基督徒跟凡人的成分区别开,深深地敬重前者,宽容地原谅后者。不用说,只以这样的身份跟着他,我会经常受罪,我在身体上会受到相当严重的束缚,但我的心灵却是自由的。我还可以求助于没受到摧残的自我,可以在孤独的时刻跟我那么被奴役的真情实感互通心曲。我心中还可以有一个只属于我自己而他从未踏入过的隐蔽角落,各种情感在那儿随意而安全地滋长,他的严厉无情无法加以摧残,他那战士般严整的步伐也无法把它们踏倒。可是作为他的妻子,——时刻在他身边,随时受到拘束,还常常遭到制止,——被迫一直把自己天性的火焰压得低低的,强使它在内心燃烧而永不能一泄为快,哪怕这被压制住的烈火在把五脏六腑一一烧焦,——这实在是无法忍受的。

"圣约翰!"想到了这里,我就大声喊道。

"怎么样?"他冷冷地回答。

"我再说一遍:我痛快地同意作为你的传教士伙伴跟你去,但不是作为你的妻子,我不能嫁给你,成为你的一部分。"

"你一定得成为我的一部分,"他坚定地回答,"否则这桩事情就整个落空了。除非嫁给我,不然我这个还不到三十岁的男人,怎么能带着一个十九岁的姑娘上印度去呢?不结婚,我们又怎么能老是待在一块,——有时两人单独,有时跟当地蛮族在一起呢?"

"那很好嘛,"我不客气地说,"在那种情况下,完全可以把我当作你的亲妹妹,或者当作一个像你一样的男人和教士。"

"大家都知道你不是我的妹妹,我不能向人家这样介绍你,那样做准会招致对我们两人有害的怀疑。至于别的呢,尽管你有男人那样刚强的头脑,你却有颗女人的心,——那样是行不通的。"

"行得通的,"我有点不屑地肯定说,"完全行。我是有颗女人的心,但并不在与你有关的方面。对你,我只有一个伙伴的忠贞,如果你愿意的话,还有士兵跟士兵间的坦率、诚实和友爱,以及一个新教士对他的入门导师的尊敬和服从,再没别的了,——不必担心。"

"这正合我意,"他自言自语般地说,"这正是我所希望的。但这样做还是有障碍,必须把它们除掉才行。简,你不会后悔嫁我的,这一点你可以放心;我俩必须结婚。我再说一遍:没有其他的办法;而且婚后必然无疑会有足够的爱,使这次结合甚至在你看来都觉得是对的。"

"我瞧不起你对爱情的看法,"我忍不住说了出来,一边站立起来,背靠着岩石站在他面前,"我瞧不起你奉献的这种虚假感情,是的,你奉献它的时候我也瞧不起你。"

他死死盯着我,与此同时紧紧地抿着他那轮廓秀美的双唇。究竟他是激怒了,惊呆了,还是别的什么,这很难说,他能控制自己完全不动声色。

"我简直没料到会从你嘴里听到那样的字眼。"他说,"我想我并没做过或者说过什么该被人瞧不起的事。"

　　我为他温和的语调所感动,并且被他高尚、坦然的神气镇住了。

　　"原谅我说出这样的话,圣约翰,不过是你自己的错才使我这样口没遮拦的。你提出了一个我俩的本性无法一致的话题,——一个我们本不应该谈论的话题,爱这个字眼本身就是会在我俩之间引起争论的祸端,——如果要实事求是的话,那我们该怎么办呢?我们该抱着什么样的心情呢?亲爱的表哥,放弃你那结婚的计划,——忘了它吧。"

　　"不,"他说,"这是个酝酿已久的计划,而且是惟一能保证实现我伟大目标的计划。不过暂时我不再催迫你了。明天,我要离家去剑桥,那儿我有许多朋友我想去告别一声。我要有两个礼拜不在家,——用这段时间考虑一下我的建议,而且不要忘了如果你拒绝它,那你不是在摈弃我,而是在摈弃上帝。通过我,他为你开辟了一个伟大的前途,而只有作为我的妻子你才能踏上它。拒绝做我的妻子,你就把自己永远局限在自得其乐和一事无成的狭窄小道上。应该担心在那种情况下,你就会被列入那些抛弃信仰的人当中,比不信教的人更糟!"

　　他说完了。转过身去不再瞧我的时候,他又一次——

　　"望望流水,望望山坡!"

　　不过这一次他的心情完全是暗藏在自己心里的,因为我不配听他把它们说出来。当我在他身边一起往回走的时候,我在他冷峻的沉默不语中清楚地看出了他对我的全部心情:一个苛刻、专制的性格在原指望受到服从的地方遭到了反抗时感到的失望，——一种冷静、执着的判断在别人身上发觉了它无法同意的感情、观点时产生的不满。总之，作为常人，他本来是会希望强制我服从的，只是作为一个虔诚的基督教徒，他才肯那么耐心容忍我的执拗，还宽限那么长一段时间来让我反省和忏悔。

那天晚上，吻过两个妹妹之后，他觉得应当连跟我握个手都忘掉，只是一言不发地离开房间而去。尽管没有爱，对他却还是有着深厚友情的我，为这种明显的忽视感到伤心，伤心得连泪水都涌上了眼睛。

"我看得出你跟圣约翰吵过架了，简，"黛安娜说，"就在你们在荒原上散步的时候。不过还是去追上他吧，他现在正逗留在过道里，盼着你去，——他会跟你和好的。"

我碰到这类事情并不过分自尊，我总是把心情愉快看得比面子更重。所以我真的跑出去追上了他。他正站在楼梯脚下。

"晚安，圣约翰。"我说。

"晚安，简。"他平淡地回答。

"那么握握手吧。"我又说。

他多么冷淡地稍稍碰了一下我的手啊！那天发生的事使他感到非常不高兴，不是热情所能够温暖，眼泪所能够打动的。不用想跟他愉快地和解，——也不用想得到他令人鼓舞的微笑，或者宽宏大量的话。不过他身上的那个基督徒总算还耐心和温和，我问他是不是肯原谅我时，他回答说他并没有记恨的习惯，他没有什么可原谅的，因为他并没有被冒犯。

回答了这么一句之后，他就撇下我走了。我倒真宁愿他一拳把我打倒在地。

# 第三十五章

第二天,他并没像他原先说的那样去剑桥。他要推迟整整一个星期才去,在这期间,他让我体会到了一个善良然而生性苛刻、耿直然而不肯宽容的人,对冒犯了他的人能给予多么严厉的惩罚。没有一个公开敌对的举动,没有一句责备的话,他却能时刻让我知道自己是失掉他的欢心了。

这倒并不是说圣约翰怀有一种非基督徒的报复心理,——或者说他会损伤我头上的一根毛发,尽管他完全可以做得到。无论从本性或者信念来说,他都不至于卑鄙地以力求报复为快事,对于我所说我瞧不起他和他的爱这件事,他已经原谅了我,但是他却并没有忘记那句话,而且在我们俩的有生之年,他都永远忘不了它。每当他向我转过脸来时,我都从他的神色中看出,它就写在我们两人之间的空气中;不管我什么时候说话,在他听来我的话音中总含有那句话的意味,而他给我的每一句回答,也就总带着那句话的回响。

他并没有不跟我说话,甚至还每天早上照常叫我到他书桌跟前去,但我觉得他身上的那个堕落的人,恐怕在背着和撇开那个纯洁的基督徒,洋洋得意地显示着他能多么巧妙地在表面上一切言行如常的同时,却从一言一动中抽去了过去曾使他的言语举止赋有一种严肃魅力的关心和赞许的心情。对我来说,他实际上已变得不再是血肉之躯,而是大理石;他的眼睛是冰冷、闪亮的蓝宝石;他的舌头只是个说话的工具,——别的什么也不是了。

这一切简直是对我的折磨,——细细的、慢慢的折磨。它持续地激起一种隐隐的怒火,一种令人打颤的伤心烦恼,弄得我既心绪不宁又垂头丧气。我体会到了——要是我做了他的妻子,这位像不见阳光的深泉那样的好人,会不用多久就要了我的命,而用不着从我的血管里抽一滴血,或者使他水晶般的清白良心沾上一点点犯罪感。每次我试着跟他和解时,尤其感觉到这一点。我的悔恨丝毫引不起悔恨的回报。他并不感到疏远的难受,——也并不急于想讲和。尽管不止一次,我很容易掉下来的眼泪一颗颗沾湿了两人一起在低头看着的书页,它们对他却毫不起作用,就好像他那颗心真是铁石做成的。与此同时,他对他两个妹妹却比往常还亲切几分,仿佛生怕只用冷淡还不足以让我确信自己是如何彻底地遭到了排斥和放逐,因此还要再用对比来加强它似的。而他所以这样做,我相信不是出于恶意,而是出于原则。

他出门的前一晚,我偶然望见他日落时在园子里散步,而且望着他时,记起了这个人尽管现在如此疏远,总是曾经救过我的命,再说我们彼此又是近亲,因此我一时冲动,想再去作一次最后的努力,以求重新得到他的友谊。我走出屋子,向他正凭靠在小门上站着的地方走过去,直截了当地对他说:

"圣约翰,我很不快活,因为你还在生我的气。让我们仍旧做朋友吧。"

"我想我们是朋友吧。"他一面毫不动容地回答,一面仍旧望着我走过来时他一直在默默凝视着的月亮冉冉升起。

"不,圣约翰,我们已经不再是像以前那样的朋友了。这你知道。"

"我们不是了吗? 这话不对。在我来说,我并不希望你坏,只希望你一切都好。"

"这我相信你,圣约翰,因为我相信你对任何人都决不会希望他们坏。不过,既然我是你的亲戚,我总希望能稍微多得到一点爱,超过你对一般陌生人那种普遍的博爱。"

"自然,"他说,"你的希望是合理的,而我也远远没把你只当作一个陌生人看待。"

这话用一种冷淡平静的口气说出来,是颇叫人既屈辱又丧气的。要是我听任自尊心和怒气的驱使,我会马上就离开他,可是我心里有什么东西在起作用,比这类感情更加有力。我深深敬重我表哥的才干和信念。他的友谊是我所看重的,失掉它会叫我极为难受。我不愿那么轻易就放弃重新赢得它的努力。

"我们一定要像这样分手吗,圣约翰? 在你去印度的时候,你要就这样离开我,除了你已说的以外,再没有一句比较亲切点的话吗?"

他这时掉过脸来完全不看月亮,而面对着我了。

"在我去印度的时候,简,我要离开你? 怎么! 你不去印度了吗?"

"你说过除非我嫁给你,否则就不能去。"

"那么你不嫁给我吗? 你还是坚持那个决定?"

读者啊,你也像我一样,知道这些冷酷的人能在他们冰冷的问话中注进什么样的恐怖吗? 知道他们一发起怒来是多么像雪崩? 他们一不高兴起来又多么像冰山崩裂吗?

"不，圣约翰，我不嫁给你。我还是坚持我的决定。"

雪堆摇摇欲坠，滑下来一点儿，但还没崩塌下来。

"再问一遍，这拒绝究竟是为了什么？"

"先前，"我回答道，"是因为你并不爱我；现在，我可以回答你，是因为你几乎憎恨我。要是我不得不嫁给你，你会要了我的命的。现在你就已经在要我的命了。"

他的嘴唇和脸颊都发白了，——完全白了。

"我会要了你的命，——我现在就在要你的命？你这些话都是不该说的，既狂暴，不像个女人说的，又不符合事实。它们暴露出令人遗憾的心理状态；它们应该受到狠狠的责备；它们看来简直不可原谅；不过宽恕同伴是人的责任，哪怕要宽恕他七十七次。"

这下我把事情弄得无可救药了。本来一心想抹掉我以前那次冒犯在他心上留下的痕迹，结果却反而在那不易抚平的表面上又打上了另一个更深得多的印记。我简直是把它烙在上面了。

"这一下，你可真的要恨我了。"我说，"想要跟你和解已无济于事，我明白我已经成了你永久的敌人了。"

这话又造成了新的伤害，甚至更加厉害，因为它触到了事实。那毫无血色的嘴唇一时哆嗦得几乎近于抽搐。我觉察到那被我磨快了的钢刀似的愤怒。我心里难受极了。

"你完全误解了我的话。"我一下抓住了他的手说，"我一点也没有要伤你的心、叫你痛苦的意思，——真的，一点也没有。"

他露出了一种极难看的苦笑，——他极坚决地把他的手缩了回去。"那么我想你现在是收回了你的诺言，根本不想去印度了?"默然了好一会儿以后,他说。

"不,我去,作为你的助手。"我答道。

沉默了很长时间。这期间,人性和神恩在他心里究竟进行着怎样的搏斗,这我说不上来。只是他两眼中闪出一阵阵奇异的光芒,脸上掠过一阵阵奇怪的阴影。最后他才终于说:

"我先前已向你证明过,像你这样年纪的一个未婚女人,提出要陪着一个像我这样年纪的单身男人到国外去,是荒唐的。我还用了那样的措词,满以为那总会让你不再提起这种想法了。你竟然还会提出来,我真遗憾——为你遗憾。"

我打断了他的话。任何带有明显责备意味的口气都会叫我一下子鼓起了勇气来。"要讲点道理,圣约翰,你这简直是在胡搅蛮缠了。你假装听了我刚才的话大为吃惊。实际上你并不如此,因为以你那样高明的头脑,决不至于迟钝或者自负到误解了我的意思。我再说一遍,你愿意的话,我当你的副牧师,但决不做你的妻子。"

他又脸色变得一片死白,但又像刚才一样,完全克制住了自己的怒气。他郑重然而还是很平静地回答道:

"一个女性的副牧师,却又不是我的妻子,对我是决不合适的。那么说,你看来是不能跟我一起去的了。不过要是你的建议是认真的话,我趁在城里的时候会去跟一位已经结婚,而他的妻子正需要一个助手的传教士谈一谈。你自己有财产,可以不靠教会的接济。这样你就还能不至于为破坏诺言、背弃你约定参加的团体而丢脸。"

既然正如读者所知,我并未正式许下过任何诺言,也从没有作过什么约定,而他这番话一下听来又实在未免太严厉、太专断了,我就反驳道:

"这件事上并没什么丢脸、破坏诺言、背弃约定的问题。我丝毫没有义务一定要去印度,尤其是跟陌生人。跟你一起,我或许会冒险去干许多事情,因为我佩服你,信任你,而且作为一个妹妹,我爱你,不过我也确信,不管我什么时候、跟谁一起去,我在那里的水土下是活不长的。"

"哦!你是担心你自己。"他撇撇嘴说。

"是的。上帝给了我生命并不是叫我去浪掷的。而我开始觉得,按你希望我的那样去做,差不多会等于是自杀。不但这样,在我明确决定离开英国之前,我还得确实弄明白,我留在这儿是不是会比离开它更好一些。"

"你这是什么意思?"

"要解释也是白费力气的。不过在有一点上我长期以来都一直痛苦地抱着疑团,在用什么办法释掉那个疑团之前我哪儿也不能去。"

"我知道你的心在哪儿,恋恋不舍着什么。你所抱的这种关心是非法和不神圣的。你本来早就应该打消它,现在也应该为提起它而感到脸红。你是在想着罗切斯特先生?"

这是真的。我默认了。

"你要去寻找罗切斯特先生吗?"

"我一定得弄清楚他现在怎样了。"

"那么,"他说,"我只好在祷告时提到你,衷心地求上帝别让你真成了一个迷途的人。我原以为看出了你是上帝的一个选民。但上帝的看法是和人不同的,按他的意旨办吧。"

他打开园门,走了出去,信步顺着幽谷往下走,一会儿就望不见了。

回到起居室里,我看见黛安娜正站在窗前,满脸沉思的样子。黛安娜比我个子高得多,她把手按在我的肩头上,俯身察看着我的脸。

"简,"她说,"你这阵子老是心绪不宁,脸色苍白。我肯定准有什么重要的事情。告诉我圣约翰跟你到底在干什么。这半个小时以来我一直在窗口望着你们,你得原谅我成了那么个密探,不过已经有好些日子我自己也不知道在胡思乱想些什么。圣约翰是个怪人……"

她停顿了一下,——我没说什么。她马上又接下去说:

"我这位哥哥对你抱着一种特别的看法,我敢肯定。他早就已经对你另眼相看,显示出一种对任何人都没有过的关心和注意,——什么用意呢?但愿他是爱上了你,——是吗,简?"

我把她的手按在我发烫的额头上:"不,黛,根本没那么回事。"

"那他干吗老是那么用眼睛盯着你,——那么不断地叫你单独跟他在一块,又那么老是让你待在他身边?玛丽跟我都断定,他希望你嫁给他。"

"他是这样,——他已经提出了要我做他的妻子。"

黛安娜拍起手来。"那正是我们猜想而且盼望的!你会嫁给他,简,对不对?而那样一来他就会留在英国了。"

"根本不是,黛安娜,他向我求婚惟一的用意,是要为他在印度的辛苦工作得到个合适的帮手。"

"什么!他要你去印度?"

"正是。"

"发疯啦!"她喊了起来,"我敢肯定,你到那儿活不上三个月。你决不能去,你没答应吧,——是吗,简?"

"我已经拒绝嫁给他……"

"因此就使他不高兴了?"她猜测说。

"很不高兴,我怕他永远也不会原谅我了。不过我答应作为他的妹妹陪他一起去。"

"这样做真是蠢得发疯,简。想想你承担下来的工作,——一种整天劳累不堪的工作,连最强壮的人都会累死,而你又生得瘦弱。圣约翰——你是了解他的——会对你作不顾实际的要求,跟他一起,就是最炎热的时候也不允许休息,而不幸我已经注意到,不管他怎么苛求,你都勉强去做。我倒真吃惊,你竟会有勇气拒绝他的求婚。这么说你是不爱他的了,简?"

"不是作为丈夫去爱。"

"可他是个漂亮的家伙呢。"

"而我,你看,黛,却长得那么平常。我们一点也不相配。"

"平常!你!根本不是那么回事。你倒是太漂亮,也太好了,真不该在加尔各答活活烤死。"说着她又拼命劝我打消一切要跟她哥哥出去的想法。

"说真的,我也只好打消,"我说,"因为方才我又提出给他当教会执事的时候,他表示对我的行为不检大为吃惊。他似乎认为我提议不结婚而陪他一起去,是一件不正当的事,就好像我不是从一开始就希望把他当作哥哥,而且也一向就是这样对待他似的。"

"你根据什么说他并不爱你呢,简?"

"你该听听他自己是怎么谈论这件事的。他一再说明他希望结婚,并不是为他自己,而是职务需要。他告诉我,我不是为了爱情,而是为了工作才给创造出来的。毫无疑问,这话不错。不过照我想来,既然我不是为了爱情给创造出来的,那不用说我也不是为了结婚给创造出来的喽。被一辈子和一个男人拴在一起,而他只把你当作一件有用的工具,这不奇怪吗,黛?"

"真无法忍受,——不近人情,——根本谈不上的事!"

"再说,"我继续说下去,"尽管我现在对他只有姊妹的感情,但如果勉强做了他的妻子,我能想象自己有可能会对他产生一种叫人痛苦而又无法避免的古怪的爱,因为他是那么有才能,神情、举止和谈吐中又总是有那么一种英勇的动人气概。在那种情况下,我的遭遇就会变得无法形容地可怜。他会不要我去爱他,如果我露出这种感情,他就会让我明白那是一种自作多情,他既不需要,我也不该有。我知道他会的。"

"可是圣约翰是个善良的人啊。"黛安娜说。

"他是个既善良又伟大的人,可他在一心追求自己伟大目标的同时,却毫不容情地忘记了小人物的感情和要求了。所以对无足轻重的人来说,最好还是躲开他,否则他在前进的途中会把他们踩在脚下的。他来啦!我要走开了,黛安娜。"说着我赶紧走上楼去,因为望见他已经走进了园子。

但我不得不在晚饭时再次见到他。吃饭中间,他神色镇定如常。我原以为他根本不会跟我说话,而且我还认为他准已经放弃了他那个结婚计划,可结果却证明我两点都错了。他完全照他平常的态度跟我讲话,或者说照他最近以来的平常态度,一种过分有礼的态度。不用说,他已经求助于圣灵来平伏他被我激起的怒气,并且深信他现在已再一次原谅了我。

晚祷前的读经,他选了《启示录》的第二十一章。每次听他嘴里念出《圣经》的词句来时,总是很令人愉快的。他那副好嗓子从来没像他在宣读上帝的神谕时那么既洪亮又悦耳,他的神态也变得那么令人难忘地高尚质朴。而今晚,当他坐在一家人中间时(五月的月光透过没拉上窗帘的窗子照进来,使桌上的烛光变得几乎没有必要),那嗓音更显得分外庄严,那神态更含有令人战栗的意味。他坐在那里,俯身对着那本很大的旧《圣经》,描述着书页中新的天国和新的尘世的景象,——讲着上帝如何将要降临,来跟人们同住在一起,他会如何擦干他们眼中的泪水,并且许诺从此将不再有死亡,既不再有忧伤和哭泣,也不再有任何痛苦,因为以往的种种都已经过去了。

接下来的一些话他说的时候奇怪地使我浑身战栗,特别是因为我从他声音中说不出的微妙变化中觉察到,他在说出它们来的时候目光转向了我。

"得胜的,必承受这些为业,我要做他的上帝,他要做我的儿子。惟有——"这儿他念得又慢又清楚,"胆怯的,不信的,⋯⋯他们的分,就在烧着硫黄的火湖里。这是第二次的死。"①

从此,我明白了圣约翰是在为我担心会遭到什么样的命运。

有一种掺杂着热切渴望心情的平静、克制的胜利感,流露在他对那一章最后几节光辉经文的宣读里。读的人深信他自己的名字是已经写在羔羊的生命册上了,他渴望着那个时刻到来,好让他进入地上的君王们将自己的荣耀归与的那个城

---

① 见《新约·启示录》第 21 章第 7 至 8 节。

市,那个城不用日月光照,因为有上帝的荣耀光照,又有羔羊为城的灯。①

在念完这一章以后的祈祷里,他全部精力都集中了起来,——他整个严肃的热诚都振作了起来,他虔心虔意地向上帝祷告,而且决心要赢得胜利。他为心灵软弱的人祈求力量;为离开羊群的迷途者祈求指引;为被尘世和情欲所诱离开狭窄的德行之路者祈求悬崖勒马。他请求、他敦促、他要求把那烧灼人的火焰之刑拿开。热诚总是庄严动人的,起初,我听着这种祷告时对他的热诚感到惊奇;后来,随着它的继续和加强,我为它所感动,而最后,终于产生了敬畏之情。他是如此真诚地感觉到自己目标之伟大和善良,以致别人听着他的祈求时,不能不产生同感。

祷告完了以后,我们都向他告别,他明天一清早就要去了。黛安娜和玛丽吻了他就走出了房间,——我想是听从他小声的暗示才走的。我伸出手去,祝他旅途愉快。

"谢谢你,简。我说过,我要过两个星期才从剑桥回来。所以你还有这段时间可以再考虑考虑。要是我顺从人类的自尊心,我本不会再跟你提跟我结婚的事,可是我听从我责任的指使,坚定不移地想着我首要的目标——为了上帝的荣耀去做一切事情。我的主长期受苦,我也要这样。我不能听任你成为一个遭天谴的人永堕地狱,忏悔吧,——下决心吧,趁现在还有时间。记住,我们受到吩咐,要趁着白天去工作,——

① 同上第21章第23至27节,原文为:"那城内又不用日月光照,因有上帝的荣耀光照,又有羔羊为城的灯。……凡不洁净的,并那行可憎与虚谎之事的,总不得进那城,只有名字写在羔羊生命册上的才得进去。"(按:这儿羔羊指基督,因《圣经》中称基督为"上帝的羔羊"。)

受到警告:'黑夜将到,就没人能做工了。'①记住那生前享受过种种好东西的财主的命运②,上帝使你有力量去选择那没法从你手里拿走的较好的一份!"

说到最后几句话时,他把手按在我的头上。他说得诚挚而温和,当然,他那神气可不像是情人在望着他心爱的姑娘,倒像是一个牧师在召唤他迷途的羔羊,——或者更恰当点说,像是一位保护天使在望着他负责照看的灵魂。一切有才干的人,不管他有没有感情,也不论他是狂热者,野心家,或者是暴君,——只要他们是真心实意的,当他们进行征服或者统治的时候,总会有他们显得十分出众的时候。我对圣约翰产生了敬仰之情,——这种心情是如此强烈,以致一下子把我推到了我那么长时间一直在回避的一点。我几乎想不再对他进行抗拒,——索性听凭他意志的洪流冲进他生活的深渊而淹没了我自己的一切。我现在被他,几乎也跟以前一度被另一个人以另一种方式,同样地死死缠住不放。两次我都做了傻子。那一次如果屈服了,会是原则上的错误;而这一次如果屈服,那就是判断上的错误了。这是如今我透过时间这个默默不言的中介才这么想的,当时,我却并没意识到自己的傻。

我在我这位导师的触摸下一动不动地站在那儿。我的拒绝被遗忘了,——我的畏惧被克服了,——我的抗争已经瘫痪了。不可能的事——也就是我跟圣约翰的结婚——很快变成

<hr>

① 见《新约·约翰福音》第9章第4节:"趁着白天,我们必须作那差我来者的工,黑夜将到,就没有人能作工了。"

② 《圣经》中讲到一个财主,"穿着紫色袍和细麻布衣服,天天奢华宴乐"。后来他死了,在阴间的火焰里受到极大的痛苦。见《新约·路迦福音》第16章第19—24节。

了可能的事。一切都在刹那之间完全改变了。宗教在召唤，——天使在招手，——上帝在命令，——生命像画卷般收了起来，——死亡的大门敞开了，显示出了门那一边的永生，令人觉得，似乎为了那儿的平安幸福，这儿的一切都可以立刻牺牲。昏暗的房间里充满了种种幻象。

"现在你能决定了吗？"这位传教士问。话问得语气很柔和，他也同样很柔和地把我拉近他身边。唉，这种柔和啊！它比起强迫来不知要有力多少！我能顶住圣约翰的怒火，而在他的温和下，我却变得软得像一根芦苇。不过我始终还是很清楚，即使我现在屈服了，将来有一天总还是会要我忏悔我当初的反抗的。他的本性绝不会由于一小时庄严的祈祷而有所改变，它只不过是稍变得崇高了一些罢了。

"我能够决定，"我回答道，"只要我肯定，我确信上帝的意志要我嫁给你的话，我此时此地就能立誓嫁给你，——不管将来后果怎样！"

"我的祈祷感应了！"圣约翰喊了起来。他把手更紧地按在我头上，仿佛确定我是他的；他伸出手臂搂住了我，几乎就像他是爱我的（我说几乎——我知道其中的差别——是因为我曾经体会过被爱是怎么回事；不过也像他一样，我现在已把爱置于不加考虑之列，而只是想着责任）。我跟我内心的不知所从争斗着，它面前还是翻腾着疑云。我满心真诚而热切地渴望做正当的事，而且只做正当的事。"指引我，指引我该走的道路吧！"我祈求着上天。我从来没有这样激动过，至于接下来发生的事究竟是不是由于激动所致，那得请读者自己来判断了。

整座房子里寂静无声，因为我相信所有的人，除了圣约翰和我之外,都已经安息了。仅有的一支蜡烛快熄灭了,房间里充满了月光。我心跳得又快又剧烈,我听得见它的搏动声。突然间,它在一种说不出的感觉的震撼下猛地停住了,这种感觉立即又传到了我的头和四肢。它并不像电击,但几乎就像电击一样锐利、奇特、吓人。它对我各种感官作用之强烈,就仿佛它们在此以前最活跃的时候都只不过是在昏睡,而此刻才被呼唤着,强迫它们醒来。它们有所期待地惊觉起来,眼睛和耳朵都在等待着,同时我骨头上的肌肉也在那儿打颤。

"你听见什么了? 你看见什么了?"圣约翰问。我什么也没看见,但是我听见什么地方有个声音在喊着:

"简! 简! 简!"接着就什么也没有了。

"天哪! 那是什么呀?"我气也透不过来地说。

我很可以说:"那是在哪儿呀?"因为它不像是来自房间里,——不像是来自屋子里,——也不像是来自花园里;它既不是从空中传来,——也不是发自地底,——也不是从头顶上降下。我听见了它,——它到底是在哪儿,从何处传来,这是永远也无法知道的了! 但它是人的声音,——是一个熟悉的、亲爱的、牢记不忘的声音,——爱德华·费尔法克斯·罗切斯特的声音;而它是在痛苦和悲哀中,狂野、凄惨而急切地呼喊出来的。

"我来了!"我喊道,"等着我! 哦,我就来!"我飞奔到门口,朝过道里望望,那儿一片漆黑。我跑到外面花园里,那儿空无人迹。

"你在哪儿呀?"我喊着。

泽谷那一边的群山送来了隐约的回声——"你在哪儿呀?"我倾听着。风在枞树间低声叹息,周围只有荒原的僻静和午夜的沉寂。

"去你的迷信吧！"当这个黑黢黢的幽灵刚刚在大门前黑沉沉的紫杉树边一露头，我就议论说，"这并不是你玩的鬼把戏，也不是你的法力，而是大自然起的作用。她被唤醒了，做出了——倒不是奇迹，而是最大的大好事。"

我挣脱了一直跟着我，而且直想要拦住我的圣约翰。这次轮到我占上风了。我的力量在起作用，在发挥威力了。我叫他什么也别再问，别再说；我要他离开我，我必须而且宁愿一个人呆着。他立即服从了。只要有毅力断然下命令，别人总是会服从的。我上楼回到卧室，把自己锁在屋里，屈膝跪下，按我自己的方式祈祷起来，——跟圣约翰的不同，但自有它自己的效力。我仿佛一直来到一个强大的神灵跟前，把我感激的心灵和盘托出在他的脚下。我感恩以后，站了起来，——下定了一个决心，——就心明眼亮、毫无畏惧地躺了下来，——只一心盼望着黎明。

# 第三十六章

黎明降临了。天刚一破晓我就爬了起来。我忙了一两个小时来把我房间里、抽屉里和衣橱里的东西整理了一下,安排得便于我在一个短时期中暂时把它们留在这儿。这中间我曾听得圣约翰从他房里走了出来。他在我房门口停了下来,我担心他要敲门,——没有,只是有张纸条从门底下塞了进来。我捡起了纸条。那上面写着这样一些话:

> 你昨晚离开得太突然。只要你稍微再多待一会儿,眼看你就会得到基督的十字架和天使的冠冕了。两星期后的今天我回来时,我想你一定会作出明确的决定的。在此期间,要小心并且祈祷不要陷入了诱惑,因为我相信,灵是愿听话的,但我看得出,肉是软弱的。我将时刻为你祈祷。——你的圣约翰。

"我的灵,"我在心里回答,"是愿做一切正当的事情的,而我的肉,我也希望只要我一旦清楚地知道了上帝的意志,也是坚强得足以去执行这个意志的。不管怎样,它坚强得足以去搜寻——探问——摸索出一条出路,来冲出这团疑云,找到事态明确的万里晴空。"

这天是六月一日,但早晨天气阴寒,雨点密密地打着我的窗子。我听见前门打开,圣约翰走了出去。透过窗户,我望见他经过园子。他走上了穿过雾蒙蒙的荒原通向惠特克劳斯的路,——他要在那儿搭上驿车。

"再过几小时我就要在你之后走那条路了,表哥。"我心想,"我在惠特克劳斯也有一辆马车要搭。在我永远离开之前,我在英国也有些人要去访问和查访。"

离早餐时间还有两小时。为了挨过这段时间,我一边轻手轻脚地在房间里踱步,一边思索着促使我采取目前这个计划的那件异事。我回想着我当时所体味到的那种内心感受,因为我还能记得它和它那说不出的奇怪滋味。我回想着我所听到的声音,我再一次,而且也像前次一样徒然地问着,它到底是从哪儿来的;看来它是来自我内心,——而不是来自外部世界。我自问,那只是一种神经质的印象——一种幻觉么?我不能设想,也不能相信。它倒更像是一个启示。那种奇异的感情震动,来得就像是把关保罗和西拉的监牢的地基都摇动了的那次地震[①]一样,它打开了心灵的牢门,松开了它的锁链,——把它从沉睡中惊醒,它浑身哆嗦地跳起来,倾听着,惊得发呆;接着就接连发出三声大喊,震动了我受惊的耳朵,钻进我战栗的心,传遍了我整个灵魂。这灵魂既不惊惶,也不畏惧,却反而大喜,仿佛是在欢庆它有幸摆脱肉体的牵挂而作的一次努力,终于得到了胜利。

"要不了多少天,"我停止了沉思说,"我就可以对昨晚似乎曾用喊声来召唤我的那个人,知道一点消息了。写信已经

---

① 据《圣经》载:使徒保罗和西拉在马其顿传道,被捉拿下狱。半夜时,"忽然地大震动,甚至监牢的地基都摇动了,监门立刻全开,众囚犯的锁链也都松开了。"见《新约·使徒行传》第16章第26节。

证明是没有用的，——必须用亲自查访来代替它。"

吃早饭时，我向黛安娜和玛丽宣布了我要出门去一趟，最少要去四天。

"就一个人吗，简？"她们问。

"是的，我是去看望或者探问一个朋友的情况，我对他已经关心挂念了一些日子了。"

正如我明知她们心里在想的那样，她们原本可以说，她们一直以为我除了她们以外并没有什么朋友，因为的确，我以前经常是这么说的。不过出于天生的真心体贴，她们避免作什么表示，只有黛安娜问我是不是确实觉得身体很好，可以出门旅行了。她说我看上去十分苍白。我回答说并没什么不舒服，只不过心里有些焦急不安，相信不久就会好些的。

下面的事就好办了，因为我既没受到盘问，也没受到猜测的打搅。一旦向她们解释说我眼下还不能说明我的打算，她们也就好心而聪明地同意了我对她们保持沉默，就像我在同样的情况下会做的那样，给我自由行事的权利。

我在下午三点离开荒原庄，刚过四点，就来到了惠特克劳斯的路标底下，站着等候那辆要载我去遥远的桑菲尔德的马车到来。在那些冷僻的道路和荒凉的群山的一片寂静中，我老远就听到了它在逐渐驶近。它正好就是一年前一个夏日的傍晚我在这个地点下车的那一辆，——当时我是多么孤单、绝望和无所适从啊！我招呼一下它就停下了。我上了车，——这回再用不着用我的全部家当来抵车费了。重新踏上去桑菲尔德的路，我觉得自己就像是一只飞上归途的信鸽。

连续赶了三十六个小时的路。我是星期二下午从惠特克劳斯出发的，到接下来的那个星期四一清早，马车在一家路边小客栈跟前停了下来，给马饮水。这客栈坐落在一片美景如画的碧绿树篱、大块田地和矮矮的牧草坡中央（比起莫尔顿那严峻的北方中部荒原来是多么面貌柔和、色泽青翠啊！），它们落入我的眼里，就像是见到了一张似曾相识的熟面孔一样。

"桑菲尔德府离这儿多远？"我问客栈里的马夫。

"只两英里，小姐，就在田地的那一边。"

"我到了。"我心里想。我下了马车，把我带的一只箱子交托给客栈马夫，让他保管着等我来取。付了车费，给了马夫足够的钱，就准备走了。天色渐明，映亮了客栈的招牌，我看出了用金色写着的"罗切斯特纹章"几个大字。我的心直跳起来。我已经来到我主人的地界上了。但它又沉落了下去，突然想到：

"你也许不知道，你的主人本人此刻正远在英吉利海峡的那一边呢，而且就算他是在你正匆匆赶去的桑菲尔德府，除他之外还有谁在呢？他那发疯的妻子。而你跟他并没什么相干，你既不敢去跟他说话，也不敢去见他的面。你全是白操心，——你还是别再往前走的好。"我那告诫者在竭力规劝，"向客栈里的人探问一下吧，你要打听的他们都能告诉你，他们马上就能解开你的疑团。走过去找那个人，问问罗切斯特先生是否在家。"

这主意是合理的，但我怎么也不能强迫自己去这样做。我生怕得到一个回答，使我失望得简直受不了。延长疑虑，也就是延长了希望。我总还可以在它的星光照耀下再看一眼宅子。我面前就是那道踏级，——就是那一连片田地，我逃出桑菲尔德府那天早晨，在仇恨的怒火驱策下又聋又瞎、心烦意乱地急急穿过的那片田地。还没等我弄清自己究竟决定怎么做,我就已经来到它们中间了。我走得多么快!有时候又是怎样地在奔跑啊!我是如何眼巴巴急于一眼望见那熟悉的树林子啊!我是怀着什么样的心情高兴看到一棵棵我所熟悉的树,和树丛间露出的一角角牧草地和小山坡啊!

树林子终于耸立在面前,白嘴鸦黑压压地聚在一起,一阵响亮的鸦噪声划破了早晨的宁静。一种奇特的喜悦激励着我,我急急地继续往前赶。又穿过一块田地,——走过一段小路,——那儿就是院墙,——宅后的厨房、下屋,宅子本身和鸦巢还遮没着。"我第一眼应该看到宅子正面,"我心里决定,"在那儿威武的雉堞就能一下子壮丽地出现在眼前,而且那儿我能认出主人的窗子来,说不定他正好会站在窗前,——他起得很早;说不定他现在正在果园里,或者是在前面的石路上散步。要是我能看到他多好啊!只要看一眼!当然,在那种情况下我不会发疯似的朝他跑去么?我不敢说,——我自己也不能确定。但就算我跑去了,——那又能怎样?上帝会保佑他!还能怎样呢?让我再体味一次他的目光能赋予我的生命,又能伤害了谁呢?——我在说梦话,说不定他这会儿正在眺望比利牛斯山上或者南方平静海面上的日出吧。"

我顺着果园外较矮的一带墙绕过去,——转过拐角,那儿正好有一扇开向牧草地的园门,两边有石柱,柱子顶上有个石球。我隐在一根柱子后面,从这儿可以悄悄地扫视宅子的整个正面。我小心地探出头去,以防有哪个卧室的窗户帘子拉起着没有放下。从这个隐蔽地点望去,雉堞、窗子、长长的宅子正面,全都收入我的眼底。

盘旋在我头上的乌鸦或许正在注视我作这样的眺望吧。

我不知道它们在想些什么，它们大概会觉得我这人起先非常胆小谨慎，后来却渐渐变得十分大胆和鲁莽起来。先是窥视一眼，接着是久久地瞪大眼睛望着，然后又从我的隐身处走了出来，径自走到外面的牧草地上，最后又突然一下子呆住了，正对着那座大厦的正面，久久地、死死地瞪眼望着它。"一开始何必装得那么羞羞答答！"它们或许会问，"现在却又那么傻里傻气地什么都不顾？"

听我打个譬喻吧，读者。

一个情人发现他的爱人正熟睡在青苔遍地的河岸上，他想要看一眼她美丽的脸而不把她惊醒。他蹑手蹑脚地从草地上走过去，留心不弄出一点声响。他停了一下，——以为她动了动身子；忙缩了回去，——他无论如何也不想被她发现。没什么动静，他又往前走去。他向她弯下身来，有块轻纱盖在她脸上，他掀开了它，把身子再弯下去一点，现在他的两眼满以为准能看到一幅美人的景象，——温暖，娇艳，可爱，正在安眠。它们一开始投去的是多么迫不及待的眼光！然而它们是怎样地呆住了！他是如何地大吃一惊！他怎样突然伸出双臂猛然抱住了那个他刚才还不敢用指头去碰一碰的躯体！他如何地大声喊着一个名字，松开了他抱着的东西，发了狂似的盯着它啊！他那样地紧紧抱起它，哭泣着，盯着它，因为他再不用担心它会被他所能发出的任何声音、他所做出的任何动作所惊醒了。他原以为他的爱人是在酣睡着，却发现她已经死得冰凉了。

我怀着怯生生的喜悦指望看到一座宏伟的宅子，却只瞧见了一堆焦黑的废墟。

真的，根本没有必要缩在一根门柱背后！——去仰头窥视卧室的窗格,生怕里面有人在走动!没有必要去倾听开门声,——想象着石路和沙砾小径上有脚步声传来!草坪、庭园都已被践踏和荒芜了;宅门空空地大张着嘴。宅子正面正像我有一次在梦中见过的那样,只剩垛薄壳似的墙,很高,看上去很脆弱,上面敞着一个个没有玻璃的窗洞;既没有屋顶,没有雉堞,也没有烟囱,——一切全都倒塌在里面了。

而且四周有一片死一般的寂静,一种寂寞荒凉的冷落感。难怪写信给这里的人从来没得到过回音,就像向教堂边厢里的墓穴诵读使徒书似的。石块上可怕的焦黑色说明这宅子是遭到了怎样的劫运而倒塌的,——是遭了火灾。可是是怎么烧起来的呢?跟这场灾难相连有着什么样的故事呢?随之而来的除了灰泥、大理石和木构件之外,还有没有其他的损失?是否也有人命跟财产一样遭到了劫难?如果有的话,又是谁?可怕的问题啊,可这里没有一个人来回答,——连无声的标志,不会说话的证物都找不到。

绕过断墙残壁,穿过遭受浩劫的宅子内部,我看到了这场灾难并非新近发生的迹象。我觉得一场场冬雪曾飘过那空洞洞的拱门,一阵阵冬雨曾打进那些空荡荡的窗棂,因为从那些湿漉漉的垃圾堆中,春天已经孕育出植物来,到处荒草蔓生,从石块和落下来的椽木缝隙间钻出来。而同时,唉!这废墟的遭难的主人又在哪儿呢?在哪个国度?在什么样的好运气保佑下?我不由自主地把目光投向了大门旁边那灰色的教堂尖塔,问着:"难道他已随着戴默尔·德·罗切斯特,一起住进了后者那狭窄的大理石住所了吗?"

这些问题必须得到某种解答。除了上客栈去,是哪儿也得不到的,因此我很快就赶回那儿。老板亲自给我把早餐送

到了厅上。我请他关好门坐下来,我有些问题要问他。可是
等他遵命照办了,我却简直不知如何开口才好,我是那么害怕
听到可能得到的回答。不过我刚刚离开的那副荒凉景象,已
经使我对听到一番凄惨的叙述有了几分准备。老板是个样子
稳重的中年人。

"你一定知道桑菲尔德府吧?"我终于勉强开了口。

"是的,小姐,我以前在那儿待过。"

"是吗?"不是我在那儿的时候吧,我想,我不认识你。

"我当过已故罗切斯特先生的管事。"他补了一句。

已故!我仿佛受到了我一直在竭力躲避的重重的一击。

"已故!"我气都透不过来地说,"他死了吗?"

"我是指现在的那位绅士爱德华先生的父亲。"他解释
道。我又透过了气来,我的血脉又重新流动了。听说爱德华
先生——我的罗切斯特先生(上帝保佑他,不管他在哪儿!)
至少还活着,总之,是"现在的那位绅士",我完全安心了。真
是叫人高兴的话啊!这一来我似乎对一切下面将要说的
话——不管说出来的是什么——都能比较平静地听下去了。
只要他不在坟墓里,我想,哪怕听说他正在安蒂波迪斯群
岛①,我也受得了。

"罗切斯特先生这会儿是住在桑菲尔德府里吗?"我问
他,心里自然明知道回答是什么,但仍想尽量拖延着不去直接
探问他到底在哪里。

"不,小姐,——唉,不!没有人住在那儿了。我猜想
你不是这一带的人吧,要不你准已经听说去年秋天发生的事

---

① 安蒂波迪斯群岛(Antipodes):在新西兰南端南太平洋中,邻近南极洲。

了，——桑菲尔德简直成了一堆废墟，它刚巧在秋收前后被一场火烧毁了。真是场可怕的灾难！那么多贵重的财产全都毁掉了，几乎一件家具都没法抢出来。火是半夜三更着起来的，还没等救火车从米尔科特赶到，宅子就已成了一片火海。那景象真是可怕，我亲眼看到的。"

"半夜三更！"我喃喃说着。是啊，那一向都是桑菲尔德出事的时刻，"发现了是怎么烧起来的吗？"

"他们猜想到了，小姐，——他们猜想到了。说实话，我敢说那是十拿九稳，没什么可怀疑的。你也许不知道，"他把椅子稍微向桌子挪近一点，放低了声音接下去说，"有一位太太，——一个……一个疯子关在宅子里吧？"

"我听说过一点。"

"她给非常严密地关在里面，小姐，大家一连好多年都还不十分肯定到底是不是有她这个人。谁都没有看见过她，他们只听到传说府里有这么个人，她到底是谁，是什么样的，就很难猜测了。他们说爱德华先生是从国外把她带来的，有些人相信她从前是他的情妇。可是一年前发生了一件古怪的事，——一件挺古怪的事。"

我现在担心要听到我自己的故事了。我竭力想提醒他回到正题上来。

"这个太太又怎么样呢？"

"这个太太，小姐，"他回答道，"原来是罗切斯特先生的妻子！发现这件事的缘由真是奇特极了。当时有一位年轻小姐，宅里的家庭女教师，被罗切斯特先生爱……"

"可是那场大火。"我提醒他。

"我马上就要讲到了，小姐，——被罗切斯特先生爱上了。用人们说从来没见过有谁爱得像他那么着迷过,他整天地盯着她。他们常常窥测他,——你知道,小姐,用人们总是这样的,——他把她看得比什么都重,除了他,谁也不觉得她真有那么漂亮。她是个挺小的小个儿,他们说她几乎就像个孩子。我自己从来没见过她,不过我听女用人莉亚说起过她。莉亚是挺喜欢她的。罗切斯特先生将近四十了,而这个家庭教师还不到二十;你知道,像他那样年纪的先生们爱上了小姑娘,往往会像中了魔似的。嗯,他要娶她。"

"这段故事你下次再给我讲吧,"我说,"眼前我有特殊缘故想听听关于火灾的全部情况。是不是疑心那个疯子,罗切斯特太太,跟失火有关呢?"

"你真说中了,小姐,事情明摆着就是她,而且只能是她,放的这把火。她由一个叫普尔太太的女人照管着,——那是个干她们那一行的能干女人,也非常可靠,只是有个毛病,——许多像她们那样干护士和看守的人都有的毛病,——她老给自己专门藏着一瓶杜松子酒,而且时常多喝了那么一口。这是可以体谅的,因为她干那活日子实在不大好过,但总归还是件危险的事,因为普尔太太一灌饱了酒和水就呼呼大睡,那个疯太太狡猾得像巫婆,趁机就会掏走她口袋里的钥匙,逃出房间来,在宅子里到处乱转悠,心血来潮地什么吓人的坏事都能干得出来。据说有一回她还差一点把她丈夫烧死在床上,不过这事我不大清楚。但这天夜里,她是先把她紧邻那间屋子里的帐幔点着了,然后来到下面一层楼里,摸到那个家庭教师住过的那个房间里——(她不知怎么好像有点知道近来在发生的事,所以心怀怨恨似的)——点着了那儿的床,幸好并没有人睡在那里。女教师两个月之前就已经逃走了,尽管罗切斯特先生千方百计找她,仿佛她是他世上最心爱的宝贝似的,可是却一个字的消息也打听不到。他因此变得暴跳如雷,因为失望而简直暴跳如雷了。他一向不是个狂暴的人,可自从失掉了她以后变得挺可怕。他还一定要独自一个人待着。他把管家费尔法克斯太太打发到远处她的亲友家去住,不过他做得挺大方,给她规定了一笔终身的年金,这是她受之无愧的,——她确是一位很好的女人。阿黛尔小姐,他监护的一个孩子,给送进了学校。他跟所有的乡绅们断绝了来往,自己一个人像个隐士似的关在宅子里。”

“什么!他没离开英国?”

“离开英国?哪儿的话,没有!他连门槛也不跨出一步,除非在夜里,他会像个鬼魂似的在庭园和果园子里转来转去,就像神智错乱了似的,——据我看确实是这样,因为在那个小鬼头女教师拗了他的性子以前,小姐,你从来没见过有哪个先生比他更有生气、更有胆量、更有头脑的了。他并不像有些人那样一味喝酒、打牌或者赛马,他也并不怎么漂亮,可是他自有他自己那种一个男人所能有的勇敢和坚强。你知道,他还是个孩子时我就熟悉他,拿我来说,我常常但愿那位爱小姐在来桑菲尔德府之前就已经淹死在大海里。”

“那么起火时罗切斯特先生正在家里?”

“是的,他的确是在家里,而且在上上下下全是一片大火的时候,他还跑上顶楼去把用人们从床上喊起来,亲自扶他们下楼,——又跑回去要把他的疯子妻子从她的小房间里救出来。这时候大家喊着告诉他她已爬上屋顶,站在那儿扬起胳臂在雉堞上挥舞着,大叫大嚷得一英里以外都听得见。我是亲眼看见她,还听见她喊叫的。她是个大个子女人,头发又长又黑,她站在那儿时,我们看得见她的头发在火光中飘动。我,还有另外几个人亲眼目睹,罗切斯特先生通过天窗爬到了屋顶上,我们听见他喊着:'伯莎!'看见他朝她走过去。这时候,小姐,她大叫了一声,往下一跳,转眼之间她就躺在了石路上摔得稀烂。"

"死了吗?"

"死了!唉,死得就跟溅满她的血和脑浆的石头一样。"

"天哪!"

"你说得一点不错,小姐,那可真是可怕!"

他打了个寒噤。

"后来呢?"我追问他。

"咳,小姐,后来宅子就烧成了一片平地,现在只剩下几段墙壁还竖在那儿了。"

"还死了别的人吗?"

"没有,——说不定有的话还好一些。"

"你这话是什么意思?"

"可怜的爱德华先生!"他突然感叹道,"我从没料到还会看到这样的事!有人说他把第一次结婚的事瞒着,还有个妻子活在那儿就想再娶第二个,这是对他公平的报应。可拿我来说,我很可怜他。"

"你不是说他还活着吗?"我喊了起来。

"对,对,他还活着,不过许多人觉得他还不如死了的好。"

"那为什么?怎么回事?"我的血又凉了,"他到底在哪儿?"我问道,"他在英国吗?"

"对,——对,——他是在英国;我看,他也没法再出英国，——他现定是死在这儿了。"

这有多折磨人啊！可这人好像决心要尽量把它拖长一点似的。

"他全瞎了。"他终于说了出来，"是的，——全瞎了，——爱德华先生。"

我原来担心比这还糟。我担心他是疯了。我竭力定下心来，问他这祸事是怎么造成的。

"这全怪他自己的勇气，从另一方面，小姐，你也可以说是怪他的好心，在所有的人全都离开宅子之前他决不离开。等到罗切斯特太太从雉堞上面跳了下来，他终于从大楼梯上下来的时候，轰隆一声，——整个房倒塌了。他从废墟底下给拖了出来，还活着，但是伤得真惨。一根房梁倒下来，倒正好护住了他一点，但一只眼珠给砸了出来，一只手被压烂得那么厉害，医生卡特先生不得不马上把它截掉。另外一只眼睛发了炎，他连这一只的视力也失掉了。他如今真是毫无指望，——又瞎，又残。"

"他到底在哪儿？他如今住在哪儿？"

"在芬丁，他一个农庄的庄园住宅里，离这儿三十英里开外，是个挺荒凉的地方。"

"谁跟他在一起呢？"

"老约翰夫妻俩，别的人他全不要。他完全垮了，听人说。"

"你有车吗，不管什么样的？"

"我们有辆轻便马车，小姐，挺漂亮的一辆车。"

"马上备好它，要是你的车夫今天天黑前能把我送到芬丁，我付给你和他比平常多一倍的钱。"

# 第三十七章

芬丁的庄园住宅是座相当古旧的建筑,中等大小,建筑上朴实无华,深深隐在一座树林里。我以前就听说过。罗切斯特先生常说起它,有时候也上那儿去。他父亲买下这处产业是为了作狩猎林场。他本想把房子出租,但因为地点不好,不适于健康,找不到租户。因而芬丁就一直空着,也没陈设家具,只有两三间屋子布置了一下,以供猎季老爷上那儿打猎时住。

我就在一个正逢天空阴沉、寒风刺骨、细雨袭人不断的傍晚,天刚要黑下来的时候,朝着这座房子走去。我是按原先许诺的双倍车钱把车子和车夫打发走以后,步行走完最后一英里路的。一直走到离住宅只有很短的距离时,还是一点也望不见它,它四周阴森森的树林中的树木,实在是长得太浓密了。两根花岗岩石柱间的铁门告诉了我该从哪儿进去,而一进了门,我就立即发现自己置身在密林笼罩下的朦胧光影之中。在树节累累的苍老树干之间和枝叶交叉形成的拱门底下,一条荒草丛生的小径沿着林间通道蜿蜒而下。我顺着它走去,满以为马上就可以到达住宅跟前了。不料它不断往前延伸,盘旋曲折,越绕越远,始终看不到住房或者庭园的影子。

我以为自己走错了方向,迷了路。天色的昏黑和林间的幽暗笼罩着我。我举目四望,想寻找另一条路。什么路也没有。到处都是纵横交织的枝丫,柱子似的树干和夏日浓密的绿荫,——哪儿也看不到通道。

我继续往前走,最后前面的路终于开阔了,树木稀疏了一点。不一会儿我就看到了一道栏杆,接着就是房子,——在这样昏暗的光线下,它几乎跟树木区别不开来,它那朽败的墙壁是那么潮湿而长满了绿苔。踏进一道只插着门闩的门,我就站在一块围起来的空庭园中间,树木呈半圆形向两头伸展出去。既没有花草,也没有花坛,只有一条宽宽的砾石路沿着一小块草地绕过去,呈现在周围浓重的树林背景之下。房子正面露出两个尖尖的人字形墙,窗子窄窄的,安了格子,正门也是窄窄的,跨上一级台阶就到了门前。整个看来,正像罗切斯特纹章客栈老板所说的,"是个挺荒凉的地方"。静得就像平常日子的教堂那样,四周惟一能听到的,只有雨打在林中树叶上的声音。

"这儿会有人住着吗?"我问。

是的,是有一点人住的迹象,因为我听到了一点动静,——那扇很窄的前门正在打开,一个人影刚要从这座庄屋里走出来。

门慢慢地打开了,一个身形出现在暮色中,站立在台阶上,是一个没戴帽子的男人。他往前伸出一只手来,似乎是试试天是不是在下雨。尽管暮色苍茫,我还是认出了他,——那不是别人,正是我的主人,爱德华·费尔法克斯·罗切斯特。

我停下步子,几乎还停住了呼吸,站在那儿看着他,——细看着他,而自己不被看见,唉,而且他也看不见!这是一次突然的会面,而且是一次痛苦大大压制了欢乐的会面。我并不用费多大劲就能不喊出声来,不急急地迎上前去。

他的身形还是和从前一样的强健和壮实,他的体态仍旧挺拔笔直,他的头发依然漆黑;他的面貌也没有改变或者憔悴。不管如何忧伤,一年的时间总还不足以消弭他运动家般的体魄,或者摧毁他旺盛的生命力。但我在他脸上仍旧看到了变化:它看上去绝望而心事重重,——令我想起了一只受到虐待而且身处笼中的野兽或者鸟儿,在它愠怒苦恼之际,走近去是危险的。被残酷地弄瞎了一双金睛的笼中雄鹰,看上去大概就会像眼前这位失明了的参孙①。

那么读者,你以为处在失明而狂怒中的他会叫我害怕吗?——要是你这么想,就太不了解我了。我在伤心的同时,还夹杂着一种温柔的愿望,就是不久我就要去大胆地在他岩石般的额头上,在它下边那如此严峻的紧闭着的双唇上印上一个吻,但不是现在。我还不想马上就去招呼他。

他跨下那一级台阶,缓慢地摸索着向那块草地走过去。他那坚决的大步如今到哪儿去了呢?接着他停了下来,仿佛不知该朝哪一边拐才是。他抬起一只手来,睁开了眼睑,茫然地拼命向天空、向围成半圆形阶梯式的树木望去,看得出来,一切在他眼前都只是黑洞洞的一片。他伸出他的右手(被截过的左臂他一直藏在怀里);他似乎想凭触摸弄清他周围有些什么;他仍旧只摸到一片空虚,因为那些树木离他站的地方还有好几码远。他放弃了这番尝试,抱着胳臂安静地默默站在雨中,任这会儿已下得很急的雨点猛打在他光着的头上。

------

① 传说古代大力士参孙被出卖后,被他的敌人关入牢中并刺瞎了眼睛。参见本书第365页注。

这时候,约翰不知从哪间屋里出来,向他走过去。

"你扶着我的胳臂好吗?先生?"他说,"一阵大雨就要来了,你是不是还是进屋来吧?"

"别管我。"对方回答。

约翰退回去了,并没瞧见我。罗切斯特先生现在想试着走动一下,仍旧不成,——什么都太难以把握了。他一路摸索着走回屋子去,重新进了屋,关上了门。

这时我才走上前去,敲了敲门,约翰的老婆来开了门。"玛丽,"我说,"你好吗?"

她像看见了鬼似的吓了一大跳,我让她安下了心来。对她急促的问话:"当真是你,小姐,这么晚会到这么偏僻的地方来吗?"我用握住她的手来作为回答。然后我跟着她走进了厨房,约翰这时正坐在一炉好火旁。我简单地用几句话向他们说明,我已听说了我离开桑菲尔德以后发生的所有事情,我是来看望罗切斯特先生的。我请约翰到我打发走马车的栅栏口去,把我留在那儿的箱子取来。然后我脱下了帽子和披巾,问玛丽是不是有地方让我今晚在庄园里过个夜,等问明虽然安排起来有点困难,但还不是做不到以后,我就告诉她我要住下来。正在这时,起居室里打铃了。

"你进去的时候,"我说,"跟主人说有个人想跟他谈话,但别说我的名字。"

"我想他不会见你的,"她回答道,"他谁也不肯见。"

她回转来时,我问她他怎么说。

"要你通报名字,有什么事。"她回答。然后她动手去倒了一杯水,把它和几支蜡烛一起放在一个托盘里。

"他打铃是要这个吗?"我问。

"是的，天一黑他总是叫人把蜡烛送进去，尽管他眼已经瞎了。"

"把托盘给我，我端进去。"

我把托盘从她手里接过来，她指给我看起居室的门在哪儿。托盘端在我手里晃动着，杯子里的水都溢了出来，我一颗心在肋骨底下跳动得又响又急。玛丽替我打开了门，然后在我身后把门关上了。

这间起居室看上去挺阴暗，壁炉里微弱地燃烧着一点没有拨弄好的火。俯向着它，把头靠在高高的老式炉架上的，就是这间屋子里的瞎了眼睛的主人。他那条老狗派洛特躺在一边，小心不挡着路，并且蜷缩着似乎惟恐被无意间踩着了。我一进去，派洛特就竖起了耳朵，接着它又是呜咽又是吠叫，一跃而起，朝我直蹦过来，差点儿把手里端着的托盘都撞翻了。我把托盘在桌上放下，拍拍它，轻声地说："躺下！"罗切斯特先生机械地掉过脸来看看这阵乱子是怎么回事，但因为什么也看不见，就又转过脸去，叹了口气。

"把水给我吧，玛丽。"他说。

我端着泼得只剩半杯的水向他走过去，依然兴奋不宁的派洛特紧跟着我。

"怎么回事？"他问。

"躺下，派洛特！"我又说了一遍。他刚把水端近嘴边，就停了下来，似乎在听。他把水喝了，放下了杯子。"是你吧，玛丽，是吗？"

"玛丽在厨房里。"我答道。

他的手很快地一动，往前伸了出来，但因为看不见我站在哪儿，他并没有摸到我。"这是谁？这是谁？"他问着，样子就像是竭力想用他那双看不见的眼睛来看看清楚似的,——多徒劳而痛苦的尝试啊!"回答我,——再说一遍!"他不容违抗似的大声命令道。

"你还想喝点水吗,先生?刚才杯子里的让我泼掉了一半。"我说。

"到底是谁?是什么?是谁在说话?"

"派洛特认出了我,约翰和玛丽都知道我来了。我今晚刚到。"我回答道。

"天啊!——我产生了什么样的幻觉?我让多甜蜜的疯狂迷住了啊!"

"没什么幻觉,——也不是疯狂,先生,你的头脑太坚强了,不会有幻觉,你身体也很健康,决不会发疯。"

"说话的人到底在哪儿呀?难道只是个声音吗?唉!我看不见,可我一定得摸到,要不我的心就会停住不跳,我的脑子也要爆炸了。不管你是什么,——你是谁,——让我摸到,不然我活不下去了!"

他摸索着。我抓住他那只茫然摸索的手,用双手牢牢地握住了它。

"正是她的指头!"他喊了起来,"她又小又细的指头!既然这样,那一定还有她的全身。"

那只壮健的手挣脱了我的束缚,我的胳臂给抓住了,我的肩膀,——脖子,——腰,——我被他全身搂住,紧紧贴在他的身上。

"这真是简吗?这到底是什么?是她的身形,——是她的个子……"

"还有她的声音。"我加上说,"她整个儿都在这儿,连她的一颗心。上帝保佑你，先生！我真高兴重新又靠你这么近。"

"简·爱！……简·爱！"他只反复地这样说着。

"我亲爱的主人，"我回答他，"我是简·爱，我终于找到了你，——我回到你身边来了。"

"是真的简？——有血有肉的简？我那活生生的简？"

"你摸到了我，先生，——你抱着我，而且够紧的，我可不是冷冰冰像个尸体，也不是虚无缥缈得像空气，对吗？"

"我活生生的心肝宝贝！这倒真是她的肢体，是她的面容，可是在我受了那么多苦以后，不可能有这么大的幸福。这是梦，是我夜里做过的那种梦，梦里我把她再一次紧紧搂在我的胸前，就像我现在这样，并且吻着她，就像这样，——心里感觉到她是爱我的，相信她决不会撇下我。"

"我永远不会了，先生，从今天起。"

"永远不会，幻象是这么说的吗？可我总是醒了过来，发觉那不过是一场骗人的空欢喜，我又凄凉，又孤单，——我的生活一片黑暗、寂寞，毫无指望，——我的灵魂干渴，却不让喝水，我的心饥饿，却不给吃的。温柔亲切的梦啊，你此刻偎依在我怀里，可你也会飞走的，就像你的姊妹们在你之前全都飞走了一样。不过趁你还没走，吻我吧，——拥抱我吧，简。"

"哪，先生——哪！"

我把嘴唇紧贴在他一度熠熠有神而今暗淡无光的眼睛上，——我撩开他额上的头发，也吻了那儿。他仿佛突然振起了精神来，一下子对眼前一切的真实不假确信无疑了。

"这真是你，——是吗，简？那么你真回到我这儿来了？"

"是的。"

"那你并没有死在哪条沟壑里,淹没在水底下？也没有憔悴地流落在异乡人中间?"

"没有,先生,我现在是个能够自立的人了。"

"自立！你这话是什么意思,简?"

"我在马德拉的叔叔去世了,他留给了我五千镑的遗产。"

"啊,这是实实在在的,——这是真事!"他大声喊道,"我真做梦也想不到。而且,还有她那特有的声音,既温柔,又那么活泼,调皮,它鼓舞起了我枯萎的心,使它重新有了生气。——怎么,简妮特！你是个自立的人？是个有钱的人了?"

"相当有钱,先生。你要是不让我跟你住在一块儿,我可以紧靠着你家大门自己盖一所房子,你晚上需要人作陪时就可以上我的客厅里来坐坐。"

"可是既然你有钱了,简,你现在准有亲友们会来照顾你,不会让你来跟着一个像我这样瞎了眼的残疾人吧?"

"我跟你说了我是独立自主的,先生,不光是有钱,我自己可以替自己做主。"

"你要待在我身边吗?"

"当然,——除非你反对。我要做你的邻居,你的看护,你的管家。我发觉你很寂寞,我要跟你做伴,——为你念书,陪你散步,坐在你旁边,服侍你,做你的眼睛和手。别再那么一副愁眉苦脸的样子了,我亲爱的主人,只要我一天活着,就不会撇下你孤孤单单的一个人。"

他没回答,样子显得严肃——心不在焉。他叹了口气,刚张开嘴像是要说话,却又闭上了。我感到有点不自在。也许我过分冒失地不顾虑习俗了,而他,也像圣约翰一样,觉得我这样不顾前后是行为不检吧。我这样建议的确是基于一种设想,就是他希望而且一定会提出要我做他的妻子。一种虽未明说但仍满有把握的料想使我信心十足,以为他定会立刻提出来要我做他的亲人。但他嘴里毫没有露出一点这类的暗示,脸色反而变得更加阴郁。我猛然想到说不定我弄错了,或许正无意中扮演了傻子的角色。于是我开始和缓地想从他怀抱里脱出身来,——但他却着急地把我搂得更紧。

"不,——不,——简,你决不能走。不,——我摸到你,听见你,感到了你在跟前的幸福,——你的抚慰的愉快甜蜜。我不能放弃这份欢乐,我已经没剩下多少自己的东西,——我必须有你。世人可以讥笑,——可以说我荒唐、自私,——这都无关紧要。我的心一定要你,它要么得到满足,要么就要对包着它的躯壳狠狠地进行报复。"

"好吧,先生,我要留在你身边,我已经说过了。"

"是的,——但所谓留在我身边,你所理解的是一回事,我理解的却是另一回事。你也许能做到决心经常待在我的手边,我的椅子边,——像个好心的小护士那样侍候我(因为你有仁慈的心和慷慨的精神,促使你去为你怜悯的人作出牺牲),而我毫无疑问应当对此感到心满意足了。我看我现在只该对你抱着父亲般的感情了,你想对么? 来,——告诉我。"

"你要我怎样想我就怎样想,先生,我可以满足于只当你的护士,如果你认为这样好一些的话。"

"但你不能老是当我的护士,简,你还年轻,——你总有一天要结婚的。"

"我并不关心结婚不结婚。"

"你应当关心,简妮特,要是我还跟以前一样,我就要试着让你关心……可是……一个瞎了眼的呆木头!"

他又陷入了愁闷之中。而我正好相反,变得高兴了起来,而且又有了新的勇气。那最后的几句话使我看出了困难究竟在哪里,而这在我既然算不上什么困难,因而我刚才的不自在完全烟消云散了。我又重新用活跃的心情谈起话来。

"该由谁来重新把你变成人了,"我一面撩开他那没理过的又长又密的鬈发,一面说,"因为我看你已经完全变成了一头狮子或者诸如此类的东西。你倒真有几分野地里的尼布甲尼撒①的假象呢,准没错。你的头发让我想起鹰毛,至于你的指甲是不是长得像鸟爪,我还没注意到。"

"这条胳臂上,我既没有手,也没指甲。"他说着,从怀里抽出那条截了肢的手臂来给我看,"只剩下一截残肢,——瞧着真可怕!你看是吗,简?"

"看到它真惋惜,看到你的眼睛也是,——还有你前额上烧伤的疤;可最糟的是,别人有为了这个而过分爱惜你、过分娇惯你的危险。"

"我以为,简,你瞧见我的手臂和我这副结了伤疤的脸,会觉得恶心呢。"

"你这样想吗? 别跟我这么说,——要不然我就会对你的判断力说出大为不敬的话来啦。好了,让我先离开你一会儿,把火弄旺一些,把壁炉边扫扫干净。火烧得旺的时候,你

---

① 据《圣经》载:巴比伦王尼布甲尼撒"被赶出离开世人,吃草如牛,身被天露滴湿,头发长长,好像鹰毛,指甲长长,如同鸟爪"。见《旧约·但以理书》第 4 章第 33 节。

能辨别得出吗?"

"能,用右眼我看得出一点亮光,——朦朦胧胧的红光。"

"你看得见蜡烛吗?"

"非常模糊,——每一支就像一团发亮的云雾。"

"你能看见我吗?"

"不,我的仙女,不过我能听到和摸到你就已经谢天谢地了。"

"你什么时候吃晚饭?"

"我从来不吃晚饭。"

"可是你今晚得吃一点。我饿了,我敢说你也一定饿了,只不过你是忘记了饿罢了。"

我把玛丽叫来,很快就让房间变得较为整洁宜人。而且,我还张罗着让他舒舒服服地吃了一顿。我兴致勃勃,吃饭中间以及饭后很长时间我一直轻松愉快地跟他谈着话。跟他在一起,毫无恼人的拘束,也无需抑制欢快活跃,因为在他面前我完全轻松自在,这是由于我知道我合他的心意,无论我说什么做什么,都似乎能不是使他得到安慰,就是使他精神振作。这种感觉真叫人高兴!它焕发并且显露了我的整个天性,在他面前我才真正地活着,同样他也在我的面前才真正地活着。他眼虽瞎了,但笑容却仍旧荡漾在他的脸上,欢乐仍旧舒展了他的眉头,他整个面容都变得温柔热情了。

吃过晚饭,他开始问我许多问题,我一向在哪儿呀,一直在干些什么呀,怎么找到他的呀。但我只很简略地回答了他,当夜就一一细谈时间实在太晚了。而且,我也不想去触动那根令人过分激动的心弦,——去再一次挖开他心里感情的泉源,目前我惟一的目标就是要让他开心。像我方才已经说过的,他倒确是开心了,但还只是一阵阵的。只要谈话稍稍一冷下来,他就会变得心绪不宁,摸摸我,然后叫着:"简。"

"你完完全全是个活人吗,简?你能担保没错吗?"

"我凭良心相信没错,罗切斯特先生。"

"可在这么个阴郁黑暗的傍晚,你怎么会突然之间在我这孤单寂寞的火炉边冒出来的呢?我伸手从用人那儿去接一杯水,而递水给我的却是你。我问了一句,原以为回话的是约翰的老婆,可耳朵里却响起了你的声音。"

"因为是我代玛丽把托盘送了进来。"

"就是眼前我跟你在一块儿,也像是魔法在起作用。有谁知道过去这几个月里,我过的是怎样凄凉暗淡、毫无指望的生活啊?万念俱灰,什么也不干,分不清白天和黑夜,只在我听凭炉火熄灭下去的时候才感到冷,忘了吃饭的时候才觉得饿。再加上日夜不停的悲伤,有时候一心想再见到我的简,简直想得发了狂。的确,我渴望再得到她,还远远超过渴望恢复我失去的视力。简怎么会真的跟我在一起,而且说她爱我呢?她不会突然而来又突然而去吗?我怕一到明天,我就会再也找不到她了。"

在目前这样的心情下,我相信给他一个跟他自己烦乱的思绪毫无联系的平平常常的实际回答,最能好好地让他安下心来。我用手指抚着他的眉毛说,它们被火烧焦了,我要敷上点什么,叫它们重新长得跟以前一样又浓又黑。

"慈悲的精灵啊,不管怎样对我行好又有什么用,反正一到注定的时刻,你又会丢下我,——像影子似的逝去的,去哪儿,怎么去的,我都不知道,而且对我来说以后也永远无处寻觅。"

"你身上有小梳子吗,先生?"

"干什么用,简?"

"把这些乱蓬蓬的黑鬃毛梳梳顺。我在近处细看看你,觉得你真有点吓人。你说什么我是个仙女,可我敢说你倒更像是个褐仙童①。"

"我样子吓人吗,简?"

"挺吓人,先生;你知道,你一向就是挺吓人的。"

"嘻!不管你去哪儿待了一阵,你那淘气劲儿还一点没改掉。"

"可我倒是跟好人待在一起,比你好得多,好一百倍,有你一辈子从来没有过的思想和见解,而且要文雅和高尚得多。"

"见鬼,那你一向是跟谁在一块儿?"

"你要那样扭来扭去的话,会被我把头发都给拔光的,那时候我想你就不会再怀疑我是实实在在的了。"

"你到底是跟谁在一块儿,简?"

"你今晚从我嘴里是问不出来的,先生,你得等到明天。你知道,把我的故事只讲一半,就等于保证我一定会出现在你的早餐桌边来把它讲完。顺便说起,我一定得记住那时候别再只端着一杯水在你的壁炉旁边冒出来,我至少得带上个鸡蛋,更不用提煎火腿了。"

"你这仙女生、凡人养、老爱捉弄人的丑仙童!你让我感受到了这十二个月来还从来没有感受过的心情。要是扫罗能

---

① 童话中夜间出来替农家干苦活的精灵。

有你当他的大卫,那不用靠弹琴就能把魔鬼赶走了。①"

"哪,先生,这下已经把你收拾得整整齐齐,体体面面的。现在我得离开你了,我这三天来一直在赶路,我想我是累坏了。晚安。"

"只说一句话,简:你待过的那一家是不是只有女的?"

我大笑着脱身逃掉了,一边奔上楼梯一边还在笑。"真是个好主意!"我快活地想着,"我看今后一段时间里,我有了好办法来叫他着急得顾不上再去闷闷不乐了。"

第二天一清早,我就听见他已经在起床走动,从这间屋子转到那间屋子。等到玛丽一下楼来,我听得他马上就问她:"爱小姐在吗?"接着又问:"你把她安排在哪间屋子里?那间屋干燥吗?她起来了没有?去问问她需要什么,什么时候下来。"

我到估计快吃早饭的时候走下楼来。我轻手轻脚地走进房间里,在他发现我到来之前就看见了他。看到那么旺盛的精神受制于身体上的软弱,实在叫人伤心。他坐在他那把椅子上,——一动不动,但却并不安定,显然是在一心期待,如今已成惯有的愁容显示在他刚强的眉眼间。他的脸使人想起一盏已被熄灭、正在等待着重新点亮的灯,——而且,唉! 如今要燃起那生动神情的灯光来,已不是他自己所能做到,而要依靠别人来担起这件工作了! 我一心想显得轻松愉快,然而这个坚强的人软弱无告的样子却深深地触痛了我的心。不过尽

---

① 据《圣经》载:上帝厌弃以色列王扫罗,使他受到了恶魔的扰乱。善于弹琴的牧童大卫来到他的跟前,每当"恶魔临到扫罗身上的时候,大卫就拿琴用手而弹,扫罗便舒畅爽快,恶魔离了他"。见《旧约·撒母耳记上》第16章第23节。

管这样，我还是尽可能轻松活泼地招呼了他：

"是个阳光灿烂的早晨呢，先生。"我说，"雨已停了，不会再下，现在是雨过后一片明媚景象，你一会儿该去散散步啦。"

我唤起了那光辉，他马上容光焕发了。

"哦，你真的在那儿，我的百灵鸟！快到我这儿来。你没有走掉，——没有消失吗？一小时之前，我就听到你的一只同类高高地在树林上面歌唱，可是对我来说，它的歌声没有音乐，就像刚升起的太阳没有光芒一样。在我听来，世上所有的音乐全都集中在我的简的舌头上（我很高兴它不是生来沉默寡言的那一种），只有她在场我才能感受到阳光。"

听到他这样承认自己依赖别人，泪水涌上了我的眼睛。这正像一头高傲的雄鹰给锁在木架上，不得不请求一只麻雀去替它觅食一样。但是我不愿哭哭啼啼的，我挥去了咸涩涩的泪珠，忙着去张罗早餐。

上午大部分时间都在户外度过。我带他走出又潮湿又荒芜杂乱的树林子，来到赏心悦目的田野上。我给他描述它们多么青翠耀眼，花草和树篱显得多么清新，天空多么蔚蓝明亮。我在一处有荫蔽的可爱的地方给他找了个坐处，是一个干树桩，也不拒绝他坐定以后拉我坐在他的膝头上。干吗要拒绝呢，既然我们双方都觉得靠近些要比分开更为愉快？派洛特躺在我们的旁边，四周一片寂静。他把我紧抱在怀里，突然之间发作了起来：

"你这狠心的、狠心的逃跑者啊！唉，简，当我发现你从桑菲尔德逃走了，哪儿也找不到你，接着查看了你的房间，又肯定你既没带钱，也没带任何能抵钱用的东西时，我是多么地难受啊！我给你的珍珠项链原封不动地放在它的小盒子里，你几只箱子仍像原先准备好去作结婚旅行那样捆好锁好放在那儿。我问，光身一人，一个钱也没有，我那心肝该怎么办呢？她到底是怎么办的？现在说给我听听。"

在这样催问下，我就开始讲起我这一年的遭遇来。我大大冲淡了那三天流浪和挨饿的境况，因为告诉他全部真相会引起他不必要的痛苦，但就我讲出来的那一点，也远比我所预期的更深地刺痛了他那颗忠诚的心。

他说，我真不该就那样赤手空拳地离开了他；我本该把我的打算告诉他的。我原应该信任他，他决不会强迫我去做他的情妇。他在绝望之下尽管显得很粗暴，但实际上他对我是太一往情深了，绝不至于让自己成为我的暴君的。他宁肯把自己一半的财产都给我，甚至不要求一吻来作为回报，也不愿看我举目无亲地投身到茫茫人世中去。他确信我一定吃了不少苦，远不止我告诉他的那一些。

"咳，不管我吃了多少苦，反正它们很快就过去了。"我回答说，随后就对他讲起我怎样被收留在荒原庄里，又怎样得到了女教师的职务等等。继承遗产，发现亲戚的事也都一一没漏。不用说，在我讲述的过程里圣约翰·里弗斯的名字经常出现。我一讲完，这个名字马上就被提了出来。

"那么说，这位圣约翰是你的表哥咯？"

"是啊。"

"你不断提到他，你喜欢他吗？"

"他是个很好的人，先生，我禁不住喜欢他。"

"一个好人？那是不是说是位五十来岁人品端正、举止稳重的男人？要不那是什么意思？"

"圣约翰还只二十九岁呢,先生。"

"还很年轻,像法国人说的那样。他是不是个矮小、迟钝而平庸的人?那种好只好在没有过错,而不是在于品行出众的人呢?"

"他勤快好事得不知疲倦。他生来就是立志要做崇高伟大的事业。"

"可是他的头脑呢?也许有点差劲吧?他用意很好,可听他讲起话来你只好耸耸肩吧?"

"他话说得很少,先生,一说就切中要害。他的头脑是第一流的,虽说不容易打动,却还是很强有力的。"

"那么说,他是个能干的人咯?"

"的确能干。"

"是个很有教养的人?"

"圣约翰是个很有造诣的饱学之士。"

"我记得你说过,他的举止不合你的口味,——自以为是,一副牧师腔?"

"我从来没提到过他的举止,不过除非我的口味太糟,不然它是应该觉得它们挺对味的,既文雅、安静,又有绅士气派。"

"他的外貌呢,——我忘了你是怎样形容他的外貌的,——是那种土里土气的教士,戴着白领结弄得差点喘不过气来,穿着双高帮的厚底皮靴戳在那儿,对吗?"

"圣约翰穿着很好。他是个漂亮的人,高高、白白的,一双蓝眼睛,一副希腊式脸型。"

(旁白)"他这该死的!"——(转向我)"你喜欢他吗,简?"

"是的，罗切斯特先生，我喜欢他，可你刚才已经问过了呀。"

我自然已经觉察出了我这位对谈者话中的含意。嫉妒攫住了他，刺痛着他，但这种刺痛是有益的，它让他暂时从忧郁的啮人毒牙下摆脱出来。因此我不想去马上降服这条毒蛇。

"也许你宁愿不再坐在我的膝头上了吧，爱小姐？"跟着是这么一句有点出乎意料的话。

"干吗不，罗切斯特先生？"

"你刚才描绘的那幅图画未免让人感到一种过于强烈的对比。你的话非常优美地勾画出了一位高雅的阿波罗，你的心目中时时想着他，——高高、白白的，蓝眼睛，还有个希腊式的脸型。而你的眼睛却看着一个伏尔坎①，——一个地道的铁匠，棕皮肤，宽肩膀，外加还又残又瞎。"

"我倒从来还没想到过，不过你倒是确实有点儿像伏尔坎呢，先生。"

"那好，——你尽管抛下我走吧，小姐，不过在走之前，"（说着他更加紧紧地抱住了我），"请你只再回答我一两个问题。"他停住不说了。

"什么问题呢，罗切斯特先生？"

接着就是下面这一连串盘问：

"圣约翰还不知道你是他表妹以前就让你当了莫尔顿的女教师？"

"是的。"

"你常常见他吗？他有时也上学校里来吗？"

---

① 伏尔坎(Vulcan)：罗马神话中火和锻冶之神。

"每天来。"

"他当然赞成你的种种计划咯,简？我估计它们都是挺聪明的,因为你是个很有才干的家伙!"

"他赞成它们,——不错。"

"他会在你身上发现许多他料想不到的东西吧？你有些才能是很不寻常的。"

"这我倒不知道。"

"你说你在学校旁边有间小屋子,他上那儿去瞧过你吗？"

"有时也去。"

"晚上吗？"

"有一两次。"

默然了一会儿。

"发现是表兄妹以后,你跟他和他的妹妹一起住了多久？"

"五个月。"

"里弗斯跟他家里的女眷待在一起的时间多吗？"

"多的,后面那间起居室既是他的书房也是我们的书房,他坐在窗边,我们围着桌子坐。"

"他读书多吗？"

"很多。"

"读什么？"

"印度斯坦语。"

"这时候你在干些什么呢？"

"开始,我学德语。"

"是他教你？"

"他不懂德语。"

"他什么也没教过你?"

"教过一点印度斯坦语。"

"里弗斯教你印度斯坦语?"

"是的,先生。"

"也教他妹妹吗?"

"不。"

"只教你?"

"只教我。"

"是你想学的?"

"不是。"

"他要教你?"

"是的。"

又一次沉默。

"他干吗要教你?印度斯坦语对你有什么用?"

"他要我跟他一起去印度。"

"哦!现在我才找到了事情的根子。他要你嫁给他?"

"他提出过要我嫁给他。"

"这是杜撰,——是瞎编出来气我的。"

"对不起,这是千真万确的事实,他提出过不止一次,而且也不达目的决不罢休,不亚于从前的你。"

"爱小姐,我再说一遍,你尽管离开我好了。还要我重复多少遍?我已经叫你走了,你干吗还执意要坐在我的膝头上?"

"因为我坐在这儿挺舒服。"

"不,简,你坐在这儿并不舒服,因为你的心并不在我身上,它是在那位表兄——那位圣约翰身上。唉,我一直还以为我的小简妮特完全是属于我的呢!即使她离开了我,我还深信她是爱我的,这是苦难中仅有的一点安慰。我们分别了那么久,我为我们的分手洒了那么多热泪,却绝没有想到我在这儿痛苦地思念她,她却在爱着另一个人!不过伤心又有什么用。简,离开我,去嫁给里弗斯吧。"

"那么,甩掉我吧,先生,——推开我吧,因为我自己是绝不离开你的。"

"简,我一向喜欢你说话的口气,它仍旧会重新唤起希望,因为它听起来那么真诚。我一听到它,就又被带回到一年以前。我忘记你已经有了新的结识了。不过我并不是个傻子,——走……"

"要我往哪儿走呢,先生?"

"走你自己的路吧,——跟着你已经选中的丈夫。"

"他是谁呢?"

"你明白的,——就是那位圣约翰·里弗斯。"

"他不是我的丈夫,也永远不会是。他并不爱我,我也不爱他。他是爱着(像他所能爱的那样,而不是像你那样地爱着)一位叫罗莎蒙德的年轻美丽的小姐。他想要娶我,只不过是因为他觉得我适合做一个传教士的妻子,而这一点她是做不到的。他善良、伟大,但却严厉;而且对我冷得像一座冰山似的。他不像你,先生,无论待在他身边,靠近他,跟他在一起,我都不感到快活。他对我既不宠爱,——也不喜欢。他看不出我有什么吸引人的地方,甚至包括年轻,——只不过稍微有些心灵上的特点罢了。——既然这样,先生,我应当离开你,到他那儿去吗?"

我不由自主地打了个寒颤,本能地更紧紧依偎着我那失明但却亲爱的主人。他笑了。

"怎么,简! 这是真的吗? 你跟里弗斯之间的关系真是这样吗?"

"绝对不假,先生。唉,你不必嫉妒! 我是想故意逗弄你一下,好让你不那么忧伤,我觉得生气比发愁还好些。不过要是你真希望我爱你,那你只要看看我确实是多么地爱你,你就会心满意足了。我这颗心整个儿全是你的,先生;它属于你,而且即使命运把我其余的部分全从你那儿夺走,它也仍旧留在你的身边。"

他吻着我,但一些痛苦的念头又使他脸上阴郁了起来。

"我那烧瞎了的眼睛! 我那伤残了的肢体!"他抱憾地喃喃说着。

我爱抚着,竭力安慰他。我明白他在想些什么,想替他说出来,但是不敢。他稍稍把脸转过去一会儿,我看见他紧闭的眼睑下淌出一滴泪水,顺着他男子气概的脸颊滚下来,我的心一阵难受。

"我如今并不比桑菲尔德果园里那株遭过雷劈的老七叶树强。"不一会儿他说道,"而那么个残桩,有什么权利去要一棵正在发芽的忍冬用青翠来掩盖它的凋敝呢?"

"你不是个残桩,先生,——不是遭过雷劈的树,你又苗壮又青翠。不管你要不要,草木会围着你的树根生长,因为它们喜欢受到你浓荫的荫蔽;它们会一边生长,一边向你倾斜过来,盘绕着你,因为你的强壮给了它们安全的保障。"

他又笑了,我使他得到了安慰。

"你讲的是朋友之间吧,简?"他问。

"是的,朋友之间。"我回答得有几分迟疑,因为我明知自己的意思不只是指朋友而言,但却不知该用别的什么话来表达才好。他替我解了围。

　　"哦! 简。不过我却需要一位妻子。"

　　"是吗,先生?"

　　"是的,难道这对你来说是个新闻吗?"

　　"自然,你一点也没说起过嘛。"

　　"这是个不受欢迎的新闻吗?"

　　"那得看情况,先生,——看你挑中的是谁了。"

　　"这得由你来替我代劳,简。我坚决遵从你的决定。"

　　"那就挑选,先生——最爱你的人。"

　　"可我却至少要挑——我最爱的人。简,你肯嫁给我么?"

　　"是的,先生。"

　　"一个可怜的瞎子,你得到处用手牵着他走?"

　　"是的,先生。"

　　"一个比你大二十岁的残疾人,得由你一直来侍候着他?"

　　"是的,先生。"

　　"当真吗,简?"

　　"完全当真,先生。"

　　"哦! 我的心肝! 愿上帝保佑你,酬报你!"

　　"罗切斯特先生,如果我这辈子做过什么好事,——起过什么善念,——作过什么真诚无邪的祈祷,——发过什么正当的愿心,——那我现在是得到酬报了。对我来说,做你的妻子,就是世上所能得到的最大的幸福。"

"因为你喜欢牺牲。"

"牺牲！我牺牲了什么？牺牲了嗷嗷待哺和渴望满足。有权拥抱我所珍视的，——亲吻我所热爱的，——偎倚我所信赖的，难道这是作什么牺牲吗？要真是这样，那我倒确实喜欢牺牲了。"

"还要容忍我的病弱，简，不计较我的缺陷。"

"这对我来说，先生，一点也不算什么。我现在只有更加爱你了，因为我可以真正对你有所帮助，而以前你骄傲地什么人也不依靠的时候，除了施予和保护以外，不屑于扮演任何其他的角色。"

"以前我一直讨厌由别人帮助，——让人领着走。以后我觉得不会再讨厌它了。我过去不喜欢把手交给一个用人牵着，但是感觉它被简的小小的手指紧紧握着，那是很愉快的。我过去宁肯完全孤独，也不愿老是由仆人侍候着，可是简的温柔照料却是一桩经常的乐事。简合我的心意，我合她的心意吗？"

"连我本性中每一点最细小的地方都感到合意，先生。"

"既然这样，我们还有什么可等的呢，我们应当马上就结婚。"

他说话和神气都急不可待，他那急躁的老脾气又抬头了。

"我们应当毫不迟延地马上结为夫妇，简，只要一领到许可证，——我们马上就可以成婚了。"

"罗切斯特先生，我刚刚发现太阳早已偏西，派洛特也当真已经回家吃它的饭去了。让我看看你的表。"

"把它系在你的腰上吧，简妮特，以后就由你留着，我用不着它了。"

"现在已将近下午四点啦,先生,你不觉得饿吗?"

"大后天就该是我们举行婚礼的日子,简。现在别去考虑什么讲究的衣服和珠宝了,那些东西都一文不值。"

"太阳已经把雨珠全晒干了,一点风也没有,天变得相当热了。"

"你知不知道,简,你那条小小的珍珠项链这会儿正套在我领带下面古铜色的脖子上面?我从失掉我惟一的珍宝那一天起就戴着它,作为对她的纪念。"

"我们穿过树林回去吧,走这条路最荫凉。"

他根本没听我,一味只在顺着他的思路想下去。

"简!我敢说,你准觉得我简直是条不信教的狗,可我这会儿却真满心感激主持大地的仁慈上帝呢。他看事物跟人不一样,却要清楚得多;判断事物也跟人不同,要比人聪明得多。我那时是做错了,差点儿玷污了我那洁白无辜的花朵,——让它的纯洁沾上了罪孽。全能的上帝把它从我手上夺走了。我在倔犟的反抗心情下,几乎诅咒这种神意,不但不向天命低头,反而公然藐视它。上帝的公道终于应验了,灾难接连落到了我头上,我被迫穿过死荫的幽谷①。他的惩罚总是有力的,这样的一次惩罚将我重重地永远打翻在地。你知道我曾以我的力量自豪,可如今它又算得了什么呢,我只能不靠它而靠旁人来指引,就像一个孩子不能靠他的幼弱一样。最近,简,——直到……直到最近,我才开始看到并且承认了上帝左右着我的命运。我开始感到了悔恨和自责,希望和我的创造

<hr>

① 语出《圣经》:"我虽然行过死荫的幽谷"。见《旧约·诗篇》第23篇第4节。

者和解。有时候我开始祈祷,它们很短,但很虔心。

"几天以前,——不,我能说出是几天来,——四天以前,是星期一的夜里,一种少有的心情向我袭来,一种悲哀代替了暴躁、忧伤代替了愠怒的心情。我早就有一种印象:既然我到处都找不到你,你一定已经死了。那天深夜,——也许已到了十一、二点之间,——在我准备上床去寻我的愁梦之前,我祈求上帝,如果他认为合适的话,我只求能早些离开人世,让我去到来世,那儿还有希望能重新跟简相会。

"我当时是在我自己房间里,正坐在开着的窗前。感觉到沁人的夜气使我感到快慰,尽管我完全看不见星星,只能凭一圈朦胧的光影知道月亮的存在。我渴望着你,简妮特!唉,我整个身心都在渴望着你!我在又痛苦又谦卑的心情中询问上帝,难道我不是寂寞凄凉、受苦受难得够长久的了,不能再马上体味一次幸福和安宁的滋味么。我承认我所受的一切苦都是罪有应得,但我申辩说,我实在再也受不了了。这时我满腔心愿都不由自主从我嘴里一股脑儿地冲口而出,化作了这几个字——'简!简!简!'"

"你大声说出了这几个字吗?"

"是的,简。如果当时有人听见,他准会以为我疯了呢。我是用那么疯狂的劲儿把它们喊出来的。"

"那么这是在星期一夜里将近午夜的时候吗?"

"是的,不过时间倒并不重要,接着发生的事才怪呢。你会觉得我这人迷信,——我血液中是有些迷信的成分,一向就有,但这事却是真的,——至少我真的听见了我现在要告诉你的话。

"就在我喊了'简!简!简!'以后,有一个声音——我说不清来自哪儿,但我知道那是谁的声音——在那儿回答:'我来了,等着我。'过了一会儿,随着风声又隐隐传来——'你在哪儿呀?'

"如果我做得到,我要告诉你这些话使我的心头展现出了怎样的意念和图景,可是要把我想表达的东西表达出来很困难。正像你看到的,芬丁深藏在密林里,声音变得很低沉,不发出回响就消失了。那句'你在哪儿呀?'好像是从群山中发出的,因为我听到一种由小山反射出来的回声在重复着这句话。这时强风吹在我的额头上也似乎显得更加凉爽清新。我真觉得我跟简是在某一个荒凉寂寞的地方相会了。我相信在精神上我们一定已经相会了。不用说,简,在那样一个时刻你准是正在沉沉熟睡着,说不定是你的灵魂飞出了它的躯壳,来安慰我的灵魂吧,因为那确是你的口音,——就像我现在活着一样确定无疑,——那确是你的口音!"

读者啊,正是在星期一的夜里——将近午夜时分——我也同样听到了那神秘的召唤,那句话也正是我回答它的话。我静听着罗切斯特先生讲,却并没反过来向他吐露真情。我觉得这种巧合未免太可畏,太费解了,实在不宜讲出来或者去谈论它。要是我讲出一点来,我的故事准会在听我讲的这个人心上产生极深的印象,而这颗由于饱受折磨还太容易变得阴郁的心,实在是不需要再去加上超自然的更深的暗影了。于是我把这些事藏了起来,在自己心头暗自思量着。

"现在你该不会奇怪了吧,"我的主人继续说,"昨晚你那么意想不到地在我面前冒出来的时候,我为什么会难以相信你不只是一个声音和幻象,一个会默然无声、化为乌有的东西,就像以前那个午夜的低语和山峦的回声终于消失了那样。

现在,我感谢上帝! 我明白这次不是那样的了。是的,我感谢
上帝!"

他把我从膝上放下,站起身来,恭恭敬敬地脱下头上的帽
子,垂下他那双失明的眼睛,站在那儿默默地祈祷着。只听得
见他顶礼膜拜的最后几句话:

"我感谢我的创造者在报应中不忘怜悯。我谦卑地求我
的救世主给我力量,让我从今以后能过一种比以往纯洁的
生活!"

然后他伸出手来让人带领。我握住那只亲爱的手,把它
举到我的唇边放了一会儿,然后让它搂住了我的肩膀。由于
身材比他矮得多,所以我既当向导,又作了他的拐杖。我们进
了林子,朝家里走去。

# 第三十八章　结　局

读者,我和他结了婚。我们不事声张地举行了婚礼,到场的只有他和我,牧师和教堂执事。从教堂里回来后,我走进了庄屋的厨房,玛丽正在做饭,约翰在擦拭餐刀,我说:

"玛丽,今天早上我跟罗切斯特先生结了婚。"这位管家和她的丈夫都是那种庄重而不轻易动感情的人,任何时候你都可以放心告诉他们一桩重大新闻,而不必担心你的耳朵会先是被大声尖叫所刺痛,接着又被滔滔不绝的诧异惊叹所震聋。玛丽确实曾一下子抬起头来,呆望着我;她正在给火上烤着的两只鸡淋油的那把勺子,确实曾在空中停住了足足有三分钟;而约翰的那些餐刀,也确实曾有同样长的时间停止了擦拭,可是当玛丽重新又低下头去烤鸡的时候,却只是说:

"是吗,小姐?嗯,可不是么!"

稍过了一会儿,她才又接着说:"我瞅见你跟主人出去了,可我不知道你们是上教堂去结婚的。"说罢又去淋她的油了。我掉过脸去看看约翰时,他正咧着嘴直笑。

"我跟玛丽说什么来着,"他说,"我早知道爱德华先生——"(约翰是个老用人,早在主人还是这个家里的小儿子时就熟悉他,所以常常用教名来称呼他)——"我知道爱德华先生会怎么做。我料到他不会等很长时间的。我虽说不上来,可他准做得没错。我祝你快乐,小姐!"说着他碰了碰额发表示致意。

"谢谢你,约翰。罗切斯特先生叫我把这个给你和玛丽。"我把一张五镑的钞票放在他手里。没等再听他说什么,我就离开了厨房。后来,偶尔在他们这个小天地的门外经过时,我听见了这样几句话:

"没准她对他比哪个阔小姐都更合适些。"又听得:"就算她说不上顶漂亮,可她不傻,脾气也挺好,而且在他眼里她是个大美人,这谁都看得出。"

我立即给荒原庄和剑桥去了信,把我的事情告诉了他们,而且还充分解释了我为什么这样做。黛安娜和玛丽毫无保留地赞成我走的这一步。黛安娜声称她只让我有时间度过蜜月,等过了蜜月她就要来看我。

"她最好还是别等到那个时候,简。"我把信读给罗切斯特先生听的时候,他说,"她要等的话,就会等得太久了,因为我们的蜜月会照耀我们一辈子,它的光只在你我的坟墓上才会暗淡下去。"

圣约翰听了这个消息以后怎么样我不知道,我通知这个消息的那封信他一直没有回。但过了六个月他给我来了信,不过既不提罗切斯特先生的名字,也没提我们的婚事。他当时的信写得很平静,而且尽管严肃,却还亲切。从那以后,他一直虽不经常但还是定期地跟我通信。他希望我幸福,并且相信我不会是那种不信上帝、只想着尘俗琐事而活在世上的人。

你还没有完全忘记了小阿黛尔,对吗,读者?我可没有。我很快就请求并且得到了罗切斯特先生的同意,到他送她进的那所学校去看望了她。她重又见到我时的那种狂喜叫我非常感动。她显得苍白而消瘦,她说她不快活。我发觉那所学校的校规对她这样年龄的孩子来说未免太严,课业也太紧,就把她带回家来了。我打算再次当她的家庭教师,但很快就发觉这是行不通的,我的时间和照料现在已为另一个人所需要,——我的丈夫全都占去了。因此我找了一所管得比较松一些的学校,那儿也比较近,我可以常去看望她,有时候还可以把她带回家里来。我注意不让她缺少任何东西,好让她过得舒适一些。她很快就在她的新住处安顿了下来,在那儿过得很快活,书也读得很有进步。随着她逐渐长大,完善的英国式教育大大纠正了她那些法国式的缺点,到她从学校里毕业时,我发现她是个很热心而且讨人喜欢的小伙伴,温顺,脾气好,而且很有主见。她出于感激而对我和我家的人所表现的关怀,早就充分报答了我在自己力所能及的范围内曾经给过她的那一点点帮助。

我的故事已接近尾声,只要再说一两句关于我婚后生活经历的话,再简短回顾一下在我的讲述中最经常出现的几个人的命运,我就算是讲完了。

如今我结婚已经十年。我知道全心全意跟我世上最心爱的人在一起生活、为了他而生活是怎么回事。我自觉得无比幸福,——幸福到言语都无法加以形容,因为我完全是我丈夫的生命,正如他完全是我的生命。从来没有哪个女人比我跟丈夫更加亲近,更加完完全全是他的骨中之骨、肉中之肉。我跟我的爱德华在一起永不感到厌倦,他跟我在一起也是一样,这正像我俩对各自胸膛中那颗心的跳动永不会感到厌倦一样,因此,我们总是厮守在一起。对我们来说,守在一起既像独处时一样自在,也像相伴时同样欢乐。我相信我们整天都在交谈,互相交谈只不过是一种听得见的、更为活跃的思考罢了。我把全部信赖都交托给他,他把全部信赖都奉献给我;我们性情正好相投——完全和谐是当然的事。

我们婚后头两年中,罗切斯特先生的眼睛仍旧是瞎的,也许正是这种情况使得我们如此接近,——把我们结合得如此紧密!因为那时我就是他的眼睛,就像现在我还是他的右手一样。丝毫不假,我就是(正如他经常叫我的那样)他的眼珠子。他看大自然,他看书,都是通过我,而我也从不知厌倦地替他细看,并且用言语来描摹田野、树木、城镇、河流、云彩、阳光,——描摹我们面前的景色,周围的天气,——还用声音向他的耳朵传达那光线已无法向他的眼睛传达的印象。我永不厌倦给他念书,永不厌倦领他到他想去的地方,替他做他希望做的事情。而我在这种效劳中感到有一种虽有点悲哀,但却极为充分、极为强烈的乐趣,——因为他要求我为他做这些时并没感到痛苦羞惭,也没感到沮丧屈辱。他是那么真心地爱我,因而绝不会不情愿受我照料;他也感觉到我是那么深情地爱他,因而这样照料他等于是满足我自己最愉快的希望。

两年将尽时,有一天早上我正在他口授下写一封信,他走过来朝我俯下身子,说:

"简,你脖子上戴着亮晶晶的首饰吗?"

我套着一根金表链。我回答说:"是的。"

"那么你穿的是一件浅蓝色的衣服吗?"

我是穿着。于是他告诉我,最近一段时间他好像觉得挡在他一只眼睛前面的雾障变得不那么浓了。现在他确信这是真的。

他和我一起去到伦敦。他得到一位著名眼科医生的诊治，结果终于恢复了那只眼睛的视力。他现在还不能看得很清楚，不能多看书或者多写字，但他已不用人牵着手就能自己走路，对他来说天空已不再是茫然一片，——大地也不再是无限虚空。当别人把他的头生子放到他怀里的时候，他能看得出那男孩继承了他从前有过的那一双眼睛，——又大、又亮、又黑。这一次，他又满腔激动地承认，上帝用慈悲来减轻了惩罚。

因此，我的爱德华和我都很幸福，尤其使我们感到幸福的是我们最亲爱的那些人也同样幸福。黛安娜·里弗斯和玛丽·里弗斯都结了婚，他们每年一次，轮流来看望我们，我们也去看望他们。黛安娜的丈夫是位海军上校，一位英武的军官，一个很好的人。玛丽的丈夫是一位牧师，她哥哥在大学里的朋友，从造诣和品行来说是配得上这门亲事的。无论是菲茨詹姆士上校或者是华顿先生，都很爱他们的妻子，她们也很爱他们。

至于圣约翰·里弗斯，他离开英国，去了印度。他终于踏上了他为自己选定的道路，至今仍在走着。再没有比他更坚决和不知疲倦地在危岩和险境中苦干的先驱者了。他坚定，忠实，虔诚，浑身精力，满腔热情和真诚地为他的同类辛勤工作；他为他们开辟艰苦的进步之路；他像巨人般把阻塞它的种种宗派和种姓上的偏见砍倒。他也许仍旧严厉，他也许仍旧苛刻，他也许仍旧野心勃勃，但他的严厉是武士大心[1]的严厉，正是大心保卫他护送的香客不受亚玻伦[2]的袭击。他的苛刻是只代表上帝说话的使徒的苛刻，正因为如此，他才说：

---

① 大心（Greatheart）：班扬《天路历程》中引导克里斯蒂安娜进天城的人。
② 亚玻伦（Apollyon）：《圣经》中无底坑的使者，袭击不信上帝的人的蝗群的王。见《新约·启示录》第 9 章第 11 节。

"若有人要跟从我，就当舍己，背起他的十字架来跟从我。"①他的野心是崇高的主的精神那一类野心，它的目标是要加入那些被拯救出尘世的人们的前列，——这些人清白无罪地站立在上帝宝座的跟前，分享着耶稣伟大的最后胜利，他们都是被召唤、被选中的忠诚不渝的人。

圣约翰没有结婚，他现在再也不会结婚了。他自己一人已经足以胜任辛劳的工作，而这工作已经即将结束，他那光辉的太阳正在加速地走向沉落。我收到他寄来的最后一封信引出我眼中凡人的泪水，但同时也使我心中充满神圣的欢乐：他预期着他一定会得到的酬报，他那不朽的桂冠。我知道，下一次将会由一个不相识者写信给我，通知我这个善良、忠实的仆人终于被召唤去享受他的主的欢乐了。那又何必为此而哭泣呢？绝不会有对死亡的恐惧来烦扰圣约翰的临终时刻，他的头脑将会清澈明净，他的心灵里将会无所畏惧，他的希望是可靠的，他的信念是坚定的。他自己的话就保证了这一点：

"我的主已经预先警告过我了。"他说，"他每天都更加明确宣告：'是了，我必快来！'而我每小时都更加急切地回答：'阿门。主耶稣啊，我愿你来！'②"

① 见《新约·马可福音》第 8 章第 34 节。
② 见《新约·启示录》第 22 章第 20 节。

# "外国文学名著丛书"书目

## 第 一 辑

| 书　名 | 作　者 | 译　者 |
|---|---|---|
| 伊索寓言 | 〔古希腊〕伊索 | 周作人 |
| 源氏物语 | 〔日〕紫式部 | 丰子恺 |
| 堂吉诃德 | 〔西班牙〕塞万提斯 | 杨　绛 |
| 泰戈尔诗选 | 〔印度〕泰戈尔 | 冰　心　石　真 |
| 坎特伯雷故事 | 〔英〕杰弗雷·乔叟 | 方　重 |
| 失乐园 | 〔英〕约翰·弥尔顿 | 朱维之 |
| 格列佛游记 | 〔英〕斯威夫特 | 张　健 |
| 傲慢与偏见 | 〔英〕简·奥斯丁 | 王科一 |
| 雪莱抒情诗选 | 〔英〕雪莱 | 查良铮 |
| 瓦尔登湖 | 〔美〕亨利·戴维·梭罗 | 徐　迟 |
| 欧·亨利短篇小说选 | 〔美〕欧·亨利 | 王永年 |
| 特利斯当与伊瑟 | 〔法〕贝迪耶 | 罗新璋 |
| 巨人传 | 〔法〕拉伯雷 | 鲍文蔚 |
| 忏悔录 | 〔法〕卢梭 | 范希衡　等 |
| 欧也妮·葛朗台 高老头 | 〔法〕巴尔扎克 | 傅　雷 |
| 雨果诗选 | 〔法〕雨果 | 程曾厚 |
| 巴黎圣母院 | 〔法〕雨果 | 陈敬容 |
| 包法利夫人 | 〔法〕福楼拜 | 李健吾 |
| 叶甫盖尼·奥涅金 | 〔俄〕普希金 | 智　量 |
| 死魂灵 | 〔俄〕果戈理 | 满　涛　许庆道 |

# 第 五 辑

| 书　名 | 作　者 | 译　者 |
|---|---|---|
| 泪与笑　先知 | 〔黎巴嫩〕纪伯伦 | 冰　心　等 |
| 华兹华斯<br>柯尔律治　诗选 | 〔英〕华兹华斯　柯尔律治 | 杨德豫 |
| 济慈诗选 | 〔英〕约翰·济慈 | 屠　岸 |
| 汤姆·索亚历险记 | 〔美〕马克·吐温 | 张友松 |
| 大街 | 〔美〕辛克莱·路易斯 | 潘庆舲 |
| 田园三部曲 | 〔法〕乔治·桑 | 罗　旭　等 |
| 金钱 | 〔法〕左拉 | 金满成 |
| 果戈理小说戏剧选 | 〔俄〕果戈理 | 满　涛 |
| 奥勃洛莫夫 | 〔俄〕冈察洛夫 | 陈　馥 |
| 谁在俄罗斯能过好日子 | 〔俄〕涅克拉索夫 | 飞　白 |
| 亚·奥斯特洛夫<br>斯基戏剧六种 | 〔俄〕亚·奥斯特洛夫斯基 | 姜椿芳　等 |
| 复活 | 〔俄〕列夫·托尔斯泰 | 草　婴 |
| 静静的顿河 | 〔苏联〕肖洛霍夫 | 金　人 |
| 谢甫琴科诗选 | 〔乌克兰〕谢甫琴科 | 戈宝权　任溶溶 |
| 维廉·麦斯特的学习时代 | 〔德〕歌德 | 冯　至　姚可崑 |
| 叔本华随笔集 | 〔德〕叔本华 | 绿　原 |
| 艾菲·布里斯特 | 〔德〕台奥多尔·冯塔纳 | 韩世钟 |
| 豪普特曼戏剧三种 | 〔德〕豪普特曼 | 章鹏高　等 |
| 铁皮鼓 | 〔德〕君特·格拉斯 | 胡其鼎 |
| 加西亚·洛尔卡诗选 | 〔西班牙〕加西亚·洛尔卡 | 赵振江 |
| 你往何处去 | 〔波兰〕亨利克·显克维奇 | 张振辉 |
| 显克维奇中短篇小说选 | 〔波兰〕亨利克·显克维奇 | 林洪亮 |
| 裴多菲诗选 | 〔匈〕裴多菲 | 孙　用 |